The German Fantasy Prize

The Quill Award

The British Fantasy Award

万墨轩图书
WIPUB BOOKS

TAD WILLIAMS

雾影四部曲【Ⅲ】上卷

雾影升腾

SHADOWRISE

[美] 泰德·威廉姆斯 著
李天奇 李晓霞 译

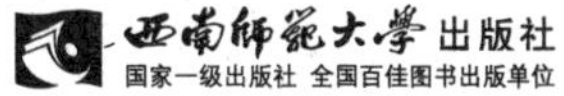

西南师范大学出版社
国家一级出版社 全国百佳图书出版单位

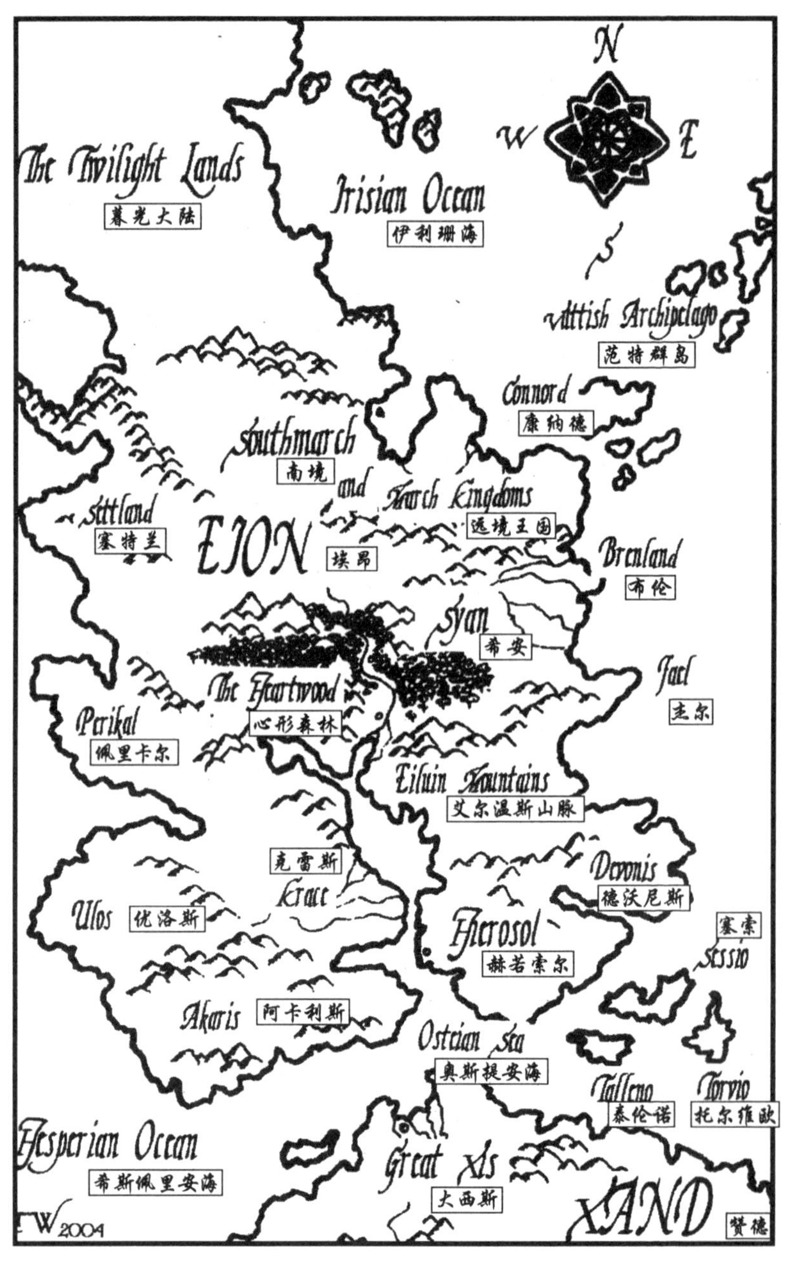

N
W
E
S
The Twilight Lands
暮光大陆
Irisian Ocean
伊利珊海
Vattish Archipelago
范特群岛
Connord
康纳德
Southmarch
南境
and March Kingdoms
边境王国
Settland
塞特兰
EION
埃昂
Brenland
布伦
Syan
希安
Jael
杰尔
The Heartwood
心形森林
Perikal
佩里卡尔
Eiluin Mountains
艾尔温斯山脉
克雷斯
Kracc
Devonis
德沃尼斯
Ulos
优洛斯
Hierosol
赫若索尔
塞索
Sessio
Akaris
阿卡利斯
Ostcian Sea
奥斯提安海
Talleno
泰伦诺
Torvio
托尔维欧
Hesperian Ocean
希斯佩里安海
Great Xis
大西斯
XAND
赞德
TW 2004

同前两本书一样，这部《雾影升腾》献给我的孩子康纳·威廉姆斯和德文·比尔。他们一直以来都带给我爱和力量。他们是世上最酷的小孩。

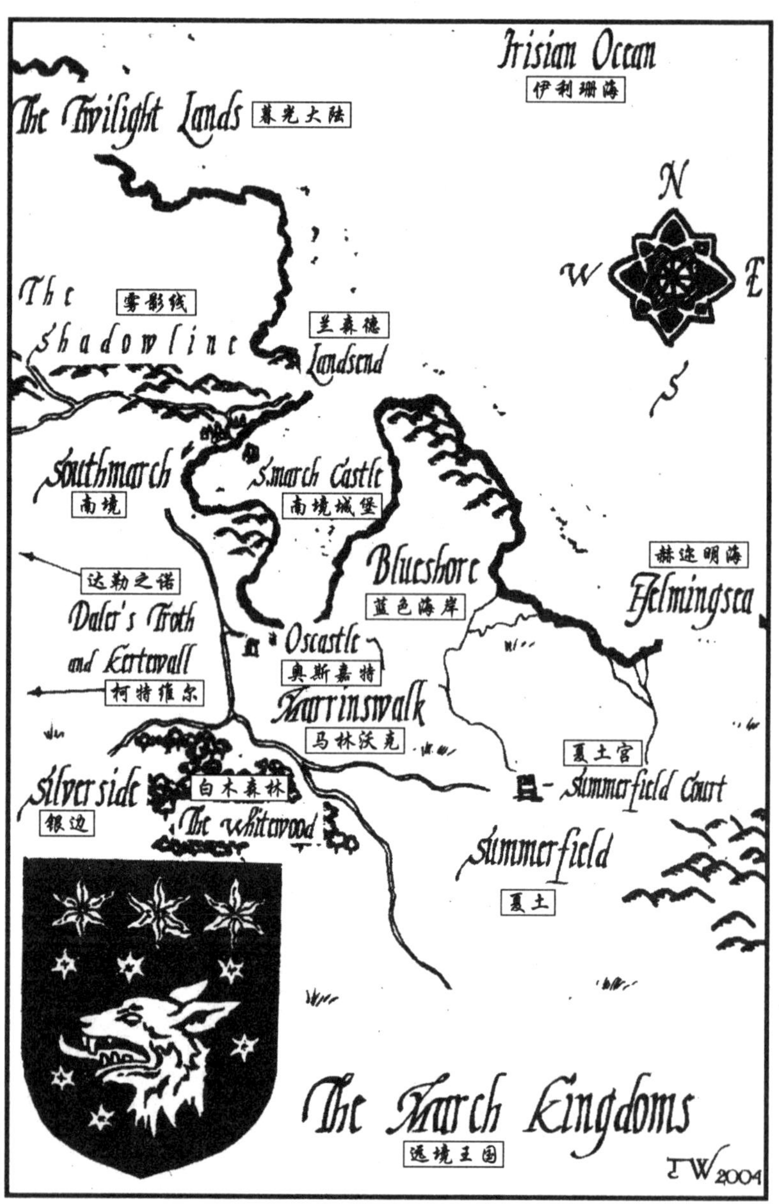
Irisian Ocean
伊利珊海
The Twilight Lands
暮光大陆
N
W
E
S
The Shadowline
雾影线
兰森德
Landsend
Southmarch
南境
S.march Castle
南境城堡
Blueshore
蓝色海岸
赫迷明海
Helmingsea
达勒之诺
Daler's Troth
and Kertewall
柯特维尔
Oscastle
奥斯嘉特
Marrinswalk
马林沃克
夏土宫
Summerfield Court
Silverside
银边
白木森林
The Whitewood
Summerfield
夏土
The March Kingdoms
边境王国
TW 2004

鉴于有些读者习惯提前了解这一故事的人物、事件和地点，本书附上了几张地图，还有人物信息表和三神教信仰中的诸神名讳表。

地图绘制的依据有：旅者诉说的详尽故事，字迹模糊不堪的古老文件，神谕的文字记载，垂垂老矣的隐者所言，还有在希安的跳蚤市场发现的装有土地管理局记录的旧盒子。同样，本部附录中的人物信息表和诸神名讳表也是根据一些神秘而古老的线索艰难制成的。请读者们好好利用这些材料，也请谨记，这其中的许多人物早已逝去，或是视力严重受损，或是学术声誉早已不复存在，但他们的牺牲是为了提供这些材料给你们，给我亲爱的读者们。

费恩·特奥多罗斯

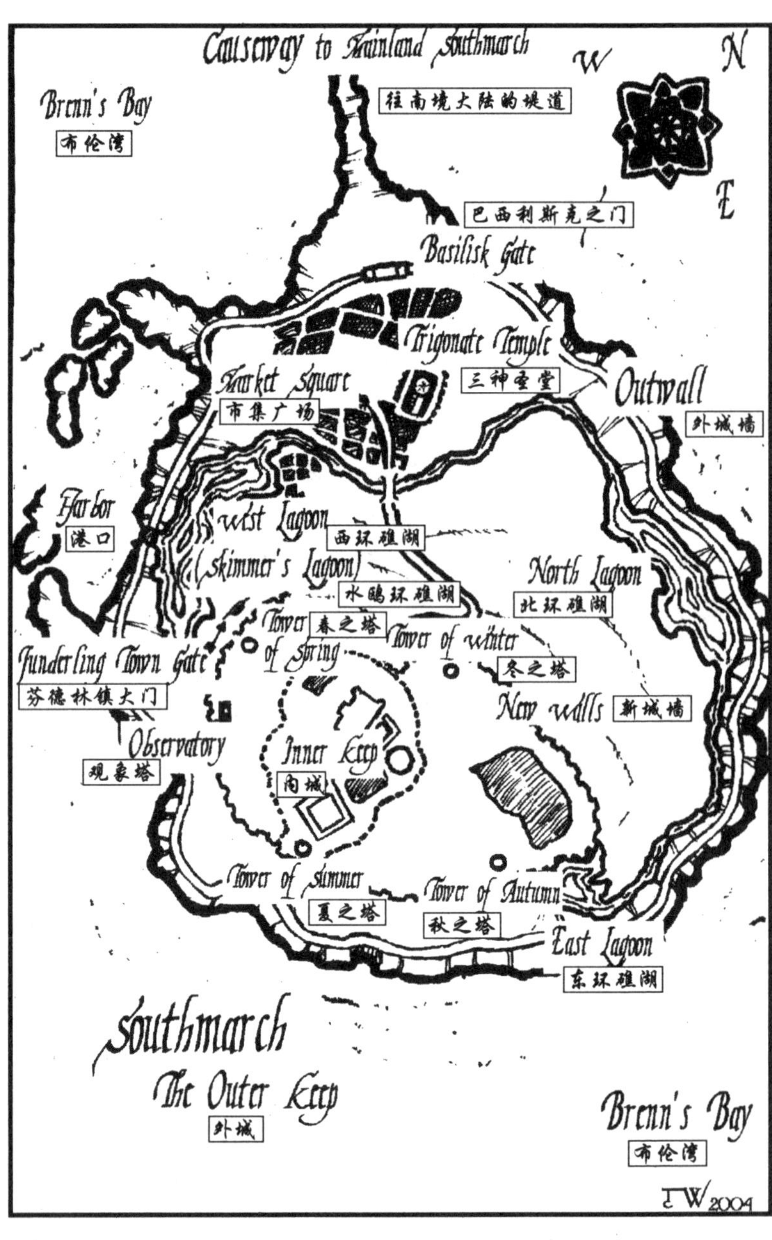

Causeway to Mainland Southmarch
往南境大陆的堤道
W
N
E
Brenn's Bay
布伦湾
巴西利斯克之门
Basilisk Gate
Trigonate Temple
三神圣堂
Outwall
外城墙
Market Square
市集广场
Harbor
港口
West Lagoon
西环礁湖
(Skimmer's Lagoon)
水鸥环礁湖
North Lagoon
北环礁湖
Tower of Spring
春之塔
Tower of Winter
冬之塔
Funderling Town Gate
芬德林镇大门
New Walls
新城墙
Observatory
观象塔
Inner Keep
内城
Tower of Summer
夏之塔
Tower of Autumn
秋之塔
East Lagoon
东环礁湖
Southmarch
The Outer Keep
外城
Brenn's Bay
布伦湾
TW 2004

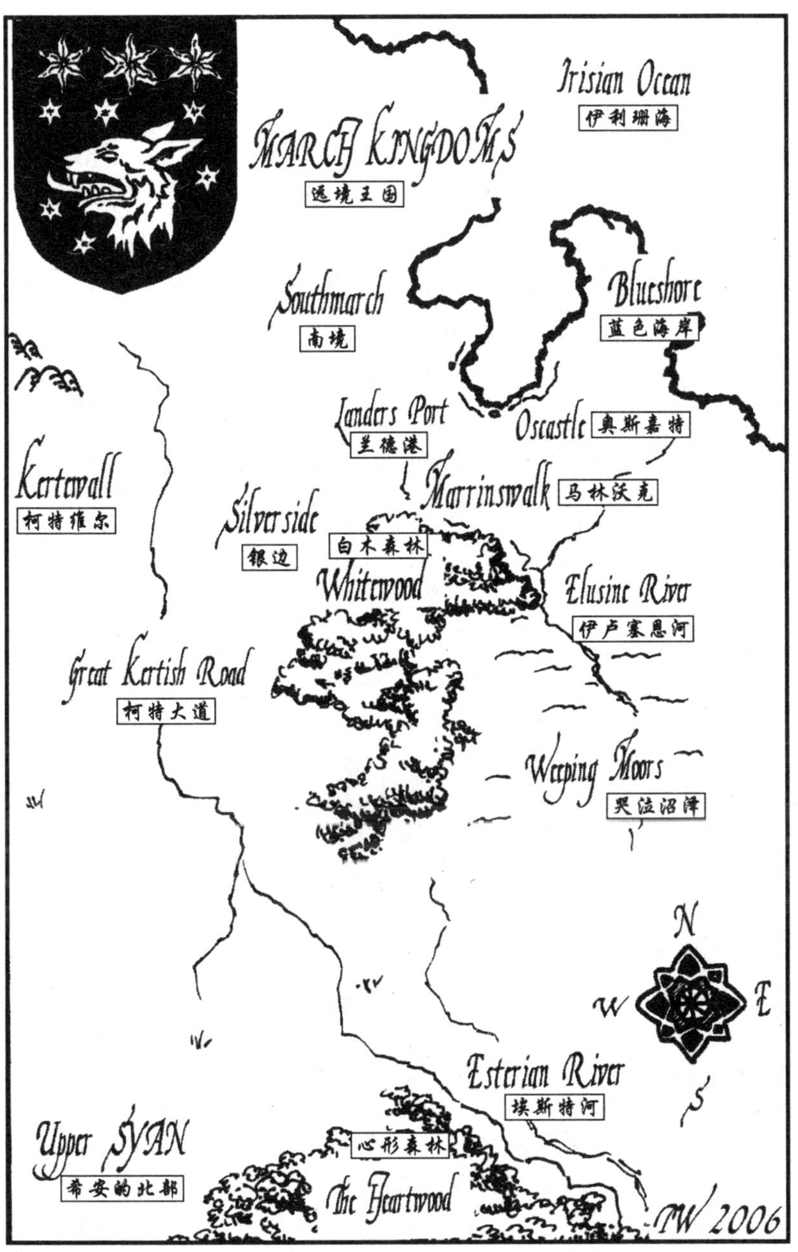

Irisian Ocean
伊利珊海
MARCH KINGDOMS
边境王国
Southmarch
南境
Blueshore
蓝色海岸
Landers Port
兰德港
Oscastle
奥斯嘉特
Kertewall
柯特维尔
Marrinswalk
马林沃克
Silverside
银边
白木森林
Whitewood
Elusine River
伊卢塞恩河
Great Kertish Road
柯特大道
Weeping Moors
哭泣沼泽
N
W
E
S
Esterian River
埃斯特河
Upper SYAN
希安的北部
心形森林
The Heartwood
PW 2006

目录
CONTENTS

序幕
Prelude

“把上次那个故事讲完吧，鸟。”

乌鸦歪起头：“故事？”

“关于神灵库比拉斯的——就是你用‘歪神’来称呼的那个。给我讲讲吧，鸟。下雨了，我又冷又饿，还在世上最可怕的地方迷路了。”

“咱也又湿又饿。”斯科恩提醒他，“咱可就吃了一两个碎虫茧。”

想到虫茧，巴瑞克并没觉得好受多少，“你就……再往下讲讲吧。拜托了。”

乌鸦梳顺身上带着斑点的羽毛，让步了：“也不是不行吧。咱上次讲到哪儿了？”

“讲到他见到了自己的曾祖母。曾祖母要教他……”

“哦，正是。咱记起来了。‘我教你如何在虚空之母的领地旅行’，曾祖母对歪神说，‘那地方游离于一切存在之外，蕴含于所有场所之内，如思绪般临近，如祷告般无形。’咱是不是讲到这儿了？”

“没错。”

“要不然先给你找点什么吃的？”斯科恩心情又好了起来，“这片林子里多得是哨蛾……”它看见了巴瑞克的表情，“得，好吧，

‘高傲到什么都看不上’先生，要是半夜肚子咕咕叫，你可别来怪斯科恩……”

虚空之母是歪神的曾祖母。歪神曾在她身边度过漫长的时光，学习有关她的领地和道路的秘密，变得越来越睿智。他在曾祖母的领地上旅行，学到了很多法术，见过许多人自以为神不知鬼不觉时所做的事。尽管歪神是个残废，两条腿长短不一，走起路一瘸一拐，像一辆断了只轮子的马车，他行走的速度还是快得无人能敌——就连他的表亲“骗子”也赶不上。骗子在人间的名字是佐悉蒙。

骗子是三兄弟家族里最敏捷的人，是道路、诗歌和疯子的狡猾主宰者。其实，聪明的骗子早已猜出了虚空之母的一些秘密，但他在私底下称她为“井里的迂腐老风”。这话传到虚空之母耳朵里，她就再也不让骗子了解关于她的领地和里面那些诡异造物的任何事情了。

但歪神一直是她的心肝宝贝，受到她的细心教诲。随着歪神学得越来越多，会的咒语逐渐丰富，能力也不断提高，他越来越觉得一切都很不公平：他的父亲被人杀死，母亲被人掠走，叔父和表兄弟全被贬谪到了天上，而做出这一切的人，特别是那三个最强壮的兄弟——你们称为佩林、科涅奥斯和埃瑞沃的那三个——却在大地上幸福地生活，快乐地大笑着放声歌唱。歪神越想越气愤，他思考了很久，想出了一个复仇计划——有史以来最有心计、最富技巧的复仇计划。

三兄弟身边总是围绕着众多力量惊人的守卫，所以简单的突袭伤不到他们。水神埃瑞沃的王座周围有海狼和毒水母游来游去，水士兵不分昼夜地守护着他。天空之神佩林的宫殿建在世上最高的山顶上，亲戚的住处在外面围成一圈。他还拥有歪神给他制作的裂电锤，只要时间充足，能把整个世界都砸成两半。石神科涅奥斯没有这么多仆人，但他的城堡位于与死者相伴的地下深处，周围包裹着众多法术和咒语，可以烧掉你的眼睛，让你的骨头像冰一样易碎。

但三兄弟都有一个共同的弱点，和任何普通男人无异，那就是他们的妻子。俗话说得好，即便是头胎生的老大，在自己妻子眼里也胜不过其他弟弟。

聪明的歪神早就与三位妻子中的两位交上了朋友：天空之神的王后夜神，还有被石神抛弃后嫁给水神的月亮女神。这两位王后都对丈夫的自由心怀不满，希望自己也能出去在世间闯荡，想爱谁就爱谁，想做什么就做什么。于是歪神给了两位女王一剂药，让她们放在丈夫的酒杯里。歪神对她们说："喝下这个，他们就会熟睡一整晚，一次都不会醒。在此期间，你们可以随心所欲。"

得到歪神的礼物，夜神和月神都很开心，向他保证每晚都会这样做。

第三个兄弟，冷酷无情的石神，在战争结束后遇见了歪神的母亲花神——你们好像叫她佐睿雅。当时她正孤身徘徊，心碎不已。石神把她带回家做了自己的妻子，抛弃了原本的妻子月亮女神，任她在世间流浪。然后石神赐了歪神母亲一个新的名字：黎明之光。但是尽管他在新妻子的身上挂满了沉重的金子、珠宝和其他黑色大地的馈赠，她还是从来都不笑，也不说话，只是静静地坐着，和石神在暗黑王座上统治的那些死人别无二样。于是歪神趁着黑暗去找母亲，把自己的计划告诉了她。对母亲他没有必要撒谎。她亲眼见证了父亲的死，儿子所受的折磨和家人被贬谪后所受的苦难。当歪神把药给她的时候，她还是没有说话，也没有笑，只是用冰冷的嘴唇亲了下歪神的额头，转身走进了石神宫殿里那没有尽头的漫长走廊。在此之后，他们只有一次机会再见了。

做好诸般准备工作后，歪神首先去了水神的深海宫殿。他照曾祖母虚空之母所教的方法在她的领地中穿行，成功躲过了水神宫殿里所有人的监视。歪神如一道冰冷海流般穿过了不眠不休的海狼群，它们虽然能感知到他的存在，却无法触及他，无法用尖锐的牙齿将他撕成碎片。毒水母也叮不到他。歪神轻松地从水母群间穿行而过，仿佛它们只是一些漂浮的水百合。

最后他在卧室里找到了水神。水神喝得酩酊大醉，因为月神下的药而沉睡不醒。歪神站在他的床前犹豫了，心里泛起一阵奇怪的情感。水神并没有和其他两位兄弟一起折磨过歪神，歪神对他也没有像对天空之神和石神那样的仇恨。但水神也参与了针对歪神家族的战争，间接让歪神的母亲守了寡，之后还和两位兄弟一起将歪神家族剩下的人流放到了天上。而且只要他还活在大地上，歪神的敌人，源雾家族，就还会存活下去。出于有限的仁慈，歪神并没摇醒水神让他直接面对自己的命运，而是在虚无之地里开了一扇门，将沉睡的水神推了进去，推进一个从来没有人去过、连曾祖母自己也忘了的秘密之地。等水神从这个世上消失了，歪神关上了那扇门。

他又从秘密道路走出了海下宫殿，思考着接下来是要去对付天空之神还是石神。在这三兄弟里，天空之神最强壮，也最冷酷，一举当上了所有神的统领。他在山顶的宫殿里管辖众神，宫殿所在的山的名字叫赞德，别名神处。这座为神而设的宫殿保护着他，比任何墙壁都要坚固。他的三个儿子猎神、马神和负盾神几乎和父亲一样强大，两个女儿智慧之神和森林之神也胜得过所有战士，更别提歪神这样的残废了。因此最佳选择应该是把天空之神的坚固堡垒留到最后。

但是说实话，让歪神最害怕的不是狂暴的天空之神，而是冰冷沉默的石神。

所以他经过虚无之地的道路去了神处。源雾家族的所有人都感觉到了，却看不见、听不见，也闻不见他。只有目光锐利的猎神和脚步飞快的森林之神才能大概猜出他的位置。冷酷而美丽的森林之神跑向歪神，却没能抓住他，只是扯下了他长袍上的一片布。猎神射出了一支魔箭，飞入歪神所走的虚无之路，擦伤了他的耳朵，流下的血滴落在他的肩上和象牙之手上。但他们都没能阻止他。很快他就潜入了天空之神宫殿的深处，找到了烂醉沉睡的天空之神。歪神插上了卧室的门闩。

“醒醒！”他冲着熟睡的天空之神大吼。他想让敌人知道发生了什么，知道对付他的人是谁。“醒醒，大嗓门——你的末日到了！”

天空之神非常强大，即便是喝了歪神调的药也不减神勇。他从床上跳起来，拿下大如马车的裂电锤，用力挥向歪神。他没能砸中歪神，却把大床砸成了一片废墟。

“别担心，”歪神告诉他，“你再也用不着那张床了。你很快就要睡在另一张上了——冰冷之地的冰冷之床。”

天空之神大吼着称歪神为叛徒，然后用尽全力挥动强壮的手臂，将裂电锤扔了出去。如果不是歪神，任何神明或人类都会被砸成碎片，每一片都被烧成焦炭。但裂电锤飞到一半就在空中停下了。

“这武器是我做给你的。你以为你能用它来对付我？”歪神问他，“你称我为叛徒，但是你先袭击了我的父亲、你自己的兄弟，背信弃义地打垮了他。现在你得到报应了。”

歪神扭转锤子转过去对付天空之神，击打时的碰撞声仿佛闪电的嘶吼。天空之神佩林喊叫着向家人和仆人求助，住在神处的所有人都跑来支援。但歪神已经向虚无之地开了一扇门。不等天空之神再说一个字，歪神又用巨锤打中了他，让他向后直飞进了那扇门。虚无之地如龙卷风般将天空之神向里吸去，天空之神用强有力的双手死死抓着地板不放。他不肯放手，但也无法将自己从歪神曾祖母所统治的虚无之地里拉回来。看着这幅情景，歪神微微一笑，向后退了一步。他打开天空之神卧室的门，藏到了门后。山上所有的神灵都冲了进来，包括智慧之神、负盾神、云神、看守神。见到陷入危险的首领，他们都跑过去帮他，抓住他的胳膊往回拉。但虚空之母的魔法太过强大，他们无法战胜那股力量。当他们挣扎的时候，歪神从门后走了出来，走到队伍尾端骨瘦如柴的远古神身后。远古神连天空之神的身体都够不到，但他拉着智慧之神，她拉着猎神，而猎神正抓着天空之神的手。

"我记得你是怎样往我父亲的尸身上吐唾沫的。"歪神对远古神说，举起青铜之手和象牙之手，从背后推了远古神一把。远古神跌撞着向前倒去，撞到了智慧之神身上，她又撞到了猎神身上，然后一路跑来营救首领的神灵们就都一起掉进了虚无之地。这阵冲撞松动了天空之神的手，他也和其他神灵一起落入了冰冷的黑暗，无一幸免。

歪神大笑着看着他们掉下去，大笑着听他们喊叫诅咒，当他们消失时笑声达到了顶峰。对他们犯下的罪恶，他已经回想了太久，感觉不到一丝怜悯。

但天空之神的亲戚还有一个并没跑来参与营救。那就是骗子，只要是能让别人去做，他从来不会亲自动一根指头。当骗子见到发生的一切，见到连神中最强大的天空之神都被打败、被放逐，他害怕了。他从众神的宫殿跑下山去，去找他的父亲石神通风报信。

于是歪神也走下了雄伟的赞德山，跑向石神的家。骗子脚步飞快地跑在他前头。没有任何奇迹和惊喜助歪神一臂之力，所以当他跑到石神之家，发现那里大门紧锁，有很多士兵守在外面时，他并不惊讶。这阻止不了歪神。他通过只有自己和曾祖母才知道的道路绕开重重障碍，走到了石神的卧室门外。骗子刚将情况向父亲通报完毕，正要溜掉，被歪神逮了个正着。两人打了起来。歪神抓住骗子的脖子不放。骗子变成了一头公牛，一条蛇，一只猎鹰，又变成了燃烧的火焰，但歪神坚持不放手。最后骗子没办法，变回了原本的自然形态，乞求歪神放过他。

“我努力想救出你的母亲，”骗子哭号道，“我努力帮她逃走。我一直都是你的朋友！当其他人都反对你的时候，是我站出来为你说了话。当他们放逐你的时候，不是我收容了你，给你酒喝的吗？”

歪神大笑起来。“你想自己霸占我的母亲，如果她没能逃走，就会落入你的魔爪。你并没为我说话，你没有站在任何一边——你一直都是这样，以便随时投奔最后的赢家。你收容了我，给我酒喝，为的是让我喝醉，让我自己说出要怎样才能造出送给天空之神他们的那些魔法物品。但我的象牙之手打碎酒杯保护了我，没让你得逞。”他抓着骗子的脖子把他悬空提起，走进了石神的卧室。歪神仍然对黑色大地之神感到恐惧，但他知道不管以何种方式，一切马上就要结束了。

石神科涅奥斯不相信任何人，也没有喝下歪神母亲为他准备的药酒。他穿着可怖的灰色盔甲站在卧室里，手中握着可怕的地星矛。他力量强大，站在属于自己的宫殿里。除此之外，他还有另外一件武器。当歪神经过虚无之地的道路凭空出现在他面前，石神向他展现了那件武器。

“这是你母亲，”石神说，“我带她回了家，她却以背叛来回报我。”石神用胳膊紧紧箍住歪神的母亲，把矛尖抵在她的喉咙上。“如果你不马上投降，用你杀死我兄弟们的虚无咒语绑住自己，她就会在你眼前死去。”

歪神没有动。“比起你们兄弟对我家人所做的一切，我对你的兄弟很仁慈。他们没有死，只是在冰冷空荡的大地里沉睡。你很快也会步上他们的后尘。”

石神大笑起来。人们说那声音就像墓地里刮来的风。“在虚无里永远沉睡？那又比死亡强到哪儿去？哈，就算你认为这是种恩赐，你自己也得不到这么好的待遇。我命令你现在就将自己粉身碎骨，否则你母亲就会流血而死，然后我还是会杀了你。”

歪神举起骗子，他还在青铜之手的禁锢中喘不过气：“你的儿子呢？”

石神的凶恶巨响撼动大地：“我有很多个儿子。只要我活下来，我还能再生很多个。如果我活不了，我也不在乎有没有后代。随你的便吧。”

歪神将骗子扔到一边。他和石神互相瞪视了很久，好像两只争夺猎物的狼，谁都不肯先动。然后歪神的母亲举起颤抖的手抓住锋利的矛尖，用它划开了自己的喉咙，在汹涌的鲜血中倒在了石神卧室的地上。

石神一刻都没有迟疑。当歪神眼睁睁地看着母亲在地上垂死挣扎时，黑色大地之神挥起还染着她鲜血的巨矛，冲着歪神的心脏扎去。歪神想控制地星矛，但石神在矛上设下了自己的咒语，歪神无法让它归顺自己，只能向旁边迈出一步，躲进了虚无之地。巨矛掠过他身边插入了墙壁，巨大的力量让半个宫殿都倒了下去，四周的土地一阵震动。

歪神躲入虚无之地的时候，石神也跟了进去。他们缠斗了很久，宫殿在四周渐渐倒塌。他们的力量如此巨大、打斗如此激烈，连大地里的石头也开裂粉碎。石神宫殿上方的岩石山峰都化为尘埃，大地逐渐下沉，海水从四面八方涌了进来，将他们打斗的场所变成了水中的一座小岛。

最后他们互相扼住了对方的咽喉。石神的力量更强，歪神只能躲入黑暗之路。石神没有放手，跟他一起掉了进去。他们在虚无里一同下坠，石神使劲掰着歪神的后背，直到他的脊椎几乎断开。歪神无法呼吸，无法思考，石神几乎压断了他整个人。

“看着我的眼睛。”石神说，“你会看到一片巨大的黑暗，远远超出虚空之母的能力和想象。”

歪神险些就要彻底完蛋。如果他真的望进黑色深渊之神的眼睛，他就会被扯入死亡。但他没看，只是转头狠狠咬住了石神的手。石神疼得放松了手上的力量，被歪神挣脱出他的掌控，自己也落入了充满浓雾的冰冷黑暗。

歪神在虚无之地最偏远的角落里游荡了一阵子，头昏脑涨，神志不清。最后他终于找回了石神的家，回到了母亲的尸体旁。他跪倒在她身边，却发现自己哭不出来。他只能把手放到她曾吻过的额头上，俯下身去，亲吻她冰冷的脸颊。

“害过你的所有凶手都被我毁灭了。”他无声地告诉母亲。

一阵可怕的疼痛突然袭来，石神的巨矛刺穿了他的胸膛。歪神蹒跚着站起身来。骗子从藏身的阴影中现了身。恶作剧之神大笑着手舞足蹈。

“而你则毁在我手里。”骗子，也就是佐悉蒙喊道，“所有伟大神灵都死了，只剩下我一个。就由我来统治整个世界，统治七乘七的山脉，七乘七的海洋！”

歪神用青铜之手和象牙之手紧紧抓住刺穿自己的地星矛。巨矛燃起火焰，化为焦炭。“我并未毁灭，”他说，虽然他确实身受重伤。“还没有……还没有……”

沉默变得越来越久，巴瑞克低垂着头差点睡着。他回过神来，抬起头。“鸟？斯科恩？然后呢？”他瞪大了眼睛。“你去哪儿了？”

过了几秒钟，灰蒙蒙的天上出现了一个拍着翅膀的黑影，黑色的鸟喙上叼着什么不断扭动挣扎的可怖物体。

“嗯，”它说，嘴里的东西露着很多条腿，还在绝望地踢动着。“真好吃。之后的故事咱稍后再讲。咱发现了一整窝这东西。吃起来就像烂得正好的死老鼠，再烂一点就要胀气爆掉了。要不要给你也来两只？”

“哦，众神啊。”巴瑞克呻吟道，厌恶地转过身，“无论你们在哪儿，是活着、死了还是在梦乡，请赐予我力量。”

乌鸦为他的愚蠢哼了一声：“祈祷可不会给你足够的力量。要想坚持下去就得吃东西。”

第一部分

面纱

VEIL

第一章
虚假王冠

根据我所到之处的见闻，在两处大陆和海中岛屿上，没有任何地方未听过精灵的传说。但究竟是精灵真的在这些地方居住过，还是人类迁徙时带去了关于他们的记忆，没人能够说清。

——引自《埃昂大陆和赞德大陆精灵种族专述》

正午祷告的撞钟响了。布瑞奥妮感到一阵羞愧——她已经比之前承诺的时间晚了一个小时，主要是因为吉诺大人那些没完没了的尖刻提问。

“抱歉，侯爵。”她边说边站起身，“我向你道歉，但我真的必须去见朋友了。”艰苦的生活过了几个月，再想找回淑女优雅的举止言辞实在太难了，感觉就像她在剧团里演过的那些角色一样假。“请您原谅。”

“所谓的朋友，是指那些演员？”艾拉斯米亚斯·吉诺扬起跟随潮流精心修剪过的眉毛。这位希安本地的侯爵看起来只是个纨绔子弟，但这完全是因为希安的着装潮流。吉诺以他精明尖锐的头脑而闻名，还在名誉法庭指定的决斗中杀死过三个人。“说真的，殿下，您总不能一直这样假装下去，那种……那样的人不可能成为您真正的朋友。他们帮您成功地进行了秘密旅行——在危险国家的危险道路上，那是种非常聪明的变装手段——但现在您已经不需要那种伪装了。”

“无论如何，我必须去见他们。我有这个义务。”她必须承认，他说的话大半都是事实。她并没像对待真正的朋友那样对待那些演员，没有对他们坦承任何重要的事实。他们把生活的一切都摊开了给她看，但布瑞奥妮·埃顿并没回应他们的热情，哪怕只是一丁点儿。他们坦诚直率，她则完全相反。

呃，至少他们大部分人都很坦诚。“我听说您释放了所有人，除了费恩·特奥多罗斯。他自称要向您的国王传达来自布罗纳大人的口信。我是艾文·布罗纳唯一侍奉的王室成员，相信他不会向我有所隐瞒。我也想听听那些口信。”

吉诺微微一笑，伸手捋过胡须：“即便您想听，那也要由我的君主，埃南德国王来决定，布瑞奥妮公主。稍晚些时候他就会见您。”他绝对是故意提到这两个头衔的。吉诺在提醒她，她的继承权还排在希安国王之后。就算是在她自己的国家——哦不，她可不在自己的国家。

吉诺侯爵站起身，动作流畅优雅得能让绝大多数女性都望尘莫及。“来吧。我送您去见那些演员。”

父亲不在了，肯德里克不在了，巴瑞克……她挣扎着不让突然出现在下眼睑的泪水流出来。*沙索，还有达瓦特。全都不在了，几乎全都死了——也许是所有人*……她努力让自己平静下来，不想让希安的官员发现。*而现在我又必须和梅克维尔的大家告别*。这是种奇怪的感觉，如此孤独。之前她一直以为这感觉只是暂时的，只要忍耐一阵子，等她的状况有所改善就会消失不见。但现在，她第一次感觉到这也许并非暂时，也许她只能以这种方式努力生活一辈子，

如雕像般站得笔直，如石头般坚硬冷酷，里面却是空的。**全部，全都是空的……**

吉诺领着她走过殿堂，穿过广堂宫某座宏伟的花园，走进一条沿着宫殿高墙内侧修建的静谧走廊。这地方如此阔大，光是宫殿本身就抵得上整个南境，城堡和城市都算。而她连一个人都不认识，也没有一个可以信任的人……

盟友。在这片陌生的土地上，我需要盟友。

南境的演员们坐在无窗房间里的一条长椅上，由好几名守卫看管着。他们大多数人已经露出了害怕的神情，即便重新见到布瑞奥妮也没放松下来，毕竟她的身份已被确认为他们的统治者，现在还穿着吉诺为她准备的昂贵服装。最后一次见面时，艾斯蒂尔·梅克维尔曾对布瑞奥妮发火，说了些难听的话。现在她脸色发白，耸起肩膀，仿佛觉得会挨揍。在所有演员中，只有年轻的费沃尔并无畏惧之色，而是上下打量着布瑞奥妮。

“瞧瞧他们给你穿的这一身！”他赞叹地说，“你可得站直点啊，姑娘，要穿就好好穿！”

布瑞奥妮忍不住露出了笑容：“我有点找不着感觉。”

玩世不恭的纳文·休尼也在打量她，惊叹地皱着眉：“看在众神分上，他们说的都是真的。想想看——要是我再加把劲，说不定已经搞上了公主呢！”

艾斯蒂尔·梅克维尔惊吸了一口气，她哥哥裴德从长椅上摔了下去。两个守卫低垂手中的长戟，严防他们趁机暴动。“神圣的佐睿雅保佑我们！”艾斯蒂尔盯着气势汹汹的尖刃，嗓音嘶哑地叫道，“休尼，你个笨蛋，你会害我们上砍头台的！”

布瑞奥妮忍不住感到有些好笑，但在守卫和吉诺面前，她也不能显得与他们太过亲近。“请放心，就算我要发怒，”她说，“为那条任性舌头付出代价的也只有休尼一人。”她目光严厉地瞪了剧作家一眼。“届时既然要朗读他的罪状，我不如从头讲起。第一条，他说胞弟和我是‘愚蠢之神与权势妓女生下的龙凤胎杂种狗’。第二条，他说我身陷囹圄的父王是‘卢迪思·德拉卡瓦忠实的泄欲玩物’。随便哪一条，应该都足以让刽子手开始工作了。”

纳文·休尼呻吟了一声，声音稍微大过了头，听起来并无忏悔之意——他要么是无所畏惧，要么就是因长年喝酒而头脑不清。“瞧见没有？”他冲同伴们发问，“这就是青春和慎酒的好处。她的记忆清晰得吓人。这简直是种诅咒，连别人哪怕一丁点儿的无心之过都牢牢记着。殿下，我怜悯您！”

“哦，闭嘴吧，休尼。”布瑞奥妮说，“之前你并不知道我是谁，我不会让你为那时所说的话负责。但你的聪慧和魅力还不及你想象中的一半。”

“多谢您，殿下。”剧作家兼演员敷衍地鞠了一躬，“既然我对自己评价甚高，只要一半就足以证明我极富魅力。”

布瑞奥妮只能对他摇摇头，转向多文·比奇。她对这个语气柔和的大个子有种特别的喜爱：“其实，我来只是想向你们道别。我会让他们尽快放费恩走。”

“这么说，这都是真的？”他问，“你真的是……他们所说的人吗，小姐？殿下？”

“恐怕是的。”她坦承，“我并不想对你们撒谎，但我当时有生命危险。我不会忘了你们对我的善心和恩情。”她转向其他人，甚至对艾斯蒂尔也微微一笑，“你们所有人。其中也包括纳文先生，虽然他的那份善心里掺杂了好色和对他那美丽嗓音的无限热爱。”

“哈！”裴德·梅克维尔坐起身，感觉好多了，“她又将了你一军，休尼。”

“我才不在乎。”剧作家轻快地说，“反正南境的女王已经宣布，我是世上最有魅力男人的一半。”

“我不是南境的女王。”布瑞奥妮看了艾拉斯米亚斯·吉诺一眼。他一直带着礼貌的微笑在一旁看戏，宛如一位剧院的常客，还认为这一场的表现远不如前一晚。“这也就是为什么你们不能回去，至少现在不能。”她转向希安贵族，“我在这里的消息会传到南境，对吧？”

他耸耸肩：“我们不会对这件事保密——我们并没有与您的国家开战，公主。实际上，根据我们所听闻的消息，托利只是暂时看管着王位，直到您父亲……或者您自己的归来。”

“骗人！他想杀了我。”

吉诺摊开双手：“我相信您的话，布瑞奥妮公主。但事情……很复杂……”

“瞧见没有？”她说，又转向演员们，“就是这么回事。你们得留在特希斯，至少等我大致决定接下来要怎么做。在这里演出吧。恐怕你们得另找人演佐睿雅了。”她微微一笑，“我相信要找个水平更高的演员并不难。”

“说实话，我觉得你已经挺不错的了。”费沃尔对她说，“你还没能让他们忘了我，感谢佐悉蒙与众神，但也已经很棒了。”

“他说的没错。”多文·比奇说，“只要再稍微练习一阵，你一定能当个伟大的演员。”其他人都大笑起来，他脸红地环顾四周。

布瑞奥妮却没笑。听到他的话，她感到心头一阵刺痛，为了那另一种不可能的人生。在那里，她可以随心所欲地生活。“谢谢你，多文·比奇。”她站了起来，“别担心，我们会马上给你们安排住处。”这样一来，布瑞奥妮可以随时去找他们，与此同时好好思考她刚想到的主意。“那么，就此告别了，我们下次再见。”

演员们在两个守卫的护送下往外走。休尼脱离了队伍，走到布瑞奥妮面前。“说实话，”他低声说，“我更喜欢你现在这个样子，小家伙。你这女王的角色演得不错。好好演下去，你以后一定会得到很多赞誉。”他给了她一个带着酒气的吻，跟着其他人出去了。她不禁心想，在埃南德国王的牢狱里，他是从哪儿搞到酒的？

“好了，看在众神的份上。”吉诺侯爵说，“这真是……有意思。有时间你可得给我讲讲和这些人旅行的故事。不过现在，你要参加的可是一场更高级别的演出——人称召见演出。”

她过了片刻才反应过来：“国王？”

“没错，殿下。尊贵而威严的陛下，希安的国王想见你。”

作为最有发言权的人之一，布瑞奥妮承认，南境的觐见厅虽然很庄严，也算令人印象深刻，却还称不上宏伟。那里的天花板上满是精细的古代雕刻，但除了全部蜡烛都会点燃的节庆日，平时宫内总是光线昏暗，很难看清那些图案。天花板很高，但那也只是与王宫里其他房间相比——远境王国的很多大型建筑都有更高的天花板。即便是在她童年时为她奠定了天堂印象的那些彩窗，与拉文之门外的三神圣堂相比也不值一提。尽管如此，布瑞奥妮还是一直以为，自己家和埃昂其他王宫应该没有什么太大的区别。她父亲毕竟是位国王，而他的父亲和祖父也一样是国王——这条王室血脉可以再往上追溯好几代。她一直觉得，希安、布伦和佩里卡尔的王室应该也生活得和自己差不多。但自从她来到了广堂宫，这种自以为是的幻想就消散得一干二净了。

在她被捕之后，守卫包围中的马车驶过铁闸和大门，进入宫殿的领地。从那时起，布瑞奥妮就越来越觉得自己太愚蠢。她怎么会一直抱有那样的幻想？他们家只是远境一族被人遗忘的分支，无足轻重，土里土气，与她和巴瑞克以前喜欢嘲笑的那些贵族别无二致。现在她站在吉诺身边，身处觐见厅。这间宏伟壮丽的殿堂一连几个世纪都是整个大陆的中心，现在仍属世上最强大的国家之一的首都。以往那愚昧的骄傲如鱼刺般卡在她的喉咙里。

首先，广堂宫的大殿在面积上就非常可观，天花板的高度有南境最大教堂的两倍。墙上的雕刻和绘画壮丽惊人，细节栩栩如生，简直就像芬德林人全族在这里雕画了一整个世纪。（后来她才知道，事实也的确如此，只不过希安称那些矮人为卡利坎人。）明亮的窗户上涂着阳光般鲜艳的色彩，每一扇看上去都有家乡的巴西利斯克之门那么大。整个大殿里有几十扇这样的窗户，映得室内如彩虹般色彩斑斓。地板是用黑白大理石方砖铺成的，精致的漩涡图案有个特别的名称，叫作佩林之眼——艾拉斯米亚斯·吉诺一边领她往前走，一边做着讲解。她跟着他穿过宏伟的大殿，里面空无一人，只有两排骑士靠墙分站在两边，穿着蓝色、红色和金色的盔甲，一动不动，静若雕像。

“回头请允许我带您参观这里的花园。”侯爵对她说，“大殿当然也很不错，但王室公园才是真正的魅力非凡。”

我知道你想说什么，伙计——这才是真正的王宫所应有的模样。她保持着愉快的表情，但吉诺的高傲姿态刺痛了她。**你对南境和我们所面临的难题不屑一顾，想让我瞧瞧真正的地位和权力是什么样的。是啊，我明白你的意思。你觉得我家的王位不过是一顶涂木成金的虚假王冠，和我在舞台上演的戏一样可笑。**

但王国渺小，并不代表王国的核心也一样微不足道。她如此想道。

吉诺领她走到觐见厅最尽头的一扇门前。门口围着一群守卫，服装的蓝色和红色与墙边的骑士队有所区别，但又相辅相成。“国王内阁。”吉诺说，推开门挥手让她进去。里面的传令官身着亮蓝色的制服，上面绣着剑与杏花——举世闻名的希安标识。他问了她的名字和头衔，然后将镀金的手杖在地上一顿。

“布瑞奥妮·特·玫丽尔·特·科林桑瑟·麦康纳德·埃顿，远境王国摄政公主到。”他宣布，语气普通得好像已经有四五位公主在她之前来过了。就布瑞奥妮所知，事实恐怕也的确如此。富丽堂皇的房间里有二三十名守卫、仆人和衣着华丽的大臣。尽管大多数人都是看着她走进去的，却没人表示出明显的兴趣。

“啊，没错，奥林之女！”坐在高背沙发上的长胡子男人说，随即招手让她过去。他穿着严肃的黑色服装，声音深沉有力。“我能在你脸上看出他的影子。这真是令人惊喜。”

“谢谢您，陛下。”布瑞奥妮上前行礼。埃南德·卡拉里奥斯是埃昂最有权力的统治者，整个人看起来也不负威名。近几年他稍微长胖了一点，但他本来就很高大，仪态中自有威严。他的头发色深而黑，只有一点点发白。虽然他的脸颊因年龄和体重而稍显圆润，线条仍然强壮有力，上面眉毛高耸，眼距较宽，鼻梁挺拔尖锐，很容易想象出年轻时是一位英俊王子。“来来，孩子，坐下吧。很高兴见到你。本王很想念你父亲。”

“整个埃昂都很怀念他。”国王身边的女人说。她穿着一件缀着珍珠的美丽长裙。布瑞奥妮意识到，她一定就是安娜卡·沃阿。她本身就是位极富权势的贵族，但此外更重要的一点是，她先后做过数位国王的情妇。布瑞奥妮震惊于她竟然如此公开地坐在埃南德身边。国王的第二任妻子去世已经好几年了，但根据梅克维尔那些人所传的闲言碎语，埃南德最近才和这位女人走在一起。之前安娜卡的情人是海茨帕，杰隆和杰尔的国王。

双手沾满鲜血的叛徒海茨帕……

想到这个人，礼刚行了一半的布瑞奥妮险些失去平衡跌倒。在这世上，她想折磨的人不多，海茨帕就是其中一个。她忍不住想，不知道当海茨帕决定关押父亲奥林、之后又把他卖给卢迪思·德拉卡瓦的时候，安娜卡是否就在他身边。这女人的目光锐利无情，要想象那样的情景太容易了。

“两位太客气了。”布瑞奥妮说，尽量保持着嗓音的稳定，“我父亲提起您的时候总是带着最高程度的崇敬与爱戴，埃南德国王。”

“他现在怎么样了？你有听说他的消息吗？”埃南德抚弄着怀里的什么东西，这让她有点分心。过了片刻，她看到他沉重的天鹅绒衣袖里露出了一双明亮的小眼睛，是只小动物，小狗或者貂。

“我收到过几封信，但离开南境后就没再听过他的消息了。”她不禁猜测起他们两人在想什么。现在他们的表现简直就像在演给谁看——他们难道不了解她的处境？“陛下一定知道我离家是……嗯，并非出于我自己的意愿。我的一位臣民……不，我父亲的一位臣民，亨顿·托利，犯下叛国罪，控制了远境王国的王位。我怀疑他谋杀了我的兄长，也谋杀了他自己的兄长。”实际上，她对肯德里克的死是否也该归罪于托利并无把握，但他自己承认过在兄长盖伦之死中所扮演的角色。

“也许你也知道，托利勋爵所说的完全是另一回事。”埃南德表情困扰地说，“本王不能站在你们某一边，至少现在掌握的情况还不够。相信你一定能理解。托利勋爵说是你自己跑掉了，而他唯一所做的事就是保护奥林唯一剩下的继承人，婴儿亚历桑德罗斯。那孩子是叫这个名字吧？”他问安娜卡。

“对，亚历桑德罗斯。”她转向布瑞奥妮，“可怜的孩子。”安娜卡长相俊俏，但脸上抹了太多的粉，反而凸显了瘦削脸颊上的皱纹。尽管如此，她还是某种成熟女人的典型代表，总会让布瑞奥妮觉得自己是个又傻又笨拙的小女孩，“你受了多少苦啊。我们听了那么多传言！南境真的受到了精灵的袭击？”

埃南德国王不耐烦地看了她一眼，大概是不愿回想起古代精灵战争中希安对安格林家族所欠下的债。

“是的，确实如此，夫人。”布瑞奥妮说，“就我所知，现在他们仍然包围……”

“但我们又听说，你藏身在一群农民中间逃掉了——从南境一路走过来！如此聪明！如此勇敢！”

“其实是一群演员……夫人。”布瑞奥妮早就学会了如何咽下怒火，但那滋味并不好受。“我要逃离的也不是战争，而是叛徒……”

“是啊，本王都听说了——好一场传奇！”埃南德打断了她，选在这个点上绝非偶然。“但本王只听到了故事的骨架，回头你可得给我们仔细讲讲。嗯——”他说，举起一只手不让她再开口，“但今天就到此为止吧，亲爱的。经过这些历险，你一定累坏了。我们的时间还多的是，等你恢复精神吧。晚餐时再见。”

她道了谢，再次行礼。**所以呢？**她心想，**我到底是客人，还是囚犯？**答案一点也不清楚。

吉诺侯爵领着她走出国王内阁。布瑞奥妮强行忍住心里的怒火和愤懑。埃南德彬彬有礼地接待了她，至今为止，希安对待她的态度也已经超出了她的预期。难道她奢望国王能当场站起身，宣誓永远效忠于安格林一家，再给她派支军队，回去将托利他们杀个人仰马翻？当然不会。但她在国王的举手投足间看出，这些应对措施并不是仅仅会延迟，而是根本不会发生。

布瑞奥妮沉浸在思绪中，差点迎面撞上一个高个子男人。他正往她刚退出的内阁里走。她向后惊退，而他伸出一只有力的手扶住了她。

“抱歉，小姐。”他说，“你没事吧？”

“尊贵的殿下。”吉诺说，“我们还没去找您，您就已经回来了。”

为了掩饰困惑，布瑞奥妮低头抚平衣服。尊贵的殿下？那这位年轻人一定就是王子埃尼亚斯了。她抬起头，感到呼吸变得有些急促。这个人真的就是她小时候在那一年里反复思念过的小男孩吗？他确实和她想象中的王子一样英俊，而且他的肩膀如此宽厚，黑发散乱地纠缠成一团，像匹刚刚狂奔了很久的骏马。

“要传的消息太多，”王子说，“我骑马骑得很快。”他疑惑地看着布瑞奥妮："这位是？"

"殿下，请允许我介绍布瑞奥妮·特·玫丽尔·特·科林桑瑟……"吉诺说。

"布瑞奥妮·埃顿？"王子打断了他，"你真的是布瑞奥妮·埃顿？奥林的女儿？你在这儿做什么？"他突然想起该有的礼数，抓起她的手凑到唇边，但目光始终没有离开她的脸。

"稍后我再解释，殿下。"吉诺说，"您父亲正期待着你带去关于南部军队的消息。一切都顺利吗？"

"不，"埃尼亚斯说，"不，不顺利。"他又转向布瑞奥妮。"您会和我们共进晚餐吗？快说'会'。"

"会——会的，当然。"

"很好。我们稍后再聊。在这儿看见您太让人震惊了。我刚才还在想您的父亲——您也知道，我非常崇拜他。他还好吗？"他并没停下来等她回答，"吉诺说得对，我该走了。但我很期待稍后与您交谈。"他拉过她的手，用干燥开裂的嘴唇轻触了一下就算是吻。他直直地盯着她，仿佛想要记住她脸上的每一寸。"我跟他们说过，您一定会长成个大美人。"他说，"事实证明我是对的。"

布瑞奥妮看着埃尼亚斯走远，等他的背影消失后又盯着看了一会，之后才意识到自己张大了嘴，像个第一次进城的山里牧羊人。"他什么意思？"她说，一半是自言自语，"他不可能还记得我！"

吉诺微微皱着眉，又尽力展颜挤出一个微笑。"哦，王子可从不撒谎，殿下，而且他从来不屑于阿谀奉承。"他发出略带遗憾的笑声，"他并无恶意。当然啦，他是位相当出色的年轻人。但说实话，他在宫廷礼节方面还有改进的空间。"他站直身体，伸出手臂。"我领您回房间吧，公主。我们都很期待晚餐时能有幸请您做伴，但经过那场可怕的旅行，您真的该休息了。"

根据希安的标准，布瑞奥妮自己的宫廷礼节恐怕也有所欠缺。

但她很明白艾拉斯米亚斯·吉诺的言下之意：*好了，孩子，快从我脚下躲开，让我去处理更重要的事务——不是像你们家那样的闭塞之地的，而是一个真正王国的事务。*

这让布瑞奥妮再一次体会到，对于希安人而言，她不只是件茶余笑料，还是个需要处理的恼人问题。不管怎样，在这里她既没有权力，也没有可以依赖的朋友。她顺从地跟着吉诺穿过宽敞明亮的大殿，路过几群直盯着她看的大臣和较为收敛但同样好奇的仆人，思考着该如何在笑料与问题两种立场间找到最佳平衡。

第二章

海底之路

根据阮提斯和其他埃昂大灾难时代之前学者的著作，精灵坚称他们并非由众神所创造，而是他们自己“召唤”了众神。

——引自《埃昂大陆和赞德大陆精灵种族专述》

火石捡起碎了一半的骨白色圆碟，冲燧岩挥了挥。“这是什么？”他问道。但他的养父在前面领先几步，没看见男孩捡到了什么。

“我们这是要一路走到银边去吗，老头子？”欧珀问道，从他们身后赶上来，看见了火石手中的东西。“你拿的什么，孩子？”她把碟子从他手里拿过去，认真地擦掉上面的灰尘，将淡白色的半圆举到煤油灯下。“哎呀，你瞧，燧岩，这是海币的碎片呀。这儿又不是海滩，怎么会有这东西？你觉得会不会是有人掉在这儿的？”

“应该是。”燧岩仔细地检查头顶上方的岩石，但石头坚硬又干燥，看起来毫无问题。“这儿没滴水。再说，要是海水真的渗进来，那可就不是滴两滴的问题了。那么多水，那么重，只要一次心跳的时间就能把这儿全淹了。”他忍不住想起父亲讲过的在采石工滩发生的悲剧，那里以驻扎在当地的公会命名。

芬德林镇的第一律法从未变过：水线以下禁止任何种类的正式

挖掘。只要有一处失误，海水就会一直淹到深处，毁掉“秘境”的所有建筑、焕华共修会的神庙和深层洞穴的一切。但在六七十年前的那天早上，石匠公会没注意他们挖得有多深。后来的调查表明，他们的另一个错误是往米德兰山峰所在的大型石岛方向挖得太远，而米德兰山峰正是南境的所在地。

那一天，随着石块滚动的一阵咕隆声，一股尖矛般的冰冷海水疾喷而出，将芬德林挖掘工冲得翻了个跟头。顷刻间，巨大的水流将裂口冲得越来越大，水箭变成了酒桶般的粗流。采石工们徒劳地想要堵住缺口，以一己之力对抗着海神的巨大力量，但挖掘室里还是很快就要被水充满。一个工人抛下同伴，逃到上层去警告其他人。公会所有在场的人都赶了过去，长老们决定封闭整个矿滩。十几个芬德林人被救出了出事的地层，但还有两倍的人被飞快上升的海水封在了四周的过道里，来不及得救。当时只有两种选择，燧岩的父亲告诉他，语气中带着饱含酸楚的胜利之意：一边是被某位愚蠢工头拖累的二十三个人，另一边则是芬德林镇上生活在海平面之下的数百人。

可怕但又幸运的是，在那不久之前，石匠公会刚刚允许工人们在挖掘特别困难时使用黑粉。燧岩的父亲说，如果事故发生时工人们还只能徒手搬运石块，最低的那几层就根本不可能得救。当时那些困在地道里的人一定听到了一声巨响，仿佛来自无尽天空之神的重锤。那是黑粉炸开了挖掘现场隔壁的洞顶。之后他们就什么也听不见了，只有自己恐慌的呼喊和迅速上升掩盖一切的水声。

那些工人的死亡时刻让燧岩小时候经常做噩梦。就连现在，芬德林孩子们仍然会用畏惧的低声谈起神秘闹鬼的采石工滩。

“不——不，这儿没有漏洞。”燧岩对家人说，摇着头驱赶那些让他心悸不已的童年回忆。他挤出一个笑容：“这样就好，我们现在是在水下，我可不想弄得全身尽湿。”

“可是，这孩子找到的确实是片海币，毫无疑问。”欧珀把那片东西还给火石，揉了揉他的头发。欧珀熟悉各种贝壳。她以前总喜欢在寒季与其他芬德林女人一起爬到顶层，在布伦湾周边的蓄潮池里采蚌，带回家用灼热的岩石煮着吃。燧岩特别爱吃。那些蚌肉质鲜美，味道比爬满盐池周围潮湿岩石缝隙的多腿括拉比还甜。欧珀也爱吃，但她已经很久没出去采过蚌了。自从有了火石以后，她就再也没去过。

“海币……”男孩说，眯眼看着那片圆碟。

“没错，因为它长得像枚硬币，看出来了吗？但它其实是贝壳，是一种小型海洋生物的骨骼。”燧岩轻扯了下男孩的手肘，“来，我给你讲讲这个地方。”

“真希望你能说我们已经到了。”欧珀说，“是谁把这条路修得这么陡又这么长？我看是疯子。”

燧岩大笑起来：“是，我们马上就到了，亲爱的老婆子——还差一点。”他回手拍拍背后的包袱：“别忘了，我还扛着东西呢。”

欧珀皱起眉头：“你不会是想说我扛的这包很轻吧。它可一点都不轻。”

“当然不会。”当然了，那包里的东西有一半他都叫她不要带，但那就像叫一只猫把尾巴和胡须留在家里别带出来。欧珀要出门，怎么可能不带上两只壶呢？还有那些高级勺子，她母亲送的结婚礼物？“无所谓了。”他说，一半是自言自语，一半是对他们，“再走一会吧。我来给你们讲讲这条路，为什么会有这条路，又是谁修的它。

“很久以前，如果我爷爷讲的时间没错——在凯里克国王二世的时代，有位伟大的芬德林人叫石青，他是紫铜宗族的人。那时候，大家都管石青叫‘风暴石’，这也就成了他的别名。嗯，就像我刚才说的，风暴石·紫铜是个伟大的人，非常与众不同。这也是件好事，因为他出生的时代非常动荡。”

“多久以前？”火石问。

燧岩皱了下眉：“呃，在我爷爷出生之前——有一个多世纪了。凯里克国王一世对芬德林人很好，互相往来的时候总是表现得很尊敬，将他们当成自己王国的成员一样看待，甚至有时候比对自己的臣民还好，因为他很看重他们的手艺活。”

“你是说工艺。”欧珀略带骄傲地说。

“我是说手艺活，那可不只是用凿子去凿石头。得要具备相关的知识才行。凯里克一世非常看重我们族人的知识，很少有国王能做到这一点。只有他这位国王一方面与精灵对战，另一方面又没把我们当成从雾影线后面逃出来的哥布林对待。”燧岩摇摇头，“你跑题了，女人。我在讲这些通道的事呢。”

“哦！打断了你真是该打，蓝石英！请讲请讲。”他在她声音里听出了一丝笑意。他们已经走了将近一整个上午，三个人都很累了，确实需要听个故事调剂一下。

“凯里克一世死了以后，大家都觉得情况还会一直这么好下去，因为继任的拜林挺像他父亲的。他也确实挺像的，只有一点不像——他仇恨精灵，也不怎么喜欢芬德林人。在他统治期间，芬德林镇的八大城门几乎全被封了，我们只剩下一条路可以在地面和地下之间来回，也就是我们现在所走的这一条。就连那一扇门外也有国王的守卫不分昼夜地把守，搜索我们族人的马车，无缘无故地给他们添麻烦，就为了不断提醒他们，他们比不上“大个子”。这对所有芬德林人来说都是个很大的打击，特别是与拜林父亲的统治相对比。之前那愉快的长期合作关系再也没有了。

“哎，结果呢，拜林的统治时间比凯里克一世还长，几乎有四十年。虽然我们在南境还有活干，那并不是什么愉快的年代。很多人都离开了，去了其他城市、其他国家，特别是在我们北部，加尔人军队烧毁破坏得这么厉害。

“最后拜林终于死了，他的儿子继了位——也就是凯里克二世，他继承了祖父的名号。睿智的老风暴石·紫铜找来其他公会领袖，问他们：‘你们知道大个子是怎么逮兔子的吗？他们会把兔子洞的所有洞口都封上，只留下一个，然后通过那唯一的洞口放貂进去，把里面所有的兔子都赶出去，不管是大兔子还是小兔崽。’

“其他芬德林人都问他，为什么要讲兔子的事？现在新国王正在加冕，要讨论的事情还多着呢。风暴石严厉地笑了起来。‘你们觉得拜林国王为什么要封住我们所有的洞口？’他说，‘因为这样一来，要是他们想灭掉我们，只要派士兵带着尖矛和火把从唯一的大门进来就行了，就像他们派貂进兔子洞去赶兔子。这么一来，芬德林镇就完了。我们愚蠢得任凭他们封了大门，如果再不做点什么，那可就真的蠢到家了。’

“不用说，这话掀起了很多争论——公会里很多人都无法相信大个子会害他们。但风暴石说：‘这位凯里克可不像凯里克一世，就像他父亲也不像他祖父。你们难道没看见大个子现在看我们的眼神，没听见他们私底下是怎么说我们的？他们觉得我们和占领城市的那些精灵没什么不同。如果他们变得越来越害怕，谁知道大个子趁着恐惧和愤怒会做出什么来？’

“‘可是我们又能怎么办呢？’某个公会里的人问，‘我们难道要去恳求新国王改变法律，允许我们打开其他七扇门？’

“风暴石又大笑起来：‘什么，狐狸会恳求猎狗放过自己吗？不。我们只能做我们能做的事，不要告诉别人。’于是他们就照他的建议办了。”

燧岩清了清嗓子：“看，我们又得往上爬了。也就是说马上就到了。我承认，这是有点绕远路，但这样走才安全。”他伸手搭在火石的肩上，当男孩迅速挣脱时感到心里微微一凉。“如果你想听，我就把剩下的故事讲完。你想听吗？”

他以为男孩会再次无视自己，但随即就看到他微微点了下头。

“石匠公会照智者风暴石的话做了。他们从金库里取了些钱，在之后十几年里找了几位爱财如命、守口如瓶的大个子，从他们手里买下了南境边界上最贫困地区的几座房子。然后他们在这些房子里挖起地道，连接起芬德林镇周边最偏远的那些小路。这些小路连名字也没有，更不为大个子所知，就算他们拿着地图也找不到。最后这些通道终于修好了。当时我们的一队人取得了凯里克二世的许可，可以在天黑后到地上去工作。他们修的是一座王室的谷仓，那里白天还要照常运转。这队工人带了超出平常人数的大队人马，在工地上来来回回，迷惑地上的守卫们。等夜幕降临，其中一半的人都离开谷仓，沿着后面的小巷去了公会秘密买下的那几座房子，挖穿了最后数英尺泥土和石头，打通了所有隧道。然后他们用石板遮住那些隧道的入口，做成了随时可以打开的门。通过这些门，他们就能从地上直接回到遥远的芬德林镇。

“并不是所有的新隧道都通往南境的远郊，虽然大部分都是。还有一些隧道直接从水下穿过，通往大陆上的住宅和其他场所。”他自己就曾走过这样一条路前往加尔人营地，把火石的镜子拿给那些暮光族人。但他没提起这件事，生怕惹欧珀不高兴。“不仅如此，”他继续说，“传说风暴石还修过一条隧道，直接通往内城——通往觐见厅！

“经过几个月的工作，我们的人不仅完成了王室谷仓的修缮，还造好了所有通往新城门的通道。公会里年长的人都轻声说着新城门的事。从此之后，我们就有了从芬德林镇进出的秘密通道。那之后一百多年，精灵都很安静，所以很多秘密通道都没人维修了，但我听说，地上那些藏着通道入口的房屋和其他秘密场所都还保留着。”

“你可别告诉我，你讲这故事是因为你要我们从这里一路走到地上去。”欧珀警告他。

“不，我们马上就到了，亲爱的。我之所以要讲这个故事，是因为我们现在所走的就是这样一条秘密通道。”

“就快到哪儿了？”火石问。

“到我们要去的地方——焕华共修会的神庙。”

“可是为什么要绕这么远？”火石问，语气听起来并不是在抱怨，只是单纯的好奇。

“因为地上来的士兵守着日常门，还把守着芬德林镇内的主要道路。”燧岩解释，“他们在找一个名叫燧岩的人，他老婆欧珀，还有和他们待在一起的男孩火石。”

“那是我们的名字。”火石认真地说。

燧岩不太确定男孩是否听懂了他开的玩笑。“对，我就是这个意思。他们正在找我们，儿子——而且并非出于好意。”

锑师父等在庙里蘑菇花园小路的正中央，年轻的宽脸因不习惯如此担忧而紧皱。在他身后，有无数张担忧的脸从焕华共修会神庙石柱的阴影里向这边张望。

“师父们心情都不太好。”锑告诉燧岩，“先告诉你一声。硫黄老者整晚都没睡，喊着说洪水之日就要来了。”他冲欧珀点点头，“您好，夫人，愿长者庇佑。很高兴还能再见到您。”

燧岩回头望向火石。男孩已经走到了远处，注视着一只岩石蟋蟀以不规则的线路穿过花园。“他们担心的是那孩子？”

锑耸耸肩：“我猜最让他们烦恼的是另外那两个大个子，你说呢？”他笑了起来，声音并不大。石柱阴影里仍然有几张脸在看他们。“还有地上发生的那些事，与精灵之间的战争，而我们说不定也会卷进去。话说回来，我们好些人都不介意事态再搞大一些。”他用力点着头，“也许这么说会让您吃惊，蓝石英，但住在这庙里可不是什么激动人心的生活。请您理解，我这不是抱怨，但在过去一两季里，您确实给我们的日子带来了一些盼望已久的刺激。”

“谢谢……如果我能这么说的话。”

欧珀终于把男孩抓了回来。燧岩催促他们两人走向庙宇的前门。欧珀抬头望向石柱组成的围墙，瞪大了眼睛：“我都不记得这儿有多宏伟了！”她走得越近，脚步就越慢，仿佛在逆风而行。燧岩心想：从某种角度而言，这也确实和逆风前行没什么不同——根据之前几个世纪的不成文传统，这座庙只向焕华共修会和几位屈指可数的重要人士开放。

虽然燧岩之前来过这里两次，这还是他第一次进到神庙里面。锑领着他们穿过柱廊、走进前殿，燧岩不禁暗自赞叹起这座庙的规模和建造技术。前殿的天花板几乎和芬德林镇闻名天下的雕顶一样高，虽然精细度上还不及后者的一半。庙宇的创造者显然更重视精简二字，尽全力将每一根线条都雕得干净简单，全面展现了他们所处朝代的建筑风格。因此，装饰这间交叉穹顶建筑的不是花草走兽，而是豪迈的线条和完美的圆角。这让前殿显得仿佛是由什么液体冻成的，仿佛是神用一大桶融化的铸石浇出了这样一座庙，让它瞬间冷却成形。

“这里……真美啊。”欧珀小声说。

锑微微一笑：“有些人喜欢这种风格，夫人。至于我，我觉得它有点……过于严肃了。每天在这里进进出出，如果有什么能凝望的东西就好了，但我总觉得无处可看，目光只能四处滑来滑去……”

“锑，”有个声音严厉地说，“你除了闲扯就无事可做了吗？”说话的是长着一张苦脸的镍师父，燧岩第一次来时就见过他。他的表情并没比之前欢快多少。

年轻的僧侣跳了起来：“抱歉，师兄。是的，当然有了。更重要的事情……”

“那就去做吧。如果有需要你的地方，我们会叫你的。”

锑显得有点悲伤。比起无意义闲聊时被师兄抓个正着，燧岩觉得他更多是在遗憾这闲聊被迫终止。锑鞠躬行礼，然后拖着脚步走开了。

“他这人不错。”燧岩说。

“他话太多。”镍皱着眉说。他冲欧珀点了下头，彻底无视火石。“我想他已经给你讲过这里的骚动情况了吧。”他领着三人走向大殿的墙边，走进一条两边摆放着壁龛的侧廊。壁龛的架子都空着，但上面灰尘的痕迹表明不久前还摆放着东西。“认识你以前，我们的日子要平静多了，燧岩·蓝石英。”

“这总不能完全怪我吧。”

镍的眉头皱得更深了：“确实不能。各处都在发生不愉快的事情。这是自风暴石长老之后情况最糟的一次。”

“是啊，我刚才还在给家里人讲他的故事……”

“遗憾的是，大个子不肯放过我们。我们并没有对他们造成危害。”镍生气地说，“我们只是想遵守传统，侍奉大地长老而已。”

“也许大个子也是大地长老计划中的一环。”燧岩语气温和地说，“也许他们这么做只是在满足长者的意愿。”

镍盯着他看了一会：“你让我自叹弗如，燧岩·蓝石英。”他听起来并不高兴。镍又走了片刻，停下脚步推开了一扇门。门后的房间里满墙挂着装满发光炭块的小桶，整个屋子比起昏暗的走廊几乎是在闪闪发光。“进去找你的朋友们吧。他们就在这间图书室里。”

比起庞大的主殿，这房间显得相当狭小，将里面的两个人衬得硕大无比——他们是大个子，不是芬德林人。医生查文露出微笑，但并没起身，恐怕是担心脑袋会撞上天花板。比查文还高半头的费拉斯·范森站成一个别扭的弓身姿势，握起欧珀的手：“夫人，很高兴能再见到你们一家。我一直忘不了回去那天晚上你做的那顿饭——那是我吃过的最美味的食物。”

欧珀笑了起来，差点就发出了小女孩似的咯咯笑声：“那可不完全是我的功劳。做饭给饿坏了的人吃，嗯，那就像……就像……”

“抓一条晒晕了的火蜥蜴？”燧岩接上话，但随即就后悔了。欧珀显得有点受伤。“你太谦虚了，老婆。大家都知道，你的烹饪技术无人能敌。”

“是啊，她那桌菜真是让我大饱口福。”查文说，“我从没想过鼹鼠也能做得那么美味。”他冲火石微微一笑，男孩正用一贯的严肃目光凝望着医生。“你好啊，孩子。你长高了。”查文转向燧岩，“还剩下最后一位客人……”

门“吱呀”一声打开了，一位表情忧虑的侍僧探进头来。“镍师兄？”他说，“来了一位城里来的大师，想把你的僧院书房当成会议厅！”

“我的书房？”镍高声叫起来，快步走出去捍卫自己的领地。

“……应该就是他。”查文说完了话，“呃，好吧。恐怕朱砂大师和镍师父做不了朋友了。”

燧岩从兜里掏出一把又旧又钝的刻刀和一块皂石，递给男孩让他消磨时间。“看看你能刻出什么东西来，”他说，“小心点，想好了再刻——这块皂石质量不错。”

门又开了，朱砂·水银走了进来，身后传来镍刺耳的叫喊。“他是不是以为自己已经是会长了啊，那家伙。”朱砂皱着眉说，“燧岩·蓝石英，很高兴见到你——还有欧珀夫人！师父们招待得还好吗？”

“我们刚到不久。”欧珀说。

“你和孩子不如先去洗漱一番，”朱砂说，“但我恐怕得借你丈夫用一会，夫人。当然了，你想留下我们也非常欢迎。我家那位银朱有时能瞬间解答出宗主要思考一小时的问题。”

镍回来了，眉头皱得仿佛看见有个陌生人占了他最心爱的椅子。“你们不等我就开始了？不等我就讨论起来？请别忘了，焕华共修会才是这里的主人。”

“大家都等着你呢，镍师父。”朱砂说，“别忘了，我们这场讨论要转移到你的书房里进行。”

僧人用足以碾碎大理石的目光盯着大师，医生在旁边动了动身体。“我想我们的讨论恐怕会持续一整个下午，而范森卫队长和我已经在这儿等候多时了。有没有可能先让我们吃点东西？”

“你们可以和其他僧侣们一起进餐。”镍语气生硬地说，“离晚饭时间只有几个小时了。我们和朱砂大师说好了，在你们做客期间，将你们视作自己人对待。我们这里吃得比较简单，但是很健康。”

“嗯，”燧岩略带悲伤地说，“我相信。”

“……结果我突然就跑到这儿来了，不是深入雾影线之后好几里的地方，而是站在芬德林镇中心，脚下是面巨大的镜子。”范森皱着眉，目光相当忧虑，“不，从那儿回到这儿来的过程当然没这么简单……但其他部分我都不记得了……像场梦……”

“你能在场是我们的荣幸，卫队长。”查文说，“同样很高兴听到，你见到巴瑞克王子时他还安然无恙。”但医生的表情有些不安。燧岩注意到，他早在范森讲到自己突然站在镜面地板上时就开始皱眉了——那地板位于公会大厅的会议室里，两边是石神科涅奥斯闪闪发光的对称图案。

“他确实还活着，安然——”卫队长说，“无恙？这我不敢保证……”

“抱歉打断你，”朱砂说，“该我讲了，我要说的新闻也与年轻王子有关。我们有些人还能上到地面，去城堡里为托利一家干活。其中一位工人冒了极大的风险，把你到这里的消息传达给了艾文·布罗纳。”

“王室总管大人。”范森说，“他还好吗？”

“他已经不是王室总管了。”朱砂说，“具体的你们就自己去了解吧。他给你捎来了这封信，工人偷偷带出来给了我。”

范森接过信读了一遍，嘴唇无声地蠕动着。“要我念给你们听听吗？”他问。朱砂点了点头。

范森：

很高兴听到你平安的消息，更高兴听到有关奥林继承人的事。我不明白到底发生了什么，你又是如何到达这里的——这位小矮人给我捎来了另一位小矮人的信……

“我为他的失礼之处道歉。”范森说，脸变得通红。

朱砂挥了下手：“这还不算太难听。请你继续读下去吧。”

……但我不太能理解信里的内容。重要的是，你千万不要离开地下。T（这字母指代的应该是亨顿·托利）派人不分日夜地监视着我。他之所以还没敢动我，是因为士兵们都还信任我，很多人仍然是我忠实的守卫。

精灵都已安静下来，愿神灵诅咒他们。我想这安静只是为了计划做出更多邪恶的事。光是在城外围攻我们还能抵抗，因为他们没有船，但他们拥有太多肉眼看不见的武器。他们会给所有反抗者带来沉重的恐惧，对此你一定也很了解……

“我很了解。”范森抬起头说，“恐惧和困惑——他们最厉害的武器。”

他低头接着读信。至今还没有……他哽住片刻，仿佛嗓子里卡了什么东西，……没有布瑞奥妮公主的消息。有些传言说，沙索逃跑时劫持了她。但他已经消失了这么久，我们却仍然没有听到任何消息。

范森深吸一口气，继续念道：

这就是我们的现状：T以奥林幼子，婴儿亚历桑德罗斯的名义统治着南境。精灵攻到了城墙外，只要这里还受到他们的威胁，T就不敢杀掉或囚禁我。你现在必须好好躲起来，范森，但我希望很快就能见到你，当面听听你的故事，感谢你所做的一切……

他有点尴尬地清了清嗓子：“剩下都是些不重要的内容，重要的就是这些了。加尔人安静下来了，但还持续威胁着南境。当然了，城墙应该能长期保护我们，就算是对着精灵咒语……”

“如果加尔人想占领城堡，他们不会强攻城墙。”燧岩说，“他们会从芬德林镇走……路上必定经过我们所在的这座庙。”

范森像疯子一样直瞪着他：“这是什么意思？”

“什么？”镍站起身来，全身发抖，“你说什么？他们怎么会盯上我们，盯上我们神圣的庙？”

“这与庙本身没多少关系。”燧岩皱着眉说。

“那跟芬德林镇又有什么关系？”朱砂问道，“如果他们越过了城墙，又何必再来找我们的麻烦？”他顿住话音，瞪大了眼睛。“哦！看在大地长老的分上，你不会是说地上的袭击……”

“你终于明白了，大师。”燧岩转向范森，“你对我们和我们的镇了解得还不够深，卫队长。也许现在是该告诉你……”

“你无权谈论这些事情！”镍说，几乎是在尖叫，“不能对这些……大个子说！不能对陌生人说！”

朱砂抬起双手：“冷静点，师父。可是，燧岩，他说得对——

这不是什么寻常情况，必须由公会来决定……”

燧岩猛然一拳敲在桌上，把所有人都吓了一跳：“你们怎么都不明白？”他现在是真的生气了——生气大个子的内部争斗把整个芬德林镇也卷入了无谓的战争，生气镍和其他人如此顽固地不愿直面事实。他突然意识到，自己同时也在生欧珀的气，气她为什么要把火石带回家，是这个奇怪而安静的男孩将燧岩的生活搅成了一团。“你们都看不出吗？现在已经没有任何‘寻常’情况了！镍，我们没办法再守住风暴石那些道路的秘密，也没法再假装一切都还很正常。我亲眼见过那些精灵，和现在我和范森卫队长之间的距离一样近。我和他们的雅萨梅兹女士说过话，她能把你嘴里的唾沫都吓干。她身上没有任何‘寻常’之处！范森说巴瑞克王子可以把魔镜送回加尔人城，结果是我的孩子，就这个男孩，带着魔镜穿过了雾影线。这寻常吗？这一切都寻常吗？”

他顿住了，喘着粗气。桌边所有人都盯着他看，大多数人都多少有些好笑，欧珀有些担心，查文则面带喜悦。

“我看范森卫队长还在等一个答案，”查文说，“我也是。为什么你会觉得芬德林镇有危险了？加尔人要怎样才能避开南境的城墙，到这里来？”

“燧岩·蓝石英，”生气的镍师父用嘶哑声音说，“你没有这个权利。我们为你提供了落脚之地。”

“那就把我扔出去吧，我换个地方再告诉他们。因为加尔人已经知道了，所以其他人也必须知道才行。嘘，欧珀——你可别阻止我。总有人要走出第一步，就让我来吧。”他转向查文，“但你也别以为我会保守你的秘密，医生。如果你希望的话，我可以让你自己来讲，但如果你不想自己讲，我会把你的故事都告诉他们。”

查文有些好笑的表情消失了：“我的故事……”

“镜子的故事。那些大个子护卫在我们的城市里四处巡逻，是镜子给我惹来了最近的这些麻烦事，没错吧？而另一面镜子则把我家的孩子领到了地下——就是范森卫队长的精灵朋友所拿的那一面，也是他送给巴瑞克王子的那一面。所以要谈风暴石的秘密道路，就得谈谈这些镜子。我先讲。你们都听着。”

当天第二次，他讲起了这个故事。“大约一个多世纪以前，在凯里克国王二世的时代，有位非常睿智的芬德林人叫风暴石……”

燧岩讲完后，镍师父陷入了一阵阴郁的沉默，费拉斯·范森则张大了嘴听着。“了不起！”范森说，“所以你是说，我们可以通过这些秘密小路在水下穿行？”

“更有可能的是，那些该死的精灵会用这些小路进攻南境。”朱砂说，“我们芬德林人就得跟他们正面对上了。”

“是，可是一条路有两个方向可走。”范森指出，“也许到了万不得已的时候，我们可以通过这些小路逃离城堡——真有这样的可能？”

“对，完全可以。”燧岩又累又生气，“我自己就这样走过。我在布伦湾下方的一条秘密小路上遇到了那个名叫吉尔的半血精灵，领他一直走到黑暗之女的王座脚下。”

“也就是说，这一整大块岩石里都布满了秘密小路——而我对此一无所知，就算是当王室卫队长的时候！”范森摇摇头，“这城堡里的秘密比我想象中还多。而这个孩子作为加尔人的间谍，拿着魔镜穿过了雾影线——就在我们眼皮底下？”

“他不是间谍！”欧珀说，“他只是个孩子。”

范森目光严厉地盯着火石：“不管他是谁，我还是有点无法接受。这是怎么回事？感觉像张蜘蛛网，每根线之间都有联系。”

“每根都又黏又危险。”查文说。

费拉斯·范森转头尖锐地瞥了他一眼：“啊，没错。别怕我会忘了你，先生。燧岩讲了你和镜子有关——现在该你了。把你知道的一切都说出来。我们已经不能再对对方有所保留了。”

医生轻声呻吟，拍了拍瘪了很多的大肚子。“我的故事很长，而且令人痛苦——至少令我痛苦。我希望能先吃点东西再讲，给自己补充点力量。”

“我得承认，我也饿了。”朱砂说，“但我看既然你知道不讲完就没饭吃，优洛斯人，你会讲得更有逻辑，更有重点。今晚恐怕还有很多故事要讲呢——所以，查文，你先来。讲完才吃饭。”

查文叹了口气：“我就怕你会这么说。”

第三章
丝织林

在索特里学者克洛斯所讲的故事里，有个哥布林曾经告诉他：“众神是从大海缝隙之的故土出发，跟着我们来到这里的。”

——引自《埃昂大陆和赞德大陆精灵种族专述》

“我有个计划，鸟。”巴瑞克·埃顿摘下缠在胳膊上的又一条刺藤，忍着疼痛一根一根拔着刺，“一个很棒的计划。你给我找条不会经过精灵地区里每一丛荆棘的路走……我就不会用石头敲扁你那颗该死的鸟头。”

斯科恩扑闪着翅膀跳到一根稍低的树枝上，仍然谨慎地待在巴瑞克够不到的高处，捋顺斑驳的羽毛。“你以为在天上看起来，它们长得有多不一样？”乌鸦的语气很阴郁。他们俩上次进食已经是前一天中午的事了。“咱分不出来。”

“那就飞低点。”巴瑞克站起来，揉着胳膊上淌着血的成行小洞，放下了破破烂烂的衬衫袖子。

“‘飞低点啊’，他说。”斯科恩嘟囔着，“好像他是主人，斯科恩是仆人似的，却忘了他和咱本是自愿同行的平等伙伴。”它扑扇起翅膀，“自愿同行！”

巴瑞克呻吟了一声："那为什么我的……同伴，总要带我走那些最扎人的地方？整整一天了，我们才走了几百步。这样下去，等我们带着……"巴瑞克突然意识到，在这样的黑暗森林里也许不该轻易谈起豪猪女士的那面镜子，谁知道旁边有多少只什么种族的耳朵在听。他发过誓，要把镜子一路带到加尔人的王座去。"这样下去，等我们到的时候，就算是永生者也死得差不多了。"

斯科恩的语气稍微柔和了些："天上看不见地面，树丛太厚实了，特别是缠鹿树。但咱不敢飞太低。你看见没？高处的树枝上都缠着丝，有些甚至挂在树顶上，就为了抓住像咱这样的好家伙。"

"丝？"巴瑞克继续向前走着，当灌木太过繁密的时候，就用在大深渊外面路边捡到的生锈古矛开辟道路。他去过雾影线之后，见过比这更密的森林，但这里长满了顽强而缠人的刺藤，每一步都像在泥塘里走。再加上这片大地上那永不改变的暮光，恐怕连最坚强的心也会感到绝望。

"是。这里是众神，"乌鸦嘶哑地说，"是丝精生活的地方。"

"丝精？那是什么？"这名字听起来并不吓人，与锁链杰克和他可怕的仆人比起来好多了。"也是精灵的一种吗？"

"如果你是说那些高等精灵，不是。"斯科恩飞到另一根树枝上，等着巴瑞克费劲而缓慢地挪过去。"他们不说话，也不去逛市场。"

"逛市场？"

"不像真正的精灵那样。"鸟抬起了头，"嘘，"它突然说，"听起来好像有什么愚蠢的小东西死掉了。晚饭！"乌鸦从树枝上跃下，拍着翅膀在树林间飞远了，只留下困惑茫然的巴瑞克一人。

他在刺藤相对较少的地方清出一小片空地，坐下了。受伤的胳膊已经隐隐疼了好几个小时，所以他很高兴能有机会休息。尽管斯科恩一直在烦他，但至少这只鸟是个可以谈话的对象。在无穷无尽的阴影、灰色天空、长满黑色苔藓的可怖树木之间，一旦连乌鸦也不见了，沉默就像雾一样将他包裹淹没。

他用胳膊抱住双膝，紧紧蜷起身体，不让自己颤抖。

根据巴瑞克的感觉，现在离基尔和范森倒下、他逃离半神吉库因扭曲的地底王国已经超过五天了。在无尽的雾影线暮光中很难记录时间，但他知道自己已经睡了六七次觉——在这里，他的睡眠漫长而沉重，醒来时只会觉得更累。当他们被关在地下时，外部世界恐怕已经过完了石神节。巴瑞克之所以如此判断，是因为怪物吉库因曾想将他和其他人当成祭品，为大地之神过节。而他和其他人离开南境去迎战精灵军队是在恩德克月的事。也就是说，他已经有一个多季度没见过自己的家了。在这么长的时间里，情况会发展成什么样？精灵是否已经攻下了他家的城堡？姐姐布瑞奥妮有没有被他们抓走？

自从在科尔坎原野上度过那可怕的一天之后，现在是巴瑞克·埃顿第一次清晰地感觉到自己头脑里互相矛盾的两部分：对那个把他从原野上连根拔起，直接送过雾影线（他不记得为什么了，也不记得她给他定了什么罪）的可怕女武神，他仍然有种神秘的、近乎奴隶感的忠诚；但与此同时，他也知道，那位黑暗之女就是豪猪女士雅萨梅兹，加尔人的严酷战神，她执着地憎恨着所有阳光大陆的人……也就是巴瑞克的同族。如果加尔人现在包围了南境，如果他妹妹和所有居民都陷入了危险，甚至已经遭难，那都是出于这位女士苍白的死亡之手。

现在，他背负着为了雅萨梅兹和加尔人而进行的第二道使命。他不记得第一道是什么了，就是她在战场上饶了他一命时下达的那个任务。感觉就像雅萨梅兹把命令直接塞进了他体内，仿佛是把油倒进了壶里，然后紧紧地塞上了壶盖，连他自己都无法接触到里面的内容。第二道使命不同，他之所以接下这个任务，纯粹是因为她首席仆人基尔的话——他发誓说，这既是为了人类好，也是为了精灵好。那之后不久，这位没有面容的精灵就为巴瑞克牺牲了自己的生命。所以现在，巴瑞克自由了。随便哪个头脑清醒的生物都会选择尽快冲向雾影大陆边界，逃回阳光之下。但巴瑞克却做出了相反的选择，在迷雾与疯狂的大地上走得越来越深。

说到迷雾，他已经发现，雾又回来了。自从乌鸦飞走后，周围就变得越来越冷，有卷须状的雾气从地面上升起。巴瑞克觉得自己就像坐在一片左右摇晃、若隐若现的草丛上。再过一会，雾就要升得和他头顶一样高了。他并不希望等到那时候，于是站了起来。

雾气在地面上逐渐增厚，围绕着水一般的灰色树干，甚至沿着枝条向上攀爬。很快雾就会蔓延至每一个角落，空中地上都不放过。那只该死的鸟呢？它怎么能就这么飞走，留下同伴孤零零的一个人——这算什么忠诚？它到底什么时候才回来？

它还会回来吗？

这个念头像一只冰冷的拳头，紧紧攥住了他的心脏。那只老鸟并没有像巴瑞克那样对基尔发誓。斯科恩既不关心阳光大陆的居民，也不关心加尔人——它基本什么都不在乎，只知道忙着用它爱吃的那些恶心玩意填饱肚子。也许乌鸦突然觉得，再跟他旅行下去也是浪费时间。

“斯科恩！”他的声音很微弱，传出去像支用断弓射的箭，很快就消失在无穷无尽的昏暗夜色中。“我诅咒你，你这只坏鸟，你到底在哪儿？”他听见自己声音里的愤怒，赶紧改变了策略，“回来吧，斯科恩，拜托了！我会……我会让你睡在我衬衫里。”天气变冷时，他拒绝了乌鸦的这个要求：光是想到要让那只冰冷的老鸟带着满身稀奇古怪的虫子贴在自己胸口上，他就觉得浑身难受。他把这话对乌鸦说了——说得斩钉截铁。

现在，巴瑞克开始后悔自己脾气太坏。

自己孤身一人。他一直不愿深想这件事，生怕想多了会受不了。整个童年，他都是作为“双胞胎”之一而存在的。父亲、哥哥和仆人总是反复说着这个词，仿佛他们不是两个孩子，而是一个特别难对付的双头巨婴。双胞胎身边总是围着仆人和大臣，几乎没有空闲的时候。后来他们都急于逃开那么多人的服侍，想要找些时间独处。巴瑞克·埃顿的童年有大半时间都在寻找秘密地点，好让他和布瑞奥妮得到片刻清净。但是现在，人满为患的城堡感觉如美梦般远不可及。

“斯科恩？”他突然想起，也许不该这么在森林里大声宣告自己的孤独。在之前几天里，他们一路上几乎没遇到过其他生物，但这大部分是因为吉库因和他手下那群饥饿的仆人早就扫空了方圆数里的区域，只有比田鼠还小的生物才可能幸免于难。但现在他离那位半神的洞穴已经很远了……

巴瑞克又打了个寒战。他知道应该留在原地不动，但雾气不断上升，他总是觉得模糊的远处有什么东西在动。也许有几片珍珠白的雾气并不是因为风，而是随自己的意愿在动。

微风变得更快，更冷了。头上的树丛中似乎飘过了一声低低的哀鸣。巴瑞克抓紧断矛，走了起来。

雾气限制了他的视野范围，但还不至于磕磕碰碰地东歪西倒。他不时会用断矛试探一番，确保前方黑暗一片的灌木丛里没有会让他摔断脚踝的坑洞。但他所走的路平坦得令人吃惊，比之前几个小时那段灌木茂盛、刺藤缠绕的路好走得多。走了几百步远，他才突然意识到自己并没有开辟道路，而是在跟着已有的道路前进：因为只有这条路容易走，他就在不知不觉中走了上去。

如果有谁……有什么东西……就是希望我能这么走……

他刚想明白这问题和它带来的暗示，视野边界就有什么东西掠了过去。他迅速转身，但树丛中已经又变得空荡，只有一小片雾气随着他转身带来的微风旋转。他转回身来，某种和雾气颜色一样的东西在前方窜过了路面，动作快得让他根本辨识不出它的轮廓。

巴瑞克站住了，用颤抖的手提起断矛。在他目所能见的最远处，树丛间确实有什么东西在动，轮廓有一人高，但影子太过模糊，难以看清，这让他很恼火。低鸣声又在头顶掠过，听起来不再像没有词句的风声，而是什么难以理解的语言在嘶嘶作响。

身后传来一声轻响，像是最轻盈的脚步踏在落叶上。巴瑞克急忙转身，瞬间看见了一幅完全不可理解的景象：一个身影，有普通男人那么高，形状却扭曲得像曼德拉草根，从头到脚都包裹着雾般苍白的零散布料，仿佛一具王室的尸体——也许那不是布料，而是化成人类形状的雾气本身。巴瑞克既迷信又恐惧地这么想着。那些雾气般的布料并没有包裹完全，有些地方露出了底下闪闪发亮的灰黑色，不知道是固体还是液体。虽然没有明显可称为眼睛的部位，这个鬼魂似的东西显然能看清巴瑞克。他刚转过身去，它就消失在小路边的雾气里了。他的头顶上有更多的低鸣声飘过。巴瑞克又转过身去面对着前方，害怕会被前后包围，但那缠满布条的鬼魂暂时在雾中彻底消失了。

丝精。那只鸟是这么称呼它们的。鸟还说过，这里是有毒的丝织林。

有什么蛛网般薄而黏人的东西拂上了他的脸。他伸手去抹，但那东西却缠住了他的胳膊。他没再伸出另一只胳膊，免得重蹈覆辙，而是用矛尖拨弄着那些有毒的细丝，一直锯到它们随着微不可闻的尖锐撕裂声断开。又一根丝飘了过来，看起来像是随风而动，绕到他身上时却精准得吓人。他用矛尖去拨，感觉到它在拉扯下绷紧了，抬头就看见树枝上蹲着一个之前那种浑身裹满白纱的生物，它正像木偶师一样向下控制着无数根细丝。巴瑞克厌恶而恐惧地叫了一声，用断矛刺向对方，感到矛尖扎入了什么东西，不像迷雾或银丝那么软绵绵的，但也不像正常的动物或人类。那感觉就像戳中了用湿滑布丁裹起来的一把树枝。

丝精发出一声满是气音的奇异叹息，沿着树枝爬上去，消失在回旋的雾气和树上悬挂的银丝幕布后。巴瑞克鼓起胆子向前望，发现不久前还那么宽敞怡人的道路变得相当狭窄，几乎只能容他一人通过。他正身处于一条银丝织成的隧道之中，是蜘蛛捕猎之地的一部分。它们一直在诱使他走进这个陷阱，引诱他走得越来越深，直到再也无法回去，全身都被缠住，像只落入网中的苍蝇。

情况怎么变得这么快？他感到血液直冲脑子。不久前他还坐在地上想家，现在他就要死了。

有什么东西在他左边移动。巴瑞克迅速举起断矛挥了个圆，想要赶退敌人。他感到脖子上传来的一阵轻触，又一个丝精从上面垂下了织好的丝网。巴瑞克厌恶地叫了起来，挥舞着双手想摆脱那些粘人的卷须。

他知道，如果一直站在这条路上，那就只有死路一条。“**找面墙钻进去，或者靠到什么东西上。**”沙索一直这么教导他。巴瑞克拔腿走下小路，开始在灌木中踢出一条通道。他知道不可能完全离开那些树，但至少可以自己挑个地方站住。他在灌木中挣扎着前进，躲避着头顶上的银丝，最后找到了一小块空地。空地上只长了一棵参天大树，金红色的树叶圆如餐盘，灰色的树干十分粗壮，树皮和蜥蜴皮一样满是斑点。巴瑞克靠到了树干上。他要对抗的那些东西很难爬到这棵树上来，因为它和周围的那些树木都隔着一些距离。

雾气拍打着他的脚，在某些地方升得和他的胸口一样高。他不时探头张望越来越黑的暗处，受伤的胳膊阵阵作痛，很久以前断掉的地方疼得像火烧一样。但他还是用双手紧紧抓着断矛，生怕武器会被敌人从手中夺走。

它们开始从暗处现身，轮廓如鬼魂般苍白飘忽，几乎与周围的雾气融为一体。但这些丝精都是真实的实体，他将矛尖扎入其中一个时感觉到了。既然它们真实得足以被他扎，它们就也真实得足以被他杀死。

有什么弄得他的脸很痒。巴瑞克专心对付着前方的丝精，不假思索地伸手抹了一把才意识到那是什么，跳起来躲开了。有一个丝精绕到了他背后，正冲他撒着银丝。他围着粗壮的树干绕到后面去对付它，那个似人非人的身影歪起了没有五官的缠丝头部，姿势里带着种滑稽的惊讶，就像一条狗见到了意料之外的行动。巴瑞克觉得自己好像在那无数根精致缠丝的中间看见了一抹湿润的黑色，也许就是它的眼睛。他将断矛用力捅向那东西的肚子，把大部分生锈的矛尖都扎了进去。扎得这么深，他认为那东西必死无疑，但当他向后扯回断矛的时候，差点没能把矛完全拉出来。最后他终于拉出来了，对方被刺中的部分只流出了一点点黑灰色的黏液。不过丝精还是在明显的疼痛中向后跌撞了几步，然后转身蹒跚着消失在雾里。

巴瑞克转回身，正好又看见一只穿过空地朝他走过来，手指间垂着弯曲的银丝。巴瑞克突然蹲下身，那些丝黏住了他脑袋旁边的树干，丝精一时间被自己的武器困住了。它将扭曲的手往后猛然一拉，扯断了银丝，但巴瑞克的矛尖已经刺入了它的胸口。他没来得及用什么劲，所以矛尖刺得不深，但他随即就将手掌滑到杆身上好好握住，将整杆断矛往下拖去，划开了丝精的身体，从胸口到腰部裂开了一个大口子。这次伤口里喷出了大量的灰色液体，让他吃了一惊。受伤的丝精滑到地上，抽搐着，像条被砍了头的蛇，灰色液体不停地冒着气泡涌出来。有几个沉默的同伴从雾里走了出来。

它们内部基本全是液体，就像是煮熟了的骨髓。也许缠在外面的那些丝不是衣服——巴瑞克心想——而是它们的壳或表皮，用来保护内部脆弱的身体。如果是这样，矛可就是最没用的武器。他需要又长又锋利的刀刃，剑和刀都行，但他什么都没有。如果现在靠近过来的那五六个抓住了他，它们很快就可以将他打倒，瞬间用丝把他裹得结结实实，像对付落入蛛网的昆虫……

他想起了布瑞奥妮，现在她一定认为他已经死了。他想起了梦里的那个黑发女孩，说不定连她自己都并没有存活在这世上。会想念他的人太少了！然后他想起基尔，想起那位没有五官的勇敢女神放在他手里的镜子，还想起了为救自己而落入黑暗与死亡的范森。难道巴瑞克·埃顿会就此投降，让这些愚蠢野蛮的生物了结自己？败给这些……没有头脑的东西？

“我是埃顿家的王子。”一开始他的声音很轻，还在颤抖，但随即就变得越来越响。他举起断矛，让那些丝精看个明白。“埃顿之子！”然后他把断矛插到树根边的树干里，抬脚一踩，弄断了矛尖之外的大部分木头。他捡起矛尖，用完好的那只手紧紧握住，像拿着一把匕首。“你们这帮恶心的鬼魂，如果你们觉得凭你们就能打败埃顿家的人，”他大声高喊，“那就来吧！”

它们来了，挥舞着银丝。如果它们一起上，从他头顶上和正前方进行围攻，那他就死定了。它们的动作又快又安静，身影混在雾气里难以辨清。但它们看来并不具备人类的头脑，进攻的方式像一群饥饿的乞丐，一个又一个地过来抓他，想用黏丝困住他。巴瑞克成功用黏丝拉近了其中一个，然后用矛尖划开了它的身体。这丑恶的生物倒在之前那个旁边，一样从肚子里流出灰色的液体，发出遥远风声般的呻吟声。

然后其他丝精就都冲了过来。巴瑞克拼命回忆着沙索给他上的那些课——那已经是很久以前了，那时世界还在正常运转。但那位图安大师从没教过他怎么用刀。巴瑞克只能尽力而为，无论如何都坚持紧抓着仅剩的武器。搏斗的过程像一场梦，成把的白色黏丝缠着他的胳膊和腿，黏在脸上让他看不清周围。他和丝精扭打在一起，抓住它们身上那些挂着树叶的银丝外壳，用矛尖来回砍刺。他每刺倒一个，就有另一个上来补充空位；这样挣扎了一会，他除了眼前最近的景象什么也看不见了，仿佛整个世界都暗了下来。他用矛尖捅啊，刺啊，划啊，直到整个人都筋疲力尽，最后毫无知觉地倒了下去。他不知道自己是活着还是死了，他也不在乎。

“你咋自己跑了？”一个声音反复问道。他一时间无法回答这个问题。

巴瑞克睁开眼睛，发现自己正与噩梦面对面——眼前是一只烂掉的洋娃娃。他尖叫起来，但早就干裂的嗓子只发出了一阵嘶嘶声。乌鸦扑扇着翅膀飞起来，在离他稍远的地方落下，把嘴里叼着的可怕东西扔到了柔软的地面上。

“你怎么自己跑了？”斯科恩又问巴瑞克，“咱都叫你老实待着了。说咱很快就会回来。”

巴瑞克突然回过神，翻了个身坐起来，恐慌地环顾四周，但攻击他的那群东西都不见了。“那群东西呢，那些丝精，它们去哪儿了？”

乌鸦摇了摇头，似乎在为某只雏鸟的愚笨而伤心。“就是啊，咱说过了。这是丝精之地，你不该自己乱走。”

“我打败了它们，你这只笨鸟！”巴瑞克挣扎着站起身来。他身上的每一块肌肉都在疼，受伤的胳膊要比其他地方疼上百倍。“我肯定是把它们都杀死了。”但就连那些尸体也不见了。它们死了以后会像露水一样蒸发消失吗？

巴瑞克瞧见了什么，弯身捡起矛尖上的东西。“啊哈！”他得意地把那东西拿到乌鸦眼前，连没受伤的胳膊也因疲累而不停颤抖，

“这是什么？”

乌鸦盯着那块断掉的银丝包裹着的黑色黏液。“什么东西吃坏肚子排出的粪便。”斯科恩好奇地研究着，“咱猜。”

“是那些丝精的一部分！我捅了它——我把它们的身体划开，它们就流出了这种恶心东西。”

“啊。那我们该走了，”斯科恩点着头说，“快把这吃了。很快就会有更多丝精过来。”

“哈！瞧见了吧！我确实杀死了几个！”巴瑞克突然疑惑地住了口。“等等，”他说，“吃什么？”

斯科恩指了指刚才扔到地上的东西。“随兽。是只幼崽，但扛起来可是像受到诅咒一样沉。”

那只死去的随兽和松鼠一样大小，圆圆的小脑袋上大部分都被一张满是利牙的大嘴所占据，看起来像只被人用脚碾碎的瓜。找到基尔那天，巴瑞克见过这种生物的成年体，它们的骨头会从油亮的毛皮下面顶出来，硬化成灰色的一团。在这只幼崽身上，那些骨节还是粉色的，仍然柔软。但这并没让它好看多少。“你想让我……”巴瑞克瞪着随兽，“你想让我吃？”

“今天不会再有更高级的食物了。”乌鸦不快地说，“咱可是在帮你的忙。”

巴瑞克唯一能做的就是抑制住自己，不要当场狂吐起来。

最后他恢复了平静，站起身来。乌鸦至少说对了一件事——他刚在这里杀死了一些丝精，最好不要久留。

“如果你想吃那只恶心玩意，你就吃吧。”巴瑞克说，“别让我看见。”

“咱把它带着吧，免得你改了主意……”

“我可不会吃！”巴瑞克伸手想打黑鸟，却又没这个力气，“赶紧吃掉，我们该走了。”

“太大了。”乌鸦满足地说，“咱得慢慢吃，好好享受。但它太大了，咱叼不了太久。你能不能……”

巴瑞克缓慢地做了个深呼吸。虽然很不情愿承认，他确实需要这只鸟。他不会忘记一小时之前，想到再也见不到它时所感到的那阵孤独。“好吧！我拿着，但你得找些树叶来包住它。”他打了个寒战，“如果它开始发臭……”

“到时候你就会觉得肚子饿了，咱明白。别怕，在那之前，咱会找个地方让我们歇脚。”

他们走了一段路，巴瑞克觉得安全些了，就在一块地势较低的地方停了下来。溪谷那边有块大石头，帮他挡住了大部分风和雾。如果能有东西生火，巴瑞克愿意付出一切代价，但他在大深渊弄丢了打火石，也不知道还有什么办法能生火。

肯德里克一定知道，他苦涩地想。*父亲也是*。

“至少我们要离开丝精的地盘了，”他大声说，“我们走了好几个小时，一个丝精也没看见。”

“丝织林很大。”乌鸦说，“要咱说，我们还没走到中间呢。”

“神之血啊，你在开玩笑！”巴瑞克感到一阵绝望冲了上来，像片雷云挡住了太阳。“我们非得直直地穿过去吗？就不能绕着走？这是唯一一条去……”他挣扎着发出难念的喉音，“库 - 纳 - 加尔，的路吗？”

“咱想我们可以绕过去，”斯科恩说，“但那要花很久。我们可以往阳面走，通过盲乞丐之地。或者逆着太阳方向，也就是往虫面走。不管哪种，都会遇到麻烦。”

“麻烦？”

“嗯。阳面的话，在那乞丐之地，咱们得注意点燃烧古眼和金属蝙蝠园。”

巴瑞克咽了口口水。他不想再听更详细的内容了：“那就走另一边。”

斯科恩严肃地点点头。“如果我们往逆着太阳的方向走，就会走到一个咱听说叫作化骨池的沼泽里去。就算没碰上木虫，也得当心别被吮吸多牙怪抓到。”

巴瑞克闭上眼睛。他发现自己重新开始祈祷了，尽管自从见过半神吉库因之后，他就很难相信众神真的会为他着想。但要在吃人的丝精、金属蝙蝠和什么吮吸多牙怪之间做出选择，祈祷也不是什么坏事。

*哦，众神啊……哦，天上的伟大众神。*他努力思考着该说什么。*就在几天之前，我刚发现，我必须要在这陌生吓人、充满了恶魔和怪物的大地上旅行，身边只有两个同伴，一位精灵族战士，一位王室卫队长。现在我仍然必须继续旅行，但身边只有一个同伴——一只吃腐肉的傲慢乌鸦。如果你们愿意减轻我的负担，伟大的众神，你们恐怕得再努力些才行。*

这算不上什么祈祷，巴瑞克知道。但至少他又在和神对话了。

“如果有什么东西想杀了我，你就叫醒我。”他在凹凸不平的地面上伸展身体，听到了斯科恩啃食随兽尸体的湿润声响。巴瑞克的肋骨阵阵作痛，胳膊疼得像是扎满了尖锐的陶瓷碎片一样。“不，还是别费心叫醒我了。如果我运气好，也许可以在睡梦中死去。”

第四章
无心之人

著名哲学家菲亚罗斯还提到，精灵语中的“神”和“女神”与“叔叔”“婶婶”非常相像……

——引自《埃昂大陆和赞德大陆精灵种族专述》

小孩拉过她的手，把它压到自己瘦削的胸膛上。契妮坦知道，这个姿势意味着“我很害怕”。她把孩子拉到身边抱住，两人都随着西斯船的颠簸而上下起伏。“别担心，鸽子。他不会伤害你的。他带你来，只是为了确保我不会跳下船去，一个人游回赫若索尔。”

他责备地看了她一眼。他担心的并不仅仅是自己。

“真的，我们会没事的。”她说，但两人都明白这是句谎言。契妮坦压低声音：“等着瞧吧——我们一定能找到机会，在赶上独裁者之前逃掉。”

船舱的门突然开了。把他们从赫若索尔街上抓来的那个男人盯着他们，眼中和脸上都毫无表情，似乎正在思考什么与此毫不相关的事。之前扮成老妇人时，他装出的感情都相当令人信服，但现在他已经将那些全都抛在身后，仿佛人性只是他用的一副面具。

“你想要什么？”契妮坦问，“你担心我们会从锁着的门溜出去？爬到船桅上，踏云离开？”

他毫无反应，只是走过他们身边，抓住窗上的栏杆使劲拽了拽，然后转身检视起整间船舱。

“你叫什么名字？”契妮坦质问道。

他的嘴唇微微一动：“这重要吗？”

“在你赶上独裁者、拿到那笔黑钱之前，我们都要一起待在这艘船上。你肯定知道我的名字，知道我很多事——你一定用了好几周的时间跟踪我，了解了我生活中的一切。看在蜂房神殿的份上，你甚至扮成了一个老太太，就为了跟踪我！至少你可以告诉我你是谁吧。”

他没说话，脸上和死人一样没有表情。他转身走出了船舱，动作和神庙里的舞者一样精准流畅。她险些就要对他感到钦佩，但这只是一只老鼠在钦佩猫致命的优雅。

她感到胳膊上一片潮湿。鸽子在哭。

“好了，好了。”她说，“嘘，宝贝。别害怕。我给你讲个故事吧。想听故事吗？”她没等他回答。“你有没有听过歪神哈比里的真正传说？我知道你听说过他——他是伟大神明努沙什的儿子。当他的父亲被人夺权流放，阿戈尔和其他神灵都对哈比里很不好。有那么一段时间，他几乎都没法继续活下去了，但最后还是毁灭了敌人，拯救了父亲，甚至还拯救了整个神界。你想不想听这个故事？”

鸽子还在抽泣，但她似乎感觉到他点了头。

“故事里某些部分有点吓人，所以你要勇敢才行。好吗？那我就开始讲了。”她给他讲了整个故事，和以前她父亲讲给她的分毫不差。

很久很久以前，在马还会飞，赞德那广袤的红色沙漠里长满了花草树木的时候，伟大神灵努沙什在骑马时遇见了黎明之花苏娅。

她的美丽夺走了他的心。他去找了苏娅的父亲、也是和自己有一半血缘的兄弟——雷神阿戈尔，请求他允许苏娅嫁给自己。阿戈尔同意了，但心里却想好了一个冷酷无情的诡计，因为他和兄弟们都很忌妒努沙什。

等努沙什带苏娅去见自己的家人，阿戈尔叫来两个兄弟赛加尔和埃菲亚尔，告诉他们女儿被努沙什偷走了。三兄弟随即召集起各自的仆人和战士，一路赶到了月亮象牙宫殿，那是努沙什弟弟、月神霄释的家。努沙什和新娘正在那里做客。

战争漫长而惨烈。持续的战争中，努沙什和苏娅生了一个儿子，取名哈比里。他是个勇敢、俊美的孩子，是他父母的掌上明珠，有着与年龄不相称的睿智和善良。

最后，明亮的努沙什一家被背叛他的那些半血兄弟们打败了。苏娅·黎明之花逃离了坍塌的月宫，在野外流浪了多年。后来阿戈尔三兄弟之一、深渊之神赛加尔发现了她，娶她做了妻子。

月神霄释在战斗中牺牲了。伟大的努沙什被抓了起来，但他太强大了，难以毁灭。于是阿戈尔他们就把努沙什切成了无数块碎片，分洒在整片大地上。而努沙什的儿子，年幼的哈比里，则受到了外公阿戈尔和整个神灵家族的虐待。他们不停地折磨他，让他变成了残疾，最后还挖出他的心用火烧成了灰烬，把他的尸体留在月亮象牙宫殿的残骸中。

有一条母蛇游进了月亮象牙宫殿，想要找个地方下蛋。结果它把蛋下在了哈比里的胸膛里。有了这颗带毒的蛇蛋，哈比里又活了过来，整个人都被愤怒和复仇的誓言所占据。

“你怎么能这么对我？”母蛇说，“我让你死而复生，但我的孩子却在你的胸口，无法孵化。如果你这就去攻打仇敌，那你再回来时就会完全变成邪恶的化身。”

哈比里就此考虑了一番，觉得母蛇说得对。“好吧。”他说，“我相信你，尽管我自己的家人背叛我的次数已经数也数不清了。把你的蛋拿走吧，但请你到废墟的火堆里衔块炭回来，再把它放进我的胸膛。”说完，哈比里伸手从胸口掏出了蛇蛋，再次倒下死去了。

那蛇是条值得尊敬的母蛇。它完全可以就此丢下哈比里不管，但它还是去燃烧的高塔废墟里衔了块炭回来，不顾那炭块烫伤了自己的嘴。这就是为什么之后蛇都不能再说话，只能嘶嘶作响。它把炭块放到哈比里胸口里，让他又活了过来。哈比里对母蛇表示感谢，随即就起身上路，因满身的伤而一瘸一拐，歪斜着身体。世间的凡人由此称他为歪神。

他四处游荡了很多年，经历过无数冒险，学到了无数的新东西。但外公和叔父们的种种邪恶行为一直在他脑中挥之不去。最后他觉得准备好了，可以继承世仇，让父亲努沙什复活。但父亲的身体已经被切成无数碎片，散落在北方大地和南方大地上。哈比里找了很久，找得很苦，最后终于集齐了父亲的整个身体，只剩下头颅还锁在赛加尔家的水晶棺里。赛加尔是深渊与死亡之神，北方人称他为科涅奥斯。哈比里去了赛加尔的宫殿，凭借学到的法术和咒语绕过守卫，溜进了宫殿内部。他在黑暗的殿堂里穿行，赛加尔的妻子突然向他扑了过来。一开始歪神并没认出她，但她认出了歪神——毕竟她是他的母亲苏娅·黎明之花，被赛加尔抓到这里，还被迫嫁给了他。

“快跑吧，儿子。”她对歪神说，“大地之神很快就要回来了。如果他见到你，他一定会很生气，会毁灭你的。”

“不。”哈比里说，“我来是为了偷出父亲的头颅，这样就能让他复活了。”

苏娅很害怕，但她改变不了哈比里的心意。“黑暗之神赛加尔把你父亲的头颅藏在了最深的地窖里。”最后她说，“装在一个水晶棺里，只有他兄弟雷神阿戈尔的锤子才能打破。但要想偷出锤子，你就必须先有他们兄弟水神埃菲亚尔的网。三兄弟现在正出门打猎，宝物无人看守。你最好现在就去，否则他们很快就会回家，再也没有机会了。”

于是歪神哈比里从赛加尔的宫殿跑了出去，遵从母亲的指示，潜入巨河游到深处，去了埃菲亚尔家。他凭借一身技艺打败了守护河神王座的鳄鱼，偷走了河神的网。然后他爬上了高高的赞德山，去了建在山顶上的阿戈尔家。他将埃菲亚尔的网撒到一百名骁勇可怕的战士头上，让他们听从自己的命令睡过去，然后取下了门边挂着的巨锤。最后哈比里拿回魔网，爬下赞德山，重新回到地底，回到他叔叔深渊之神赛加尔保存王冠和所有宝藏的宫殿里。

“要小心啊，儿子。”母亲苏娅对他说，“要是赛加尔发现你在这里，他一定会毁灭你。他是死亡之地的神，会把你拽入阴影，让你永远沉睡。”哈比里走下楼梯，走到了死亡之神城堡的最深处，找到了一个金子和水银做的盒子，他父亲的头颅就漂浮在里面的水银中。哈比里拿起头颅，父亲的眼睛睁开了。但是，因为他只有眼睛和嘴，却没有心，他并没认出自己的儿子。努沙什的头颅开始哭泣：“救命！赛加尔，伟大的神明！有人要偷走我！”

就在这时，赛加尔打猎回来了。他听到努沙什头颅的哭喊声，快步走进通往深窖的隧道，脚步如雷声般轰鸣。哈比里吓坏了，尽管炭块还在他胸口热烈燃烧——他知道，就凭自己残废的双腿，他不可能打得过死亡之神。于是他把父亲的头颅放到地上，拿起阿戈尔的锤子和埃菲亚尔的网，等待着。赛加尔冲进了房间，胡须和长袍黑如无月无星的深夜，眼睛如红宝石般发着红光。哈比里抛出了手里的网。一瞬间，赛加尔被自己兄弟的魔法放慢了速度，呆站在原地不知所措。就在那一瞬间，哈比里冲他扔出了锤子，将大地之神赛加尔打倒在地。哈比里捡起锤子，拿起水晶棺里的头颅，跑上楼梯。赛加尔紧追在后，追得越来越近。

苏娅，哈比里的母亲，在赛加尔跑过她身边时抓住了他的长袍。“我的丈夫，”她喊道，“趁着晚饭还没凉，你最好快来就餐。”

大地之神想要摆脱，但她抓得很紧。“女人，放开我。有人偷走了我的东西。”

苏娅紧紧抓着他不放：“但我已经铺好了床。趁床还没变冷，过来陪我躺下吧。”

赛加尔继续挣扎：“放开我！有人偷走了我的东西！”

苏娅不肯放手：“过来陪陪我。我不太舒服，很快就要死了。”

赛加尔吼道：“你现在就要死！”随即将她击倒在地。这时歪神哈比里已经逃出了地下宫殿，向南逃进了赞德周围的森林。在那里，他用阿戈尔的锤子打碎水晶棺，解放了父亲的头颅。努沙什·白焰的所有碎片都集齐了，太阳之神活了过来。

“父亲！”他说，“你复活了！”

“你是个忠实的好儿子。”努沙什对他说，“你救了我。你母亲呢？我想见她。”

哈比里告诉他，为了让他们逃离大地之神赛加尔的追杀，苏娅·黎明之花已经死了。伟大的努沙什万分悲恸。他回到自己最高处的居所，又开始日复一日地驾驶太阳战车穿越天空。哈比里留在大地上，把关于雷神阿戈尔和反叛一族的真相告诉了人类之子，宣布他们都是努沙什·白焰的敌人。所有居住在赞德土地上的人类都赶走了阿戈尔的支持者，从此以后只膜拜一位神明，天空真正的王者努沙什。

鸽子捏了下她的手。她低下头，看到他疑问的眼神。“对，”她说，“这些都是事实。这就是为什么我要给你讲这个故事。歪神

哈比里死了，心也被挖了出来，但他还是死而复生，打败了所有敌人——那可都是神和恶魔！没错，他很害怕，但他并没向恐惧投降。这就是为什么他能取得最后的胜利。”

鸽子又捏了她的手。

“不客气。所以不要害怕，小家伙。我们总能找到办法。众神会帮助我们，天堂会保护我们。”

她抱着他待了很久，直到他的呼吸变得平稳下来。鸽子终于睡着了。

尽管局势不利到那种程度，歪神哈比里还是活了下来。尽管情况坏成那样，她心想。**尽管情况坏成那样。但是为了救他，他母亲只能牺牲自己。**

“你是信徒吗，奥林国王？”独裁者的金色眼睛比往常还要明亮。

“信徒？”

“对。你相信诸神吗？”

“我相信我自己的神。”

“啊。所以你不是信徒——至少不是传统意义上的。”

“这是什么意思，赞德人？我说了我相信……”

“……‘我自己的神’，你是这么说的。我听见了。”苏列佩斯伸出修长的双手，像天平一样在身体两侧展开，“也就是说，你承认其他人有他们自己的信仰……他们自己的神。但真正的信徒会否认其他神的存在，认为其他信仰要么只是迷信，要么就是在信仰恶魔。”独裁者微微一笑。他的长相很英俊，笑容却很可怕，令人生畏。就算已经在他身边服侍了一年多，皮尼蒙·瓦什也还是无法习惯。“看来你不是那种人。”

奥林耸耸肩，小心挑选词句：“我尽量去理解自己所在的这个世界。”

“也就是说你很难相信，竟会有人愚蠢到认为《三神之书》里每个字都是真的。啊，别这样，别生气，奥林！我们那边的《努沙什启示录》也一样。都是逗小孩的故事。”

尽管经过多年的训练，瓦什仍然不禁发出一声震惊的轻呼。独裁者转向他，咧嘴笑着：“我冒犯你了吗，瓦什大臣？”

“不——没有，神佑者。不管您做什么，都不会冒犯我。”

“嗯，这句话听起来像是对我的挑战。”苏列佩斯笑出声来，带着顽童般无所忌惮的微笑，“但现在我和奥林国王正在进行深刻的哲学讨论，也许你更乐意去做别的事。”他的笑容突然消失了，“换句话说——你走吧，瓦什。”

瓦什鞠了个躬，随即倒退着从神佑者面前消失了。经过瘫在椅中的储君普鲁萨斯面前时，瓦什觉得那浑浊的眼睛里除了往常的恐惧困惑，似乎还多了点别的什么。难道是独裁者无所顾忌的渎神话语挑起了这个残废的兴趣？这个头脑简单的生物也能感到受了冒犯吗？瓦什冷淡地想着。也许苏列佩斯应该喝退的并非自己。

瓦什回到了主船舱，然后蹬着一双老腿，用最快的速度爬到甲板上绕了个圈，找到了能偷听独裁者说话的地方。要想活到这位首席大臣的年纪，错过重要谈话的暗示内容可不行。既然这艘王室船并不具备他平日可动用的那些资源，他就只能靠自己来偷听了，虽然这样既危险又有失身份。

瓦什凑近到足以听清的地方时，苏列佩斯还在说话。

“……不，不必这么谦虚，奥林国王。”独裁者说，“睿智的人都知道，古代人在那些伟大的宗教书里留下了秘密，但那些秘密太过强大，普通人是听不见的。那些知识只有精英——只有你和我这样的人才能读懂。我们学习过最深奥的知识，能读懂历史那掩藏在华丽外表下的真实。”

瓦什又往前凑了凑，直到能看见奥林的头顶。北方国王就站在他底下的护栏边。瓦什看不见独裁者，但奥林紧张的站姿表明他就在附近。首席大臣非常明白那种足以让人惊跳起来的恐惧感。只要是与苏列佩斯交谈，即便是最友好的对话也会造成这种效果。

“你看错我了……”奥林说，但独裁者大笑着打断了他。

“不，别辩解，好奥林——你在这世上已经不剩几口气了，就别浪费那精力。我对你的了解远超过你对我的，奥林·埃顿。要知道，我一直在观察你和你的家人。”

北方人在栏杆边僵住了。要不是他身边就有奥斯提安海的绿色海水不断冲出白色波浪，皮尼蒙·瓦什一定会觉得整个世界都突然如心悸般静止了片刻。

“你一直在‘观察’我们……”

苏列佩斯继续说了下去，仿佛另外这位君主根本没开口。“我知道，你、你的王室医师，还有你宫廷里其他的哲学探索家一起研究过那些古老的教义，古老的艺术……众神时代的那些。”

“我不知道你指什么。”奥林语气生硬地说。

“一开始你也许是有个人理由，比如研究家族那受到玷污的血脉。研究了这么多年，对于这个世界真正的运作方式，你了解的一定要比周围那些蠢货要多。他们称你为众神授位的君王，却对众神一无所知。”苏列佩斯出现在视野里，瓦什向后急缩。但独裁者只是朝奥林走近了几步，背对着瓦什的藏身处。瓦什看不见守卫，但他知道，他们不会希望独裁者离异邦囚犯这么近。

这场面普通得有些诡异：两个男人并肩靠在船舷上。要不是独裁者身着一身正式服装——头上是因形状与植物天仙子很像而被称为“天仙子之冠”的尖顶王冠，胸前是巨大的金色太阳护心身镜符，还有手上金色的指套——苏列佩斯看起来就像一位普通的赞德祭司，正与北方同僚讨论宗教捐税和庙宇日程。但是瓦什知道，只要直面那对金色的眼睛,就会对独裁者这个人产生完全不同的感想。

北方国王看起来非常勇敢：要如此之近地感受到独裁者的热量，感受到神佑者思绪的热度，一般人早就退到一边去了。果园宫的人都说，站在苏列佩斯身边就像直面着沙漠里的太阳。如果待得太久，先是会失去神智，最后连皮肤和骨头都会烧化。

瓦什微微颤抖起来。之前他曾对这种说法嗤之以鼻，但现在他觉得可以相信一切关于主人的传言，毕竟他的这位主人是降临世间的可怕神明。

“也许这有点难懂。”独裁者向西边的地平线伸出修长的手指，仿佛可以把西沉的太阳如无花果般随手摘下，“我对这些问题的思考的时间也许比你长，奥林，但我知道你也一定能懂——你也能明白什么才是事实。等你明白了……嗯，也许到那时，你对我和我这些计划的看法就会不一样了。”

“我很怀疑。”

独裁者舒适而满足地哼了一声。“你知道远古居尔国的英雄国王，梅拉科赫的故事吗？相信你一定听说过。他妻子受到了邪恶命运的诅咒，不能为他诞下子嗣。他从一条巨蛇口中救下一只隼，隼就驮着他飞上了天空，让他从众神手里偷来生育之种。”

奥林抬起头，表情很奇怪，瓦什不明白那是什么意思。“我听过类似的故事，讲的是伟大的英雄希里欧米蒂斯。”

“啊，你证实了我要说的话。你瞧，大多数听了这故事的人都心想，‘这是真的。这就是梅拉科赫——或者希里欧米蒂斯，如果他们听到的是这个名字——这就是这位伟大英雄所做的事。’”独裁者又抬起了手，指套在夕阳下如火焰般闪耀：“但当然啦，他们是头脑最简单的一群人。稍微聪明一些的人呢，比如文员和其他智者，平民的领袖，他们则会说：‘梅拉科赫当然没有真的坐着隼飞到天上去，也没有带回什么生育之种，这故事讲的是众神的秘密只能由最勇敢的人来发现，讲的是凡人如何改变自己的命运。’而最狂野的那些头脑，被众人藐视的最孤独的哲学家，甚至会这么想：‘因为没有隼大到能驮起一个成年男人，也许梅拉科赫骑隼的这个故事是假的。如果这个故事是假的，也许其他故事也一样是假的。如果所有故事都是假的，民间的那些传说也许也是假的。也许众神根本不存在！’对于这种渎神的想法，就连最睿智的人也会退避三尺，因为这种思想只会撼动大地，让人类在空虚中孤独存活。”

独裁者的语气变了，变得越来越轻，越来越亲密。瓦什暗自咒骂着自己退化的听力，弯下身去想听清楚，本来就酸的腰立刻疼了起来。他生怕自己所靠的护栏会在体重下吱呀作响，暴露自己。

“但我要对他们说的是，不管是愚笨的、好奇的还是勇敢的，”独裁者继续说，“他们都说得没错！他们也同样都说得不对。只有我知道真相如何。在世上的所有造物里，只有我能随心意改变众神的决定。”

瓦什深吸一口气。这谈话里蕴含着前所未闻的疯狂，而他目睹过独裁者太多诡异极端的想法。

“我不……我不懂你在说什么。”奥林的声音低而虚弱。

“哦，我认为你懂。或者说，你至少掌握了我所说的大概——因为你自己也这么想过。承认吧，奥林，你听到这些话之所以惊讶，是因为我的想法虽然比你更深一层，想的东西却都差不多，而我们又是如此的不同。嗯，你的想法没错——我确实与众不同。因为你是在深深的绝望中研究这些秘密，想到这些东西，你是想搞懂为什么自己的家族一直受到如此深切的诅咒。而我呢，我则上前一步，对你宣布：‘这些秘密就是我所寻找的东西，但我不是铁砧，而是铁锤。是我使事物成形。’”独裁者又发出一阵爽朗的笑声，“你瞧，我知道你的城堡地下有什么，南境的奥林。我知道几代以来烦扰你家族的是什么诅咒，也知道是什么原因引起的。但和你不一样，我会依自己的心愿使用那股力量。和你不一样，我不会允许天堂用古老的故事和幼稚的警告统治我！众神之力将会为我所有——然后我会亲手惩罚神界，因为它想要否认我！”

独裁者回船舱后，奥林国王仍然站在船舷边，沉默地凝望着海水。皮尼蒙·瓦什不敢动，他生怕北方国王会发现自己，虽然他的双膝也开始阵阵作痛。最后奥林转过身，让守卫护送他回到了狭小的船舱。一瞬间，瓦什可以清楚看到这位异国国王的脸。他的皮肤如此松弛，肤色如此苍白，看起来简直像个死人。说实话，这位异邦人这副表情，仿佛不仅目睹了自己的终结，还目睹了所有心爱之人的死亡。

皮尼蒙·瓦什从来不会轻易怜悯他人。但他想着奥林毫无血色的脸，不禁暗自希望众神能怜悯这位北方国王，让他今夜在睡梦中得到安息。

第五章
一小滴“安宁”

在埃昂大灾难时期，大多数精灵都被逐出了人类的居所。人类认为它们携带病菌，是引起那场可怕瘟疫的罪魁祸首。但菲亚罗斯等人宣称，精灵村落都空无一人，只有一些加尔人的尸体，比如在优洛斯的法洛佩特里斯附近的山洞城。早在人类发现它们之前，它们就已经被瘟疫夺去了生命。

——引自《埃昂大陆和赞德大陆精灵种族专述》

“不行。”酒吧女侍一把将硬币拍在潮湿油腻的木板上，走开了。

马特·廷莱特想让她拿着，但他承认心里有些矛盾。这是他最后的钱了，向别人借来的一枚银鲟币。他一共借了四枚，有三枚都在之前十几天里花光了。说是借，其实是他从老帕佐尔身上骗来的。整个骗局包括恭维奉承、添油加醋和最直接的哀求，涕泪交加的程度足以让整个乞丐公会引以为荣好几个世纪。廷莱特之所以说得那么夸张，并不完全是为了让老帕佐尔从靴底臭气熏天的小包里掏出那几个硬币。他真的需要这笔钱，这件事也确实生死攸关。

“拜托了，布丽吉德。”女侍再次经过他身边时，他轻声说。在这个时间，来奎勒薄荷酒馆的人不多，坐在这里的人一定也已经分辨不出自己脑袋里和外界的声音了。但这不是什么可以大声讨论的事。“拜托了。没有别人能帮我了。”

“我不在乎。”她在他面前站住脚，手叉插在腰上，弯下身凑过脸，离他只有手掌的厚度那么远。一般情况下，他会因为这姿势所展现出的腰身而分心，但现在就连最强烈的本能也被对责任的恐惧压了过去。“我的兄弟们帮你把她从房间里弄了出来，我还帮你把她送到了新的住处——我甚至还亲手扛了那头傲慢的母牛，而你却跑到一边尿裤子去了。”

“一派胡言！”他说，随即放低声音，“我是去转移那些人的注意力。他们是教士，是城堡会计室的文员。他们的头脑都很清醒，很快就能看出不对劲的。”他想起那一刻的心惊胆战：他和这个酒馆丫头拽着晕沉沉还赤着脚的伊兰·麦克里，想要回到他之前在水鸥人的环礁湖边租好的房间,却听见那群人跑下走廊的脚步声。这比他以为就要被艾文·布罗纳处决的那次还要吓人。那次廷莱特不知道自己有麻烦了，可这次他刚帮一位贵族女人给她自己下了毒——虽然没让她达到目的。现在他必须藏好还在恢复中的伊兰，不让亨顿·托利等人发现。之前差点就被抓住了。他不会这么告诉布丽吉德，但他衣服的状态表明当时有多危险。

“你知道吗？挺可笑的，马特，可我已经不在乎了。”布丽吉德拂了下卷发，“我不在乎你遇到了什么问题。我遇见了一个新男人，他有钱。不是像你那样的三五块，更不像你经常搜刮的那个可怜的老光棍，我说的是真正的高档生活。他在奥斯嘉特有座房子，还有家商店。他有质量上等的衣服，有根把手是真正鲸牙做成的拐杖……”

“家里还有个老婆？”廷莱特说，语气并不和善。

“那又怎样？她是头尖酸的老母牛——他是这么跟我说的。他会给我安排自己的住所，我再也不用住在这个鬼地方，为了一点工资就让科纳利摸胸了。”

“可是布丽吉德，我有大麻烦了……”

“那又是谁的错，马特·廷莱特？你自己。有谁能救你？还一样是你。好好咽下这个教训，至少有希望能当个真正的男人，而不是现在的这个傻小子。”

她转过身，脚步轻快地走了，但没走几步又转了回来。她的表情柔和了一些：“我并不是想让你倒霉，马特。你跟我也算欢乐过一场，你不是坏人。但你在水上可建不出房子来，你得找块实地好好站稳了才行。”

她走了。尽管曾多年追求诗歌女神，他愣是想不出一个字来说。

“哦，是你。”她脸上有一半都被那双大大的黑眼睛占据了。伊兰·麦克里瘦得吓人——自从多天前喝下缠妇的毒药，她就再没好好吃过饭。“我还以为是那个残忍的红脸女人。”

廷莱特叹了口气：“布丽吉德不残忍。”

“别因为你用着她了就为她说话。我不是小孩，我知道这个世界怎么转。而且她确实很残忍。她想把汤直接灌进我嘴里，差点就呛死我。”

“她是想让你吃点东西。你必须得吃点东西，伊兰。”他在床脚坐了下来。这是张质量很差的便宜货，在他的体重下吱呀作响。“拜托了，女士，这样下去你会生病……”

“生病？这是谁的错，我问你？我本来可以了结一切，是谁骗过了我？”

廷莱特垂下头。她醒来以后就一直这样，心情要么狂怒吵闹雄辩、要么伤感沉默，但一直都显得悲惨不幸。难怪布丽吉德会拒绝再来。他当然不愿看着自己所爱的女人自杀，但他确实希望情况能比现在更好一些。“是我。”他只能说。还是不跟她争的好。之前每次离开这里，她悲哀的声音都会在他头脑里回荡好几个小时，让他好几天都写不出东西。就在他刚觉得自己找到了方向的时候。

“我想要的非常简单——一件出于仁慈的小礼物。”她闭上眼睛，回靠到垫子里。“你说你爱我，说了那么多遍，那你为什么就是不肯满足我的心愿？我只要一小滴‘安宁’。就这么简单。”

“要杀死某个人并不简单。”他说，“何况是你这样让我深深挂念的人，伊兰女士。”

她又睁开了眼睛。一瞬间，他以为她会开始大喊大叫，但她脸上的狂野之色随之褪去，眼睛里盈满了泪水。“如果你的爱和挂念能救得了我，马特·廷莱特，那我就已经得救了。但我是被诅咒的人。我属于科涅奥斯和他的黑暗之国。”

“不，不是这样！”他抬起手要一拳砸在床单上，但又阻止住自己，“你只是受到了邪恶之人的利用。如果我有能力杀死亨顿·托利，我一定会去的，但我并不是什么剑士。我是个诗人——有时候我觉得自己连个像样的诗人都不是。”

如果他奢望她能对此有所反应，那他要失望了。“要活着太……太难了。”她轻声说，“这是一场无法醒来的噩梦。有时我觉得我们都是死亡的仆人，他只是把我们短期出借给其他主人罢了。”

他讨厌听到她这么说：“但你现在安全了，伊兰。亨顿·托利并没有找你。”

她那严苛的表情回来了一些。“哦，马提亚斯·廷莱特，你是个傻瓜！他当然在找我了。不是因为他想我，甚至不是因为他恨我——这些我都可以忍受——而是因为我属于他，他不会允许任何人偷走属于他的东西。”

“你才不……”

她抬起手：“拜托。说这些话没用——你什么都不知道。”她的表情又变了，变得更加令他不安。她的身上褪去了一切严厉坚硬的部分，看起来如此无助，像是剥去硬壳的软体动物。“他有一面镜子。他可以……那里面……那里面有个东西。那东西……会笑……还……还会说话。它知道一些可怕的秘密。”她虚弱的胸口一阵颤抖，握紧了放在胸前的双手也随之抖了起来，“他逼我往里看……”

廷莱特说不出话，整个人都动弹不得。虽然他最希望的是把她拥在怀里，保护她不受这些可怕记忆的侵扰，但她声音里那种饱受折磨的无助和无力让他的手脚冰冷而沉重。

“他逼我往里看，”她说，声音轻如耳语，“他把我带到一间地下室里，按住了我的头。它……它跟我说话。里面的东西跟我说了话。它知道我是谁！它知道我身上一些没人知道的事，连亨顿·托利也不知道——连我父母也不知道！我想逃跑，可又逃不了。住在镜子里的那东西，它抓住我，玩弄我，就像……就像玩弄老鼠的猫，抓住它，拔掉它的爪子，让它跑上两步，再重新抓住。我……我……”她尽情地哭了起来，没有费心抬手擦泪，“我不想住在这样的世界上，马特·廷莱特。这世界上竟有如此……如此肮脏，如此可怕的东西，藏在每一面镜子……每一个倒影里……”

廷莱特终于找回了声音：“那是他玩的把戏……为了吓唬你……”

她摇摇头，泪水继续从脸颊上流淌下来：“不。他也很害怕。我想这就是为什么他要带我去看。那东西就像笼子里的野兽。他本来想留着当宠物，结果它要求得太多。他想把我当成那东西的食物。这也是他不会轻易让我逃脱的另一个原因，马特。我可以给那野兽……解闷。”

廷莱特安抚了很久，伊兰·麦克里终于冷静下来，喝了一点冷汤就睡了。看到她能暂时放下心中的烦忧、好好休息，他松了口气。可是他还能坐在这儿守护她多久？这样的秘密探访还能持续多久，亨顿·托利宫廷里的人就会注意到他的缺席？内城里遍地都是间谍和马屁精，他们所有人都疯狂地忌妒着主人所关注的对象。有些人甚至还忌妒可怜的马特·廷莱特，而他至今遇到所有的好运都会立即变成一堆马粪！

如果布丽吉德不来，我得再找个人帮我照顾伊兰。可是我能相信谁呢？另外一个同样重要的问题是，我能雇得起谁？他低头看着手里的银鲟币。除非昂·迪奥卓多思降下奇迹，或者啤酒罐显灵，否则他得靠这枚硬币挨过整整十四天。这根本不可能。会为了这种工资干活的人一定能看出伊兰的社会地位，感觉到廷莱特对保密的要求，将他选为勒索的最佳目标。他需要一个没有钱、没有什么顾忌，又不会马上回过身捅他一刀的人。至少是可以等一阵子再回来捅他一刀。

这么想来，这根本不可能。悲哀的是，廷莱特知道要怎么办。

这样的人在南境只有一个，他心情沉重地想到。**我母亲。**

但在雇佣她之前，他必须先找到她。

虽然每天都被希安宫廷舒适华丽的环境所包围，对布瑞奥妮而言，日子简直如爬行般缓慢。在招待方面，她没有什么可抱怨的——提供给她的住处与她的身份相衬，是位于广堂宫狭长东翼的一套房间，从窗口可以望见河面。有成群的侍女和女仆为她服务，柜子里装满了珠宝和服装，据说都是国王最爱的安娜卡夫人亲手挑选的。布瑞奥妮从小是听着有关忌妒女巫和邪恶仙女的故事长大的。在穿那些衣服之前，她都小心地检查里面有没有毒针。

宫廷的贵族们见到她时都表现得相当恭敬，虽然她一开始很少出门。这一切对她来说都太诡异了，这个既不是这样，也不是那样的世界让她无所适从——她不是真正的公主，但也不是混迹于剧团中的普通演员（虽然有时她确实也在扮演角色）。要和埃南德闪亮宫殿中那些自命不凡、衣着繁复的人闲聊谈天时，她总会感到这样是在拖延时间，是在背叛自己的家人和国民。但是在这样一个陌生的宫廷里，身边没有可信的朋友，她只能靠这些闲言碎语拼凑起家乡的消息。据她听到的内容，精灵仍然包围着南境，但局势已经平静了好几个月，希安人已经渐渐淡忘了那南境。托利仍然作为护国公，代替年幼的王子亚历桑德罗斯继续着统治。而布瑞奥妮自己在那边则成了一个谜。南境有些人认为她被绑架了，甚至猜疑起西斯的独裁者。不久之前，特希斯还流传着一个谣言，说她已经被人杀死，尸体被藏了起来。但自从她在广堂宫露了面，这个传言就失去了原本的气势。

国王的情妇安娜卡派了四位年轻姑娘来服侍她（布瑞奥妮可以肯定，她们是来监视她的）。她们看起来人都不错，但她总觉得和她们难以对话，更别提信任了，就连其中年纪最小、还不到十二岁的泰丽雅也一样。在沙索死去、她从兰德港逃走之后的那几周，布瑞奥妮寂寞得要命，一直幻想着能享受这样的家政服务，能有人为她梳头发，有一搭没一搭地闲聊。但这四位姑娘的智商都远比不上家里她最钟爱的罗斯和莫伊娜，也可能是布瑞奥妮已经对这样的闲聊失去了胃口。那些对野心大臣或浪漫邂逅的兴奋猜想，对逾矩之人的尖刻评论，对埃尼亚斯王子没完没了的幻想，包括他这个人和与他有关的浪漫冒险……这些布瑞奥妮都已不再关心。见到王子时，布瑞奥妮确实觉得他很英俊，但她现在唯一的希望的就是帮助自己的国民，稳固自己家族的王位。她连如何矜持地去找他搭话都想不出来，更别提向他求救了。至于国王自己呢——安娜卡夫人已经表示得非常明确，埃南德国王是她的私人领地。

布瑞奥妮在岛屿般的房间里像迷失的水手一般来回游荡着，她不禁渴望能听到比宫廷闲话更可信的消息，能有比宫廷里那些夫人更适合适的谈话伴侣。

一天早上，侍女之一阿格妮斯向布瑞奥妮走来，青春靓丽的年轻脸上满是兴奋："殿下，您一定猜不到有谁来了！"

"来哪儿？"布瑞奥妮坐得更直了。会是王子自己来找她吗？那她该如何将话题引到南境上？

"来到宫殿了。"侍女说，"昨晚他刚骑马赶到，全身都裹着毛皮，像位范特人！"

"我猜不出来。"那显然不是王子，王子一直住在城里。一定是某位贵族，希安宫廷流言中的传奇人物。布瑞奥妮心想：就算是佩林亲自挥舞着圣锤到这里来，这些人恐怕也只会谈论他穿的鞋。还有那鞋的颜色是否符合当季潮流。*甜蜜的佐睿雅啊，哥哥弟弟和我居然还觉得南境的贵族太过浅薄……*

阿格妮斯简直已经蹦了起来："哦，但您应该能猜得到，殿下——他是您的国家的人！"

"什么？"她的心跳漏了一拍，先想到巴瑞克，然后是沙索，最后是费拉斯·范森。她以不同的方式失去了他们，只有失去这一点毫无疑问。她的心头瞬间涌上一阵深切的悲伤，险些就要流出泪来。她暗自镇定，让呼吸恢复正常："快说吧。是谁？"

"他叫杰肯·克劳！"侍女把手按在紧身胸衣上，仿佛已经无法自控，"您认识他吗？"

布瑞奥妮一时想不起来。她已经很久没想过那这些人和那个她曾与他们共享的那个世界了……但她随即就恍然大悟，悲伤变成了苦涩。

"哦。是的，我认识。他是格雷洛克男爵——达斯汀·克劳的兄弟。当然达斯汀现在肯定不只是男爵了，他可一直都是亨顿·托利最坚决的跟随者。"想到克劳一家，她简直想踢翻点什么东西。

“杰肯来这儿干什么？”

“他是您弟弟亚历桑德罗斯派来的大使。”

布瑞奥妮嗤了一声：“亚历桑德罗斯还不到半岁大。你说的是说那个满手染血的篡位者亨顿·托利派来的大使。”

年轻的侍女瞪大了眼睛：“当然，殿下。您说得是。”布瑞奥妮尽量压下怒气。托利家族的背叛并不是这位姑娘的错，尽管她仍然有可能是安娜卡的间谍。“谢谢你告诉我，阿格妮斯。”

“您打算怎么做，殿下？他说他想见您。”

“他是这么说的？真的？看在众神份上，这些人真是有够厚脸皮的……”她住了嘴。像流浪演员一样说话只会增加希安关于她的流言。她心里的苦涩越来越酸，几乎变成了恐惧，但与此相伴的还有一股强烈而滚烫的愤怒。“好吧。可以，我们当然可以见他。既然他是托利的人，相信他和我有很多可聊的。先让我做些准备。”

毕竟她已经见识过克劳的主人有多可信。如果要和这个人见面，她需要埃南德国王的护卫，室内室外都要。

如果是不认识他们的人，看到这场景也许会认为是杰肯·克劳在主动帮忙，而布瑞奥妮则是优雅的接受方。杰肯带来了两名护卫，还有一个身着黑衣、脸色愁苦的瘦削文员，好像谈完话有什么合同可签似的。

克劳身材丰腴但并不肥胖，面色红润，鼻梁高挺，下巴上还有酒窝。他的衣服显然是他自认为的希安流行风格。当他恭敬鞠躬的时候，僵硬的长裤和镶着花边的过大衣袖发出布料摩擦的沙沙声。

“殿下，这是令人多么令人愉悦而又意外的惊喜！听说的时候，我简直不敢相信。能听到您安然无恙的消息，您的国民一定都很开心。您是怎么过来的？我会马上往国内送个信，让那些哀悼的心灵重新充满喜悦！”

布瑞奥妮望向几位侍女。四个姑娘都在全神贯注地缝纫。比起面前这个白痴，希安宫廷这些幼稚的爱好和微妙的残忍性瞬间显得顺眼多了。既然克劳想玩这种游戏，那布瑞奥妮乐于奉陪也就可以打起自己的球了。

“啊，的确。”她说，“我也非常思念故乡，克劳公爵。告诉我，我的婴儿弟弟亚历桑德罗斯怎么样了？还有我的继母，阿妮莎？当然还有亲爱的表兄亨顿，他有没有照顾好他们？”

他犹豫了一下。“护国……亨顿·托利真的是你的表兄？我，呃，我没想到你们的亲缘关系有这么近。”

布瑞奥妮挥了下手：“哦，托利一家于我一直比亲人还近。所以我才称亨顿为表兄。你不知道吗？就在我离开南境的那天晚上，我们进行了一场非常富于启发性的谈话。亨顿告诉我，他为把我们一家和王位本身都安排好了去处。我非常感动，他为我们家族思考得如此深远——哦，真的，太感动了。实际上，我至今还没当面感谢过他，这让我相当遗憾。但请你放心，我已经非常认真地考虑过，要如何回报托利和他的支持者们。没错，我考虑了很久，已经想出了好几种非常特别的回报方式，连亨顿本人都猜不到。”

克劳直直地瞪着她，嘴巴微微张开。“啊。”最后他说，“啊。是，当然了殿下。”

“所以当你给亲爱的亨顿写信的时候，别忘了把我的这番话告诉他。你会发现，我在希安有很多朋友，很多强大的朋友。他们都同意我的意见，像托利这样正派、忠诚的总管一定要得到相应的回报才行。”

在埃南德宫廷里生活的数以百计的男男女女中，只有寥寥几人特意来与布瑞奥妮说话，来和她建立起超越点头之交的联系。其中一位是伊芙吉妮亚·艾德索斯，特尔严子爵的小女儿。特尔严是希安中部、首府往南的领地，面积不大，位置却很重要。光是她主动来找布瑞奥妮这点就可以说明，她不是个可信任的对象，有很大可能是国王的情妇派来的眼线。但布瑞奥妮还是很享受伊芙吉妮亚的陪伴。

两人见面是在宫殿大厅里举行的某场令人不舒服的晚宴上。大厅里摆了十几张餐桌，有上百名仆人走来走去，室内四处回荡着各种杂乱的声响。伊芙吉妮亚坐在布瑞奥妮对面，布瑞奥妮身边则是位年老的贵族，酒喝得太多，还总是低头望向她的裙摆。晚宴进行到后半段，这位贵族从椅子上掉了下去，有在仆人的搀扶下才站起来。看着这位男爵摇摇晃晃地离席就寝，布瑞奥妮对面的黑发姑娘向她俯过身来，维持着严肃的表情说："我们这些乡下人可得好好向这些特希斯绅士学习才行。"布瑞奥妮笑得差点被一片面包噎住。她们的友情就此开始了。

伊芙吉妮亚是来宫廷学习的，也确实学会了要如何观察倾听身边发生的一切。她就是坊间流言和有趣评价的源泉，对人的态度几乎和巴瑞克一样务实。伊芙吉妮亚自己也是宫廷中的局外人，不是因为她的出身——她的出身很好——而是因为她的智慧。希安并不看重女性的智慧，特别是那些年轻漂亮到不需要头脑的。这里有句俗语：智慧是为有野心的男人和难看的女人而准备的。

在某些地方，希安比家乡更加开放，女性的着装总是露出更多肌肤，男性也比南境的大臣露出更多的大腿部分。但在其他一些地方，相反更保守，可能是由于当地强烈的三神教影响。三神教的著名教堂就坐落在特希斯中心的一座石山上，里面的群塔比广堂宫还要高。教堂的影响无处不在。所有人都穿着三曲枝图案的服饰，基本每三天就有个宗教节日。埃南德国王左手边总有安娜卡夫人作陪，右手边则时刻跟随着三神教最得力的教士，费蒙大主教。有人说，费蒙的话传进三神教主耳朵里的速度比三神兄弟还快。

“如果你想在这里有所作为，殿下，”某天伊芙吉妮亚在布瑞奥妮的房间里对她说，“就得获取大主教的支持。他们都说，三神教主基本会听从大主教的意见。也许他能帮你夺回王国！”和广堂宫里的其他人一样，伊芙吉妮亚对布瑞奥妮的处境多少有所了解。公主被他人从自己国家里驱逐出境可是相当罕见的情况，即便在特希斯这样庞大而重要的城市里也很少听说。

布瑞奥妮心里一惊：这是想要利用她吗？伊芙吉妮亚会把她的回答报告给安娜卡吗？“我相信费蒙大主教还有很多重要工作可做。”她小心地说，“我会等待埃南德国王做出决定，打算如何处理南境。我相信他会做出明智的选择。”

伊芙吉妮亚耸耸肩：“这样也好，殿下，你也不是大主教会感兴趣的那种人。他们说费蒙只在乎三种人：有着美丽声音的男孩，有着大把金钱的老女人，还有三神教主。”

“可是，伊芙，只有一个三神教主，不能说是一种人！”布瑞奥妮笑着反对。

“是啊，所以最后这一类范围狭窄。”伊芙吉妮亚说，“你也不是年轻男孩，虽然我听说你曾经假扮过。所以你最好还是想办法弄到一大笔钱，老奶奶。”

“哦！你啊！”布瑞奥妮冲她扔了个垫子。如果伊芙吉妮亚·艾德索斯是叛徒，至少她很有技巧，而且拥有像她这样有趣的虚假朋友要远远好过孤单一个人。尽管如此，每天晚上，睡在远离故土的特希斯华丽寝宫中，布瑞奥妮·埃顿还是越来越难睡得安稳。

“我听见好几个人提起卡利坎人。”布瑞奥妮说，“卡利坎人是什么？”

几位侍女发出了焦虑的声音，但伊芙吉妮亚不为所动：“你想见见他们吗？我相信你会觉得他们很有趣。”

他们正要离开花草地，特希斯最大的贸易市场。布瑞奥妮有些应接不暇。光是市场的规模就让人难以置信。在小车或毯子上摆摊的人看起来比整个远境王国的还多，商品的种类之丰富让布瑞奥妮觉得自己不仅贫穷，还很无知。无论是出售的东西还是它们的产地，她都有一半没听说过。

"有趣……"她慢慢地重复，转身看着一辆堆满镀金神龛的牛车。再过几周就是大佐悉蒙节了，会有一场庆祝冬季结束的热闹庆典。在家乡，这节日只是用来悬挂常青藤、往神像上洒干花的借口，希安的庆祝方式显然要复杂热闹得多。"要是我再看见什么有趣的东西，恐怕我的头会肿起来，像肥皂泡那样胀破……不过去看看也好。守卫们会介意吗？"

伊芙吉妮亚望向四位身着蓝色制服的士兵，翻了个白眼。"他们是来监视你的，不是来告诉我们该去哪儿。"她说，"不管我们去哪儿，他们都会跟着。"

布瑞奥妮向朋友靠近了一点。"你觉得这是真的？"她低声问。

"哪个？是他们会跟着，还是他们是来监视你的？"伊芙吉妮亚做了个鬼脸，"有可能他们都不是间谍，殿下，但我可以保证，其中至少一个会回到国王最心爱的人那里，把你今天的行动告诉她。既然如此，不如就给他点可以报告的东西吧。"

黑发姑娘提起裙子避开泥泞的地面，领着布瑞奥妮、侍女和士兵离开了市场。但她没有走回宫殿，而是在德瓦娜喷泉广场附近穿过了熙熙攘攘的灯笼大道，转入一条在布瑞奥妮看来相当普通的窄街。根据左右两旁的建筑屋顶线判断，这条窄街比左右的街道都要高出一截。等他们穿出了川流不息的人群，布瑞奥妮才看出这条窄街其实是一座横跨河面的桥，桥面两侧都建满了商店和住宅。

"在那边。"伊芙吉妮亚说，"在埃斯特桥较远的那一侧。他们称之为桥下区。"

“他们是谁？”

“等会儿你就知道了。走吧！”伊芙吉妮亚领着布瑞奥妮、坚忍的士兵和紧张的侍女们走进了桥上的人流中。他们仍处于寒冷多风的迪月，离刚过了的新年刚过了不到两个月。这么多人都是从哪儿来的？布瑞奥妮不禁想象着到了阳光温暖的六月，这里堆满新鲜果蔬和鲜花的样子。

这令人却步的繁华景象让她想家——寒酸的集市广场（她以前可从来没觉得那儿寒酸过），还有市场街，它与特希斯的大部分街道比起来只是条小巷，更不要提灯笼大道了。宽街宽得像个带坡道的庭院，中间有几条宽敞的石路，让人们在繁忙穿梭的货车之间可以找个地方安全地站着。在这几条地势略高的步行街上，还有几处修建了小房子！布瑞奥妮简直不敢相信自己的眼睛——一条足以让人在中间修建房屋的路！

但这不是家乡。更重要的是，他们这里不需要她，也不想让她留下。

在桥的另一头，伊芙吉妮亚让士兵们停下等着。她保证说她和布瑞奥妮不会突然消失，并且让侍女们留下给他们解闷——几位姑娘显然也更喜欢这样的安排，她们似乎不太喜欢那些卡利坎人，不管他们是谁。然后伊芙吉妮亚领着布瑞奥妮走到了旁边的一个街区，这里的房屋和商店都那么小，一开始布瑞奥妮还以为它们是建给某位王室子嗣过家家用的玩具，只不过不是一座玩偶屋，而是一整条给娃娃住的街道。这些房子单层还不到她的肩膀高。

她站在那儿上下张眺望着这条袖珍街道，暗自希望能有个矮凳让她踩上去，透过高层的窗户往里看看。这时在离她隔着几扇门的地方，一位只有她身体一半大小的女人走出房子，往外倒了一簸箕剩饭。她身后还跟着两个小小的孩子。孩子们立刻就发现了布瑞奥妮和伊芙吉妮亚，毫不掩饰地盯着她们看。那位女人则没有察觉，直到倒清垃圾才意识到有人在看她。她瞪大眼睛看着两位贵族姑娘，很长时间都像受惊的老鼠般一动不动，随即就抓过两个孩子，跑进屋去关上了门。

“如果我们是男人，或者把士兵也带了过来，就会有人敲响那里的钟。”伊芙吉妮亚指向一座教堂塔，那和其他东西一样只有普通大小的一半。“那样就没人会出来了。这一整条街都住满了和她一样的人，有几十几百个。”

“芬德林人？”

“卡利坎人，笨蛋！是你想见见他们。”

“在我们那里，我们管他们叫芬德林人。我不知道你们这儿也有。”布瑞奥妮摇了摇头，感觉恍如梦境。“这真奇怪——连名字也不一样！在我们那儿，他们在南境城堡地下有座很大的城市，是在岩石里挖出来的。那儿有片很出名的屋顶，上面雕着叶子啊，鸟啊……”

“国王他们要求卡利坎人都住在这里，让大家都能看得见。”伊芙吉妮亚说，“要知道，他们有时候会做坏事。偷东西。”

对于家乡的芬德林人，布瑞奥妮没听说过这样的传言——口碑不好的是水鸥人，他们的长相很奇怪，语言也很奇怪。“你们这儿也有水鸥人吗？”她问。

但伊芙吉妮亚已经走开了，在远处冲她喊着。布瑞奥妮跟着她走下这条弯弯曲曲的狭窄街道，往卡利坎街区里走得越来越深。几位紧张的士兵连忙跟了上来。布瑞奥妮听见高层的窗户都关紧了，门闩纷纷落锁，小矮人们再一次在大个子面前守护住了自己的秘密。

回到广堂宫时，他们已经错过了宴会大厅的晚餐。伊芙吉妮亚

去找吃的了，布瑞奥妮则累得不想动了。但她也很饿，所以就派最年轻的泰丽雅去厨房端碗汤、要点面包，其他侍女则帮她解开紧身外套，脱下鞋和长筒袜。炉火已经烧了起来，她唯一想做的就是坐在炉前，温暖温暖自己冻僵的脚趾。

她在炉火前坐下，甚至还稍微打起了瞌睡。门外突然传来一阵可怕的碰撞声，让她惊跳起来。一位侍女跑到门前向外望，随即发出一阵惊叫。

布瑞奥妮推开吓坏了的侍女，发现泰丽雅脸朝下趴在地上，身下是洒出来的汤和摔碎的餐具。她把小姑娘翻过来，发现她的脸色青紫，眼睛惊骇地直直望着虚空。布瑞奥妮跳起身来，抑制着想吐的冲动。年轻的侍女显然已经死了。

“有毒！”布瑞奥妮的双腿都在颤抖，她不得不靠到墙上。其他侍女和女仆都瞪大眼睛聚在门口。“可怜的孩子，她肯定是回来的时候喝了一点汤。她说她也饿了。哦，仁慈的佐睿雅——这毒本来是下给我的。”

第六章
断 牙

《忏悔之书》是一部精灵编年史，据说涵盖了所有地方的所有历史，也涵盖了所有地方即将发生的未来。根据阮提斯的说法，这本书每一页都是用金子捶打而成的，装订得极为牢固，坚不可摧。有些古老的故事表明，诸神之战的起因是这本书的遗失，而不是佐睿雅被绑架。

——引自《埃昂大陆和赞德大陆精灵种族专述》

巴瑞克经常批评姐姐布瑞奥妮太邋遢。即便是在暖和的季节，她也会让狗一起上床睡觉；她脱鞋时总是啪嗒一声扔到地上；只要是幼崽，即便是世上最脏最恶心的生物，她也会一把抱在怀里，不管是狗、马、猫、羊还是鸡。整洁挑剔的巴瑞克曾被她无数次逼疯，还说过她是这世上最肮脏的东西。但现在，他最大的心愿就是对她道歉，如果有朝一日还能见到她的话……因为他得到了教训。没有什么生物能比乌鸦斯科恩更恶心，就连长在科涅奥斯私处的盲虫也比不了。乌鸦每餐吃的不是蛙卵就是腐烂的老鼠尸体，杂乱的羽毛里长满了寄生虫，身上总是散发着血、腐肉和污垢的混合臭气。

这只黑色的大鸟总是一刻不停地吃着东西，对着这样那样的恶心食物点头猛啄，节奏规律得仿佛是急流中的水车。而且它什么都吃——空中的飞虫，其他鸟类拉在树上的粪便，鼻涕虫和蜗牛，任何没能躲过它黑色尖喙的生物。它吃起东西来也一点儿都不注意整洁，胸前总是沾满了前一顿的食物残渣，这些残渣往往还会微微抽搐。除了吃，它的其他习惯也一样令人难以容忍。斯科恩根本不会费心挑选排泄地点，一旦受到惊吓就更糟，鸟粪会直接落到巴瑞克的肩上或头上。

“但咱并非有意拉在你身上。”被一根落下的树枝吓到后，斯科恩如此辩解，“再说，咱至少帮你躲过了丝精。”

这倒是真的。斯科恩回来后就一直引领着巴瑞克在丝织林中穿行，一路上基本没再见到那些带丝的生物。几天前，曾有两个丝精在树顶上默默地跟着他们，但也从来没爬下来过。巴瑞克稍带骄傲地想着，也许它们听说了他对其他亲戚的所作所为。（不过他也知道，它们更有可能是在等援兵。）

昨天到今天，他都没见过丝精的身影，在斯科恩放哨的时候甚至睡了几个小时——至少他是这么告诉乌鸦的。他不放心不仅是因为乌鸦完全以自我为中心，还因为这只鸟年纪已经很大了。巴瑞克曾见过它飞到一半就睡着了，失去控制一头撞上了树干，像一堆黑色树叶般翻滚着倒在了地上。当时巴瑞克快步向乌鸦走去，以为它摔断了脖子。

他不禁在心里发问：**这算不算是叛教行为？明明怀疑神的存在，又不相信他们会有多好心，却还是要向他们祈祷；根本就不喜欢这只鸟，却又祈祷它能平安无恙？**

“我不相信你认得路，”他冲乌鸦大吼，“我们这是在原地转圈！”

“不是转圈。”斯科恩抗议，“看起来都一样，因为就是这样没完没了。”

“我不相信。”

在这样雾气弥漫、森林繁茂的永恒暮光中，巴瑞克从来都不太清楚自己在哪儿，阴影大陆的这个部分又具体是个什么样子。但他们已经在这片无尽的森林里走了太久，他急切地想见到一些足以辨识的路标。所以他不顾斯科恩的反对，朝着上坡爬去，希望能找到一片高地，眺望下周边的环境。

“别去高处，藏在地上。”斯科恩说，紧张地拍打着翅膀，躲避前方弯曲的树枝，“这是常识！大家都知道。”

“我不知道。”巴瑞克不想说话。他的胳膊又疼了起来，有说话的力气还不如留着爬坡。

乌鸦阴沉地嘟囔着，往山上飞了一段，很快就回来了。

“咱好像认识这地方。这儿有尖刺仙，到处做窝。”

“尖刺仙？做窝？”巴瑞克摇摇头，“有丝精可怕吗？”

斯科恩把头埋进肩膀处的羽毛里，这么做对乌鸦来说就算是耸肩了。“没有。其实还挺好对付的，只要能把它们和武器分开……”

“那就别管我。”

“没丝精可怕，也许吧。”乌鸦咕哝，“可咱也没说它们有多友好。”

大概又过了一个小时，巴瑞克还在艰难地爬坡，胳膊疼得火烧火燎的。他拖着沉重的身体跨过倒塌的树木，钻过缠人的灌木——其中最讨厌的还是那些刺藤，不仅藤条上长满了小刺，最粗的茎秆上还开着卷心菜那么大的绒质黑花。这些刺藤长满了整个山头，把其他植物都缠死了，连稍小些的树木也未能幸免。刺藤长得如此茂密，要清出一条路恐怕要用上镰刀，就算真有也得汗流浃背地砍上一阵。每次巴瑞克遇到一丛黑花刺藤，他就只能转身绕过去走，而它们长得满山都是。不过永恒的暮光倒是有一个好处，明亮的光线和真正的黑暗都不会降临。至少他不用担心自己的身影在光线下显得太过显眼。

可这暮光是怎么来的？巴瑞克知道云雾可能会遮蔽天空，挡住阳光。但太阳落山之后，云雾怎么可能继续保持住这种昏暗的光线？难道是云雾在白天像干草包吸水一样吸饱了光，等太阳下山后再把这些光线慢慢释放出来？

这重要吗？反正都是精灵的魔法罢了。但这会让他好奇众神的存在。大家都说，神与人类有些不同，特别是在生活方式上。也许佩林、科涅奥斯和其他神明并不是因为是神才主宰人类，而是因为他们强大到足以主宰人类，才成为神……

斯科恩从空中坠落下来，仰面摔在地上。巴瑞克惊跳起来，脱口骂了一句。“嘘，安静。”鸟在他耳边喝道，“前面树丛里有动静。”

巴瑞克感到心脏一阵狂跳，伸手拔出腰带上的矛尖，深吸一口气向前走去。他推开一片灌木，后面有一小块空地，是山上难得没长什么草木的地方。树丛间和灌木丛间确实有不少动静，但发出动静的生物比巴瑞克的小拇指还小。

“这是……小人国！”他说，“和故事里一样！”

紧接着，他身边的枝叶中就传出一声尖利的号角，一堆带尖的袖珍武器像雨一样冲他迎面浇了过来。其中两三件扎进了巴瑞克的手背。他疼得叫了出来，挥手想甩掉那些袖珍小箭，但随即又是一阵箭雨，像牛虻般刺在他的脸上头上。

“快住手！”他喊道，转过身去，但不管哪个方向都布满了尖利的飞镖。最后他抬手挡住脸向前跑，跑到他所见到的第一根树枝上。袖珍小人纷纷逃散，巴瑞克瞥见了他们身上如甲虫壳般的盔甲。他伸手抓住树枝一阵摇晃，小人在他周围落了一地，只有寥寥几人成功逃脱。巴瑞克一把抓起五六个小人，把这群尖叫但没怎么受伤的俘虏举在头上，权当盾牌。头顶的树丛上传来一些惊叫，箭雨突然停止了。“好了，叫他们别再射箭了，斯科恩！”他喊道，“告诉他们，我们没有恶意！”

“咱都叫你别爬到高处来了。”斯科恩酸酸地提醒。过了片刻，巴瑞克听到乌鸦用一阵嘹亮的颤音和咔嗒声说了些什么。然后它沉默片刻，又说了几句——巴瑞克觉得自己恐怕听不见小人微弱的说话声。乌鸦的声音和沉默又来回持续了几个回合。

“咱想尖刺仙已经同意了，只要你放开手里那几个，他们就让我们安全通过。咱跟他们说，你可能只会吃掉两三个。”

“吃掉两三个？两三个什么……”巴瑞克恍然大悟，“众神诅咒你，你这只坏鸟！我们可不能吃掉他们！”

“你是不吃，”斯科恩受伤地说，“就知道你不会吃。但是可以给咱……”

“你好好听听自己的话！这些可是某种……人类，比你更像智慧生物。”巴瑞克低头看去。有个包着树皮的小人正挣扎着要抓住他的衣袖，狂乱地踢着腿，这高度对他来说恐怕是致命的。小人的鸟骨头盔已经掉下去了，眼睛因惊怖而睁得老大。“看在三神份上，他们还穿着盔甲！”巴瑞克保持着护住头部的姿势，把胳膊稍微往下挪了挪，让小人能靠自己破烂的外套重获安全。

“他们的盔甲很容易就能啄掉。”斯科恩说，“里面的部分可是相当可口，特别是年幼的那些……”

“哦，闭嘴。你真恶心，鸟。你在树上说得好听，万一有什么差错，被箭插瞎眼睛的可是我。告诉他们，我会把所有人都放到地上，叫他们别再冲我射箭了。告诉他们我会放走所有人，要不然，斯科恩，看在众神份上，我会揪掉你所有的尾羽。”

乌鸦冲尖刺仙转述着，巴瑞克慢慢放下手，垂到地面上。不知道是出于恐惧还是实际考虑，他手里的小人早就停止了挣扎。等他把手垂到地面上，他们都小心地跳了下去。巴瑞克希望自己没有不小心弄死谁，不是因为这会让他羞愧——毕竟是他们先射箭的——而是因为这只会让局面更复杂。这是他父亲的教诲。**如果你把敌人压在了地上，就别故意把他的脸往土里按**。奥林以前常这么说，**如果你之后还会放他起来的话。侮辱所带来的痛苦比伤口更持久**。之前巴瑞克从来没有理解过这些话，因为他往往才是被按到地上的那一方，但他现在开始懂了。生活本身有点像穿越这片可怕的森林：暗地里恨你的东西越少，你就越不用担心背后的危险，越能集中精力，对付下一个挑战。

等俘虏都回到了安全地带，其他尖刺仙慢慢从树上和灌木丛里爬了出来，总共大概有一百人。据巴瑞克的观察，他们与人类不同的地方并不只有体型。他们的五官更长，更奇特，鼻梁和下巴尤其突出，四肢很细，有些细得几乎可与蜘蛛腿相媲美。但在其他地方，他们和人类并无太大不同。他们的盔甲都是用树皮、果壳和昆虫手工制作的，武器似乎都是用骨头削的。他们脸上的表情像是一支早就整装待发却被迫暂时和解的军队。当巴瑞克缓缓爬向他们时，他们都露出了恐惧和厌恶混杂的神色，显然准备好了随时逃回灌木丛。

等巴瑞克安顿好了，一个尖刺仙从人群中走出来，用雏鸟般的声音说了些什么。虽然声音像笛声般尖细，他的着装却带着士兵的严肃气氛，盾牌是用某种蓝绿色甲虫壳做的，胡须里编满缎带，头上戴着某种多齿鱼的头骨。

“他说他尊重和谈的决定，”斯科恩转述道，“但如果你要从他们族人的蜂巢里窃取神圣的金蜜，他们依然会跟你拼命。他们对祖先发过誓，要保护蜂巢和蜂蜜马。”

“蜂蜜马？”巴瑞克摇摇头，“蜂蜜马？他指的是蜜蜂吗？”一瞬间他几乎尝到了蜂蜜的味道，忍不住口水四溢——除了一些酸野莓，他已经一连几个月没吃过甜食了。“告诉他，我无意伤害他们。”他说，“我要去库-纳-加尔。”

斯科恩又咔嗒咔嗒地说了一会儿，转向巴瑞克：“他说如果你没想窃取他们的宝藏，那他们就要回去继续看守了。”斯科恩伸嘴捋了捋胸部的羽毛，叼出一只跳蚤。“他们从来不在开阔地停留太久。离开阴影这么长时间，他们已经开始担心了。”小小的头目又说了些什么，斯科恩歪起头。“因为你是位守诺言的好人，他们不希望你会悲惨地死去。他们说，别靠近诅咒之山。”

“诅咒之山？那是什么？”

“咱听说过。”乌鸦严肃地说，“没什么好话。该走了。”

但头目还没说完。他又像吹笛子似的说了几句话，愤怒地指着乌鸦。

“他说什么呢？”

“没什么。”斯科恩摆出漠不关心的正经样子，“只是闲聊两句。告别和祝福。”

头目的声音升成了尖叫。看来尖刺仙自有一套特别的告别方式。

“啊，好吧，帮我谢谢他们，还有……”巴瑞克眯起了眼睛。“斯科恩，你爪子底下是什么？”

“什么？”乌鸦没有望向他手指的方向，反而抬头望天，“没什么。什么都没有，主人。”

就算他没看见在鸟爪下挣扎的虚弱小人，这句“主人”也足以说明一切。“是他们的人吧？伤员之一。众神诅咒你，放开那个可怜的小人，否则我真的会把你的羽毛全拔光——连鸟嘴也一起拔掉！”

乌鸦责备地瞪了他一眼，抬起多鳞的黑爪。五六个尖刺仙快步走来，抬走了幸免于难的伤员。等伤员也安全了，整个部落迅速消失在灌木丛中。

“你真恶心。”

“他受了重伤。”斯科恩阴沉地说，“反正也救不活了——而且你看他多丰满！”

我收回之前的祈祷，巴瑞克在心里对众神说，**我没有权利为这只长翅膀的野兽恳求你们的帮助**。

光是通过乖戾乌鸦的翻译，很难明白那些吓坏了的小人都说了些什么。就巴瑞克所能理解的部分，他和斯科恩正走在一条横穿整个森林的山脊上，但他们必须先爬下去，绕过那个名叫诅咒之山的地方。至于为什么会叫这个名字，他毫无头绪。斯科恩显得闷闷不乐，唯一告诉他的只是“不小心去那儿的人会疯掉，要不就是变了。”

无论如何，如果他对小人的话理解得没错，他们只要绕过那个不祥的地方，再走一两天就能走出丝精的领地，抵达更为安全的地域。

巴瑞克并不享受脸上被上百支小箭扎满的感觉，但与尖刺仙的告别仍然让他觉得惋惜。小时候，他听过不少关于他们的故事，却从没想过自己能亲眼见到。毕竟他们可没在南境的宫殿里满地跑。但他们在这里，而他也确实见到了。这再一次证明了他的人生已经变得多么离奇。

当然了，除了离奇，还有超乎想象的噩运。他心想。

他们继续在山脊上前行，然后找到了一块高于树丛的大石头，巴瑞克总算可以眺望周围的景色了。他虚弱地往石头上爬着，暗自提醒自己，现在这种无法感知时间的状态大部分都是幻觉，虽然有一小部分也是真的。毕竟这里太阳不会下山，不管天空看起来有多昏暗。他很快就得停下来睡觉了，但周围不会陷入黑暗。睡上几个小时，他就会起床，但太阳也不会升起。这里的一切都没有变化。

也许南境和整个远境王国也一样。他如此想道。也许加尔人把这片阴影拉扯过去，盖住了所有的人类大陆。也许布瑞奥妮和南境的人也只能看见这幅景象。这念头令人沮丧。

他眺望着高低树顶组成的迷雾之海。小人们说得对，他是在一条如长堤般贯穿森林的漫长山脊上。在前方的地平线附近，雾气最为浓厚的地方，一座孤零零的山头凭空冒了出来，远远高过山脊和周围的森林，形成了一个雾气环绕的绿色大包。山顶上有几块高高的岩石，如断牙般绕成一圈。这座山凌驾于森林的雾气之上，却又有自己专属的云雾围绕在周围，看起来古老而神秘，像一个身上裹满破布、与大地融为一体的乞丐。

巴瑞克非常认同尖刺仙的建议——他完全不想靠近那个叫诅咒之山的地方。

他累坏了，却还醒着，只是睁眼呆望着虚空，祈祷自己能尽快睡着。老乌鸦蜷在他身边，鸟头埋在羽毛里，发出尖哨般的鼾声。一阵急雨摇晃着王子头上的树叶，上方覆盖着平坦的灰色暮光之毯。

我有多久没见过太阳了？巴瑞克心想。月亮呢？看在三神份上，这些雾影之地的生物是怎么活下来的？连星星都见不到！

传说中，暮光族人在两个世纪以前造出了这片灰色的帷幕，像毯子一样盖到天上遮住自己。当时他们第二次攻打人类，却失败了。可是为什么？他们难道是太害怕人类来报仇，就主动放弃了太阳和开阔的天空，连夜晚和白天都抛到一旁？他在战场上见过精灵。即便他们的数量比不过南境军队，他们还是摧毁了人类大队。所以他们也不是什么懦夫。难道两个世纪以前，他们的数量比现在还要少得多，或者作战能力要弱得多……

高处树枝中的动静打断了巴瑞克的思绪。他一动不动地躺着，眯起眼睛假装睡着了。在那儿！有什么正在最高的树冠上缓缓移动，像只巨大的白蜘蛛——是丝精。

第二个苍白的轮廓出现在第一个身边，一起蹲着向下望。巴瑞克只能保持静止不动。最后他假装打了个哈欠，伸展身体，仿佛刚刚醒来。两个丝精静止了片刻，随即就退回了更高处的阴影里。巴瑞克的心脏继续狂跳了很久。

所以他们一直都在。这帮可恶的东西到底还在等什么？他们一路跟来，肯定是要发动袭击。但他已经睡了好几觉，他们一直都没有任何动静。他们在等什么？

应该是援军吧。

一阵细雨敲打着他上方的树叶，偶尔有水滴掉下来落在他脸上。无所谓，短时间之内他是睡不着了。

巴瑞克和斯科恩尽量沿着突出的山脊往前走，但山头开始逐渐下沉，变得越来越小。诅咒之山就堵在前方，像巨庙般挡住了天空，沉默而神秘。巴瑞克不太想重新钻进更加阴暗的山谷，但如果只有这样才能躲开那个不祥的地方，那山谷也没什么了不起。

就连斯科恩也显得无精打采。“离得越近，那座山的味道就越浓。”它这么说，“难闻死了，尽是陈年旧时和死去神灵的味道——比大深渊还糟。就连丝精都不去那儿。”

比大深渊还糟……巴瑞克打了个寒噤，转开目光。只要他还活着，就不可能忘了大深渊那些可怕的隧道，还有那深处可怖的统治者，独眼吉库因。

于是他们就在小雨中开始下山，通过布满森林的峡谷绕过高山，山顶像个阴沉的巨人俯视着他们。黑暗的山谷让巴瑞克感觉更加脆弱，比在山脊上时糟得多。斯科恩以前还会偶尔飞远，消失个一小时再回来；现在它紧紧地跟着巴瑞克，一次只往前飞上几棵树，等着他在地面上慢慢跟上来。也是乌鸦首先发现了跟踪他们的家伙。

“三个丝精。”它在巴瑞克耳边急迫地说，“在那边的树顶上。”它挥了下翅膀指明方向，“别看！”

“诅咒他们，他们找到朋友了。”巴瑞克尽量抑制住心里的恐惧。上次有五六个丝精一起攻击他，他也击败了他们——只有三个绝不足以击败砍丝矛的大师，巴瑞克·埃顿！不过现在有三个，之后恐怕很快就会有更多……

我们到底什么时候才能走出这片众神诅咒的森林？我已经连一天也待不下去了。但他还清晰记得在山脊上看到的景象，记得诅咒之山后方鲜绿色的树丛。他知道，他们离开阔的天空不远了。

斯科恩往前飞了一段，去寻找相对安全的地方过夜。巴瑞克越来越饿。在过去的几天里，他只吃过一些野莓和几个生鸟蛋。熟肉变成了非常高级的奢侈品，他都想不起来那是什么味道了。

所有王子都应该到雾影线后面来锻炼一年。这会让他们珍惜自己所拥有的一切。众神啊，一定会的！他如此决定。

附近的一阵响动让他吓了一跳。他抬起头，看见有什么白色的东西消失在树后，然后又看见另一抹白色往森林深处退了一些。他意识到：他们比以前离得更近了。**也许他们以为，我们停下来是因为我受了伤**。他捡起一块石头，动作夸张地磨着矛尖，故意做给暗处的观察者看。之前他从袖子上撕下一块布，包住了断矛的木柄，以便拿在手里。但他仍然渴望能有把剑，哪怕是把匕首也好。

斯科恩从树林里飞了回来，扑扇着翅膀落到巴瑞克脚边。“有四个。”它喘着气说，“哦，翅膀好酸，为了报信，咱飞得太快了。

四个，拿着网。”

“我看见他们了。”巴瑞克轻声说，用大拇指示意，“在那边。”

“那边？不对，他们在前面，离得不远。如果你也看见了，那就说明不是同一群。”

巴瑞克做了个代表三神的手势，跳起身来。“混蛋！他们想包围我们。”他突然又感觉到了在科尔坎原野边上的森林里，和同伴意识到被精灵骗了时的那种无助。当时那些暮光族人并不是逃跑，而是绕了个圈掉头回来，把他们包围在中间。一瞬间从猎手变成猎物的人们发出了恐怖的尖叫，巴瑞克这辈子都不会忘掉那种声音。“快走！”

他向前跑去，避开了乌鸦所指的四个丝精所在的位置，也逃开了他自己所看见的那两个。片刻后，斯科恩从他身边掠过。“后面有好多！”乌鸦叫道。

巴瑞克回头望了一眼。六七个丝精在树枝和地面上向他们追来，蹦跳的跑步姿势相当诡异，半像昆虫，半像猩猩。

他转回头，正好看见前方有两个丝精从两棵扭曲的古树间冒了出来，撒出一张渔网似的丝网。他立刻向旁边扑倒，感觉到一根黏丝在他胳膊上停滞了片刻。斯科恩在空中向上一个急转弯，躲过丝网，消失在高处的树枝间。

树丛中出现了更多的苍白身影，围成圈向他逼近。森林地面凹凸不平，巴瑞克不得不时刻注意着落脚的地方，但他在匆匆一瞥间至少看见了十几个丝精。他们在他面前排成了一张移动的墙，同时逐渐在他两侧展开阵势。很快他就会被他们团团围住。

“不！”他喊道，突然一个急停，抓住旁边的树枝不让自己摔倒。他的身体一瞬间腾了空，受伤的胳膊上传来一阵火烧般的疼痛，从肘部和肩膀一直传到脖子上。他之前没看见的四五个丝精正从高处爬下来——只要再跑十步，他就会一头撞上他们。“回来啊，鸟！”

巴瑞克喊道，希望斯科恩能够听见。然后他转过头，沿原路往上坡奔跑。山坡比他记忆中还要陡，他也不知道该往哪儿跑。该考虑停下来战斗了。**如果没有其他选择了**，沙索曾经说过，**选好你的站位。别让敌人替你决定。**

沙索。一瞬间，悲痛、哀伤和恐怖在他心里席卷而过。这不仅是因为想到自己可能会死在森林里，还因为有那么多东西他再也无法了解，无法解决，无法搞懂。

也许等你死了，你就会学到一些东西。也许不会。

“那边不行！”斯科恩飞在他身边，左右闪避着树木，“那边是诅咒之山！别忘了尖刺仙说的话！”

巴瑞克被草根绊了一下，但随即就稳住身体，继续向高处跑去。哈，为什么不行？鸟不是说过吗？连丝精都不去那里，如果要选站位，有什么比视野开阔的山上更好？那里至少有岩石可靠。

“主人！”见巴瑞克跑得更起劲，斯科恩绝望地喊道。乌鸦向下俯冲，展翅落到他前面的一块岩石上。“主人，爬上那座山只有死路一条！”

“随你便吧，”他对鸟说，“我要往这边走。”

“咱不想离开你，可是到那儿去就真的会死！”

过了片刻，脚下的土地变得倾斜无比，巴瑞克差点就趴倒在地上。他抓住旁边低矮的树枝，把自己拉了起来。身后传来丝精在树丛中穿行的窸窣声，他们诡异的捕猎之歌也越来越响。“你走吧！飞啊，你这只笨鸟！”他喘着粗气喊，“就算死，我也要死在开阔地带。”

“嘎！”乌鸦沮丧地嘶喊，“阳光大陆的人都是这样……都是顽固不化的白痴吗？”但它没等巴瑞克回答。斯科恩展开翅膀一飞冲天，就此消失不见。

第七章
国王的餐桌

索特里学者克洛斯认为，精灵信仰既渎神，在诸神之战的传说上又与赞德邪教极为相似。这些证据表明，三神是人类的敌人，而战败的祖米奥斯·白焰和他的兄弟则是人类的恩人……

——引自《埃昂大陆和赞德大陆精灵种族专述》

“听说出了如此可怕的事，我既哀痛又愤怒，殿下。”费恩·特奥多罗斯说，“您的仆人竟然被谋杀了！就算是在牢狱里，所有人也都在讨论这件事。”

“泰丽雅的家人恐怕更悲恸，就是死去的那个小姑娘。”布瑞奥妮对他悲伤地微微一笑，“‘殿下’——听你这么叫我真奇怪，费恩。”

“哎，一起旅行时，您整天被我们称为‘小子’或‘蒂姆’，那感觉一定更奇怪。”他笑了起来，“简直就是落难的佐睿雅！”

布瑞奥妮叹了口气：“说实话，我很怀念那种感觉。蒂姆可能吃得没有贵族那么好，但也没人想毒死他。”

“这真是令人震惊的发展，殿下。您知不知道谁会做出这种事？”

她望向特奥多罗斯房间的门，艾拉斯米亚斯·吉诺离开时特意没有关好。她能看见门外守卫的鲜艳服装。如果不想被人听见，最好还是不要在这里说。“我只知道，有个无辜的孩子替我而死。吉诺侯爵向我保证，一定会查出犯人。”

“吉诺侯爵？”费恩·特奥多罗斯悲哀地吃吃笑到，“我认识他——一位坚韧不拔的绅士。他有时候挺吓人的。我相信他一定能查出来。”

“哦，费恩，他们虐待你了吗？”她控制住想要抱住他浑圆肩膀的冲动。她现在是公主了，这种行为可一点也不得体。“我告诉过他们，你是个好人。”

“这样啊。请您原谅，殿下，也许他们不相信您的话。”

她飞快地瞥了一眼门外，站起身，无声地关上了门。**如果他们实在想听，就自己动手推门吧。**“再给我讲一遍。”她轻声说，“我们时间不多了——布罗纳派你到特希斯来做什么？”

剧作家的表情并不愉快。“请别因我干涉您家族的私事而惩罚我，殿下。我只是按布罗纳伯爵的命令行事——我发誓，如果我事先就知道他意图不轨，我不会为他服务的！”

“我想他不会轻易放过你。”布瑞奥妮苦笑，“要我猜，如果你遵守命令，他会支付报酬，但要是你不愿意，他就会威胁你了。”

特奥多罗斯严肃地点点头：“他说我们会失去在南境演出的执照。”

“告诉我，他叫你来做什么。”

特奥多罗斯从衣袖里拿出一块手帕，擦了擦汗水晶亮的额头。被希安人关起来后，他稍微瘦了一些，但身材仍然称得上圆润。“您也知道，我是来给宫廷送信的，但我并不知道里面都写了些什么。他还派我去某家酒馆给达瓦特·丹-法尔捎口信，我也去了。口信里叫我们在‘虚伪女人’酒馆见面，我会给他带去南境的消息。但我没能见到他。不知道他有没有逃离那些士兵……”

“我想他们应该放他走了。”布瑞奥妮说，“那时我因别的事分了心，但这整件事感觉……”她把手指压在鼻梁边，“……感觉达瓦特和那些守卫之间有什么心照不宣的约定。”她摇了摇头。间谍这行就像一片让人发疯的麻烦沼泽。“如果见到了达瓦特，你要告诉他什么？”

“我要告诉他……还有谈判的余地。但首先，德拉卡瓦必须把奥林带回来，并且派一队武装士兵保护他，免得托利他们再次谋反。”

布瑞奥妮感到一阵震惊：“和德拉卡瓦谈判？他的筹码是什么，一万枚海豚币，还是我的婚姻？布罗纳是想把我献给德拉卡瓦？——我父亲和我哥哥都不愿做的事？”

特奥多罗斯耸耸肩：“我以前也为艾文·布罗纳跑过腿。他只会给我必要的信息，一般都是封好的信。对丹-法尔，他不想留下字面证据，除了口信本身，也没告诉我其他信息。”

布瑞奥妮坐了下去，沸腾的热血冲到了脸上：“是这样啊？看来兰森德伯爵自有盘算——和秘密。”

剧作家显得坐立不安：“我……我……我不知道此外他与图安人达瓦特还有什么交易。我发誓。请您别生我的气，殿下。”

布瑞奥妮意识到，特奥多罗斯被自己吓到了。而他是为数不多，在患难时刻将她当作朋友对待的人。剧作家正在颤抖，前额上满是汗珠。

我又变回埃顿家的人了。和父亲一样，我经常希望别人不要拿我当王室成员对待，但我总是忘记，我的脾气会让别人感到生命危险……

“别担心，费恩。”她向后靠了靠，“你没伤害过我和我的家族。”

特奥多罗斯仍然战战兢兢，但总算说了一句：“谢谢您，殿下。”

“但你还没完成对南境的使命，我有任务要交给你。我需要一个秘书。我不信任希安人，但我需要一个能够融入宫廷的人——能认真倾听……并精确辨别……各种流言的人。”

费恩·特奥多罗斯抬起头，表情里半是释然，半是疑惑：“您指的不会是我吧，殿下？”

布瑞奥妮笑了起来：“说实话，我所想的是费沃尔。他扮演过两种性别的朝臣角色，就不能再扮演我的部下吗？不，对你我另有打算，费恩。我希望你和其他梅克维尔剧团的人能在特希斯当我的眼线。去了解一下这儿的人都是怎么想的，特别是对于南境。听听有没有关于战争和篡位者托利的消息。”她站了起来。“没有信息，我就没法做出决定。没有属于我自己的消息来源，我所了解的就只有埃南德国王他们希望我听见的东西。”

“当然可以，公主——但我要如何执行您的命令？我是个囚犯！”

“很快就不是了。这件事交给我。勇敢点，我的朋友。现在你是我的同伴，我会好好照顾你的。”

布瑞奥妮走到门口，一把推开了门：“演员！哦，终于摆脱他们了！”她大声说，让所有守卫都听清楚，“把他带回牢里去吧！我已经受够这些专业骗子了。”

他一进门就鞠了躬：“早上好，女主人。您今天会处决我吗？”

“怎么，凯因？你还有其他安排？”

这是他们打招呼的一贯方式，并不全是开玩笑。

雅萨梅兹闭着眼。她的思绪飘得很远，刚刚才回到现在她所在的这个陌生地点，这座海边的阳光大陆人的城市。这片海与库-纳-加尔下方拍打岩石的灰暗海水连成一片，外表和气氛却相差甚远。是啊，天幔在短短几百年间就改变了很多事。歪神教他们织出那片巨大的帷幕，保证自己的安全——但改变一切的就只有“天幔”本身吗？难道民众——她的子民——心里没有发生什么变化，让他们变得不再喜爱阳光？她考虑着凯因的情况。他就站在她面前，带着那副诡异的哀伤笑容。加尔人里有谁会露出这种表情，带着只有凡人才会产生的恐惧、自责和听天由命的顺从？**他们和我们的差别并没有您想象中那么大**——凯因本人曾对她这么说过。那时她对此嗤之以鼻，以为这只是他玩的又一个把戏，只为促使她尽快杀了他，了解他这不自然、不完全的生命。但后来，她开始反复思量他的这句话。如果他说的是真的呢？

现在她想着库 - 纳 - 加尔外面永不停歇的黑色海浪，突然冒出一个念头。她想要毁灭阳光大陆居民的念头由来已久，碾死这些平凡的害虫。只要杀了足够多的敌人，她会很乐意死在他们的剑刃上……但是，万一这些凡人不只是很像她的同类，而且还比他们更优秀呢？无论是怎样的生物，如果一直弯着腰走路，过多久会再也直不起身体？洞穴动物抱着终有一日回到阳光下的希望，在黑暗中生活了多久才变瞎，皮肤也变得像死尸一样惨白？如果你一直过着下等生物的生活，要过多久，你才会真的变成下等生物？

“您还没开战呢，女主人。”凯因打破了沉默。

“什么？”

“就在几天前，您刚发誓要摧毁我们面前的凡人之城。您还记得吗？就是您抓来的那两个南境女人的时候。您看上去无坚不摧，女主人，令人惊心动魄。‘你们人类的惨叫声真好听。’您是这么对她们说的。但我不由得注意到，您现在还坐在这里，惨叫声至今仍未开始。您心里那股毫无理智的仇恨难道产生了什么变化？”

“毫无理智？”她恼怒地转头盯着他。光是感到恼怒本身就足以让她愤怒不已——他的存在就是为了激怒她，而她最讨厌让他得到满足。但他的话听起来相当奇怪，几乎带着恶意。“他们之所以还活着，只是因为理智与逻辑。只有白痴才会毫不犹豫地做下无法挽回的事，而我针对凡人的计划就是这样，没有退路。等那个神灵死了，凡人也会跟着一起死去。”她看着凯因，允许自己眨了一下眼，表示轻微的惊讶。“你真的想让我今天就进攻，凯因？你想尽快了结他们？我还以为你变得越来越像他们了。”

“我想让您直面自己的心声，女主人。我觉得很多事都取决于您的想法。”

“你这是在胡言乱语什么呢？”

“这些胡言乱语早就在我耳中回响，在我重新认清自己之前。”凯因顿了顿，似乎在思考措辞，“这无关紧要。您也许不信，但我为我们的子民而担忧，哦，我的母亲。我担心您会做出怎样的决定。也许这正是为什么我要问。就像一个做错了事、等待父母回家的孩子，我害怕的不是惩罚，而是等待。”

“那是因为和我比起来你的确是个孩子，凯因。一旦我决定出击，那将是迅捷、激烈的最终战。我会把毁灭一切的力量带到这个地方，连树上的鸟和地下的鼹鼠也不放过。”

他第一次露出了惊讶的表情，脸上满是近似于恐惧的情感：“什么？您要拿它们做什么？”

“你没必要知道，墙头草。但我带来的毁灭将如此彻底，在确定之前，我不会出击。”

“所以您也承认，您心里还有疑虑？”

“疑虑？哈。”她拿起摆在膝上的白焰，伸直了长腿，然后把剑放到会议桌上。这里曾是市政府的大厅，现在连个鬼影都看不见。她的守卫在外面等着。与凯因一样，对只有一步之遥的胜利，他们本该等得一阵阵不耐烦。但与凯因不同，他们是士兵，有相应的自控力。“我给你讲个故事吧？”

“真正的故事？”

“你并没自己想象的那么让我心烦，但也已经超过了礼貌的界限。你父亲会为你感到羞愧的，他可是优雅的化身。”

“这就是您想讲的故事？关于我父亲？”

“我要讲的是战栗平原之战。你父亲还没出生，但你的祖先之一，你的高曾祖父艾亚姆，当时也参加了。那是微风与源雾两大家族的最后战斗之一，作战的也包括他们的凡人盟军。我们代表白焰与背叛他的三个半血亲兄弟交战，就是那帮白痴凡人所信奉的三神兄弟。

“我当时是努曼宁国王的三大将领之一，后世称他为谨慎之神。我们战斗了很久，支援着伟大神灵白焰，与半神和凡人的军队一连打了好几天，士兵都很疲惫。当时夜色就要降临，军队只想赶在天黑之前尽快扎营。白焰的弟弟月神已经死了，月亮变成了红色，几乎已经完全消失不见——众神没有光亮也可以作战，但我们不行。努曼宁身边有位预言者。她告诉国王，在黑暗的掩护下，有一个人正在几百名凡人士兵的掩护下逃离战场。

“‘这个人一定很重要。’努曼宁说，‘也许是位凡人国王要逃离战场，也许是凡人要派信使去见赞德山的众神。我们必须抓住他。’

“‘您的士兵已经很累了。’另外一位将领告诉他。我不敢反对国王的意见，但我也认为这样做不妥。我的军队已经付出了太多，等天亮后恐怕还有更加惨烈的战斗等着他们。即便是最勇猛的战士也需要休息。

“‘我觉得这是个不祥之兆。’第三位将领说，‘不能派一队元素精灵到近处去监视这个逃兵吗？这感觉像个陷阱。’

“‘如果没有将领愿意为我出征，’努曼宁生气地说，‘那我就召集人马，自己去。’

“我们都觉得羞愧难当。我是三人之中最年轻的，也是唯一没有出声反对的，自觉有义务接下这个任务。我带上了几位制泪者，爬上坐骑就出发了。

“追上那支小队时，他们在冰封的大草原周围的群山脚下，正要渡过银踪河。如预言者所说，队里大概有一百名凡人士兵，正在拼了命地赶路。他们都很强壮，武器齐全，但看起来他们唯一的目的就是保护一群半裸奴隶所扛的轿子。我们叫他们投降，他们自然不肯乖乖就范，反过来和我们打了一仗——这也在我们的意料之中。既然受保护的那个人如此富有，抑或如此重要，需要这么多人保护他，那他们自然不肯轻易交出来。尽管这些人都相当强壮有力，接受过专业的战斗训练，他们毕竟只是一群凡人，唯一能胜过我们的就只有人数。在我们看来，这就像跟一群强壮却笨拙的孩子打架。

“我们打败了那群士兵，奴隶们扔下轿子逃跑了。轿子里面钻出一个凡人，他身材矮小，长着一头黑发。我不认识他，但总觉得他身上有什么地方很熟悉。

“‘请别伤害我。’他用吓坏了的声音说，‘放我走吧，我会让你们都富有起来。’

“‘你能给我们什么？’我的部下大笑着喊道，‘金子？牲畜？我们可是人——真正的人。不管你给我们的是什么，那都是以前我们给你们这帮石头猴子的！’

“‘我们的国王想见你，所以你就得来！’其他人咆哮，‘没什么好说的了。’他们把这个人粗暴地扔到马背上，反绑了他的双手。

“等我们把这个囚犯带到国王面前，他再次开口请求，但声音里带上了某种奇怪的东西。‘拜托了，哦，努曼宁国王，加尔人之主，风语者，放我走吧，我会用礼物回报您。我并不想给自己找麻烦，也不想找您的麻烦。’

“国王冷冷一笑。他的表情让我很害怕。我不知道为什么，只是感觉好像有一大块石头动了动，马上就要从坡上滚下来了。有什么事就要发生，虽然我不知道是什么。很快一切都将无法挽回。

“‘你能给我的礼物无非是你所能想到的东西，’努曼宁说，‘不管你愿不愿意，你都得给我。现在你属于我了。你是谁，本来要去哪儿？’

“凡人低头沉默了一会，不知是出于羞愧还是恐惧。但当他重新抬起头时，他的脸上根本没有这两种感情。他的眼睛很亮，笑容和努曼宁一样冰冷残酷。

“‘很好，小国王。我只是想离开这里，远离这场不适合我的漫长战争，回到赞德山顶上的家。但你却阻止我，质问我，还要把我当成囚犯。很好。’他抬起了双手。他身边的士兵立刻拔出了剑，但这位陌生人没动。‘你想知道我的名字？我的仆人都叫我佐悉蒙，但你恐怕更熟悉我的另一个身份：史上第一个也是最伟大的骗术之神。’

“他确实是神明本人，只是扮成了凡人。就在他说话的时候，他逐渐恢复了神灵的真实形态。他的身体越来越巨大，眼睛发着光，头上有闪电轰鸣。那时我还很年轻，力量也远比不上现在——当他显出真身的时候，我甚至无法直视他。他就是那么可怕。而他还是所有神明里最不好斗的一个！他本来要离开战场，我们却拦住了他！这下他要战斗了。他要施以惩罚。

“他的皮肤变得和乌鸦一样黑，双眼和炭块一样红。他身上长出了红蓝两色的盔甲，就像石头上生出的青苔，直到从头到脚裹住了他的全身。我们所有人，国王的所有部下，都站在那里睁大眼睛看着，像一群被蛇吓呆了的鸟。他伸出双手，一只手握着火做的鞭子，另一只手则抓住了一根水晶做的长棍。然后他就开始攻击了——就连他唱的歌也那么可怕。你从来没见过神，凯因。战斗中的神明是世上最可怕的东西。在这漫长的生命结束前，我再也不想见到那幅景象了。骗术之神是情绪与秘密之主，光是外表就已经相当可怕。

我们的恐惧也助长了他的气焰。

“但你可别误解——他的力量货真价实。有些人可能会说，神灵和我们都是用同一种东西做的，都是从同样的种子和骨头里来的。他们之所以与我们不同，是因为他们能变成什么，能控制什么。还有些人说，他们从根本上就完全是另一种生物。我不知道谁说得对，凯因。我只是个战士。虽然我年纪很大，众神早在我出生之际就已经很老了。但不管他们原来是我们的远亲、父亲还是祖先，永远别误以为他们和我们一样。因为他们不一样。

“努曼宁死得最早。他被骗术之神嗡嗡作响的权杖一劈两半，像根用来生火的柴。其他两位将领为了保护他而死，好几十个士兵也一样，像最弱小的凡人那样哭喊哀号。骗术之神现身的时候，他自己的守卫都惊恐地尖叫着跑开了。如果他们没逃走，完全可以趁机毁掉我们一半的军队。生气的神灵就是这么恐怖。但他之前说的是实话——他不喜欢战争。怒火一旦略微平息，骗术之神就转身走开了，一边走一边像烛火中的羊皮那样逐渐缩小，直到恢复了凡人的姿态。没有哪个幸存的人还敢去追他。我想根本没人有这个念头。

“我一开始就被打倒了，盾牌被骗术之神的鞭子打成了燃烧的碎片。他随意挥起戴着手套的手，我整个人都飞了出去，落在原野的另一侧。我不省人事地在那里躺了很久，直到你高曾祖父艾亚姆背我回军队时才醒过来。他是另外一位将领的战仆，在保护主人时受了伤。他很忠诚。他之所以回来救我，是因为他觉得没能保护好自己的将领和国王。

“总之，我们成了朋友，后来有了比朋友更深的关系。但我们再也没有提起过第一次见面的那一天。那段记忆就像严重烧伤后结的痂……”

她顿了顿，仿佛还要继续说什么，但终究没再开口。

最后凯因问道：“您讲这个故事是为了让我向忠诚的祖先学

习？”

她慢慢抬起头，似乎已经忘了他还在场：“不，不。你问我，为什么我向全世界宣战后却按兵不动。我深爱的仆人基尔已经死了，镜子之约也毫无成效，和我所担心的一样。所以，如果有必要，为了得到我想要的东西，我可以一块石头、一块石头地拆掉凡人的城堡。但这并不意味着我会贸然进攻，虽然你很不耐烦……我也是。”

他歪起头，表示在听。

“因为在那城堡底下，在难熬的睡眠中做着梦、受着折磨的是一位神灵，你这傻孩子。他还是我父亲，但这点只对我一人有意义。”雅萨梅兹的脸色苍白可怖，像是风暴欲来的天空，“你一点也没听懂我讲的故事吗？神灵和我们不一样——他们远远凌驾于我们之上，就像我们远远凌驾于树叶上成群的瓢虫之上。只有白痴才会急于打扰自己无法理解、也无法掌控的存在。现在你明白了吧？这将是我们子民的挽歌。我要确保的是，不管事情如何结束，至少我们可以自由选择要唱的曲调。”

凯因垂下了头。过了片刻，雅萨梅兹也同样垂下了头。如果有陌生人不小心闯进来，一定会认为这是两个凡人在祈祷。

“您真的要穿成这样去见王子，殿下？”费沃尔不赞成地说。他非常享受自己的新角色——太享受了，布瑞奥妮心想。对于她的穿着，他和叔祖母梅若兰娜、侍女罗斯和莫伊娜一样挑剔。

“您一定是在拿我开心，殿下！”她的朋友伊芙吉妮亚说，“您怎么没告诉我？埃尼亚斯王子——他真的会来吗？”

姑娘的反应让布瑞奥妮忍不住笑了。埃尼亚斯只不过是一个国王的儿子，和布瑞奥妮自己的兄弟并无不同——虽然他的宫廷和国家规模更大，地位也更高。但广堂宫里的所有女性都把他奉若天神。“对，他会来。”她转向其他女仆，“等他来了，你们可别瞪着他傻看。接着缝你们的东西吧。”这话一说完，布瑞奥妮就后悔了。自从泰丽雅死后，这还是女仆们第一次对什么东西露出兴趣。“至少假装你们在专心缝纫。否则他会吓跑的。”她觉得埃尼亚斯和弟弟巴瑞克一样不喜欢受人追捧，虽然两人的原因恐怕相去甚远。

王子现身时，排场小得令人钦佩。他既没带保镖也没带随从，服装就特希斯宫廷的标准而言相当休闲：干净朴素、做工精良的紧身上衣和无袖马甲，正值潮流的宽松束脚裤，一件在实际旅行中有些磨损的旅行斗篷，还有显然在衣橱里闲置了太久的平顶帽。布瑞奥妮看得出来，费沃尔认为王子相当英俊，但也不满于他漫不经心的着装。

“他的衣橱一定有奥斯嘉特那么大，”年轻的演员对她耳语，“可他显然从来不进去逛逛。”

埃尼亚斯恐怕是整个宫廷里唯一不爱照镜子的人，布瑞奥妮心想。在她看来，他这一身散发出严肃又让人放松的气氛：这个人拜访女士时会换上干净、精神的衣服，但这次也有其他事情要做，所以就穿着工作用的斗篷和帽子来了。

“布瑞奥妮公主。”埃尼亚斯说，鞠了一躬，“和其他人一样，听说了您在我父亲王国中心所遇到的这件事，我非常震惊。”

“我的运气很好，一点事都没有，埃尼亚斯王子。”她温和地说，“遗憾的是，我的侍女，可怜的泰丽雅，运气就没有这么好了。”

他英俊的脸红了起来。“当然了。”他说，“请原谅我。我只能想象她家人听到消息时该有多悲伤。这是我们所有人的不幸。”

布瑞奥妮点点头。王子摘下帽子，露出黑如干丁香般的头发。看起来他好好梳过头，但也没有怎么精心修饰。她抬手示意摆满坐垫的椅子。“请坐，殿下。您一定认识伊芙吉妮亚·艾德索斯小姐——

特尔严子爵之女。”

王子对伊芙吉妮亚点点头，表情严肃。“当然。”他说，尽管布瑞奥妮怀疑他是否记得她。伊芙吉妮亚很漂亮，但埃尼亚斯王子以他在宫里停留的时间之少而闻名。也因此，他今天的来访显得更加耐人寻味，也更是对她的恭维。

“您感觉如何，公主——说实话？”就座后，王子如此问道。“听说这场可怕的谋杀时，我简直无法形容我所感到的震惊。竟然有人胆敢犯下这种罪行——在我们家里……”

布瑞奥妮已经觉得广堂宫的危险程度和毒蛇窝差不多，但她难以质疑埃尼亚斯此刻所表达的心意。很久以前，费恩是怎么说他的来着，当他们刚到希安的时候？**他很耐心。大家都说他是个好人，虔诚又勇敢。当然了，对每个王子，大家都这么说，就算是那些恶魔**……悲哀的是，布瑞奥妮已经见过太多那样的恶魔。但也因为这样，她具备了认出恶魔的眼力，而面前这个男人恐怕永远也成不了。他确实很有魅力。他能前来做客，一定会让她成为广堂宫里所有女人的忌妒对象，无论老少。

“考虑到现状，我还好。”她说，“我家的王位被一名仇敌所占据。他想杀了我，所以我逃了出来。他成功杀死了我哥哥肯德里克。”当然了，她不知道这是不是真的，沙索也对此表示怀疑。但现在她并不是在教堂里对神作证，而是借此寻求可能的盟友。“现在他派出人手，想在这里谋杀我——这是我的推测。”

“不。”埃尼亚斯的语气不是否定，而是震惊和厌恶。“真的？您认为托利会在这里，在国王鼻子底下做出如此愚蠢的行为？”

国王的鼻子现在恐怕在别的地方。布瑞奥妮如此想到，但并没说出来。和梅克维尔一家的生活并没让她变得更像甜美可人的公主，却极大增强了掩饰感情的能力。“只能说，之前我在这里一直很安全，但亨顿·托利的大使来过以后第二天，就有人想要谋杀我。”

埃尼亚斯握紧了宽大的双手，起身踱起步来。他背对着忙于缝纫的姑娘们，她们趁机盯着他看了个够。“首先，从现在开始，您的食物和饮品直接从国王餐桌上取用。”他说，“这样您就受到了我父亲手下试毒员的保护。当您想独自用餐的时候，我会派我的仆人亲自端去，保证一切都安全。”他停顿了片刻，思考着。“还有，如果不觉得冒犯的话，我愿意留下几个守卫在您的房间外站岗。我很快又要动身远行，无法亲自照顾您，但我的卫队长会保证您在宫中和户外的安全。最后，我会告诉艾拉斯米亚斯·吉诺——他是个好人，我很信赖他——让他随时注意您的安全，特别是当我不在宫中的时候。”

她不太喜欢最后这部分（目光尖锐的吉诺侯爵总让她有些坐立不安），但布瑞奥妮不会和这位强大善良的年轻人争论，何况他是在保护她。但她还是感到一阵悲伤：卫队长这个头衔让她想起了费拉斯·范森。根据她所能收集到的情报，在科尔坎原野的悲剧战斗之后，他和她弟弟巴瑞克一起失踪了。她甚至感觉到一阵毫无来由的羞耻，强烈得仿佛她允许王子的不只是保护自己，而是让他向自己示爱——受到王子的保护让她觉得对范森有所亏欠。但这并非事实，只是个愚蠢的念头。

但这阵悲伤带来的疼痛不肯轻易离去。她沉默了很久，久到埃尼亚斯露出了不安的表情。

伊芙吉妮亚开了口，想要拯救这尴尬的气氛：“埃尼亚斯王子，请允许我问问，您这次要去哪儿？您每次出门，整个宫廷都很挂念您。”

王子做了个苦脸，布瑞奥妮觉得这并非针对伊芙吉妮亚，而是针对被人提及这件事。“我要去南边。艾奇昂侯爵被南部的西斯人包围了，我要带着教会猎犬队和其他军队过去帮他解围。”

“然后您会解放赫若索尔吗，尊贵的殿下？”伊芙吉妮亚问。

他摇摇头："恐怕我们已经失去了赫若索尔，小姐。他们说只有最深处的墙还没倒塌，连卢迪思·德拉卡瓦也逃走了。"

"什么？"布瑞奥妮差点从椅子里掉下去，"我没听说过。有我父亲奥林国王的消息吗？"

"很抱歉，公主，我没听到过。我并不认为西斯独裁者这样的野蛮人会对他怎么样，也不相信赫若索尔的居民会把他交给苏列佩斯。要知道，他们还没放弃自己的城市，说不定还能坚持很久。我想会有贵族取代德拉卡瓦进行统治。不过，我仍然希望能给您带来更好的消息。"

布瑞奥妮感到眼睛一阵烫热刺痛。一般情况下她会忍住泪水，但这并非一般情况。"哦，众神保佑我可怜的父亲！我想他！"

费沃尔上前递来手帕："您的妆粉会像雨里的新油漆一样掉光的，殿下。"他说。

埃尼亚斯有些坐立不安："对不起，公主。对于您父亲和赫若索尔，请您别太拿我的话当真。你们的国家正处于战争中，没有太多可靠的消息。也许卢迪思认为您父亲是个有力的谈判筹码，带着他一起逃走了。"

布瑞奥妮擤了下鼻子，痛苦地低低笑了一声："绝望的卢迪思·德拉卡瓦拽着我父亲穿过战场……这恐怕无法让我开心起来，埃尼亚斯王子。"

他显得更加不安了："哦，看在众神的份上——说真的，布瑞奥妮，不——公主，很抱歉我这么说……"

她并不想将他一直钓在钩上。"请你别担心，埃尼亚斯王子。我非常明白你的好意。之前有太多我视为朋友的人欺骗了我，非常感谢你能对我说实话。好了，别让我耽误你的时间。我知道你任务繁重。感谢你为我所做的一切。"

埃尼亚斯带着些许困惑离开了。布瑞奥妮擦了擦眼睛，挥手拒绝了伊芙吉妮亚安慰的话语和费沃尔补妆的手，说自己太累了，有太多事要考虑。她不顾两人显然想要和她谈论埃尼亚斯王子的愿望，让他们退了出去。

布瑞奥妮其实并没有她表现出来的那么痛苦。当然了，她确实非常担心父亲，也为他的命运而害怕，但她已经这样担心了好几个月。她所能感受到的惊怖是有限的，能承担的脆弱和无助也一样。对于如何摆脱这种无助，她已经暗自做好了计划，现在该是将计划付诸实践的时候了。

第八章
大鹰与鸢

南部大陆有许多人报告说见过精灵，或者拥有与精灵相关的记忆，从西斯一路往南，到最南端的传说之城瑟考特都有。曾有人报告，希斯佩里安海域某些长满森林的小岛上还有加尔人在生活，但并无证据支持这种假说。

——引自《埃昂大陆和赞德大陆精灵种族专述》

皮尼蒙·瓦什在吸水纸上小心地擦了擦笔尖，慢慢写出弧线优美的一个字：布。他又擦了擦笔尖，才继续写下一个字。准确比速度更重要。

赞德的首席大臣正在写日记。

在他年轻的时候，有些年轻贵族曾嘲笑他把那么多时间都花在写字上。和他一样，他们也是名门之后。有哪个热血的沙漠之子会一连几个小时盘腿而坐，整好笔尖，混好墨水，拿出羊皮纸，再在纸上连续不断地写啊写？就算写的东西很男人，比如是关于战争的什么内容，那也比不上亲身参战，何况年轻的皮尼蒙往往只是在抄写家里的账本。

瓦什并非不会骑马射箭。他在这些方面的技巧都恰好过关，不至于被人嘲笑欺负得太厉害。在节日的比赛中，他进不了最领先的队伍，但也不会最后才完成项目，在大家面前出丑。结果他的同龄人要么去军队做了中层军官，要么在家族领地里终日游手好闲，只有瓦什一人不断晋升，侍奉的主人从一位独裁者变到另一位。他分别做过抄写员、会计和官员，最终拥有了如今的地位：世界上最强大帝国的二把手。

但在现实中，这头衔的真正含义是：他是世上最危险的疯子的秘书。

瓦什写完一页，叹了口气。的确，船上的生活让他有时间完成未竟的工作，依次处理政治和经济上的要事，回复一直没时间理会的信件。但就连这些工作也让瓦什感到有些抑郁：他的感觉就像是将死之人在处理遗产，选择继承人。在过去几个月里，他所侍奉的君王让他越来越不安。苏列佩斯莫名其妙选中那个神庙小女孩作为他第一百零七任妻子，自从她逃掉之后，情况就变得越来越糟。独裁者变得越来越像生活在自己的世界里，首席大臣之类的外人只能猜测却无法进入。他用断断续续的句子说着的奇怪话题往往与宗教相关，采取的行动也让人难以理解，比如这趟海上旅行。苏列佩斯没有对任何人解释出行的理由。

不管怎样，他又有什么办法呢？西斯的前几任独裁者都多少有点发疯，至少和普通人相比是这样。连续好几代的近亲婚姻开始展现出相应的后果，何况连最强壮、最理智的人也无法抵抗绝对权力的影响。有一个在暗王瓦斯皮斯手下幸免于难的人曾说过一句名言：与独裁者一起生活就像睡在一头饿狮身边。但苏列佩斯的情况比他最狂野的祖先还严重。他表现得好像做每件事都经过深思熟虑，但真正做出的事却毫无理由，无法解释。

瓦什合上双手站起身，晨袍从他衰老的身体上滑落下来。年轻的仆人们连忙围上来为他着衣，英俊的小脸上一派肃穆，仿佛在对待珍贵的文物。从比喻意义上来说也确实没什么差别，如果他们不小心伤到首席大臣，或者惹他不高兴了，瓦什完全有权力将他们处以死刑。但他从来没因为自己不高兴而杀过谁，他不是那种人。大约十年前，他甚至还特地挑了几个富有胆量的男孩来服侍自己，他们会开他的玩笑，有时甚至会假装反对他的意见。睿智、调皮、诱人的男孩。但进入四十岁后，瓦什的耐心消磨殆尽。以前这样的仆人让他享受，如今却变成了单纯的累赘。现在他会给每个新人抽上两三顿鞭子，如果之后有谁还没学会安静地顺从，他就会把人直接扔给其他人去处置，比如潘西斯尔和暂时代独裁者管理西斯的摄政王，幕塞壬·查。他们会享受让人从反抗到崩溃的过程，对引起他人的痛苦毫无顾虑。

我见过太多的痛苦了。瓦什意识到，**痛苦已经无法引起我的兴趣，也无法再让我感到吃惊**。对如今的他而言，痛苦只是一种需要尽量避免的东西。

瓦什走到独裁者宽敞的船舱门外，假装在那里碰见潘西斯尔只是偶然。这位体积庞大的祭司显然刚带着侍祭打开努沙什神龛。

“早上好啊，老朋友。”瓦什说，“你见过神佑者了吗？他还好吗？”

潘西斯尔点点头，这个动作压平了他的好几层下巴。在船上的生活不那么正式，除了真正的布道会，他已经不再戴头上那顶高帽。现在他用一条简单的头巾包住了圆滚滚的脸，看起来仿佛什么都没戴，有种奇异而粗鲁的赤裸感。潘西斯尔身上倒是穿了件非常庄严的黑袍，上面的图案却不是独裁者的隼，也不是努沙什的金轮，而是一只燃烧的黄金之眼。

“这是什么？”瓦什问道，“我从没见过这个标志。”

“没什么。”潘西斯尔轻飘飘地回答，“神佑者喜欢的东西。

今天他正和两位小王后一起睡懒觉。”也就是他的第一百一十一任和一百一十二任妻子，米罕国王进贡给苏列佩斯的两个侄女。与逃跑的那个神庙的小女孩相比，苏列佩斯对这两个姑娘的兴趣似乎相当普通。当然了，也只是对独裁者而言的普通：过去几天里，她们的尖叫声一直扰得其他乘客睡不好觉。

“啊，很好。”瓦什说，“愿众神保佑他的健康与活力。”

“是啊，健康与活力。”潘西斯尔重复。他又冲瓦什挤了挤下巴，表示可以进行下一个话题了。

“哦，我只有一个问题，好潘西斯尔。你有空吗？能不能找个避风的地方说话？我这把老骨头太怕冷了，我还没习惯这些北方海域。”

大祭司茫然地看了他一眼，随即转而微笑：“当然，老朋友。到我的房间去吧。我的奴隶可以给你端杯热腾腾的好茶来。”

大祭司的船舱比瓦什的大，但没有窗户。在宫廷中精心算计了几十年，瓦什不禁掂量起这种区别的意义，随即就高兴起来。这说明他的地位并没有下滑，尽管在过去半年里，潘西斯尔与独裁者相处的时间越来越长。

大祭司的船舱里有个烟囱，所以他拥有自己的炉子。侍祭煮起了茶，瓦什纡尊降贵，坐到一张长凳上，有意放弃了往常讲究地位尊卑的就座方式。毕竟他想让努沙什大祭司保持不错的心情。他在这场谈话里需要的是坦诚，或者近似于坦诚的态度。

“好了。”等两人都捧起茶碗，潘西斯尔说，“我能为你做些什么，亲爱的老朋友瓦什？”

瓦什回以微笑，想起自己以前曾多次计划召个乡下亲戚进城，找机会用刀把潘西斯尔的眼睛刺瞎。宫廷生活总会给人带来意想不到的朋友和仇敌。现在他对大祭司几乎有种欣赏之情。潘西斯尔是个自私的狗杂种，但他也属于瓦什这代人。自从苏列佩斯登基后进行了大清洗，他们这些年长一代就不剩多少人了。“当然是关于神佑者的事。”他说，“我日夜都在思考，要如何才能更好地服侍他。”

潘西斯尔一本正经地点点头：“我们都是，愿火神保佑他。有什么我能帮忙的？”

“用你的智慧，”瓦什喝了口茶，故意放慢说话的速度，“还有你的信任。我可不想让你误会，以为我是故意要刺探只属于你管辖的私事。”

“继续说。”

“我想说的当然是你与神佑者的关系，你为他提供的关于神灵的咨询建议。我并不想干涉你重要的顾问工作。当然了，我也不可能了解大地上活着的神灵的种种做法，更不用提天上那些不死的神了。”

潘西斯尔显得有些好笑：“的确，的确。我是要用……智慧来帮助你的，是什么事？”

“我就实话实说了，老朋友。为了表明我对你的信任和信心。你我都清楚，宫廷里有很多人都想在其他大臣身上找出弱点，或值得怀疑之处——这样就能弹劾别人下台，或者以此作为要挟。”

“太差劲了，那些年轻的大臣。”潘西斯尔严肃地说，“他们没有一点忠诚和奉献之心。”

“一点没错。但我相信你，你用睿智的头脑为独裁者服务了这么多年，一定能分辨出我到底是在质疑独裁者的头脑，还是只是——在有充分依据的基础上——为他的健康而担心。”

潘西斯尔显然很享受这个过程：“你勾起了我的好奇心，瓦什。不过你总是热情服务，考虑得远比我们其他人更深远。”

瓦什挥了挥手，不想就此开始一场相互恭维的竞赛。在西斯宫廷里，这种竞赛一比就是几个小时。“我所追求的只是为西斯谋求福祉、遵从众神的希望，特别是强大的努沙什，神界之王。正如独裁者是大地全界之主。这就引出了我的问题。”他再次停下来喝了口茶，终于感觉到这场谈话的严肃性，感觉到了自己所冒的风险有多大。“我们这是要去哪儿，潘西斯尔？独裁者的计划是什么？为什么只带这么一小队人，远离我们强大的军队，跑到陌生的北方大陆去？”

现在他的疑问已经出口，想收也收不回来了。他搅着碗里的茶，看着茶叶在水中旋转，图案和书法精美的诗一样复杂美丽。一瞬间，瓦什在幻想中看见了自己另外一种截然不同的人生，在那里，他拒绝了权力和财富，全心扑在桌边，用墨水描绘出大地与永恒、抄写伟大诗人与思想家的词句，并没有什么目的，只是为了把它们写得美不胜收、沁人心扉，尽可能贴近真实。

但那个瓦什会被迫与父母断绝关系，饥饿而死。他心想，**也就不可能出现这个念头**……他意识到，即便是在这样的紧要关头，他的头脑仍然在开小差，不禁哑然失笑。**我真的老了。**

“啊，是，我们这次向北的航行。”大祭司皱起眉，不是生气或愤慨，更像在仔细考虑一个有趣的挑战，“神佑者都对你说过什么？”

瓦什差点就回答“什么也没说”，还好及时咽了回去。这句话无异于承认，自己被排除在外。“乱七八糟地说了一点，但恐怕我没能完全听懂。他说的话如此崇高，我的思考方式又如此世俗。我想你应该能解释得更通俗易懂。”

潘西斯尔微微一笑，点了点头。你这只自满自大的癞蛤蟆，瓦什心想。这就是你为什么要当大祭司，对吧？这样就能凌驾于我们之上，自称只有你才知道众神的意思。

“首先，”大祭司说，“你得明白，神佑者不仅是统治者，同时也是学者。他读过一些古书，古老得没有几个学者听说过。说实话，他对神灵的研究比我还深，而我可是最伟大神灵的大祭司。”

瓦什并不怀疑这些话的真实性。潘西斯尔绝不笨，但他对权力的追求远超过对学术的热爱。“也就是说，这些……研究？就是我们要去北方的理由，去那个冰冷荒芜的多雨之地。为什么？”

“因为神佑者想出了一个非常大胆而惊险的计划，连我也不能完全明白。”大祭司拍了拍自己的大肚子，“在赞德和埃昂全境，只有一个地方能实施这个计划——在远境王国那个小国家的一座城堡里。也就是异教国王奥林的国家。”

“可这是什么计划，潘西斯尔？什么计划？”

“圣帐之主，我们神圣的独裁者，要把众神从他们长久的睡眠中唤醒。”大祭司喝光了茶，递出茶杯，让奴隶上前取走。“付出的代价就是北方国王的生命。为我们腐朽大地带来天堂的荣光，这点代价实在不值一提，你说呢，亲爱的首席大臣瓦什……”

皮尼蒙·瓦什不知道该做何感想。他慢慢从大祭司的船舱往上层甲板爬着，感到全身都被疲倦之浪席卷而过，和上下起伏的大海一样沉重。面对如此愚蠢的行径，谁又有办法阻止呢？何况是像他这样的老人。对于独裁者的疯狂计划，潘西斯尔和他手下的祭司们当然都欢欣鼓舞。他们总是想出一些气泡般空洞的想法，而独裁者就会像猫追逐线团一样紧追不放。这恐怕就是为什么会有之前那场进入埃昂的无情扩张。西斯在这过程中损失了无数资产，到头来只剩下一支庞大、饥饿而危险的军队，只有不停出外打仗才能保持国内的和平。如果真是这样，那为什么又突然改变计划？先是对赫若索尔耗资巨大的进攻，现在又是这趟奇怪的航行，像魔术师变的戏法，突然就把目标换成了遥远的北方大陆？

独裁者和祭司们真的相信，北方国王的城堡里有沉睡的神明等待召唤，还是他们其实在追寻更加实际一些的东西，比如拥有强大力量或高额价值的物品？什么东西会让苏列佩斯这样的人如此渴求？他已经是世上最强大的人了。他这样突发奇想，让西斯破了产，让国内所有成年男人都参了军，说不定还毁了整整一代人，难道就是为了拥有一把更闪亮的剑，一座更豪华的房子？

*我的任务呢？是辅助这个愚蠢的计划，还是尽力去阻止它？就算我决定阻止独裁者，除了一直抗议到死，还有什么其他办法？随时都有人贴身保护他，就连在这艘小船上也一样。他身边围满了试毒师、仆人和猎豹守卫。就算我能找到机会和他独处，他也要比我年轻强壮得多。*不，光凭首席大臣自己是不可能伤到独裁者的。一旦失败，他就会受到种种可怕的折磨，最后被处以死刑。想到前任猎豹卫队队长杰顿的下场，瓦什打了个寒战。

不，不能贸然行动……

他在前甲板上找到了那位异邦国王，后者正在享受冰冷但明亮的阳光。国王坐在长椅上，帽子摘掉了，斗篷的兜帽也搭在身后。十几名守卫分守他左右两边，还有额外两名站在他上方，堵住了通往装炮甲板的通道。奇怪的是这位北方人选择的同伴：残疾的储君普鲁萨斯，正坐在奥林·埃顿身边几步远的地方，轿子上的垂帘拉了起来，让他也能照到阳光。在航行刚开始的几天里，储君一直很不舒服。虽然现在好点了，他头部歪在一边，腿脚不断微微抽搐，看起来还是随时可能倒下去。光是看到普鲁萨斯，瓦什就觉得又烦躁又恐惧。挑选这么个可怜儿当储君，是现任独裁者第一次发表的令人警醒的古怪意见。

瓦什转向北方国王。不管神佑者的疯狂计划到底是怎样的，里面都一定包括了奥林之死，与他对话时必须记住这一点才行。这就像要先安抚好一只动物，然后再杀了它祭神——前面的安抚只是为了让动物冷静，没必要对它产生任何感情。

瓦什露出微笑：“啊，天气真好，奥林国王。我看你很享受这阳光？”

“怎么可能不享受？每天都可能是我最后一次看见太阳。”

首席大臣以惟妙惟肖的遗憾姿势垂下头：“请别绝望，殿下。神佑者也许会放了你。我们这位伟大的王，他很善变。”事实也确实如此，不过从来不会变得有利于他人。

奥林挑起眉：“啊，是吗，好吧。我有什么可怕的？”他转回头对着海平线。在船上过了这些日子，他逐渐恢复了肤色。原本惨白的囚犯肤色慢慢变黑了，棕发里原先淡薄的一点红也变得更亮、更鲜艳。瓦什觉得这相当讽刺。离死亡越近，奥林·埃顿看起来就越像个活人。

“你还需要点什么吗？”瓦什问他。

“不。我在这儿享受海风的吹拂，这就够了。不过你可以帮我解答个问题。”他示意轿子里的普鲁萨斯，“我问他来着，但这位……储君，是这么叫吧……他不太爱说话。”

“是这样，殿下，您说得对。”**他是个可怜的怪物，一出生就该直接弄死。只有像他母亲那样富有的女人才能一直养着他。**这种存在不值得搅得他心绪不宁，但每次看到普鲁萨斯那双水汪汪的眼睛四处乱转，瓦什总会焦躁不安。“你想知道什么？我一定知无不言。”

“很好。储君到底是什么？据我了解，这个人好像是独裁者的继承人？”

“嗯，也难怪这让你迷惑不解。”瓦什站了太久，双腿已经开始作痛。他挪到长椅另一头，对着北方人坐下来。“据说这要追溯到我们民族的远祖，当时我们生活在沙漠里，以部落为单位四处游荡。每年我们会在沙瓦迪斯相聚一次，那里的水一年到头都不会彻底枯竭，是个神圣的地方。我们会为所有部落选出一个总头目，称他为大鹰。同时我们也会选出另外一个人，称为鸢，一种在高飞在沙漠上空的猛禽。这个人一般是部落里的长者，负责而睿智，同时也是个公认没有多少野心的人。他会加入大鹰所在的部落，一旦大鹰有什么三长两短，就代他作为总头目主事。

“在之后的几个世纪里，我们逐渐建立起了城市，大鹰和鸢之间的关系变得更微妙、更复杂，称呼也变成了独裁者和储君。有时两者还会相互开战，各自拥有自己的追随者、部落和军队。第一个西斯帝国崩溃后，幸免于难的部落首领都聚到了如今西斯城所在的地方，制定了《沙克 · 西斯法典》。这部法典中最重要的内容就是规定了独裁者和储君各自的职责。我讲的这些你是不是都听过了，殿下？”他友好地问。

“哦，没有，请继续讲吧。”

“那就好。《沙克 · 西斯法典》规定，每位独裁者都必须选择一名储君，但储君不能统治西斯人，除非独裁者死去。独裁者死后，所有贵族家庭会组成一个议会，选出下一任独裁者。基本上，所有继任者都是上一任独裁者的子嗣。”

“这倒没什么特别的。”奥林说，“远境王国的某些地方也有类似的法律。”

“嗯，但情况相反时才是最有趣的部分。”瓦什解释道。他飞快地瞥了一眼普鲁萨斯。储君好像睡着了，一丝口水从下嘴唇垂到了衣领上。“如果储君死了，独裁者必须暂时下台，等贵族聚集起来，判断他是否能够继续胜任王位。他们有可能会决定废掉并处决当任独裁者。这样的情况发生过好几次。”

奥林挑起眉：“如果储君死了，独裁者有可能会面临废黜？看在大地份上，这到底是为什么？”

瓦什耸耸肩：“这是为了避免某些贪婪的家族独占太多权力。如果你追求权力，当储君就完全没有意义，因为当独裁者死时，你只能掌权到下一任独裁者上台的时候。要谋杀独裁者也没有意义，特别是如果你是个不耐烦的继承人，因为储君会坐上王位，下一个继任的恐怕就不是你了。”

“而每一位独裁者都会选择新的储君。”奥林说，转头望着普鲁萨斯。储君打起了呼噜，睡梦中的身体仍然在抽搐，双手抖得仿佛风中的罂粟。“可是，既然储君死时，独裁者至少会在短期内下台，难道不应该尽量选个年轻健康的人来当储君吗？”

“当然了，殿下。”瓦什点着头说，“以前的独裁者会举办大型的仪式性比赛，包括摔跤、跑步和比武，就为了在贵族家族中找出最健康、最强壮的候选人。”

“这位独裁者显然没有那么做。”

瓦什摇摇头：“神佑者在很多地方都与先辈不同，愿他健康长寿。”他压低了声音，不让守卫们听见：“在普鲁萨斯接受鸢之冠的仪式上，苏列佩斯陛下对我们说：‘如果有人质疑我的选择，你们就好好看着众神会先带走谁，是这位普鲁萨斯，还是我的敌人们。’”瓦什坐直了身体，“许多与神佑者为敌的人都已经离开了大地，而普鲁萨斯还好好活着。”他起身站了起来，离开长椅的过程多少有些艰难。他感觉好多了。给异邦人讲故事帮他理清了自己的思绪和担忧。决定是否需要阻止苏列佩斯是众神的职责，不是皮尼蒙·瓦什的。如果天堂想要了结神佑者，或者阻碍他的行动，众神只要轻轻掐断残废普鲁萨斯弱不禁风的生命之苇就好了。对众神而言，这比拍死一只苍蝇难不了多少。

“请容我再问一个问题。”奥林说。

“请问，殿下。”

“如果有谁——愿众神保佑——伸手把储君普鲁萨斯推进了海里，独裁者会就此失去权力吗？”

瓦什点点头：“不是没人这么想过。确实有这个可能。”

“可能？我以为这是你们国家的法律。”

“是没错，但我们也都清楚，苏列佩斯本身就是法律。另外，之所以到现在都没人真的这么做，还有另外一个原因。”

“是什么？”

“不管发生什么，谋杀储君的犯人都会受到惩罚，非常冷酷的惩罚——如果我记得没错，犯人的肠子会被扔到狮笼里去，同时他还活着，肠子也都连在身上。所以，就算是在苏列佩斯还没继承王位的时候，也从来没人试过这种办法。”

“谢谢你。”奥林说，“你给了我很多可以思考的东西，瓦什大臣。”

“很高兴为你效劳，殿下。”瓦什说，鞠了一躬，转身走回自己的船舱。过了一个出奇繁忙的早上，完成了与将死之人抑郁的交谈，他突然很想吃点东西，喝点好酒。

从不微笑的男人站在船舱门口。如果是别人，鸽子一定会像忠诚的小狗一样冲到契妮坦面前。但他现在躲到了她身后，发出不成字句的惊叫。契妮坦尽量不显露心里同样的感受。“你想干什么？”她问。

不笑的男人看了她一眼，目光随即扫过整个船舱。尽管天气凉爽，室内却热得难受，因为百叶窗全部都钉死了。室内弥散着两人的汗味和夜壶的臭气。夜壶每天只清一次。

“我要进城了。”最后他说，“我不在的时候，你们别耍花样。”

“什么城？”她想大概知道他们在哪儿，船已经开了多远。从船身的颠簸和四周的声音上判断，她知道船已经停锚了好几个小时。期间两人一直在害怕，以为已经赶上了独裁者的船。也许发生了什么别的事？她尽量不让自己的希望燃得太高。

他没回答，只是又扫了船舱一眼。“如果日落时我还没回来，会有船员给你们送晚饭。我告诉他们不能杀你，姑娘，但如果你玩什么花招，他们尽可以折磨这位小男孩。”他那双死人般的淡色眼睛转向了鸽子。“这就是他的用处，保证你乖乖听话。明白吗？”

契妮坦咽了口口水。“嗯。”他的目光回到了她脸上，眼睛空洞得像隐宫池里红银相间的鱼。“我想要个澡盆，”她说，“洗个澡。你总不会想把我就这么臭烘烘的交给独裁者吧。”

他转头走向门口：“也许吧。”

“你为什么不肯告诉我你的名字？”

“因为死人不需要名字。”他说，放手让门自己撞上。她听见门闩重重地落了下来。

有人在门外的走廊里对他说话，听起来像是船长。根据她之前偷听到的船员对话，这位船长是独裁者手下最优秀的船长之一。她能听出，他并不乐意听从绑架者的命令，不管后者究竟是谁、想做什么。她挣脱了鸽子的怀抱，蹑手蹑脚地走到门边，把耳朵贴到门缝上。

“……但这不可避免。”船长告诉没名的男人，“别担心。我们的船更快，只要几天就能赶上独裁者的舰队。”

“必须如此，必须如此。”漫长的沉默后，绑架者说。他声音里带上了一丝情绪，也许是不耐烦，也许是愤怒。“天黑我就会回来。做好准备，我一回来就走。”

轮到船长不耐烦了：“就算是在阿加米德这样的港口，一把新舵也不是说装就能装上的。我只能尽力而为。众神自有打算。”

“不对。”绑架者说，“如果我们赶不上独裁者，就连众神也救不了你。我可以向你保证，船长。”

契妮坦踮着脚走回床边，在鸽子身边躺了下来。床单一片潮湿，男孩的身上汗水淋漓。他这是发烧了吗？她几乎希望这是真的。如果在达成目的之前，他们就死于某种流行病，那可真是给杀手好好开了个玩笑。

“嘘。”她对不停颤抖的男孩耳语，“我们会没事的，宝贝。一切都会好的……”她的思绪如下山的马车般一发不可收。船长说他们在阿加米德。蜂房的圣蜂保佑，她认得这个名字。这是埃昂东南海岸线上的一个城市，在德沃尼斯往北不远。城堡山的洗衣房里就有个姑娘来自阿加米德。契妮坦把记忆翻了个底朝天，还是想不起那姑娘都说过什么，只记得这个港口城市自古就被德沃尼斯和杰尔争来争去，所以那里的人都会说好几种语言。这点信息可帮不上她的忙。她得趁敌人离开的时候找个机会逃出去。只要她能想出什么办法让船员们分心……

“你相信我吗？”过了一会，她问哑巴男孩。“鸽子？你相信我吗？”

他很久都没回答，好像根本就没有听见。她担心他病得太重，什么都做不了，更别提冒着生命危险往外逃了。但他终于还是睁开眼睛，点了点头。

“很好。”她说，“我有主意了，不过有点危险。答应我，不管发生什么，你都不会害怕。”

他从唯一的薄被里伸出瘦削的小手，捏了捏她的手。

“好，听着。我们只有一次机会。”万一出了差错，他们要么有一个会死，要么就一起死。她没把这话说出口，但鸽子已经知道了。自从那个无名男人把他们拖上独裁者旗舰的甲板，他们就已经在偷来的时间里存活。

要么发热，要么燃烧。她心想，**无论如何，我宁可自燃而死，也不会让独裁者再碰我。**

第九章
外殿死者

与精灵的第二次战争结束后，在埃昂的偏远地区仍可找到哥布林，特别是体型较大的族类。在远境王国的柯特维尔，乌斯汀国王在任期间，有一只哥布林被人杀死，尸体被保存下来用于展览。见到的人都说那东西不是天然的。

——引自《埃昂大陆和赞德大陆精灵种族专述》

“我得承认，我完全不懂这都是怎么回事，查文。”费拉斯·范森摇摇头，“神灵，半神，怪物，奇迹……现在又是什么镜子！我以为巫术就只是在大锅里热腾腾地熬毒药呢。”

医生的微笑有点勉强：“队长，我们讨论的不是巫术，而是科学。”他说，“区别在于，对于科学，如果一位学者观察到了某些定律，他会把它们分享给其他学者，逐渐将知识积累成一个整体。这就是我为什么需要你的帮忙。再给我讲一遍吧。”

“我已经把记得的都讲出来了，先生。我掉进了大深渊的黑暗里，往下掉了很久。然后感觉就像做了一场梦。我只记得梦里的破碎片段了，就是我之前讲的那些。再然后我从黑暗里走了出来——对，这部分我记得很清楚。我整个人掉进了黑暗，再用双脚走出来。

然后我发现自己正在芬德林镇的中心——当然，这我是之后才知道的。以前我可从来没去过。”

“但是你站在镜面上，没错吧？巨大的镜子，反射着芬德林人称为湿热石之神的神灵雕像——也就是我们三神教徒所说的科涅奥斯？”

范森已经很累了，不明白查文为什么要对他回到米德兰山峰的过程问这么多问题。他不是都解释过一遍了吗？

“对，我是站在那面镜子上。我不知道科涅奥斯在芬德林还有另一个名字，不过镜子里确实是他的像。现在回想起来，这就是独眼怪物吉库因的计划——他想往科涅奥斯的房子里开一扇门，不管这到底是什么意思。但我当时没再想下去，因为马上就有好多别的事要考虑。”他微微一笑，“比如说，一大队拿着尖锐武器的芬德林人。如果我记得没错，领着他们的人可是你，查文。所以我能说的你都已经知道了。”

“一切都说得通了。”医生慢慢地说，好像根本没听见他最后两句话。他看起来好像在范森提起科涅奥斯的房子时就没再听了。“你掉下去的大深渊矿井，那片黑暗里也许还有另一面镜子。”他沉思道，“或者是什么类似原理的东西——对于加尔人保存了多少知识，众神以前又教给了他们什么，我们只能凭空猜测。”查文起身在饭厅里来回踱步。除了神圣的礼拜堂，焕华共修会能容下两个男人四处移动的只有这里了。“另一端呢，是芬德林镇的圣地——供奉的神名字不一样，但都同样是供奉之地。就像一座巨大的房子，一扇门开在埃昂，另一扇开在阳光灿烂的赞德！”

“我又跟不上了，医生。”费拉斯·范森没法长时间这样思考讨论。他毕竟是个士兵。他的国家有危险了，他急切地想要做点什么：“好了，别再费力气解释了。我是个头脑简单的人。”

“你总是这样低估自己的智慧，范森队长。”查文笑了起来，

“问题是，你自己信吗？算了，别在意。要搞懂这一切，我还有很多问题要思考。可怕的是，奥科罗斯修士是这些问题的专家。尽管我暗自希望能把他的心给挖出来，我还是等不及要和他分享这一切，听听他的想法。”

“恐怕我不认识他。”

“奥科罗斯修士？他是个叛徒，邪恶的叛徒。我将他视为同事和朋友，结果他一直是亨顿·托利的人。”一时间，医生感情激烈得说不出话。他努力控制着自己，门开了，朱砂走了进来。

“真是个好天啊，先生们。”他说，抬起手敬礼。

范森之前只和他说过两次话，他很喜欢这个小矮人，也明白为什么燧岩会对他评价那么高。“我们只能相信你的话了，朱砂大师，既相信今天是个好天，也相信现在确实是白天。来这儿以前，我是雾影之地煤矿里的囚徒，已经不记得上次看见天空是什么时候了。”他真想早点见到太阳，有时候甚至会梦见，就像梦见一位去世不久的亲人。

“因为地上的那些人都忙着把箭插到你身上，没想起让你多呼吸呼吸新鲜空气，队长。”芬德林领袖开心地说，“这总不是我的错吧？我来这儿是想找燧岩·蓝石英，但他不在嘛。”

“他在楼上帮家人收拾屋子。”范森告诉他，“查文和我倒是聊了不少东西。我得说，我根本不知道芬德林镇上发生了这么多事——秘密隧道啦，燧岩、欧珀和他们的芬德林儿子从雾影线后面过来啦，魔镜啦。想想看，我就住在这座奇妙城市上面，这么多年却什么都没发现！”

“又是镜子！”朱砂说，“镜子怎么了？”查文答道：“没什么。镜子并不重要，大师。”他之前对镜子那么感兴趣，问的问题把范森都累坏了，现在却突然想转开话题，“重要的是我们这里的人不多，门外有加尔人，上面的城堡里有叛徒亨顿·托利。燧岩之前也说过了，万一他们知道了风暴石之路的事，加尔人可就不会继续等在门外了……”

医生还没说完，燧岩·蓝石英就推开门走了进来，动作很慢，仿佛扛着什么重担。

应该说，他也确实身负重任。范森心想。在他们的讨论中，燧岩经常被推到第一线，尽管他并不喜欢这样的责任。范森对这位芬德林人相当敬佩，在他身上还见到了自己老师多纳尔·穆里的影子，特别是那些无法完全掩饰矮人善良心灵的尖酸调侃。

朱砂伸出双臂：“啊，你在这儿，燧岩，好伙计！一定是刚吃饱饭吧。你们知道他妻子是位多棒的厨师吗？”

“就靠那帮吝啬僧侣给的那点东西，欧珀能做点石头汤就谢天谢地了。”燧岩说，“焕华共修会认为享受食物会腐蚀心灵。”他翻了个白眼，“镍跟我说，‘有蟋蟀可烤，你们就知足吧。这里的侍僧一周只能吃一次蟋蟀泥，那对他们来说就是盛宴了。’”

镍没过多久也到了，一如既往地紧皱眉头：“师父们根本不肯干活。他们宁愿聊起地面上那些大个子和精灵的闲话，也不想进行对长者的例行供奉。”

“这是段不寻常的日子。”朱砂说，“别对他们太严厉了，镍师父。”

朱砂大师是公会长老的代表。朱砂提醒镍：是公会决定他能否晋升成会长。就连费拉斯·范森也注意到了芬德林僧侣态度的急速变化。

“你说得对，当然了，大师。”镍匆忙表示同意，“太对了。”

范森瞥见燧岩·蓝石英脸上厌恶的表情，咬住嘴唇才没笑出来。

“你是说，根本不可能保卫芬德林镇的安全？”范森问。

“不能这么说，队长。”朱砂说，“但这里不像地上的南境那样有围墙。离芬德林镇中心越近，要保卫的道路就越多，好几十条！”

“那我们就应该保卫这座庙。”燧岩突然说。

“这是什么话，蓝石英？”镍显然也不喜欢燧岩，正如燧岩不喜欢他，“这里可是圣地，不是战场！”

“所谓的战场就是战斗发生的地方，镍师父。”朱砂指出，“我们就是在想办法，不让焕华共修会和芬德林镇变成战场。我想燧岩是这个意思。”

“差不多吧。”矮人左右张望，好像因为突然变成焦点而不自在起来，“是这样的。精灵最可能会走的那些古路，从大陆海湾之下穿过的那些路，会先经过这座庙，之后还有很久才进芬德林镇。还有，这些古路和与它们相连的路在我们头顶上开始分岔，到了城外，每支分岔还会再分成上百条小路，要全守住太困难了。”

“要是都堵上呢？”范森问，“你们有石头，众神在上，石头还相当不少。在大深渊，我见过吉库因的奴隶们用枪药……”

朱砂摇摇头：“我们这儿叫爆破粉。对，我们是有，还有石头，但要想堵住进入芬德林镇的所有道路，恐怕得用一年时间采石，动用现有工人十倍的劳动力。城里有路通往淡水池、五六个采石场和十几个外部郊区，此外还有没经过人力打磨的自然石穴和隧道。不可能把每一条都封上。”他叹了口气，“燧岩说得对。如果精灵要走海湾下面的风暴石之路，那我们就得在这儿拦住他们，毕竟这儿的通路屈指可数。否则，我们就不可能阻止他们。”

“你不会是想把这庙变成军营吧——！”镍爆发出来，但随即就被响亮的敲门声打断了。年轻高大的锑师父推门而入，有些气喘吁吁：“请原谅，先生们，请原谅我！只是……有些师父……他们……他们听见了声音……”

朱砂扬起眉：“看在致命石崩的份上，你说什么呢，伙计？声音？什么声音？在哪儿？听见声音怎么了？”

锑师父努力整理思绪："在外殿的炮眼群里，大师——就是比庙宇最尽头的花园更远的一些石穴，彼此之间都有隧道连接。有几位侍僧听见那深处有声音传出来，就派人过来传了信。"

"他们为什么不先来找我？"镍质问道。

朱砂挥了下手，让年长的僧侣安静："我恐怕没明白这有什么问题，锑师父。这些侍僧，他们是在那里斋戒，对吧？如果胃里空了很长时间，幻听幻视很正常。"

锑垂下头，还是固执地说了下去："确实如此，大师。他们是在斋戒，也会幻听幻视。但其中好几位听见了同样的东西，是一种像风吹过一样的微弱声音，一种侍僧们不懂的语言。"

燧岩向前俯过身："锑，这些隧道与风暴石之路有什么地方相连吗？"

锑点点头："在比炮眼群更远的地方确实连在一起，蓝石英。它下方是黑灯路，黑灯路再往外就是风暴石之路了。"

"所以如果精灵，加尔人，决定按我们所讨论的那样从大陆过来，这也是他们可能走的路之一。"范森说。

"而我们还没开始把守庙宇周围的道路呢！"朱砂肃穆地说，"真是山崩地裂啊！如果暮光族人已经开始进攻，我们怎么可能守住所有通道？有太多条了！就算有地上那些人带着马和大炮来，恐怕也来不及了。"

"不管怎样，现在总得去看看你们说的炮眼群。勇敢点——也许那确实只是饥饿僧侣的幻想。但是以防万一，我们最好尽快行动。"

"我们芬德林人没有军队，范森队长。"朱砂提醒他。

"总有人能战斗吧。"范森环顾四周，"我刚来时围攻我的那群人呢？大多数只有铁锹啊镐啊什么的，但也有几个身强体壮的年轻人，有两件真正的武器。"

"那是公会看守。"朱砂说，"他们就像警卫——不，更像执行官。他们会帮忙看守公会大厅和其他重要的地方和财产。但他们一般只处理小型治安事件，比如偷窃啊，在公众场合酗酒什么的，偶尔镇压下民众起义。”

“没关系。”范森的心脏怦怦直跳。终于有他能做的事情了，让他真正地参与帮忙，而不是坐着回答查文没完没了的镜子问题。“他们肯定接受过一定的训练，也有一些武器。派个小队过来，有多少人就叫上多少人。如果公会允许，我会领他们过去看看，是谁在那儿偷偷摸摸地说话。”

“送信给公会再等他们过来，至少要好几个小时。”朱砂不开心地说。

“也许僧侣们可以陪范森队长去。”燧岩建议。

“不行！”镍怒瞪着他，“他们接受了圣令，只能供奉大地长老！”

“真的吗？长老难道会愿意让加尔人住在庙里，在秘境里嬉笑打闹吗？”燧岩问他。

“够了。”朱砂大师宣布，“和我一起来的有五六个看守，作为荣誉警卫看管阿斯提昂。”据范森了解，阿斯提昂是一块证明拥有者在执行公会任务的石盘，就像埃顿家的王室印章。“他们可以跟着范森队长先过去，我再写封信派人送到芬德林镇，把我们的担忧告诉公会，叫更多的人过来增援。”

“这是个不错的计划，大师。”范森点着头说，“捎信的僧侣能领我们过去吗？”

“他跑了一整天。”锑告诉他，“说完这件事，他就倒下了，现在正在疗养。”

“那只能另外找人了。燧岩，你能帮我来做些准备吗？我对你们的人和这个地方了解太少了。”

燧岩快快地耸了下肩：“当然。锑师父，你能不能去告诉我妻子，我大概不会回来吃晚饭了？”他看着年轻的僧侣出了门。“他去总比我去好。”燧岩轻声告诉范森，“老婆会不高兴的。”

朱砂领来了一位新人，样子有些走神，仿佛正牵着一条链子很短的凶犬。“这位是大锤·碧玉。”他对范森说，“就是你要带走的看守队长。他想见你。”

新来的人比朱砂高不了多少，勉强能够到费拉斯·范森的腰。但他全身满是肌肉，宽度几乎赶上了高度。他的胳膊很长，双手比范森的手还大，从头到脚都散发出攻击性——他的头剃得像只炮弹，眉骨隆起，下巴上的胡须向外怒张。

这位令人生畏的矮人抬头盯着范森看了一会:“你领导过部队？”

“领导过。我以前……我现在还是南境王室卫队的队长。”

“打过仗？”

“嗯。最近一次是在科尔坎原野，但我参与过的战斗并不是每一场都那么惨烈，感谢众神。”对方如此严厉的审视让范森有些好笑。他已经等了朱砂很久，有些不耐烦：“你队里的看守，他们能听从命令吗？”

“只要我在就行。”大锤说，仍然怒视着范森的眼睛，“只要是我的命令，他们可以用手去挖花岗岩。所以我也一起去。问题是，谁是老大——我还是你？”

范森没心思跟这位鲁莽的小矮人比赛谁撒尿更远：“这由大师决定。”

“让范森队长领队，大锤。”朱砂对看守队长说，“我跟你说过了。”

范森忍住没笑，他已经想到会是这样：“感谢你的协助，碧玉队长。为了你的人的安全，我会小心行事。我们只是去调查一些声音的来源，我不认为会打起来。”

大锤“嗤”了一声，把满是肌肉的手臂抱在胸前：“你当然觉得有这个可能了——要不然你就会在这庙里找群种蘑菇的农民，带着刮刀和桶去了。大师要求我的看守们去，也就是说很有可能会有人被打得脸都凹进去。”

“走着瞧吧。”他转向朱砂，“我需要一把武器，来的时候什么都没带。其他人呢？”

“在外面等着呢。”大师说，“我会给你找把什么魔法棒之类的东西来，然后你们随时都可以出发。”

“让我去跟欧珀告个别，行吗？”燧岩站起身说。

“为什么？”范森问，“你又不去。”

“但你想让我……”

“我想让你回答几个问题，你已经回答完了。至于隧道里的向导，我已经得到允许，可以带上锑师父。他非常熟悉这地方，也没有家人……不像你。所以闭嘴吧，蓝石英先生，今晚就守着你老婆孩子吧。”

燧岩感激地看着他，挣扎着想说点什么。范森没等下去，免得两人都太尴尬。碧玉的看守们都在等他。他会带领他们直面危险，其中某些人可能还会迎来死亡。他们的身材只有费拉斯·范森的一半大，但这种差距在此刻毫无意义。

这地方跟大深渊一样奇怪，范森心想——不，比大深渊还奇怪。想想看，他在南境活了这么多年，脚下竟然一直存在着这样的地方！瀑布楼梯其实是一条巨大的垂直隧道，盘旋着一路往下，仿佛是石头在漩涡巨浪周围凝结成形，然后水又全被抽干了一样。走在他前面的小队提着珊瑚灯，灯光来回摇晃着，像是雷云中跳跃的小星星。

*我们这儿也有自己的雾影线。*他心想。*只不过不是两侧不同的大陆，而是上下两个世界，一个是我们的南境，一个就是底下这一切。*

“小心脚下，队长。”碧玉厉声说，“在这儿跌倒还没什么，再往下的话，掉下去可不是一时半会的事。最好先看清地方再落脚。”

“好。”范森在原地站了片刻，把朱砂给的武器靠在墙上放下。大师称这武器为“看守斧”，是一种单手战斧，一端是斧刃，另一端是鼓起的锤子头。他伸手扶正头上小提灯里的珊瑚，又捡起了斧头。珊瑚灯的黄绿色灯光很淡，照不清什么东西——芬德林人的夜视力远比他好。他希望能拿上一把完好的传统火把，但他这么说的时候，芬德林队长回以鄙视的目光。

“哦，这样他们隔老远就能闻见、听见你了，是吧？何况在比较窄的地方，那玩意会迅速用掉所有的空气。不行，队长，动脑子的事还是交给大锤吧。”

可是芬德林人会用火，没错吧？他们会用火做饭取暖——我见过！还有锻铁呢？当然了，根据查文所说，芬德林镇上有非常复杂的排烟系统，有水车轮般悠闲旋转的风扇，把烟气向上输送，最后从南境所在的石山排到外面的大气里。

通到我们那里的烟囱。他当时这么想着，觉得甚是奇妙。**穿过海底通往大陆的通道，比海底还要深许多的路——如果燧岩·蓝石英说的是实话。这些芬德林人拥有的地盘比我们还多！**

在瀑布楼梯快到底部的地方，两边的石墙变得越来越高，高到灯光都照不到顶。范森跟着队伍走入了一片开阔的空地，里面摆满了浅灰色的石柱，柱顶和柱底都要比中间粗出一圈。他们在这里走了一会，来到了一面石墙前，墙上有几个通往隧道的石洞。

“他们管这地方叫五拱门。”碧玉低声说。

锑师父用范森不懂的语言祈祷了几句，发音里满是咔咔和滋滋的尖细声。十几位看守肃穆地垂下头。

“在这后面，”祈祷完，侍僧对范森解释，“就是我们所说的外殿。我们现在就要从人工建筑进入自然生长的空间。”

这话对费拉斯·范森来说毫无意义，但他已经习惯了："我们离那个……叫什么来着，那些僧侣所在的地方，还有多远？"

"炮眼群？不远了。"锑告诉他。

"很近了，别再说话。"碧玉说，伸出一只多毛的长臂，使劲扇了一位看守的后脑勺，打断了他的嘟囔。"所有人。"碧玉严厉地补充。

被打的年轻人阴沉地看了队长一眼。碧玉的勇猛毋庸置疑，但范森怀疑其他看守是否能胜任接下来有可能会出现的情况。

"就在那边绕过去的地方。"锑低声说，"让我先过去，找个能说话的人。尽量不要打扰他们，他们现在正在走长老之路。也就是在这个清净的地方专心祈祷。"

"你不能自己去。你，生铁。"碧玉对之前打过一巴掌的看守说，"你跟他去。别让他惹上麻烦，平安回来。"

生铁似乎很高兴能接下这么一个相当男子汉的任务。他在沉重的斗篷里挺直了胸，放低了手中的芬德林短戟。那武器不像戟，更像支多刺的矛。生铁没有头盔，也没有盔甲，要不是手里有戟，他就是个普通的僧侣。

*我们这样怎么战斗？*范森默默心想，*这支队伍的身高只到我膝盖，浑身还裹着羊毛。*

两人快步小跑下盘旋的通道，很快就消失在视野里。范森走了太多需要低头弯腰的路，后背已经酸疼起来。他还没来得及喘上几口气，两个人就狂跑了回来。

"死了！"锑的眼睛瞪得滚圆，仿佛再也不可能闭紧了，"所有人，在石室里！"

"怎么死的？"碧玉抢在范森前头问。

"不知道，"生铁激动地说，"小白镴也在里面。我认识他——

他还不到十三岁！”

“死因是什么？”大锤·碧玉问，“有没有出血？”

费拉斯·范森是个陌生人，碧玉则是最熟悉的队长。范森能理解他们想照惯例行事的心情，但这时的迷惑之后可能会造成生命代价。“让我来问吧，队长。”他轻声但坚决地说，“锑师父，你看见什么了？请你只说你看见的东西，别说你以为发生过什么。声音轻一点。”

锑深吸了一口气：“他们所在的石室都是并排的，每一间相隔只有几步路，都没有门。他们都在各自的石室里，全身瘫软，看起来就那么坐着死了。一共有四个——不，五个。一共有五个人，其他石室都空着。”他顿了顿。范森能看出他在尽量保持冷静，整理思绪。“其他石室，就我们看到的那些，都空着。可能有十几间吧。然后我们就回来了。”

“能看出他们的死因吗？他们的身体冷掉了吗？”

锑露出吃惊的表情：“没有血迹，但他们都死了。有几个眼睛还睁着！我们没动他们的尸体。不知道是否还有人留在那里，观察我们……”

范森皱起眉头：“听起来很奇怪。如果他们都是那样在石室里死的，那就说明他们没有反抗。一定是遭到了突袭。可是没有血迹？奇怪。”为了更好地握住看守斧，他在马裤上抹了抹手心。这是燧岩的老婆欧珀凑起几件芬德林衣服给他缝的，整整用了两天时间。“我们走吧。生铁，你在前面带路。等到了地方，让我走在最前面。”他转向其他人。他们看起来都忧心忡忡——只有大锤·碧玉咧嘴露出有些嗜血的笑容。“从现在开始，大家都别说话。如果有说话的必要，一定非说不可，那看在众神份上，千万压低声音。如果要对付的是精灵，他们要比你们想象的行动更轻快，头脑更聪明，也更残忍。他们能隔着一百步远听见我们的悄悄话。”这么说着，他感到一阵羞愧。基尔不是他的朋友吗？但他已经在科尔坎原野等地失去了太多战友，只能将加尔人视作最危险的仇敌。“听明白了吗？很好。碧玉，你到我身后来，让他们看看在危险情况下该怎么走路。”

费拉斯·范森不希望让没受过训练（或者说没当过士兵）的人遇到危险，而自己被困在队伍最后面，什么也帮不上。他决定尽快走到前面去带队，但那样也有相应的危险：如果他卡在某处窄缝里，他们可能没法帮他脱身。

穆里以前常说，他心想，**如果不能战斗，那就赶快一死了之，至少还能给人当块盾牌**。如果他范森卡在隧道里了，至少其他人可以有机会撤退，往芬德林镇捎个信。

如果有面真正的战盾就好了。特别是在这么狭窄、这么暗的地方。在这里，小队轻悄悄的脚步声听起来也像是激烈的鼓点。加尔人一定早就听见他们过来了。

范森和矮人军队终于走出了狭窄的小道，来到了锑所说的炮眼群。这是一座山谷般的地下石窟，墙上尽是竖直的石缝，一直向上伸入灯光照不到的高处。石缝间的石壁上满是小洞，有些是自然形成的，有些则经过人工雕琢。在微弱的绿色灯光下，范森看不清多少东西，但能看见的部分让他想起塞特兰的岩石高地。三神教的隐士会在那里隐居，远离日常生活的诱惑。但就算是那些老隐士，恐怕也受不了这样暗无天日的沉重地底。范森从没想过他会像饿死之人渴望食物那样渴望天空。**哦，众神啊**，他心想，**请保佑我能活到再见到阳光的那一天！**

锑伸手指向离他们最近的满是小洞的石壁。范森后悔起他们带了珊瑚灯。要是碰见在黑暗中生活的造物，或是那些夜行的精灵，这些灯就算再暗，也会让他们成为手到擒来的目标。

范森走到队伍最前方，小心地避开地上黑暗的部分。就他所知，那些暗处很有可能是石洞，掉下去就会落入地层最深处。他走向最近的石室，看见里面的僧侣倒在地上，半个身体摔出室外，双臂张开，扭成奇怪的姿势。在珊瑚灯光下，这位受害者看起来年纪较大。范森走过去，摸了摸僧侣的皮肤。还是温热的，但他整个人都瘫软得像块破布，眼睛睁了一半。范森把耳朵贴到芬德林人的胸前，什么也听不见。他确实死了。死了多久？

一切都如锑所说。这些石室里基本没有什么家具，五具毫无反应的尸体都在最低一排的房间里。其中一个侍僧身材如此弱小，范森坚硬的心也感到一阵刺痛。碧玉和其他芬德林人围到小白镴身边，愤怒地低声喃喃。范森绕着石窟边缘走着，想知道一共有多少间石室有人，他们又为什么会如此毫无征兆地死去。已经发现的尸体都是单独待在石室里的，看来灾难是同时降临在了所有人头上，要不就是进行得非常安静，非常快。

下一排的第一间石室是空的。范森正想接着往下走，突然看到灯光照亮了从没见过的地方：最里面的墙上有个小洞，通往石层的更深处。他凑近了些。其他石室的地面都一尘不染，这间却散落着碎石和灰尘。墙上的洞看起来像是用槌凿快速挖出来的。为什么……

范森突然明白了这意味着什么。他轻手轻脚地爬出石室，回到其他人身边。他们的愤怒已经退却，大部分人都露出了恐惧的神情。

“我找到他们进来的地方了。”他低声说，“这边。”

碧玉第一个跟了上来，之后是锑。其他人不太情愿地落在后面。范森的担忧又深了一层。这些芬德林人没经过训练，也不是士兵，根本一点都靠不住。他得牢记这一点才行。

大锤·碧玉转身盯着看守们，脸在灯光下像个可怖的面具。看守们提快了步子，但仍然很不情愿。

“这个洞是从里面挖过来的。”锑说，盯着空荡石室后墙上的洞。

“用的不是芬德林工具。”碧玉愤怒地轻声说，“也不是芬德林技艺。这挖得太差劲了。看，边缘都凹凸不平。”

“燧岩说的那些通道，那些风暴石之路。”范森对锑说，“离这儿近吗？”

“不知道。让我想想。”锑直起身体。“嗯，我想是的，但我们从来没从炮眼群过去过——离庙更近的地方就有连接通道的小路。不过，是啊，通道就在这一片后面。”

“看来这恐怕是加尔人干的。”范森说，“他们可能已经开始进攻了。我们得去那边看看有什么。”他对看守们说，“不能什么都不知道，就回去向朱砂他们报告。跟我来。跟紧点。记住——别出声！”

从石室进入的低矮隧道忽高忽低，脚下都是大小不一的碎石。有些地方如此狭窄，范森不得不跪到地上爬行，他非常担心自己会卡住。在某处特别难爬的地方，他的珊瑚灯摇晃着变暗并熄灭了。他在彻底的黑暗中摸索了一会，直到某位芬德林人又给了他一块珊瑚。最后通道终于变宽了，容他站起来弓着身体前进。他再往前蹒跚着走了几百步，钻进又一个未经雕琢的洞口，终于有空间站直了身体。

芬德林小队经过他身边走了进来，所有灯光聚集到一起，照亮了一条宽达五六步的通道。这里显然做工细致，是大师级作品，天花板、地面和墙上（除了他们刚经过的洞口和旁边的碎石堆）都砌好了光滑的砂石。

“风暴石之路。”锑语气尊敬地说，“我从没来过这里，离庙太远了。”

“公会必须看守好这些通道，从现在开始。”范森说，“有人通过这里闯进了炮眼群。我们得回去向朱砂他们报告。”

他转身领他们回到了新挖出的地道里。看过了芬德林人的精巧做工，这条新地道显得更加野蛮原始，简陋不堪。他们还没走多久，前方一丝光亮就吸引了范森的注意。一瞬间，他以为是哪个芬德林人超到了他前面，但这段地道并不比他的肩膀宽多少。

下一瞬间，迎面过来的那东西站了起来，堵住了身后的灯光。范森踉跄着往后退了一步。它看起来像个人，但也只是像而已。它的个头比范森还大，身上是质感有如皮革的，长满鳞片般的皮肤。它的双眼深藏在高高架起的眉骨之下，基本没有反射到范森的灯光。在那一瞬间，他只来得及看了一眼那张有点像大深渊里猿人仆从的兽脸，一只如铁铲般巨大的拳头就朝他头上挥了过来。在这千钧一发之际，范森举起斧子挡住了巨拳，但这一击的力量如此之大，斧子直接在他头上裂开了。他有些晕眩地向后跌去，靠到了后面因恐怖和疑惑而惊呼的芬德林众人身上。

“艾伊亚克里阿奏！”有人尖叫，“不可能！”

“深渊艾廷！”锑喊，“快跑，队长！是艾廷！”

但这里无路可逃。他面前的东西低低吼了一声，声音深厚得一直传到范森胸口。他又提起了斧子，但同时有一根中空的长竿从怪物后面伸了出来，像蟒蛇一样左右舞动。竿口冒出一阵烟尘，范森突然就无法呼吸了。他松开武器，抓住自己的脖子，想扳开要扼死他的手，却什么也没有摸到。他的肺里充满了越来越烫的虚空。范森无助地瘫倒在地，感到自己的思绪如落入井中的蜡烛一样逐渐熄灭。

第十章
沉睡者

卡斯帕·狄罗思认为，哥布林可以分为好几种。最矮的种族是麦岩莫里，又称鼠人；个头中等的是费切斯；此外还有几种能长到人类孩童大小的族群，寿命也相当长。

——引自《埃昂大陆和赞德大陆精灵种族专述》

一开始，巴瑞克光是努力不摔倒就费尽了力气。山坡凹凸不平，树间长了成丛的树藤和荆棘，没跑几步就有一大块淡黄色的石头从草木间探出头，像块碎掉的骨头挡在他面前。但丝精们确实没再追上来。他回头时还能看见它们的白色身影像猿猴鬼魂一样在树枝间跃来跃去，但动作里已经没有了之前那种捕猎的急切。

鸟说得没错，巴瑞克心想，**丝精很怕这个地方**。

当然了，这对他自己来说也不是什么好消息，但至少他能喘口气，思考一番。那些生物会在底下一直等着他，而他除了断矛仍然没有任何武器。斯科恩呢？那只鸟终于受不了，彻底抛弃他了吗？

倾斜的山坡让他的肺和双腿都阵阵发疼。等爬到看不见追捕者的地方，他站住脚稍做歇息。但他仍然无法避免地想着它们那没有五官、包满银丝的脸，黏液般的黑色眼睛和无声爬到树间包围过来的样子。没歇多久他就又挣扎起身继续往上爬，想找个更开阔、视野更好的地方。

地面更陡了。巴瑞克不时伸手拉住树枝和灌木丛借力，很快受伤的胳膊就变得比肺部更疼，火辣辣地烧着，疼得他的眼睛里满是泪水。他开始意识到自己处于绝境。这是片陌生的大地，危险而致命，到处都是恶魔和怪物，而他孤身一人。他还能再往前走多久，没人帮助，没有食物，没有武器，连张地图都没有？只要不小心摔一跤，他就只能无助地躺着等死……

巴瑞克突然绊了一跤，重重地摔倒在地，只靠双手和双膝撑着。他疼得喊了出来，向前俯下身体双肘支地，盯着仅有几寸之遥的地面，眼前被汗水和泪水笼罩得一片模糊。过了片刻他意识到，这片地面有点奇怪——非常奇怪。

上面有字。

他直起身体。他正跪在一片赭石板上，石板表面深深刻着一些他不认识的符号。这些痕迹已在风吹雨打中磨得几近消失，但显然是出自智慧生物之手。巴瑞克迅速爬起身来，抬起头。山顶并没之前想得那么远，就算是以他现在一瘸一拐的速度，爬上去也用不了一个小时。他深吸了口气，转头寻找丝精的踪影——结果什么也没看见，只有风在林间叹息。他又开始往上爬。就算是死在这座诅咒之山上，至少也要找个风景好的高处。他这么想。也许到了山顶，就连灰色的天空也能显得明亮一点——要是那样就好了。巴瑞克·埃顿已经受够了雾气和满布阴影的暗处。

他挣扎着爬上最后一段距离，看来曾经的居民或来访者所做的并不仅是往黄石里刻字那么简单：在突出的石块上，有几处凹陷曾被人当成过屋顶，在下面建起简易小屋。现在这些小屋已经不复完整，只留下一两面用碎石精心搭起的墙。越接近山顶，这样突出来的石头就越多，有尖块，有长条石板，苔藓灌木如粗糙的毛毯般裹在上面。那些简易建筑的结构也越来越复杂，用碎石搭起石墙连接起山丘本身光滑的基石，甚至出现了做工粗糙的木墙和木屋顶。但这些建筑里面都空空如也，看起来废弃了很久，基本没留下什么能说明以前住客身份的痕迹，除了石头表面上那些蚁痕般的雕刻符号。

在这片长满植物的高地上，雾气和山脚下一样厚重、一样湿滑，但四周要安静许多，连山下偶尔能听到的鸟叫声也彻底没了。巴瑞克已有一个多小时没再见到丝精的踪影，但同时这种压抑的寂静也开始让他越来越不安，觉得在这里停脚是个非常错误的决定。他唯一能做的就是继续爬向最高的山头。那里离得已经很近了，山头后面什么也看不见，只有大片珍珠灰的暮色天空。

他爬上一块略突出的地方，看到自己和山顶之间只剩下最后一块石头、草木和泥土组成的路障。那同时也是他所见过的最奇怪的建筑。一块弧形石板以奇特的角度从树丛藤蔓中探出，形成了一个拱顶，不远处的灌木丛中有扇巨大的椭圆形窗。一条石头小径从他所站的刺藤丛间开始，一路蔓延到椭圆窗下方的阴影里。之前他在很远处望见的那圈石栅，像断牙似的那一排，就在奇怪建筑后方郁郁葱葱的山头上。

雾气悬在这建筑上方，像昂·迪奥卓多思祭典上孩童们戴的水仙冠。水汽比山脚下更浓，连颜色和质感也不一样。巴瑞克盯看看了很久，突然意识到那其中有一部分并不是雾，而是山顶树丛间升起的烟。

烟。烟囱。有人住在这个荒芜之地。住在诅咒之山上。

他转过身，心脏跳得比拼命爬到半山腰时还快。但他还没来得及往山下迈出一步，就有一个声音响了起来。它既没有固定方向，又同时来自四面八方，既轻声回荡在山边的风里，也回荡在他的脑海里。

“来吧。”它低语，“我们在等你。”

巴瑞克发现他没法再控制自己的四肢，至少不能离开山顶上这座诡异的房子，这座像口弃井般等着他掉下去淹死的房子。

“来吧。来我们这里。我们在等你。”

巴瑞克震惊地发现他变成了一个旁观者。他的身体自顾自地转身向上爬，双脚踏上了那条石头小径，跟着它走向那座石屋，像朵北风吹动的云。巴瑞克在自己的身体里无助地看着。椭圆窗和满含阴影的拱顶越来越近。山顶的最后一部分在他头顶上停留了片刻，然后他就走过了空地，走进了黑暗之中。

过了片刻，黑暗中出现了一片不断扩大的红光。巴瑞克感觉手脚稍微恢复了一些控制，但也只来得及站住片刻，就又被前方那股力量无法抵挡地吸引过去。他的心脏以平时三倍的速度狂跳着。

“来吧。我们等了很久了，人类的孩子。我们都开始担心是否误解了得到的消息。”

石室内部的天花板是个穹顶般的弧面，诡异而苍白，本身就像个石穴，有巴瑞克身高的五六倍深。穹顶的最尖端上刻满了无法辨识的符号和文字，透过残留的烟雾刚刚能看清那些弯曲的笔触。红光和烟都来自于一处不大的篝火，在碎石和灰尘上的一圈石块中央烧着。有三个和巴瑞克大小差不多的身影弓着身，坐在篝火后方的低矮石台上。

“你累了。”那声音对他说。谁在说话？面前那三个身影都一动不动。“如果坐下能让你放松，就请坐吧。抱歉没什么食物和饮品可以提供给你，我们的生活方式和你们不一样。”

“我们已经给他不少东西了。”另一个声音不耐烦地反驳。它和第一个声音没什么区别，也一样辨别不出来源，但它带着股情绪，能听出不是同一位。“我们从来没给过别人这么多。”

“因为这就是我们被召唤而来的目的。我们给他的也绝非仁慈。”第一个声音说。

巴瑞克想跑，非常想，但他仍然动弹不得。乌鸦说得对，白痴才会到这里来。最后他终于开了口："你……你们是谁？"

"我们？"第二个更尖锐的声音说，"没有你熟悉或者能理解的名字。"

"告诉他吧。"第三个声音说，感觉比前两个更老，更虚弱。"告诉他实话。我们是沉睡者。我们是被拒绝的，不被需要的。无论谁看到我们后就再也无法移开目光。"这声音像个在空塔上喃喃低语的鬼魂。巴瑞克全身抖个不停，但还是没法控制自己的手脚。

"你把阳光大陆的孩子吓坏了。"第一个声音带着责备说，"他听不懂你在说什么。"

"我不是孩子。"巴瑞克不想让这些生物待在他的脑海里。这感觉太像科涅奥斯大门前的最后几秒钟——他感觉到基尔死去的那几秒。"放我走吧。"

"他不明白我们在说什么。"最虚弱的声音说，"一切都完了，和我所担心的一样。世界转得太远了……"

"安静！"第二个严厉的声音说，"他是个局外人，是阳光大陆的人。日星之下，血液毫无意义。"

"但在银光之下，所有血液都是同一种颜色。"第一个声音说，"孩子，放轻松。我们不会伤害你。"

"你只能代表你自己。"第二个声音说，"我会把他的思维像干草一样烧尽。如果他威胁到我，我就会这么干。"

"你也安静，海凯特。"第一个声音说，"这里不需要你的愤怒。"

"整个世界都责备我们。"名叫海凯特的第一个声音说，"那些会毁灭我们的人在苏醒的边缘徘徊，而我们就安居在他们的骨头里。不需要我的愤怒？你才是没用的那个，尽想些不可能实现的计划和梦。"

"那孩子什么时候来？"第三个颤抖的声音说，"你说的那个孩子？”

“那孩子已经到了，海汝恩。”第一个声音回答，“他就在这儿。”

“啊。”虚弱的声音在巴瑞克脑海里叹了口气，“我还在想……”

“你们为什么要这么对我？”巴瑞克又试了一次，想跑出这间穹顶石穴，但手脚还是不听使唤，“你们都疯了吗？我听不懂你们说的话，一个字也听不懂。你们到底是谁？”

“我们是兄弟，”海奥说，“是……”

“兄弟？”应该是名叫海凯特的那个，“傻瓜！你是我母亲——他是你父亲。”

“我曾经有个儿子……”海汝恩颤巍巍地说。

三个身影中正中央的那个慢慢站了起来。他的袍子敞开了，巴瑞克瞥见了一块分辨不出性别的干瘪肌肤。他的心脏僵住变冷了。如果他能逃开这个火坑，他一定会跑的。他曾在吉库因冷酷的仆人尤尼索身上见过那种石头色的皮肤。但面前这个人看起来和木乃伊一样干瘪。

“但我们不是那个家伙，巴瑞克·埃顿。”海奥说，仿佛听见了他的心声，“我们不是你的敌人。”

“你怎么知道我的名字的？”这实在太不可思议了。在这个如世界尽头般的地方，就连他自己都快忘了自己叫什么。这让他一阵恐惧。“告诉我啊，我诅咒你——你怎么知道我的名字的！”

“他在攻击我们！”海凯特喊道，“我们必须毁掉他——！”

“谁在那里？”海汝恩声音颤抖地问。

“冷静，兄弟们。他只是吓坏了。坐吧，巴瑞克·埃顿。好好听着我们要说的话。”

不许他逃走的那股力量让他在火边坐下了。火焰上下翻飞，映得三个身影浮动起来，仿佛睡着前一刻所看见的模糊景象。

“很久以前，我们三个出生在一座名叫睡城的城市里。”海奥讲了起来，“海汝恩是最大的，这是唯一可以肯定的事。就连年纪最小的海凯特也是个老头了，不记得到底是什么时候出生的。”

“老太太。”海凯特说，声音里的尖锐消失了，听起来几乎有些怅惘，“不知道为什么，我觉得我应该是个女人。”

“无所谓。”海奥温和地说，“我们都很老了。我们有血缘关系。我们是无梦族人的后代，出生在睡城里，但他们将我们驱逐出境……”

巴瑞克又感到一阵恐惧。“无梦人！”

“先把我们的故事听完。并不是所有在睡城暗夜中行走的人都像你见过的那些一样残忍，但我们三人和他们所有人都不一样。我们是沉睡者。”

“他们赶走了我们。”海汝恩说，“只有我还记得这件事。我们一直在睡，这让他们恐惧。我们梦到……”

“没错。”海奥说，“在无梦族中，只有我们三个会做梦。我们的梦不只是梦，而是虚无中真正的火光。在梦中，我们看到众神的陨落，看到无梦族人终将反抗库-纳-加尔的主人们，看到凡人占领了大地。我们看到了这一切，预言了这一切，但我们的族人不肯听。他们害怕我们，把我们赶了出去。”

“我从没见过黑灯。”海凯特生气地说，“我的家乡被偷走了。”

“你见过。”海奥说，“你只是不记得了。我们都失去了很多东西，等了很久……”

“我……我不明白。”巴瑞克说，“你们……你们是无梦族？但我以为无梦族从不睡觉……”

“让我给你看看。”中间的身影掀起兜帽。和大深渊中的灰男子一样，海奥的皮肤又细又薄，如丝绸般紧罩在他憔悴的面容上。他脸上还有无数细密的皱纹，整个人看起来就像是用蜘蛛网裹成的。最大的不同之处在于眼睛。尤尼索的眼睛一眨不眨，是两个银蓝色的圆球；站在巴瑞克面前的人却没有眼睛，眉毛之下只有皱纹，眼窝和沙漠一样空洞。

“你是个瞎子！”

“我们不像其他人那样看东西。”海奥纠正道，“如果我们和那些从不睡觉的兄弟们一样，那我们确实是瞎子。但在梦里，我们看到的东西比他们多得多。”

“看得太多，我已经累了。”海汝恩哀伤地说，“看见的从来不会让人快乐。”

“是真相让人不快乐。”海凯特反驳，“因为所有真相都以死亡和黑暗作为终结。”

“安静，亲爱的两位。”海奥重新坐到地上，向左右伸出了手。另外两位犹豫片刻，都握住了他的手。三位沉睡者连接在了一起。然后海凯特和海汝恩分别冲火堆两侧伸出了手。巴瑞克盯着火焰对面的三个人，不知道该怎么做，也许是不愿知道。

“握住我们的手。”海奥说，“你来这里总有理由。”

“我来这儿是因为我迷路了——因为那些丝精想杀我……”

“你来这儿，是因为你出生了。”海凯特又不耐烦起来。那两只手还伸在空中，等着巴瑞克：“也许比那还早，在你出生之前就决定好了。反正你来了，这就证明你属于这里。没人会毫无理由就到双神山上来。”

“《虚空火焰之书》中有一页是关于你的。”海奥说，“我们一起念念。”

“等一下！有另一个灵魂在寻找你，”海汝恩说，“同生的灵魂。”

布瑞奥妮。这让巴瑞克终于下了决心——看在众神份上，他是多么想念她啊！他冲火堆走近两步，靠近那两只伸出的灰色手掌。房间并不冷，但火堆也没散发出任何热度。他靠得这么近也没感受到温暖，火光唯一的作用似乎就是指明阴影最深的位置。尽管他感到了一阵当前情况也无法解释的恐惧，巴瑞克还是伸出手，握住了海凯特和海汝恩干瘪光滑的手指。过了片刻，他的眼睛不受控制地闭上了，整个人突然向下坠落——坠落！他胡乱挥舞着手脚，无法挽回地落入黑暗……

可他的手脚究竟在哪儿？为什么他的存在好像浓缩成了一个坠入虚无的沉重念头？

他向下坠落。最后黑暗中终于闪现出一丝光芒。一瞬间，他以为那是一片宏大的环形海；一瞬间之后，那更像是一片圆形的银色水池，四周围着浅色的石头。然后他终于意识到那是什么——是那面他为了基尔而随身携带的镜子，只是放大了很多倍。他不禁惊叹于这幅倒转的情景，惊叹于他可以落入一个此刻仍在他口袋里的东西。但他只来得及惊叹片刻，就一头扎入冰冷的镜面，从另一侧冒了出去。

他停止了移动。镜子还在，但却悬挂在他头顶上，背后是彻底的黑暗，像南境肖像厅里挂的一幅画。他能在镜面上看见自己的脸。

不，那不是他的脸。镜子里的那张脸在不知不觉中变了，像水银般流动着，变了新的比例和颜色，像是黎明时南境的群塔。现在回望着他的人长着一头黑发，肤色黝黑，年纪很轻，表情却忧虑而疲惫。但他仍然认为她很美。是她，真的是她——他从没如此清晰地看见过她的脸！镜子里的人是曾经频繁在他梦境中出没过的那个黑发女孩。

“是你。”她惊奇地说——所以她也看得见他。“我还以为你彻底消失了。”

“是啊，差点。”她的样子比以前更清楚，说的话也比以前更好懂了，但这场对话仍然像是一场梦。有些东西没有说出来，双方却已经领会；还有些东西明明已经说出口，却仍然无法明白。“你是谁？为什么……为什么我又能看见你了？”

“这会让你不高兴吗？”她有些好笑地问。她比之前他所想象的更年轻，脸上还带着一丝孩子气。她的目光聪慧温和，但其中还是有些遮掩的部分，暗示着已无大碍但也仍未忘怀的伤口。巴瑞克感觉她就近在咫尺，但就在他上下打量的时候，她的影像又在震颤，险些消失，仿佛是透过重重迷雾望见的东西，或者是梦境里的幻影。

这只是一场梦。他突然害怕起来，担心醒来后会不记得这张熟悉的脸。

醒来？他根本不记得自己现在在哪儿，更别提这是不是在做梦了。如果他正在睡觉，他的身体在哪儿？他又是怎么到这里来的？

“把你的名字告诉我吧，灵魂朋友？”她问，“我应该知道的，可我不知道！你是奈法兹吗——一个鬼魂？你的脸色这么苍白。哦，如果你是鬼魂，我希望你死的时候很快乐。”

“我没死。我……我肯定没死！”

“那就更好了。”她微微一笑，牙齿在深色皮肤的映衬下闪着白光。“瞧……你的头发和我的‘巫女卷’一样红！梦境可真奇怪啊！”

她说得对——她头发里有一把和他的头发一样红。这似乎是超越亲属的某种联系。“我并不觉得这是在做梦。你在睡觉吗？”巴瑞克问道。

她想了想。“不知道。我觉得是。你呢？”

“我也不知道。”但他不敢让思绪离开这面黑暗中的镜子，生怕再也找不回来。“为什么我们能这样见到彼此？为什么要见面？”

“不知道。”她的表情严肃起来，“但这一定有什么意义。众神不会毫无理由赐予这样的礼物。”

感觉这句话他刚听过不久，或者自己也这么想过。“你叫什么名字？”他应该知道她的名字，不是吗？她如此亲近，如此真实，如此……重要，怎么可能没有名字？

她笑了起来，笑声让他如沐春风：“你呢？”

“我不记得了。”

“我也是。在梦里很难想起名字来。你……你对我来说只是‘他’。长着红头发的白人男孩。而我是……嗯，我是我。”

“黑发女孩。”但这让他有些悲伤，“我想知道你的名字。我非知道不可。我需要知道你是真实的，你活在某个地方。我已经失去了最重要的人……”

“你姐姐。”她说，表情突然也悲伤起来。然后她说：“我是怎么知道的？”

“也许我告诉过你。但我不想也失去你。你叫什么名字？”

她凝望着他，张开嘴想说什么，但只是沉默了很久。镜子在黑暗中开始缩小，虽然他还能看清她厚软的睫毛、长而狭窄的鼻梁，甚至还有嘴唇上小小的痣。他担心这样沉默太久，镜子就会缩小掉落。他差点就开了口，但又突然意识到，如果她现在想不起自己的名字，如果失去这次机会，那她就再也不会告诉他了。他必须相信她才行。

“我曾是蜂房神殿的女侍祭。”最后她说，语速很慢，仿佛在读一本陈旧掉页的书，“后来我和其他成年女性一起生活。有那么多女人！都待在一起，制订着各种计划。最糟糕的是，我们都属于……属于他。那个可怕的人。然后我跑掉了。哦，众神保佑，我不想回到他身边！”

他很想开口，但明白最好不要。她必须靠自己的力量想起来。

“我不会回去的。我会保持自由，依照自己的心意行事。要让他利用我，不管是作为玩具还是作为武器，我还不如死掉。”她顿了顿，“契妮坦。我的名字是契妮坦。”

在这一刻，他突然感到一股力量，感到有什么让他在这无边无际的黑暗里站稳了脚，扎根于自己的血脉、历史和姓名之中。“我叫巴瑞克。巴瑞克·埃顿。”

“来找我吧，巴瑞克·埃顿，或者我去找你。”契妮坦说，“我太怕孤身一人了……”

然后镜子开始坠落，旋转着落入黑暗，像枚银币掉入深井，像片明亮的贝壳落回大海，像颗流星消失在一望无际的夜空……

“契妮坦！”虚无中只剩下他自己。他试着再次感觉那股坚定的力量，是它给了他名字，让他了解了自己身体里热如熔浆的血液……

我的血……

然后他看见了自己的血，像一条河，一条红色的河，同时向两个方向左右延伸。一端消失在一片无法刺穿的银雾里，另一端则蜿蜒着引入黑暗，一片充满动感和暗示、富有生命的黑暗。他仿佛可以伸出手去描绘它的流向，就像描绘地图上的一条线，一条运动轨迹，一条路，一条小道，将他引到……到……

一阵银光闪过，又闪了一次，让他一阵目眩。他掉进了那条滚烫的红河，一瞬间确信自己会葬身于此，会被河水烧得尸骨无存，连刚刚想起的名字也留不下。

巴瑞克。他对自己重复，仿佛正站在岸上，呼唤猩红河水中的另一部分自己。**巴瑞克·埃顿。我是巴瑞克·埃顿。血河中的巴瑞克……**

他的面前突然出现了另一张脸，在红色的河水中突然现形，就像女孩之前从黑暗中突然现形。那是个男人，一半古老、一半年轻，满头白发，眼睛上裹着绷带，长相有几分眼熟，仿佛曾在古老硬币上见过。

快过来，人类的孩子。盲眼老人说，**很快它就会流得太快，再也改变不了路线。我们正冲向黑暗，冲向一切的尽头。**

快来吧，否则你就得学会享受虚无了。

随着这句话，巴瑞克周围的一切都落入了一片更巨大的黑暗，包括他自己。他又一次在永无止境的黑暗虚无中向下坠落，这里没有感情，也没有思绪，周围只有一阵严苛呼啸的风，和盲眼老人将死的低喃：**学会享受虚无**……

第十一章
切与推

在远古时代，祖米奥斯和科尔斯兄弟偷走了佩林的女儿佐睿雅。由此引起的战争改变了大地的形状，改变了日夜的长短。几乎所有学者都同意，精灵站到了老蛇祖米奥斯一边。因此三神教会至今仍认为，加尔人是“被诅咒和放逐的一族”。

——引自《埃昂大陆和赞德大陆精灵种族专述》

“布瑞奥妮公主，”等仆人们再次撤走面前的餐盘，安娜卡夫人说，“你能不能给我讲讲，北方是怎么带孩子的？”

长长的王室餐桌边传来几声耳语和充满期待的低笑。布瑞奥妮暗自希望朋友就坐在身边，但今晚伊芙吉妮亚被安排到了大厅另一头不那么重要的桌子上，离得有一整个国家那么远。

“抱歉，夫人，我没听清您的问题。”

“北方是怎么带孩子的？”国王的情妇问，“他们可以到处乱跑吗，就像远境人放羊那样？”

布瑞奥妮露出谨慎的微笑：“并不是所有动物都可以到处乱跑的，夫人。但在那些牧草茂盛的地区，充分利用众神的恩赐才是最明智的做法。”

“我感兴趣的是孩子们，亲爱的。”安娜卡用有毒的甜蜜语气说，“比如说，我听说你曾学过用剑和盾牌。我相信那一定很刺激，但对我们来说，这有点……过于野蛮了。希望这么说没冒犯到你。”

布瑞奥妮尽全力保持着笑容，但这变得越来越难了。她没想到这场责难会来得这么早，他们才刚喝完汤而已。除了国王，没人能阻止这场谈话，而坐在另一侧的埃南德看起来对酒和关于漂亮女人的话题更感兴趣。

这就像沙索的刀战练习，布瑞奥妮对自己说，*再加上扮演费恩写的一个角色。既然这两件事我都没问题，现在这场面我也应付得了。*“您怎么可能冒犯我呢，夫人？”布瑞奥妮说道，不让语气里带有一丝讽刺，“您和尊贵的陛下如此好心地为我提供了庇身之所，此外还赠予我友情这样的无价之宝。”

“当然。”安娜卡慢慢地说，仿佛在重新考虑对战策略。桌边又是一阵窃窃私语。之前为社交目的故意无视布瑞奥妮的人现在都盯着她看，终于有了个借口满足好奇心。“我之所以这么问，是因为我还有件事不太明白。希望你能……帮助我理解。”

布瑞奥妮告诫自己：*不管怎么样，别跟她干上。她在这里占尽了上风。*“当然没问题，安娜卡夫人。”

安娜卡俊俏的长脸上露出了严肃的表情：“听说你曾向亨顿·托利发起挑战，要和他……用剑决斗？”

窃窃私语声越来越响，含着大笑、震惊的抽气、难以置信和厌恶的感叹。除了缝纫没干过重活的女人们都盯着布瑞奥妮，仿佛她是只会惹恼众神的怪物，是个像双头牛或无腿猫那样的畸形。她们的表情令布瑞奥妮心中涌起一股怒火，一瞬间她险些就要站起身来，把面前的餐具扫到地上。

每天晚上，这个女人都像这样折磨她。*众神啊，真希望我手里现在就有把剑！*

如果你失去自制力，你就会输掉战斗。沙索粗鲁的嗓音在她脑中响起，仿佛他就站在身后。**对于战士而言，清晰的头脑就是最好的武器。**布瑞奥妮深吸了一口气。**要想装得冷静，你就必须想起冷静的感觉。**这是纳文·休尼某次清醒时说过的话，**好好想着那种感觉，像品尝水果那样感受它。**她回想着坐在大车里进入希安的旅程，想着当时在她面前如热情怀抱般徐徐展开的埃斯特河谷。

“我确实向他发出了这样的挑战，夫人。”她语调轻快地说，“当然，现在我后悔了。这样做并不得体，当时也造成了其他宾客的困扰。”稍微来点回击应该无伤大雅吧？“宴席的主人不该强迫宾客支持自己的无礼行为。”

桌边传来一阵轻笑，布瑞奥妮觉得里面多少增添了一点同情之意。

“你把剑抵到他喉咙上了，没错吧？”安娜卡语气甜蜜地问，似乎也想打个圆场。

“没错，夫人。”她说。怒气已经如风暴般消失了，这让她心下稍安，“我确实那么做了，同样，对此我也感到相当惭愧。但请别忘了，他夺走了我家的王座。想象一下，如果是你们，”布瑞奥妮带着微笑转过头，上下扫视整张餐桌，“如果手下某位贵族背叛了你们，你们又会做何感想？一定很难以置信吧，我明白。我们之前也很信任托利一家。”

埃南德第一次把注意力转到了她身上。“你们一点都没发现？”国王问道，“这位亨顿公爵不就住在你们的宫廷里吗？”

“他哥哥盖伦才是公爵，陛下。”布瑞奥妮温和地纠正道，“必须承认，盖伦这个人并没我之前想得那么坏。结果亨顿把他也给杀了。”

这下周围的窃窃私语中终于没了笑声。“真可怕。”一个女人说。她是位年长的公爵夫人，头上的假发像座鸟巢。“可怜的孩子，你该有多害怕啊。”

布瑞奥妮露出了害羞又谦逊的微笑。在餐桌尽头，安娜卡的脸上满是礼貌的同情，但布瑞奥妮很清楚，她并不喜欢看到话题脱离她的掌控。“害怕——是啊，当然，我吓坏了。当父亲的王位受到威胁，我只能做了任何贵族小姐都会做的事：逃离家乡，投靠朋友。可靠的朋友，就像埃南德国王这样。我再次感谢他……和安娜卡夫人……感谢他们为我所做的一切。”她举起酒杯，冲埃南德的方向低下头，“尊敬的陛下，感谢您伟大的善心，愿三神保佑您健康长寿。”

“敬陛下。”其他人齐声道，喝光了酒。埃南德看起来有些惊讶，但并无不快。安娜卡很好地掩饰了她的恼火。

布瑞奥妮认为这是一场双倍的胜利。

遣散侍女后，布瑞奥妮又拿出前一天晚上收到的字条。这已经是她读的第五或第六遍了。

石日的日落后一小时到风向标庭院的花园来。

她回到套房时，这张字条就放在写字桌上。纸卷外面没有蜡印，只是简单地用麻线系了一下。她不认识上面的字迹，但能大约猜出对方是谁。为了保险起见，她还是从衣橱里翻出了与梅克维尔剧团一起旅行时所穿的男孩服装。之前她把这些衣服交给仆人去洗干净，然后收了起来，想着不知道什么时候还能用得上。经过去年的种种经历，就连这座埃昂全境里最宏伟的宫殿，在她眼里也不过是间危机四伏的简陋庇护所。

手织服装下面有个袋子，装着她的伊斯特小刀。她撩起长长的裙摆，费力地喘着气弯下身去，抵抗着鲸骨胸衣的束缚。正要把小刀绑到腿上，她突然意识到这样做有多愚蠢。

怎么，难道我要叫敌人等一下，然后在地上打着滚，伸手到衬裙里去够匕首？沙索是怎么说的来着？**检查你的服装……找个地方既能装刀，也能不费力地随时拔出来**。要是他看见她为了够到自己的腿累得满脸通红，他会怎么想？

她放弃地站直了身体，拉起披风，把较小的那柄刀塞进衣袖。就在这时，有人敲门。布瑞奥妮等了片刻，才想起侍女都走了，费沃尔在仆人大厅里收集信息，这里只有她自己。“是谁？”她喊。

“只有我自己，公主。”

她打开门，但并没让朋友进来。“众神保佑，伊芙。我不去参加晚宴了。”

伊芙吉妮亚打量着她的着装。“你要出门吗，冰熊？”这名字是个玩笑。伊芙吉妮亚喜欢假装布瑞奥妮来自非常遥远、冰天雪地的北方。

“不不，我只是有点冷。”对她认为是朋友的人撒谎有点儿难，但布瑞奥妮实在不敢全心相信宫廷里的任何人，哪怕是甜美善良的伊芙吉妮亚·艾德索斯。“我感觉不太舒服，亲爱的——心口有点儿受凉。请代我向国王和安娜卡夫人问好。”

等伊芙吉妮亚走了，布瑞奥妮穿上了鞋。这周的天气一直很干燥，至少在户外等待没那么痛苦。不过还是很冷。她轻手轻脚地走在回廊里，身上已经起了鸡皮疙瘩。

风向标庭院之所以得名，是因为里面有只巨大的天气风向标，形状是佩林的飞马。它站在庭院一端的高塔上，越过半个特希斯城也能看清，经常被人用来作为标志指路。庭院最高的一面墙外面就是灯笼大道，广堂宫的名字就是为了与这条街相呼应。站在庭院里，布瑞奥妮能听见哞哞的牛叫，车轮摩擦碰撞的声响，还有商贩的高声吆喝。一瞬间，她想象着就这么走出宫殿，走进那条宏伟的大街，随心所欲地走下去——然后过上另一种生活，再也没有宫中的奢华，没有家庭责任，再也不会遇到恶魔、精灵、叛徒和囚犯。如果她可以……

“你好啊，小姐。”一个深沉的声音在她耳边说。

不等对方吐出第二个音，她就已经飞快地转过身，用小刀抵住了他的喉咙。

“看来你并不高兴见到我。”达瓦特·丹-法尔说。喉咙被刀锋抵着，他的声音只是稍稍粗厚了些。“我不知道为什么，布瑞奥妮公主，但只要您能把这把漂亮的刀从我喉管上移开，我很乐意道歉。”

“你很享受这一切吧？”她放低小刀，向后退了一步。她已经差不多忘了他身上的味道和低沉的嗓音，也不喜欢这两样东西给她带来的感受。“偷溜进我屋里留张字条？你们男人啊，遇到这种事都像孩子一样，就算没必要也要玩起战争和间谍的游戏。”

“游戏？”他挑起眉，“我想您和您家人身上发生的事恐怕不仅仅是个游戏。人命关天啊。”

“那些事又是怎么发生的？因为其他一些男人。”她把小刀送回袖子里，“如果你在这儿被人抓到，你又会怎样呢，丹-法尔先生？”

“说实话？不会有什么无法挽回的后果，但只要有可能，我并不想费神去进行善后处理。”

“既然如此，我们去那棵苹果树下的长椅上坐吧。柱廊上的人基本看不见那里。”她领他走到长椅边，小心地将裙摆拢向一侧，坐了下来。然后她拍了拍较远处的椅面。“来，坐吧。给我讲讲上次见面后都发生了什么。我们在酒馆里没来得及说话。”

“啊，是啊。”他说，“虚伪女人酒馆，还有那位脏兮兮的所有者。那可真是个不愉快的下午——他们差点就抓住我。”

“哦，得了吧。”布瑞奥妮摇摇头，“跟你说，这种游戏实在让我厌烦。你真的以为我会相信你是凭一己之力逃走的？”

他显得相当吃惊："您这是什么意思，公主？"

"拜托，丹-法尔先生。你对卫队长是怎么说的？'我以佐悉蒙·萨拉曼德罗斯之名起誓，你抓错人了！'怎么，你把骗术之神的名头当成接头暗号，还以为我会猜不出来？还有之后……那场逃脱的表演，避开了所有人的眼目，还真方便啊？我和一群演员共同生活了好几个月，你以为我看不出你那都是装模作样的演戏？卫队长还放你走了。"

达瓦特嘴角露出一丝微笑，在火把的光芒下隐约可见。"我真是……哑口无言。"最后他说。

"我还能猜出你是和谁做的交易。"布瑞奥妮说，"吉诺侯爵，国王的间谍大师——有没有可能是他？不，你不用回答。真正的问题啊，丹-法尔先生，就是你和希安宫廷的真实关系了。你是卢迪思·德拉卡瓦从赫若索尔派来的秘密大使？还是假装听命于德拉卡瓦，其实效忠于埃南德国王的双面间谍？"

"我深感钦佩，小姐。"达瓦特说，"你显然思考了很多，还思考得如此详细周全……但恐怕您还不是自己想象中的阴谋大师。"

"哦？"夜色逐渐浓厚，空气更冷了。布瑞奥妮把手缩进袖子里。"我有哪里弄错了？"

"你的假设是，我是你的朋友而非仇敌。"

一瞬间，达瓦特已经隔着衣袖抓住了她，仅凭单手就攥紧了她两手的手腕。他的另一只手拿着把刀，比布瑞奥妮的小刀更长更细，刀锋轻抵在她脸上。

"你个混蛋！你……你这个叛徒！我还一直相信你！"

"确实如此，小姐。你一直相信我……可是为什么？因为我钦慕你？因为我的腿裹在羊毛长靴里，外形相当不错？你第一次见到我时，我可是囚禁你父亲的人的手下——那可不利于培养友情。"

"当所有人都不肯善待你的时候，我对你可一直不错。"布瑞奥妮暗自缓慢调整着平衡，希望能使劲踢上达瓦特的腿，让他疼得暂时松懈下来，好让她能挣脱出去，抽出小刀。她当然希望能踢到比腿更高的地方——沙索曾经非常详细地给她讲过近身战中最好的袭击部位——但此时两人的位置和层叠的裙摆都很碍事。

“那无所谓，小姐。我现在是想给你上一课。”他又靠近了一些，薄薄的刀锋离他自己的脸也一样近，“你错以为男人都是些道德动物，以为他们会按照自己所得到的善待和不公判断行事，仿佛每个人都是在衡量判决的公正大师。”

布瑞奥妮尽量让自己放松：“哦，我知道男人有多容易受到诱惑……受到腐蚀……别担心。”

她猛力出脚，希望能出其不意。但达瓦特仍然紧抓着她的手，还用腿勾住了她的腿，踢开她直立的那条腿让她失去了平衡。布瑞奥妮从长椅上滑下去，本来就要摔倒在地，但达瓦特扶住了她。她悬在他的双手和长椅中间，仿佛猎人小屋前摇晃的野鹿尸体。羞惭和愤怒几乎压过了她心里的恐惧。“放开我！”

“如你所愿，小姐。”他放了手，她掉到了地上。

片刻后布瑞奥妮就拿着刀跳了起来。“你！你怎么敢？怎么……”

“我怎么敢什么？”他的表情很冷淡，几乎有些残忍，这样也好。如果他露出微笑，她说不定就扑上去了。“怎么敢让你显得像个白痴？你是个非常聪明的姑娘，布瑞奥妮·埃顿，但也就仅此而已。一个小姑娘。恐怕只能算个少女。你跑到这里来，对你自身的安全和你家族的财产来说有多危险，你到底明不明白？”

伊斯特小刀在她手里微微颤动：“你……你不想伤害我？”

“看在伟大母亲的份上，公主，你以为我有多愚蠢，会在上百名武装护卫的包围下，在北方城堡里伤害一位白皮肤的北方姑娘，连她的嘴都不捂一下？”他摇摇头，“但愿我没过于高估你的智商，你也没低估我的。”

“你拿刀抵着我的喉咙！”

“如果我真想伤害你，我可以先解除你的武装。”他伸出手用刀刃挑飞了她的小刀，速度和沙索一样快，甚至还要更快。小刀飞进了黑暗，无声地消失在满是阴影的花园边界里。“去把它捡回来吧。我在这儿等你。那把刀看起来还挺珍贵的。”

她捡回伊斯特小刀，藏回袖中才走回来。“要不是这条该死的裙子，我完全可以同时拔出两把刀，至少有一把会插到你身上。”

他毫无笑意地咧嘴一笑：“就让我们都庆幸你没有这么做吧，否则事情的进展恐怕不会如你想的那样顺利。”

“你为什么要这么做？”她充满警惕地坐下了，达瓦特这次毫无动作。“你吓到了我。”

“很好，小姐。这是你今天说的第一句让我开心的话。我就是要吓到你。你正身处极度危险，自己没发现吗？”

她盯着他，尽力回想着以前上过的那些课，不是关于战斗，而是关于表演。不能让眼泪流出来，这样太……孩子气了。“是的。丹-法尔先生，我当然发现了，特别是三天前有人曾想毒死我。但还是感谢你的提醒。”

“讽刺帮不了你的忙，公主。你应该感谢我对你如此坦诚，而其他人都不想，或是不能。”他伸出手，温和地搭到她胳膊上，“说实话，我也不希望扮演这个角色。我希望能作为一个更公平，更善良的角色……”

这次他没预见到她的出击。她的动作飞快，成功地在他撤回手前把刀划了上去。他站起身来，满脸怒容，扯掉手套检查伤势。在布瑞奥妮看来，那道伤并不重。“你个小……为什么？”

“是你让我别太相信你，丹-法尔先生。”她喘着气，心脏重重地跳着，“你说你有多善良，考虑得有多周到，当别人都不在乎我的时候有多么关心我的处境。好吧。那请你先回答这个问题——你到底是谁？你是对我怀有特别感情的敌人？还是朋友？你是要当我的哥哥，还是情人？我一直都在公众的注视下生活，你的关心还不足以让我忘记我是谁，我想要什么，我也不会忘了你是怎样一个总想同时拥有一切的人。”她紧盯着他，“怎样，先生，你到底是什么人？”

达瓦特吮着手上的伤处，瞪着她看了一会。“公主，我不知道。说实话，我已经不知道你是谁了。流亡生活改变了你。”

“哈，这没什么可惊讶的吧？”她再次收起小刀。“如果你想再找我说话——给我一些真正有用的信息，比如我父亲的消息——你知道该去哪儿找我。”

“等等。”达瓦特冲她举起手，仿佛在应下一个赌局，“够了，布瑞奥妮。”

“布瑞奥妮‘公主’，丹-法尔先生。我们还没熟到那种程度，你也还没证明你的友情。”

他放下手：“你真严厉，小姐。在南境我不是提醒过你，宫廷里有人要对你不利了吗？”

“拜托。你什么名字都不提，那样的提醒有用吗？在这世界上，有哪个统治者没有对头？你自己并没对我怎样，大使，但就我所知，你也没帮过我的忙，充其量只是陪了我一会儿。”她放松了些，对他露出半个微笑，“这礼物并非一无是处，但也不等于无限的忠诚。”

他摇摇头：“你的心肠变硬了，公主。”

“与很多人的希望相违，我现在还活着。给我讲讲我父亲的消息，否则我们就别再忍受这寒冷的夜晚了。”

“没有多少可说的。我离开赫若索尔的时候，他还被卢迪思·德拉卡瓦关着。之后我也就只是听到了你听到的那些传言——卢迪思逃跑了，把你父亲交给了独裁者，赫若索尔随时都有可能沦陷……”

“什么？交给了……独裁者？我从没听说过……哦，仁慈的佐睿雅，快说这不是真的！怎么会有这么疯狂的事？”

“可是……你肯定听过这个流言吧。特希斯这里也有很多人都在说——卢迪思交出你父亲，作为交换逃跑了。别怕，小姐，这只是流言罢了。谁也不确定……”

她愤怒地低喝：“兄弟之血！这帮受诅咒的希安人一个字都没跟我说！”她伸出手，摘下头顶树枝上的一朵花，在手里拿了片刻。别流眼泪。她提醒自己，用手指碾碎了花，让花瓣落到地上。“把你听到的一切都告诉我。”泪水还没溢到眼中就消退了。她感到胸口传来一阵冰冷的坚硬感，仿佛心上结了冰。

“我说了，小姐，这只是传言，语焉不详……”

“别安慰我，丹-法尔。我不是孩子了。只要……告诉我就好。”她深吸口气。夜色靠得越来越近，她体内寒冷的阴暗升腾着作为响应。“也许我已经失去了家族的王位，但我发誓一定会夺回来，我们的敌人会为他们的所作所为得到报应。哦，我以众神的头颅起誓。”她抬头看着惊讶的达瓦特，高处一扇敞开窗户里泻出的光微微照亮了他的脸。“别傻盯着我看了。抓紧时间，把一切都告诉我。”

第十二章
好女人、好男人和诗人

据说，在众神的时代之前，统治精灵的是一位国王和一位王后。这对不朽的夫妇有很多名字，其中最常见的称呼是伊纽尔和萨库丽。这是学者阮提斯的说法，传说他在加尔人里有朋友。还有些故事说这对永生的统治者是兄妹俩，就像古西斯的那些独裁者。

——引自《埃昂大陆和赞德大陆精灵种族专述》

马特·廷莱特在内塔和外塔来回找了十多天，把去宫廷和照顾伊兰缓慢康复之外的闲暇时间都用上了，结果失望地发现，他要找的人就在水鸥环礁湖附近。在从大陆城市流放过来的逃亡者中，她显然很有名气。这些流离失所的人混迹在最底层，在围困下的城堡里集居在一起。

找到母亲时，他并没有马上走过去和她打招呼，而是跟在这位瘦削高挑的女人身后。她提着个篮子，在订书街上一家一家逛着邋遢肮脏的小店，显然在为那些不幸的人收集食物。廷莱特阴沉地心想：母亲总能轻易找到那些她认为不幸的人，就像猎狗闻出猎物的踪迹。

他还注意到，尽管她的初衷甚为高尚，她还是会每得到四五样食物就往自己怀里揣一样，不管是面包还是威士忌洋葱。安娜梅西亚·廷莱特总是坚持要帮助不幸的人，就算他们并不想要她帮忙，但她更为坚持的是帮助自己。

最后，等她走到靠近集市广场的那座教堂附近，他终于向她走去。她正往一个流浪汉手里放吃的，后者就住在街上，用树枝和破旧的毯子搭起可怜的帐篷。廷莱特看着母亲敏捷的动作和挺拔尖锐的鼻梁，想起父亲曾有一次称她为“那只多管闲事的混蛋啄木鸟”。

“如果吃这个让你牙疼，”廷莱特接近时，她正对那个流浪汉说，“那是你自己的问题，我可是免费给了你这么好的面包。”

“母亲？”廷莱特说。

她转过身看着他，骨节嶙峋的双手迅速抬到胸前，抓住了脖子上挂的菱形佐睿雅木环。“看在三神份上，怎么回事？看在神圣三兄弟份上，是你吗，马提亚斯？”她上下打量着他，“你的外套质量不错，不过脏兮兮的。‘别让衣服破烂染油’，圣书是这么说的。他们把你从宫廷里赶出来了？”

他感到自己因愤怒和无奈一阵脸红：“是‘破烂染尘’，不是‘破烂染油’。不，母亲，我在宫廷很受欢迎。也向你问好。很高兴看到你健康无恙。”

她冲周围五六个破破烂烂、满身尘土的男男女女挥了下手。“众神赐我以健康，因为我总是尽力帮助他人。”她眯起眼，盯着离她最近的老头。“好好嚼了再咽。”她严厉地说，“别两口吞完，还想再来管我要。”

“你现在住在哪儿，母亲？”

“众神会照顾我。”她轻快地说。看来她只是每天随便找个地方就睡，和埃昂大陆来的那些难民一样，在这拥挤不堪、臭气熏天的城中之城流浪。“怎么？你是来给我提供住处的？你终于觉得整天酗酒荒淫太冒犯众神了，决定对无聊的老女人伸出援助之手，以重新获得他们的恩宠？”

廷莱特深吸一口气，才回答：“你总是对酗酒荒淫的话题很感兴趣。我不知道这是不是适合一位母亲谈论的话题。”

她的脸红了，这让他暗自有些开心：“你真是个坏孩子——一直都是！我这么说只是想指出你的缺点，并没考虑到我自己。当然了，结果我才是受到苛责的那个人，首先是你父亲，然后是你。但我可不会遮遮掩掩，只要是违背众神意愿的事，我就要说出来。”

“众神的意愿是什么，母亲？告诉我吧。”尽管事态紧急，廷莱特还是很想掉头就走。他本来就不该来找她。

“很简单。你早该放弃你现在过的这种荒废生活了，马提亚斯。酒和女人和诗歌——这些都不会让众神开心。工作，孩子——真正的、清醒的工作——那才是你需要的东西。圣书说得好，‘不工作的人会眼神空洞’。”

廷莱特叹了口气。所谓的圣书当然是指《三神之书》，但他母亲似乎拥有她自己特有的版本。他很肯定原句是“不愿看的人会被迫睁开眼睛”，但和她争论也没用。“众神作证，母亲，我来并不是想和你吵架。从头说起吧。我来是想告诉你，有个地方你可以住。不在宫殿里，但很干净，该有的都有。”

她挑起眉：“真的？你总算愿意做个好儿子了？”

他咬紧牙关：“我想是的，母亲。现在可以让我带你过去了吗？”

“等我这儿的事情结束。好儿子不会介意等待吧。”

难怪她的儿女没人愿意长期留在家里，廷莱特心想。他靠到一根石柱上，看着她发完最后一点硬面包，对排队的穷人讲完最后几句严厉的训诫。

看见布置完整的干净房间，母亲脸上露出了一丝笑意。但她随即就看到床上睡着的女孩，表情顿时僵得像一条死鱼。她张开了嘴。

“看在神圣三兄弟的份上！”她在胸前划了一个三神的手势，动作激烈得仿佛要挡开刺来的矛尖。“哦！神啊，保佑我！这是怎么回事？这是怎么回事？”

“这是伊兰·麦克里小姐，母亲……”他开始解释，但安娜梅西亚·廷莱特已经开始往门外走了。

“别扯上我！”她说，“我可是侍奉神的正经女人！”

“她也是！”廷莱特想抓住她的胳膊，结果在她的挣扎中被大手扇了一耳光。“母亲，你好好听我说！”

“我才不会跟你的小婊子共处一室！”她尖声叫道，抵抗着他的拉扯。几名路人站住脚看着这一出好戏，还有邻居从楼上探出身来向下张望。廷莱特低声咒骂。

“快进来，让我解释。看在众神之爱的份上，母亲，你停下好吗？”

她狂怒地看了他一眼，除了脸颊上淡红色的斑点，脸上一片惨白。“我才不会帮你杀死这姑娘的胎儿，你个淫魔！我了解宫廷里的人，了解他们邪恶的行事方法。你父亲不管我的警告，在你小时候就给你读过好多书——我就知道那会教坏你！我就知道你会搞上远超你身份的对象！”

“众神诅咒这摊烂泥，母亲，你给我闭嘴好好听着！”他把她拉回室内，关上了门，靠到门口不许她再逃。“这姑娘毫无过错，我也是——我对她什么都没做。没有什么胎儿。明白吗？没有胎儿！”

她震惊地看着他：“什么，你已经犯下了罪行？杀死了众神的无辜之子，还想让我来照顾她为你善后？”

他垂下头，祈祷自己能保持耐心，但他不知道该选择哪位神灵。他自己的守护神是佐悉蒙，但他出了名地不在乎耐心这种美德，或者说不在乎任何美德。最后廷莱特选择了女神佐睿雅，传说中她比较擅长保佑这种事。

如果她愿意听我祈祷的话。我已经把她的诗拖了这么久。但他又能怎么办呢？他的灵感之神缪斯，布瑞奥妮公主，佐睿雅的人间化身，已经消失了。**那就是我走下坡路的开始。但我才刚开始走运没多久！佐睿雅，我应该值得一点怜悯吧？**

不管女神是否保佑，过了一会，他稍微平静了一些。伊兰在床上动了动，仿佛正从很深的地底往上游，眼睛还闭着，苍白的脸上神情痛苦而困惑。

“好好听着，母亲。有人想害伊兰小姐，我把她救了出来。”他不敢说那个人是亨顿·托利，篡权夺位的南境护国公；他母亲对所有权威都怀有不可撼动的深远敬畏，说不定会直接出门告发他们。“她病了，因为为了把她救出宫廷、逃脱那个人的掌控，我给她服了一种药。她没做过任何坏事。明白吗？她是个被害者——就像佐睿雅，你懂吗？就像神圣的佐睿雅本人，孤身一人被赶到雪地里。”

母亲非常怀疑地看着他，又看看伊兰：“你要我怎么相信？我怎么知道你不是在骗我？圣书说，‘众神保佑那些自己种满田地的人’。”

“耕耘。自己耕耘田地的人。如果你不相信我，你可以等她醒了问问她。”他指向房间角落里的小桌子，“那儿有脸盆和毛巾。她得洗个澡了，而……而我来做不太得体。我会给你们两人带些食物回来，再从宫廷里拿几条毯子。”

宫廷的毯子显然吸引了她，但他母亲不会这么容易就被说服。“我要在这儿待多久？我睡哪儿？”

“你可以睡在床上。”他打开了门，一半身体已经探了出去，“那床很大。也很舒服。床垫里都是柔软干净的新稻草。”他又往后退了一步。马上就可以走掉了。马上……

“那就一枚海星币吧。”她说，“每周。”

“什么？”他心里升起一阵狂怒，“银海星？什么样的母亲会这样剥削自己的儿子？”

“我凭什么要无偿工作？如果你不想帮我，不想帮你自己的母亲，那就去你经常光顾的小酒馆雇个姑娘吧。”

他瞪着她。她脸上挂着那种他讨厌的表情，之前的愤怒已经变成了得意——是那种笃定自己赢定了的表情。众神真的会跟她说话吗？她是不是知道布丽吉德已经发狠话不会再帮他，他已经被逼得无处可走，稍有闪失就会有生命危险？

“母亲，你知不知道万一传出风声，说伊兰小姐在这里，那……那个找她的男人就会杀了我？更别提他会怎么处置伊兰小姐，这个无辜的可怜姑娘？”

母亲把瘦长的手臂抱在胸前：“正因如此，你才更不应该跟我讨价还价。要让这姑娘安全，这点钱算不了什么。我不相信我的孩子会因这点小事就半途而废。”

他盯着她：“我不会每周都付你一枚海星币，母亲。我付不起。我只能每个月付你两枚，直到她好转到可以自己离开。我会给你们提供食物，你还可以把这间屋子当家。”

“你是说我还可以和人合住一间屋子。和这个不幸的女人一起住，这可怜的姑娘，众神才知道她身上有什么传染病。每个月两枚半，马提亚斯。上天会因你做的好事而回报你。”

他不太相信上天会在乎每个月半枚海星币的差价，但他需要她，远超过她需要他的程度。她也明白，她一直都很清楚。

“好吧。”他说，“每个月两枚半。”

“为了表示诚意……”她说，伸出瘦长的手。

“诚意？”

“你想让我照顾她，没错吧？我要是得去药店呢？”

他交出了最后一枚海星币。

他走在水鸥环礁湖西北端上下颠簸的码头边，踢着一块干掉的沥青。鱼腥和咸味弥漫在空中。尽管经过刚才那一场可怕的争论，他总算赢得了来去自由的权利，他还是不太想马上就回到宫中。

我爱的女人，为她甘愿冒上生命危险的女人，将我视作害虫一般地看不起我。不，不对——和我比起来，她会觉得害虫别无大碍。我之所以还能在宫中存身，完全是因为托利的恩赐，而我从他手里偷走了他的囚徒，如果他发现了，一定会不假思索地杀了我。现在我还把最后一点钱都给了母亲——本来为了躲开她，我情愿付出更多的代价。这种生活还能再糟一点吗？

过了片刻，马特·廷莱特才意识到，众神显然听见了他挑衅的心声，并为此开怀大笑。这段抱怨一定是他们今天所听到的最棒的笑话。

“哎哟，”一个巨大的身影出现在他面前，挡住了他的脚步。“哎哟，真让人惊喜。我认识你！你是我欠了一顿暴揍的那条小瘸鱼。”

廷莱特抬起头来，眨了眨眼。面前站着两个巨汉，穿着码头工人的服装。两人身上完全没什么可欣赏的地方，但离他较近的那个人脸色苍白，面容熟悉得令人心中一凉。

哦，上天啊，招惹你的我是多么愚蠢！是獾皮靴的那个该死守卫——因为我偷走了他的女人，他想把我捶成一摊肉糜。但这个身材高大的人现在没穿军装。这是好事？还是坏事？

“恐怕你认错人了，先生……”他说，低头看着地面，往旁边挪了一步。孤儿日火腿般粗壮的手伸出来抓住了他的衣领，他顿时动弹不得，僵在原地。

“哦我可不这么想，邻居。我认识你——虽然奉命来找你的时候，我并不知道你会是什么样子。问题是，我们要不要现在就把你的肠子打出来，损失掉把你交上去能领到的银币？”他转向长相几乎同样凶恶的同伴，“如果我们把这家伙打断几根骨头，你觉得那位骄傲的大人还会愿意付钱吗？”

同伴认真地思考起来：“大人物脾气不好，我可不想惹他。我只知道，他要这家伙的活口。”

“我们可以说他摔倒了，掉到了一口井里。”抓着廷莱特的巨汉咧嘴笑着说，“这也不是第一次我们的囚犯出了点小事故。”

囚犯？大人物？这是怎么回事？在此之前，廷莱特忐忑地等着挨揍，但也仅此而已。虽然他很害怕，但他以前也不是没挨过揍。可是现在他们听起来令有所图。

托利？他们会不会是奉了托利的命令来抓他？折磨伊兰的男人发现是他干的了？马特·廷莱特的心脏跳得飞快，他感到一阵眩晕，胃里有些恶心。“说真的，你们弄错人了。”他想要挣脱对方，但守卫伸出大手，狠狠往马特头上扇了一巴掌。很长一段时间，他眼前只剩下一片白光，耳中嗡嗡作响，仿佛整个人都变成了报时的巨钟。等头脑重新清醒过来，他正被人拽着穿过街道，脚步东倒西晃，两个码头工人几乎是一左一右地扛着他。

“再说一句话，我就打得比上次重两倍。”脸色如面粉般苍白的那个人说，“要不这样吧，下次我就扭扭你的蛋，让你跟个小女孩似的尖叫。怎么样？”

廷莱特在心里祈祷起来，对象包括佐睿雅、佐悉蒙、三神，还有他能想起来的所有神灵，包括他曾在诗里编造的。

但两个巨汉没带他回城堡。走了一阵，廷莱特看出他们显然另有目的地。两人左右拖着他穿过一系列狭窄的小街，跨过桥去了湖东岸，最后进了一家在湖里打桩、刚刚高出水面不远的酒馆。这地方没挂招牌，前门上方钉了根擦痕无数的生锈长钩。酒馆里很暗，当两人把廷莱特粗暴地提过门槛时，他觉得自己仿佛被扛进了科涅奥斯冰冻的王座大殿。里面的味道更像是海神埃瑞沃的地盘，寒冷潮湿的空气包围了他整个人，混合着鱼腥、血液和盐水的味道。

酒馆里所有的客人看来都是水鸥人。两个工人拽着廷莱特走过天花板低矮的大堂，室内的船员们都转过身，抬着厚重的眼皮，漠然地看着他们，像一池青蛙屏住呼吸等待外人走远，好继续它们那嘶哑的歌声。

*为什么要带我来这里？*廷莱特心想。*除了那位海藻婆，我不认识任何水鸥人。我也从来没跟他们有过过节。为什么这里会有人想让我吃苦头？*

一个驼背的高个子水鸥人起身挡住了他们。从那皮革般坚硬的皮肤看来，他的年纪已经很大了。他穿着有袖子的正经衬衫，显得相当与众不同，毕竟这里的人都喜欢光着上身，在寒冷季节也一样。“有何贵干，先生们？”他用低沉的嗓音问道。屋里所有人的目光都还停留在三人身上，冷静但专注。

僵着脸的大汉没费神说什么礼貌话。“我们有事要进里屋，鱼脸。你不是拿到钱了吗？”

“啊，当然。”一个水鸥族的老人说着让开了路，“进去吧。他在等你们。”

里屋的门非常矮，马特·廷莱特不得不弯下腰才进得去。抓住他的两个人也帮了忙，使劲按着他的头，差点掰断他的脖子。等他们允许他重新直起身来，他发现自己站在一间狭小的屋子里，大部分空间都被木桌边坐着的大胡子所占据。

“看来你们找着他了。”艾文·布罗纳的微笑让廷莱特想起了露出獠牙的狼和饥饿的熊。“从他的……爱巢出来了，啊？”

吓坏了的马特·廷莱特差点惊喘出声。布罗纳知道了？不——不可能！他一定以为廷莱特在码头边进行秘密幽会。

“这不清楚，大人。”一路上很想让廷莱特多撞几次墙的守卫说，“我们就按你说的在街上等着，他就来了。”

“很好。稍后再来找我领报酬吧。干得不错，伙计们。”

“多谢，大人。”守卫说，“今晚？我们今晚就来行吗？”

“什么？”布罗纳的思绪已经移到了别处。“哦，可以。信不过我，不想等到最后日？”

“当然不是，大人。只是……我们需要一些东西。”面粉脸转向同伴，后者点了点头。

“那就这样。”布罗纳挥了下手，两个人退出了房间。

狭小的室内充满了令人难受的沉默。布罗纳盯着廷莱特，上下打量着他，仿佛是屠夫在掂量即将开斩的尸体。马特·廷莱特的膝盖抖个不停，但他还是忍不住好奇，想知道这是怎样的陷阱。现在守卫都走了，他应该奋力向外一冲，努力逃脱吗？布罗纳是不是在等杀掉他的借口？不，这毫无道理。布罗纳威胁他已经是很久之前的事，那之后一切都变了。首先，艾文·布罗纳已经不再管理南境，充其量只是挂个名——廷莱特知道，几个月前他就丢掉了王室总管的职位，新上任的是冷酷的伯坎·胡德，托利的盟友。兰森德伯爵的胡子现在已经白了大半，整个人看起来比以前更肥硕。他有什么理由还要伤害可怜的廷莱特？

“我为什么会在这里，大人？”最后廷莱特终于鼓起勇气问道。

布罗纳又盯着他看了片刻，向前俯过身来。他皱着眉，眉毛看起来仿佛随时会从脸上跳起来，像蝙蝠一样飞走。他抬起手，用短粗的手指指着被抓过来的人：“我……不……喜欢……诗人。”

廷莱特用了好久才咽下紧张的口水。“我我我——很抱歉，”最后他说，“我没想……”

“闭上你的臭嘴，廷莱特。”布罗纳突然一拳捶在桌上，房间四周的墙都震了起来。廷莱特必须承认，他发出了女孩子似的小声尖叫。“我知道你的一切。”大人物继续说，“油嘴滑舌，阿谀奉承，不务正业，一无所成。你的所有成就都来自于拍上级的马屁，其中尽是些纳文·休尼之类的垃圾。”布罗纳紧紧皱着眉。如果他说要吃了廷莱特，像童话里邪恶的巨人那样，诗人一定会深信不疑。但兰森德伯爵的声音逐渐变小，变得更加深沉，充满了具有威胁性的愤怒，可怕得超越了马特·廷莱特的想象。“然后你到宫殿里来了。被抓了起来。罪行是想要占贵族的便宜。结果你却没作为阴沟里的叛徒直接被砍头，而是得到了英雄才有的礼物——布瑞奥妮公主本人的庇护。你在宫里站住了脚。哦，你一定笑得特别得意吧。”

“不……我没笑，大人……”

“闭嘴。结果你是怎么报答这种恩情的？把一位高贵的女性绑架出宫，当成囚犯关在身边！看在三神份上，小子，刽子手恐怕会每晚熬夜，想出新方法撕开你身上的血肉！”

他知道！廷莱特再也受不了了，眼泪夺眶而出：“看在众神份上，我发誓不是那么回事！她是……她现在……哦，求你了，布罗纳大人，别让他们折磨我。我是个可怜人，完全是出自一片好心。你不认识伊兰，她那么优秀，那么漂亮，托利却对她那么残忍……”他惊骇地住了嘴，意识到提到南境的现任统治者只会让事情更糟。“不，我……她……你……”他想不出该说什么。他彻底完了。他闭上嘴，低声呜咽起来。

布罗纳挑起了眉：“托利？这跟托利有什么关系？快说，小子，否则我就在这儿开始折磨你，只给你留下一点在护国公前认罪的力气。”

廷莱特把一切都说了。词句从他口中倾泻而出，不像平时那样佯装聪明，解释和借口都撞在一起，像羊群跌下陡峭的山坡。说完后，他坐在地上抹着脸，从指缝间偷看布罗纳。布罗纳沉默地沉思着，眉毛仍然纠缠在一起，好像知道很快就要再用上这表情而懒得换。

“你还年轻吧？”布罗纳突然问。

平常的那些抗议跃到了唇边，但廷莱特只是舔了下干燥的嘴唇，说：“我二十岁了，大人。”

伯爵摇摇头。“和你一样年纪时，我恐怕也犯下过同样的一些错误。”他瞥了廷莱特一眼，“但那可不包括把伊兰·麦克里劫出城堡。这是重罪，小子。足以让你掉脑袋的罪。”

廷莱特的眼中又溢满泪水：“哦，众神。我是怎么走到这一步的？”

“交友不善。”布罗纳语气轻快地说，“和剧作家诗人混在一起，那就等于整日与小偷和疯子为伍，能有什么好处？但也许你还有救——暂时还有。只要护国公不知道麦克里小姐的事，你说不定就能平安活到老。但这样我就得为你冒险，知道了这一切却不上报。那我可就成了你的同伙……”他严肃而悲哀地摇摇头，“不，恐怕我不能冒这个险。我有家人，有土地，有仆从。这样对他们不公平……”

“哦，求你了，布罗纳伯爵。”大人物似乎有些动摇，说不定会选择开恩。廷莱特尽量让词句显得甜蜜动人。“求你了——我这样做，只是为了救出一个无辜的姑娘！如果你能帮我避开这不幸的命运，我愿意为你做任何事。否则我可怜的母亲会心碎的。”这当然是句谎话。见到自己的预言成真，安娜梅西亚·廷莱特恐怕会很开心。

“也许吧。也许吧。但如果我要冒这个险——在知情的前提下放你走，还要包庇你的罪行！——那你就必须为我做件事。”

“什么都行。要我为你送些口信吗？”他曾听过一些传言，说休尼他们为布罗纳送过信。“去外国宫廷？”离开母亲、烦人的事态和这座阴沉的城市，去外面待几个月？那可算不上什么噩运。

“不，我想你在这里对我更有用。”布罗纳说，“我需要一个能接触到托利，接触到他们内阁小圈子的人。我有一些问题需要答案，而你，马特·廷莱特——你就是我的间谍。”

“间谍？对……亨顿·托利？”

“哦，不只是他。我有很多个问题，很多不同的需求。有一件物品，我需要知道它的去向——说不定还会派你去帮我拿到手。我想它应该在奥科罗斯的住处里，他是新任宫廷医师。别显得那么忧愁，廷莱特，那不是什么贵重东西——只是一面镜子。”

镜子？不会是托利用来折磨伊兰的那一面吧？只有白痴或疯子会去接近那种东西……

马特·廷莱特惊骇地看着伯爵：“你……你从来没想过要报告托利。他放逐了你！你只是想要一个间谍！”

艾文·布罗纳靠回椅背上，双手摆到大肚子上交叉手指：“别费神想太多，诗人。这不是你的长项。”

廷莱特的心脏继续狂跳着，但他现在变得很生气，生气又羞愧于自己像个傻子一样被人玩弄。“如果我去找托利，告诉他你想让我当你的间谍呢？”

布罗纳仰头大笑起来：“那又怎么样？你想让他听听我的说法吗——关于伊兰小姐的事？就算你我都因此惹上麻烦，我也有一片离南境很远的土地，可以在那里隐退，手下有人能保护我。你又有什么，小文员？只有一个脖子，刽子手的斧头砍起来和香肠一样容易。”

廷莱特无法自抑地伸手挡住了脖子：“万一托利发现了，抓住了我呢？”他差点又哭了。

“那和我告诉他也没什么区别。不同之处在于，如果你照我的命令行事，那你还有机会设法保护自己。而如果是我去告诉亨顿·托利的——那你恐怕很快就要有麻烦了，毫无疑问。”

廷莱特瞪着老头：“你……你是个恶魔。”

“我是个政治家。这两者之间还是有区别的，只是你嫩得理解不了。好好听着，诗人，记着我给你的任务……”

第十三章

舔针

传说在赫若索尔建立之初，当它还只是一座海边小镇的时候，库洛安海峡对面曾有一座名叫雅什莫的加尔人城市。南部大陆的人类和海峡对面精灵之间的贸易往来，是赫若索尔经济迅猛发展的原因之一。

——引自《埃昂大陆和赞德大陆精灵种族专述》

巴瑞克·埃顿。多么奇怪的名字。契妮坦躺在黑暗里，不明白为什么这名字会环绕在她的脑海里，好像儿时父亲教她的那些祈祷词。**巴瑞克。巴瑞克·埃顿。巴瑞克……**

梦境如潮水般回来了。她想坐起来，但小鸽子就睡在她身边，手脚缠绕在她身上，要起来就会弄醒他。

在梦里看到的那些到底有什么意义？她在梦里见过那火焰头发的男孩几次，但最后这一次不一样。她不记得和他都说了些什么，但还记得那是场真正的对话。但她为什么会得到这样的礼物，如果这梦真的是个礼物？众神的意愿为何？如果是她曾侍奉的圣蜂带来了这个梦，是努沙什的黄金蜂房送来了这个梦，难道她梦到的人不该是某个朋友吗，比如达妮？为什么会是一个她在现实中从未谋面的北方男孩?

她无法把巴瑞克·埃顿从脑中赶走，这并不仅仅是因为她第一次知道了他的名字。在梦里，她感受到了他的绝望，仿佛那是她自己的——这和她能感觉到子的闷闷不乐还不一样，但就像她真的能够感受到那个陌生人的心，仿佛两人之间流淌着共同的血液。但这当然是不可能的……

契妮坦感到鸽子动了动，抬眼望着一片黑暗。她不知道现在几点了，是白天还是晚上。这间船舱没有窗户，外面船员的声音也没什么意义。她还没了解船上生活的规律，无法依靠周围的叫喊声判断时间。

她是多么渴望亮光啊！水手们不肯给她提灯，生怕她会自焚。这念头太愚蠢了。契妮坦并不在乎自己的性命——如果付出生命就能躲开苏列佩斯的掌控，她会很乐意自尽的。但只要有一丝得救的希望，她就不会牺牲身边的男孩。

如果能有支蜡烛或有盏提灯，漫长的夜晚就能过得快一些。她睡也睡不了多久——鸽子似乎可以随时睡着，想睡多久睡多久。睡不着的时候，契妮坦希望能有什么东西可看，有书就更好了，巴祖·杰夫之类的诗人。只要能让她不再去想如今的处境。

但这是不可能的，只要抓他们来的那个人还在就不可能。他残忍又聪明，没有一点仁慈心可言。她已经试过了各种技巧——无辜，调情，天真的恐惧——他丝毫不为所动。她怎么能骗过这样一个人，一个用冰冷石头做成的人？但她也不会放弃。

光。如果得不到，就连最微不足道的东西也显得那么可贵。光。能读的书。随心所欲离开的自由。不再害怕发疯的统治者所带来的折磨和死亡。大多数人都对拥有这些东西毫不在意，而此刻的契妮坦却把它们看得比世上所有金子都重要。

现在她只希望能有盏灯……

她突然冒出一个念头——很可怕的念头，但一旦想到就无法忘记。鸽子在梦里呻吟了一声，捏了下她的胳膊，仿佛能感觉到她心里的想法，但契妮坦几乎没注意到他。船在停泊处上下摇摆，木板轻声吱呀作响。她躺在黑暗无光的船舱里，紧靠着男孩，思考着不成功就死的逃跑计划。

⚜ ⚜ ⚜ ⚜ ⚜

戴克纳斯·沃没等天亮就起了床，这是他的习惯。他从不需要太多睡眠，这是个优点。小时候，他家里总有男性访客来来去去，喝得酩酊大醉，就算他想睡也没那个条件。

他已经和船长、少校都沟通过了，后者是船上所有军人的长官。第一抹晨光还没照到头顶的云层上，他就到两人的船舱里去摇醒了他们，反复强调自己离开时那女孩不能出任何差错。他问他们，到底哪种更可怕——是独裁者的怒火，还是沃本人的怒气？他们都不喜欢他，又有谁会喜欢他呢？重要的是他身负独裁者派下的重任。更重要的是，他在两个人眼中都看见了恐惧。与少校相比，船长用恼火掩饰得更好（在等级上，少校比沃只稍微高了那么一点点），但恐惧一样在，一样看得清楚。他信任这种恐惧，比他们对独裁者的恐惧更甚。苏列佩斯确实很可怕，但他并不在附近。而沃就在这里。他要两人记住，自己天黑就会回来。

他从小船爬到码头上，没回头就径直走了，留下两个划桨的水手在原地摇头，做出驱魔的手势。沃享受着自己的不受欢迎。在自己的军队里，那是另一回事；他得跟同样的一群人生活数年，并不想招来太多敌意，以至于其他人决定结伙把他在睡梦中捅死。但在船上，有好几个人比他的等级更高，他能用来让人尊敬的就只有独裁者的任务。他希望别人能吓退三尺，不敢近身。毕竟最大的威胁往往并非来自明里的敌人，而是所谓的盟友。人们只会对亲近的人放松警惕。以往的国王和独裁者就是这么被暗杀的。

阿加米德在他面前升起三座小山，那也是这里闻名天下的地标。三座山头俯视着整座港口城市，城市从最高峰的山脚下开始，一路蔓延到海湾边。一大清早，这里已经显出繁忙的景象，路上满是从码头驶往市场的牛车，载着一早捕获的鱼和从过夜船只上买来的首批商品。人们卸着牛车，互相呼喊着，孩子们被赶到道路一侧，尖叫大笑——这种热闹的景象总会让沃希望北方能来一场巨大的冰风暴，冻住这里的一切，用冰冷的沉默之毯盖住大地。那样才好看呢！所有这些鼓着眼睛叫喊个不停的人都会僵在原地，像冰池里的冻鱼，烦人的吵闹声也不见了，只剩下冷风甜美的歌声。

沃一家接一家地逛着商铺，问店主上哪儿能找到一位名叫基米尔的药剂师。这个人是船上一位水手推荐给他的，曾在上一次航行时为他们治疗过病情严重的水痘。商铺店主都在为一天的生意做准备，被一个不准备买东西的人打扰很不耐烦，但只要看一眼沃冰冷的目光，他们就都变得恭敬无比，乐于助人。最后他往第一座山上爬了一百多步，在市场区尽头一排环绕藤蔓的黑色房子里找到了那间药剂店。

店铺本身和他想象的丝毫不差：天花板上挂满了树叶、花朵、水果、树枝和树根，地上摆满了篮子、箱子和陶罐，有些用蜡和铅封了口。一面墙边有张桌子，桌旁摆着只一人多高的药柜，里面有十几个小抽屉，显然是这店里最昂贵的家具。药柜边有张小凳子，上面坐着个长胡子瘦高老头，身上穿着件脏袍子，头上戴着这片地区常见的锥形黑帽。他低头翻找着一个抽屉，当沃走进门的时候抬头瞥了一眼，并没费神跟新来的顾客打招呼。

“你就是马拉迈纳斯·基米尔？”沃问道。

老头缓慢地点点头，仿佛刚想起自己是谁：“大家都这么说——

但大家也说这不是真的。能帮上你的忙吗，陌生人？”

沃用力关上了门。老头又抬起头，这次有了淡淡的好奇。“店里还有别人吗？”

“只有我和我姐姐在这儿工作。”基米尔淡笑着说，“她比我还老，你要是想抢钱或杀了我，应该没什么可怕的。”

“她现在在吗？”

老头摇摇头：“不在。腰有点疼，回家了。我给她喝了点淡毒芹酒。这东西效果不错，但会带来腹部抽搐和胀气的副作用，我就叫她在家歇着。”他歪过头看着沃，像只鸟在盯着闪闪发光的东西。“所以，我要重复下刚才的问题，先生——能帮上你的忙吗？”

沃向他走近几步。当戴克纳斯·沃接近时，大多数人都会下意识躲开，但药剂师不为所动。“我需要帮助。有……有什么东西在我体内。如果我不听主人的话，它就要杀了我。我已经尽力侍奉主人了，但我怕即便如此，他也不肯治好我。”

基米尔点点头，表情很感兴趣：“嗯。是啊，会做这种事来保证手下人效率的雇主，恐怕不会在事后好好感激你。有没有可能是他逼你吃了红蝮蛇根？他有没有说过，在毒药起效之前，你只有两三天可活？”

“没有。这东西已经在我体内好几个月了。”

“会不会是艾连流质？他有没有警告你不要吃鱼？”

“我已经吃过好几次鱼了。他没这么说过。”

“嗯。真有意思。恐怕得请你告诉我具体发生了什么……”

戴克纳斯·沃把在独裁者宫殿里发生的事讲了一遍，但并没说出主人的身份。听他形容着独裁者表亲临死前的痛苦模样，基米尔瞪大了眼睛，露出黄牙咧嘴一笑。

“……然后他告诉我，我的酒里也有那东西。”沃说，“如果我不照他的命令去做，就会迎来同样的命运。”

“当然。”基米尔搓着双手说，“好，好。这可真惊人。这些症状说明那东西是真正的巴斯弗——我可从没想过这辈子还能见到真的。”

“我要把它除掉。”沃说，“我不在乎这对你有什么意义。只要你帮我，我一定会回报你。如果你骗我或背叛我，我会让你非常痛苦地死去。”

基米尔笑了两声。“哦，是啊，我敢肯定你会的，这位……怎么称呼？”没得到回答，老人点点头，“没人会把这种……鼓励方式，浪费在不重要的任务和不重要的仆人上，而有能力找到、买得起又敢用巴斯弗的人是不会要一个笨手笨脚的仆人的。哦，我完全相信你是个优秀的杀手。来这边坐下吧，让我检查一下。”

沃坐到小凳上，抬起手。

“真的，你没必要说出来。”老头对他说，“我完全相信，如果我让你在任何方面不满，就会得到很可怕的下场。”他摸了摸自己的鼻子，“相信我——我对照顾需要保密的危险顾客很有经验。”

马拉迈纳斯·基米尔的双手在沃的肚子上来回移动，时推时挤。然后老头检查起他的脸，拉起眼皮检查瞳孔，闻了闻他的呼吸，查看他舌头的颜色。最后他问了沃一些问题，包括大小便和痰液的质地颜色。这些都完成后，时间已经过了一个小时，沃听见庙宇里敲响了宣布晨间祈祷结束的群钟。他的囚犯应该已经醒了，那个蜂房的小婊子恐怕又在考虑各种方法捣乱。

“我不能一直等下去。”他说，站起身，“给我点药，除掉我体内的这东西。”

老头目光狡猾地看着他：“这不可能。”

“什么？”沃伸手去够腰带里的刀。

“要知道，暴力的作用有限。”基米尔平静地说，“如果你要杀了我，我可不会费最后一口气给你解释。”

“说。”

“你自己决定吧。”

沃放开了刀鞘：“说。”

“暴力的作用有限。局限包括两点。你体内的那个巴斯弗生物只有蕨种那么大，但要杀死它只有一种方法，而这种方法也会让你中毒而死。这可以算是一种局限吧？”

“你说有两点。说。我不喜欢玩游戏。”

老头酸酸地咧嘴一笑：“第二点是这样的。如果你杀了我，你就永远也不知道我能为你做什么了。”他站起身走到高柜旁边，拉开众多的抽屉翻找。“就在这里面。”他说，“狐狸之裳，不对，佩里卡尔草，不对，扎卡斯草，海葱——哦！我还想海葱去哪儿了呢。”他转过身，“你知道吗，上一个在这儿像你那样摸刀的人最后买了一大堆乌头，足以毒死一大家人，祖父母、叔叔婶婶、表兄弟和仆人都不放过。我一直都想知道后来怎么样了……”基米尔停止翻找，拿出了一只和沃食指一样长的黑色圆瓶。“有了有了。从亚涅丹远郊弄来的虎毒。那儿的人把它抹到矛尖上，用来毒杀老虎——那地方的老虎比狮子还大，还危险。这是用一种名叫冰百合的山花做的，几秒钟就能毒死一个人。”

这次刀拔出来了，但沃没有离开座位：“这是什么意思？我不想死——你想吗，老头？”

基米尔摇摇头：“亚涅丹人会把矛尖在虎毒胶里蘸一蘸，就像拿面包块去蘸豆酱。但如果是对付人，就算是像你这样强壮的人，只要一点点，一丁点就够了。”

“够干什么？你说了，我体内这东西杀不死。”

“是杀不死，但可以……劝诱它。它是个活物，不是纯粹的魔法，所以完全可以用药剂师的本事来对付。每天吃一点点虎毒可以让这东西……睡着。就像癞蛤蟆在干涸的泥塘里冬眠，等待着春季的雨水。”

“哈。我怎么知道这不会毒死我？”沃把又宽又长的刀刃冲老头挥了一下，“告诉我每天吃多少。你先吃。”

马拉迈纳斯耸耸肩：“我很乐意。但我有一阵子没吃过了，恐怕今天下午没法再看店了。”他又咧嘴一笑：“但我相信你会感激我，付上足以弥补关店损失的钱。”他拔出黑色玻璃瓶的瓶塞，随即又在店里四处寻找着什么。

“你怎么知道我不会拿了东西就杀死你，老头？”

老头捏着枚银针回来了：“因为这毒药很罕见。你去一百家药店都不一定能找着。如果你留我活口，我会为你制造更多，下次你需要时再来买。我不知道你的名字，就算知道也不会传顾客的闲话，所以杀了我对你毫无益处。”

沃盯着他看了片刻：“给我演示一下要吃多少。”

“只要针尖上能挑起的这么一滴——不能比萝卜籽大。”基米尔把针探入瓶子，拿出来时针尖上垂了一小滴闪光的深红色液体。基米尔把针尖凑到舌头上，舔掉了上面的那滴药。“每天一次。要小心，”他说，“一次吃太多，你那颗强健的心脏就会停止跳动。”

沃坐在原地观察了老头一会，几乎有一个小时，但对方的举止没显出任何异常。他甚至取得沃的允许，开始打扫药店，尽管动作里多少有点无精打采。

“这感觉其实还挺舒服的。”基米尔说，“我已经很久没吃过了，都忘了。不过嘴唇感觉有点奇怪。”

沃对老头嘴唇的感觉毫不关心。等时间差不多，确定对方不可能再玩什么花招了，他就为自己取了比老头稍小的一滴，舔净了针尖。

“这样我体内的东西就会睡觉了？”

“如果你持续服用虎毒的话，是的。”基米尔说，“这些足够你坚持到夏季结束。我当初买它花了两枚帝国银币。”他又露出了微笑，像只狐狸望着一窝胖鸳鸯：“你就按成本价给吧，毕竟你日后还会再来。”

沃把钱拍到桌上，走了出去。老头一眼都没再看他，专心安排着药柜里抽屉的顺序。

沃的感觉有点奇怪，但也不比热天里灌下一大杯啤酒奇怪多少。他完全可以适应。他会当心，保证这药不会影响到他的警觉性。如果影响到了，他就喝得再少一点。等他把那女孩交给苏列佩斯，独裁者说不定还是会认识到他的作用，把那东西从他体内除掉作为奖赏。谁说不会有好事发生？如果独裁者想一手统治两片大陆，他就需要一批强壮聪明的手下。没有比戴克纳斯·沃更棒的副手了。沃不像其他那些弟兄，不会受到任何肉体方面的诱惑。能统治自己的国家，那一定是非常有趣的体验……

沃停住了脚，意识到有什么事情不对，却又一时说不出是什么。他正站在一处地势稍高的地方，市场大路在脚下蜿蜒开去，山坡在一侧缓缓下降，露出远处的海港。早晨的太阳还高高挂在空中，天上万里无云……可是水面上却云雾缭绕。

是烟。

他瞪着远方，本来几近满足的心情迅速消失，取而代之的是愤怒，甚至还有一丝恐惧。

在海港里，西斯的船——沃的船——着火了。

就契妮坦的判断，太阳已经升起了至少一个小时。无名的男人好像离开了船，没有像以往那样，每隔一天就在清晨挂着那副空洞的表情来看他们。

也许他暂时离开了。如果真是这样，这恐怕是他们最后一次摆脱他的监视。之后他就会把他们交到独裁者那金色的手掌里。如果她想逃跑，机会就是现在了。

她大声捶打着门，不顾鸽子满脸的担忧。最后门闩终于打开，一名守卫探头张望。她说出了自己的要求。他不自在地皱起眉，去报告当值长官了。

之后又来了两个士兵，然后船长本人露了面。这时契妮坦可以肯定，那个无名的男人不在船上。船长显然很怕他，从他对契妮坦的态度就可以看出来：他只知道她是他们要交给独裁者的人，对她的身份毫无了解。

“我是蜂房的女侍祭。”她说了第三次，“今天必须向努沙什祈祷。今天是黑阳之日。”她希望这个瞎编的名词听起来足够庄严。

“你以为我会这样就让你上甲板？”船长摇摇头，“不。绝对不行。”

“你想给这艘船带来噩运？在这样一个日子拒绝为神灵献上祷词？”

“不行。要这样做，我必须派守卫层层围住你。说实话，在这个海港，我不敢让那么多人同时露面。这毕竟不是我们的地盘。”他意识到话说多了，皱眉怒视着她，仿佛自己口风不严都是她的错。“不行。你可以一直祈祷到喉咙嘶哑，但你只能待在船舱里。”

“可我必须看着太阳才能祈祷。否则就是对神灵的冒犯！”她念了一句真正的祷词，乞求船长能自以为想出了一个好主意。“我必须看见主宰一切的太阳——火焰也行。可这里什么都没有。”

“火焰？简直莫名其妙。我想可以给你一盏灯。或者一支蜡烛。嗯，这样要安全得多。蜡烛能让神灵满意吗？”

“要嘲笑神灵是你的自由，你得自己负责。”她肃穆地说，心里欣喜得几乎有些眩晕，“一盏提灯就够。”

“不，蜡烛。否则就什么都没有，我愿意承担惹怒众神的后果。”

契妮坦尽力装出未经世事、不习惯要求得不到满足的傲慢模样。“哦，好吧。”最后她说，“如果这是唯一的方法。”

“告诉众神，我可没阻挠你。”他说，“说实话！你必须对上天说实话。”

她急不可耐地等了一会，一名水手给她端来了盛在陶杯里的蜡烛。蜡烛很矮，比她的大拇指大不了多少，火焰只有指甲高。等水手走了，她把蜡烛放到地上，开始把毯子撕成碎条。鸽子坐了起来，眼睛瞪得滚圆，做了个疑问的手势。她冲他安抚地一笑。“待会儿你就知道了。现在来帮我吧。撕成这么宽的就行。”

等整条毯子撕成了二十几根长条，她拖出床下的水壶。从前一天晚上起她就在储水，一晚上只喝了几滴。现在她把水壶递给鸽子。“把布条塞进去——像这样。”她把一根布条塞进水壶又拽出来，把多余的水拧回壶里。“好了，你来。几根就行，剩下的就让它们干着。”

鸽子疑惑但急切地做了，把羊毛条往壶里塞。契妮坦翻出在赫若索尔时某个姑娘送给她的小香水瓶，拔出瓶塞，把香水倒在另外一条毯子上，然后站起身来，把毯子塞到天花板上木板间的缝隙里。在男孩越来越惊惧的目光里，她举起蜡烛，把火焰凑到浸满香水的毯子上。过了片刻，上面燃起了透明的蓝色火焰。

“躺下。”她对鸽子说，“躺到地上。用这个捂住嘴——像这样。”她拿起一条浸湿的毯子，盖住了他的嘴。和其他蜂房的女侍祭一样，她听说过七十年前发生的那场可怕火灾。那时蜂房房间里所有的布料都点着了，大多数蜜蜂都死了，还有好多祭司和侍祭。年老的穆德里大人那时还是个年轻姑娘，也是那个年代唯一存活至今的人。她之所以能在大火里幸存下来，是因为火灾发生时她刚洗完澡，衣服和头发都还湿着，她用它们捂住了口鼻。这让她在窒息的烟雾中多活了一段时间，足以找到逃出去的路。但现在，契妮坦和鸽子面临的挑战更艰难。

“我们必须坚持住，直到有人把门撞开。”她对男孩大声说，好让他透过湿布也能听清。毯子上燃起的火焰已经开始染黑木梁，看起来并没有很快熄灭的危险。等它蔓延到外部的甲板和防水的沥青，她希望火势已经一发不可收拾。“你就这么趴在地上，透过湿布喘气。如果布变干了，你能闻到烟的味道，就再到壶里去蘸下水。”她把水壶指给他看。“快躺下去！”

哦，勇敢的努沙什啊，她低声祈祷，随即想到这火是她自己点的，恐怕对火神祈祷并不是最佳选择。独裁者不就是努沙什的后代吗？契妮坦正在违背他的意愿——恐怕努沙什不会保佑她。

黎明之花苏娅。当然了——苏娅被人从她丈夫身边偷走，孤身在世间流浪。在所有神灵里，她应该是最能理解契妮坦的那个。

拜托了，哦，黎明之花。契妮坦祈祷着，紧紧抱住身边颤抖的男孩。烟雾很快蔓延开来，狭小的船舱里已经看不清天花板了。她能够透过湿布闻到烟味，但她不想这么快就去蘸水——众神才知道他们要这样等多久。**请在此刻帮助我们。展现出你的恩典与善意。帮助我保护这个孩子。帮助我们逃出去，躲开想要伤害我们的人。展现出你广为人知的仁慈……**

祈祷结束了。她在浓烟中紧紧闭住眼睛，等待着。

她把成条的毯子一直塞到水壶底部，拽出来时感觉比之前还干。她自己脸上的那条也干如枯骨，鼻腔里满是烟的味道。在她身边，鸽子使劲咳嗽着，小小的身体抖动绷紧，让契妮坦感到一阵心碎。周围盘旋的灰色烟雾太浓了，她已经看不见船舱门。

我不在乎死。她对苏娅和其他好心的神灵说，**也不在乎我自己**

会怎么样。但是拜托了，如果这孩子也会死，请在天堂好好照顾他。他是无辜的。

可怜的鸽子。众神赐予他的命运多么悲惨——舌头没了，命根子也没了，然后不得不四处逃亡，就因为不小心撞见了独裁者杀死敌人的现场。**这……不……公平……可怜的……**

契妮坦摇了摇头。她什么也看不见了，只能使劲吸气，将空气送入发疼的肺部。鸽子几乎不动了。同时一阵冲击波震荡过她的身体，仿佛她正在水下，而海底正有某位溺水的老商人敲响沉船上的钟。

轰隆。轰隆。轰隆。

契妮坦很奇怪为什么自己会在水里。呼吸让她胸口很疼，但并不是她预想中的疼法。水这么浑浊。沙子。有什么人或什么东西搅起了海底沙，沙子在她周围萦绕成一团团的云，上面点缀着金色，点缀着光，点缀着夜空中的星光，背景一片黑暗……

轰隆！有什么东西裂开了，水……空气……烟……都在环绕盘旋，火焰在她上方跃动，有人影蹒跚着走进了模糊不清的船舱——喊叫着的黑色身影，中间闪烁着红色的灯光，仿佛在地狱跳舞的恶魔。契妮坦睁眼瞪视着，奇怪究竟发生了什么。一双强壮的大手抓住了她，把她从鸽子身边拽开了。她被人抱了出去，穿过支离破碎的舱门上了舷梯，像带子断掉的马鞍般上下颠簸。

她找回了一点声音，但还微弱得像是呢喃："去救那孩子！去救鸽子！别留下他不管！"

她还没来得及去看士兵们有没有救出哑巴男孩，整个人就被粗鲁地扔到了最顶层的甲板上。到处都起了火，不只是甲板本身，还有主桅杆，一直烧到最高处。火焰吞噬着船帆，如邪恶的小恶魔般在绳索上翩翩起舞。有些水手在往火焰上一桶一桶地浇水，但那就像冲着沙尘暴扔小石子。

另一个士兵把鸽子扔到了她身边。男孩还活着，虚弱地动了动。她呆呆地盯着一片混乱看了片刻。人们奔跑着，尖叫着，有几段燃烧的绳索从天而降，仿佛赛加尔的地狱之鞭。过了一会，她才想起自己的所作所为。那根小蜡烛引起的是多么惊悚的场面！契妮坦挣扎着跪坐起来。叫醒鸽子也没用，就让海水来代劳吧，抑或完成火焰所未竟的事业。

这一次，我不会再让人带走他，除非让我死……

她又等了一会，感受着心脏慌张的跳动，然后最近处的男人们转过了身。她迅速扛起男孩无力的身体，一瘸一拐地走向最近的护栏。她背对着护栏靠上去，使劲举起鸽子，直到他的身体越过了她的胸口和肩膀。然后她抓紧了他，任凭他的体重带着两个人向下落去。

坠落的过程比她想象中更长，足以让她开始怀疑，死在冰冷的水中是否真的要胜过被火烧死。然后两人重重地撞入了海水，绿色的黑暗如拳头般将他们瞬间吞噬。

第十四章
三道伤痕

在范特人被精灵从如今雾影线之外的区域赶走之前，他们的城市基普茂舍姆就是人类居住领域的最南端。这座城市流传下来的文字著作经常提到一个名为若何塔舍姆的可怕地方，也就是冷傲精灵的家园，又被称为“大地尽头”。

——引自《埃昂大陆和赞德大陆精灵种族专述》

巴瑞克·埃顿漂浮在黑暗上，像是缓慢河流中的一片叶子。指引他跟过来的那些思绪形成了这片河流，虽然表达隐晦，却持续而流畅。什么都不是、什么都不想要的感觉很宁静，也很舒服，但他心里还是巴瑞克的那一部分感觉到，这种安宁无法持久。

果然如此。虚无中传来了三个声音，它们围绕在一起形成和声，用一系列词句之网裹住了他，话语中的含义过了一会才逐渐浮现。

……很久以前，无梦人之所以会与同胞们断绝关系，是因为永恒的无眠逼疯了他们。睡眠一直可以麻木人们在漫长生活中感受到的痛苦，就连那些位置最高、寿命最长的焰华的后代，也会稍作休息，让头脑放空漫游。但无梦人得不到这样的安宁，感受到的痛苦也无法抚平，只能永远困在自己的思绪囚牢中。

就这样，他们与同胞格格不入，与其他人反目成仇，逃到荒野中开辟新的生活。在比迷失之地更远的森林中，他们建起了一座庞大城市，命名为睡城。至今仍然无人能确定这名字是出于对同胞愤怒的反抗，还是一个最为悲伤的笑话。

没什么比家族分裂更让人痛苦。在之后的许多年，原本的居民与这些不眠的族人互相厮杀，互相作对。原本的疏远变成了仇恨。无梦人甚至不再尊敬他们曾爱过的那些神灵，直到睡城的神庙和圣地倾塌损毁。

分裂之后，在所有的无梦人中，只有我们三个身上还流淌着原居民的血液，会像祖先那样睡觉。在这样的睡眠中，我们的梦境漫长而清晰。

睡城无人愿意收留我们，我们被赶了出去。但同样的，我们祖先的居所，先民之屋也一样不欢迎我们。于是我们也逃到了荒野中，在荒原活了太久，甚至已经不记得来时的路，就算想走也出不去了。

但我们仍然会睡觉，会做梦。在这些梦里，我们能看到会发生什么，或者说是可能会发生什么——所有梦境都伴随着阴影和困惑，真正的预言总会掺杂虚假。但我们知道，我们三个的与众不同一定有其原因。我们也知道，除了我们三个，就再也没有别人拥有同样的梦境视力，不管是活物还是不死之身。

我们不知道是谁赐予了我们这种具体又异端的梦，又为什么挑中了我们三人，让我们等待了这么多世纪，才能将这种能力派上用场。但我们知道，要无视这种能力就相当于拒绝了将所有世界和时间联系在一起的纽带——也就是《虚空火焰之书》里所传达的那种精神——那也是我们的存在唯一的意义……

在一片虚无中，这些话语和思绪是巴瑞克唯一的伴侣。汇成一体的声音又慢慢分成了三个不同的声音，每人都具有自己的性格。他身边仍然是一片黑暗，只有沉睡者的声音紧随左右。

“我们该怎么办？”第一个最温和的声音说，“故事已经开始，可角色还都没有就位，上场退场的时间也都乱了套。”

“绝对会出事的，我早就说过了。”满是讽刺的那个声音。里面带有的是愤怒……还是恐惧？

“我们以前预见过这个场景吗？”巴瑞克记得这个声音，又老又糊涂。他的名字……他的名字就像美景中拂过的风，像一声渴望的叹息。“我不记得了。我又冷又怕。等那些伟大的家伙回来了，他们会很生气。”

“我们这么做可不是为了自己，而是为了故事。就算是众神也无法毁掉我们都在的这个故事……”

“不对。”尖锐生气的声音说，“他们可以把故事压下来，直到它的形状变得毫无意义——直到这故事等待实现已经等了太久，变得根本无法辨认。他们可以把结局拖着，一直拖到世界毁灭。”

“我们只能投降。”第一位沉睡者说，“我们只能证明自己的梦是错的。”

“真希望我不会做梦。”最老的那个说，“它带来的只有悲哀。我们以前也有过家……”

海汝恩。拥有颤抖声音的那个老人叫海汝恩。其他人的名字也都类似……

“安静。好好想想我们还能做什么。你们也听那位盲眼国王说过了。这个小子，这位年轻的太阳之子，必须尽快赶到他身边，否则一切都完了。”

“你的挣扎是徒劳的。这小杂种能飞吗？不能。我告诉你，已经晚了。”巴瑞克想起来了，这个叫海凯特——这名字听起来像斧子砍木头。海凯特。第三个叫……

……海奥。“还没完。还有方法。他可以从歪神的路过去。”

“他不知道怎么走——现在再学可要花上好多年。”

“我以前知道。”老海汝恩说，“还是不知道？我觉得我知道。我好像还记得歪神的道路，它们又冷又孤独。”

“又冷又孤独不假，但还有好多道路他可以走，要看他自己的能力。”海奥温和地说，“睡城里有道门。”

“啊！”海汝恩说，“黑灯。我好想再见到它们。”

“你们两个白痴。”海凯特怒道，“睡城意味着死亡，不管是我们还是这只凡人小羊。他根本够不到那扇门，就算找着了也走不过去。”

“除非我们帮忙。”

“那也没用。”海凯特似乎特别享受绝望，“我们只能在他走进门之后帮上他，可在那之前还有一整座怀着致命仇恨的城市等着他呢。”

“没别的办法了。我们只有这一次机会。”

“这会冻住他的血液。”海汝恩怏怏不乐地说，“如果他走上这些路，虚无会喝光他的生命。他会变老，迷失……和我们一样。衰老又迷失。”

“没办法——他必须走歪神的路。没别的选择。但我们可以把自己的一部分给他。那些路很危险，我们必须让他准备好，让他全副武装。把他带过来吧。”

“这会削弱我们——甚至毁了我们。对你的赠予，他只会诅咒你。”海凯特的声音里带了丝好笑。

“这一定会毁了我们。”海奥的语气悲伤而认命，“但如果不这样做，整个世界和世上的一切都会诅咒我们……”

巴瑞克发现他逐渐能感觉到自己的身体了，也逐渐看清了面前的火光和周围的穹顶房间，甚至还看清了三位沉睡者，但这并没让他得到自由，身体也仍然无法移动。戴着兜帽的三位沉睡者俯身看着他，仿佛他是一具尸体，而他们正在哀悼。

“我们把他送进干燥大地，”海奥说，“只能这么做了。但该送到哪儿去呢？在他体内，我们应该把自己的水、自己的精华放在哪儿？”

“他的心脏。”海凯特说，“这会让他强壮。”

“但这也会让他的心脏变成石头。有时候爱是唯一可靠的东西。”

“那又怎样？这会让他至少有希望活下来，你个傻瓜。还是你想毁掉你自称如此珍惜的世界？”

“在他的眼睛里。”老海汝恩颤颤巍巍地说，“这样他就能看到未来好几天将要发生的事，不会再恐惧。”

“但恐惧是通往智慧的第一步。”海奥答道，“没有恐惧就意味着没有改变，没有准备。不行。我们就把自己的水都给他吧，让他自己决定要放在哪儿。他有条胳膊坏了，失去了平衡——那是他全身最脆弱的地方。既然那里已经断了，我们就从那儿开始吧。”

一股均匀的压力覆盖了巴瑞克全身，像张用沉重铁链编成的毯子，压得他动弹不得。但他仍然能感觉到皮肤上冰冷的空气和篝火传来的小片温暖。三个身影之一拿起什么东西，放进了红色的火焰中——是一把用灰石凿成的小刀，古老而粗糙。

“人类之子，”名为海奥的沉睡者说，“我们将给予你的是我们的存在之水，愿它填满你，赐予你力量。”

巴瑞克左臂上的压力增大了，就压在他尽量隐藏的伤口上，在他一直努力保护的地方。他挣扎起来，但不管怎么用力，身体连一指的距离都不肯移动。

“快点。”海凯特说，“他很虚弱。”

“没你想的那么虚弱。”海奥说，随即有什么切开了巴瑞克胳膊上的皮肤，随之而来的是一阵强烈撕扯的剧痛。他想尖叫，想挣脱他们的掌握，但身体完全不听使唤。

“我把自己的眼泪送给你。”海奥说，“它会帮你保持清晰的视野，看清面前的道路。”胳膊上的伤口又一阵刺痛，像是撒了盐。他在心中又发出一声尖叫，仍然无法传到外界。

第二个身影接过小刀，刀锋又落，一阵激烈的疼痛贯穿了整条胳膊。“我把自己的唾液送给你。”海凯特喃喃道，“因为仇恨会让你强壮。站在众神面前时，请你随时记得这股恨意，如果失败了，就往他们脸上吐口水吧，为了他们从我们身上所掠走的一切。”巴瑞克再次感到一阵无法用动作或声音来排解的剧痛。

众神一定在惩罚他。他已经受不了了。再多一丝疼痛，他的头就会燃烧爆炸，像一颗投入篝火的松果。

“我和我们所坐的骨头一样干瘪。”老海汝恩说，“没有眼泪，没有唾液，没有任何其他液体。我身上只剩下一点血，那也和尘土一样干涸。”小刀第三次挥下，像颗炙热的獠牙咬住了他的伤臂。巴瑞克已经痛得无法思考，几乎听不清他们在说什么。“但也许，沉睡者的血到头来还能有点作用……”

有什么掉进了他的胳膊，像粉末一样，粗糙但又尖锐，就像有人把粉碎的玻璃碴塞进了他流血的伤口。难以忍受的疼痛充满了他的全身，仿佛噬人的蚁群涌来爬满了身体的每一寸。痛苦的波浪席卷而来。巴瑞克飘得越来越远，像是灼热黑浪上的船只残骸。最后疼痛终于稍微褪去，他又能听见声音了。

“现在你更有力量——和以前不一样了。我们把剩下的一切都给了你，让你有机会为我们的梦境找到意义。现在我们正逐渐淡去，很快就不能再和你说话了。”一瞬间，海凯特严厉的声音变得温和了些，“好好听着，别让我们失望，两个世界的孩子。你要赶到先民之屋去见盲眼国王，在一切都来不及之前。只有一条路可走，那就是歪神的道路。歪神道路会折叠起你要走的路，让你穿行在世界的墙缝里。为此，首先你要在睡城里找到以歪神命名的那座大殿。”

“这些道路大部分都对你关闭。”海奥说，声音比之前更遥远，“只有一条离得很近，你必须尽快找到它。它在睡城里，也就是我们族人的城市。但要知道，那里的无梦居民仇恨凡人，比对库-纳-加尔的仇恨更深。”

“就算我们的精华能让他顺利走完歪神走过的那些冰冷死路，那也没用。”海凯特又生起气来，“瞧瞧他——他怎么可能穿过歪神大殿？他要怎么打开那扇门？”

“那已经不是我们所能知道的事。”海奥说，“我们已经没有东西给他了。现在我已经能感觉到外界的风穿过我体内。”

“那一切就都完了。”

“生活就是失去。”最老的沉睡者说，“特别是当你拥有一些东西的时候。”

巴瑞克恢复了一些力气，但疼痛感还像烫红的金属般在他体内盘桓。“你们说什么呢？”他质问道，“我不明白！这是在做梦吗？”

海奥的声音已经微弱得仿佛耳语：“当然是了。但也一样真实无虞。等你到了歪神大殿，记住这一点，孩子——凡人之手打不开那扇门。书里就是这么写的：凡人之手打不开……”

“我不明白你在说什么！”

“那你就会死，小子。”逐渐消失的海凯特说，“世界可不会等你慢慢明白。世界会杀死你，杀死所有和你一样的人。受难时代即将开始，你们都会因为将他们丢在寒冷的外界这么久而受到惩罚。”

“谁？把谁丢在外界？”

“众神。”老海汝恩呻吟道，“愤怒的众神。”

“你们叫我走到无梦人的城里去？自找死路，为了找到机会与众神对抗？”这太疯狂了。“这叫我怎么相信？”

“因为我们是沉睡者，是梦者。”其中一位喃喃道，可能是海奥。“我们离他们非常近，近得足以听见他们在梦中的思绪，那像海潮声一样在我们的耳朵里回荡。”

“谁的思绪？你是说众神的？”

“走的时候回头看看。”声音太微弱了，他已经分辨不出说话的是谁。“你会看见的。你会看见他们。也许到那时你就会明白……并且相信……”

巴瑞克突然睁开了眼，石穴中只剩下他一人。低语的三个身影已经消失不见。篝火熄了，只有墙上的椭圆形洞口透入一些微光。他低头看着自己的手臂。伤口看起来基本都愈合了，仿佛他在这儿躺了好几天，而不只是几个小时。那都是一场梦吗？是不是他自己切伤了手臂，撞到了头，晕倒在这里，然后幻想出了之前的一切？

巴瑞克颤抖着站起身来。他也许是在做梦，但他可没睡着——身体的疲惫感是这么说的。他急需一堆篝火来取暖，于是一瘸一拐地往前走了几步，想找块还在闷烧的木头。让他吃惊又失望的是，火堆上的灰烬都惨白冰冷，仿佛已经有好几年没烧过了。他正想转身，突然看见石头圈边的尘土里埋了什么。巴瑞克弯下身，小心着不碰到受伤的胳膊，虽然它没有之前疼得那么厉害了。（说实话，胳膊现在冰冷僵硬，但是一点都不疼了，就像在小溪里泡了很久，失去了知觉。）他扒弄着尘土，挖出一只破破烂烂的陈旧皮袋。袋子在潮湿的尘土里埋了太久，皮革硬得像石头一样。他解开袋子，一块闪亮的黑色石头掉了出来。他又往袋子里摸了摸，拿出一块半圆形的生锈金属。铁……和火石！他捡到了不知道是谁留下的生火工具！他迫不及待地想试一试。之前经历的一切都像一场令人疲惫不堪的梦，如果能烤上火，他的感觉会好得多。

巴瑞克把东西都放回袋子里，将袋子塞进腰带。他太累了，需要睡眠，但他不想留在这个奇怪的地方。如果之前那三位诡异的沉睡者不是他做梦梦出来的，那也许他们只是暂时离开，很快就会回来。除了对他胳膊做的那些事，他们并没怎么伤害他，但也一直把他像囚犯一样禁锢在这里，还说了一堆关于众神啊，门啊，世界的缝隙之类的疯话。

至于他的胳膊……他梦见什么来着？他们做了什么？他抬起左手，发现它不再像之前几年里那样紧紧闭合，而是单纯地握着拳。他稍微使点力就摊开了手掌——他已经很久没能这样做了。这让他有点惊讶，不禁笑了出来。

这是怎么回事？

不仅如此，他还再次梦到了那位黑发姑娘，而且她有了名字——契妮坦。不知道为什么，这名字感觉像是真的。但如果那场梦是真的，其他部分又如何呢……

不，这么想下去太危险了。巴瑞克对自己说。之前听到的那些话完全就像是神父用来骗白痴的东西——什么众神能看见一切，每个人的生命都有其目的。不过现在回想起来，三位沉睡者并不是这么说的。他们好像提到过，众神是他们的敌人？“受难时代即将开始，”其中一位这么告诉他，“你们都会因为将他们丢在寒冷的外界这么久而受到惩罚。”

巴瑞克·埃顿走出穹顶山洞，走进了灰色的暮光。在昏暗中，他看清了之前从未注意过的细节。这也许是因为自己在黑暗的洞穴里待得太久了，他想。然后他走下小径，走上了凹凸不平的山坡，突然想起沉睡者曾经说过的话。当时巴瑞克问他们，他们是不是在说众神——巴瑞克熟知的那些神灵。从小他就对广受爱戴的隐士不屑一顾，不相信那些所谓的预言者能了解众神的意愿。但那三位诡异的沉睡者却说，他们能听到众神的思绪。这怎么可能？

“走的时候回头看看。”颤抖的声音这么告诉他，“你会看见的。

你会看见他们。也许到那时你就会明白。”

巴瑞克回了头。一块突出的山脊挡住了石穴，他只能看见成片的树木，瞥见山顶上那些黄油色的石块。他摇摇头，继续往下走，寻找一块能够扎营的空地。

过了一会，他差点忘了这件事，又回头看了一眼。这次他往下走得够远了，足以看清整个山头。

你会看见他们。也许到那时你就会明白……

他看见了一些从未见过的形状。之前上山时，他跑得过于匆忙，要不就是离得太近，或有树木遮挡。现在他看得一清二楚。在大地和草木之间有很多陈旧象牙色的凸起，但那并不是他之前以为的石头，而是埋了一半的……

骨头……

之前他没看出来，因为那不单单是一个简单轮廓，而是两个个体以复杂的姿势缠绕在一起——两具巨大的骨架，进行着爱或死亡的拥抱。那些巨骨也许曾一度被掩埋在地下，后来被活着的大地举到空中，身上裹着一层薄薄的土壤，为树木和藤蔓提供养分。山顶上牙齿形状的那圈石头就是牙齿，是一颗头颅的下颌，被风雨吹得裸露在外。至于另外那颗头骨……另外那颗头骨……

*就是我之前所在的地方。*巴瑞克恍然大悟。一大片黑暗蔓延过他的头脑，威胁着要把他赶入虚无。*和沉睡者一起……在一位神灵的头骨里……*

巴瑞克转身向山下奔逃，不时磕绊打滑，翻滚得比跑得多，不停跃过脚下挡路的树枝。在慌不择路的他看来，那些树枝仿佛就是不朽死者的手指骨，穿过泥土伸上来，想要抓住他不让他走。

也许是运气好，他连滚带爬地跑下山，打火石和铁还在腰间没丢掉。最后他疲惫地倒在山脚下。也许是运气好，首先发现他的不是丝精，而是一个刺耳熟悉的声音。

“还以为你死了！”过了片刻，见他没有反应，有什么东西戳了戳他的耳朵。“没死吧你？”

巴瑞克呻吟一声，坐了起来。一路上他摔得全身都痛，除了废掉的那只胳膊——很奇怪，它仍然保持着石头般的麻木，虽然已经可以随意弯曲摆动。“斯科恩？”他睁开了眼睛。黑鸟歪着头，用深不见底的黑眼珠盯着他。“众神啊，真的是你。”他放松地瘫软在地，随即又坐了起来，“火！我要生火。”

他在四处找来一堆干枯的树叶和草，然后拿出半月形的金属和打火石，开始点火。几颗火星跳到了草堆上，巴瑞克连忙吹气。过了一会，草上升起了一丝烟，燃起了一小撮半透明的火焰。巴瑞克松了口气，重新坐下来，把双手凑到火前取暖。“我们就在附近扎营吧，我来生堆真正的篝火。”他说。

“这儿不行。”乌鸦压低了嘶哑的声音，“在这山脚下，丝精会找到我们的。”

巴瑞克摇摇头：“我不在乎。我需要休息，哪怕是一小会儿。今天我可是一路爬到了山顶上。”

乌鸦又扭过了头，上下打量着男孩：“过去这几天，你就干了这点事？在随兽爬树那样在山上爬上爬下？”

“几天？最多就一天吧？”

乌鸦仔细地看着他的脸，仿佛在怀疑他这是开玩笑：“好几天了。可斯科恩一直没走。斯科恩一直等着你！”

巴瑞克没力气再和一只疯鸟争吵。他找来几块石头围住微弱的火焰，走开去找更适合扎营的空地——不要山脊上骨头般发黄的东西，而是完好、自然的石头。巴瑞克实在不想再跟神灵打交道了，不管是活的还是死的。

火焰的温度比亮光更温暖人心。他已经不记得上次像这样暖和是什么时候了。过了一个多小时，他的全身都温热起来，除了受伤的胳膊。但那里并没有疼痛的冰冷，更像是一种缺失，仿佛用来感知疼痛的器官已经消失，只剩下三道平行的伤痕。伤痕上已经结了痂，几乎毫无感觉。他的胳膊甚至表现出了之前没有的灵活，但巴瑞克不知道这是因为它真的能弯了，还是只是因为没那么疼了。胳膊上的肌肉还很虚弱，但那种感觉和以前不一样了，仿佛只要锻炼就能变得有力，仿佛完全恢复了正常，只是太久没用而已。

这让他心情大好，比很长一段时间内都开心多了。之前逃离大深渊和怪物吉库因时他很开心，但同时也在哀悼两位同伴，基尔和范森。巴瑞克知道，现在他还仍然处于危险之中，也许之后还会遇到更危急的情况。但就目前而言，能觉得暖和、不再感到疼痛，本身就是上天所能给予的最大恩赐。

他伸了个懒腰，打了个哈欠。“给我讲讲睡城的事。”他对斯科恩说。乌鸦正把一只蜗牛壳往岩石上撞，像只小小的铁匠。

鸟扔下蜗牛转向他，脖子上的羽毛支得像朝臣的脖套:“呃……呃……呃！这可不是什么好词。你在哪儿听到的？”

“省下你那套警告和不祥的预言吧，鸟。告诉我你都知道些什么。”

“咱只知道大家都知道的那些，没别的。那里住的是夜人，以前他们也是暮光族的人，但后来就落入邪道，和邪恶之人勾结，只与近亲通婚，之类的。然后他们就被赶了出去。他们自己建了座城市，就建在从这儿沿着消失之河往下走的死亡之地。据说他们也不是自己愿意去的。”

对巴瑞克而言，要去这样一个地方既可怕又刺激——刺激是因为太过荒谬。沿着消失之河往下走！听起来像一首一心找死的英雄主义赞歌。沉睡者说过，睡城里有座门，里面是唯一能让他及时见到加尔人国王的道路，他也确实保证过，要把基尔的镜子送到那里去。但这些都不足以让他主动走向死亡。他们怎么就那么确定，他一定会去？只要稍微有点脑子，谁会去这么一个地方？

“就这些，鸟儿？那里离这儿有多远？”

“咱飞过去大概要五六顿饭的时间吧，差不多，可是为什么要去？”

“我不是说飞的。我走的话要走多久？”

乌鸦又扔下蜗牛壳，跳近两步，非常认真地盯着巴瑞克看，好像突然担心他是个假货：“你刚在诅咒之山跑上跑下，你说的。主人，你这是打算要把暮光之地的所有致命景点都去个遍，像朝圣一样？”

巴瑞克讽刺地一笑：“你对众神了解多少，斯科恩？对于他们的下场？他们真的离开这个世界了吗？”

这下乌鸦真的激动起来，挥着翅膀一跳一跳，围着火堆转圈。最后它找了块石头跃上去，好像突然不想再待在地面上：“为什么突然有这么多奇怪的问题？咱不怎么去想众神的事，更别提说出来了。如果他们听到有谁提起他们的名字——就算是在梦里——他们也会记在心里。”

“好吧。不提了。”他的睡意越来越浓重，火堆发出的热量像条温暖的毛毯，把他裹得非常舒服。“明天上路了再说。”

“上路？”乌鸦的声音里带着明显的担忧，“上路去哪儿，小主人？”

“当然是去睡城。”巴瑞克差点露出了微笑。以前那些伟大的英雄也有过他此刻的感觉吗？希里欧米蒂斯，塞拉斯，马西里奥斯·金发？感觉就像自己是某种宏伟之物的一部分，身不由己地被它带着走，别无选择……但也一点都不在乎？这是种奇怪的感觉。他的全身，包括他的所有思绪，都比以前更加强大有力，但也和胳膊一样麻木不仁。他低头看着皮肤上发黑的血迹，那三条仿佛被鸟爪刮过的伤痕。三位沉睡者到底给了他什么?

生命就是失去，特别是当你拥有一些东西的时候。最老的那一位这么说过。也就是说，他们拿走了他的某样东西?他到底失去了什么?

“你不会是认真的吧，小主人?你不会想去那种地方吧。”

“你不一定非得去，斯科恩。这是我的旅途。”

“可是森林里那些丝精——还有那座可怕城市里的无梦人!他们会冻住你的血液，吃掉你的皮肤!”

“你不一定要去。”

“那咱就会在这儿孤零零地迷路。”

巴瑞克沉默了，但并非是出于对鸟的同情。他要睡一觉，然后醒来。醒来之后，他就出发。他会一直走到那座睡城，然后再看会发生什么，死亡还是其他选择。他会一直这样继续走下去，直到一切结束。不知道为什么，他感觉这计划相当简单。

可是沉睡者从他身上拿走了什么，让他变得如此单纯?他到底失去了什么……

疲惫终于席卷而来，将他拖入黑暗，从火堆边拖到了一个凡人与众神共享的地方。

第二部分

斗篷

CLOAK

第十五章

久经世故的小鸽子

若何塔舍姆是冷傲精灵的故乡，它们的女王吉莎美爱好战争。据说若何塔舍姆就在斯塔兰沃勒德的尽头。斯塔兰沃勒德是一片广袤黑暗的森林，覆盖了古范特大陆的一大片地区。

——引自《埃昂大陆和赞德大陆精灵种族专述》

费沃尔穿着张扬华丽的精致新装，在王子后面挥着手，急切地冲她打着招呼。

*他在提醒我回到正题上。*布瑞奥妮意识到。“再给我讲讲，你是怎么领着队伍从南方回来的。”她对埃尼亚斯王子说。

“是啊，再讲一遍吧！”她的好友伊芙吉妮亚说。

“这故事你们恐怕都听烦了吧。”国王的长子显得有些尴尬，“每次我来，都会给你们讲一遍。就算再讲，结局也不会变。”

“可这是个多么完美的结局啊，殿下。”伊芙显然只要能听埃尼亚斯说话就够满足了，哪怕是用她不懂的语言。

“可是里面有太多打仗的内容了！”他抗议道，“像二位这样高贵的小姐一定更喜欢有头有尾的故事吧。”

“我可不是。”布瑞奥妮说，语气里的骄傲几乎是真的，“您也许还记得，我是和兄弟们一起长大的，图安人沙索还教过我战斗。”

埃尼亚斯微微一笑。“我记得，希望有一天你能允许我问问他教课的技巧和方法。能跟随这么一位杰出而有名的老师学习，我很羡慕您。”

“他那些出色的授课恐怕浪费在我身上了。除了我弟弟，我不能和任何男人练习格斗技术，而我还在南境的时候，我们也没尝过战争的滋味，至少没在我们的领地里尝过。”

“现在不一样了，公主——南境的军队刚和精灵打过好几仗。”

“而结果并不如人所愿。”她在声音里带了一丝并非完全虚假的苦涩，“这几场战斗带走了我们最精锐的部队……也把我亲爱的弟弟带走了……也许是永远。”她露出坚强的微笑，“所以我很高兴能听到大战全胜的故事，就像您讲的那些。这让我保有希望。拜托了，埃尼亚斯王子，再给我们讲一遍吧。”

费沃尔还站在王子身后，对她做了个赞赏的手势。是他教她如何像这样勇敢、悲哀地微笑。

埃尼亚斯笑了起来，颇有风度地表示屈服。这位王子相当惹人喜爱。其他男人恐怕早就陶醉于她们的热情，对着布瑞奥妮、侍女们和伊芙吉妮亚大吹自己的勇猛表现。比如夏土公爵盖伦·托利，虽然事实证明他是个比布瑞奥妮想象中更善良的人（至少与他的杀人犯弟弟相比），但他总是不厌其烦地讲起自己打猎骑马的冒险故事，仿佛成功跃过每一道小水沟都相当于战胜了勾人灵魂的科涅奥斯。

“我们的军队跨过边境，停在了赫若索尔战线的最外围。”王子说，“我们的司令官是奥马兰斯的利斯托侯爵。他去并不是为了代表赫若索尔战斗，而是看看局势如何，给我父亲提供一些建议——这也就是为什么我父亲派出了利斯托，他是个狡猾谨慎的人。但没人猜到独裁者会出击得如此之快，人数又如此庞大。他从海上带来了一支军队，直接攻击赫若索尔的城墙；与此同时，他又带了第二支规模稍小的队伍，趁着夜色从库洛安海峡一路往上，船桨都静了音，船帆都卷了起来。库洛安海峡里到处都是礁石，经过最危险的一段路时，为他们领路的是赫若索尔的一个叛徒，一位航海船长。为了金子，他背叛了自己的祖国。”埃尼亚斯真心不解地摇摇头，“一个人怎么能这样？”

“这确实让人难以理解。”伊芙点着头说。

“难以理解。”费沃尔跟着重复。他一直积极参与对话，参与的程度恐怕稍微超出了秘书所应遵守的界限。“太可恶了！”

“不是所有人都像你我一样对祖国满怀感情。”布瑞奥妮对王子温和地说,“也许是因为他们的地位并不像我们这样牢固而优越。”

“或者他们只是天生在血液里就有叛变的倾向。”伊芙提出了不同意见，“我父亲的领地上有些农民，他们在我们的森林里打猎，还逃避税收，在征税季向管理员撒谎，说自己有好多孩子，或者没那么多土地。只要能少付点儿钱，他们什么话都说得出来。”

几位侍女发出声音，礼貌地表示赞同。她们都不太喜欢耕地收庄稼的人。但她们还是会经常谈起农民，而布瑞奥妮觉得她们的语气和男仆一样感伤做作。她并不了解农民的生活，但和剧团一起旅行的时候，她经常在冰冷的谷仓和开阔的田野里过夜，并不相信有谁会为了乡村美景主动选择那种生活。她也见识过法律与税收的运转方式，明白过错并不全在叛国的农民身上。

但在这里争论毫无好处。这里的宫廷已经觉得她很古怪了；她正竭尽全力让王子喜欢自己，不能在这种时候破坏他的好心情。

费沃尔又在瞪视她了，她意识到自己想得太远，连忙回过神来。埃尼亚斯正在讲西斯军队出其不意的攻击是怎样让希安军队措手不及，被迫躲进了赫若索尔的一座堡垒。

“可是既然利斯托侯爵他们被敌军包围了，您是怎么发现他们的？”她问，“您一定已经讲过，但我恐怕记不清了。”当然了，她还记得，但装得可怜一点总没错——只要别太过火，别像她在喜剧《乡村教士小传》里演的磨坊主的女儿一样。只要稍微来一点点，让埃尼亚斯把她当成一位需要人保护的黏人小妹妹。

“因为是我父亲派他去的，利斯托随身带了些鸽子，好往特希斯送信。他最后一次买鸽子是在斋穆萨，我们最前端的堡垒。我的运气不错——他从那儿经过时，我正好看见了他。我决定带着队伍在那里等他两周，因为我很想听听关于赫若索尔局势的报告。”

“您太聪明了，殿下。”伊芙吉妮亚说。

埃尼亚斯温和但反对地看了她一眼。“像我所说的，那只是运气罢了。我完全不知道利斯托会陷入包围。西斯威胁赫若索尔很多年了，已经没人相信那不是装腔作势的恫吓。毕竟对西斯的独裁者而言，去南海岸掠夺那些富饶的岛屿要容易多了。总之，利斯托被包围的消息传了过来，而我正好带着一支准备好作战的军队。我得说，运气真的是站在我们这一边。”

“众神保佑。”布瑞奥妮喃喃道。

埃尼亚斯点点头。大家都知道他的信仰相当虔诚，当他的兄弟姐妹都还在花钱享乐的时候，他已经给好几座教堂捐了钱。“没错，确实是神的保佑。你确定还想继续听下去？”

“请您接着讲吧。”布瑞奥妮说，“我们很少能像这样听到别人的亲身经验。”

他瞥了她一眼：“我听说你可是在外见过不少世面，不管是来的路上还是到这里以后，布瑞奥妮公主。”

她疑惑了片刻，意识到他所指的是她和伊芙吉妮亚出宫的那一次。但埃尼亚斯为什么会对这种事感兴趣？除非他对布瑞奥妮本人感兴趣，还问起过她的情况……但她不能太过自信。说不定他是对伊芙吉妮亚感兴趣呢——她可是位出身高贵，美丽动人的年轻姑娘。

“我在各地都给自己找过麻烦，埃尼亚斯王子。”她对他说，无视费沃尔的假笑，“恐怕更加优秀的顾问才能保证我规规矩矩的。希望睿智的你能助我一臂之力。”

他微笑起来。“这是我的荣幸，公主。但就我所听到的那些故事，您自己就做得很好，也很勇敢。”

他真的很英俊——没有第二种方法形容。对此布瑞奥妮感情复杂。在一方面，她觉得自己是个背叛者——一个真正的叛徒，不只是像伊芙吉妮亚父亲领地的农民那样说点小谎，留下半桶燕麦好捱过冬天。毕竟她想利用这个人，不是为了他自己，也不是为了他的国家，而是为了她自己的家族——为了部分弥补她自己的过失。这个计划存在好几个问题。首先，埃尼亚斯也许太过聪明，很难被她指使。一个搞不好，这位宫廷里的潜在盟友就会反过来疏远她。其次，王子并不是一个她会很乐意利用的人。根据除他以外所有人的说法（他自己总是相当谦虚），埃尼亚斯善良聪慧，无比勇敢。他爱自己的父亲，但也看得清祖国的失败与不足。他对朋友非常忠诚，所有人都这么说。她怎么能用那些所谓女人的手腕达到目的？在南境的宫廷里，当继母阿妮莎和其他夫人用上那些手段时，她总是对她们嗤之以鼻。

*但我需要这么做，因为目的很重要。*她对自己说。*南境人民的生命。父亲的王位。*

*对了，还有对托利一家的复仇。*一个狡猾的小声音提醒她，*别假装你没这么想过。*这算不上什么高贵动机，但却是她真心想要的。亨顿·托利几乎夺走了她的一切。他和他哥哥卡拉顿非死不可，最好还在死前体验过大量的痛苦和侮辱。亨顿不仅夺走了她家族的王座，还让布瑞奥妮觉得无助而虚弱。为此，她要让他死。有时她觉得自己再也无法坚强起来，除非亨顿受到应有的惩罚。

“公主？”

她抬手捂住嘴，有些难为情。她神游多久了？她不敢看费沃尔，他一定气疯了。“抱歉，我……”最好利用这个机会，“我突然想起了……痛苦的回忆……”

“是我的错。”他看起来很认真，“我不该提起您去花草地市场的事——这又鲁莽又残忍。我彻底忘记了您的年轻侍女就是在那天出事的。我向你表示最深切的歉意，公主。”

他们本来在聊什么——市场？她忘了个干净。因为她想到了亨顿·托利挂着那副狐狸般的假笑，炫耀起偷走她家王座的样子……

“不，不。”她说，回过神来，“不是你的错，殿下。真的，你还没讲完突破包围的事。”

“您确定还要再听一遍我那无聊的故事？”

“对我来说这并不无聊，埃尼亚斯王子。这就像清水流入干渴的喉咙。请你接着讲吧。”

他讲了下去，布瑞奥妮、伊芙吉妮亚和其他侍女都认真地听着，就连费沃尔都不时忘了他本应假装在埋头工作。不管每个人感兴趣的究竟是王子突破赫若索尔防线、和利斯托侯爵会合逃回希安境内的过程，还是埃尼亚斯这个有趣的人本身和他所占的重要地位，他们听的都一样投入。

王子讲完故事，冲布瑞奥妮鞠了一躬，请她允许他离开。这种南部宫廷礼节让布瑞奥妮感到好笑，仿佛每位贵族女人都是一股困住倒霉泳者的涡流，一旦卷入就无法脱身，除非漩涡本身主动放开那个不幸的人。

*如果我拒绝呢？*她看着他亲吻自己的手、向伊芙吉妮亚和其他侍女行礼。*如果我命令他留下呢？他会被迫遵命吗？礼节这种东西真是莫名其妙*。这种仪式本来只是为了避免男人奸杀女性，至少在历史上有一段短暂时期如此。但它现在却带上了奇怪的力量，有时

会造成滑稽的混乱场面。

埃尼亚斯一走，伊芙吉妮亚很快就打破了沉默："他似乎很关心你，布瑞奥妮公主。这是他本周第三次来看你了！"

"我是个怪人，是个不错的消遣。"她说，挥手表示不在乎这句评论，"曾经扮装旅行过的公主，简直像从童话故事里走出来的人。"她笑了起来，"也许我应该庆幸不是更可怕的童话，比如被丢在森林里啊，被冷酷继母虐待什么的。"她的笑声很快就消失了。这两个故事都与她的真实处境相差不远。

"你总是否定别人说的话。"伊芙吉妮亚说，"是不是啊，姑娘们？"侍女和女仆们都点了头。"他对你怀有真情，殿下。如果你没这么固执，说不定还能发展得更进一步！"

"固执？"她还以为自己已经表现得足够热情，就差直接扑进埃尼亚斯怀里，叫他善待自己，只看着她一个人了。"我怎么固执了？"

"你自己清楚。"好友说，"除了吃饭的时候，你几乎不和其他人交际。大家都觉得你太骄傲了。有人说这是因为你受过太多的苦，但还有人说……请原谅我，布瑞奥妮，但我是为了你好，才把真话告诉你……还有人说，你自视甚高，觉得这里的其他人都比不上你。"

"比不上我！"布瑞奥妮相当震惊。宏伟不羁的希安宫廷居然觉得她太骄傲，这超出了她的想象。"我没觉得任何人比不上我，更别说是那些高贵的公爵和夫人了。我不和别人交际，是因为我已经不太记得该怎么做了，不是因为我看不起谁。"

"一点没错！"伊芙吉妮亚胜利地叫道，"我也是这么跟别人说的——你觉得无所适从，可没高傲到目中无人。但说真的，布瑞奥妮，你一定得多跟贵族交际交际。他们喜欢听八卦，而在你背后，杰肯·克劳可没说什么好话。"

托利手下的名字像仰头浇来的一桶凉水。她已经躲他好几天了，他似乎也在躲着她。

“啊，是啊……你说的没错。多谢你的关心，伊芙，但我累了，想躺下歇歇。”

“哦，亲爱的布瑞奥妮！”伊芙吉妮亚显得十分不安，“我冒犯你了吗，公主？”

“完全没有，亲爱的——我说了，我只是累了。姑娘们，你们也下去吧。费沃尔，你留一下，我有事要跟你商量。”

等其他人都走了，或者至少退到了听不见他们对话的地方，她转向演员：“克劳没说什么好话？她指的是什么？”

费沃尔·乌里安皱起眉：“你也知道，布瑞奥妮。他是你仇敌的左右手。你觉得他会怎么做？只要有可能，他就会和你对着干。”

“怎么对着干？”她心中充满了愤怒——愤怒和恐惧。特希斯不是她的家。她周围都是陌生人，还有不少人明显希望她尽快死去。她丢下自己的针线活——就算是心情好的时候，她也缝得笨手笨脚，焦躁不已。“他干了什么？”

“对他实际干了什么，我没听过什么可靠的传闻。”费沃尔转过了身，对着镜子欣赏自己的仪表。他的这个习惯总会让布瑞奥妮发疯，特别是在谈论这种严肃话题的时候。“但他一直在说你的不是——当然了，措辞很小心，也从来没在公共场合说过。他会在这儿小声说一句，在那儿悄悄留句暗示……你懂的。”

她尽量抑制住心里的怒火。失去控制没什么好处。“杰肯·克劳具体都说了些什么？”她已经受够了再盯着费沃尔的后背看。“看在佐悉蒙面具的份上，小子，转过来对着我说话！”

他吃惊地转了过来，还稍微有点生气：“他说了好多东西，反正我听说的是这样——他可没傻到对我散播关于你的谎言！”费沃尔紧皱起眉，像个不开心的小孩，“好多无关紧要的侮辱性说法——你像个男孩子，你喜欢穿男装到处跑，不只是为了掩饰身份，你脾气很坏，是只母老虎……”

“这些都挺真实的嘛。”布瑞奥妮严肃地微微一笑。

“但最可恶的是，他不会这么直接说出来；只是在话里行间进行暗示。他说一开始大家还以为南方人沙斯托绑架了你……”

“沙索。他叫沙索。”

“……但现在南境的人已经相信，你是依据自己的意愿出城的。这是你计划的一部分，你想夺走父亲的王位，只是亨顿·托利成功阻止了你们俩。”他微微有点脸红，“这大概是他说的最过分的内容。”

“我们俩？巴瑞克和我？”

“不是。他暗示说你弟弟也是受害者之一，被你派去和精灵战斗，牺牲了。克劳说，你的同伙是那个南部将军沙斯……沙索——他杀死了你的哥哥。而且他……不仅是同伙……”

怒火来得如此突然而猛烈，布瑞奥妮脑中一黑，差点以为自己要死了。“他敢这么说？说我……”她的嘴里感觉满是毒药——她很想吐口水。“他的主人亨顿倒是杀死了自己的哥哥——那才是他所说的人！他还跟别人说沙索是我的情人？！”她站起身来，极力控制着自己，才没拿起针线跑出去扎瞎杰肯·克劳。“这只恶贯满盈的……猪！他不仅侮辱了那位为保护我而牺牲的善良老人，还暗示我会……我会伤害我自己的兄弟们！”她哭了起来，有些喘不过气，“他怎么能说这样的谎话？怎么会有人相信他？”

“布瑞奥妮——公主，求你了，冷静一点！”演员似乎被自己引发的反应吓坏了。

“费恩怎么说？路上和酒馆里的民众怎么说？”

“宫廷之外的人不太谈论这个。”他说，“托利一家在这边没那么受欢迎，但这种话还是会让人起疑心。不过，国王广受爱戴，而你是他的客人。大多数希安人都会倾向于相信国王的判断。”

“但宫廷里不一样。”

费沃尔想安抚她：“宫廷里的大多数人和酒馆里的醉汉一样，都不了解你。因为你一直像隐士一样把自己关在这里。”

“你是说……”她停下来吸气，感觉心脏跳得稍微平缓了一点，“你是说我应该多出去，和广堂宫里的人交际？我应该和杰肯·克劳这样的人多打交道，互相交换辱骂和谎言？”

费沃尔深吸一口气，站直了身体，一副受到不公对待的样子：“为了你自己好，确实如此，公主。你应该在外面多露面。只要你在场，你就能让他们知道，你没什么可隐瞒的。这样你就能证明克劳的谎言不可信。”

“也许你是对的。”灼热的怒火平息下去，但取而代之的火焰并没有减弱几分，只是温度更为冰冷。“嗯，你说得对。不管以什么方式，我必须采取行动，不能再让这样可怕的流言传下去。——我会行动的。”

昂普莱索斯的教堂没有足够的床给新来的人睡，但巡礼者都很善解人意，只要有个能躲开冰冷春雨的地方就心满意足。教堂主教告诉他们，等吃完晚饭，他们可以把毯子铺到公用休息室的地上睡觉。

“这样不会打扰您的其他客人和教士们吗？”巡礼者领队问道。他体型壮实，一看就是个好脾气的人。他与宗教求知者与忏悔者打了多年交道，这比起神圣的义务更像是种生意。“您一直对我很慷慨，主教，我不想在这里招人诟病。”

教堂主教微微一笑：“你领来的巡礼者都相当可敬，我的好瑟隆。没有这些旅客，我们的教堂可就没有机会为真正需要的人提供食物和庇身之所了。”他放低了声音，“至于我没那么欢迎的那种人，瞧见那边那个了吗？那个残废？他已经在这儿住了好几十天了。”他挥手示意坐在荒芜花园里的一个穿长袍的乞丐。有个瘦小的身影正在照顾他，是个大约九、十岁的小男孩。“我承认，我本来希望天气转暖后他会离开——不仅是因为他身上有股难闻的味道，他还很古怪，不肯直接对我们说话，而是让那孩子替他说……或者说是帮他传话。那些话总是非常阴沉，满是悲剧和谜团。”

瑟隆露出好奇的表情。他的信仰和工作并没那么虔诚，但这并没减少、反而助长了他对其他人强烈的虔诚心的兴趣，因为正是这样的虔诚心为他提供了经济来源。“你这位残废，也许他是个预言者。神圣的扎卡斯在生前不是一样不受认可？”

教堂主教听到这话并不高兴：“别对着主教布道，卡拉万纳先生。这个人并不谈论神圣的东西，而是……嗯，这很难解释，除非你自己去听听看，听听那孩子替他说的话。”

“恐怕没那个时间。”主教的斥责让瑟隆有点受伤，“我们明天一早就得出发。白木今年恐怕还得再下一场雪，我可不想被它拖住。就算没有风暴，北方也已经够难走的了。我真怀念以前在夏土度过的那些温暖春季，那时国王还在南境的王座上。”

“那段时光有太多可怀念的东西了。”教堂主教说。对话又在安全地带进行了一会儿，两个人恢复了一贯的友情。

公用休息室里的炉火渐渐低下去，大部分朝圣者在冰冷的天气里走了整整一天，都已经睡熟。瑟隆正和车夫低声聊着天，那位圣人——瑟隆在心里是这么称呼他的——一瘸一拐地慢慢走近了房间，靠在一个脏兮兮的阴沉男孩身上。男孩扶他坐到火炉边，然后从乞丐手里接过水杯，去水桶那边接水。

瑟隆挥手让车夫去做完上路前的准备工作，盯着那位年老体衰的圣人看了一会。他的面目模糊不清，破烂长袍的兜帽挡住了脸，手上缠着肮脏的绷带。这个奇怪的人坐得静如磐石，只是全身都在微微发抖。瑟隆看着乞丐，感受到的不是神圣，而是一阵突然的紧张。这个人本身看起来没什么可怕的，但他身上有什么东西让瑟隆想起了古老的传说——讲的不是朝圣者，而是不肯安分的鬼魂和不甘在坟墓中安息的死人。

瑟隆抬手摸着脖子上悬挂的一长串宗教饰品。其中有些是他年轻时去各地圣迹朝拜时得到的，有些是他服务过的朝圣者送的（或者作为报酬的一部分）。他的手在一只木雕鸽子上停留了片刻。那是他最喜欢的饰品之一，已经被他摸得光滑发亮。这是他最早几次出门朝圣时得到的，去的是阿卡利斯一座著名的佐睿雅教堂。每当心神不宁的时候，他都会想到这位洁白圣女。

瑟隆感到身边有人，抬起头来，发现是教堂主教。这让瑟隆感到一阵好奇，主教大人一般不会在傍晚祈祷结束后再到休息室来。“帮我个忙吧，主教。”他说，“陪我喝杯酒好吗？”

主教点点头：“我正有此意。我本想问你一个问题，但你说你一大早就得出发。”

瑟隆有点羞愧，他那是气话。他拿起自己的酒罐倒了杯酒，递给朋友：“当然，主教。你想问什么？”

“你的旅客告诉我，奥林国王的女儿现在在特希斯——她还活着。这是真的吗？”

“就我所知没错——就在我们离开之前，她在那里现了身，至少大家都这么说。过去几天，整个希安都在谈论这件事。”

“有没有人知道，她是为了什么……她叫什么来着？巴特卡普？”

“布瑞奥妮——布瑞奥妮公主。”

“对对——我失礼了。在这边的宫廷，我们听不到太多消息，我也年纪大了，健忘得很。布瑞奥妮。有没有人知道她为什么会去希安，这样的访问是什么意思？”

瑟隆注意到，火边那位戴着兜帽的圣人抬起了头，仿佛也在听。他想压低声音，但又觉得这样很愚蠢。他要说的话并非什么秘密，而是所有人都在传的流言。不过最好还是不要在托利家族的领地提起他们的名字。“有人说她是为了躲开……她的仇敌……从南境逃了出来。还有人说不是，她逃出来是因为她本想夺取王位，结果失败了。当时还有个南方人在帮她——一个曾是奥林朋友的黑人士兵。”

教堂主教难以置信地摇摇头：“简直就像以前——像凯里克二世的那段黑暗岁月，到处都是间谍和阴谋。”

“你还记得那段日子？”瑟隆有些惊讶地说。

“真笨！”主教笑了起来，“一个半世纪以前？我显得有那么老？”

瑟隆也笑了起来，为自己的健忘有些难堪。历史上国王的所作所为向来不是他的强项：“读过的我都忘得差不多了……”

从侧面靠近的人影让他吓了一跳。他转过头，看见那位兜帽乞丐像死神的影子一样飘在旁边。虽然他的背和双腿似乎都弯了，他站起来仍然有瑟隆那么高，以前一定曾是个强壮有力的人。绑满绷带的双手抬了起来，兜帽的阴影中传出一阵干瘪沙哑的抓挠声。瑟隆害怕地缩了起来，但对方只是沉默地站着。

“那孩子呢？”主教不耐烦地问，“哦，在那儿。孩子，快过来，告诉我们你主人想说什么。”

男孩似乎是去厨房里找吃的了。听到这话他走了过来，嘴里还咬着块面团。瑟隆这才好好看了这个黑发孩子两眼，发现他暗黑的脸色并非全部出自尘土或日晒，而是肤色本身就像个南方人，只有在奥斯嘉特或兰德斯港才能看见的那种。是啊，瑟隆心想，就是这样：这孩子看起来就像那里常见的街头小混混，过着海港老鼠般的日子，靠小聪明和敏捷的身手过活。

“残废说什么呢？”教堂主教问道。

男孩把脸凑到兜帽旁边。在火堆的噼啪声中很难听见乞丐到底说了什么。过了一会儿，男孩站直了身体。

“他说，死神暂时放过了她。”

主教恼火地摇摇头：“放过谁？公主？跟他说，赶紧找个地方睡觉吧，别再打扰别人的正经谈话。”但他的表情很快变了，“不，这么说太刻薄了。众神和隐士不会允许我如此对待饱受痛苦的人。”

男孩又凑到兜帽边：“他说他认识死神——他去过死神家。但之后死神又放走了他。”

“什么？他是说他去过科涅奥斯家？”教堂主教显然不喜欢这场谈话的渎神走向。

男孩再次凑了过去：“他还说，既然布瑞奥妮逃走了，他就得去把她找出来。”

“简直胡说八道！”主教说，“把这个乞丐领到马房去，孩子。我并不想让这个可怜的白痴到外面去挨冻，但他得找个别的地方睡，免得再打扰这些客人。”主教等了一会，男孩把这些话低声转述了，但乞丐没动。瑟隆对他既感兴趣，又心怀忧虑。“你这是在占我们慈善事业的便宜。”教堂主教警告道。对方仍然一动不动。“好吧，我去找几位师父，帮我送他到马房去和马、驴一起睡。”主教说，快步穿过了休息室。

乞丐又对男孩低语。

“他想知道你是不是要往北走。”男孩对瑟隆说。

朝圣者领队相当困惑：这位老残废为什么想问这个？“我们会穿过马林沃克往北走。朝圣之旅是从蓝色海岸开始的，我们要回那里去。”

乞丐把男孩拽了过去，仿佛迫不及待想说下一句。

“他想和你们一起走。”等他低语完，男孩说。

瑟隆翻了个白眼：“我无意冒犯众神已经赐予沉重负担的人，”他说，“但在我们的队伍里，只有年轻力壮的人才会选择走路——我们前进的速度很快。我见过他走路的样子。他跟不上，我们也不会等他。”

男孩疑惑地看着他，但瑟隆自认为说得很明白。然后小乞丐转身望着兜帽下的主人，后者突然抬起缠满绷带的手伸向瑟隆。瑟隆吃惊地向后退了一步，随即透过脏兮兮的亚麻布看见了一抹闪光。那是一枚金币。

“他会付你钱，买个位置，骑马走。”男孩听兜帽乞丐说了一会，转述道。

“这……这是海豚币！”瑟隆震惊地说，“一整枚金海豚！”这枚硬币抵得上这整趟朝圣旅程报酬的十倍。兜帽下的人扯了扯男孩的衣袖，又对他耳语两句。

“他说你拿着吧。死人要金子也没用。”

她在森林中迷了路，但并不害怕——至少没有太过害怕。树木在身边左右摇摆，但她没有感觉到风。她经过的时候，树木都向她弯下身来，伸出柔软的树枝来抓，但都没有碰到她。整个世界如夜晚般漆黑，但她还是看得见。一盏灯光伴随着她前进，照亮了面前的路和周围的环境。

有什么在前方的小路上跑过，闪着银光，速度很快，贴近地面。她改变了方向追上去，道路也随着她的选择在眼前展开。

我在做梦。布瑞奥妮意识到。

那个速度很快的东西又在前方一闪而过。它既真实又像片影子——她能感觉到它在看她，即便是在眼前飞掠而过的时候。她知道，它这是要带她去一个重要的地方，她不能跟丢，但她已经落在后面了。树丛变得更密了，道路变得难以看清。银色的影子在远处最后闪现了一次，就此消失不见。

布瑞奥妮醒了过来，心里的败北和失落感远远超过了普通梦境所能给予的。但她没时间因为在梦里错过了什么重要的东西而惊慌不已了。侍女们已经在她身边忙碌开来，催促她赶紧起床。布瑞奥妮有场秘密约会要赴。

达瓦特一如既往地穿着一身黑，不过有些微妙的不同：这次的服饰看起来更适合宫廷娱乐，而不是在漆黑小巷和壕沟里秘密穿行。他的袖口上绣着亮红色的花边，斗篷的线脚用了同样的颜色，衣服上红白相间的竖条纹衬托出他挺直的鼻梁。

“新地点？”他问，左右环顾着喷泉庭院。

“这里比较吵，比较不利于别人偷听。”布瑞奥妮瞥着他的打扮，“你穿得没那么低调了，丹-法尔先生。”

他讽刺地鞠了一躬：“小姐太客气了。我碰巧有个……私人会面。”

“和一位女性？”布瑞奥妮不知道自己为什么会在乎，但这确实让她有点不快。

达瓦特的微笑里难得没有心知肚明的讽刺：“我是你的朋友，至少我希望如此，公主。也许我们的关系仅此而已，但不会比朋友更低级。比如说，我不是你的仆人。我和谁幽会是我自己的事。”

布瑞奥妮咽下一句反驳，抬手摸了摸脖子上的佐睿雅木环，提醒自己分清事情的主次。他说得对，她无权干涉他的私事；除此之外，她也没有理由要在意达瓦特和谁做什么，除非这关系到她的自身安危。“只要我们是朋友，”她说，“只要我还能信任你，达瓦特。我是认真的——我需要一个可以信任的人。”

他奇怪地看了她一眼：“你似乎很害怕，公主。”

“不是害怕。但我正面临……很多难题。我即将开始一段旅程。一旦上路，我就没法再掉头游回岸上了。”她又抬手将木环握在手心，摸着它的椭圆轮廓，想着这位纯洁女神曾走过的路。“你能帮助我吗？”

“需要我做什么，公主？”

她把计划讲给他听了。“做得到吗？”讲完后，她问。他看她的眼神既有惊讶，也有一丝敬佩。“小菜一碟。不过……”他耸耸肩，“得有报酬才行。你需要的这种人可不会做慈善事业。”

她笑了起来，笑声在她自己听来都无比尖锐。这一切都很艰难，她从现在开始正要踏入完全未知的领域。“我有钱。埃尼亚斯王子很好心地给了我一些——他说等我安定下来再还就好。”

“不愧是王子啊。”

“这些够吗？”

达瓦特低头看着金币，犹豫了一会。喷泉的水声弥补了沉默的空隙。“足够了。”最后他说，“我会把多出来的还给你。”他站了起来。“我该走了。现在还来得及先去给这件事开个头，然后……再去赴另一场约。”

“谢谢你，达瓦特。”她伸出了手。过了片刻，他握住她的手凑到自己唇边，但目光仍然一直盯着她。“你为什么要这么看着我？”她问。

“我没想到会见到你的这一面，布瑞奥妮公主——至少没想到会这么快。”

她感到自己有点脸红，但周围暮色昏暗，应该不太明显。“佐睿雅的小鸽子变得久经世故了，啊？很令人失望吗？”

他笑起来，摇摇头：“不是久经世故，只是勇于自我保护。就连最平和善良的自然之子也会保护自己。”他的表情变得严肃起来，“之前我以为老沙索的教导让你失去了判断力，看来是我想错了。”

“是啊，毕竟，沙索 · 丹 - 赫兹已经死了。”

第二天，特希斯整个宫廷都在谈论杰肯 · 克劳，南境大使，被三个不明身份的暴徒残忍殴打的事。当时克劳走出自己常去的酒馆，迎面撞上了三个暴徒。一开始他们看起来不过是一群恼人的醉汉，但话还没说几句，他们就抢过克劳两位守卫的武器，把他们打翻在地，随即将矛头转向了克劳本人。

这场攻击本身就够奇怪的了，虽然并非完全不能理解，毕竟克劳对赌博的热爱和惹人讨厌的脾气在特希斯已经相当出名。但这件事之所以会如此引发众人的热议——至少是短时间内的热议，毕竟特希斯贵族向来不缺少可谈论的话题——是守卫躺在地上听到的话。

在三名攻击者逃跑之前，一个暴徒曾蹲到流血呻吟的杰肯 · 克劳身边，说了几句话。受伤的守卫唯一能听清的部分是：“……学会把谎言留在你自己肚子里。”

事件发生过了一周，克劳仍然一反常态地对此事只字不提，躲在房间里藏起身上的瘀青和伤疤，拒绝一切访客。于是广堂宫的住民也就对他失去了兴趣，把话题转到了更新、更有趣的新闻上。

第十六章
蘑菇花园

根据范特人的诗歌，尽管加尔人与若何塔舍姆的生物有着亲缘关系，加尔人并不信任他们，还长期与冷傲精灵女王吉莎美开战。

——引自《埃昂大陆和赞德大陆精灵种族专述》

“你确定会平安回来？”欧珀把斗篷边攥在手里来回绞着。她痛恨要被迫与家人分离，但她本人和燧岩都明白，这是最明智的选择。“你会看好孩子？”

“别那么紧张，亲爱的。要不了几天。”他伸臂搂住她，把她拉近身边。她抗拒了片刻。欧珀不喜欢被人抱住，就算是自己的丈夫——或者说特别是被自己的丈夫。她父亲沙·葱石曾经承认，家里的女人都让他摸不着头脑。“你的欧珀和她母亲习惯告诉我该怎么做，过了这么多年，我都不知道还有什么事是我自己的主意了——也许就剩下掉下去摔死了吧。”对此燧岩只是点头微笑。结婚时，他并没对欧珀抱有任何不切实际的希望，想要的就只是她本人——一位爱他的妻子，吵架也能吵得和她的爱一样激烈。

“几天？”现在这位妻子说，“如果你好好听听周围人的话，世界要不了一两天就要毁灭了——你觉得说‘没几天’就能让我不担心了？”但她此刻的反驳只是出于惯性。他们已经吵了个底朝天，达成了一致意见。说到底，这趟行程还是欧珀的主意。现在事态很清楚：这里确实面临战争的威胁，芬德林镇正在召集所有男性。欧珀认为，女性也该出自己的一份力。她要回去找银朱·朱砂和其他有影响力的女士，满足好男人们出战的一切需要，必要时补上城里因打仗而出现的职位空缺。燧岩为她而骄傲，他知道她会做得很好。只要欧珀下定决心，就没有她做不成的事。

“你不在，世界不会毁灭的，我的老宝贝。”他对她说，“它才不敢呢。答应我，你会遵守诺言，和玛瑙待在一起——别回家。如果你需要什么东西，派别人回去拿。万一有人在那儿监视呢。”

“要是真的有人监视，整个芬德林镇怎么可能不知道？”

燧岩摇摇头：“你想的是士兵——那些大个子。但我不能完全相信所有邻居，很有可能会有谁为了钱放哨，一看见你回家就去报告给军事总长。这也是为什么我们不能告诉别人我们要去哪儿。”

“是谁这么自大，以为没他推动这世界就不转了？”她问，但他能听出她并没生气。她又紧抱了他一下，随即放开：“看好孩子。”

“当然。”

“真希望我能带着他。”

“如果真有人在放哨，还有比他更显眼的目标吗？不，最亲爱的，他必须留在这儿，而你必须尽快回到我们身边。”

欧珀站起来亲了下他的脸。他在她唇上回以一吻，这让她有些吃惊地笑了起来。然后她背上包裹，转向泡碱师父。他是锑师父的朋友，在他们告别时一直礼貌地等在旁边。泡碱看起来是个聪明谨慎的年轻人，这让燧岩稍微放心了些。虽然他希望熟悉可靠的锑能担任这个角色，但锑已经跟着费拉斯·范森和芬德林看守小队去外部隧道搜寻侵入者了。

他突然感到一阵担忧：“一定要安全回到我身边啊，唯一的爱人。”他喊道，但欧珀和年轻的僧侣已经走上小道，从他的视线里消失了。

★ ★ ★

“燧岩爸爸，我需要你帮忙。”

他又惊又喜地瞪着男孩——这还火石第一次这么叫他。更难得的是，在过去几天里，男孩一直没怎么开过口。现在欧珀走了，这孩子似乎又经历了一次令人不安的奇特转变。

“帮忙？”

火石坐起来，把双腿荡到床沿外，俯身在石地板上摸索着找鞋。“我想和那个老人聊聊。做梦的那个。”

燧岩只能摇头：“你说什么呢？”

“这儿有个老人。他会做梦。所有人都知道他。我得跟他聊聊。”

燧岩隐约想了起来：“硫黄老者？你怎么知道的？镍跟我们提起他时，你可不在场。”

火石忽略了这个不重要的细节：“带我去他那儿，拜托了。我需要跟他聊一聊。”

燧岩盯着这个让人发疯、让人困惑、有时甚至让人恐惧的孩子，想起了口袋还没有打开、火石还只是一份不明负担的那一刻。感觉已经是很久以前的事了，像隔了一生那么遥远。

*如果我没打开口袋呢？如果我拉住欧珀的胳膊，坚决地走开，把他留给别人去操心，事情会有什么不同吗？更好……还是更糟？*他很难阻止自己去想，火石的出现与之后发生的一切诡异事件有什么关联。这些事改变了他们的生活，改变了他们认识的所有人的生活，不管是大个子还是芬德林人。

他叹了口气。俗话说得好，要挖索性就挖到底。“好吧。”他对男孩说，“我试试看。”

“我不明白。”镍师父说。身为芬德林某个权威家族的后代，他最近刚从侍僧晋级，成为庙宇中的正式僧侣。但所有人都知道，他是会长亲自挑选的继任者，镍本人也很清楚。他总是表现得仿佛已经接过了继任的圣锄。“你们已经颠覆了这里所有的传统和习惯。女人，小孩，巨人，逃难者——全都跑到我们这儿来了。要不是朱砂和公会发誓说有这个必要……”

“但他们确实这么发誓说过。”燧岩说，“拜托了，镍，告诉我们该去哪儿就好。我们很感谢你的帮助，不想过多霸占你的时间……”

“让你们无人看管地跑来跑去……审问我们最年长的师父？”镍站了起来，“这可不行。我得亲自带你们过去。他已经很老了，身体虚弱,如果你们的问题让他烦恼,这场对话就结束了。明白吗？”

“好吧，明白。当然。”

医生查文一直在旁边饶有趣味地旁观，此时清了清嗓子：“我也去吧——如果你觉得可以的话，燧岩……”

“如果燧岩觉得可以？”镍其实还很年轻，涨红的脸却黑得出奇。“焕华共修会的意见呢？哦不，没问题，有多少人想去都行！不如我们干脆来场游行吧，就像首次挖掘日庆典那样——召集所有居民，排队走到花园去，给那位可怜的老人来场惊喜！”

“这么说有点太夸张了，镍师父。”查文温和地说，“我毕竟是个医生。既然你担心硫黄老者的身体，恐怕没有比我更好的人选了吧？我也给小火石看过病。嗯，让我去恐怕是个非常明智的选择。”

燧岩微微一笑。事情连个头绪都还没有，他却已经觉得疲惫不堪。为什么他总是在帮别人达到目的？

“我没来过这里。”查文说。他们左右穿行，经过天花板低矮、灰岩形状扭曲的石洞，走着一条只有镍才认识的路。

“你为什么会来？”镍反问，“这儿又没什么你们族人关心的东西。这一带都是花园和农场，是我们种植作物的地方。就算你们没来，我们这儿也有一百张嘴要喂呢。”

*很快还有更多的人会来。*燧岩心想。*如果运气好，来的只会是芬德林人，而不是精灵。*但他没说声来。

“啊，可是我对这些东西也很感兴趣。”查文说，“真正的科学家无时无刻不想求知。请你别这么严肃，镍师父。我们非常感激你能收留我们。现在是特别的备战时期，所有人都该联合起来。”

镍嗤了一声，再开口时语气和善了一些：“这条路通往盐矿。矿不大，但能满足我们的需求，还有余量和地上的城市做做交易。”

只有火石对经过的洞穴和扭曲丑陋的石头结构毫无兴趣。他恢复了一贯的平淡表情，直盯着前方，仿佛即将进行生死之战的士兵。

*你到底是谁，孩子？*燧岩觉得就算有人告诉他答案，他恐怕也不太会信。*你到底是什么？*无论如何，答案已经不重要了。重要的是他妻子爱这个孩子，而他爱他的妻子。他自己对火石的感情则很难用语言来表达。但他望着这个严肃的男孩，望着他几近纯白的浓密头发，知道自己为了保证男孩的安全会不惜一切。

“在这底下。”镍向旁边的走廊挥了下手。

还没接近洞口，燧岩就闻见了霉菌、潮湿和粪肥混杂在一起的刺激性气味。洞穴里只点了数支火把，没比走廊明亮多少。查文至今尚未习惯芬德林人的昏暗灯光，停下脚像盲人似的伸出双手。燧岩扶住了他的手肘。

蘑菇花园大得出人意料。这里本是个高大的自然洞穴，后来经过芬德林人的锤凿整修，清理出了洞穴中央的地面，在那里摆满了低矮的石桌。四周的墙面也全都改造过了，凿出了一条条作为储物架的深沟。

每张桌子上都摆满了装着黑土的花盆，每个花盆里都遍布淡灰色的斑点。墙上的壁龛里也同样堆满粪肥和土壤，上千株扇形的小蘑菇长在墙上，一直长到有五六个芬德林人叠起来那么高的地方，有僧侣站在梯子上照料着它们。燧岩正在猜测到底哪袭长袍里才是硫黄老者，转头就看见房间中央有位瘦骨嶙峋的老头弓着背坐在凳子上，拿着岩晶放大镜观察某个花盆。火石已经向他走了过去，招来镍师父的强烈不满。

“喂，等等！你得让我先跟他说一声……”镍快步赶在男孩身后。燧岩也跟着小跑起来，生怕他们一言不合打起来。除了锑师父，火石比其他所有芬德林人都要高上半头，所以燧岩并不担心男孩会受伤。但他们都是焕华共修会的客人，和主人打起来可不是什么好事。

“燧岩？”查文在他身后喊道，“你去哪儿了？”医生在石桌上磕到了脚踝，疼得惨叫一声。

燧岩不情愿地转回身去帮他。反正现在也赶不上镍和火石了。

“啊，你在这儿啊。”查文抓住了他的胳膊，“再过一会儿我就没事了——我的眼睛适应黑暗比年轻时慢多了……”

等他们慢慢走过昏暗的洞穴，火石已经等在老头身边了，脸上又变得毫无表情，仿佛整个人都在自己的脑袋里躲了起来。镍师父在对硫黄老者滔滔不绝地说话，燧岩只来得及听到最后两句。

“……异常情况，当然了——您听说过有客人来吧，老者？这就是其中一位。他有事想问你。”

老僧侣的目光从镍转到火石身上，又转回镍。硫黄老者神情憔悴，布满皱纹的皮肤相当松弛，仿佛头骨随年纪的增长变小了。他的眼睛因为白内障几乎全盲，此刻疑惑地眯了起来：“想问我问题……还是想要什么？”他的声音干哑得像沙石悬崖。

“我已经警告他们，只能……”镍瞪着眼睛没说下去。燧岩也瞪大了眼睛。老者头上的兜帽一阵猛烈抖动，好像有只耳朵想要挣脱头颅。过了片刻，一张小小的丑脸从老头的脸颊边探了出来。除火石之外的所有人都惊吸口气，向后退了一步。

“哈！”硫黄老者说，“伊克提斯，下去。”他伸手拍了拍大腿，毛茸茸的瘦长小动物爬出兜帽，沿着他的手臂爬到腿上，坐下来用明亮的眼睛看着其他人。那是只臭猫，地上的居民称其为强盗猫。有些富有的芬德林人会把这种动物养在家里抓老鼠，但燧岩从没见过有人把它当宠物养着。“所以，这孩子到底想要什么？”硫黄老者问道。

火石没有犹豫。“你会做梦。”男孩说，“关于众神的可怕梦境。讲给我听听吧。”

老僧侣坐直了身体。臭猫抗议地叫了几声，像风暴中溺水的人抓救生艇那样抓着他不放。“你怎么会知道我会梦见什么，小子？”硫黄老者嘶哑地低吼着，看起来既害怕又生气。“你以为你是谁，地上的孩子，敢来向我询问众神的话语？”

镍和燧岩同时开口说话，但火石冷静地无视了他们：“我是你的朋友。告诉我吧。你的人民需要你告诉我。”

“听着，孩子……”镍又开了口，但硫黄老者也一样没理他。一瞬间，燧岩觉得这巨大发霉的洞穴里一切都消失了，只剩下老头和白发男孩两个人。他们之间有某种东西经过——一种无需词句的语言，就像蘑菇那些几乎看不见的细小胞子，如鬼魂般在空气中无声穿行。

“巨龟。”硫黄老者突然说，“一切是从巨龟开始的。”

“什么？”镍把一只手搭在火石肩上，仿佛要随时拉走男孩，“老者，您累了……”

“巨龟在梦里来找我，对我说了即将发生的事——邪恶之人会计划毁灭众神。它说了那些人会给芬德林带来的灾难。那个梦是真实的——我知道它是真实的。那是湿热石之神的化身。”

“巨龟……”查文慢慢念道，仿佛在自言自语。医生声音里的某种东西让燧岩感到寒毛直竖。“巨龟……螺旋贝壳……松鼠……猫头鹰……”

火石没有分心：“告诉我，老者，您要做什么？湿热石之神想让您做什么？”

“这是渎神，”镍颤抖着声音说，“这个……这个地上来的小子，不该谈论这种神圣之事！”

但硫黄老者看来并不介意。燧岩觉得老头简直是相当欢迎这个话题：“他说我必须告诉大家，远古之夜即将来临，这个充满罪恶的世界很快就会终结。他在我的很多个梦里都出现过。他叫我告诉大家，我们无法抗拒他的意愿。”

“他要求您不去反抗众神的意愿？”火石问，“您的神为什么会这么说？”

“渎神！”镍说，“他怎么能这么问硫黄老者，他可是石神的钦点之人！”

燧岩伸手拍了下僧侣的手臂：“硫师父愿意跟这孩子说话，就让他们说吧。走吧，镍，这些事超过了你我所能理解的范围——你得明白，现在正是非常时期。”

镍站都站不住了：“那我也不能允许……一个小屁孩，在我们的神圣庙宇里为所欲为！”

燧岩叹了口气：“不管他是什么，我早就知道，我的火石不只是什么‘小屁孩’。你说呢，查文？”

医生没回答，他正专心听着老人和男孩的对话。

“您一直都会梦到众神。”火石的话不是问句，而是陈述。

“当然。神梦开始的时候我还没你大，孩子。”老头说，语气里有些得意。他抬起一只布满斑点，干瘪如鸟爪的手："两岁时我就告诉父母，我会成为焕华共修会的一员。"

"但现在这些梦不一样。"火石说，"没错吧？"

老头突然向后靠去，好像被人打了一拳。他浑浊的眼睛又眯了起来："什么意思？"

"关于巨龟的那些梦——您能听到神灵本人说话的那些梦。您从小做的可不是这种梦，对吧？"

"我一直都能梦见众神……"老头粗声说。

"梦境是什么时候发生变化的？是什么时候变得这么……强烈的？"

火石和老僧侣之间又经过一阵无声的交流。最后硫黄老者满是皱纹的脸松弛下去："一年多以前吧，寒季刚过的时候。那是我第一次梦见巨龟，第一次听到神灵的声音。"

"在这些梦开始之前，发生了什么？"火石温和地说，仿佛他是个神父，而老头则是个倒霉无助的忏悔者。"你发现了什么东西，或者有人给了你什么东西——是这样吧？"

燧岩看着男孩展现出的新一面，不由得担忧起来。他和欧珀在他身上寄予了那么多希望。在雾影线后面，男孩到底经历了些什么？更重要的是，他真的是个孩子吗，还是装成孩子模样的暮光族人？他们这是用自己的体温救活了怎样的一条蛇？

"对啊，是什么？"查文带着一丝渴求问，"您得到了什么？"

硫黄老者挥了下手："我不知道你什么意思。我累了。走吧。"他腿上的臭猫伊克提斯紧张起来，嘶嘶地叫着躲进了老头的衣袖。

"够了！"镍说，"你们现在就走！"

"没人会把它抢走。"火石说，仿佛没听到他们任何人的话，"我可以保证这一点。但请您说出真相。就连众神也得尊重真相。"

"赶紧走！"镍看起来好像就要抓住男孩把他拽走。燧岩使劲抓住僧侣的胳膊，不让他动。

老头的沉默又长又深。他们第一次听到了远处梯子挪动的吱呀作响，听到了其他焕华共修会的僧侣们的低声交谈——他们都注意到了花园中心的这场对话。硫黄老者低头看着自己交缠在一起的双手。

“是小伊克提斯找到的。”最后他说，声音非常轻，火石之外的所有人都朝他凑过身去。“它拖着那东西，一路交到了我手里。它喜欢闪亮的东西，有时会爬到城里去找。有好多次，我把它找来的手镯和项链交给去赶集的师父们，让他们还给失主。有时伊克提斯会跑到地上去。有时它还会……钻到深处。”

“能给我看看吗？”火石问，“我保证，没人会从你手里抢走它。”

沉默再次凝结。最后硫黄老者把手探进了厚实的长袍，他的袍子上到处都是霉菌。伊克提斯还躲在老头的衣袖里，发出抗议的尖利叫声。硫黄老者拉出了脖子上的鼠皮编绳，上面挂着个闪亮的物品。

“这是我的放大镜。”他说，“第一眼看见它，我就知道它是属于我的。”

这是之前他们看见他时，他就拿在手里的东西：一片薄薄的晶体，嵌在不规则的银色金属框里。金属框显然是为了契合水晶的自然形状而特别制造的，上面雕刻着以燧岩的视力都看不太清的精细花纹。他不认识那种金属，也不认识那种做工风格和晶体的种类，虽然蘑菇花园的昏黑灯线让他无法完全确定。

查文深吸一口气。“这是加尔人制品。”他用梦幻的语气说，“没错。巨龟的声音。白色猫头鹰的笼子。嗯，当然了……”

“小动物把这个带给了你。”火石依然冷静地说，“然后湿热石之神的那些梦就开始了。”

“但我从小就一直能梦见众神！”

“让我……”查文冲硫黄老者伸出手去，呼吸变得粗重而不规律，眼睛瞪得像个梦游者。“嗯，让我……”他的声音越来越粗哑，恍若耳语，“我必须……”

燧岩见过这个场面。查文又在对着镜子发疯了。他非常确定，下一瞬间医生就会夺走老头手里的镜片，引起一场混乱。最后他们恐怕会被逐出庙宇，而这里是最后也是最佳的庇护所。

燧岩踢了查文一脚，就踢在他之前磕到石桌的脚踝上。医生尖叫一声，单脚上蹿下跳，想要伸手捂住伤处，随即摔倒在地，碰翻了一堆工具。老僧侣吓了一跳，迅速把镜片塞回发霉长袍里。

“这是怎么回事？”镍喊道，“你们都疯了吗？”

“查文又磕到腿了。”燧岩说，“就这样。帮我扶他回庙里去——这家伙的脚踝都流血了。火石，我也需要你。谢谢硫黄老者帮忙，我们走吧。”

男孩抬头望着老头，表情又变得平静无波。他没再说话，只是转身走出了花园。燧岩和镍跟在后面，一左一右搀扶着单脚跳跃、呻吟不已的医生。

费拉斯·范森睁开眼，首先看见的是一颗光芒暗淡的黄绿色星星，就在他上方的黑暗里。好奇怪，星星本不该这么活跃地左右移动。它在黑暗的背景上如熊蜂般来回画着圆盘旋，而且似乎还在对他说话。

星星不会说话。费拉斯·范森很确定。星星也不会……飞。

“……你有没有……”星星问，“能……听到……”

他有点失望。如果星星要对他说话，他本以为说的会是些更重要的内容。星星不是堕落英雄的灵魂吗？难道是它在天上挂的时间太长，头脑都愚钝了，就像父亲在生命最后一年里所经历的那样？

一瞬间，他觉得自己也许是死了，莫名其妙进了天堂——他倒是无愧于英雄的地位，可是想到父亲临终的情况，他怀疑死亡的体验是否会如此……晕眩，如此令人困惑。这不太对。

“……他……再来些水……”星星说。

范森尽力盯着那颗移动的光芒。他很快就意识到，自己可以望见星星后面的东西——星星后面！但他看见的不是漆黑的夜幕，而是一张脸。难道是伟大的天空之主佩林本人，来这里检视范森坠落的灵魂？还是科涅奥斯，死者的守护神？想到那位肃穆的神灵，他全身传过一阵冰冷的颤抖。如果那是科涅奥斯，他看起来还真脸熟。地下世界之神看起来怎么那么像……锑师父……

范森终于意识到，他醒来后一直盯着的黄绿色星星，不过是锑绑在前额上的珊瑚灯。

“我……没……死？”他嘴里干如沙土，很难出声。

“他总算说了句能听懂的话。”锑显然如释重负，“不，范森队长，你还没死。”

“发生了什么？”黑云般的回忆浮现，“我们找到了他们。那些生物……”

“他们用了种毒药。”锑说，“是用管子吹出来的一种粉末，我们的祖先也曾用过。很幸运的，那并没杀死你。而且你在前面挡住了我们，所以没人受伤。”他扶范森坐起身来，又给他喝了些水。其他芬德林人都蹲在一旁，包括勇敢的大锤·碧玉和其他看守。范森用模糊的目光看着，觉得好像人都齐了。“大家都活着？”

“所有人都平安无事，感谢大地长老。”锑说，“你瞧！”他指向隧道墙边大如马匹的一摊黑色物体，“一只深渊艾廷——我们杀死了它！”

“不如说是我杀的。”碧玉愉快地说，“说实话吧，师父！是我戳中了它的眼睛。”

“这是什么？”范森说。他朝那具巨大的尸体挪近了些，但随即就后悔了。它的味道腐烂难闻，刺激得他溢出了眼泪。“你说……艾廷？”

“科加阿宰尔。”锑说，把这个词发得尖刻无比。这位温和的年轻芬德林人突然像是完全变了个人。“上次有这种东西出现还是在我曾祖父的时代，即便那时，见到它的机会也很少。”

“但以前那些完全是野兽。”碧玉说，“这只可是跟着精灵在战斗。”

“它底下压着什么？”范森捏着鼻子问。一开始他以为那是这东西脖子后面长的鳍，现在总算看清了伸出来的几根手指。他想挪开艾廷，但那东西的重量是他自己的好几倍。

“是它的主人之一。”大锤·碧玉说，“带着粉末吹管的那个。你倒下去的时候，那帮戴兜帽的家伙都跑了，然后我就扎了这东西的眼睛，这个主人大概是被它压住了。”

范森开始推那具发臭的尸体。“他有没有可能还活着？”

看守队长的笑声并不愉快：“你不知道自己已经晕过去多久了吧？”

锑开始帮范森推。碧玉和其他人在旁边肃穆又好笑地看着他们挣扎了一会，总算也过来帮忙。最后他们终于将艾廷的尸体推到了一边。压在底下的人比锑体型稍小，脸已经被艾廷压扁变了形，但即便是范森也能看出他的本来面目。

“众神啊，”他说，“这是个芬德林人！”

“大地长老保佑。”锑喘不过气地说，“我们自己人？”

“不可能。”大锤·碧玉怒斥，“瞧，瞧瞧他的手。我的手长这样吗？你呢？”那具尸体的手指又宽又方，指甲和鼹鼠一样长而厚重。

范森看着尸体张着嘴的扭曲面容。它的下半张脸都被胡须而覆盖，茂密而杂乱。“我见过长这样的人。在大深渊，在雾影线后面。”

“看在水池之光的份上，他说得对。”锑轻声说，“是黑暗精灵。”他在前额和胸前各做了个手势，“这下我真是什么都见过了。居然有黑暗精灵在芬德林镇上。”

“什么是黑暗精灵？”

“他们是我们的……远亲，队长。”锑告诉他，“很久以前，他们跟着加尔人去了北方，但我不知道还有人存活下来。”

“我见过不少。”范森说，“他们一定是跟着精灵军队从雾影之地过来的。”

“这可糟了，”碧玉说，“太糟了。在地下，他们和我们一样灵活。如果要打仗，和地上的人打，我们必胜无疑……可是黑暗精灵？”

“更重要的问题是，”范森对所有人说，“不管他们送来的是黑暗精灵还是其他什么人——当然，但愿他们没再派来更多的艾廷——这都证明，精灵已经开始攻击南境了。至少是攻击这里的隧道。可是他们随时都可以发动攻击，为什么要等到现在？一定有原因！你们跟我说过，他们已经安静了很久，和平了很久，为什么要突然终结这种状态？”他盯着隧道，仿佛可以一直透过这里望见精灵宫廷，了解这些问题的答案。“看在所有神灵的份上，为什么是现在？”

“没人能明白远古造物做事的逻辑。”碧玉说，“现在他们派了我们的远亲来攻击我们。”他直起身来，愤怒地盯着长胡须的尸体。“我很乐意杀死芬德林镇的敌人，把他们的血液抹在马裤上哈哈大笑——但杀死黑暗精灵可不会让我开心。”

“等等，等等。”锑沉思着说，“没错，这情况确实很糟——但也许其中也有可乘之机。我们很难长期抵挡暮光居民的军队，就算有范森队长帮忙也一样。我们人手不够，缺乏武器，仅有的士兵也没经过相应训练。他们很快就会打败我们。”

“我肯定是听漏了你说的可乘之机。”范森说。

锑微微一笑：“就是这样。我们和敌人无法沟通，但至少能和远亲沟通，不管这关系有多么远。”他望向范森，“你明白我的意思吗？”

“哦。嗯，应该明白。”范森对这位年轻僧侣的评价又高了一级。“也就是说我们必须得活捉一位……黑暗精灵。”他皱起眉，“这位怎么办？”

“好好安葬他。”锑说，“葬在石头下面，就像对待我们自己的同胞一样。帮我给他做块石碑。”

“石碑？”碧玉几乎是喊出来的，“为了他？可他……他这……”

“好好安葬，葬在石头下面。”年轻的僧侣说，口气冰冷而坚定，连大锤·碧玉都只能在震惊中点头。“如果他的同胞回来找他，这会向他们证明，我们仍然坚守古老的传统——不管暮光居民怎么说，我们仍然是一家人。”

第十七章
鱼 头

阮提斯如此写道：“艾廷体型巨大，远远超过人类。它们是种吃人的怪物，长着鼹鼠般厚大的尖爪，在地下挖洞做窝。”在与加尔人的第二次大战中，艾廷摧毁了北境城堡的防护城墙，直接导致北境战败陷落，永远迷失在雾影线之后。

——引自《埃昂大陆和赞德大陆精灵种族专述》

抓住栏杆后，契妮坦很长时间都无力动弹，任凭海浪将她抛上抛下，冲撞着木头上厚厚的贝壳群。盐水泡得她全身无数伤口如火烧般剧痛，但她实在太虚弱了，只能抓住栏杆喘气。当鸽子抱着她脖子的手开始下滑，她差点就放开了滑溜溜的木栏去抱他，但她怕水流会将两人都拖入码头之下。她已经没有力气再游回来了。

“醒醒！”她差点呛到，吐了口绿色的海水，“鸽子！抱紧我的脖子！”

男孩从喉咙深处发出疲惫的声音，重新抱紧了她。她的运气很好，先是跳进水后向上浮起时一脚踢到了他，没有失散，然后是浮出水面时刚好错过一根燃烧着落下来的桅杆，没被打中。

又是一片浪，比起开阔海域已经小多了，但还是超过了她所能抗拒的程度，再一次让他们撞到码头上。她睁开眼睛，胳膊上几道网状的划伤传来灼热的痛感，随即又被新一轮的波浪淹没。

在她头顶上的码头木板上，人们喊叫着，奔跑着，船只燃烧的烟味逐渐传了过来。不能再留在这里了，很快她就会失去力气，放开栏杆，要不就是再次被烟雾吞没。她已经喘得很厉害了，像辆断掉轮子的推车。她这辈子从来没这么累过。

那边。有个做工粗糙的梯子，从码头上一直挂到水里。她希望那是个梯子——目测有一百多英尺远，她的眼睛因海水和血液而刺痛不已。她在心里感谢努沙什和蜂房，庆幸自己曾在隐宫池的幽深浴池中待过很久，学过怎么游泳。但她不可能单手游过去。

“你就趴在我背上，无论如何也不要放手。”她对鸽子说，“听见了吗？”她等了片刻，终于听见他哼了一声。“别放手，就算我有时候得潜到水里。”

她推开栏杆，开始游向遥远的梯子。男孩的胳膊环住了她的脖子。她无法呼吸，挣扎着把他的胳膊往下拉，扳到自己的锁骨上。契妮坦游了四五下，逐渐找到了节奏，可以让鸽子基本趴在她背上不往下滑了。就在这时，她看见一只三角鳍划开了水面。然后是第二只。她不禁感到四肢变得冰冷沉重。

是海狼。不是西斯运河里那些长着斧形头颅的厚重鲨鱼，而是另外一种更长更瘦的种类，长着淡灰色的身体，曲线滑得像把刀。一瞬间她在原地踏着水，不敢向前也不敢向后，但那两只鳍并没有靠近，而是游向远离她的方向。契妮坦暗自祈祷它们在追赶其他猎物。

这两只消失了没多久，她又看见了另外好几只。它们游成一个宽大的圆，好像不太确定该往哪儿去。水里有不少尸体。契妮坦突然意识到，心脏发出可怕的巨响。西斯船上的水手，有些受了伤，有些死了——是她点火杀死了他们。

她不再想下去了，不管是船上的水手和士兵，还是水里的鲨鱼。鸽子在背后紧搂着她，好像终于发现她为什么停滞不前，胳膊又收紧了。再过一会儿，他的恐惧也许就会战胜决心，让他放开手，或者开始挣扎。在去赫若索尔的路上，她曾听过水手谈起恐慌的溺水之人是多么难对付。于是她又拼尽全力地向前游了起来。

有什么树皮似的粗糙东西擦过她的腿，一片阴影从她身边掠过。她惊吸一口气，不小心喝了口水，但那片鳍也游走了。那是只小鲨鱼，大概只有她身体的一半那么长。她拼命向前游着，能感觉到自己的力气越来越小，仿佛一只破损的麻袋在往外漏谷子。梯子在哪儿呢？契妮坦已经不知道自己在往哪边游了。头上没有了木板，所以她应该已经从码头底下出来了。可这是哪儿？

鸽子又从她身上滑下去了。她单手抓住了他，可一切都显得如此徒劳而遥远。他们再次沉入水中，周围是一片绿色的黑暗。她紧抓着男孩，用尽最后的力气踢着水，但感觉并没有向上浮起多少。等她觉得再也屏不住气了，头顶终于探出了水面，但大口喘气并没能让她的手脚恢复力量。她再次无力地沉了下去。

有什么抓住了契妮坦的头发，突兀而用力地拽着，她忍不住张开嘴又喝了口水。过了片刻，周围突然爆发了一阵亮光，她感到整个身体撞上了什么沉重的东西。是鲨鱼。一定是鲨鱼咬住了她。完了……鸽子呢……

男孩的重量落到了她身上。她正躺在什么坚硬的东西上。然后鸽子从她身上滚了下去，咳嗽着猛喘气，而契妮坦只能看见自己吐到码头上的液体。

码头上。他们出了水。

她的胃部还在抽搐，但已经没有什么可吐的了。她咳嗽了两声，又呕了几下。一只手捶着她的背，她又往湿透的木板上吐了些水。她隐约闻到烟雾的味道，听见旁边人们喊叫奔跑的声音，但他们身边没什么人，只有救了他们的恩人。她盲目地伸出手摸索，很快找到了鸽子。他也在呕吐，瘦弱的身体剧烈抖动着，但至少他还在呼吸。他没事。她救了他。契妮坦瘫倒在地。她能看见天空了，因烟雾而染成灰黑色。旁边是恩人的身影。太阳被他挡在身后，所以她只能看见一个大山般的黑影，像伸出巨掌将他们从死亡边缘救出来的好心神灵。她想谢谢他，但满是盐水的灼痛喉咙挤不出任何词句。于是她伸出手，去摸对方的胳膊。

他打掉了她的手。“愚蠢的小婊子。”过了片刻，她才意识到他说的是西斯话，是她自己的语言。契妮坦抬手遮住眼睛。即便是透过烟雾，阳光依然无比刺眼。

救他们的是那个无名的男人，面无表情的独裁者手下。但他现在不再面无表情，五官都因暴怒而扭曲成一团。

“看见了吗？”他抓起鸽子的手腕，将男孩的手狠狠扇在契妮坦脸上。鸽子还不太清醒，却仍然疼得惊吸一口气。无名的男人又扇了鸽子一巴掌，用力大得让鸽子的眼睛瞬间睁开，随即因为认出对方而惊惧地瞪圆。“看好了！”

男人用蝮蛇般流畅敏捷的动作从腰间抽出一把又长又宽的刀，猛然砍到男孩的手上，发出了和契妮坦母亲在餐桌上切鱼头时一样的沉闷钝响。鲜血溅了契妮坦一脸，鸽子的三根手指尖飞了出去。男孩叫了起来。那无声的尖叫太过可怕，契妮坦不禁也跟着尖叫起来，惊骇而无助。

“下次就是他的整只手——还有他的鼻子！”无名的男人又狠狠扇了契妮坦一巴掌，她差点以为自己的下巴断了。鸽子滚倒在码头上，嗓子里咯咯作响，紧攥着毁掉的手，鲜血不断流淌在木板上。男人从兜里掏出一块手帕，粗暴地绑到鸽子的断指上，放缓了血流的速度。

“起来吧，两只吃粪的苍蝇，别再出声耍滑头。”他抓着契妮坦让她站起来，随即踢了呻吟的鸽子几脚，直到他摇摇晃晃地站起来，脸色因疼痛而惨白。“看看你们干的好事，这下得找艘新船了。”

“我从没想过要当国王。”

皮尼蒙·瓦什惊讶地僵住了身子。他没想到会听见有人说话，更别提是这么一句宣言。

那是奥林的声音，当然了——但北方国王这是在和谁交谈呢？独裁者还在船舱里没起床。但异邦人听起来就是在对苏列佩斯说话。瓦什感到浑身冰冷。如果他没注意到独裁者的行动，不能准确预测独裁者每天的安排，那这位首席大臣每天所做的事（特别是此刻他正在做的事）就无异于自杀。

恐惧如突如其来的热度般传遍了瓦什全身。他挣扎着离开用来偷听的小洞，狂乱地左右环顾，但这间狭小的储物间里只有他一个人。白痴！他责备自己——小洞另一侧所发生的事才是最重要的。奥林·埃顿真的在和苏列佩斯说话吗？瓦什怎么可能估计错误到这种程度？他刚去过独裁者的船舱不久，去送每天早上的报告，当时贴身仆人说神佑者还在睡觉。

他听见奥林又开了口。“并不是我不适合这个位置，也不是我害怕担负责任。”北方人说，“只是我没想过这会成真。我父亲乌斯汀壮如公牛，而继承人是我哥哥罗瑞克，他只比我大两岁。那时我体弱多病，总是不停地发烧，一连几周躺在床上。医生都对我的父母说，我恐怕活不过二十岁。这可能是血液里带来的虚弱体质，他们说——我们家族里有很多人都出现了同样的情况……”

奥林沉默了。瓦什重新挪回小洞旁边，想要弄清眼前的状况。发现这间储藏室纯属偶然，这里比其他那些偷窥地点还要隐蔽。但他年纪大了，要挤进这样的狭小空间已经很困难，万一听见有人来，也不可能迅速脱身。但他还是决定要冒险看看，因为这样说不定能弄懂独裁者到底在计划些什么。不明白苏列佩斯打算的那些人很少能活得长久，就算活着也不会愉快。

但万一我判断错误，被苏列佩斯发现了，这房间恐怕就是我的立式棺材。

从这个角度，瓦什透过小洞什么也看不见，包括北方人的谈话对象。所以他没再看，而是把耳朵贴到了洞上。下次他会带块黑布来，遮住小洞内部——如果到那时他还活着的话。那样就更难被人发现了。

“总之，”奥林国王终于重新开了口，“因为我老生病，父亲和哥哥都那么健康，我从来没想过有一天会真的当上国王。除了刺枪、打猎和其他户外运动，我的青年时光也经常在读书中度过，与历史学家和哲学家相伴。当然了，学会保护自己并没什么不对！教育孩子的时候，我用心确保他们至少能在战斗中自卫脱身。”

他到底在跟谁说话？独裁者不可能沉默这么久。难道是大祭司潘西斯尔？瓦什感到一阵难以抑制的忌妒。也可能是军事执政官杜明·郝予兹，船上士兵的领袖，独裁者一行中等级最高的军人。没有别人了——异邦国王应该不会和其他人如此公开交谈。

难道囚居生活逼疯了这个人——难道奥林在自言自语？

“当然，大多数人都想错了。”北方人说，“我的病并没令我的寿命缩短，至少现在还没有。我父亲很长寿。但后来我哥哥罗瑞克在打猎时从马上摔了下去，人们都说他恐怕活不了多久。听到这个消息，我父亲中风倒下了。他再也没有醒过来，但也没有就这么死去。他们两个都是非常强大的人，要死都没这么简单。

“对我的母亲而言，那是一段非常黑暗的时期，对我也没好到哪儿去。父亲陪罗瑞克的时间总是远远超过他陪我的时间，但那理所当然，因为我哥哥是准备要继位为王的人——谁能预想到，众神准备好了要这么捉弄我们？但我父亲对我一直都很好。结果我却得眼睁睁地看着他们二人在死亡边缘挣扎，最终还是无力逃脱死亡的阴影。

“先去世的是我父亲。宫廷里开了场宴会——主持宴会的是托利一家，他们的势力仅次于我们。他们想让罗瑞克继位，然后趁他昏迷不醒、濒临死亡的时候让林顿·托利代他掌权。我们最年幼的小弟弟哈迪斯已经娶了托利家的女人，所以他们只要想办法拦住我，就可以在罗瑞克最终因伤去世的时候直接让哈迪斯继位。我们家在宫廷里有些盟友，足以反对他们的计划，但也仅仅是搁置而已。南境在这样的僵持中过了几乎有一年的时间。

“哈迪斯很年轻，很容易听别人的唆使，也许对我们两位哥哥还怀有忌妒之心。但我相信他当时也很明白，要让他继位就意味着要我死。哈迪斯不是傻瓜，但我想他恐怕没有细究托利一家为何如此抬举他。也许他只是和其他人一样，坚信我根本活不到成年。

“结果我比他们所有人活得都久。可怜的弟弟哈迪斯在十年前病死了，他这辈子都是托利家的囚徒，虽然他总是假装在夏土宫廷过得很开心，假装一点儿也不想家。可怜的哈迪斯。

“回到继位时的情况。最后罗瑞克还是死了，整场木偶剧也结束了，中间有好几次差点撕裂整个王国。我继了位，托利一家只能满足于保留他们原有的势力。

“诅咒我的愚蠢吧！我本应把他们像一窝黄蜂那样清个干净。早在其他国王察觉之前，我就看清了你们国家对埃昂造成的威胁，那时在位的还是现任独裁者的冷酷父亲。但我却没认出自己家里的危险分子。”

他说了“你们”。*瓦什心想，仍然疑惑但心下稍宽，终于长*长地呼了口气。这个人显然不是在对苏列佩斯说话——那是对着谁呢？独裁者给奥林派了个秘书？异邦国王在口述家书？

北方人的声音变得激昂起来：“对于托利的背叛，我最痛恨的就是自己的愚蠢。离开祖国的时候，我不仅把敌人丢在家里不管，居然还受到了杰隆的海茨帕那头猪的欺骗，被他关了起来。为此，我付出的代价不仅是家族传承了好几个世纪的王位，还有……还有我的长子，勇敢的肯德里克，也许还有另外两个子女。”他的声音顿了顿。“啊，甜蜜的佐睿雅和所有神——愿众神降下诅咒，诅咒帮我背叛自己、背叛整个王国的那些人！”

很长一段时间，奥林都没再说话。但就算看不见他，瓦什也能听出他并没走开，只是没有开口。

“我尽量让我的孩子们都学习统治之道，不要等众神最后决定了人选，还像我当年那样毫无准备。作为一个父亲，我爱他们所有人，虽然爱的程度并不完全一致。

“他们是我妻子留给我的唯一一样东西。她在生双胞胎时受尽了折磨，再也没有恢复过来，身体变得越来越虚弱，最后在他们满月时去世了。她的死挖走了我的心脏。我放逐了负责照顾她的医生。这并非他的责任，只是我无法忍受再看见他的脸，想到我亲爱的妻子已经死了。是她让我相信，我那玷污的血液也许还能得救。我还记得肯德里克出生时的样子，胖乎乎的，很健康，总是爱笑，仿佛是我妻子的甜蜜抵消了我血脉里的污染源。

“我是个白痴。

“她很美，我的玫丽尔，但那不仅是因为她牛奶般白皙的肌肤和红润的嘴唇，像歌谣里唱的那样。远境王国有很多女人比她更漂亮，但只有诗人才能告诉你为什么玫丽尔那么美，她目光里所蕴含的那种东西是什么，而我不是诗人。在她这一生里，直到她对这个世界闭上眼睛的那一刻，她一直都像个孩子。不是天真，不是愚蠢，也不是单纯，只是率直——和飞来的箭一样率直。她就那么望着这个世界，从不评判，至少不会急于评判。她不会恭维人，但总是待人温和。她不会撒谎，但也不会说出只会带来痛苦的惨痛真相……”

奥林又停了下来。瓦什终于对他的话有了兴趣。这位异邦人很会说话，合乎他国王的身份。瓦什曾侍奉过的独裁者里有几位喜欢作诗，但都没有相应的天赋。年轻时，首席大臣自己也曾动笔写过几行，虽然没给任何人看过。

“说实话，”奥林继续说，“我经常觉得女神都该像玫丽尔那样，如果是位仁慈的女神，如果是位体会民间疾苦的女神。啊，为什么离开世间的是她，而不是带着污染血脉、过于骄傲的我！她去世的时候，整座城堡都披上了丧服，包括所有仆人和所有朝臣，而且不肯轻易脱下。真的。过了整整一年他们才换掉丧服，这还是在神父的游说下，他们说超过正式的哀悼时间还穿丧服是对众神的侮辱！你能想象吗？我们都很爱她。对我的几个孩子来说，最令人悔恨的恐怕不是失去家族王位，甚至也不是肯德里克的死，而是他们从来没机会认识自己的母亲，天下最甜蜜的女人。我觉得我配不上她——我总是不敢相信她会属于我。

“当然了，她也确实不属于我。众神提醒了我……他们总会这样。”

奥林笑了起来，笑声如此痛苦，就连瓦什都产生了一股捂住耳朵的冲动（他听过无数人的尖叫和哀求，其中很多都是由他本人下令处决的）。

“我也不知道我想说什么。”国王又说，“本来我是想讲讲我的家人。上次见到他们已经是将近一年前的事了。肯德里克死了，可能是托利一家干的，但也可能凶手另有其人。我勇敢的儿子——他只是想做正确的事。如果有人违反规矩，他就会很生气，就算是他的弟弟妹妹也一样！他们会跟他玩捉迷藏，然后躲到之前说好了不会去的地方，事后再为此而嘲笑他。他从来也不能像弟弟妹妹那样尽情玩耍，只会告诉他们，破坏规则就是破坏整个游戏本身。肯德里克本来会是个好国王——我的另一个儿子也许可以当他的顾问，提醒他别因为自己守规矩，就相信其他人也会守规矩。因为巴瑞克生活在一个完全不同的世界里，如果他还活着的话。愿众神保佑他。

“巴瑞克总是非常烦恼，牢骚不断。等他第一次发病后——那是我传给他的病，像污染的河水一样流到了他身上——他就再也不相信命运的好意了。谁能怪他呢？和我一样，他从小就深受疾病所苦。他会摔倒在地，体验无法抑制的阵阵狂怒，窒息着，颤抖着，几乎无法呼吸。他挣扎的力道如此之大，即便是小时候也需要两个强壮的男人才能按住他。对此我非常懊悔，当然了，因为是我把这诅咒传到了他身上，但我至少还能告诉他我是如何挺过去的，比如每当感到快要发病时就把自己锁起来。但他的病况后来变了，走上了一条和我不同的道路。

“在巴瑞克身上，那病不再让他像疯子一样狂怒癫狂，却从内部慢慢腐蚀着他。他对这世界的看法越来越阴沉，越来越悲观，就像月食中的月亮切断了大地和太阳之间的联系。一开始我还愚蠢地认为，他不再发病是因为他好转了，因为他不知怎么战胜了主宰我一生的诅咒。我错了。但等我意识到这一点，他已经完全躲进了阴影里，我已经没有办法改变他了。他非常聪明，富有智慧，可是被我染毒的血液弄得几近废人。他之所以还能活下去，我想完全是因为他对姐姐的爱。

“他深深地爱着布瑞奥妮，布瑞奥妮也爱他。他们是双胞胎——我之前讲过吗？他们是在同一时间来到这世上的，从出生起，两颗心脏就跳得仿佛一个人。也许这与他们母亲的死有关。啊，众神啊，我已经什么都不知道了！已经过了这么久，失去她的痛苦却仍然如此清晰，就像昨天早上刚被刮胡刀划伤。

“我得怀着羞愧承认，在几个孩子里，以前我最爱布瑞奥妮。不，也许应该说，我一直最爱布瑞奥妮——众神保佑，但愿她还活着！我爱肯德里克的自制、善良和负责的天性，也因为他是长子而爱他。我爱巴瑞克，尽管我给了他那么多痛苦，他也给了我那么多……但我对布瑞奥妮的爱如此舒心，又如此深切，我不知道该怎么表达。她拥有我身上那些最好的部分，也拥有她母亲身上的许多闪光之处。我如此爱她，可是却如此彻底地辜负了她——如此彻底地辜负了他们所有人……”

北方国王再次陷入了沉默。重新开口时，他的语气完全变了，庄重而几乎没有感情。

“我的无聊故事讲得太久了。多谢你的包容。我还是回监狱去，在里面来回走几圈，听听海鸥的叫声吧。”

西斯的首席大臣听着奥林离开。几名守卫紧随其后，脚步声逐渐变得越来越远。等他们都走了，再也没有人移动，也没有人说话。他究竟是在对守卫说话，对虚无的空气说话，还是对多云的春日天空？瓦什忍耐着骨头的僵硬小心溜出储藏室，蹒跚着走下楼梯上了甲板，然后绕路爬到奥林原本所在的地方。国王确实已经走了——瓦什能看见他在船的另一侧冒出头，在几位士兵警惕的注视下靠到了船舷上。这里也见不到独裁者、潘西斯尔或杜明·郝予兹的身影。甲板上没有任何神志清醒的人，只有白痴储君普鲁萨斯蜷在椅子里，双手和头左右摇摆，下巴上挂着一丝口水。一瞬间，残废普鲁萨斯仿佛在回望他，但瓦什向储君走过去，看见他的目光茫然地来回转着，仿佛首席大臣突然从他面前消失了一样。

皮尼蒙·瓦什在颤抖着的残废面前站定，上下打量着椅子里的独裁者，思考着……怀疑着……

世界已经收起了锚，扬帆远航。瓦什心想。**是啊，我知道的那个世界已经离开了熟悉的水域。现在它要去哪里，只有众神和疯子**

猜得到。

“有东西跟着我们。”巴瑞克低声说。

“是啊。”乌鸦低声说话时尽是气音和哨音，比平时更难听懂。它展翅落到一块石头上，爪子抓紧了表面的青苔，随即将头缩到两肩中间，鼓起羽毛，让自己显得更魁梧。“丝精。”它嗓音嘶哑地说，“飞过树顶的时候，咱看见了。有五六只吧，咱猜。”

“让它们跟着吧。”巴瑞克害怕丝精，但他心里有种诡异的笃定感，相信自己走了这么远、经过这么多事还活着，绝对不会半路死在这些裹满银丝的怪物手里。他感到相当自信——自信得有些诡异，仿佛体内有什么强大的东西在翻腾，就像一杯啤酒顶上的泡沫。这种感觉让他几乎想大声笑出来。

“让它们跟着？然后把我们都杀了——或者更糟，把我们拖回悬挂的巢里，在我们身体里下崽？”乌鸦飞到了前头的树枝上，“咱见过那样子的随兽。小丝精孵化的时候，那只随兽可还没死……”

“它们不会这么对我。我不会允许这种事发生。”

黑鸟一阵颤抖，又鼓起全身的羽毛：“爬那座该死的山的时候，你是不是磕到脑袋了？下来以后可是完全不一样了，你。”

巴瑞克忍不住露出了微笑。这话没错，虽然他不太清楚为什么。他确实觉得不一样了——比以前更强大，更有自信……更优秀。就连残废左臂里一直存在的那种钝痛，笼罩他几乎一辈子的那种疼痛，现在也消失了。现在他的左臂只是偶尔会感到一阵刺痒，仿佛刚刚把头枕上去睡过一觉。

巴瑞克将火炬凑到手臂旁边。沉睡者划出的伤痕已经基本消失了，只剩下三条仿佛已经存在了好几年的浅淡白痕，虽然他从诅咒之山上下来也就一两天罢了。而他的左手，那只他一直极力隐藏的恶心蟹爪，现在看起来也和右手毫无区别。那三位盲人到底对他用了什么魔法？这样看来，他们似乎就只是想帮他的忙。但巴瑞克似乎隐约记得，他们提到过相应的代价……

他在树根上绊了一跤，重重地跌倒在地，又重新爬了起来。笼罩整片暮色森林的雾气让地面无比湿滑，就算是健康的手臂也无法预防他摔跤撞头。

“咱可得找个安全的地方，主人，”斯科恩语气讨好地说，“好让你休息。你累了，累了就会犯错，咱老妈常这么说。”

巴瑞克环顾四周。他已经跟随乌鸦的指示走了将近一天。鸟一直在尽力回忆前往睡城的最佳路径，它将城里可怕的居民称为夜人。也该停下歇歇了，特别是考虑到还有群丝精在后面跟着。他可以把早上挖的草根烤烤吃了，至少烤熟后感觉挺像真正的食物。在这片森林里，他已经发现了好几种尚可下咽的植物，弄熟再吃总没错。

“好吧。”他说，“找个有石头的地方，让我躺上去睡。”

“你真明智，真明智。咱会找个好地方。”乌鸦沉重地拍着翅膀掠过树丛，从巴瑞克的视线里消失了。

巴瑞克边嚼边想：烤熟这些灰色潮湿的草根会让它们看起来更像真正的食物，但可没法让它们变成可口的美食。

“就不能给我找颗蛋什么的吗？”他问，“鸟蛋之类的？”他已经吸取了教训，对乌鸦的提议一定要具体才行。

乌鸦转过来对着他，嘴里叼着从木头底下抓出的爬虫，露在鸟喙外的几条腿还在抽动。它仰起头把虫子咽下去，责备地看了巴瑞克一眼：“斯科恩不是到处找了又找吗？还把最好的都给了你，自己一个也没独吞。”

所谓“最好的”是只和巴瑞克拇指一样大小的柔软蛆虫，像蜡烛一样苍白脆硬，被斯科恩猛啄过的地方往外流着绿色液体。巴瑞克谢过乌鸦的无私精神，把虫子还给了它。

“算了。有草根就行。”他拿下烤干的三根树枝加到火堆里，开始用一块圆石打磨矛尖。他还在享受两条胳膊都不疼的奇异舒适感。

“再给我讲个故事吧。”过了一会儿，巴瑞克说，“歪神把那几个神灵都扔进了他祖母的领地，后来呢？”

“是曾祖母。”乌鸦说，左右张望着，寻找路过的可口爬虫。“空虚之神是他的曾祖母，把所有来来去去的技巧都教给了他。”

找到歪神大殿。沉睡者这么告诉他。歪神大殿，歪神的道路，歪神的大门——他们真的想让巴瑞克走上众神走过的道路？“后来呢？他成为众神之王了吗？”在巴瑞克的认识里，歪神就是库比拉斯，只是个微不足道的小神灵。难道不是吗？《三神之书》里将库比拉斯描绘成铁匠和工程师的聪慧保护神，但也就仅此而已。他庇护的对象还有医生，巴瑞克想了起来。查文家里有他的雕像。“他杀死了科涅奥斯，后来呢？”

“咱难道是满怀秘密的夜人？”鸟带着丝不满说，“咱难道了解初神知晓的一切？不管怎样，歪神可没杀死任何人——他只是把地神和其他神灵都扔进了空虚之地，让他们永远沉睡。”

“那后来呢，库比拉斯，歪神，他后来怎么了？”

斯科恩耸了耸肩——乌鸦的耸肩也就是鼓起脖子周围的羽毛，左右摇晃脑袋：“不知道。大地之神的矛把他伤得很重。有些人说他死了。咱就只知道这些。老妈没讲过后来的事。”

巴瑞克只能就此罢休。

他昏昏沉沉地半梦半醒，突然感到有什么坚硬尖锐的东西捅了捅自己。是鸟喙。

“嘘！”乌鸦伏在他身边，布满斑点的羽毛全都竖了起来，看起来像只刺猬，“好像有什么动静……”

巴瑞克坐起身来，安静地侧耳倾听。他逐渐感觉到有什么尖东西在戳后颈，而且不是斯科恩。他反手去抓，却无法把那东西从身上拽下来。过了片刻，有什么从树枝间降下来，抓住了他右臂上的一块肉——那是一根带刺的树枝，弯成钩子状，末端上缠着银丝。

他还没来得及思考，上方的阴影里又迅速降下了好几束银丝。有几束只是掠过他身边就消失了，但还有两束粘住了他破烂的衣服，随即收紧拉直。勾住他脖子和胳膊的树枝也拽紧了。全身各处传来细微而尖锐的疼痛。

“它们来了，主人！”斯科恩喊道，随即一飞冲天，另一束银丝射出来穿过了它刚才所蹲的地方。“丝精！”

现在巴瑞克看得见它们了。那些灰白色的身影在上方的树冠间跳来跳去，垂下树枝做的钩子来缠他。他伸手想够腰带里的矛尖，一只丝精拽紧了缠住他胳膊的丝，不让他动。巴瑞克抓住那束银丝使劲拽，最后把它拉松了些，终于够到了矛尖。然后他伸出左手挥舞，用矛尖砍着缠在右臂上的丝，无声地说了句祷词，庆幸自己刚把它磨尖。砍掉脖子上带刺树枝所需的时间更久，最后他终于收回手去，手指上已经被刺得到处满是血。

两个茧状生物从树上翻身而下，和鬼魂一样安静，用马夫般的身手挥舞着银丝，漆黑的湿润眼睛反射着暮光。巴瑞克低头躲过迎面飞来的银丝，感到树枝钩子扯着自己的头皮。他伸手摘下树枝，一只丝精跳了过来，用诡异无骨的四肢抱住了他。尽管这生物很轻，这动作仍然撞得巴瑞克摔倒在地。他在地上向一边滚去，丝精紧抓着他不放。最后他们停了下来，巴瑞克的右臂被自己压在身下。一根银丝绕过他的脖子，收紧了。他全身唯一自由的部分只剩下无用的左臂。一瞬间，他认定自己就要死了。

但他的左臂不再是无用的了。他抬起左手抓住背上那个又滑又黏的奇特生物，使劲把手指插进去。脖子上的银丝紧绷了片刻。随即他就扯下了背上那个家伙，把它按倒在泥泞的森林地上。

我很强壮！他差点喊出声来。这句宣言如狂喜之火般在他体内燃烧。**强壮！**

巴瑞克没能牢牢抓住攻击他的这个丝精。此时趁着它爬起身还没站稳，他猛扑过去，把这生物撞进了篝火里，同时又有另外一个苍白的人形生物从树上跳到了他背上。

摔进火中的那只丝精发出哨音般的可怕尖叫，蹒跚着走出火坑，腿和身体上燃烧着淡黄色的火焰，银丝下面的浓稠黑液开始冒泡。没过几次心跳的时间，它全身就像火把一样烧了起来。它一直在发出刺耳的尖声惨叫，音调高得巴瑞克差点听不见。

他突然知道该怎么办了。他跳向火堆，拽着背后的第二只丝精，从火堆里抓出一根烧着的木条。然后他一手拿着断矛，一手拿着木条，转向抱着他脚踝不放的丝精，把燃烧的木条捅到了它脸上。丝精的脸很快发出滋滋的燃烧声响，也开始冒泡。它疼得放开了他，向后跳开了，盲目地扒着自己的脸，随即撞上了一棵树。它躺在地上抽搐了片刻，然后爬进了灌木丛中，像醉汉一样来回扭动着身体。

巴瑞克紧紧抓住矛尖，反手敲击自己的胸膛。“来吧！”他冲树顶上涌动的苍白身影喊道，“来抓我啊！”

又有两只丝精跳了下来，随即是第三只。斯科恩突然凭空冲出，用爪子抓住了离巴瑞克最近的那只，让他趁机用燃烧的木条在丝精身上一划。他差点就烧到乌鸦，黑鸟鸣叫着又飞高了。丝精没烧起来，于是巴瑞克又用矛尖捅了它一下，直到它溅出了黑色黏液。他随即转过身，把木条戳到扑过来的另一只丝精身上。很长一段时间内，他不知道到底有多少只丝精包围了自己，也不知道他弄死了多少只，但他能闻到它们燃烧时有些微咸的可怖臭味。他忍不住大笑起来，用矛尖和火把左右捅着所有会动的东西。他的眼角余光瞥到了斯科恩，乌鸦再次飞到高空去寻找藏身之处。巴瑞克笑得更厉害了。

也许过了一个小时，也许只过了一小会儿——巴瑞克已经无法判断了。最后一只还能动的丝精躺在他脚下，捂着被巴瑞克划开的腹部，想阻止里面的黏液外泄。在一阵欢快的愤怒中，巴瑞克扔下断矛，赤手抓住了丝精的头，像捏烂掉的瓜那样使劲按着那颗缠满了银丝的球。他把丝精的头从地上拉起来，然后把燃烧的木条捅进了它充满黏性的眼睛里。

“去死吧，恶心家伙！”他伸脚踩着丝精，直到它身上的火焰烧得他太热。他脚边还有另外三只丝精一动不动地躺着，流着黏液，树丛间已经一片寂静。

巴瑞克把双手伸到面前盯着看。他知道自己一定能行——他知道！能像其他人一样拥有两条强壮的胳膊实在太棒了！他又踢了一脚燃烧着的丝精尸体，转过身去。

我得到了这么棒的礼物。为此我要付出什么代价？什么也不用。

他不再感到疼痛。就连以前的苦难和失去的亲人——他姐姐，被偷走的父亲，被杀死的哥哥——也不再让他烦恼。他已经有好几天没有想到过他们了。他胳膊上的疼痛消失了，所有负面感情也都随之失去了踪影。

等斯科恩终于鼓起勇气从树上飞回来时，巴瑞克还在不出声地大笑。

我终于是个完整的人了。他心想，**这才是真正的巴瑞克·埃顿。**

第十八章
海茨帕国王抱恙

大部分艾廷都像蜥蜴或海龟那样布满鳞片，因为总在挖洞，常被人称为深渊艾廷。据说有一些艾廷全身长满滑溜溜的毛皮，让它们可以在其他艾廷空出来的隧道中快速移动。传说这种隧道艾廷都是瞎子。

——引自《埃昂大陆和赞德大陆精灵种族专述》

“我不太明白，神佑者。”皮尼蒙·瓦什抬起头来。他已经忍着膝盖的疼痛跪了下去。独裁者的情绪难以捉摸，这种保守姿态最为安全。“我还以为我们这是要去……我忘了那地方的名字。就是……您客人的北方小国。”

“南境。我们确实要去。”苏列佩斯伸出一只手，欣赏着自己修长的手指。他的所有手指尖都是金色的，和努沙什的蜂蜜一样金黄明亮。“但首先，我们要去拜访另一位统治者。我难道不能随自己的心愿享受时光吗，首席大臣瓦什？生命这么美好，老是匆匆忙忙的太浪费了！”独裁者露出鳄鱼般懒散的微笑。

“您能……当然了，神佑者！这还用说！就连天上的星星也要停住脚，对您的计划洗耳恭听。”瓦什极力贴近地板，忍耐着小腿和腰部的刺痛，“我们活着就是为了服侍您。我只是想……更好地了解您的计划……这样就能更周到地满足您的需要。”他想笑，但发出的不是胸有成竹的浅笑，而是颤抖的喘气声。“您居然还问能不能！别拿您最老、最忠诚的仆人开玩笑了，主人！为了满足您哪怕再微不足道的心愿，我就算是死也在所不惜。”

“这我倒是想亲眼看看。”苏列佩斯的笑声比瓦什自然多了，“但今早就算了吧。你去安排船队靠岸，再找些搬运工来搬贡品。告诉军事执政官，他可以让士兵们休息了——我只带搬运工，我自己的地毯仆人，还有你。哦，我想奥林国王也会享受这趟行程。给他配四名护卫就够了吧。”

“不要士兵？”瓦什意识到他又在质疑独裁者了，但就算是独裁者也没疯到要带着区区四个护卫进异邦宫廷吧。“我太老了，神佑者。是我听错了吗？”

“你没听错。告诉杜明·郝予兹，让他的人都留在船上，随时准备好出发，其他的随他安排就好。”

“为此他一定会非常感激，神佑者。”瓦什想就这么趴着退出房间，但他很快就发现自己并没有所需的柔韧度。他往后蹭了几步，退出足够长的距离，然后慢慢爬起来退了出去，离开了这位让人无法理解的活神。

葛莱摩斯皮特拉是杰隆和杰尔王国的首都。整座城市的人似乎都冒了出来，站满了从港口到宫殿之间的陡峭道路，看着奇怪的小队一路向上爬。这场游行规模不大，正如苏列佩斯之前所指示的：独裁者自己走在最前面（地毯仆人不时会冲到他前面去铺上下一段金色地毯，保证不让他的脚沾上地面）。瓦什走在他身后，总是想尽快踏上下一块地毯，好让汗流浃背的仆人们撤走原先的那块，铺到神佑者前面去。首席大臣很怕旁观的路人会做出什么突发行动——如果有人冲独裁者扔石头怎么办？他担心得胃都痛了起来。

奥林和守卫们走在后面，和普通人一样踏着普通的土地；再后面是一位沉默的祭司。瓦什在船上见过他，但不知道他叫什么名字。这位祭司长着沙漠深处民族那种粗糙黝黑的皮肤，上面满是火焰般的刺青。虽然他年纪并不老，眼睛已经因白内障而变成了灰白色。他拿着一根手杖，上面挂着十几条蝮蛇的骨骼，随他的动作发出清脆的碰撞声。这位祭司的一切都让瓦什感到惶惶不安，他暗自庆幸一路上这个人基本都待在船舱下层，没怎么出来过。

蛇祭司后面是几十名肌肉发达的奴隶，每人背后都背着一个巨大的贡品篮。从他们僵硬难受的表情上可以判断，那些篮子都很沉。

路两旁的看客注视着他们的队伍，在震惊中低声喃喃。这惊讶一部分源自穿着金色闪亮盔甲的高大南方神佑者本身，一部分则是因为队伍里完全没有士兵。埃昂全境的著名仇敌居然会如此毫无武装地走在敌对城市里，瓦什显然不是唯一一个会对此感到惊讶的人。

最近几天，皮尼蒙·瓦什一直都没什么机会祈祷。现在他在心里默默祷告起来。

努沙什，我正跟随着您的后代。我这一生都听说，这位独裁者身体里流着您的血液。现在我跟着他走进敌国，陷入了巨大的危险。我曾服侍过三位独裁者，总是尽全力为鹰王而甘冒风险。请不要让我死在这个落后的地方！请不要让独裁者死在我的看护之下！

他在尘土中眨了眨眼。至少储君普鲁萨斯还留在船上，由西斯士兵保护着。如果最坏的情况发生，他们至少还能遵守古老的律法，保证鹰王之位不会空缺。

可普鲁萨斯是个残废。瓦什心想，一个只会流口水的白痴。不过据说以前的某几位独裁者也没好到哪儿去，特别是那些在九年大战之前的人。重要的是传统。储君的统治只会持续到贵族们组成议会、选出新一任独裁者之时。苏列佩斯有好几个同父异母的儿子，他的血脉不会就此消亡。

人群中的一阵骚动打断了首席大臣的消极思绪。神佑者的队伍已经走到了葛莱摩斯皮特拉的外围城门前，一队全副武装的士兵正等在门口。瓦什迈着疼痛的双腿快步向前。独裁者不能直接与下等人对话。可不能在这里乱了规矩。至少现在还没到时候。

“我是尼克尔·欧帕诺尔，葛莱摩斯皮特拉与杰隆和杰尔国王，尊贵陛下海茨帕的城门将领。”士兵的队长说。他的脸长得像只狐狸，留着短短的胡须，一看就是个赌徒。“你们找海茨帕国王与他的廷会有何要事，快快报来。”

“要事？”独裁者已经仔细地嘱咐过瓦什该怎么应对。“苏列佩斯这样的伟大国王想和另一位统治者打个招呼，还需要什么蹩脚的借口吗？我们为你的主人带来了南方的礼物，作为友好的象征。你不会让我的王像商人似的站在路上吧？你看，我们连士兵都没带，纯属仰仗海茨帕的善意。”

北方大陆的其他国王恐怕可以作证，最后这句话就等于“任凭发落”。海茨帕的善意只会用在有利可图的时候，只有利益一致，他才会是其他统治者的朋友。所有人都知道这一点。

城门将领欧帕诺尔皱起眉：“我并非对你的国王不敬，但没人通知我们你们会来。我们对此毫无准备。真不巧，海茨帕国王现在……身体抱恙。”

“那可真遗憾。”瓦什说，“不过，我相信我们带来的礼物会改善他的心情。”他已经有些日子没讲过这种赫若索尔的北部口音了，很高兴地发现自己并没忘记其中的微妙之处。他伸手招来一位满身大汗的奴隶，揭开了他背上贡品篮的盖子。“我们西斯人就是如此慷慨。”

四五名士兵在马鞍上俯过身来，看见满篮的金子和宝石，都瞪圆了眼睛。

“这……可真是让人印象深刻。”城门将领说，“但我们还是得向国王请求允许……”

独裁者突然向前一步，地毯仆人连忙跑去取来一块金毯，在他穿着凉鞋的脚踏到赤裸地面之前铺到了他面前（传说中，如果他踏到了土地，整个世界就会动摇坍塌）。杰隆士兵的马匹都向后退去，仿佛他是什么从没见过的陌生生物——说实话也确实如此，瓦什心想。他觉得这世界恐怕是没见过和这位独裁者一样的大人物。

“请替我向这些杰隆人士传达一句话，首席大臣。”苏列佩斯用赫若索尔的语言说。他的声音听起来很轻，传的距离却很远，“提醒他们，就连最温和的国王也有一定的容忍限度。我们的战舰装满了长枪，就停在海港外面。今晚还会有好几只同样的船抵达这里。”苏列佩斯冲杰隆士兵微微一笑，把双臂叠在胸前，金色盔甲发出碰撞的轻响。“我们确实是带着和平而来，并不想看着怀疑的火苗越烧越旺。”

很快就有一位士兵骑马回宫，将独裁者的到来告知海茨帕和整个宫廷。

葛莱摩斯皮特拉的宫殿坐落在海港上方的一片悬崖上。经过多年的和平时期，原本狭窄陡峭的小路已经扩建成了一系列宽敞缓和的之字形爬坡。就连年老体衰的瓦什也没怎么费力就从海港爬到了宫门前，但他无法理解为什么这段路这么花时间。

他们接近时，宫殿的大门向外打开，海茨帕的整支军队都出现了。每段栏杆处都有守卫，大门里外还另有上百人。独裁者严肃地从军队之间穿过，既不往左看也不往右看，仿佛他们是自己忠诚的部下。他迈着从容但绝不算慢的步子，地毯仆人手忙脚乱地追赶着。队伍经过一处相当庄严的庭院，周围很快挤满了杰隆的朝臣和仆人。他们穿着黑衣，踮起脚尖，踩踏着庭院里的灌木，决心要看一眼西斯臭名昭著的疯狂独裁者。

独裁者一行走入大殿后，大部分杰隆军队都涌过来跟在背负贡品的奴隶后面，将西斯队伍围了个水泄不通。士兵们都佩带武器，身着绿色的仪仗制服，上面绣着海茨帕所属的杰尔家族的标志性图案，蓝色的公鸡和金色的圆环。王位大殿的天花板很高，配有顶篷的国王高椅放在大厅尽头，四周围着十几位朝臣。他们盯着来访的队伍出神，甚至忘了低声谈论。瓦什眯起眼——这房间实在太长了——想看清那把巨大王椅里坐着的矮小身影。那看上去不像个人，更像一摊待洗的衣服。正如城门将领所说，杰隆国王看起来确实生病了。他的肤色苍白，眼睛深陷下去，带着明显的黑眼圈。他穿着一身白衣，看起来实在像具裹好寿衣的尸体。

苏列佩斯冲他走去，地毯仆人匆忙地铺着金毯。然后他在离王位台阶还有几步路的地方站住了。瓦什觉得被迫站在弱小君主之下恐怕会让独裁者生气，但他的王并没显露出来。杰隆守卫都紧张地小幅度挥动着武器，但他们的统治者举起一只颤抖的手。

“哦，”海茨帕嗓音嘶哑地说，“这就是人人畏惧的南方帝王。你比我想象得更年轻。你来这里有何贵干？”

“听说你身体欠佳。”苏列佩斯用实事求是的直率语气说，“多谢你好心接待我。”

“好心？”海茨帕稍微坐直了些，“你威胁我说如果不见你，你就派战舰过来。别开玩笑了。”他的声音本应是严厉的，现在却因虚弱变成了任性。瓦什能看出，他以前应该也是个可怕的人。

“也许是吧。”苏列佩斯说，“不如我们都摘下面具吧。我来不仅是为了给你送礼，虽然这些确实是相当不错的礼物。”他挥了下金色的手，示意后方的奴隶们。他们仍将贡品篮高高背在身后，仿佛嫌这宫殿的地板太脏，配不上这份重礼。“我来也是想告诉你，我对你不太满意。”

“不太满意？”海茨帕恼火地摇摇头。瓦什忍不住直盯着他看。

杰隆国王还不到六十岁，比皮尼蒙·瓦什年轻多了。但他看起来仿佛已经活了一百多年，还是受苦受难的一百多年。“难道我还要像个孩子那样听你话？我也不太满意，你打扰我休息了。想说什么赶紧说，说完请离开。”

“你答应过我的，海茨帕。”独裁者用一位失望父亲那样严厉但又充满爱意的口吻说，“你手里有我想要的东西——是我特别叫你去为我弄来的，但你却卖给了别人。”

朝臣们开始低声喃喃。瓦什不知道自己的主人有什么计划，但他相信更加不可置信的还在后面。

“你胡说什么呢？”海茨帕质问道，脸上却露出了谎言被人拆穿的罪恶表情。

“可是你看，”苏列佩斯说，“就算没有你，我也一样得到了。”他拍了下手，守卫们将奥林国王推上前去。朝臣们的喃喃声更大了，显然有不少人认不出远境王国的统治者。

“怎么……怎么……”海茨帕结结巴巴地说，“这是怎么回事……”

“我想，一个对我许下过承诺，最后却又毁约的人一定是个傻子。”苏列佩斯冷静地说，“我说过，我要南境的奥林。我给了你金子，以证明我的认真和决心。你拿走了我的金子，海茨帕，然后又把奥林卖给了赫若索尔的卢迪思。这让我无法对你怀有仁慈之心。”

瓦什开始觉得非常害怕。海茨帕苍老又生了病，苏列佩斯也有战舰在海港外待命，但此时西斯队伍可是被全副武装的敌人团团围住，离海港至少有一里远。苏列佩斯为什么要这么挑衅对方？他是不是太看重自己作为神灵的身份了？难道他真的以为杰隆人不敢动他，不敢把他就地劈成碎片？也许独裁者以为这些北方人和自己的臣民一样，天生就对神佑者抱有经过上百代传承的崇敬。

“怎样，奥林国王？”苏列佩斯突然露出享受的样子，仿佛正站在自己的王室房间里，周围都是忠心耿耿的仆人和他自己的猎豹护卫。“你总算正面见到了背叛者，就没什么想对他说的吗？就是这个人将你从家人身边抓走，把你像野兽一样卖掉的。”

奥林的目光从苏列佩斯转到海茨帕身上，然后又垂了下去：“我无话可说。我是囚犯，来此并非出自自身意愿。”

海茨帕想站却站不起来，只能坐回巨大的椅子中喘着气。他抬手指向独裁者：“你想当着我手下人的面羞辱我？也许你是一百万黑人的统治者，但在杰隆这里，你什么也不是，只是一个穿得像只金孔雀的傻瓜。你太咄咄逼人了。你在这里不是客人，我也没有理由要保证你的安全。”他还想说下去，但被一阵漫长的咳嗽阻住了话头。再次开口时，他的声音破碎得像只断掉的车轮：“我不知道是该用你来勒索赎金，还是赶你走。”

“一切自有天意。”独裁者微笑着说，“奥林，你真的没话要说？我可是给了你这个当面质问敌人的机会。”

瓦什感到膀胱传来一阵可怕的压力。他的心脏跳得飞快，简直让人担心会在这么多异邦人面前昏厥过去。

“海茨帕并没对我怎样。”奥林说，“是你把我像个贡品篮似的带到这里，只为炫耀自己的财富和权力。我不会如你所愿地参与这个游戏，苏列佩斯。”

“够了。”海茨帕说，又咳嗽起来，“我……我曾……”

“很遗憾，你不明白我为你都做了些什么，奥林。”独裁者说，“我会改变你平凡的命运。给你一个最像英雄的结局。还有这位……”他转回去望着王位，“海茨帕，你应该已经病了很久吧——将近一年，要我猜的话。这病是从你把奥林交给卢迪思·德拉卡瓦时开始的，对吧？”

海茨帕无法自抑地咳嗽着，双眼因疼痛和沮丧而凸出。几滴红色染上了他的白袍。一位仆人举着杯子走上前去，海茨帕挥手让他退下。“病，是啊。”最后他终于喘过一口气，低声说，“在我需要的时候，那个婊子却离开了我。我可是对她露出微笑，将她一手提拔起来的人。她背叛了我——离开我，去找了埃南德那个杂种！”他住了口，疑惑地左右环顾，仿佛刚从梦中醒来。过了片刻，他眨了眨眼，抬手抹去下巴上带着红色的口水。“无所谓。”他说，“但我一定会活到亲眼看你尖叫着下地狱，赞德人。”

“你还是不明白啊？”苏列佩斯微笑道，“你就要死了，海茨帕，因为有人给你下了毒——我可是从赞德大老远派人来完成了这个任务。”他咧嘴笑着，看起来更像只捕猎的猛兽了。“你看啊，实际情况其实比你想象中还糟。安娜卡不仅离开了你，还在走前拿走了我的金子，把死亡倒进了你的杯子里。”独裁者没有理会杰隆朝臣们的惊呼和喊叫，把目光从瞪大眼喘着粗气的杰隆国王身上转到奥林身上。“现在你总该知道，我已经为你报了仇。”他对自己的囚犯说，“海茨帕国王为背叛活神而付出了代价。”

海茨帕喘过一口气，向苏列佩斯伸出一只手，喊道：“守卫！”但第一批士兵还没来得及上前——他们表现得非常犹豫，完全不像对着手无寸铁的奴隶——独裁者就高高举起了手。所有人都站住了，仿佛苏列佩斯才是他们所侍奉的国王，而不是旁边吐血的海茨帕。

“等一下！”独裁者叫道，随即大笑起来，声音诡异又突兀，就连全身盔甲的士兵们都惊缩起来。“你还没看我带来了什么礼物呢！”苏列佩斯打了个响指。

奴隶们将贡品篮高举过头，使劲摔到地上。金子和珠宝撒落在地板上，但出来的不只是这些。每只破损的篮子里都飞出了一群黑马蜂，如嗡嗡呻吟的旋风般飞到空中，每只马蜂都有拇指那么大。过了一会儿，就在人群开始尖叫的时候，篮子里又爬出了上百条有毒的兜帽蛇。蛇群一出篮子就游向四面八方，开始攻击一切会动的目标，包括很多无助的贡品奴隶。大殿里乱成一团，朝臣和仆人尖叫着，挣扎着想要逃跑。大多数人都用手捂着脸遮挡马蜂的袭击，结果绊倒在游动的蛇群上，尖叫着跌倒在地，随即无助地挣扎扭动，直到蛇毒让他们彻底安静。

瓦什震惊得什么也做不了，只能呆呆地盯着这可怕的场景。马蜂像投掷的石块般掠过他耳边，首批愤怒的蛇也靠近了。他在独裁者身边畏缩起来。

“阿拉特！”苏列佩斯喊道。

黑色皮肤的祭司走上前来，举起叮当作响的蛇骨手杖，将它一下一下地顿在地上，喊了几句瓦什听不懂的话。过了片刻，祭司周围的空气变得如海市蜃楼般闪闪发亮。这股奇异的气旋逐渐扩大，将独裁者、瓦什、奥林·埃顿和护卫们都裹住了。

这感觉像是站在雾里。瓦什还能看见那些跳着脚、一瘸一拐的朝臣和士兵们，但他们变得越来越远，越来越难以辨认，仿佛是离帷幕太远的影戏木偶。但祭司的咒语——如果那是咒语的话——并没减弱大殿里的声音。原本鲜活的尖叫逐渐被临死前的呻吟低语所取代，听起来起来越来越让人难以忍受。

“阿拉特，”独裁者说，“我想多点烟雾可以增添氛围，让我们的离开更加令人难忘。”他的语气很冷静，仿佛在决定要往果园宫的花园里种什么树。“瓦什，我们出去的这一路上会很混乱，叫那些地毯仆人注意点。”

在震惊中，瓦什张大嘴看着黑人祭司阿拉特举起一个小型炮弹大小的圆形物体，用双手揉搓着，低声唱了几个词。圆球冒出了柿黄色的烟。祭司揉着球走向大殿的出口，独裁者和地毯仆人紧随其后。

通往庭院的门开着，花园里已经满是躺倒的人，有些还在呻吟扭动，有些已经沉默。有些朝臣甚至爬上树去躲避兜帽蛇，正用一只手抓着树枝，另一只努力扇开生气的马蜂。但他们一直在惨叫，树底的尸体脸上还有闪亮的黑色昆虫在爬。这一切都诉说着他们的逃窜有多么徒劳，即便是透过祭司的烟雾也能看得一清二楚。魔法烟雾紧紧跟随着独裁者，好像炎热的天气里奴隶们为他打起的遮阳伞。杰隆守卫们还在赶向王位大殿，想要保护君主。他们与烟雾中的小队擦肩而过，仿佛根本看不见他们。

瓦什以前也见过兜帽蛇，虽然数量没这么多，但他从来没见过这么巨大的马蜂。它们的唯一目标就是要叮死会移动的东西，直到一切都静止不动。在这一派疯狂和死亡的景象里，瓦什还是不禁好奇起它们都是从哪儿来的。

走到大门边时，苏列佩斯对祭司说："烟雾再多些吧。这会转移他们的注意力。"独裁者站住脚等着，守卫们费力地摇动绞车打开巨大的吊门，拿下了最外侧城门的门闩。阿拉特拿出第二个烟雾圆球揉了揉，然后将它拿在手里，领着苏列佩斯和来回奔跑的地毯仆人走出了宫殿。之前挤在道路两侧的人群已经完全失去了秩序，挡住了独裁者的去路。

阿拉特又激活了一只烟雾球，高举双臂把两只分别拿在手里。杰隆的人群向后退去，恐惧而惊讶地叫喊着。苏列佩斯举起双手。

"伟大的火神摧毁了你们的邪恶国王！"他喊道。有些人叫了起来，更多的人困惑地喃喃低语。"他从天上带来了海淡帕的毁灭——有叮人的虫子，可怕的毒蛇，狮子和龙！快跑！现在就跑，也许你们还能得救！"

杰隆的人群瞪着他们，有些向后退去，有些则在愤怒与不信任中逐渐逼近。但此时第一批马蜂已经飞出了宫殿敞开的大门，径直越过独裁者一行飞了过去，仿佛根本没注意到他们的存在。它们飞向路上最近的人群，像大朵的死亡之云。第一批受害者的惨叫声让很多人拔腿跑了起来。又过了片刻，十几条巨蛇从宫门里蜿蜒爬到了阳光下，人群顿时和之前的朝臣一样陷入了盲目的恐慌，四下逃散。独裁者的队伍沿着道路走向海港，地毯仆人前后奔跑着，保证金色的道路能一直赶在君主之前。

“狮子和龙？”瓦什担忧地左右张望。

“对于发生了什么，故事会越滚越复杂。”独裁者说，“我只不过是往里加了一点细节，增加这一历史事件的趣味性。”

奥林·埃顿的脸色如在噩梦中般惨白，走路时有些蹒跚。他的守卫们凑近了点，扶着他走稳。

“海茨帕死了吗？”瓦什问。

“啊，我希望没有。”苏列佩斯摇摇头，“我希望他能再活上一个月，在毒发身亡之前好好想想欺骗我所带来的后果，并且知道我随时都可以回来，把他的国家当成一块可口的肉来填牙。”他顿了顿，转头看着葛莱摩斯皮特拉，狭长的脸上露出相当神圣的表情。“这件事之后，等我再回来，杰隆的人会爬到我脚下来。他们会求我让他们当上西斯的奴隶。”

“不是所有北方人都会乞求当你的奴隶。”奥林阴沉地说，“你会发现，很多人宁可死，也不愿意向你屈膝示好。”

“要死还不容易。”独裁者对他说，“好了，走吧，你们所有人——加快点步子。这是个忙碌的早晨，你们的神佑者肚子饿了。”

⚜ ⚜ ⚜ ⚜ ⚜

当无名的男人将她拽到阳光下，领着她穿过码头，契妮坦还在呕吐。可怜的鸽子在他们旁边一瘸一拐地走着，手指透过马虎的绷带滴着血，小脸因惊怖而一片空白。

怎么会这样？她受过了苦，又活了下来，可这一切怎么只换来了片刻的自由？众神的本质难道都是邪恶的？

*饶了我们吧，伟大的努沙什。*她祈祷道，*我曾是您神圣蜂房中*

的侍祭。我只是想做正确的事。天堂的蜜蜂啊，请保护我们！

但这里没有蜜蜂，只有浓烟，以及其中烧着船帆飘荡的火光。载着他们到这里的那艘船已经不见了，只剩下前甲板的一部分还露在水面上，船桅早就烧得漆黑，彻底塌毁。水边围了几百个人，互相叫喊着讲着事情的经过，盯着小船里的人把幸存者救上岸去。

有些是无辜的水手。她突然想到，**就像多兹的船上的人。有些可能完全是好人，却因为我而死……**

这么想也没有任何好处——想什么都没用。她就要被交到独裁者手里，接受想象不到的惩罚，唯一逃跑的机会也已经证明是彻底的徒劳。就算她现在跳入水中，这个没有名字的无情杀手也只会跟着跳下去，再次把她拉上来。如果她拼命喝水……

但这样做就会丢下鸽子一个人。她意识到，**这个怪物会把他送到独裁者那里，折磨他……杀了他……**

契妮坦的胳膊上突然传来一阵剧痛。她尖叫起来，蹒跚了两步跪倒在地。一时间，她以为是抓住她的男人突然掰断了她的手臂，但他站在她身体的另一侧，还抓着她的另一只手。他想拉她重新站起来，但她的四肢和湿掉的弹簧一样酸软无力。

她的眼前满是黑暗。她垂下头，又想吐了。胳膊里的疼痛变得更强烈了，好像有一块燃烧的船甲像钉子钉入软木一样插了进去，好像肘部关节正被人用尖刀来回雕刻。

“神啊！快停下！”她喊，或者是她以为自己在喊。她正在落入黑暗，什么也不能确定

黑暗包裹了她的全身，有一些没有眼睛的东西低喃着她几乎听不清的话。

“眼泪……”其中一个说。

“口水……”第二个说。

“血液……”第三个颤巍巍地说，声音低得她差点没听懂。

她的胳膊阵阵剧痛，仿佛骨头变成了炙热发白的铁钎。黑暗绕着她跳着狂野的舞蹈。一瞬间，她看见了那个红发男孩的脸……巴瑞克！……但他显然没有看见她，尽管她想要出声叫他。有什么盖住了他，不让她接近——一层冰冻瀑布，一杯玻璃——她的声音传不到他那里。冰。固体阴影。隔离……

然后世界盘旋着回到原位，她又能听见海鸥的叫声和人们的呼喊了，一切声音都像最后一块木制拼图放到了正确的空缺上。她正手脚并用地趴在码头坚实的灰色木板上。有人正粗暴地把她往上拽，但她还没恢复过来，险些再次摔倒。那只铁般坚硬有力的胳膊拉住了她。她胳膊里的疼痛逐渐减弱了，但她还记得那种感觉，仍然难以呼吸。

“你耍什么花招？”抓住她的无名男人使劲摇晃着她。他往左右看了看，好像担心会有人注意到他们，但码头上的其他人都离得很远，就算听见了恐怕也不在乎。*我们看起来大概像是父亲带着两个淘气小孩*。契妮坦心想。

在这一刻，有什么击中了她——不是疼痛，而是令她恍然大悟的真相：如果继续这么走下去，她就完了。她能感觉到这个事实，感觉到事情都在急速接近结束，可能性逐渐枯萎消失，站在路尽头的只有死亡本身——死亡和比死亡更糟的东西。它在等。她心想，虽然她并不知道它是什么。但她可以确定，那一定是某种饥饿的东西，正在旅途尽头的黑暗里等着她。

契妮坦站稳了身体，等那个男人放开她，伸手去抓鸽子。然后她转过身，尽全力迈着不稳的双腿向前跑，直接跑向码头的边缘，即使听到男人的大喊也没有减慢速度。木板很滑，她差点就滑到水里，在最后一秒抓住了一根木杆稳住自己。她紧抱着木杆左右摇晃，然后抬起头，看着男人拽着鸽子走过来。

“不！”她用尽了全身的力气吐出这个字，被海水折磨过的喉咙只能发出一声嘶哑的低吼。“不。如果你不听我说话，再往前走一步，我就跳下去。我会一直游到水底，喝上一肚子的海水，不等你抓到我就直接淹死。”

他停住了脚，脸上的狂怒变成了另外一种表情，更冰冷，也更富于算计。

“我知道我逃不开你。”她说，“你放走男孩，我会照你的话做。你要是一定要带他一起走，我就自杀，你把我的尸体献给独裁者好了。”

“我从不讨价还价。”无名的男人说。

“鸽子，跑啊！”契妮坦喊道，“快，跑啊。他不会追你的。快跑，找个地方躲起来。”

男孩瞪着她，脸上因伤造成的惊怖变成了让人更加心痛的神情。男人仍然抓着他的手腕。鸽子摇了摇头。

“走啊！”她说，“否则他只会不断伤害你，逼我乖乖听话。快跑！”

无名男人的目光从男孩转到她身上。他弯腰捡起一条如蛇般盘绕的粗糙绳索。“把一端绑到你手腕上，我就放了男孩。”他把绳索扔了过来。

“鸽子，往后点。”她说，俯身去捡绳子。男孩仍然呆呆地盯着她，一脸无助的悲惨表情。“往后走几步！”她转向男人，“等他跑过那些台阶，到了码头尽头，我会绑住自己的手腕。我用努沙什蜂房的女侍祭的身份起誓。”

男人笑了起来，笑声生硬尖利，却带着好笑的情绪。她突然意识到，他有些不一样了——那是种奇怪的改变，仿佛他磨掉了一直紧裹的尖利石甲。但他仍然非常可怕。

男人点点头。“就这样吧。”他回头对鸽子说：“跑啊，小子。等我看见她绑好了绳子，如果你还在这码头上，我就把你剩下的手指都切掉。”

鸽子拼命摇头，但契妮坦觉得那不是拒绝，而是不知如何是好。“跑啊！”她喊。码头另一侧有几个人转过身来张望，注意力终于离开了海港里的火灾。“我不能活在你的痛苦里，鸽子。拜托了——这是你能为我做的最好的选择。跑吧！”

男孩又犹豫了五六次心跳的时间，然后一下子哭了起来，同时转身跑过宽敞的码头，赤脚踏在木板上啪啪作响。契妮坦想跳进冰冷的绿色海水里，但不管是因为想起之前溺水的恐惧，还是觉得多少改变了之后的道路，她最终只是把绳子绑到自己的手腕上，让无名的男人将自己扯了过去。鸽子已经消失了，这让她松了口气。

*他是这世上唯一剩下的爱我的人。*她心想，*现在连他也走了。*契妮坦任凭男人像牵祭祀动物一样扯着自己往前走，离开混乱不堪的港口，走进了阿加米德码头边狭窄建筑之间的幽暗小巷。

第十九章
闪电与黑土之梦

在远境，曾有人用滚油杀死了一只深渊艾廷，将它从隧道中拖了出来。它的身高是人类的两倍。后来兰德国王将其骨骼作为战利品带回了希安。据说那只怪物光手掌就有兰德的巨盾那么大。

——引自《埃昂大陆和赞德大陆精灵种族专述》

她狂乱地挖着黑色的泥土，但每次刚看见弟弟沉睡的苍白面容，他就又往地底陷得更深了，她总是抓不到。

有那么一两次，她在他下陷前抓到了他的衣服。但不管她多使劲、刨土刨得有多快，她就是无法好好地把他拉上来。巴瑞克似乎还活着，但对她的存在毫无知觉，只是像在做噩梦般地微微抽搐。她不断呼唤着他的名字，但他不肯或是不能回答。

她终于摸到了什么，抓住了弟弟潮湿的衬衫，然后拼命往上拽。但如蘑菇般从黑土中冒出来的不是巴瑞克苍白的脸，而是费拉斯·范森。她吓了一跳，放开了手，队长重新消失在地下。她身下的土地突然也裂开了，她掉入了一片令人窒息的黑暗中。

她站在一条隧道里，满是岩石的泥土里冒出成簇的白色根茎。前方出现了一道银光，相当昏暗，但还是足以让她认出那是她曾经追逐过的东西……在另外一个地方……

什么时候？她不记得了。但她知道这一切都是真的，知道那个银色的东西又逃掉了。她决心不再重蹈覆辙，用最快的速度飞奔过去，并不想和追逐的对象一样四肢着地。它总是领先她一个转弯，只让她瞥见一条刷子般来回摆动的白色尾巴。

然后她跌倒在地，撞到了旁边的墙壁上。隧道随之坍塌，布瑞奥妮·埃顿醒了过来。

她摇了摇头，感觉到头上戴着沉重的饰物——为什么会戴着这些东西睡觉？布瑞奥妮睁开眼睛，发现自己正坐在厅里。侍女们做着针线活，低声交谈着。她大白天坐着就睡着了，说不定还像老太太那样流了口水。

好友伊芙吉妮亚看着她，脸上挂着一丝微笑。布瑞奥妮连忙伸手抹了抹下颌。“我太差劲了，真没礼貌！”她说着坐直了身体，“不小心睡着了。你为什么要这样看着我，伊芙？我说了什么可怕的梦话吗？”

“哦，殿下，没有。”伊芙的笑容加深了，“真辛苦。熬夜的次数太多了吧。”

“别开我的玩笑了。只熬了一夜，还是大佐悉蒙节的最后一夜。是你老叫我多出去，在其他人面前多露面的。”

“您也确实露了面。你还跳了舞！没人会再说你冷淡了，亲爱的。”

“跳了舞？”布瑞奥妮皱起眉。她可没想跳舞，但经过疲累而漫长的一天，大家都纵情欢饮，她显然也喝多了。“你说得好像这是件坏事。我出丑了吗？”

伊芙又微微一笑。“您非常引人注意，但是是会让其他姑娘忌妒的那种注意。”

“别说了。你老折磨我。”

“哪里。你的秘书带来了好几样东西要你过目。”

“什么？”她的头脑相当昏沉。她已经有好几天睡不好觉了，总是做着奇怪的梦——森林，挖掘，充满植物根茎的隧道。睡眠不足的影响终于显现出来了。即便如此，她也不能显得如此呆滞。

费沃尔·乌里安抱着双臂站在门口。他很快就适应了宫廷生活，广堂宫里没有哪个秘书或文员比他穿得更好、更鲜艳的了。“美容午觉睡完了？”他问道，“我这儿可有好几封信等着你的回复呢——还有其他东西。”他翻了个白眼。“有好几个包裹，其中一个写着‘献给可爱的舞蹈公主’——这指的应该是您吧。”

“哦，天哪。快让我看看。”她从费沃尔手中接过了布料包裹的小盒子，“这是什么？”

伊芙吉妮亚咯咯地笑了起来。“傻瓜！打开就知道了。”

“是礼物吗？上面写着是尼可马科斯公爵送的。”她扯开包装，拿出一个天鹅绒手袋。

“他是公爵之子，黄头发的那个，您昨晚和他跳了很久。”伊芙吉妮亚笑出了声，“尊贵的殿下不会喝得连他都忘了吧？”

“我还记得。他让我想起肯德里克，我……我哥哥。但他一直都在聊他养的那些鹰。鹰、鹰、鹰……为什么要送给我……”她掏出了手袋里的东西——“佐睿雅保佑，他为什么要送我黄金手链？”手链很漂亮，稍微有点太过华丽，是她平时不会主动去戴的贵重饰品。上面雕着一支蜿蜒的白玫瑰，花朵本身用透亮的宝石镶嵌而成。“哦，仁慈的女神，这些是钻石吗？他这是想干吗？”她有点吓着了——以后还是不要在公众场合喝酒的好。她没有按照计划找出对她家怀有同情、可能对埃南德施加压力的贵族，相反只是像乡下人那样纵情欢饮。

“您真的有这么傻吗，殿下？”伊芙反问。

“我是说，我当然知道他想干吗，也许我该为此感到荣幸，可是……”她直盯着手链，“我得把它送回去。”她简直能“听”到费沃尔反感地撅起嘴唇。“这些全是他送的礼？”

“还有其他人送的。”好友说。

“那我得把所有礼物都还回去。”

“真的？所有礼物？”伊芙吉妮亚拿起一只布料包裹的大盒子，“就算是埃尼亚斯王子送来的……”

布瑞奥妮接过去拆开了。“是本书——《伊欧拉传记——希安、托罗斯和佩里卡尔的女王》。当然了，之前王子和我谈起过这位女王。”

“真浪漫。”费沃尔不客气地说。

“要留着吗？”

“这是份很用心的礼物，伊芙——他知道我对这些事情感兴趣。伊欧拉年轻时曾隐居生活好几年，因为她的家族在三恩之战中被人夺走了王位。”

“也就是说您要留着这本书，公主。手链呢？您还想还回去吗？”

“当然。我和他又不熟。”

“所以您会留着这本书，却把珍贵的手链送回去？您知不知道，这就是为什么宫里一半的人觉得您在笼络埃尼亚斯，另外一半则觉得你疯了？”

这句话刺伤了她。伊芙说的没错，当然了——布瑞奥妮对王子确实抱有感情。他真的很用心，没送什么漂亮东西过来。埃尼亚斯了解她，知道她不像别的姑娘。

这也就让她的计划显得更加残忍。

“这些呢？这边还有五六封信和礼物。”伊芙吉妮亚递过一只精雕的木盒，“这个好漂亮。”

“我什么也不要。”布瑞奥妮摇摇头，“你打开吧。”

“真的？里面的东西能给我吗……”

“伊芙！你真是的！好吧，我也想知道——是什么？”

“这……是个空盒。”好友说，声音听起来很奇怪，“哦。我不小心划着自己了。在盒子的开关上。”伊芙吉妮亚举起手指给布瑞奥妮看，上面挂了一滴玛瑙般的血珠。随即她整个人都摇晃起来，然后重重地倒了下去。

即便是平时，布瑞奥妮也不喜欢广堂宫主花园的庄重气氛，今天更觉得这里既荒凉又压抑。

这并不是因为主花园横跨数顷的庞大面积，而是因为这里的一切都显得如此顺服，一看就经常有人修剪。所有篱笆和装饰用树木都剪得不到一人高，大部分还要更矮。中间是排列成几何形状的低矮灌木，还有精心设计成同心圆的花圃。你可以站在任意一个地方，将整个花园一览无遗，包括还有谁在这里。也许特希斯的人喜欢这种风格，但布瑞奥妮暗自希望能有更隐蔽的地方，特别是现在。她觉得随时都有充满恶意的目光在暗处盯着自己。家乡的花园要比这里小得多，但每座花园里都有几处小山丘，种着成群的高大树木，将花园分为几个不同区域——就像缩小版的世界，父亲以前曾经这么说。（他当时是在抱怨其中有些地方长了野草，但这形容仍然贴切。）

“抱歉让您久等了，公主。”埃尼亚斯从缮写室后面钻了出来。一瞬间，布瑞奥妮瞥见了室内的景象：一群神父穿着甲虫般深黑色的服装，坐在长桌边专心抄写。“更抱歉的是，让您在这种情况下等我。我父亲的宫廷里居然会发生这样的事——还发生了两次！我实在不知该如何表达悲伤和羞愧之情。请告诉我，艾德索斯小姐怎么样了？”

“她脱离了生命危险，感谢众神，医生是这么说的……但恐怕要很久才能康复。”布瑞奥妮挣扎着不让眼泪掉出来。在过去几个小时内，她已经这样挣扎了无数次。她感觉非常疲惫，仿佛整个人都是用脆弱的玻璃做成的。“情况非常危险。我陪了她一夜，她不停地发烧，退了又烧。有好几次我都觉得要失去她了，幸好盒扣上那块尖东西划出的口子还算浅，要不就是上面的毒药还不算太厉害。”她想不出这次是谁想杀她。杰肯·克劳应该已经吓得不敢下手了。既然托利的大使不敢，那又会是谁指使的？

“感谢三神赐予我们这样的好运。”埃尼亚斯伸出胳膊让她挽着，“能和我散散步吗？笔尖划过纸面的声音让我有点儿累。我给从这里到赫若索尔一路上所有的驻军都送了信，把独裁者的进攻情况通知他们。这工作量可真不小。”他略微有点脸红，“当然不是我一个人抄完的，感谢众神！”他的语速变快了，仿佛害怕沉默降临。“我应该去弄一台抄写机，就是印刷员和诗人常用的那种——蜡印机也可以，好像是这个名字吧？那种机器会把字词一个个印出来，就像贵族把徽章印到蜡上一样。这样就能提高我们给各地司令官传达消息的速度了……”他摇了摇头，“我都在说什么啊，您刚刚逃过一劫，我却在这里自言自语！”

“我没事。”

他皱起眉：“您说得好像希望自己有事。”

布瑞奥妮摇了摇头。就连这么微小的动作做起来也很费劲。“我并不希望如此，埃尼亚斯王子，怎么会呢。但别人替我受伤让我非常难受。”

“您是位令人敬佩的公主，布瑞奥妮·埃顿。我发誓，我会尽一切力量保证您的安全。我会再多给您派些守卫过去。全希安没有比我手下更忠实的人。”

“我相信，殿下。”她说，“但再忠实的士兵恐怕也很难挡住毒药。”

王子看起来比布瑞奥妮自己还要难受。“我们总得做点什么。这太让人愤怒了，公主——这是对我父亲声名和王位的极大侮辱。在我们自己的宫廷里！”他转过身，在道路中间停住了脚，握住她的双手，“这特别让我不安，布瑞奥妮·埃顿，因为我非常看重您。为了您，我没有什么不能做的。”

她眨了眨眼。他的双手很温暖。他之前把手套摘掉了。

“您不会这么惊讶吧。”王子看起来确实很不安，“还是说，我认为您对我有感觉，完全是个愚蠢的误会？”

布瑞奥妮屏住呼吸。为了这一刻，她已经努力了好几周，事到临头却踌躇了。埃尼亚斯确实让人喜欢，善良又聪明。所有人都知道他有多勇敢。她望着他强壮英俊的脸。他的长相还算不上顶级，但就算他不是王子、不是强大的希安王国的继承人，想要他的女人也数不胜数。何况他是王子。为了拯救她的国民和家族的王位，她急切地需要他的地位和势力。所以为什么她会像这样呆在当场，哑口无言？

“我让您沉默了，公主。您并不是会在男性面前沉默的那种人。恐怕是我冒犯了您。”

“不。不，尊贵的殿下——埃尼亚斯王子——我感到非常荣幸。”一瞬间，她的欺骗姿态和内心的真实想法如此接近，几乎无法区分，“我非常敬重您。在我看来，您是这个伟大国家里最优秀的人……”

他轻轻撤开手，拨开额头上的几缕黑发，借以掩饰自己的失望。“然后您会说‘但是’。但是您已经把心给了别人——也许还在庙里许过了约。”

“没有！”但他的话并没完全说错——她确实对别人产生了感情，虽然这让人困惑、不合身份，甚至有些滑稽。那个人拯救不了她的王国。埃尼亚斯可以——如果有任何人能做到的话。“不，不是这样。只是……我不能让自己对任何人产生感情，即便是您，即便您是所有正常女人的梦想。我不能。”她想推开他，但却如风中的落叶般身不由己。

“为什么？”埃尼亚斯不肯放开她。他的力气很大。她感觉到他很会控制别人，特别是希望被人控制的女人。“为什么不听从您自己的心意？”

她一直在计划这一瞬间，甚至还会期待地想象着，好像猎人想象公鹿毫无察觉地站在山上，对着猎弓暴露出弱点。但现在这样的时刻真的来临了，她反而变得不安起来。她怎么能这样利用一个好男人，即便是为了夺回家族的王位？她怎么能假装自己爱他，就为了取得他的帮助？

更糟的是，万一她不是在假装呢？

“我……我得想想。”她说，“我没想到会发生这种事。我确实想在您父亲的宫廷里找到盟友，对付我家的敌人，也就是篡位的托利一家。但我没想过会出现……让我挂心的人。我需要时间考虑。”她望向花园整洁的树丛，远处别人在演着他们自己的戏，远得让她看不真切。但其中每一个人，包括她自己，都无法自由地选择行动，仿佛是纳文·休尼或费恩·特奥多罗斯笔下无中生有的角色，是他们为了换取食宿而写在纸上、演在台上的抽象概念。她怎么跑到了如此诡异的地方？她是演员，还是被人设定的角色？

“当然。”最后埃尼亚斯说。王子并没掩饰语气中的沉重，“我当然会等您，公主。您必须听从自己的真心。”

当晚她本应睡个烂熟，结果却在关于塌陷隧道和挖掘泥土的噩梦中翻来覆去，不得安眠。这次没有银色的影子来领路了。梦做得越久，她就在窒息的黑暗中陷得越深。

最后她来到了一个非常深的地方，深得让她知道自己已经挖到了世界的另一侧。脚下这层薄薄土壤的反面就是一片没有星辰、空荡漆黑的天空，只要踏错一步，就会在这片黑暗里无穷无尽地跌落。在这里，在这片异世界黑暗的中心，她找到了弟弟。

他和之前一样脸色苍白，不省人事，仰面躺在她面前，看起来就像肯德里克，那时仆人们正在为其葬礼做准备。但巴瑞克还没死。她不知道自己为什么知道，但她很确定。

在他身边弯腰看着他的三个人不是仆人，也不是葬礼神父，而是三个没有眼睛的阴暗身影。他们唱着没有词句的歌，伸手掠过他的身体上方。然后其中一个举起巴瑞克的残废手臂，按到自己空荡荡的脸上。她弟弟开始变淡消失。

“眼泪。”一个身影说，回声瞬间被周围潮湿的黑土吞没了。

“口水。”另一个说。

“血液。”第三个说。

她想呼唤自己的孪生弟弟，唤醒他，警告他这些可怕的旁观者在做什么，但她无法出声。她感觉到巴瑞克的身体里发生了改变，仿佛一阵火焰烧过，从他的胳膊蔓延到头和心脏。与此同时，她自己的身体里也感觉到了那阵蔓延灼烧的疼痛。她想扑过去，但有只看不见的手拦住了她。

“巴瑞克！”她的呼喊寂静无声，“巴瑞克！回来！别让他们带走你！”

最后，就在她弟弟如蛛网般淡薄的身影消失之前，巴瑞克睁开了眼睛，看着她。他的目光空洞，如死人般毫无生气。

她被眼泪噎得醒了过来，感觉就像身体里最重要的一部分被人用钝刀挖走了。很长一段时间，她只能躺在床上无助地抽泣。巴瑞克……她还能再见到他吗？这梦如此可怕，如此不容怀疑。他是不是出了什么事——不好的事？他是不是……

“哦，众神，不……”她呻吟道。

布瑞奥妮勉强自己起了床。她实在无法忍受再想下去。这些梦，这些噩梦，一连多日追捕着她，仿佛将她当成了猎物。她是不是再也无法安心睡眠了？她疲累得连路都走不动，拖着沉重的脚步挪到从剧团里带来的箱子旁边。里面放着她旅行时曾穿过的衣服，还有一些在途中得到的物品。

布瑞奥妮打开箱子在里面翻找，拨开曾经穿过的男式长裤和路上接过的宣传册子，并不清楚自己到底在找什么，直到手指摸上了脆硬的小鸟头骨和娇小的干花。

她把莉丝娅的幸运饰品握在手里，爬过阴暗的卧室，躺回床上。她将饰品紧紧按在胸前，尽量不去回想梦里巴瑞克毫无生气的双眼。某位女仆在睡梦中低吟了一声。很快布瑞奥妮就又陷入了黑暗。

她又站在森林里了。这次她看清了之前一直在追逐的目标。它是只狐狸，腹部一片漆黑，整个背部都是银白色的，尾巴和尖尖的脸也是一片银色。它迈步走开，回头看了她一眼，咧嘴露齿一笑，神情像是疲惫，也像是嘲讽。它的眼睛和腹部一样漆黑，只是瞳孔外有圈橘黄色的窄边。

狐狸毫不费力地跃过了地面上的树根。就算这是在梦里，布瑞奥妮也无法像它这样轻松地移动。她又绊了一跤，径直向前摔去，周围的森林变成了盘旋的黑色涡流。一瞬间，她以为又要陷入可怕的泥土里了，但她随即就穿过旋转的黑暗，走进了一片林间空地。银狐停下奔跑的脚步，背对着她蹲坐着，面前是一座塌陷的古老石头神坛。

布瑞奥妮蹒跚地走过去，跪倒在地，感到地上的树枝和小石子陷入了皮肤里。对于梦境而言，她感受到的疼痛实在过于真实。

“你……你是谁？”她喘着气问。

野兽转过身来。这下她看清楚了，它的微笑里只有嘲讽和厌恶。狐狸摇了摇头："以前我也说过，现在再说一次——我真担心本族的延续。"

小动物轻巧地跳上塌毁的神坛，垂下头四处嗅了嗅。远处传来隐隐的雷声。"瞧瞧。"狐狸说，声音里有某种熟悉的东西，令睡梦中的布瑞奥妮集中了精神，"这就是人们对待我的态度？就算在这里，在梦境之乡里，我的圣地也完全无人照看。"

"莉丝娅？"布瑞奥妮轻喃，"是你吗？"一说出这个名字，她就知道是她。

狐狸转过身来。过了一瞬间，黑银色的野兽消失了，一位年长的女人坐在神坛上，没穿鞋的粗糙双脚孩子气地前后晃荡。"你是说，银色林地的莉丝娅·麦兰娜？"她不耐烦地说，"你召唤了神却不来见面也就算了，居然连名字也忘了……"

"可……可我没有召唤你。"

"你当然召唤了我，孩子。我跑了整整三个晚上，虽然前几次我都差点没听见你叫我。你的声音弱得像只刚生下来的小猫。今晚我总算听清了，就过来找到了你。"森林上方又传来隆隆的雷声，仿佛在重复莉丝娅的不耐烦。

布瑞奥妮相信自己一定是误解了什么："我……我梦到了你——梦到我在追你。追着你跑过森林，还有地下隧道。但我以前没见过你，只见过你的……尾巴。"

莉丝娅俯过身体，跳下了神坛。布瑞奥妮紧张地差点缩成一团，生怕半神干瘦的老腿会像树枝一样断掉。在睡梦中如此清醒，感觉可真奇怪！她觉得有种喝多了酒的轻微眩晕感，除此之外和在现实世界没什么不同。

"走吧，孩子。你召唤我的原因已经不重要了。你心里一定明白，你需要我的帮助。"布瑞奥妮跟随半神走过神坛，走出林间空地，走入森林。雷声再次传来，天空上闪过一道遥远的闪电。“真不老实。”莉丝娅说，但并没解释这是什么意思。

对布瑞奥妮来说，穿过森林的这一路和在崩塌的泥土里挖掘巴瑞克一样虚幻，但与此同时又真实得令人发疯。她能感觉到自己迈出的每一步，呼吸的每一口气，甚至是胳膊擦过一棵橡树时的轻微疼痛。

“我们这是在哪儿？”最后她问。

“你是说现在？还是说要去的地方？”莉丝娅步子很快，布瑞奥妮奋力跟上。“我们离睡梦中诸神之所在非常近，就是歪神送入沉睡的那些古老神灵。对了，你们的人称他为库比拉斯。我们也不是一直叫他歪神，这名字是三兄弟家族虐待他之后才出现的。歪神出生时的名字是闪亮之光——黄昏和月光的儿子嘛。所以你能明白他为什么那么恨三位叔叔了吧，不只是因为他们对他本人做了什么，还因为对他家族耍的那些伎俩，那些残忍的对待方式，甚至还有无情的谋杀。”

一道闪电将整片天空映得发白，两人沉默了片刻。没等布瑞奥妮再问问题，莉丝娅就直接讲了下去。

“我们所走的并不是歪神的道路，凡世之人无法安全地在那里行走。但我们正走过那些道路所在的大陆——明白吗？那些道路都属于他的曾祖母虚空之神。她赋予了歪神在里面安全行走的能力，而他也充分利用了这种自由。”

布瑞奥妮一句话也没听懂。她刚想叫莉丝娅重新讲一遍，半神就突然止住了脚。

“我们到了。”莉丝娅说，“现在告诉我吧，你到底需要什么？”

他们面前是一座用粗糙木材建起来的小房子，房顶是用还带着树叶的树枝铺成的。一阵雷声震得空气都抖了起来，房子顿时显得和梅克维尔剧团画出的背景一样单薄惨淡。地上的枯叶间长了一些绿草，但房子本身看起来相当古老，似乎被人遗弃了很久。

“别站那儿傻看，孩子。跟我来。”莉丝娅弯下腰，从低矮的房门挤了进去。

雨丝像箭一样射了下来，小木屋内部却很干燥，温暖得让人吃惊。什么也没铺的地面上摆着很多块毛毯，布瑞奥妮挑了一块坐下。虽然这一切都很舒适，这里的事物看起来还是不太自然。只要她盯着什么看，那东西就会显得越来越远，让她有点头晕。一阵撼动墙壁的雷声让她惊跳起来。

“不光是不老实。”莉丝娅责备地皱起眉，“更像是冬眠的熊闻到了春天的味道。快点，姑娘，我们时间不多了。告诉我，是什么在困扰你？”

布瑞奥妮把自己的梦境讲给她听了。先是关于弟弟巴瑞克的那些，特别是最近那个最吓人的。只要想起梦里他的双眼，她就会感到一阵寒意。

“这我恐怕帮不上你。”莉丝娅沉思了一会说，“你弟弟藏起来了——不知道是因为他所在的地方，还是因为他的旅伴。不过我可以确定，他还没死。”

“感谢众神！只要他还活着就还有希望。”布瑞奥妮真心实意地说，心情顿时轻松多了，“谢谢你。”

“要感谢女神，就该送上祭品。”莉丝娅说，“蜂蜜就不错，四叶草或苹果花都是我的最爱——不过一颗漂亮的石头也就够了。你可以找一块放到我的神坛上……”她抬起头，注意力突然转到了别处。

布瑞奥妮没告诉半神，她从来没听说过哪里有祭祀莉丝娅的神坛，至少醒来的世界里没有。“我会的。可以再问你一个问题吗？”

莉丝娅慢慢将注意力转回布瑞奥妮身上：“可以。但是要快点，孩子。天气越来越奇怪了。”

布瑞奥妮迅速把自己所处的困境讲了一遍——她对埃尼亚斯的好感变成了向他寻求帮助的阻碍。“他是个好人！真正的好人。我怎么能这么对待他？就算目的是好的？”

半神挑起雨水浸湿的眉毛：“可他是个男人，根据你的描述——一个成年男人，还是位王子。他完全有能力做出自己的选择——要不要和你在一起，要不要满足你的心愿。你难道已经承诺过他，‘帮助我，我就会嫁给你’，或者‘帮助我，我就让你上我的床’？”

“当然没有！”

莉丝娅嘲讽地笑了起来：“反应不必这么激烈，孩子。除了名字，你已经是个女人了。如果这种事真有那么糟糕，这世上的凡人数量恐怕要少得多。”

“不，我不是说……不，我是这个意思，可是……总之，我还是个处女！”

“这很常见啊，孩子。没什么可炫耀的。”

“可我……”一阵闪电划过，小屋的所有缝隙里都冒出了白光，布瑞奥妮惊吸一口气。过了一会，雷声又传了过来，近得仿佛就在头顶上。“我不是这个意思！我是说，只要能拯救我的家庭，我愿意付出一切，包括处子之身。我还可以假惺惺地给出去！但我不想假惺惺地献给……献给一个善良的好人。如果情况有所不同，我完全有可能对他产生真正的感情。”她摇摇头，“我说明白了吗？”

莉丝娅的表情柔和下来：“明白，孩子。但我想你并没说出全部事实。”

“我说了……”

“我想你已经对他有感情了。他叫什么名字？”

“埃尼亚斯，希安的王子。但是……但是我喜欢的是另一个人。至少我曾经喜欢——现在我已经不敢确定了。”布瑞奥妮笑了起来，又突然有些想哭，但笑声一开始就止不住了，“他和埃尼亚斯天差地别，唯一的共同点就是他们都是好人。他没有任何人帮助，没有前途可言——他是个平民！我都不知道他是否还活着。很久之前他离开了，当时和他同行的人基本都死了。”

“你的问题就像一颗苹果，挂在一根很高很细的树枝上。”半神说，“树枝高得你无法在地上够到，又细得让你无法爬上去摘。但有时候，你还是可以得到苹果的，只要借助一点帮助就好。你可以爬到树枝根部，把树枝往下压，这样地面上的另外一个人就可以跳起来摘到它……”

布瑞奥妮正想问女神，她到底在说些什么，看在仁慈的佐睿雅的名分上，什么苹果啊树枝的？这时，一道极为耀眼的闪电侵入了墙上的每一道缝隙，随即是一声轰隆巨响，惊得布瑞奥妮和莉丝娅都像碗里的干豆般跳了起来。

但那不是雷声。布瑞奥妮滚在地上寻找着平衡，在惊骇中突然意识到，她听到的是一个人在说话，只是声音太响、太低沉，仿佛有个巨人站在房顶上，用世上最巨大的肺活量愤怒地咆哮。

“出去，孩子！”莉丝娅喊道，“现在！”她抓住布瑞奥妮的胳膊，将她推向门口。这个梦完全变成了噩梦：不管布瑞奥妮怎么挣扎向前，她就是够不到本来只有一两步之遥的房门。莉丝娅已经消失了，房子变成了一片破罐子般的无尽黑色空间，不时有破碎的闪光照出外部轮廓。

“莉丝娅，你在哪儿？”布瑞奥妮尖声叫道。

“这儿！这儿！”

她感觉到了老妇人的手，带茧的手指紧紧抓住了她。她被对方向前拖去，经过呼呼的风声跌入黑暗空间，然后重新出现在下着雨的森林里。天空里到处都是闪电，一下又一下地打着闪，将树木映成舞蹈的剪影。雷鸣般的可怕声音还在，近在咫尺，却仍然听不出到底在说什么。那声音从四面八方向她涌来，感觉就要像压碎蛋壳那样压裂她的头骨。

“那是什么？”她伸手捂着耳朵叫道，但捂住也没用。

“他要醒过来了！”莉丝娅的声音几乎完全被那低沉的咆哮淹没了，“快跑！”

“谁？”布瑞奥妮高声叫道，狂风和雷鸣般的声音将她推得左右摇晃，险些摔倒。

“快跑！”莉丝娅喊，“这比我想象的还要迟！我应该告诉你……”

“告诉我什么？”

“太迟了。你必须去找石头族……让他们带你到古老的鼓那儿去……他们的石鼓！”

半神说完就消失了。空中满是旋转的树叶和细枝，被风吹得如愤怒的手掌般抽在她身上，打得她看不清东西。然后闪电一瞬间照亮了周围，她看见森林后方有个巨大的黑色身影，巨大得挡住了整片天空。

布瑞奥妮伸手护住脸，拼命地跑啊，跑啊，跑过倒塌的树木和旋转的树枝，跑过紧绷的、充满雷鸣般笑声的空气。

她又醒了过来，这次没有叫出声。她全身大汗淋漓，心脏跳得整个胸口都在疼。她紧紧握着莉丝娅的幸运护符，为弟弟和她所爱的一切而祈祷。布瑞奥妮太累了，觉得自己仿佛比那位远古女神还要苍老。等心脏逐渐恢复了原本的跳动速度，她仍然无法入睡，直到黎明即将来临。

第二十章
荆棘桥

据说，如今大部分艾廷都生活在雾影线往后很远的地方，主要聚集在至深洞穴的地下城里。但在大瘟疫时期之前，它们的活动范围往南一直可以追溯到希安的艾尔温山脉，在塞特兰和佩里卡尔的山脉里也有。

——引自《埃昂大陆和赞德大陆精灵种族专述》

*我真是众神手下最糟糕的间谍。*马特·廷莱特暗自承认，*只要有人问我一句我到这儿来干什么，我就会像小姑娘那样尖叫，把一切都招了。*

他从没来过宫殿里的这部分。这些殿堂有着陌生的回音，墙上挂着从天花板一直垂到地板上的古老织毯，绣在上面的野兽都眼睛一眨不眨地盯着他。这里简直像是深山老林里的野怪巢穴，到处布满鲁莽旅人的尸骨，每个角落里都潜伏着毁灭的可能。

*众神诅咒你，艾文·布罗纳。*他第一百次地这么想，*你不是人，你是怪物。*

廷莱特之所以要冒险到这个吓人的地方来，是因为这边很多房子都靠近城堡外墙，可以眺望海水对面精灵的活动。他本来就一直都想过来看看。他也知道，绝对不能把这个机会搞砸。至今为止，布罗纳对他带回去的所有信息都不屑一顾，包括他在宫中发现的那些镜子。他说诗人交上去的列表是“一派胡言”，还威胁要剥了他的皮做帽子。虽然廷莱特并不相信自己真会死在帽商的工作室里，他很清楚兰森德伯爵正在逐渐失去耐心。伯爵咒骂的每一句话都把他吓得寒意彻骨。

现在他已经在居住区游荡了一个多小时。路上他碰见过好几个好奇的仆人，不得不撒谎说自己迷了路，编造出虚假的跑腿任务，解释他为什么会来这里。每解释一次，他的紧张就又增长一分。如果他被人抓住怎么办？如果他们把他带到亨顿·托利面前呢？望着那双刺穿别人的可怕眼睛，他不可能自如地撒谎。他做不到。马提亚斯·廷莱特很久以前就已经明白，虽然他可以撰写关于凯勒等英雄的诗，用打动人心的词句描绘他们是如何直面最可怕的敌人，还能满怀信仰露出微笑，他自己可不是当英雄的料。

*不，如果被抓住，我就把一切都说出来。*他对自己保证，*我可不会等到他们举着烙铁靠近我。我会告诉他们，是布罗纳逼我做的。然后求饶。*

众神在上，我是怎么陷入这个邪恶陷阱的？

廷莱特穿过一道拱门，站住脚抬头看着墙上的画像。他正站在王室的肖像厅里——他怎么走到了这么远的地方？历代国王和王后们低头望着他，有些在笑，更多的沉默而严肃，仿佛因见到这个天真幼稚的入侵者而不悦。最早期的那些画像是由安格林从康纳德带回来的，用三神时代早期的拙劣技艺画成，上面的头像不太像人，倒像是挂毯上的野兽，睁大眼睛僵硬地盯着虚空，五官像戴了面具一样……

他突然听见外面的走廊里传来一阵说话声。廷莱特惊慌地左右环顾。他正处于一间庞大房间的中央，如果往另一头的门口走，说话的那些人无疑会进来看见他。他敢不敢冒险打赌来者都是仆人，靠撒谎撑过又一场偶然会面？声音越来越近了，听起来响亮而富有权威。他的心跳得更快了。

*那边！*对面的墙上开了一道缝——是楼梯。他冲过石板跳上了最底层的台阶，同时说话的人也拐进了房间，声音在高高的天花板下变得更加清晰，还带着回音。廷莱特蹲下身子向后靠，尽量躲到来人所看不见的地方，虽然这也意味着他同样看不见他们。

“……在古书里发现了一些相关内容——我记得是菲亚罗斯的著作。根据体积，他把它们称为巨砖，还说它们是——原话是怎么说的来着？——‘*窗户和门，虽然无人能跨越其边缘。*’”廷莱特认得这个声音，却想不起来是谁。他以前肯定听过。这声音年老而粗糙，说话时带着沉重的吐气声，语气里总是带着一丝紧张。

“这些我们早就知道了。”另外一个人说。廷莱特往阴影里缩得更紧了，恐惧地屏住了呼吸。这第二个声音是亨顿·托利。“瞧瞧这些瞪着牛眼睛的白痴！”他显然是在说埃顿一家的画像。“好几代国王，比牧羊人好不了多少，守着他们那点牧草地就满足了。”

“他们也是您的祖先，托利大人。”第一个人尊敬地评论道。

让廷莱特更加惊骇的是，两个人走到了房间中央，离他的藏身处更近了。*我为什么要藏起来？笨蛋！这下再被抓到可就没有借口了！*

“没错，但他们可不是我的榜样。”托利说，“南边的大希安已经衰落了一个世纪，表面很漂亮，内里早已腐败。布伦那些地方不过是些农村小镇，只是用墙围了起来。只要下一点决心，我们完全可以统治埃昂全境。”廷莱特听见他吐了口口水，“一切都会改变的。”他的声音变得更低沉了，增加了某种冰冷严厉的东西。“你不会令我失望吧，奥科罗斯？”

“当然不会，托利大人，别担心！我们已经解决了大部分谜题，只剩下可恶的神石。我开始相信它并不存在。”

“你不是说，这个什么神石并非必要之物吗？”

“是的，大人，就我所知。但我仍然希望能先得到它，再去尝试……”医生清了清嗓子，“请您记住，这些东西非常复杂，阁下——并不像准备攻城机器那么简单。其中牵涉到的不仅是工程学。”

“我知道。别把我当傻子。”亨顿·托利声音中那种危险的寒意加深了。

“怎么会呢，大人！”廷莱特以前在居住区周围见过奥科罗斯·迪欧克蒂安。他是个步伐轻快、从不微笑的人，总是对身边其他人显得有点轻蔑，虽然社交礼节一样不缺。现在的他可没露出丝毫蔑视之情，相反显得非常害怕。廷莱特不禁感同身受。“不，大人，我这么说只是为了提醒您，还有很多准备工作要做。我没日没夜……”

“你说我们必须在仲夏日做法，否则就会错过机会。没错吧？”

“是……是，我是这么说过……”

“那就不能再等了。你必须尽快告诉我这件事要如何完成。如果你做不到……我就只能另请高明了。”

奥科罗斯沉默了一会，显然是在压抑自己声音中的颤抖。结果他没能完全成功。“当然，托利大人。我……我已经搞清楚了仪式的绝大部分——嗯，几乎是全部内容！我只需要再弄清一些词的意思就好，菲亚罗斯和其他古代学者并没有达成一致意见。比如说，其中一位强调说，为了让法术成功，‘巨砖必须沾染血雾’。”

亨顿·托利大笑起来：“在这方面，我们应该不会遇到任何困难吧——在这这座众神诅咒的蚁丘之城里，少几张嘴要喂总是件好事。”他走了几步，声音变弱了一些。廷莱特无声地感谢佐悉蒙，但愿自己不必再像这样躲藏太久。他的后背和臀部都开始胀痛了。

“但我不禁思考，这个词到底是什么意思——血雾？”从声音判断，奥科罗斯跟在了托利身后，“我查过三个不同的译本，他们都用了类似的词。血雾，血云，从来不是直接的‘染血’或‘涂血’。那是一面镜子，大人。要如何让镜子‘沾染血雾’？”

“哦，众神啊。”托利显然相当不耐烦，“割开几个处女的喉咙呗。古人不都是这么干的吗？献上祭品？在这么落后的城市里，我们总能找到几个处女吧——最不济还有小孩呢。”

谈话内容让廷莱特感到一阵惊怖。同时，两人的声音又向他接近了——亨顿·托利转了个方向，冲廷莱特藏身的楼梯走来。廷莱特转过身，不等自己站直就手脚并用地往上爬。到了第一个拐弯处，他站直身体继续快步往上走，尽量在保持不出声的前提下加快速度。他还能隐约听见托利和医生的争论，但只是只言片语。他们似乎没有打算跟着他上楼，这让他极大地放松下来。

“……幽灵……那些地方没有……”奥科罗斯的声音和吹过城堡炮塔的风一样微弱，“……我们不能冒这个险……”

“……就算是神灵……”托利又笑了起来，愉快地抬高声音，“整个世界都会颤抖着跪下来……”

廷莱特爬到楼梯最上层，蹒跚着摔出门口，跌倒在外面的平台上。他恐惧的对象不再仅限于被人抓住这件事。亨顿·托利的声音里有什么不一样了——最后这句话听起来简直不像是人类的声音。

他在楼梯口边站了很久，尽量不出声地喘着气，侧耳倾听楼梯上的动静，但没再听到谈话声。奥科罗斯和护国公可能去下一个房间了。他得再等一会，确定安全了再下去。平时托利就已经够让自己害怕的了，听他如此平淡地谈起血祭——还有那笑声，那可怕的笑声……如果必要，他可以在这里一直躲到天黑，只要不撞见南境城堡之主就好。

过了一会，他还是不敢冒险下楼，却又觉得有必要活动腿脚，就轻手轻脚地在楼上逛了一圈。这里的房间本来是储藏室，现在都清空了，为出身高贵的难民提供住处。大殿的尽头有扇向南的窗户，可以望见花园对面内城的大门。不仅如此，他还可以透过这扇竖框窗望见整个海湾,那里的堤道曾经连接起整个南境岛和这里的城堡。海湾对面的陆地看起来有些奇怪。廷莱特盯着它看了一会，终于想起早上听见的那些对话。朝臣们都害怕地低声谈论着，说精灵安静了这么久，现在终于开始行动了，不知道作的是什么妖法。

“诡异的声音。”有人这么说，自称半夜被吵醒了，“吟诵和歌唱声。”“雾，”另外一些人说，“大雾遮住了一切。那可不是自然形成的。”

廷莱特望着大陆那边的海湾，看到上方确实有一大片雾气。一开始，他以为雾气里缓慢移动的黑影是一股股的黑烟，以为精灵在海滩上点了篝火。但雾气在风中飘荡着，那些黑色的卷须却没动。有什么……有什么从雾气里长了出来。可那是什么？还有，为什么？

廷莱特摇了摇头，完全不明所以。经过之前安静的几个月，大家几乎都忘了加尔人的存在。他们和发烧病毒一样悄无声息，充满恶意。令人担惊受怕的漫长和平要结束了吗？

*我被困在精灵和托利中间了。干脆划开喉咙死掉算了。*他心想。

马特·廷莱特觉得躲得差不多了，现在下去应该已经安全了。艾文·布罗纳会对他所听到的内容感兴趣的。对那位同样令人恐惧的权重人士，廷莱特也一样要好好交代才行。

“她真是让人恼火，这姑娘。”他母亲宣布，“我从市场给她买了好端端的食物回来，结果她翘起鼻子一口都不吃。书上不是说了，‘穷人应该得到香肠’？”

是得到慰藉。他险些就要出声纠正——但那又有什么用呢？纠正母亲，就像在城堡花园里对着伊尔嘉王后的雕像说话一样，还是具喋喋不休的雕像。“你不吃点东西吗？”他问床上的病人。

伊兰·麦克里靠着枕头半坐着。她的脸色好多了，但神情仍然憔悴得像被小孩玩腻的布娃娃。这位年轻的贵族姑娘至今不肯下床，对此廷莱特感到一丝恼火，但又尽量抑制住情绪。她还没完全康复。她被人下了毒——虽然是出于爱意。到了该康复的时候她自然会好。

“我能吃多少就吃多少。”伊兰轻声说，“只是……我并不想显得不知好歹，但她带回来的东西……”她微微抖了一下，“面包里面有甲虫。”

“不是甲虫，只是常见又完整的象鼻虫罢了。”安娜梅西亚·廷莱特反感地啧了一声，“它们又没活着到处爬，都烤死了——还挺有嚼头的呢，就像烤松子。”

伊兰的肩头一阵颤抖，她伸手捂住了嘴。“当然了，母亲，我相信那味道是不错，但麦克里小姐平常吃的不太一样。喏，给你一枚蟹币——不，两枚。”他在帮宫廷里的一群人写情书。随着夏日的接近，再加上加尔人在门外毫无动静，他们越来越活跃，整日寻欢作乐。另外，为了奥科罗斯和亨顿·托利之间的对话，布罗纳给了他一枚银海星，还没怎么大叫大嚷。因为这些，马特·廷莱特感到前所未有的充实舒畅。“给伊兰买块用好面粉做的好面包来。不带象鼻虫的。再买点水果。”

母亲嗤了一声：“那只能祝你好运了。水果？你跟贵族在一起待得太久了，儿子。你知道有多少人睡在街上，饿到什么程度吗？整个南境能找到一只有虫洞的苹果就不错了。”

伊兰恳求地看着他。

“总之，你就去给她买点好东西吃，母亲——这两枚铜币所能买到的最好的东西。我坐在这儿陪麦克里小姐，等你回来。”

“哦？那我呢？什么样的儿子才会把母亲像克雷斯的难民一样扫出门去，连枚蟹币都不给？”

廷莱特控制住翻白眼的冲动，从兜里又掏了一枚出来：“好吧。

给你自己买杯啤酒喝，母亲。对你的血液有好处。”

她严厉地盯着他：“啤酒？你疯了吗，孩子？扎卡斯姜酒就足够了。我会把剩下的放到众神的贡碗里去，洗掉点你这种罪恶生活沾到我手上的臭气。”不等他伸手把铜币从母亲通往酒醉的道路上抢救回来，她就消失在了门外。

他转回头。伊兰闭着眼睛。

“你睡得如何？”

“不好。我不知道。”她闭着眼说，“有时我觉得喝下毒药时就已经死了，这一切不过是我过世灵魂的幻影。如果这是真实的世界，为什么我一点儿都不在乎？为什么我只希望一切都能消失，让我落入无梦的黑暗中去？”

他坐到床脚上，暗自希望自己能有勇气握住她的手。虽然是他把她从亨顿·托利手里救了出来，按理说她是属于他的，廷莱特还是觉得伊兰变得越来越遥远。“如果你的灵魂光凭想象就能编造出我母亲这样的怪兽，那你可是位比我更有技巧的诗人。”

她露出一丝笑容，睁开了眼睛，却没有看他。楼房的上层传来婴儿隐约的哭声。“你真幽默，廷莱特先生。但你看错你母亲了。她是个好人……以她自己的方式。她尽力让我过得舒适，虽然对于怎样对我而言才是最好的，我们的意见并不一致。”她做了个不快的苦脸，“她也非常勤俭，不舍得花钱。她买回来的那些鱼干……我甚至都无法描述那种气味。那些鱼一定是居住区往湖里排污的时候捕上来的。”

廷莱特笑了起来：“你也听她说过了。她这么抠门，只是为了把省下来的硬币扔进献给众神的贡碗里。她如此虔诚，却把众神都当成不听话的傻小孩，一定得时刻提醒他们她有多虔诚才行。”

伊兰的表情变了：“也许她才是对的，而我们错了——众神显然并没好好照顾他们造出来的凡人。我不敢说众神是愚蠢的，廷莱特先生，但我得说，我一直都在怀疑，他们总是有别的事要忙，对我们这里太过疏忽了。”

这个想法很有趣。廷莱特打算好好考虑一下——到底是什么吸引了众神，让他们无暇照看自己创造出的人类，留下凡人自己受苦受难。他也许可以为此写首诗。

比如《迷失的众神》，他心想。**不，《沉睡的众神》**……

一声巨响，门被撞开了，廷莱特惊跳起来，伊兰吓得叫了一声。安娜梅西亚·廷莱特用更大的力气把门撞上，随即跪倒在木地板上，开始大声向三神祈祷。楼上的婴儿被巨大的声响吓到，又哭了起来。

“怎么回事？”廷莱特的心沉了下去。一定是出了什么事。他母亲平常祈祷前总会先把要跪的地方擦干净，“母亲，告诉我！”

她抬起头，瘦削的脸上毫无血色，让他吃了一惊。“我本希望能在一切终结之前有时间救赎你所有的罪恶，”她低哑着嗓子说，“我误入歧途的可怜儿子！”

“你在说什么？”

“一切的终结，终结。就要来了！恶魔会摧毁我们，因为我们惹众神生气了。”她再次祈祷着俯下身去，不管他再问多少问题也不肯回答。

“我去看看到底是怎么回事。”他告诉伊兰。

廷莱特小心把门锁好，走到了街上。一开始他跟着人群往海港的方向走，那边也是离这里最近的城市外墙。但过了一会儿，他转身逆流而行，走向在两湖中央横跨运河的市场路桥。如果是南境的水域上出了事，他去獾皮靴酒馆后方的外墙也一样能看得清楚。他曾在那酒馆里与休尼他们一起度过了很多个夜晚，那里后门外的小巷相当隐蔽，酒友们经常把妓女带过去。

他一边往东走着，一边听身边经过的人闲谈。大家都是听到了这样那样的流言，想去看看到底怎么回事。有些人吓坏了，喊着或祈祷或诅咒的话语，但绝大多数人都很平静，简直像是要去参加大佐悉蒙节日庆典。

“那是个征兆！”很多人这么说，“连大地也在与我们作对！”

“我们会把他们打回老家，”还有些人喊，“让他们瞧瞧南境人的厉害！”有些不同意见的人打了起来，特别是各执一词的醉汉。云后的太阳刚刚越过正午的最高点，看来有不少人一早就喝了起来。

众神战争时也是这幅情景吗？凡人上战场只是为了旁观，其实并不在乎世界是否会迎来终结？马特·廷莱特心想。

这又是一个奇特而有趣的念头，可以再写一首诗。他沉浸在这个想法里，差点忘了自己是要去瞧瞧到底是什么让恶龙般的母亲如此震惊。

到底是什么？我只看见了一片烟雾。烟雾怎么会让这么多人害怕？

他溜过了獾皮靴酒馆门口。里面比平时还要吵闹，充满了争论和猜想。他很想就这么进去，把布罗纳给他的钱花个干净。如果世界就要终结，不如喝个烂醉睡过去算了。就他所知，《三神之书》里并没规定命运之日不能喝酒。

啊，但是万一他喝醉后，还要等多久才能得到审判呢？如果是降临在整个世界的灾难，等待审判的人会多得数也数不清，就像饥荒时领取国王救济粮的长队。这样就连醉都醉不了了。**等轮到我接受审判，我的酒应该醒了，只会觉得嘴里很干，头骨阵阵作痛。**神啊——在清醒时面对布罗纳的怒吼就够受的了，更别提清醒地站到风暴之神佩林面前，听他雷鸣般的低音！

廷莱特钻进酒馆背后的小巷，爬上坡，到了高大的城墙边，然后贴着城墙与外壕之间的狭道慢慢挪到了废弃的瞭望岗上。出乎他的意料，有五六个本地人和他一样想到了这个地方。其中一位身着皮裙、脸色严肃的年轻人还俯下身来，拉廷莱特爬上了最后几节坍塌的台阶。

从这里，他们可以一览无余地望见南境大陆的最北端。但真正发生情况的是大陆城市离这边的最近端，塌毁堤道旁边的海滩。马特·廷莱特之前见到的雾气扩散得更远了。他能透过雾气看到深处有些闪光，不像火焰，倒像是熔炉中的金属。他之前以为是静止黑烟的那些柱子并不是烟。

雾气里长出的是巨大的黑树，树枝像是丑陋弯曲的手指。看起来就像狭窄的海湾对岸上长出了五六只黑色巨手，从雾气里探出来伸向城墙。爪子般的树枝显然正向水面上伸展，伸向城堡。廷莱特和其他人沉默地看着，震惊而恐惧。

“那堆众神诅咒的东西是什么玩意？”最后终于有人问了出来。一个显然已经过了爱哭年纪的青年大声哭了起来，发出如肺痨咳嗽般凄惨的哀号。

“不。”马特·廷莱特盯着海水对面，只能说出这么一个字。那些树，或者别的什么东西，已经比他上次望见时变大了两三倍。世上没有任何东西能长得那么快！“这不可能。”但这是真的。

除了祈祷，没有人再开口。

大雾本身就够让人不安的了——它来自四面八方，具体源头又无处可寻，笼罩着她们所处囚笼的外部，让整个世界显得都像科涅奥斯宏伟城堡周围死气沉沉的昏暗原野，就像乌塔小时候听到的那些故事一样。但最让她难受的还是那些声音，那些低沉的呻吟和吱呀的辗压声让她冷入骨髓。听起来就像有一艘比人类船只大上一千倍的巨船正驶过窗外，距离近在咫尺，只是藏在冰冷厚重的雾气里看不真切。

“这个可怕的声音到底是什么？”乌塔又踱起步来，“他们是不是建了些……叫什么来着……攻城机器？用来攻克城堡高墙的那种巨塔？可精灵为什么要把这样的机器在海滩上拖来拖去？这种声音让我尽做噩梦！”在某个噩梦里，已经失去多年的家人站在一艘长长的灰船上，恳求她上船与他们团聚。但就算是在梦里，乌塔也能从他们无神的眼睛上看出他们都死了，这艘船的终点就是地下世界。醒来时她的心跳如此之快，一瞬间她几乎相信自己真的要死了。

“修女，你老这么走来走去，搞得我都要疯了！”梅若兰娜抱怨道。被关到布伦湾对面这间废弃的商人住宅里后，年纪稍长的妇人用了好几天清扫房间，仿佛每扫掉一片灰尘都能让她们远离精灵和黑暗女王的掌控。但事实恰好相反。公爵夫人把屋里清扫得越干净，她们就越深刻意识到自己身为囚徒的事实。现在室内已经如梅若兰娜所愿，清洁一新，但她似乎陷入了一种难受的呆滞状态。最近这几天，她很少从椅子里站起来，虽然还有力气抱怨乌塔走来走去，发出在梅若兰娜看来难以理解的噪音。

神圣的佐睿雅保佑，赐予我们力量吧。乌塔暗自祈祷，**完全是现在的困境让我们这样争吵。**

她们躲过了处罚，还住在一座三层高的宽敞建筑里，随时都有能做出美味佳肴的上好食材。但她们毫无疑问是囚徒：门外总是站着两个沉默的守卫，和庙宇里恶魔的雕像一样诡异而充满威胁。屋顶上还有另外一名守卫，这是某天乌塔趁天气好去晾衣服时令人惊恐的发现。她抱着一堆湿衣服上阳台时，那个不自然的生物从上面一跃而下，差点把她当场吓死。

这个精灵和其他护卫不同，长得更像人类，而不是什么剃过毛的猩猩或没有鳞片的蜥蜴。他戴着手套，里面有长长的利爪冒出来。他的鼻子和嘴有些畸形，长得很像狗，琥珀色的眼睛里没有瞳孔。这位精灵守卫当时生气地咕哝一声，冲乌塔使劲挥舞着树叶形状的刀，她吓得没敢告诉他自己只是想完成无聊的家务，而是拔腿逃回了室内。

他们到底以为我们会干什么？那天她慌张地下楼奔向客厅，心里一直这么想着，**从阳台上跳下去飞走？为了不让我逃跑，他会杀了我吗？**

她不安地相信，他一定会的。

“他们为什么要关着我们？”令人不安的噪音持续传来，乌塔不禁质问道，“如果那个黑衣女人——就是他们的女王——这么讨厌我们的种族，她干吗不干脆把我们杀掉算了？”

梅若兰娜在胸前做了个三神的手势。“别这么说！也许她想勒索我们。平时我会说不行，休想。但只要能回到自己床上，见到小埃丽丝他们，没有什么我不愿意给的。我很害怕，修女。”

乌塔也很害怕，但她并不认为精灵是要勒索她们。嗜血的加尔人拿公爵遗孀和佐睿雅修女能交换到什么？

有人敲了敲主厅的门，然后门就被推开了。是那个一半精灵、一半人类的家伙，他自称凯因。

“什么事？”梅若兰娜听起来很生气，但乌塔知道她只是在掩饰对突发情况的恐惧，“你的女主人想确定一下我们是不是在受苦？告诉她，这房子的通风还可以好一点——但也好不到哪儿去。”

他微微一笑，只有这个时候才显得像个真正的人类：“至少她费心把你们关了起来。她根本不在乎我，所以才允许我四处乱跑，就像墙上的蜥蜴。”

“外面出了什么事，凯因？”乌塔问他，“整个早上都传来那么难听的声音，我们只能看见这片大雾。”

凯因耸了耸肩：“你们真的想看吗？那可不是什么好看的东西。这是个严峻的时期。”

“什么意思？我们当然想看！”

“来吧。”他说，带着对傻瓜无可奈何的语气，“我带你们去看看。”

他动作敏捷地上了楼梯，她们跟在后面。三人爬上了最高层的阳台，就是那个爬行动物般的护卫吓跑乌塔的地方。这里依然雾气弥漫，但他们从这个高度可以看清大雾的位置有多低，仿佛一床随便铺上的厚垫。吱呀的声音更响了。乌塔一瞬间被眼前的景色所吸引——无边的雾云，远处的海湾和南境城堡的群塔，她们无法触及的家——以至于忘了那个可怕护卫的存在。下一瞬间他就翻下屋顶，跳到了阳台上。

梅若兰娜惊叫起来，差点瘫倒在地，乌塔扶住了她。护卫挥舞着宽柄短刀咧嘴低吼，她们无法判断他到底是在用奇怪的语言说话，还是只是发出了威胁的声音。他的牙齿和狼一样长而锋利。

凯因无动于衷：“走开，长鼻子。跟你的主人说，我带这两位夫人出来呼吸下新鲜空气。如果她想为此杀了我，那就随她所愿好了。否则你就赶紧滚。”

那家伙瞪着明亮而愤怒的眼睛盯着他，表情里有些超出野兽之外的东西。

这些生物到底是什么？这些……精灵？是众神造出他们的吗？他们是恶魔，还是和我们一样拥有灵魂？乌塔忍不住想。

护卫警告地哼了一声，跳回了屋顶上，和翻身下来时一样敏捷迅速。

“哦，太吓人了！”梅若兰娜挣开乌塔，伸手冲脸上扇着风，“那是什么鬼东西？”

凯因似乎觉得很有趣：“他是贤德战士部族的门徒，我的表亲。但他知道不能碰我，也因此不敢碰你们两位。”但他似乎不是很确定那家伙会百分百听从命令，这让乌塔怀疑起她们离灾难有多近，也许差一点就会被赶回屋里……或者更糟。

“你怎么能认那种怪物为表亲？”梅若兰娜还在用力扇风，仿佛要驱赶的不仅是空气，还有不愉快的记忆，“你和他一点也不一样，凯因。你更像……像我们。”

“但我是被造成这样的，.公爵夫人。”凯因低下头去，“我的主人知道我会在你们族人中间待很久，所以他就赐予了我一样礼物，让我可以……这很难解释……让我软得像块面团，可以变成周围生物的样子。所以我就这样定形了多年，虽然模仿得相当拙劣，但也足够胜任了——直到再次被唤醒。”

“唤醒？为了什么？”乌塔还是第一次听说有这种事。她本以为凯因不过是精灵和人类偶然的混杂产物。

凯因摇了摇狭长的头。乌塔仔细地看着他，发现他确实有些地方很奇怪，身上没有任何可以称得上个性的特征。他不在的时候，她从来都想不起他到底长什么样。“我自己也不知道。”他说，“我的国王想尽量避免你我种族之间的战争，但我并不认为他对此做出了足够的努力。说实话，这是个谜。”他歪起头，“啊，来了——你们听见了吗？又开始了。”

他走到阳台栏杆旁边，乌塔也跟了过去。她也听到了——烦恼她们一整天的低沉摩擦声又响了起来。在阳台下方缠绕的雾气深处，一丝黯淡的光芒亮了又暗，从未彻底消失，仿佛有人在隐蔽的海滩上燃起了篝火，火焰是蓝色和黄色的混合。

“那是什么？你们的人在做什么？”

“我不确定他们还是我们的人。”凯因说，露出一丝奇怪的悲伤微笑，“但他们确实是豪猪女士手下的隐士。他们在造荆棘桥。”

“仁慈的众神！”梅若兰娜喃喃低语。乌塔转过头，看见一个巨大的黑色东西从雾气里缓缓冒了出来，仿佛某种海中怪兽的触角。风吹拢雾气，重新遮住了它。即便是在视野清晰的几秒里，她也完全无法判断那是什么。最后她终于想到，那是一棵植物，是根周长和农舍小屋一样的巨型黑色藤蔓，上面长满了剑刃大小的刺。看不见的海湾又吹来一阵风，拂散了雾气。这次她看见的不只是最近的这一根藤蔓，还有原本在雾气深处的另外好几根，全都蜿蜒着伸向天空。那可怕的碰撞咯吱声，震得阳台阵阵微颤的低沉巨响，就是这东西生长的声音。它们在下方的海岸上急速生长，像贪婪的手指般伸向海对面的南境城堡。

“荆棘桥……”她慢慢地重复。

“那到底是什么？”梅若兰娜问道，“光是看着它就让我恶心。那是什么？”

“他们……他们会用那东西攻击城堡。”乌塔告诉她，她终于想通了一切，“他们会把那枝条当成攻城塔，爬上去越过海湾，越过城堡的城墙。他们会像蚂蚁一样爬过去，杀死所有人。是这样吧？”

“没错。”凯因说。他似乎有些悲哀，“我想她确实打算杀死所有人。我从没见过她如此愤怒。”

“哦！”公爵夫人说。一瞬间，乌塔以为她又要瘫倒在地。“哦，你这恶魔！你怎么能……就这么说出来，就像……就像……”她转身回了屋。过了一会，乌塔听见她动作缓慢地下了楼。

“我应该去陪她。”乌塔说，犹豫了一下，“就没有人能阻止你的主人，叫她放弃进攻吗？”

“她不是我的主人，这也是问题之一——国王才是我的主人。雅萨梅兹最讨厌的就是不忠，特别是家人的不忠。”

“家人？”

“我没说过吗？雅萨梅兹是我的母亲。我出生是很多很多年以前的事了，我们的关系早就疏远了。”他平凡的脸上没露出太多表情，只是淡淡讲述着作为消遣的故事，但乌塔还是觉得这几句话底下暗流汹涌——一定是的。“我不是她唯一的孩子，但我应该是唯一还活着的。”

“但你以前说过，你觉得她总有一天会处死你。母亲怎么会如此对待自己的孩子？”

“我的族人和你们不同。就算在我们自己人里面，雅萨梅兹也是个尤其特立独行的个体。她的爱并没献给自己的后代，而是全部给了她姐姐。虽然她持有焰华，但和我们历史上的祖先不同，她是独自一人持有的。”

乌塔只能莫名地摇头。“我不懂。焰华是什么，一种花吗？”

“不是一‘种’，焰华只有一朵。那是我们伟大祖先歪神送给初神的礼物，表达他对某位凡世女人的爱意——也就是苏牧，我母亲的母亲。焰华是他赠给他和苏牧所生后代的传世之礼。”他注意到她的表情，顿了顿，“啊，对了，你们对歪神的称呼是库比拉斯，治愈之神。”

在其他场合下，乌塔会把这些话当成疯子的自言自语。凯因不带感情的平淡语气也确实显得有些不正常。但她已经见过了可怕的雅萨梅兹，此刻还刚刚目睹过那位黑衣女人使用魔法弄出的多刺植物。她没法将这故事视为笑谈。“你是说……你母亲雅萨梅兹的父亲是位神？”

“这话是你说的，不是我——但确实如此。在久远的时代，你们称为神灵的都是些强大的主人，你我的族人会服侍他们，有时还会和他们同床。有时伟大的神和短命的仆人之间也会产生真正的友谊，甚至还有爱。不过，不管其中是否有爱存在，是这样的联姻造出了你们所说的半神、英雄和怪物。”

“那库比拉斯……”

“没人知道歪神对苏牧究竟是什么感情，何况如今他们都不在这世上了。但我认为，称之为爱并无不可。他们的后代也和其他任何生物都不同——那些人成了我们种族的统治者。歪神的后代都会得到焰华这个礼物，那是众神自己也曾拥有过的永生之花。在雅萨梅兹和她的同胞姐姐亚苏德拉身上，焰华尤其猛烈，因为她从未将它献给过其他人。说起来，苏牧的头三个孩子——我母亲、我母亲的双胞胎亚苏德拉，还有她们的哥哥阿亚恩，他们都没把自己继承的礼物分出去过。

“在好几个世纪里，雅萨梅兹一直保有她的焰华，也就由此成了我们族人里最长寿，大概也是最强大的一位。亚苏德拉和阿亚恩没有像她一样独自留着，而是传给了他们两人的后代，也就是我们族人的历代国王和女王。就这样，焰华一直存留在纯净的血脉里……”

“等一下，凯因。你是说，你们第一代国王和王后本来是兄妹？”

“对，他们的后代也全是像这样结合的，从亚苏德拉和阿亚恩开始，每一代都保持了焰华的纯洁。”

乌塔就此思考了一会，才再次开口：“所以……你身上也有这个焰华吗？”

他笑了起来，表面上看来并没生气：“不，不。我母亲雅萨梅兹从没分享过这个礼物，所以她才能活这么久。她的所有孩子都没能得到过焰华。相对的，她决心用永恒的生命来保佑姐姐亚苏德拉的血脉。现在她姐姐的后代，我们的女王萨奎丽，就快要死了。为了报仇，雅萨梅兹决定发动战争，摧毁你们的种族。但我的主人，也就是我们的国王，推动不同种族达成了和解，结成了镜子之约。当然了，这项契约现在已经失效，所以雅萨梅兹有权对她最恨的你们发动战争。”

“恨我们？为什么？你说她要报仇。她为什么这么想毁掉我们？”

“为什么？”凯因的表情难以读懂。“因为是你们人类——具体地说，是南境的人类——在谋杀我们的女王。”

第二十一章
第五盏提灯

西北部的人曾经用“黑暗精灵”来称呼所有芬德林人，特别是住在他们附近的塞特兰的那一群。但现在，这名字仅指代那些生活在雾影线后，与加尔人一同混居，擅长石工的小个种族。

——引自《埃昂大陆和赞德大陆精灵种族专述》

走出隧道的时候，费拉斯·范森一直把手搭在碧玉的肩膀上，尽管这样就意味着他要保持一种不舒服的前倾姿势。根据周围回声的深度判断，他们一定已经走到了名为舞蹈大厅的石穴，但他没有办法确定。范森觉得自己像个小孩，或者是个残废——芬德林人是怎么在这样的黑暗里看清东西的？他在这里无异于盲人，而芬德林人和他们所面对的敌军都来去自如。他怎么可能与他们并肩作战？更别提领导他们了。他实在太期待打开提灯罩的那一刻了！

“这里的空气挺通畅。”大锤·碧玉说，嘴差点凑到了范森的耳朵上，“但远端是闭息的，所以一定有上行洞——可是居然没有。我不明白。”

范森也不明白，因为他不是芬德林人。看守队长说的话和优洛斯的古语一样莫名其妙。“闭息？上行洞？这都是什么意思？”

“安静！”碧玉低声说。

范森正在想出了什么事，碧玉就抓住他的胳膊往前一拽，让他跪倒在地。过了片刻，他们身后传来金属撞在石头上的激烈响声：有什么尖锐的东西掠过他们头顶，插入了他们站立时挡住的墙。

“那是什么？”范森压低了声音问，“那……”

“是陷阱！”他又被猛然拽了一下，碧玉趴到了地上。芬德林人体积有如孩童，握力却大得惊人。“趴着别动！”

“我要打开提灯。”范森说，“看看到底是怎么回事……”

“别在你脑袋附近打开！”碧玉低吼，“到离我们远点的地方去。”其他芬德林人从后面陆续爬了过来。范森伸出胳膊，把提灯放在队伍斜前方的崎岖地面上。这是什么地方？他们说这里是舞蹈大厅，但这地面感觉不像舞厅，更像采石场。他翻开提灯的一块遮挡板，光线照了出来，突然给这片吓人的无尽黑暗赋予了范围和形状。

他刚缩回手，就有好几支箭擦过了一秒前手指所在的地方。一支箭擦过提灯，将金属和海玻璃做成的灯筒撞倒在地，还好灯火没灭。

范森冒险抬头看了一眼。五六个移动的身影在石穴尽头寻找掩护，有几个手里拿着短弓，逃窜的样子像是储藏室里的老鼠，昏暗灯光照出的影子巨大而扭曲。

费拉斯·范森没想过会遭到弓箭袭击，毕竟地下隧道如此狭窄，使用弓箭的可能性实在太小。但此刻，他正面临这样一个步兵队伍最怕的噩梦。他们连敌人的面目都看不清，毫无反击之力，就算正面打过去也没用。他和芬德林小队纯靠运气才没被血溅当场——提灯光显然让加尔人吃了一惊。现在他们可以等在这里，等待朱砂和芬德林镇的其他人能如约而至。但要怎样才能警告他们别陷入这样的陷阱？

“很简单。”听他低声说完自己的想法，大锤·碧玉如此回答。“只要这儿和共修会神庙之间有鼓石矿就没问题，“长腿人”——

我们以前就是靠它在矿里，有时甚至是更远的距离里互相传话，虽然已经是很久以前的事了。总之，我们得不停敲击，直到有人听见。但你要说的话必须简明扼要。”

鼓石。这还是他头一次听说这东西。范森又抬起头，看见敌军蹲到了一群塔状石块之后，那些石头最多也就像高个的芬德林人那么高。一个加尔人瞧见他的动作，射了支箭。箭嗖的一声擦过他身边，撞进了旁边的石头，碎掉的小石块弹下来打到了他的手。范森哼了一声，连忙吮吸手上的伤口。“两个词行吗？”他问碧玉，“‘救命’和‘陷阱’。够短了吗？”

他们派了两个人回去找鼓石，鼓石的石脉和通往舞蹈大厅的道路有一处相交。警告起作用了。朱砂和二十几个人的队伍迅速赶到，进入石洞的时候十分谨慎，还带来了弹弓等长距离武器。虽然这些战士没有多少战斗经验，很多人对于暴力手段的经验远赶不上看守们，他们还是帮范森和碧玉成功赶走了那几个加尔人。但他们也付出了相应的代价。有两名芬德林人牺牲了，其中一位是名为长石的看守。回焕华共修会之庙的一路上，整个队伍的气氛都很凝重。

范森和朱砂走在队伍最后面，扛着牺牲者的尸体。费拉斯·范森反复思考着当日的损失和教训，同时注意着一路上低矮的天花板。他和芬德林人在一起住了太久，大家都习惯了，有时会忘记他的身高和视力，遇到特别矮的地方时也想不起来告诉他一声。

“我要是早知道鼓石的事就好了。”他说。

“芬德林镇上只有几处石脉。”朱砂说，“碧玉能看见那一处，纯粹是运气好。鼓石最大的用处就是远距离传话，但在过去一百年里，我们和其他城镇逐渐失去了联系，也就不再使用了。”

“这可真是个奇迹，如果我理解得没错——在地下隔着那么远的距离传递消息！我们……大个子，知道吗？”

朱砂笑了起来：“我可以保证，他们不知道。请你原谅，但我得说，我们用鼓石是为了保护自己不受你们伤害，而不是协助你们。”

“那倒也是。我保证，我会保守秘密。众神在上，我欠你们太多了。但我想，当你叫我来领导这支队伍的时候，恐怕你的信任用错地方了。就算我是个久经沙场的指挥官，我对这里的地下世界也了解得太少，没法很好地战斗——何况我也不是什么老兵。加尔人抢在我们之前赶到了那地方，我却丝毫没有察觉。他们是怎么办到的？”

在提灯的微弱光芒下，朱砂和蔼的老脸上露出了惊讶之情。“可碧玉说他告诉你了。道路到那儿本来应该闭息，但他根据空气的味道判断有第二个洞口，也就是说在舞蹈大厅另一侧的闭息端一定有新的上行洞……”

“没错，可是呢，我还是不懂。”他举起手表示投降，“不，暂时别解释了，大师——我们要做的事还很多。等我们回去，人都齐了，请你和燧岩他们一起给我上一课。可得想想办法让我别再这么无知，免得害你们都牺牲了。”

芬德林人和两个大个子聚在焕华共修会之庙饭厅的长桌边。这里成了芬德林战争委员会的会议室，因为只有饭厅和礼拜堂能坐下这么多人。

就在几天前，费拉斯·范森还觉得这个场面十分滑稽，他好像在领导一支由儿童组成的军队。但这种想法在加尔人的第一次攻击后烟消云散。如果还有人质疑情况的严峻性，只要到主神坛下方深而冰冷的房间去看看就够了。里面躺着两位牺牲的芬德林人，长石和片岩。他们的石冢还在修建。

范森望向桌子对面的碧玉、朱砂大师和镍师父。镍在僧侣会的权力一天比一天大。没有任何东西保证他就是下一任会长，但其他所有僧侣都表现得好像这已成事实。查文也坐在桌边，他是唯一一个和范森同样个头的人。医生看起来心事重重，烦躁不安。他身边坐的是孔雀石·紫铜，一位重要的公会成员，个头就芬德林人而言又高又瘦。他从城里带来了一队志愿者，帮助镇守地势较低的隧道。虽然这个地下世界没有爵位，这位紫铜先生是范森见过的最接近贵族的一位。从衣着上判断，他应该是这里最富有的人。年轻的锑师父是桌边的最后一名成员——芬德林人告诉范森，燧岩·蓝石英和他的奇怪养子有私事要办，暂时不能出席。

“请原谅，”范森对其他人说，“我不太习惯你们的用词——什么上轨、上行、闸水、层崖、闭息——我听不懂，也不可能在短时间内弄懂，所以不能领队打仗。我习惯的是像毯子一样平坦铺开的地面，但在这里，那毯子包起来裹住了我的头。我想你们应该让朱砂或紫铜这样的人来带队。”

“我不喜欢用琐事堆满头脑。”孔雀石·紫铜懒洋洋地说，仿佛就连把话说完都觉得太累，“领着自己的队伍就够烦心的了。不，我不行。”

朱砂也摇摇头：“至于我，我没有任何关于战斗的知识，范森队长。但我会尽可能帮助你了解我们的思考方式。”

“但我怎么可能记住你们所了解的一切？那些鼓石，还有风暴石之路——我就算有那个脑子，也没时间了！”

“我们没人能完全胜任这个职位。”查文说，“如果想活命，我们必须一起合作，把每个人的不同之处合在一起，铸成一个军队领袖——一位拼凑起来的士兵，就像克瑞斯国王的传说里那样。”

“不过，”紫铜说，“就算有伟大的石神本人突然冒出来领导我们，我们也需要更多的士兵才行。朱砂，亲爱的，你可得给公会送个信，叫他们把所有能参战的人都送过来。遗憾的是，我们不能把那些为亨顿·托利做事的工人召回来，否则会引起他的疑心。这样应该能增加一千人。在他们到来之前，我们只有不到两百人，分成外面的四支坡队，其中真正能打的寥寥无几。海湾对面有多少加尔人？”

范森摇了摇头：“就算打起来也搞不清楚——这就是困难的地方。他们的数量和位置总是让人无法捉摸。但我很久以前见过他们行军的样子，要我猜的话，恐怕有我们人数的好几倍。”

“听你这么说，就算我们人数相等，恐怕也无法打过他们。”朱砂说。

“远境王国用了好几千人的部队也没能打败他们，其中还包括上百名身经百战的老兵，有大炮，有全副武装的骑兵。但我们当时过于自大。”他悲伤地微微一笑，“我们再也不会轻敌了。”

“地上的人有没有可能帮助我们？我是说你的族人，范森队长。亨顿·托利也不想让加尔人在他的城堡里到处跑吧！”

“当然不想，但首先你得说服他。”范森沉思着说，“也不是没可能……可就算他愿意帮忙，事后他也不会把芬德林镇完好无缺地还给你们。如果他知道了风暴石之路和其他一切的存在，他的军队恐怕会在这里常驻。”

一阵漫长而肃穆的沉默后，孔雀石·紫铜开了口。“精灵只能在这里与我们对战。”他说，“只要能增加军队人数，我们就有优势。”

“别忘了他们队里也有曾经的芬德林人，”朱砂说，“还有其他深地生物，比如艾廷，有些我们只在古老的故事里听说过……”

“就是说没希望了。你是这个意思吗？”镍站了起来，“那我们就得准备好，去见我们的造物主。湿热石之神会在恰当的时机拯救我们——如果我们让他满意的话。如果他不想救，我们就只能听他处置了。摆出开战的架势完全没有意义。芬德林人的九座城镇会被扫荡一空，只剩下尘埃和阴影。”

“你用不着这么说。”朱砂生气地说，“你想把我们的人都吓得四处逃窜？至少也想想我们的妻子和孩子吧，镍。啊，但我忘了——你们焕华共修会的僧侣可没时间做这些无聊的事！”

“我们有神圣使命在身！”镍喊道，场面乱成一团，就连紫铜也加入了争吵。费拉斯·范森听不下去了。

“够了。”他说。见他们没有理会，他提高了声音，比他们所有人都更深、更响亮。“够了！闭嘴，你们所有人！”在场的人全都转过头，惊讶地看着他。“看在你提到的妻子和孩子分上，看在我们所有人的分上，别吵了。镍师父，你说‘芬德林人的九座城镇’——那是什么意思？”

镍挥了下手表示没什么：“这只是句老话，意思是说所有芬德林人，不只是在芬德林镇上的人。”

“所以还有其他芬德林人？在哪儿？朱砂大师，你之前提到过城镇，我还以为你说的是普通城镇，像法斯特福德和奥斯嘉特那样的。”

朱砂摇了摇头：“我明白你为什么会这么问，范森队长。你想象的是有上千名芬德林人从埃昂全境赶过来拯救我们，但我恐怕要让你失望了。那些所谓的城镇有些早就消失，有些只剩下一些残骸——那还是离我们较近的地方。有两个在雾影线之后，还有一个在南部大陆赞德上。”

“也就是说，芬德林人确实也存在于南境之外的地方？”

“当然有了。就算是在我们的辉煌岁月结束之后，绝大多数大城市里都有芬德林人存在，为巨人族做石工活、锻造金属。但他们的人数越来越少，这里也一样。就在一百年前，我们的人口是现在的两倍。”朱砂耸耸肩，“在特希斯和希安的石山里还有两处不小的聚集地，加起来可能和这里的人数差不多。我还听说有些人至今仍生活在塞特兰的西崖古城里，虽然那儿现在最多也就算个小镇吧。还有大概一千人散落在埃昂各处。每年年底，我们都会聚在一起共度公会集市节，但今年恐怕等不到在庆典上征召新兵，我们就都死了。”他耸耸肩，“我没猜错你的想法吧，队长？”

“嗯，你猜得很准，大师。”范森皱起眉，“但我还想知道，鼓石能不能给希安那么远的地方传递消息。”

“以前可以。”孔雀石·紫铜说，“但很多地方的石头都发不出声音了。”

“你说希安的芬德林人数和这边差不多。”范森对朱砂说，“也许他们能帮得上忙。如果有两倍的士兵，我们一定能活得再久一些。”

朱砂缓慢地点了点头。“我看不能忽视这样的可能性。大个子们管希安的芬德林居住地叫作桥下区，从这儿到那里之间有一系列鼓石石脉。我想它们应该还能传话，除非地质改变得太剧烈。”

“抱歉，”孔雀石·紫铜说，“但我得问，就算召集来五倍的人，又能怎样呢？如果今天我听到的一切都是真的，那要打败加尔人还远远不够。既然如此，这又有什么意义呢？要寻求桥下区的帮助，恐怕需要好几周时间，至少要等到仲夏日。这还是在他们会派人来的前提下，而我很怀疑这一点。退一步说，就算他们来了，情况又有什么不一样？”

“你说得对。”范森对他说。他一直在以自己缓慢谨慎的方式思考，至今也没想出其他办法。“没错——我们战胜不了加尔人。他们是非常勇猛的战士，身上还有种我从来没在别处见过的疯狂。但我本来也没想战胜他们。”

镍师父厌烦地嗤了一声：“那我们干脆投降不就完了？至少还可以选择自己的死亡方式。”

紫铜怒瞪着他：“闭嘴，你这个只会掘洞的滑头！比起拍着头请求大地长老的原谅，我宁可握着战锤死去！”

“先生们……师父们，”朱砂摊开双手，“这样不对……”

“等等。你还没让我说完呢，镍师父。”范森大声说。说服这些人已经够困难的了，他真心希望这就是他计划中最难完成的部分。“我之所以不想战胜加尔人，是因为，就像我之前说的，我们不可能战胜他们。我们甚至抵抗不了多久。但我大概知道他们来这里的目的，甚至了解一些他们的首领还不知道的事——非常重要的事。”光是想到加尔人那位黑衣女人，他就怕得浑身虚脱。他做过太多个关于她的噩梦，都是基尔的思绪在他脑海里留下的印记，仿佛投射在洞穴墙上的倒影。他非常害怕要面对她，但除此之外，他又能做什么呢？他是个战士，已经把心献给了这些芬德林人，和以前刚当上王室守卫时对埃顿一家和他们的王位一样忠心耿耿。“我的计划是这样的。”等其他人都安静下来，他如此宣告，“我要和他们讲和。”

“讲和！”紫铜叫了起来，“和暮光族人讲和？和艾廷跟移肤怪讲和？你疯了。”

范森露出严肃的微笑：“既然如此，那疯狂就是唯一能拯救我们的东西。”

孤零零的一弯银月挂在天上，燧岩看着他们爬到古墙边，走到查文的观象塔侧门外。他已经好几周没闻过开阔地空气的味道了，一瞬间有些不适应。他头重脚轻地跌撞着又爬了两步，总算找回了平衡。夜色显得如此……宏伟！

火石好像全没留意。他左右各瞥了一眼，沿着台阶小跑下去。到了楼梯底部，他转过身上了古墙边的小路，直冲着爪篱湖的方向走去，仿佛在一片漆黑里能一眼望到它。燧岩忍不住打了个寒战。这孩子怎么会知道这些？他无法理解。这根本就说不通。

不管说得通说不通，如果燧岩弄丢了男孩，欧珀一定会用不烂之舌把他说到死。他快步跟了上去。

“我们这是去哪儿？”燧岩低声问道。火石领着他走在新城墙脚下的羊山路上，旁边都是凑在微弱火堆边的难民。有几个人抬头看着他们走过去，燧岩暗自希望他们以为他也是个小孩。他抓住了火石的胳膊。“到暗处去，孩子！”

芬德林镇的居民晚上不能到南境地面上来，其中大部分原因是因为燧岩自己。就算他没被通缉，光是身为芬德林人的身份就足够把他拖进要塞监狱。总之，如果被守卫抓到，他就完了。

*我在干什么？我怎么就同意到这儿来了？要是欧珀知道，她会剥了我的皮。*他突然一阵恐惧——如果在这时候，妻子恰好回庙里去了怎么办？他要怎么说？她会骂死他！*不过如果我能活到那时候让她骂，至少我的老骨头是保住了。*他闷闷不乐地心想，*最好还是别找麻烦。*“火石，我们这是去哪儿？”他又问了一遍。

“穿过市场路桥，转向守卫塔，在第五盏提灯处停下。”

“你怎么知道的？谁告诉你的？”

男孩望着燧岩，仿佛他问的是为什么要呼吸。“没人告诉我，父亲。是我看到的。”

他们向桥走去，燧岩尽力遮挡着脸，不让过路人看清。市场路桥是座短而高的拱桥，横跨外城两片湖之间的运河。运河流过一片泥泞的田地，在流入北湖时形成了小型河口，以前总有大量鸟类在那里停栖。但现在有这么多饥饿的难民挤进城堡，人人苦于生计，那些鸟早就被抓来吃了。桥上的火把都熄灭了，两侧的河水、野草和沙地一片静寂，在夜色里几乎看不见，即便他具有芬德林人的敏锐视力。感觉就像漂浮在群星间的虚无里。

过了桥，他们走下主路，在黑暗中走上一条用粗木材搭成的水边栈道。两人在栈道上前行，经过了运河边一根挂着鱼皮提灯的柱子。提灯发出昏暗的光。他们继续往前走，又经过了四盏提灯，来到水鸥环礁湖边一块无人的空地上。最后一盏，也是第五盏提灯，照亮的不仅是漆黑的水面和水边的小路：一条用木板和绳索造成的窄桥从提灯光照亮的湖边伸向黑暗的湖水中心，看起来摇摇晃晃，终点是一片形状不对称的黑影，上面点缀着几盏更微弱的红灯，像是即将烧尽的篝火。湖水拍打着他们脚边的窄桥。

“我们到这儿来干吗？”燧岩低声问道，“你怎么会认识这里的？你不回答我是不会往前走的，孩子。”

火石望着他，脸色在鱼皮灯下显得相当苍白。燧岩突然又害怕起来，不是怕男孩本身，而是怕他可能会说出什么，说出的话又可能会改变什么。但火石只是摇了摇头。

“我无法回答你，父亲——我也不太清楚。我在梦里见到了这个地方，我知道非来不可。我知道自己必须做些什么。你得相信我。”

燧岩盯着他的小脸，觉得他如此熟悉，但又如此陌生。

“好吧，我相信你。但如果我说该走了，我们就走。明白吗？”

男孩没回答，只是转过身，走上了左右摇晃的木板桥。

道路尽头的驳船矮而宽，甲板上挤满了船舱和小屋。它看起来不像出海的船，倒像一间巨大的储藏仓库。好几扇窄小的窗户里有灯火闪烁，火石却向驳船侧面的一片黑暗笔直走去。燧岩追上他时，男孩已经在黑暗中的舱门上敲了两下。

门开了一道缝。“什么事？”一个人低声问。

“我想和你们的首领谈谈。”

“想找他谈的人是？”

“乔伊阿普斯的信使。”

燧岩盯着男孩。乔伊阿普斯？那是谁，或者是什么？看在大地长老之名的分上，这到底是怎么回事？

门打开了，琥珀色的光线倾泻而出。一个水鸥族女孩站在门口，等着他们进去。燧岩从没这么近地见过水鸥人。她的脸色严肃，看起来就像他在芬德林镇下面见过的古老壁画。这太奇怪了——古代的芬德林人为什么要刻水鸥人的画像？

女孩领着他们走进一段狭长黑暗的过道。燧岩感觉到驳船在脚下一刻不停地动着。对于他这样一辈子都与石头为伍的人来说，这种感觉并不好受。最后女孩领他们走进了一间低矮却宽敞的船舱，里面有五六个水鸥男人围坐在一张桌前。桌子的高度与低矮的天花板相配，所有水鸥人都直接屈腿坐在地上。他们转头看着新来的两个人，双眼的间距很宽，头上毫无毛发，看起来像池塘里的一群青蛙。

“这是我父亲，特里·长手指。”女孩对火石和燧岩说，伸手示意某一位水鸥人，“他是这里的首领。”

“怎么回事，女儿？”特里看起来并不欢迎来访者。他甚至显得有点尴尬，仿佛正和其他人密谋什么坏事。

“他说他是乔伊阿普斯的信使。”女孩说，“别问我，我也不知道。我去拿些喝的。”她耸耸肩，冲男人们阴沉地简单行了个礼，离开了船舱。

“为什么自诩这样一个身份，年轻人？”特里说，“你身上有北方国王的臭气——伊尼尔·灰风那个老家伙。我们不再侍奉他，也不侍奉他那位将死的主人。我们两族之间有太多毁掉的承诺了。我们是海神艾格耶瓦尔的孩子，又怎么会在乎乔伊阿普斯？怎么会在乎歪神？”

对于水鸥人说的这些话，火石的反应非常奇怪。自从和欧珀一起在雾影线后面的袋子里发现了男孩，燧岩还是第一次看见他脸上出现愤怒的表情。那表情只出现了一瞬间，仿佛漆黑天空上瞬间即逝的银白色闪电，但在那一刻里，燧岩对这个自己领回家的孩子感到了由衷的恐惧。

“这些想法已经过时了，首领。”火石对水鸥人说，愤怒已经不见踪影，“站在一位神那边反对另一位——这已经是古时的策略了，那时世界还很年轻，凡人也没有话语权，只能在众神的允许范围内行事。现在不一样了。艾格耶瓦尔他们被放逐是有原因的，如果他们回来索要属于他们的东西，你们这些继承者不会高兴。”

“你什么意思？”水鸥首领问道，“你来是要跟我们说什么？”

“重要的不是我要说什么，而是我要问什么。”男孩用毫不动摇的冷静语气说，“带我去见圣鳞的看管人。”

水鸥首领震惊地向后仰过身，仿佛被这个奇怪的孩子打了一拳。他的嘴无声地蠕动了片刻。“你……你在说什么？”最后他说，语气十分虚弱。

“你很清楚我在说什么，我说的是两位姐妹。”火石说，“很多事都取决于这次会面。带我去见她们，首领，别再浪费时间。”

特里·长手指无助地望向其他水鸥人，但他们显得比他还要震惊，眼睛紧张惊讶得都凸了出来。

“我们……我们不能这么做。”首领说。他的抵触情绪已经消失了，这句话不是拒绝，而是承认，“浅滩上的人不能去见两姐妹……”

“他们必须得去，而我的雷大现在不在。”首领的女儿说，“如果你不带他们去，父亲，那就我去。”

燧岩以为特里·长手指会对女孩发火，说不定还会打她、把她赶出门去。他想错了。首领的语气甚至有些抱歉。“可是，女儿，今天不能见两姐妹……不是忏悔日，还没撒过盐……”

“别说废话了，父亲。”女孩摇摇头，仿佛觉得父亲是个把自己弄得一身脏的小孩，“你听听！这孩子说出了没有外人知道的事，更别提他是个陆地上走路的人。他提到了圣鳞！好像我们还没意识到时代改变了似的。”

“可是，埃娜，我们没有……”

“事后你再惩罚我好了。”她站了起来，“我带他们去烘干房。”

这句话终于打开了洪水的大门：其他水鸥人全都开始说话，争论着，低吼着，争夺着特里的注意，伸出长长的手指指着首领的女儿，仿佛她刚裸着身体走了进来。屋里一时间吵闹无比，特里拍着修长的手掌让他们安静。但最终让他们闭嘴的并不是首领的声音。

“那就带我们去吧。”火石说，“没时间浪费了。不等月亮转过一轮，就是仲夏日了。”

“跟我来吧。”女孩无视了水鸥男人们愤怒或迷惘的目光，摘下墙上挂着的一条披肩罩上，“脚下小心点——有几段路很危险。”

出乎燧岩的意料，女孩没带他们走多远，只是走到了上下摇摆的驳船船尾。月亮被城堡的外墙挡住了，夜色黑得伸手不见五指，只有当风吹走云朵时露出几颗黯淡的星辰。他们仿佛正身处秘境最深的隧道里。

埃娜指向船舷边漂浮的一艘小艇：“上去吧。”

燧岩上了小艇，上方只有空气，下方只有水。他觉得没有什么比这更可怕了，但随即就发现自己想错了。

“把这个戴上。”埃娜说，给燧岩和火石各递了一条布，“蒙住眼睛。”

“什么也看不见？”燧岩简直有些哽住，“你疯了？”

“如果你不蒙，我也不会强迫你。但通往烘干房的路不是陆地人能承受的，特别是那些自称侍奉乔伊阿普斯的人。”

“没事，父亲。”火石说，“一切都会好的。”

哦，那当然。燧岩心想，**为什么不呢？如果我们掉进水里，这孩子恐怕能把鲨鱼也迷住，像一道神谕。**他非常不情愿地把带着咸味的僵硬布条绑到头上，遮住了眼睛。过了片刻，他感觉到小艇开始动了。**在雾影线后面，当他去闪光之人那里的时候，这孩子身上**

到底发生了什么事？

闪光之人。燧岩忍不住想象着男孩躺在那巨大雕像脚下的样子。和其他族人一样，燧岩从小就听说闪光之人的原型是他们的创造者，湿热石之神。在秘境迈向成年的过程中，他曾隐约听闻，那巨大的晶体雕像在某种程度上是活着的，神灵的力量就存在于它体内。所以男孩为什么会自己跑去找那座雕像？他用那面奇怪的镜子做了什么——就是燧岩冒着被处决危险给可怕的加尔人女人送去的那一面？同样重要的是，看在大地长老的分上，男孩现在是想干什么？火石向德高望重的硫黄老者问了很多问题，直到老人火冒三丈；他现在又要求去看秘密行事的水鸥人的什么宝物——还得到了许可！两姐妹，圣鳞——燧岩不知道那都是什么意思，但他很确定，事态已经完全脱离了他的掌控。他只能像身处泥石流中那样紧闭双眼，听天由命……

他就这样胡思乱想，听着船桨的吱呀声和湖水拍打船舷的轻响。途中他们经过一条长长的隧道，两边的石头传来回音。等回音消失后，原本平静的湖水突然变得激荡不已，冲得小船左右摇摆，完全不像是在城堡里。燧岩恐慌地伸手去摘蒙眼布。

“别摘！”埃娜说。她有些上气不接下气，仿佛正在辛苦地用力，“戴着那块布，不然我就掉头回去。”

“发生了什么？”

“没你的事，芬德林人。坐回去。”

燧岩感到火石凑过来拍了拍他的胳膊，不情愿地放开了蒙眼布。这是怎么回事？他们到海上了吗？可他们是怎么通过海港、越过海港锁链的？围城的加尔人呢？这实在太难理解了。

他们在水上大概走了一个多小时，后面一半都在不停地随波起伏。最后燧岩感到船头撞上了什么坚硬的东西。女孩跳出船，扶他们走上了某个码头，然后又走到了坚实的地面上。

“眼睛蒙着别动。”她说，“我会告诉你们什么时候可以摘掉。”

走了一会，燧岩听见有一扇门开了，埃娜粗糙却谨慎的手引领他和火石进了门。他的鼻孔和肺部瞬间充满了带着咸味的刺鼻烟雾。

“你们可以摘掉蒙眼布了。”她说。

燧岩止住咳嗽，伸手摘掉了布。他们所在的地方看起来像个地上谷仓。房间中央的石坑里烧着篝火，火焰有两个燧岩那么高，把一切都染成了橘红色。火堆两侧有两条长杆，横跨这间高大的长方形房间，每隔几步就有粗一些的木棍在下面支撑。长杆上挂着几百条死鱼。

“长者在上，这真的是烘干房。”燧岩喃喃道，随即又因烟雾咳嗽起来，眼睛一阵强烈的刺痛。

“哦，谁来了，谁来了？”说话的声音很轻，感觉却像就在他的耳边。他惊跳起来，转了个圈，却只看见埃娜和沉默的火石——简直就像鱼干在说话。“哎呀哎呀，我们好像把小鱼爸爸吓坏了。”看不见的声音笑道，笑声相当嘶哑，“过来给我们瞧瞧，亲爱的。在烘干房里没什么可怕的，除非你是一条鱼。你说是吧，麦芙？”

燧岩犹豫着，火石已经走向火边。燧岩跟着走过去，看见两个矮小的身影坐在火边的长凳上。那是两位年老的水鸥女人。见火石过去，其中一位站了起来。她实在太过矮小，比燧岩高不了多少。水鸥人都长得有点像青蛙，这位老太太则像是芬德林人有时会在地基里发现的癞蛤蟆和弹涂鱼——看起来萎靡而毫无生气，在干土里睡了好几个世纪。但只要沾一点水，它们马上就会活过来。

“晚上好。”水鸥老太太说，“我是古尔达，这位是我的好姐姐麦芙。”古尔达挥手示意另一位比她还要矮小的老人，后者裹在一件做工粗糙的长袍里，罩着兜帽，仿佛坐在火边也觉得冷。“她不像以前那么爱说话了，但只要开口，说出来的就都是真理——没错吧，亲爱的？”

“真理。”另外一位老太太说，没有抬头。

“你好啊，特里的女儿。”古尔达对埃娜说，“你和海里的小马在旁边等等吧。众神今晚对你没有话说，当然这并不代表日后也没有。”

“到时候再说。”麦芙嗓音干哑地说，听起来确实在这充满烟雾的小屋里待了很长时间。

埃娜显得有些失望，但并没抗议。她冲两姐妹行了个礼，走出门去。

“你们是圣鳞的看管人。”女孩消失后，火石说。

“为什么不是？”古尔达双眼凸出、肤质如皮革般的脸上露出类似于愉快的表情，但语气里带了一丝不耐烦，“考虑到我们母亲的学识，我们一直都是。她也是，再往上可以一直追溯到这片大地上第一次出现龙骨的时候——还有谁可以保管它，打磨它，知晓它的秘密？”

“神灵通过圣鳞与你们交谈。”火石说，仿佛这句话理所当然。古尔达似乎确实这么认为，因为她深深地点了头。

“在他认为适合的时候。”

“当他看见的时候。”麦芙说，轻轻点着头，仿佛动作太大就会抖散什么东西，比如咳嗽——燧岩又咳嗽起来了。这两位到底有多老了？

“神灵最近一直在和你们说话。”火石说。

古尔达第一次犹豫了：“对……但也不对……”

“不，”麦芙说，“对。”

“他对我们说话。”古尔达摇摇头，“但梦境似乎也改变了他。他没有以前那么愤怒了。就像有什么进入了他的梦，让他难受。”

“睡梦，难受。”麦芙说。

“也许他想起了他是如何离开这个世界的。”火石说。他每说一个字，燧岩都觉得他更加遥远。感觉就像这世上没有任何坚实的立足之地了。“也许他终于想起来了。”

“是，有可能。”古尔达说，“但他的样子还是有点不一样。”

“绿色深渊之主对你们说什么了？”

古尔达注视了他一会才回答：“他说，众神回归的日子就要到了。我们的神希望我们竭尽所能地帮忙，帮助他回到我们身边。”

火石点点头：“帮助艾格耶瓦尔回来。但你说了，最近他和你说话时，样子和以前不太一样。”

古尔达点点头：“感觉更近了。没有以前那么愤怒，甚至比不上我们祖母的时代。很热，不冷。不耐烦，暴躁，非常急切，像个快要渴死的人。”

“渴。”麦芙说，挣扎着慢慢站起来。她边站边左右摇晃着，看起来像个干枯的鸟巢，又小又瘦，全是泥巴和树枝。古尔达凑过去扶她，但麦芙挥了下颤抖的手，挣脱了。她转过脸来，燧岩看到她的眼睛是一片珍珠白色——她一定已经瞎了。

“睡梦……变了……”她喘着气说，冲燧岩挥着手，仿佛被他偷走了什么东西，“很热。灼热的梦！冰冷时期。愤怒！”

燧岩向后退缩起来，但火石却上前一步，握住了她干瘪的手。小老太太如发烧般浑身颤抖。

她妹妹赶紧过去安抚她。“哦，好了，亲爱的，宝贝，没事。”她说，亲了亲姐姐额头上稀疏的白发，“别害怕。古尔达陪着你呢。我就在这儿。”

“害怕。”麦芙喘息着低声说，“在这儿。”

“什么在这儿，亲爱的？什么在这儿？”

小老太太的声音非常低，燧岩几乎听不清。“愤怒……”

长手指的女儿埃娜把他们送回了河口的第五盏提灯处，让他们摘掉了蒙眼布。能重新看见东西让燧岩松了口气，但他最开心的是终于不用再忍受烘干房里那带着咸味的烟雾了。

“怎么样，你得到想要的东西了吗，小家伙？”女孩问火石。

“不知道。”他说，“我正在黑暗里触摸不熟悉的东西，试着弄清楚它们的形状。”

“你可真奇怪啊，孩子？”水鸥女孩转向燧岩，“我想起来你是谁了——蓝石英家族的燧岩。”

燧岩没想到惊奇之旅还没结束，睁大了眼睛瞪着她：“你怎么认识我的？”

“算了，还是不说的好。但你是优洛斯人查文的朋友，没错吧？”

尽管她帮了他们的忙——虽然燧岩不明白火石到底在干什么，也不能完全确定她是在帮忙——他也没蠢到要把逃亡医生的信息告诉一个陌生人。“我以前会找他看病。大家都知道。怎么了？”

“我想让你给他带个信。我们帮了他的忙，他承诺过会付钱。我们给他做了好几天的活，但他还没付清欠款，搞得我父亲在其他人面前很没面子。如果你见到他，代我告诉他——水鸥人要他的报酬。”

燧岩和火石穿过查文的房子，走向通往芬德林镇的暗门和隧道。还没走到门边，他们听见外面有些动静——是脚步声和低声的交谈。一开始燧岩只是莫名地害怕，但他随即听清了那些声音，惊吓变成了真正的恐惧。那是亨顿·托利手下的守卫在房子里找他们。

*他们一定在监视这座房子。*他挣扎着抑制住恐惧，*但我们一直躲在暗处——也许他们并不确定我们进来了。大地长老啊，拜托了！*

燧岩比任何守卫都了解这座房子，至少是最低的几层。他们成功赶在守卫之前，从房子最底部的门逃了出去。然后燧岩用石块卡住了这扇门，祈祷就算守卫能发现这扇藏在挂毯之下的暗门，也会以为它早就被封住了。但这说明查文的天文台已经受到了严密监视，不再安全。

*能让我们逃出芬德林镇的通路越来越少了。*他一边跟着男孩走回庙宇，一边这么想着，*眺望天空的地方也一样。很快我们就会变成那些被猎人包围的兔子。风暴石的担忧正在成真。*

TAD WILLIAMS

雾影四部曲【Ⅲ】下卷

雾影升腾

SHADOWRISE

［美］泰德·威廉姆斯 著

李天奇 李晓霞 译

西南师范大学出版社

国家一级出版社 全国百佳图书出版单位

目录
CONTENTS

第二十二章
补丁男

无梦族是加尔人的一个分支，据说和冷傲精灵有亲缘关系。关于他们，唯一能确定的是，在诸神之战时期或战后不久，他们离开了其他加尔人，建造了属于自己的家园——沉睡之城。

——引自《埃昂大陆和赞德大陆精灵种族专述》

当巴瑞克从诅咒之山附近的高地顺道而下的时候，曾经见过或趟过许多小河，现在这些小河开始汇聚在一起，泛着暗银色的光，穿越灰绿色的高沼地，在永恒的暮光中蜿蜒前行。河流彼此交汇，一条并入另一条，再并入另一条，最终汇成一条大河，宽阔得无法渡过，而它奔腾时的雷霆之声则始终在巴瑞克的耳边轰鸣。

“这条必定就是影河了。”巴瑞克停下脚步，在河岸边一块高起的岩石上休息，河水则在他脚下奔流。一小片水汽沾湿了他的衣衫，但这一次他却并不在意。“这条河直到睡城都这么湍急吗？”

“不完全是，”斯科恩扑闪着翅膀左闪右躲，不想落在潮湿的岩石上面，“到山底后就平缓多了，好像，也会更宽——到时候你就知道了。但是直到那个糟糕的地方为止，确实都是这样。你现在不想去那儿了？”斯科恩满怀希望地问道。

巴瑞克摇摇头："没，鸟。我必须去那儿。"当然，这场冒险蠢透了，几乎注定要失败。但是，他血液里的那一点好奇和未知的感情牵引着他，他有种说不清道不明的感觉：当他需要的时候，他必然能够找到问题的答案。

这就是身体健全的感觉吗？除了自己以外不用担心其他人，甚至有时连自己也不用太担心？他想。

大概是因为他现在有了一副健全的身体：很久以来，他畸形的胳膊除了偶尔能感受到一些疼痛外就没有其他知觉了，而现在他却不再受此困扰。不仅如此，他甚至觉得它就像他的另一只胳膊一样强壮，虽然通过一些小实验，他能判断出其实并非那样。那只胳膊由于长期不使用而肌肉萎缩，仍然无法像他的好手一样抓紧一根木棍，但这样的变化已经非常显著了。

"我已经改变了，"他对着暮色的天空说，"我得救了。"

"你说什么？"斯科恩刚刚飞去前方查探，这时才落到巴瑞克的肩上。这只鸟身上的气味比平时更难闻，也许没有比他更臭的东西了。

"没什么。你刚吃什么了？"

"鱼。在那边的岩石上找到的。从河里跳出来，又错过河水落潮。晒了几天，变得软趴趴的。其实很好吃。"

"离我远点。好臭。"

"少装腔作势。"乌鸦语调中有点受伤，拍拍翅膀飞走了。

高沼地上长着稀疏的绿草，空旷的土地昭示着曾经有人居住过的痕迹，虽然巴瑞克也无法猜出它的居民究竟是谁：石头废墟上长满杂草，荆棘点缀孤土，还有各种大大小小的房屋。有依山而建的石头披屋，有些看起来大得能让童话里的石靴怪勃拉姆比纳格和他的家人居住；还有精致的小村庄，其中最高的房舍也刚到巴瑞克的腰间；有树皮和杂草建的屋舍，还有用河流冲刷光滑的石头建成的石屋。如果不是已经见过尖刺仙，他会以为这些建筑是他姐姐的玩具屋，只是用来给孩子们玩乐而已。但为什么这些小人离开了他们的文明居所，迁徙至危险丛生的丝织林，在那么遥远的地方过起野人一样的生活？究竟是什么驱使他们和这里的其他居民一起，离开这片绿地，只留下这寂静又哀伤的遗迹？

“还有多远？”他再次询问斯科恩。他已经在草原上走了三天了，随着河流从高沼地向下游流入这空旷的草地，新增的信心似乎也渐渐黯淡，像河流一样无休止地持续下落。这里的风似乎没有停止过，巴瑞克有种在平地上攀登高山的错觉，他褴褛的衣衫对于保暖实在无济于事。

“到夜人城？还是那个糟糕的地方？”斯科恩摇了摇头，看上去很疲惫，也不赞成巴瑞克的做法，“还很远，远得很。还得走上些日子。”

巴瑞克皱皱眉。沉睡者给他的梦里，那个盲国王怎么说的来着？“快来，孩子。我们正向黑暗狂奔。”时间越来越紧张了，毫无疑问……但精灵王畏惧的黑暗又是什么？

河岸平原也并非都是黯淡无望的。不像枝丫交缠的森林，这里向着雾影之地的灰色天空伸展开去，至少很开阔。因此，巴瑞克生平第一次能够全天观察这里的天空。天空仍然是永恒的暮光景象，却并非他所想的那样一成不变：云随风动，上下翻涌，天空自身的颜色时暗时亮，从珍珠似的、浅浅的雾色，到粗粝而青紫的暴风雨云般的颜色，不断变幻着。鸟儿展翅高飞，虽然由于太过遥远而看不清楚，却和他能记起的任何正常大陆上的鸟儿一样自然。还有河流，虽然比起在他身后的高地上时流速缓慢了些，却仍然足够鲜活。自从跨过雾影线以来，巴瑞克第一次真切地看到了自己是在向前行进。

有时候他觉得自己好像回到了阳光下的大陆。尽管没有明显的黑夜和白天之分，影河两岸仍然充满了生机。地势低矮的地方，大河向平原伸展延续，形成大大小小的沼泽，苍白的芦苇随风飘摇，像是片片瘦骨；其他地方，垂柳将它的枝芽伸进河水里，像是女子在侧头洗发。鼓胀的黑色青蛙发出尖利的噪声，却在他走过的瞬间没了声响，在他走远后重又恢复叫唱。偶尔也有些大型的动物隐匿在芦苇丛中，发出咔嚓咔嚓声。有一次，他还见到一头巨大的牡鹿正从它喝水的河边向上看，浑身漆黑，却有副雄伟的银色鹿角，它那沉静平和的凝视让巴瑞克很难相信它只是一只动物。尽管这一路上常常食不果腹，但这头牡鹿看上去如此威严，以至于巴瑞克直到它跑远了才想到可以猎杀它。

河里也生机勃勃。一群群闪光的小鱼逆着水流游动，看不真切的大家伙潜在深处，只有刺背划破水面，或是狭长暗影游过浅层的时候，才能勉强分辨。

然而，这些小东西根本不能果腹。巴瑞克曾经在冰冷的河水里站了一两个小时，最后还是没能抓到过那些亮闪闪、滑溜溜的鱼。他沼泽猎鸟最成功的一次是发现一窝小小的、颜色奇怪的鸟蛋。那些鸟蛋，还有在斯科恩提醒下可以食用的草根和芦苇，就是巴瑞克的全部食物了。虽然他现在有火了，但是没有食材可供烹饪，那也没多大用处。沿着影河走了整整一个星期，穿过看似无边无际的草地之后，巴里克已经不怎么关注那条痊愈的胳膊了。即使能够自由挥动手臂是件特别值得兴奋的事情，在眼下这种饥肠辘辘的时候也还是很难让人开怀；即使那曾经像鸟爪一样扭曲的手指现在奇迹般地能动了，红肿生疏的手掌也只能抓到无尽的冷风。

河岸边的树木开始向周围的土地伸展，先是小小的树枝，再是高大的桦树和山毛榉，还有常青树和其他一些他不认识的树种点缀其间。巴瑞克开始感到一丝安慰，在枝繁叶茂的树下走似乎更温暖一些，一定是树叶挡住了不少冷风。但这些树木也令他难以继续沿着河流向前行进，而且还让他回想起了关于丝精的糟糕记忆。那些面色苍白而丑陋，双眼湿润的怪物也会住在这种新生的森林中吗？或者，也许还有更可怕的东西栖居于此——蛇或狼，或其他无法命名的怪物？

斯科恩比平时更加帮不上忙。当树木变得茂密时，这只鸟常常被那些新鲜有趣的食物吸引，尽管有时也能找到些东西给巴瑞克垫垫饥，比如说鸟蛋，但是其他的——像是某种有斑点的，被乌鸦认为“甜蜜而柔软多汁”的灰色鼻涕虫——对他毫无用处。饥饿难耐时他咬过一口那种恶心的东西，但他宁愿饿死也不会再咬第二口。

在通往睡城的空旷草地上艰难行进了数天后，巴瑞克·埃顿遇到了补丁男，而当时他已是浑身湿透、身心俱疲，不但郁郁寡欢，而且饥肠辘辘。

雨水狠狠地冲刷着头顶的树叶，即使隔着河水的奔腾声都能听得见。巴瑞克跟潮湿的柴火较劲了好久，终于点亮了一星火光，让它燃烧起来。就在这时，他听到一声响动，望见远处河岸边有个笔直的身影正穿过芦苇丛。闯入者并没有费心隐藏自己——事实上，它发出的声响相当之大——但巴瑞克还是吓得寒毛直竖，稍稍起身蹲伏在地面上，从腰间拔出破损的矛。

他待在原地，保持安静和警惕，那个东西则一摇一摆地不断接近。它似乎对巴瑞克视而不见——除非，他提醒自己，它在戏弄他。

他屏住呼吸，一动不动。闯入者从芦苇丛中现出身形，丑陋的脑袋转向他。那一瞬间，他以为最糟糕的恐惧变成了现实——那一定是某种怪物，它正在蹒跚着过来，颜色奇怪，而且身上还有不停晃动的长叶子。

巴瑞克挣扎着站起身，就在他不确定是该攻击还是逃跑的时候，他突然意识到，刚才他以为是头的东西，原来只是为了避雨而刻意拉低的斗篷兜帽。长叶子是破烂的衣衫，只是颜色出奇的鲜艳华丽，所以这个陌生人不像是森林野人，反倒像是从某个宗教游行中走出来的人物。

斯科恩降落到巴瑞克肩膀上，把他吓了一大跳。“不要，”乌鸦平静的语调中透露着一股焦虑，“我见过你。别靠近。我不喜欢你。”

但那人显然已经看到他们点的火，一边迅速靠近，一边挥舞手臂，还大声呼喊着一些无意义的词汇：“噶哇！呼哈！噶哇！”

巴瑞克往后跳了一步，挥舞着他的矛头。“停！”他喊道，“斯科恩，跟它说精灵语！叫它退后！”

衣衫褴褛的人停住脚步，拉下兜帽，露出一张苍白而沾满泥巴的脸，巴瑞克这才发现那张脸相当平凡，甚至和他一样，是人的面孔。“你……你刚刚说什么？”那个人问，“那是阳光大陆的语言吗？”

巴瑞克过了好一会儿才反应过来，“阳光大陆”是雾影之地居民对雾影线另一边的称呼。“是的，”他说，但仍然将武器对准外来者，“是的——我来自那里。你也会说我们的语言吗？”

“会！我记得！”陌生人又踉跄着向巴瑞克走了几步，“天啊，你居然在黑灶台这儿生火——老天保佑你，先生！”

巴瑞克用矛头驱赶他退后。“停在那儿。你想干什么？你是谁？”他仔细地看了看那个奇怪的人，接着补充道，“你不像个精灵。你像个人类。”

这反而把那个陌生人吓了一跳，他把脸皱成眯着眼的滑稽模样开始思考起来。很显然，他并没有加尔人特有的那种夸张的骨瘦如柴的身板。他的脸像稻草一样扁，浑身脏兮兮的，每条皱纹里都嵌满污垢，湿头发打成了结，“装饰”着树枝和叶片。虽然他掉落的牙齿数目超乎寻常，但实际上却并不比王子年长多少。

“人类？人？”那人轻轻点头，他那身多彩的破衣烂衫也跟着晃动，“是那个词。是的，是那个词。”

“你从哪里来？”巴瑞克往四周看了看，以防这个肮脏的怪物还有什么同伙躲在背后突然跳出来绑架他，不过看迹象，周围应该没有别人了。

“从……对，从阳光大陆来。”陌生人说——语速出奇的慢，好像他刚想出的是一个近乎无解的谜团的答案。“但我记不太清了，”他悲伤地补充道，“隔了这么久。”

“你叫什么名字？”

补丁男笑容惨淡地说：“主人叫我匹克。”

巴瑞克往后退了退，以便让他能更靠近火堆。匹克匆匆跑过来，蹲下身，伸出双手靠近火堆，浑身上下都在发抖。

“你想干什么？”巴瑞克终于问道，“你迷路了吗？还是说你想要打劫我？”

那个叫匹克的人好像被打了一巴掌似的缩了缩身体。“没！请不要伤害我，求你了。我找了好久才找到能帮我的人。是我的主人，我可怜的主人！”

虽然每一根神经和每一块肌肉都在鼓动巴瑞克远离这个衣衫褴褛的疯子——斯科恩甚至已经飞到天上去了，好像人类的蠢病会传染似的。但他还是问道：“你想说什么？”

“有一名布莱米守卫者掉进水里了。我想要帮忙，但我也掉下去了。我差点淹死！我一直在想办法寻求帮助，想了好几个小时！但我可怜的，生病的主人……”

“布莱米守卫者？”

“跟我来。”尽管身上还在滴水，补丁男却从火边跳起来，快步向河边走去，像只急切的小狗一样，每走几步都要回头看看巴瑞克有没有跟来。“跟我来你就知道了！”

巴瑞克朝着河岸边摇摆的芦苇丛走去，沿着匹克刚才穿过芦苇时踩过的那条泥巴路往前走，斯科恩在他头顶盘旋，讲着各种悲观的预言。“够了，鸟，”巴瑞克终于忍不住说，“做点正事。飞到前面看看，那个家伙有没有拿根木棒或者什么东西在等着我。”

不一会儿，乌鸦飞回来了：“他正站着看水，好像在等着。有条船在那儿，但我不喜欢——有什么不对劲。”

当巴瑞克终于追上匹克时，他看到了那个矮个子男人。正如斯科恩所说，他站在一片踩平了的芦苇上，盯着河流逐渐变宽、变成平静黑水的地方看。水中央的地方有一块长长的岩石，有个奇怪的驼背家伙正撑着一艘黑色的船，在水中慢慢打转。

巴瑞克好一会儿才弄明白实际的大小和距离：“划船的人很高大，非常高大。那就是你的主人吗？”

匹克看他的眼神就好像巴瑞克刚才说的都是疯话：“那是另一名守卫者。他只有一只桨。”

“那他也可以用桨撑回岸上，”巴瑞克建议道，纳闷匹克主人到底雇了怎样一个呆傻的船夫，“你告诉他。”

“他……”补丁男在脑袋后面扭着手，最后说道，“听不到。”

“哦，老天……”巴瑞克看着那个驼背的人和转着圈的狭长黑船。“那就跳下去演示给他看啊。”

匹克正从他头发里往外拣芦苇。“我不会游泳，掉下水的时候差点淹死，后来才找到一处水浅的地方爬上来。真是万幸。”

巴瑞克看看他，又看向河里。“河里有什么我该知道的东西吗？比方说，长着大牙的东西？”

“我出来了，”匹克说，“但我起先确实挣扎了好一段时间。”

巴瑞克心里暗骂一句，下到水里去了。脚下的泥巴河床很快就够不着了，他不得不开始游泳。当他靠近缓缓移动的船只时，他原本期望船夫能转向他，但是，那人仍然保持他那奇怪的驼背姿势，就像是被下了咒一样，虽然意识不清却仍然压低着腰，机械地摆动双臂划着桨，一下，又一下。

当巴瑞克的手指抓紧木头船舷，开始撑着上船时，船夫终于注意到他了。巴瑞克先是注意到船和船夫都比他从岸上估计得要高大许多，然后看到甲板上的小帐篷下躺着一个颀长而苍白的身影，这时魁梧的船夫转身面向他，但仍然没有抬起头。

那是因为他没有头！巴瑞克亲眼看到——它只有一双硕大而湿润的眼睛长在胸膛。巴瑞克尖叫一声，猛地跳进水里，脑袋差点撞到水面漂浮着的另一只船桨。他在水中沉下去又浮起来。惊吓中，吞了不少绿色的河水。

“神啊，那究竟是什么魔鬼？”他气急败坏地说。

“不是魔鬼！”匹克在芦苇岸上叫嚷，“只是一名布莱米守卫者！不会伤害你的！”

如果是在陆地，巴瑞克也许要花费更多时间才能鼓足勇气再次靠近那艘船。但可惜不是，他不能永远留在河里。当他再次爬向那艘船的时候，那只怪物转向他，却没有做出什么别的动作。它宽厚的臂膀仍在划动那只船桨，坚定得像是磨坊风车的转轮。船仍然在黑水里打转，慢慢地划着圈。

当他们终于离那只浮桨足够近的时候，巴瑞克从水里捞起它，递给守卫者，尽量不去看他胸膛那双黯淡无光、一眨不眨的眼睛，也尽量不去看它肩膀之间本该长着脖子和脑袋的空白之处。怪物似乎没看递过去的船桨，但当巴瑞克将船桨滑进船闸的时候，守卫者毫不犹豫地抓紧它，开始用两只桨一起划船。船终于开始向着下游的河水前进。

“我怎么才能让它靠岸？”他喊道，“这怪物有耳朵吗？”

“把你的手放在它身上，说‘西亚’！”匹克回答，“大点声，它才感觉得到！”

巴瑞克把手放在守卫者的肩上，它的肩膀异常宽大，摸起来却很舒服。他说出了那个词，于是怪物划动起一只单桨，直到小船慢慢转向岸边的方向时，又开始划动双桨。不一会儿，小船单薄而漆黑的骨架就触碰到了泥泞的芦苇丛，巴瑞克跳上了岸。当船再也无法前行的时候，守卫者也不再划动船桨，它胸膛上的双眼看着巴瑞克和匹克，就像一只田野里的母牛一样，没有显出丝毫好奇。

补丁男爬上船，将帐篷折起来，然后在那个一动不动的身影旁边跪下。他的兴奋只维持了一小会儿，就开始安静地抽泣：“他病得更厉害了！他没法活着到睡城了！”

巴瑞克努力掩饰住自己的惊讶，“你的主人……来自睡城？”

“奎鲁斯是个伟大的人，”匹克争辩道，就好像巴瑞克说了他主人的坏话，“所有的无梦人都会悼念他。”

“夸 - 卢斯。”巴瑞克试着念出来，“他也是吗？他也是无梦人吗？”

匹克擦拭着双眼，却毫无用处：眼泪仍然止不住地往下流。“是的——他救了我！如果不是因为他的仁慈，我早就死了。他几乎从不打我……”他扑倒在那个静静躺着的人的胸膛上，身体上下起伏。巴瑞克则爬进船舱，小心翼翼地来到守卫者旁边，想要一睹匹克主人的面容。

尽管巴瑞克已经做好心理准备，但当他看到那人丝绸般的灰色皮肤和憔悴的面容时，他还是惊呆了，因为他的面容跟半神吉库因的杀人巫师尤尼索太过相似。匹克的主人正陷入某种致幻的高热中，太过虚弱而无法移动。他睁着眼睛，从左看到右，眼睛里却没有焦点。还有他的面色看上去和尤尼索的同样诡异——像是赞德的玉石一样的青绿色，没有一丁点儿白色。看着这张脸，深渊里的恐怖回忆汹涌而来，巴瑞克花费全身力气才忍住冲动，没有拔出他的匕首刺向这怪人的心脏。但是褴褛的仆人显然不是这样想的：当匹克抬头看巴瑞克的时候，他双眼通红，脸上还有眼泪在流淌。

“其他仆人都在主人被击垮的时候逃跑了。我没法既好好照顾他，又控制那些守卫者。跟我一起。帮帮我！我们可以一起把他运回睡城。”

“我可不想！”斯科恩立在高高的船尾尖叫，激动地拍打着翅膀。

“安静，鸟。”巴瑞克看看瘦骨嶙峋的仆人，又看看生命垂危的主人。有那么一会儿，他也在跟丝精做斗争，然后一切都明朗起来：他注定要做这件事。像是希里欧米蒂斯或者凯勒一样，在任何困境中都能找到解决方案。这里就有现成的答案——一艘能带他去睡城的船和一位能帮助他在那个陌生地方隐藏身份的向导。也许沉睡者夸大了去睡城的难度——也许现在已经有很多像匹克一样的普通人类生活在无梦人当中了。

但是，这主意仍然使他惊恐。这安全来得太过容易，就像是有一根洗好的亮闪闪的萝卜躺在圈套的正中央，一根绳子就在兔子洞旁边——但也许这就是被命运垂青的感觉。他最后看了一眼那名守卫者，耸了下肩，然后点点头。

“好，”他说，“我跟你走。至少走一段路。”

完备的双桨现在紧紧握在一双遒劲的大手里，无头守卫者划动双桨将船驶向下游。虽然平稳的水流帮了不少忙，但事实证明，这个怪物比巴瑞克猜想的要更稳妥些，它操纵船只越过阻碍的灵巧劲儿，与在黑水中茫然打转的样子简直有天壤之别。在匹克的悉心照料下，那个灰皮肤的人已经坠入更加平和的睡眠了。斯科恩站在小船高高的船尾上，气冲冲地拍着翅膀。

“你说你的主人是被击垮的，”巴瑞克问补丁男，“发生什么事了？”

“我们在乞丐之地遇上了强盗。”他用一块湿布擦拭着他主人灰色的皮肤。“他们自称绳族。第一眼看上去无比平凡，却异乎寻常地瘦——像是长了腿的鳗鱼——并且从不闭上嘴。一口黄牙跟盖房子用的钉子一样长。”穿着彩色破布的人颤抖了一下，“先是主人的一名侍卫被杀了，然后绳族的另一个人向主人射……射了一支箭。其他仆人里有一个和我一起……我……我们把箭头拔了出来……但绳族射的箭把主人的其他侍卫都杀死了，剩下的仆人跑下船，想逃离这群强盗，但却再也没有回来。好可怕！但是守卫者划船划得很快，而绳族人都还站在岸上，所以我们逃走了。但是那个仆人背上也被射了一箭，脸色白得像蛇。他也死了。主人……主人病得越来越厉害……”匹克不泣不成声，巴瑞克对男人的哭泣感到有些尴尬，转身看着河岸边的芦苇从身边滑过，直到匹克继续说道，“根据主人的时间盒子来看，那是三次睡眠之前的事了。然后我们撞上了岩石，一个守卫者就掉到河里淹死了。剩下的你就都知道了。”

巴瑞克皱了皱眉：“怎么会淹死呢？他们又没有嘴。”

“他们有嘴，长在肚子靠下的地方。当他们受伤或者受到惊吓的时候甚至能发出声音——某种尖利的呼哨声……”

“够了，”巴瑞克不想再去想它——这太不符合自然规律了。“我们到达睡城的时候会发生什么事？你的主人生命垂危——我们都知道。这件事会对你……和我造成什么影响？”

“我们……会安全的，我敢肯定。”匹克这样说，就好像在这之前他从未真切想过此事。“主人一直都对我很好。那里还有无目——他把他们也照顾得很好。他让他们得以终老！”

“无眼？那是什么？某种动物吗？”

匹克摇摇头：“他们……他们是和你我一样的人类。在睡城被抚养长大，是这些年在雾影线上被抓的人类的后代。主人通常一次会养十二个在身边。”

奴隶，换言之，人类奴隶。但也并没有什么值得惊讶的——巴瑞克从不认为人类能在睡城享有和无梦人一样的特权。

奎鲁斯睡梦中讲了句话，一声急促而含糊的呢喃，对巴瑞克来说，就跟风的叹息声一样无法理解。

“你怎么会侍奉这么一个怪物？”巴瑞克问。

匹克抬起头，他的脸因痛苦紧绷着：“我……我迷路了。他发现了我。表现得很仁慈，然后就把我收作奴隶了。”

“仁慈？这个……家伙？我不相信。”

匹克吃惊地张大了嘴：“但他曾经……现在也很仁慈！”

巴瑞克耸耸肩：“如果你非要这么说的话。”他记忆当中的其他无梦人，尤尼索，都是没心肝的怪物。难道这个家伙真就不一样，还是这个叫匹克的人已经被雾影线的遭遇搞坏了脑袋？

“我饿了。”斯科恩突然说。乌鸦从船尾上跳下来，重重地拍打翅膀，越过湍急的河流，向森林飞去了。

谁又惹着那只鸟了？巴瑞克很好奇，**他什么时候开始一言不发了？明明平时一直嘟嘟囔囔地抱怨个没完，让人片刻不得安宁。**

巴瑞克在船上待了几天后，这个情况变得越发明显了，斯科恩不仅变得异常安静，还刻意避免和他们在一起：他大多数时间都在天上飞。即使从寂寞的飞行中回来，他也只是落在船尾那块有黑色斑点的弯木上——木头比巴瑞克还要高些——然后静静地看着逝去的水流与河岸。

或许他只是不喜欢那名守卫者，巴瑞克想，**诸神做证，那家伙丑得能把任何人都吓一跳**。

守卫者虽然丑，但是非常强壮，只要轻轻划动船桨，就能顺应河流任何突如其来的变化，或是躲过危险的暗礁。巴瑞克只能在脑海中想象两只无头怪一起划船的情景——那船必定行驶得无比迅捷。

在河流难以行进的地方，守卫者驾驶着小船，从两块巨大岩石中穿过，而石头的位置只能通过水面泛起的泡沫判断。巴瑞克差点把基尔的镜子弄丢了。当时小船突然改变方向，他跟着左右晃动，皮袋子从他衬衫里掉出来，从座位上弹开，而他的左手，曾经残废过的那只，猛地伸出去，抓住了半空中的皮袋子，像是老鹰抓捕一只麻雀般精准。

他盯着皮袋子看了好一阵，惊讶地发现他受伤的手现在竟能好到这种程度，但也因为差点把镜子弄丢而感到后背发凉。他也太不小心了，真是傻透了——那毕竟是他现在唯一的寄托。他在船舱里找了一会儿，终于发现一卷出奇纤细的闲置绳索，他用破矛切下一段，然后在皮袋子上打了个足够大的孔，把绳子穿过去打了个结，套在脖子上，最后小心翼翼地藏在衬衫下面。

河上渐渐开始出现其他的船只，大多都是由一两个破衣烂衫的无梦人驾驶，用作钓鱼的小舟。巴瑞克看到河岸上开始出现几所房子，甚至一些小的居住区，大概也属于这些灰皮肤的人吧。有些船非常巨大，配有宽大的青紫色船帆或者狭长的船舱，有十二个，甚至更多的守卫者划桨驾驶。

“我们快到睡城了吗？”他问匹克，刚刚有一艘这样的大船行驶而过，徒留他们的小船在它的余波中荡漾。

“还有一天的路程——不，还要再多一点。”褴褛的男人回答得有些心不在焉。他的主人仍然活着，但也仅此而已，匹克几乎寸步不离地守在他的身边。

在那个漫长而又阴暗的下午，晚些时候，奎鲁斯再次从他的长眠中清醒，但这一次，当他睁开那双闪烁的眼睛时，他坚持住了，奋力观察周围的每一样东西，尽管他的身体仍然软弱无力。

“这儿，主人，喝些水。”补丁男说着，把湿布里的水挤到奎鲁斯的嘴里。

“匹……咳咳，”灰皮肤的人嗓音粗哑，第一次使用阳光大陆的语言，他刺耳的嗓音使得别人很难理解他说的话，“我看不到你……”

“我在这儿，主人。”

“我感觉……我的家……”

“是的。我们已经很近了，主人。”匹克告诉他，“我们很快就能到达您的房子了。坚持住！”

“结局很快就会出现了，小匹，咳。”无梦人喃喃道，他毫无血色的嘴边残留着一星粉色唾沫。

“别害怕，主人，您一定能活着到家。”

“这结局……不是说我，”奎鲁斯气若游丝，即使是巴瑞克都得弯下腰才能听清楚他的轻声细语，“我关心……一点那个。所有东西的结局。我感到……感到它走近了。像冷风。”他叹了口气，双眼轻轻闭上，但仍然在沉入睡眠之前说出了最后一句话，“像是死亡大陆的风。”

后来奎鲁斯又醒过几次，但匹克说他讲的话毫无意义。他除了嘴巴和眼睛，几乎一动也不动：垂死的无梦人似乎在用一种夹杂着恐惧的渴望看着他们，好像等着他们要么治好他，要么杀死他。巴瑞克不禁想起了三神教的圣人——布伦纳斯的头，据说赞德大陆的人将他斩首之后，他的头仍然活在一个盒子里，还讲了三年话。

过了一会儿，巴瑞克穿过守卫者——他还是在用和平常一样的毅力默默划着双桨——爬到船头那边去寻找斯科恩。他靠着船头勉强保持平衡，努力在天空中搜寻那只乌鸦的身影。地平线上确实有一团黑色的影子，却远比斯科恩要大得多。

“那是什么——暴风雨？”他问匹克。那东西离地面非常近，一大团黑影铺展在河面上，底部厚重而漆黑，越往上颜色越淡，直到和暮色的天空融为一体，就像是渐渐被吸干墨色的一团墨汁。

匹克摇摇头：“那就是睡城。”

“城市？真的？但它是黑的——像雷雨云一样！”

“啊！那是黑灯。睡城的人不喜欢‘天幔’笼罩下暮色世界的光亮，黑灯能制造出一个供他们居住的黑夜。”

巴瑞克盯着地平线上的那团污点，那污点就像是蹲在网中央满脸狰狞地等着猎物上门的蜘蛛一样等着他。“他们还要制造更多的黑暗？诸神诅咒下的永恒暮光对他们来讲还不够暗？”

“无梦人喜欢黑暗，”匹克严肃地说，“他们从不嫌多。”

乌鸦终于回来了。他落在船栏上，静静站着，漫不经心地修整着自己的细羽。

“你看到那团东西了吗？”巴瑞克问乌鸦，“匹克说那就是睡城。”

“啊，咱看到了。”乌鸦啄着什么巴瑞克看不见的东西说，“咱飞到那里过。”

“那是座城市还是个小镇？有多大？”

“哦，城市，那是。大得吓人。黑得吓人。”斯科恩把头弯向一边，瞪着巴瑞克，“没听我说吗？现在你和我都要去那里。”乌鸦厌恶地叫了一声，从船栏上跳下来，走向船尾，“那是个糟糕的地方。那个夜人城。”他回头喊道，“好的是咱有翅膀，坏的是其他人没有。”

第二十三章

桥下区卡利坎公会

战栗平原之战，诸神之战的最后几场大战役之一，也是精灵和人类最后一次并肩作战。据说战场上的加尔人比人类要多得多，阵亡的加尔人也要多得多。

——引自《埃昂大陆和赞德大陆精灵种族专述》

“我已经想好最佳礼物了。”达瓦特仍然穿着他的旅行斗篷，就好像才刚从马背上爬下来似的。这次他和布瑞奥妮在河岸公园见面，公园潮湿的空气使之成为广堂宫人烟稀少的地点之一。“北方和南方的战争意味着物资日益匮乏，特别是对那些不一般的人来讲。恐怕花销要超出好多螃蟹币了，就像谚语里讲的。”

“我希望我已经给够你钱了。”布瑞奥妮几乎已经把埃尼亚斯借给她的钱全都花光了。

“足够了，但我也没什么零钱能找给您了。”

她轻轻叹气：“我谢你还来不及，丹-法尔大人。很多向我宣誓效忠的人最后都背叛了我……或者被人从我身边抢走。现在，和我一起站在这里的就只有你这一个朋友了。”她微笑着说，“谁会想得到竟然是你呢？”

他回以微笑，就她曾目睹过的此人的表情来说，算不上最由衷的。“朋友，是的，公主——但是只有我一个？我很怀疑。您在南境城堡还有很多朋友和盟友，他们会为您说上几句好话的——嗯，还会为您做更多事情，如果您还在那里的话。”

她皱了皱眉：“他们现在肯定知道我还活着了。肯定已经有消息了，一点点总是有的。我已经公开在这里生活了好几个月。”

达瓦特点点头：“是的，殿下。但是知道您还活着是一码事，在您不在的时候还为您出生入死就是另外一码事了。即使是您最忠诚的支持者，也无法确定您是否还会回国吧？距离让很多事情都变得不确定。等您安全回到南境城堡，我敢说您一定能找到不止一个盟友。”

她点头，然后把戴着手套的手递给他，“我没有多余的钱付给你了，丹-法尔大人。”她悲哀地说，“到了我无法偿还的时候，我还能指望你的友谊多久呢？”

他亲吻她的手背，但棕色的眼睛仍然凝视着她：“无论发生什么事，您都可以指望我的友谊，女士，但请不要把我当成这场不公平交易中的受害方。告诉你自己，我只是在赌——我对它可在行了——一会儿做个任务，一会儿跑个腿，对我来讲不过是一点微不足道的损失，但在不久的将来却有可能为我带来无比丰厚的收益。”他放开她的手，鞠了个躬，“是的，我想那就是最好的方式，去看待我们公认的……复杂的……关系。”

他的笑容让她想起了往日里那股初生牛犊不怕虎的蓬勃朝气，有那么一会儿，布瑞奥妮发现自己快要屏住呼吸了。

“那个传言，”他直起身后继续说道，“您将会在桥下区附近某家酒馆上层的房间找到您的礼物，”他递给她一卷羊皮纸，“两个同行的谨慎之人会将它带给您。”他再次鞠了一躬，“我希望那是您想要的，公主殿下。说实话，能跟随您一起冒险，本身就是最好的回报了。您能告诉我为什么选择卡利坎人吗？”

“这是诸神的意愿。”

“如果您真不想告诉我……”

“那并不是一种托词，丹-法尔大人。一位女神曾在梦中告诉我——好吧，是个半神……”他向她微笑。“你还是不相信我。”

“正相反，我的公主，”他说，“我相信正在发生的事情从诸神时代以来都不曾有过先例。很明显，您和您的家族都被卷入了其中。除此之外，公主，请允许我保留一份自己的私心。”

“花言巧语。”

“说过了花言巧语，我也必须要向您告辞了。”他拂去几滴裤脚上的夜露，剑鞘重重地撞到了座椅。“我不知道我们下次见面会是什么时候，殿下。我还有其他的琐事缠身。”

“你……你要离开这座城市？”事情太突然了，她甚至感到有些惊慌。

“恐怕我得彻底离开希安国了，公主殿下。”

“但是……你是我唯一真正的盟友，达瓦特。你要去哪里？”

“抱歉，”他说，“恕我不能直言，有一位女士的名誉危在旦夕。但是，请相信，这绝不是我们的最后一次相见，公主殿下。我并不需要信奉什么奇怪的信仰才会这么认为。”他突然在她起身的时候抓住了她的手，这让她非常困惑，也很不自在。“我的心跟随着你，布瑞奥妮·埃顿。永远别怀疑你自己。你还有未完成的使命。当你充满绝望的时候，请至少相信这一点。”

他把她的手举到嘴边，第二次亲吻了那只手，然后转过身，不一会就消失在了花园小路的阴影之中。

“我还是不太明白你到底在做什么，布瑞奥妮公主。”埃尼亚斯说。他们正走在和灯笼大道平行的一条窄道上。比起在宽阔的大道上行进，他们现在所引起的关注要少得多，这恰恰也是布瑞奥妮所希望的。但是，在特希斯，跟王位继承人和他的护卫，以及一对牛车一起出行，要想不引起人们的注意，是完全不可能的。

“您的信任就是对我最大的恭维。”话刚一说出口，布瑞奥妮就有些后悔，听起来好像她是在故意引诱他似的。**他是个好人，毕竟——我欠他的，远比这些世俗的客气寒暄要多得多。**“事实上，我已经尽我所能地告诉您真相了。如果我再往下说的话，您不必担心我得了疯病——您立马就会断定我是个疯子了！”

埃尼亚斯哈哈大笑：“我发誓跟您的谈话绝不是日常的客套，布瑞奥妮·埃顿！如果是那样的话，我将会乐意陪您去任何地方。但实际上，我只是被请求去我所在城市的某个地方，我得承认，那地方我不怎么了解。长期以来，桥下区可是以盛产怪人怪事而闻名的。”

“如果您仅仅是指身高的话，那些人确实很奇怪，”她说，“但如果他们和我们国内的芬德林人一样，那么殿下，我相信他们是最忠诚的子民——和其他种族的子民一样忠诚。”

埃尼亚斯点点头：“一项非常重要的品质。但是我们别对他们太过苛责，因为身材高大些的人犯的错——比如撒谎——就像是鱼肉的价钱一样，可是随着重量的增加而增加的。”

布瑞奥尼忍不住捧腹大笑。

令人敬佩的是，外出的达瓦特·丹-法尔已经习惯性地为他们的来访做好了充足的准备：他们一到桥下区，卡利坎人们立即打开公会大厅的大门，邀请他们这批贵客，以及贵客的牛车等等一并入内。厅里光线非常暗，天花板也很低。一群小个子的马夫走上前来，把牛从牛车上解下来牵去牛棚，然后开始卸载牛车上的货物。从某种程度上来说，卡利坎人的大厅和他们自己的广堂宫格局差不多——当然，只是在各方面都缩小些而已。

随后，出现了一队顶盔带甲的卡利坎侍卫，肩上扛着仪仗性质的挖掘木棍，带领他们前去大厅。

“打扰了，女士……以及这位先生，”他们中的一个上前行礼，说道，“请随我来。”

这个彬彬有礼的小家伙让布瑞奥妮突然想起自己在南境城堡捕猎双足飞龙的日子。那天，她的马差点把一个芬德林人绊倒，从那时候起，一切都开始真正变得糟糕起来——就在那一天，他们接到绑架她父亲的人的来信，逼迫她嫁给那人。但是，此时此刻，关于那天的记忆，她想起的却是一些别的事……有关她失踪的双胞胎弟弟的事。

*哦，巴瑞克，你究竟在哪儿？*只是想起他就让人心痛，但她却无时无刻不在想念他。地下梦境已经结束，但她仍然像往常一样思念着他。

很久以前的某一天，沙索从雾影线的怪物手中救下他们的时候，肯德里克被人从死马身下拽了出来，除了几处刮痕和青紫之外奇迹般的毫发无伤。许多大臣和猎人都跑去跟她哥哥嘘寒问暖，但布瑞奥妮却更关心她的双胞胎弟弟和他那只弯曲的胳膊。像往常一样，当她试图帮助巴瑞克时，他气愤地别过头拒绝了，布瑞奥妮当时就质问他，为什么总是跟那些爱着他的人作对。

对我而言，只有在为孤独奋斗的时候，生命才有意义，他这样告诉她，*当我停止奋斗的时候——当我再也没有力气去生气的时候——那时你才真正该为我担忧。*

哦，甜美而仁慈的佐睿雅女神，她祈祷着，*无论他身在何处，请让我的兄弟继续奋斗！继续生气吧！*

桥下区卡利坎公会，正如达瓦特命名的那样，已经在主厅里聚集起它的成员，等候在那里了。当布瑞奥妮和其他一些人走进去的时候，这些矮人正坐在一排排的长椅上，小心翼翼、安安静静地注视着他们，布瑞奥妮不禁觉得，她和王子其实是来自某场非比寻常的化装舞会的演员。为了与桥下区的居民相称，房间修建得很矮小，天花板也很低。在离他们最近的一条长椅中央，坐着一个圆鼓鼓的小矮人，长着一脸毛茸茸的络腮胡，戴着一顶高高的尖顶帽。当侍卫领着他们站好后，这个强势的人物抬起手来。

“欢迎您，南境的布瑞奥妮公主殿下。”他讲话的声调和普通的希安国人一样清晰可辨，让人颇感安慰——她曾担心卡利坎人可能会有某种他们自己的语言。“我是白云石宗主。”

布瑞奥妮也谨慎回礼：“谢谢您，宗主大人。感谢您能在这么短的时间里聚集如此多的听众。”

“也很感谢您给我们带来如此丰盛的礼品。”他微笑着，几个侍卫上前递给他一份礼品清单。“整整两打的伊斯特挖掘斧头，”他读着清单，吹了一声表示赞赏的口哨，“不管在哪里都是上品啊，像玻璃一样尖锐，像深埋在地下的骨头一样坚硬！还有五千斤重的优洛斯大理石。”他摇摇头，表现得大为震惊，“确实是颇为丰厚的礼品——我们有一年多没有这么好的石材可以雕刻了！我们对您的慷慨颇为震惊，公主殿下。”他看向座位两边的公会成员，又猛地将他犀利的目光投到布瑞奥妮身上，“但是，恕我冒昧，这些善意的缘由是什么？这些年，连我们在特希斯之外的亲族都不常来看望我们了，更不用说还带着如此精致的礼物。”

“只要您帮一点小忙，当然。”布瑞奥妮玩笑间将恭维和难题一并奉上，这项长袖善舞的本事她已用过几百次了，“聪慧如您，肯定早已想到那是什么了。”

“确实，我们早已料到，”白云石谨慎地笑了笑，“同时，我们也非常有兴趣知道，究竟是什么让您这样一位显要的女士亲临寒舍。但是，首先，这里还有一些我们不太明白的事情，”宗主直直看向埃尼亚斯，后者仍然穿着他那件旅行斗篷，“站在您身边的这位先生，如此沉默寡言又小心谨慎，请问他尊姓大名？为何在我们自己人的屋檐下都像个亡命之徒一样遮遮掩掩？”

王子的两个亲卫兵发出愤怒的声音，布瑞奥妮看见埃尼亚斯跟他们耳语了几句，将他们安抚下来，不然恐怕就要兵戎相见了。

“你……你是说……你不知道？”布瑞奥妮暗自咒骂自己的愚蠢。达瓦特显然并没有告知卡利坎人自己有陪伴者，虽然她曾经明确要求他提前告知他们。意外——还是蓄谋已久的一点捣乱？

“不知道。我们为什么该知道？”白云石问道。

“因为他是你们的殿下！”王子的一名侍卫吼道，他的愤慨甚至完全压过了王子要求安静的命令。围观的卡利坎人中间开始响起一阵喃喃低语声。“这位是埃尼亚斯王子殿下——你们的国王，埃南德陛下的爱子和继承人！”

佐睿雅女神，请宽恕我的愚蠢！布瑞奥妮为自己刚才的所作所为深感恐惧。她本来应该先介绍埃尼亚斯的——不，她一开始就不该带他来这儿。她输给了自己的软弱，居然邀请如此有权势的男人陪伴自己一同前来，要是只带着礼物来就好了。接下去会发生什么，恐怕只有诸神才知道了。

埃尼亚斯拉下他的兜帽，卡利坎人发出更多的惊讶与低语，像是突然惊起的一群小鸟一样叽叽喳喳吵个不停。有几个卡利坎人赶忙从座位上站起来，上前行礼；连宗主也脱下帽子从座椅上爬下来，向王子鞠躬行礼。

“请原谅，殿下。”他语带哽咽地说，“不知者无罪！我们绝不敢对您和您的父亲有丝毫的不敬！”

看到几分钟之前还一脸镇静、谨慎又细致的人转眼变得如此失态，真不是件让人舒服的事，布瑞奥妮说道：“都是我的错！”

“不，是我的错，”埃尼亚斯辩解道，“我本来想置身事外，让布瑞奥妮公主独自完成她的使命的。我本不应该在面对我父亲的子民时这样遮遮掩掩。我请求您的宽恕。”

听到王子的话，所有的卡利坎人都松了口气。有些人甚至边回座位边点头微笑，好像整个事件除了有一点吓人外，更像是一场供人娱乐的玩笑。

“您非常善良，埃尼亚斯王子殿下，非常善良。”白云石紧张地看着布瑞奥妮和埃尼亚斯，“当然，我们会尽己所能地完成公主的要求，殿下。”

布瑞奥妮的胃部泛起一阵不适。她带来了埃尼亚斯王子，让卡利坎人除了听候她差遣外别无他法。这样一来，她虽然确实得到了她想要的人手， 却没有交到真正的盟友。

“跟大家说实话，”她跟在座的白云石和其他卡利坎人说，“我邀请王子陪我前来，完全是因为他是我在希安国唯一的朋友，况且我也不能连一个护卫都不带就离开王宫。”

“难道广堂宫里的大人物认为我们会对一个贵族女子造成什么威胁吗？”坐在白云石身边的一个特别瘦弱的卡利坎人突然插嘴道。他似乎也颇为自己的想法自得。

“我敢肯定您对于希安国的敌人绝不手软，”布瑞奥妮回答道，“但我并不是畏惧您和您的族人。只是前不久，有一个我们国家的人在特希斯的街道上刚刚遭遇了袭击，因此我在这里的朋友才不放心我独自一人行走在这座城市中。”

“对于年轻女子来讲，还有什么人能比得上我们赫赫有名的王子？”白云石说，“非常惭愧刚才没有认出您，埃尼亚斯王子殿下。”

“我应该一早就向您亮明身份的，宗主白云石大人。但我仍然非常高兴我们终于见面了。很久之前，我就曾从我信任的朋友那里听说过您的大名。”

“殿下您真是太善良了。”白云石一脸欣喜，看起来就好像是春季洪水之中的一只青蛙，正准备鼓起肚子骄傲地欢唱。

这么久以来，布瑞奥妮终于感到可以松一口气了。虽然困难重重，但他们好歹已经跨过第一道难关。“我也别再浪费您的时间了，宗主大人，”她说道，“我来这里是想请问您，您能给我看看您最古老的那面鼓吗？”

“鼓？”白云石脸上的笑容消散了——他看起来真的非常吃惊和疑惑，“我们最古老的……鼓？”

“是的。有个……非常重要的人指点我跟您要的。”

之前的寂静马上被新一轮的吵嚷交谈声所掩盖，坐在宗主前几排的几个卡利坎人也正低头耳语，但语气大都非常困惑。

紧挨着宗主的那个长满皱纹的人，突然开始激动地绞起了手指。“哦，老天爷，我想到了。”他先是这样说，然后却紧紧皱起眉头，整张脸似乎都皱在一起，消失在浓密的胡子里。“但不是，蠢货……不该是……该是……”

“大地长老！”白云石气急败坏地嚷道，“你到底想到什么了，能跟我们说说吗，白铅？”

“刚刚……我想到……”那个卡利坎老人的手指扭曲得更厉害了，就像是离了水的鱼在翻腾挣扎；终于，他意识到自己的动作，停止了扭动。“那个……她说的那个……那个鼓……可能是……鼓石？”

听到这个词，原本还在窃窃私语的几个人也停止了议论，整个大厅异常安静。所有人都看向布瑞奥妮，满眼震惊。

我肯定让诸神都绝望了，她想到，*我刚刚到底都干了些什么？*

白天渐渐长了。朝圣者瑟隆注意到：即使已经吃完晚饭好几个小时，太阳都沉入河对岸的群山之巅后面了，却仍然能让整条帕洛

斯河都沐浴在一片金色的光辉中。他觉得很满意，对于他想要在仲夏忏悔日到来之前抵达“翁斯皮亚的面纱”（北方大陆最重要的朝圣点）的愿望来讲，这真是个好兆头——那也意味着会有不少满意的顾客。他从年轻时起，就开始带领这种朝圣旅行队了，但即使是以瑟隆的阅历，还是会有很多事情超乎他的意料，让他倍感惊奇。他已经带领这支旅行队不远万里来到了布伦湾，听说南境城堡被精灵大军所围，王室家族分崩离析，他可一点都不想跟这些疯狂的事情扯上关系。

他刚刚跟他的学徒艾维德讨论完食品供给的问题，那个瘸腿男手下的男孩就出现了。“他想跟你谈谈。”男孩对他说。

瑟隆暗自咒骂了一句，四下张望，寻找那个衣衫褴褛、阴魂不散的乞丐。但是，瑟隆提醒自己，他不应该这样称呼那个人：对于一个肯出一整个金海豚来加入你的朝圣队伍，却只想跟随一小段路程的人来讲，一直称呼人家为乞丐可能不太好。

瑟隆跟随男孩走到矮山下，那个瘸腿的男人正等在那里，和其他旅客相隔甚远。这个头戴兜帽的男人——瑟隆从未认真仔细地看过他那张黝黑的、绑满绷带的脸——除了一起烤火和从大锅饭里打饭之外，从未对与他同行的旅客产生过一丁点的兴趣。他只跟这个小男孩讲话，次数也不算太多，所以当瑟隆得知这人要跟自己讲话的时候，真是无比惊讶。

瘸腿男似乎正望着远方起伏的山岭和帕洛斯宽广的河谷出神。一头公牛正拖着一条小船走在岸边的小路上，从这里看上去小得像是树枝上的一只蚂蚁。几艘小划艇在河湾处的逆流中漂着，银边的渔民正把渔网撒向大河。

“可爱的夜晚，嗯？”瑟隆边说边走上前。此刻，他多想爬进他的睡袋，跟他藏在旅行箱里的那瓶红酒打个招呼。并不是说其他的朝圣者会反对什么，而是因为只要藏起来，他就不用跟其他人分享了。直到他们达到翁斯皮亚的面纱以前，他都没法重新灌满那瓶酒，况且，离那儿还要有好些天的路程。

兜帽男挥了挥他缠满绷带的手，他的孩童仆人就踮起脚尖去听他的喃喃细语。“离南境还有多远？”男孩问道。

“南境？”瑟隆皱起眉头，“至少十天，还得马不停蹄地赶路。像我们这样的队伍，起码得走一个月。但是当然，我们也没想去那儿。”

弯腰的男人又低语几句，男孩听了说：“他想让你带他去那儿。”

“什么？”瑟隆大笑，“我还以为你的主人只是身体有残疾，不是傻瓜，现在才知道原来是我想错了！他在昂普莱索斯加入我们的时候我就跟他说过了。这只旅行队不去南境，不去它附近的任何地方。事实上，这儿就是最靠近那里的地方了。”他挥舞着手臂，“如果你的主人想自己走，我当然不会阻止。我甚至会为他祈祷，诸神保佑，他会需要的。你也是，小孩。听说，这里到那里的路上，不仅遍布小偷和强盗，还有更糟糕的东西——糟糕得多的东西。”他弯腰靠近男孩，“还有精灵，据说。还有各种你根本无法想象东西。那些怪物偷走的可不只是你们的钱财，还有你们的灵魂。”瑟隆直起身，“所以，如果他还有一丝理智，想要保护他的钱财的话，他应该和我们待在一起，直到抵达山谷。我知道他肯定藏着什么秘密，他不说我也能猜到一二。告诉他，那里有个麻风病医院，对待他们的病人非常友好。”

男孩又听兜帽男讲了好一段话，然后转向瑟隆说，“他说他没有任何麻风病。他已经死了。诸神又把他带了回来。他说，那并不是种病。”

瑟隆做了个驱邪的手势，然后想起他所在的位置，改成个向三神祈祷的手势，“胡说八道。死人可回不来。只有诸神的‘孤儿’，他可是诸神的宠儿。”

瑟隆和小孩都等着兜帽男的回答，那人却保持沉默，看向阴暗的山谷和帕洛斯河朦胧的银色河流。

“喂，我可不会一直站在这儿，”旅行队的领队最后说，“很高兴能和你交谈。”他在想起男人支付的差旅费后补充道，“如果你还没尝过芜菁汤的话，我强烈推荐。粥最底下，还是有那么几片羊肉的——别大惊小怪，没人会注意的。但我可是真要走了，还有很多事情没做呢。”他突然想起了什么，从他的旅行箱里拿出他的酒瓶。这想法让他心里一暖。也许他没有从前那么虔诚了，但他仍然在为诸神服务。诸神当然也会厚待他一点——他们当然会为他带来好运，朝圣者瑟隆，“盆瓦匠”卢克斯之子。看看诸神给了他多么大的提携！

瘸腿的男人从长袍下摸索出什么东西，摇晃着他缠满绷带的木棍似的手，直到男孩从他手里把东西拿走。一阵低声的指令过后，小孩把它递给了瑟隆。

“他说他就剩下这些了。你可以全部拿走。”

瑟隆盯着面孔脏兮兮的男孩好一阵，满脸不解，然后才拿走了钱袋。袋子很沉，直到瑟隆把里面的东西倒进手掌，他的手掌都在颤抖，并不是因为钱的重量，而是因为，他突然预料到自己将看到什么。

金币。至少十二枚。此外还有价值相当于两三枚海豚币的银币和铜币。他吃惊地抬起头，但是瘸腿的男人又在盯着河谷出神了，就好像什么事也没发生过一样。这笔钱足够让瑟隆这样一个生活勤勉、还说得上舒适的旅行队领队，变成一位奢侈的绅士，拥有豪宅、良田、牲畜和仆人。

“这是干什么？他干吗给我看这些？”

“他说他必须去南境，”与瘸腿男人轻声交谈几句后，男孩回答道，“那就是诸神带他回来的原因。但如果没人带路的话他去不了——他找不到路，即使……即使有我。”男孩说话的时候皱皱眉，很显然这些话很伤人。“他的眼睛既能看到活人的世界，又能看到死人的。他害怕自己会迷路，会去得太晚。”

瑟隆意识到自己的嘴一定张得老大，像是一扇忘记关上的门。他闭上嘴，然后又开口说道：“晚？”

“仲夏过后。那会儿就太晚了。仲夏之夜，所有的沉睡者都会醒来。他在诸神领域的时候听到过这些。”

旅行队领队只能摇摇头。当他开始说话的时候，上下牙都在打战：“让……让我……想想，孩子。”他从没想过有一天手里会拿着这么多钱，估计其他朝圣者也是。他们都很善良，对诸神充满敬畏，至少据他所知如此，他不想对他们的诚实太过苛求。“具体点说，你的主人支付所有的钱……想要什么？”

又跟兜帽男讲了一阵之后，男孩说：“到达南境。一路上负责领路和保护人身安全。要有食物，还要有马可以骑。”听到瘸腿男急切的低语声，他扭过身补充道，“不只是入境，要到达南境城堡。在河湾中心的那个。”

尽管手里握着的报酬如此丰厚，令人难以置信，瑟隆仍然犹豫了——并不是因为要抛弃朝圣队伍，而是因为要穿过整个大陆去到北方，路上充满了未知的危险，更不用说还要深入到南境人和传说中的精灵一族交战的中心地带。但是，手里的金币仍然是一个有力的筹码。

“艾维德！”他喊道，“过来！”

瑟隆把钱币重新装入钱袋，用一条新绳子系到腰带上面，以防万一。他的学徒是时候成长为一个旅行队的领队了。

⚜ ⚜ ⚜ ⚜ ⚜

一大群人浩浩荡荡地从公会大厅的走廊往下走。布瑞奥妮、埃尼亚斯、王子的侍卫，他们由宗主白云石和其他几个公会成员带领着——其中至少包括一个女成员，布瑞奥妮很欣慰能见到她——还包括满脸皱纹的白铅，没想到他竟然是位神职人员。白铅和两位高个侍僧随从——对卡利坎人来讲算是高个了——那两位侍僧跟在他后面，拿着一个用坩埚和耷拉的皮管做成的东西，正缓缓地冒着热气。当布瑞奥妮客气地询问那是什么东西的时候，白铅欣喜地告诉她那是一种仿圣波纹管的宗教器具。

“圣波纹管？”

“啊，对。”白铅用力点点头，“神就是用它创造出了世上的生灵。”

“哪一位神？”

他严肃地看了她好一阵，然后微笑地眨眨眼：“我没法大声说出来，殿下……但是希安人每年都在石神节的时候为他庆祝。”他又眨眨眼，样子更夸张，务必确保她听得懂。

这支奇怪的队伍继续往下走，刚开始似乎只是公会大厅内部的一系列的走廊，但布瑞奥妮很快发现这些弯道和转角之间的空隙都很大，并不是一座普通建筑、甚至一座大型建筑所能容纳的。此外，很多地方的走廊倾斜角度都异常的大。

埃尼亚斯也注意到了，“我很好奇，还要走多远啊？”他悄悄跟布瑞奥妮说，“我的一些先祖曾经试图阻止卡利坎在特希斯地下深挖，看起来他们做得不怎么成功啊。挖到这种程度，他们至少挖了好些年了！”

确实，很明显的，公会大厅的墙壁之前镶嵌的是黑色木块，现在已经变成了一块块精致雕刻而成的石板，有些还内嵌着许多不同种类的岩石，布瑞奥妮随便拿火把一扫，都看得出雕功无与伦比。

“三神在上”，在他们走远之后，埃尼亚斯语带惊叹地说，“他们早就已经把路挖到埃斯特去了吧？”

“别跟其他人说这些！”布瑞奥妮请求道，之后又感到有些羞愧。“很抱歉——我没有权利告诉你该如何对待你自己的子民，但确实是我强迫他们带我们到这里来的。我都不愿去想，自己已经给他们带来了多少麻烦。”

埃尼亚斯笑了，但似乎并没有感到开心：“别担心，公主。我不会变成一个讨人嫌的客人的，我只是很感慨罢了。如果温顺的卡利坎人都能愚弄我们到这种程度，就在我们眼皮底下，等到登基那天，我又会发现什么令人惊奇的事情呢？”

布瑞奥妮看着他的脸，火把照耀下的那张脸深刻而专注，她感到自己又被一种奇异的、自相矛盾的冲动所俘获。

*费拉斯·范森。你对我是真心诚意的吗？我真的理解你的举动吗——我真的清楚感受到了你的感情吗？如果那只是我脑海中的幻象该怎么办？*即使不是，她扪心自问，这个男人，埃尼亚斯，这个努力追求公正的好男人该怎么办？他照顾她——正如他所说的——而且他也正是南境城堡此刻最需要的人……要想的东西实在太多。她觉得心烦意乱，矛盾的感情不断涌起，就像烧开的水壶里的气泡，这里冒一个，那里又冒一个，最后升腾成一串一串，不断翻滚着。

走了那么远，转过无数的弯道，布瑞奥妮猜测他们至少距离公会大厅已经有十来深了。最后，队伍终于达到某个地方，这里走廊渐渐变宽，形成某种宽阔的阶梯，浅浅的台阶显然是专门为卡利坎人切割的，阶梯通向远处墙壁上的一扇大门，上面是由富有设计感的曲线雕刻成的各种花纹，在火把闪烁的火光下变得有些怪异和扭曲。布瑞奥妮分辨不出那些壁画到底画的是什么，只能勉强看出一个骑着条大鱼的身影，还有一人正在把一条巨大的蛇打成繁复的结。

几个桥下区居民跳上前，用木棍敲击门上的金属。经过漫长的等待，巨大的门终于开启，门里映射出更多火把的光芒。宗主白云石走上前，带领他们穿过门廊。

房间只比外面的大厅稍微小一点，当队伍中的最后一个人踏进房间时，大门在他们身后哐啷一声关上了。一群卡利坎人穿着跟白铅同样的黑色长袍，从房间背后的一道走廊中走出来。当他们快步走在光滑的石头地面上时，就好像行走在一片结冰的湖面上。衣料摩擦发出簌簌的声音，他们屈身向前，拜倒在宗主和侍僧前行礼，然后其中一人站起身，做了一系列复杂的宗教手势，看得出有些急切。他几乎跟白铅一样矮小，但却年轻许多，非常瘦，两只大大的眼睛有些凸，就像在恐惧着什么似的。

他做完仪式的动作之后，抬头看看白云石和白铅，又看看其他站着观望的人。他睁大眼睛好奇地瞪着布瑞奥妮、埃尼亚斯以及王子的侍卫，他们这些人像是食人怪一样高高耸立在卡利坎人周围。有那么一会儿，布瑞奥妮还以为这个小个子会立马昏死过去。“哦，伟大的铁砧，”最后他跟白云石说，“伟大的铁砧大人，你们怎么知道的？怎么知道的？”

宗主大人盯着他瞪了好一阵子，才厌烦地哼着鼻子说，“我们知道什么，白垩岩？以矿坑之名发誓，你到底在胡言乱语些什么？我们到这里来是要用那些鼓石。希安王子亲自前来查看！”

白垩岩惊讶地看着他，然后又看向那些咄咄逼人的访客，突然哇的一声哭了出来。

当白垩岩终于冷静下来后，他带领一行人来到了内室，那很明显是某种神庙，尽管卡利坎人很不情愿谈论它。

“它只是……好吧，我们已经有好几十年没有从石头那里得到任何消息了——从我父亲开始就是这样了，”白垩岩解释道，“那时他几乎还是个孩子！所以你可以想象，伟大的铁砧，当我们听到……好吧，你们马上就要知道了！”

“闭上你的嘴，休息一会吧，你简直让我的头嗡嗡作响，”宗主说，“你是想说其他人也在使用鼓石吗？”

“谁能未经允许这样做呢？”白铅发出疑问，他的小胡子像是一只愤怒公鸡的翎毛一样根根直竖，“我们必须马上把他抓到公会来！”

“不，不，大人！”白垩岩的语调如此悲哀，以至于布瑞奥妮担心这个小个子马上又要哭出来了。“鼓石说话了！他跟我们说话了！自从父亲当值以来头一次！”

“什么？你刚才说什么？”白云石叫起来，第一次真被惊到了。这个新发现马上又在其他聚集的卡利坎人中间引起一阵低语和惊呼，“谁跟我们说话了？”

“来自主宅的族人——我们在南境的亲族。”白垩岩推开最后一间内室的门，门里比其他房间都要暗很多。一大圈光滑而未加修饰的石头端端正正地镶嵌在他们面前的高墙中央，周围则挤满了雕刻成各种奇形怪状的其他石块。

布瑞奥妮再也无法保持镇静了，“你是说你得到的消息是来自南境的分德林人？诸神厚爱，他们说什么了？”某种雀跃之情几乎要盖过那种席卷而来的痛苦。达瓦特曾经提醒过她，奇怪的事情正在发生——每时每刻都有更多奇怪的事情发生。她曾梦到过一位女半神，现在，她的梦正在现实世界重演。

白垩岩看向他的主人们，征得同意之后才开口说道，“他们……南境的人说的……很难翻译成正常的语言，因为鼓石说的是另一种他们自己的语言——一种很古老的语言，比正常的话要短。”他皱起苍白的额头，盯着他的双手，竭力回想他曾经听到过的话。“消息是说，‘大个子的一位宗主从古老的黑暗世界活着回来了。他现在是我们的统帅。城墙之外，古老的东西压制着我们，我们坚持不了多久了。我们呼唤你们，请为我们共同的血脉和传奇而战。请帮助我们。’”他抬起头，眨眨那双大眼，“差不多就是这些了。”

布瑞奥妮摇摇头。“但这些是什么意思呢？‘大个子的宗主’——‘大个子’是指我们，对吧？那是你们对我们的称呼。但我们没有宗主，只有一位国王。”她的心跳骤然加速，“他们是说我父亲吗？我父亲要回来了？古老世界又是在哪里？”她的脉搏越来越快，但白云石却在摇头。

“我认为并非是指您的父亲，公主——谁都知道他现在被困在南方，在赫若索尔。古老世界是我们对雾影线那边的世界的称呼。你们称之为精灵族的世界。加尔人的世界。”

一时间，她只感到满满的沮丧，但她突然想起了什么，像是突然听到了胜利的号角一样惊醒过来。“大个子的一位宗主从精灵族统治的世界返回了？”她的心跳又开始加快，“我弟弟——那只能是说我弟弟巴瑞克了！他已经回到南境了！他已经回来了！哦，赞美佐睿雅女神！”让小个子大为吃惊和恐惧的是，她突然弯下腰亲吻了白垩岩的额头，“我们能回一个消息吗？告诉他们我在这儿——告诉他们我必须要和我弟弟说话！”

征得领导的同意之后，白垩岩和他的同僚拿出梯子和狭长的手杖，很显然都是些不常用的工具（找到这些东西的艰难程度再次印证了它们平日里的使用频率——白垩岩又开始吸鼻子了，不过这次却是由于难为情，为了寻找最后一架梯子，整个神庙像被洗劫过一样，那架梯子在给天花板火炬灌油的时候用过，却没有被归还到原处）。最后，每样东西都各就各位，白垩岩坐在布瑞奥妮的脚下，拿着一块黏土板和一支石头笔，记下她的消息，再尽可能地翻译成鼓石能传递的语言。

桥下区向主宅致敬！我们已经听到了你们的消息，给你们加

油！我们的宗主和圣职者都在现场。还有一位来自主宅的大个子，她是女宗主，她想要来这里寻找她在那边的弟弟。请敲给我们他的回答。兄弟们，我们致以崇高的问候，也十分乐意帮助你们。但我们必须得到更多的消息。

“女宗主？”布瑞奥妮问道，“听起来有点不明白。”白垩岩正把那些话传给他的下属，下属们再用石头敲击石墙中央的那圈石头，好像那真是一面鼓，那些顶端嵌有石头的木质手杖敲击出一种诡异的、毫无节奏感的乐声。

“他们没有‘公主’这样的词，好像，”埃尼亚斯顽皮地说，“我真怕听到他们叫我什么。”

消息被敲出，敲了两遍，这个时候，只剩下安静等待了。一开始大家都还站着——然后，过了很长时间，就各自寻找合适的地方坐下了——仍然没有消息传回来。

“也许他们已经走了，”圣职者说，“但他们才刚刚传给我们一条消息，好像可能性不大；要么就是鼓石的传输链被什么东西破坏掉了。我们今晚会再敲给他们一次，一有消息我们立刻传到城堡，让您知晓。”

“非常感谢，”布瑞奥妮说，但之前那种炫目的幸福感已经开始消散了。可能她的推断有问题。也许卡利坎人自己在接受信息的时候出了什么差错。

“走吧，公主，”埃尼亚斯对她说，“该回去了。”

她跟着往回走，再次穿过迷宫一样的走廊，重新回到现实世界，午后阳光正好。

第二十四章
一千诗人的败北

《三神之书》表明，诸神之战发生在西斯海王统治时期，几百年之后赫若索尔才建立起来。战栗平原之战，也是历史上第一次提到传奇王后嘉莎美（或是吉莎美，范特人这样称呼她），她独自领导军队代表祖米奥斯大神跟其他凶悍的诸神战斗。

——引自《埃昂大陆和赞德大陆精灵种族专述》

“他们攻进来了！暮光族的人已经攻进来了！”大锤·碧玉的一个侍卫跌跌撞撞地爬过鼓石内室的门槛，浑身是血，像个醉汉一样步履蹒跚。

费拉斯·范森马上跳了起来，速度飞快，差点把他身边的侍僧撞倒。幸好，芬德林人已经完成鼓石墙的敲击，尽管那东西看起来更像是大炮的推弹杆，范森的消息已经被传送过去了——更重要的是，他希望，已经传送到特希斯的芬德林人那里。“哪里被攻破了？”范森急问道，“有多少人？”

神庙中的两个兄弟扶着流血的侍卫。“就在节日大厅上面，”重伤的男人喘息着说，“但他们已经快到神庙洞穴了。碧玉的卫兵和其他人已经退到水帘瀑布前面的窄巷里了，但他们……坚持不了多久……你必须……必须派……”男人一阵轻颤，垂下了头。

“让年长的兄弟照顾他，”范森说，“如果他醒来，让他好好休息一阵，再派他过来——我们急需人手。朱砂大师呢？”

“朱砂带着一对侍卫去查看五拱门下面的塌方了，那里很可疑，”镍师父说，“可能几个小时都回不来。”

“那我就得找其他人了。我需要人手跟我去节日大厅。如果没有芬德林向导我找不到路。”从各种严酷教训中，他已经懂得，他掌握的那些所谓的跟踪技巧，在这幽暗无光的地下隧道中毫无用处。他在鼓石内室中来回走动查看。“实际上，我需要所有这些人，镍师父。我们侍卫中有一半甚至更多的人已经到神庙外面去了，紫铜和他手下的大多数人也都去了。如果加尔人攻进来了，我们跟他们就断了联系，我们自己反而会陷入包围中。”

“但这些都是宗教人士，没有战士！”镍气愤地说，大手一挥，指向那六个满眼惊恐地听着他们对话的侍僧，“无论如何，他们的任务是守在鼓石附近——尤其是现在，我们刚刚发出消息！如果我们在桥下区或者西礁的亲族回复我们怎么办？”

“那就留下一个，最好是那个战斗力最弱的。剩下的都交给我，告诉他们尽可能地找些武器来——锄头铁锹都行——从花园里找，如果其他地方没有的话。他们必须迅速在神庙前集合——我们没有时间可以浪费了！”

那无疑是一支寒酸的队伍：费拉斯·范森只带着十二个人，大多是老弱病残，没有一个看起来曾经在战场上动过刀枪。范森身上还有芬德林人为他制作的盔甲，但他的志愿兵们却几乎没有保护自己的东西，只有云母护目镜、毛皮头盔以及脏兮兮的厚布夹克衫，这些都是他们在潮湿危险的深坑下劳作时穿戴的。

“我已经尽我所能了，”他对自己说，但心仍然很沉重。这样的军队什么时候打赢过仗？他们不是战士，是牺牲品。“燧岩·蓝石英在哪儿？”

“在这儿！”从神庙门廊处传来芬德林人的声音。小个子正快步穿过阶梯，“队长，有何吩咐？”

范森靠得很近，因此只有燧岩一人能听见他的声音，“必须有个人到五拱门下去找朱砂。告诉他如果他和他的手下再不来，我们就要失守了——加尔人已经攻破了上面的节日大厅。但那个人不能是你，你明白吗？我需要你留下来，确保紫铜和其他回来的人能尽快到前线帮助我们。留下来的人必须是你，燧岩——我相信这些侍僧还没有真正理解战争的危险。”

燧岩皱着眉仔细想了想：“我马上就派个人去找朱砂，队长，我保证。但是，即使传信的人一找到他，他就立马出发，等在阶梯那里找到你的时候，恐怕都已经过去好几个小时了。”

“确实帮不上什么，”范森摇摇头，“啊，我差点忘了。去找查文，然后问他……不，靠近点，我必须小声跟你说。”

当范森说完的时候，燧岩睁大眼睛看着他：“真的？毒药？”

“求你了，小声点！恐怕是这样的。”

“那我们就真得祈祷了，祈祷大地长老不要再沉睡——祈祷他们能醒来帮助我们。”

冲动之下，范森紧紧握住了小个子的手，把燧岩吓了一大跳。“再见，蓝石英大人。希望我还能再见到您。但如果诸神有其他的安排，照顾好你的家人——尤其是那个男孩子，要小心。我打赌在一切结束之前，他必定会起到十分重要的作用。”

燧岩点点头：“您也要保重自己，范森队长。我们需要你。别看见裂缝里的第一块金子就急着出卖自己。”

费拉斯·范森不太明白那句话是什么意思，但还是再次用力握了下燧岩的手，然后转过身，领他那支寒酸的部队向前走去。

“大地长老保佑你！”燧岩在他后面喊道，几个年长的兄弟也聚集在台阶上回应他，他们的声音干哑又粗糙，像是谷仓里的老鼠在打洞。

燧岩找到一个年轻侍僧，他似乎比他的同伴看起来更机灵一些。“去五拱门下找朱砂大师，”他跟这个年轻人说，“告诉他精灵族已经攻破节日大厅，范森需要他尽可能多的组织些人手。去吧，孩子，赶快！”

当燧岩穿过分会房间，打算去找查文的时候，镍师父正气鼓鼓地等在那里。

“你以为你刚才在做什么？”镍质问道，“你无权向我的侍僧下命令。我才是那个危难关头发布命令的人。代理长老一职的是我，不是你！”

“但范森队长才是那个带领我们守卫城堡和芬德林镇的人！”燧岩争辩道，“朱砂和公会都是这么说的。加尔人已经攻进来了，范森需要一个传信的人。根本没时间去找你然后再征得你的同意。”

镍狠狠皱下眉，但似乎还未想到有力的反驳。“那就别太自大，别太耀眼，小镇居民蓝石英，”他最后才说道，“就是因为你和你的杂种儿子，才有这场麻烦——矮人、精灵、外来入侵者，全都跑到我们的秘境来了。一些人可能不记得了，但我却没忘。而且我刚得知，你那怪物儿子又给我惹出了更糟糕的麻烦。”镍伸出一根细瘦的指头戳向燧岩的脸，“如果真像我预料的那么糟糕的话，我就把他丢回芬德林镇去——还有你，你也一样，无论你那些公会和范森队长说什么都白搭。”他气势汹汹地走了，像是要碾碎路上的每一条害虫。

燧岩正急着要去找查文医生，但是听起来好像他儿子又自己跑出去捣蛋了。找查文的事可以缓缓吗？他一点也不想让儿子受欺负，或者落在镍手里——那家伙明显对他儿子有很深的偏见。如果那家伙把他儿子吓跑了怎么办？如果火石跑出神庙怎么办？现在这种时候，那孩子要是一个人在外面太凶险了。

“千沟万壑做主！”燧岩沮丧地拍了拍手掌：范森的差事得等等了，至少等一会儿。他转身朝镍师父追去。

从图书馆的方向传来一阵很响的说话声，听起来那些人非常愤怒。燧岩穿过前厅的时候，突然预感到他将会在那里发现什么。

令他悲哀的是，他是对的：火石站在那里，被一群怒气冲冲的黑长袍侍僧围在中间，他比周围的人都要高出半个脑袋，像是奔流河水中的顽石一样面色平静。男孩的眼神与燧岩交会片刻，然后继续在墙上来回，好像他只是在切割前丈量一下石头而已。

“发生什么事了？”燧岩很努力地压制自己的脾气。他早知道他儿子不寻常——有时候回想起他和欧珀就那么轻松地把这个孩子带进他们的生活，他的胃就一阵阵抽搐——但却从不愿意让他受一丁点伤害。焕华共修会的人表现得好像他们抓到的是一个恶贼或者一个杀人犯。

镍师父转向他，愤怒得涨红了脸：“这坏了规矩，甚至包括你，蓝石英！这孩子刚刚进到图书馆里去了——我们族人在这世界上仅存的最伟大的图书馆！——然后把手放到了书上！那两只脏兮兮的爪子！”

虽然燧岩自己也一肚子火，他还是受惊颤抖了下：踏足图书馆可不是一般的恶作剧，甚至比踏足秘境还严重。因为图书馆里的藏书——某些古老的祈祷或是写在薄薄的石片上，单薄得几乎让人无法阅读；或者是蚀刻在羊皮纸一样脆弱的云母薄片上——都无比珍贵却又极易损坏。石下城是芬德林人在古赫若索尔时期就修建的据点，已经存在了几百年，那里也曾有座伟大的芬德林图书馆，却在四百年后的一场大洪水中毁于一旦，整个图书馆都不复存在了，城市低地几乎半数的芬德林居民也一同遭了殃。石下洪水的惨烈教训，燧岩从会走路那天起就开始听说了——这也是芬德林历史上最为沉重的悲剧。无怪乎这些侍僧会如此愤怒。

“火石，”他尽可能平静地说，“你刚才进过图书馆吗？你碰过那些书吗？”

浅色头发的男孩看看他，就好像燧岩是在问他饿不饿，想不想吃东西一样，“是啊。”

“你看到了？”镍大叫道，“他毫无羞耻之心！先是像个侵略者一样闯入秘境，然后，就像对那个壮举还不满意似的，还在我们的回忆之地上继续玩他的阴谋诡计！”

燧岩尽力维持着冷静：“我相信，能说出这些机智的话语，你总有一天能当上神庙长老，镍，但我们也不要完全失去理智。火石，你为什么这么做？”

男孩的眼里终于出现了一丝讶异，燧岩几乎从未在他身上见过这种表情。“我需要学些东西。我去看了最古老的书籍。这东西非常重要。”

“什么？你想要学什么？”

“我不能告诉你。”他说得如此斩钉截铁，燧岩知道再争辩下去也毫无意义。聚集的侍僧们不再局限于低语了，而是一起走向前，好像他们下一刻就要对男孩动手，施以惩罚。燧岩抢步走到火石之前，举起手。

“他不懂这些。他并不想要伤害谁，但他……他毕竟跟我们不同。”对于如此轻易地向那些侍僧让步，他感到很屈辱，但没有时间可以浪费了。“我会亲自带着他。你们肯定不会再有任何麻烦了——我以我公会成员的荣誉担保。你们……你们只管忙自己的就好。”

“我们为何要相信你？”镍尖声说道，“你让他像个野孩子一样乱跑，让他在圣人的事情中捣乱……”

“这座神庙和芬德林镇正在遭受袭击，”燧岩大声说，“你们跟我一样清楚，镍师父。比起这个男孩，我们需要畏惧的东西还有很多——你应该组织这些人去保卫神庙，而不是欺负一个小孩子。现在，你能让我们走了吗？我很抱歉火石碰了这些书，但好像也没造成什么损失。我会亲自带着他，保证他不会再捣蛋。也请诸位高抬贵手，想想现在什么才是最重要的。”

镍脸色阴沉沉的，但其中一位侍僧开口讲道：“锑告诉我说蓝石英是个好人。”

“他说的关于保卫神庙的事非常正确，这点毫无疑问，”另一人说，“既然燧岩已经做出保证了，也许我们应该给他一次机会。”

“谢谢各位。”燧岩看向周围，其他侍僧的愤怒也开始渐渐消散，像是石头表面的水一样慢慢蒸发：有关袭击的话题让他们记起了真正的危险。虽然镍看起来仍不满足，但也没有再多说什么。“过来，火石，”燧岩跟男孩说，“跟他们道歉，然后我们就得走了——我还要为范森队长办件很重要的事。”他抓过男孩的手，拉着他离开图书馆。

火石当然没有道歉，但燧岩希望那些吵嚷的侍僧并没有注意到男孩的沉默。

燧岩在医生宿舍小单间的楼梯上找到了他，然后告诉他范森的想法，查文想了好一会儿才说：“我认为，当下最好的办法是在脸上系一块蘸湿的布。任何更复杂的东西都要花费我不少时间。”

燧岩点点头，为自己的愚蠢暗自惊讶：“布——水！大地长老，我当时肯定着了魔，简直根本没听见范森的话。如果有一件东西是真正属于我们芬德林人的，那就是防尘面具啊！只要在边缘再填一点东西进去，他们就完全能够抵挡加尔人毒烟的气味了。”他开始来回踱步，“实际上，那些做边工的手艺人——我们把打磨和抛光叫作边工——他们甚至还在眼睛上戴着云母面罩。我怎么这么笨，早没想到！”

“别太苛责自己，”查文跟他说，“我们最近都心烦意乱的。还有什么能帮得上的吗？如果没有，我还有些私事……”

“有，有，恐怕还有一件。”燧岩抓过男孩，“帮我看着这个捣蛋鬼——我必须再去找些防尘面具来给范森。此时此刻，他和碧玉的人正在努力把加尔人赶出节日大厅，如果你还不知道的话。但千万别让这小家伙离开你的视线！据镍师父讲，他一直在做各种恶作剧和坏事情。尤其要让他离图书馆远点。”

查文似乎第一次注意到这个男孩。他圆圆的脸放松下来，微笑一下，但燧岩好像还注意到其中一些别的东西，某种……算计？“啊，火石大人，自从我上次见过你之后，听说你好像干了不少有趣的事情。拜访水鸥人去了？还跑到图书馆去了？也许，等下只剩我们两个的时候，你能一五一十地都讲给我听。”

火石被劝进屋，就像是只猫生生地被从高处哄骗下来似的，满脸不情不愿。

“记住，”燧岩边往外走边说，“千万别让他离开你的视线！”医生挥了挥手，表示听到了。

神庙里有个小的冶炼作坊，那儿有铁匠修理工具和其他一些简单的家用物件。燧岩搜遍整个冶炼作坊只找到两副防火罩，其中一副还戴在神庙铁匠自己那个汗涔涔的光头上。大块头非常生气，断然拒绝放弃任何一件东西的所有权，即使燧岩再三强调范森有公会的授权都没用，于是他抓起闲置的那个防火罩，在铁匠完全失控之前逃了出去。

在神庙的地窖里，他又发现了一些棉布的防尘面具，某项古老重建工程的遗留物品。可惜只有十二个。但是他想，这些防尘罩至少能让战斗在最前线的人免受精灵毒烟的侵害。他刚要离开，突然发现一些别的东西，一个石头箱子，上面有个沉重的木头盖子。燧岩打开它，里面小心翼翼地堆放着一些楔形的铁皮东西，他盯着看了好一阵子。

为什么不呢？他跟自己说，然后小心地拿起其中一个塞进腰带里。它非常沉，几乎顶到他的肚皮。但燧岩系紧裤腰带，下定决心要这样做。他将盖子重新放到石头箱子上面盖好，注意到墙上的钉子上挂着一卷绳子，他割下一截绳子之后，才又重新关好贮藏室的门。

他舀了些水倒进为防尘面具准备的桶里，然后快步穿过神庙，来到前厅，很很高兴看到那些侍僧似乎终于了解到局势的危急：他们当中的六个侍僧正在把最重要的雕像拖到里面去，神庙专门为了应对围攻而建的古老铁门都各就各位。燧岩怀疑神庙之前应该从未被这样围攻过——他记忆中似乎从未有过——但芬德林人对窗户这类他们用不上的东西有种本能的厌恶，现在这倒是能为他们争取不少优势。作为芬德林人最大的建筑，神庙的空气和水都是通过管道从南境城堡地下最宏伟的石灰岩迷宫运送而来的，即使在经济拮据的时代，贮藏室中都堆满了食物。任何一个敌人到头来都会发现，要将这群矮个子迅速赶出去是件无比困难的事。

在远离水帘瀑布的地方，燧岩遇到两个大锤·碧玉的侍卫。其中一个已经毫无知觉，正被他的同伴拖着往前走，他那个同伴身上也至少有六七处伤还在流血。

“回去！”站着的侍卫说，大口喘着气，摇头不让血流进眼睛里。“护卫队，高个子和地上的守卫都被包围了。精灵族在他们周围弄出了一团让人看不清东西的烟雾。他们随时都可能抵达神庙——他们会把我们都杀光的！”

燧岩从男人嘴里问不出别的有用的东西了，就让他拖着受伤的同伴往神庙方向走去。他被前面有可能出现的景象吓得不轻，燧岩犹豫了好一会儿是否要跟着那两个侍卫回神庙去，但桶中的水发出的泼溅声让他下定决心走下去，毕竟，他已经辛苦地提着水桶走了这么久。范森队长可能有麻烦了。只有燧岩能帮助他，至少要坚持到朱砂带着更多人出现为止。

他又往前走了几百步，然后听到远处传来痛苦和愤怒的尖叫嘶吼声，他的心脏跳得比工匠手中的锤头还快。

原谅我，欧珀，他想。在那时候，他是如此思念自己的妻子，以至于心里好像裂开了一个洞，冷风正呼呼地吹过他的心口。**原谅我，亲爱的，我又让自己踏入险境了。**

费拉斯·范森感觉自己正在经历一场醒着的噩梦——各种奇怪的形体，喉咙里的哭喊吼叫，火把摇晃不定的火光投射下的那些疯狂的暗影。范森、大锤·碧玉，还有仅剩的五个侍卫，在节日大厅最后两个走廊之间的狭长地带上，尽己所能地修筑了一道防御工事，希望能阻止袭击者的突围——至少能抵挡二三十个加尔人，他敢确定，尽管在黑暗的过道上很难分辨人数。他怀疑精灵族还不知道他们的抵抗力如此薄弱，否则他们肯定会派来比现在这些搜查队伍多得多的兵力。但入侵者的数量并不重要：如果范森和其他人都失败了，地面的加尔人军队和神庙洞穴之间，将会变得畅通无阻。

他们将会进入芬德林镇，范森想，擦拭着他刺痛的双眼。**无辜**

的平民——女人和孩子。然后，精灵族会发现从那里再进入上面的城堡是件轻而易举的事情。

*我们五个人。即使我们能够抵挡他们一阵子，谁也不能保证他们不会派遣兵力直接从地上进攻。*范森蹲在岩石组成的路障后面，好不容易才恢复正常的呼吸节奏。碧玉和他的手下之前扔了好些岩石到狭窄的走廊上，用以抵挡不时从大厅对面呼啸而来的箭雨。*但为什么花费如此巨大的力量进攻城堡的地下部分？他们已经失去将近一百位战士了。*战斗已经打响几个小时了，但芬德林人和范森有着防守窄巷的优势：他们杀掉的人远比失去的数量要多。*加尔人肯定已经知道芬德林镇的大门可以从城堡的那边封住，切断和南境城堡其余部分的联系。他们真的以为自己可以偷偷从这里潜入城堡，不遭遇任何抵抗吗？毫无道理啊。*

他再次揉了揉双眼。入侵者主要是些丑陋的小模仿怪和黑暗精灵，他们从管子里喷出些呛人的烟尘，弥漫在不远处的房间里，杀伤力远不及他们对付炮眼群的侍僧时用的东西，但还是能让范森和其他战士无法全力战斗。即使分量很少，仍然能让他们的眼睛不停流泪，更糟的是，那东西也会让他们的脑袋混乱得像团糨糊，胸膛的每一次呼吸都疼痛难忍。范森暗自祈祷，希望查文能够想出什么好办法来，尽管能帮上大忙的概率实在很小。加尔人马上就要攻破这里了。

范森深吸一口气，用力咳起来，他的喉咙针刺般难受。“你能不能再调些人手过来，彻底封住这个通道？”他跟大锤·碧玉耳语道。

碧玉正要说话，猛地把光头一低，一支箭嗖的一声破空而来，刚好划过他头顶，落在他们身后的不远处。“不能，队长。我们扔出去的任何东西都会被他们截获。这些可是黑暗精灵——他们好像跟我们一样对石头了如指掌。”

“佩林的锤子，”范森痛苦地低咒一声，“死在这么个地方！”

碧玉大笑，笑声爽朗，却转眼间猛咳起来："这地方再好不过了，队长。大地母亲在你脚下，还紧紧包裹在你周围。"

"嘿，长官，"一名侍卫正趁着箭雨的间隔，从简陋的路障里向外窥探。他转向碧玉，一张脸糊满泥土灰尘，眼睛肿大，眼白凸显。"我感觉他们又要开始发起进攻了。"

"没箭了，"碧玉说着，起身蹲伏在地面上，"现在他们准备要做个了结了。孩子们，都站起来，给他们看看——即使要死，我们也要死得像个石匠！"

范森尽量避免站起身，因为无论如何，走廊对他来讲都太过低矮，虽然毒烟的薄云仍然盘旋在空中，但至少比路障后面要少很多。

他爬起来跪坐在两腿上，从简易路障和走廊墙壁的夹角向外窥探。并不是所有的加尔人都和黑暗精灵以及芬德林人一样，在黑夜里有个好视力。他为此很感激：有些袭击者携带着火把，使得范森能分辨出他们的动作。他无法想象一辈子都在一片漆黑中战斗会是什么样子。

火把始终跳动闪烁着，但它们的火光却几乎被前进的加尔人军队挡了个严严实实。他们知道范森和他的抵抗者已经没有箭矢了，所以他们一点也不害怕暴露自己的行踪。

他们正准备冲锋，从数量上压制我们，他意识到，**成败在此一举**。

"为家园而战！"他吼道，站起身，几乎顶到了走廊顶。"为你们的同胞和城镇而战！"然后敌军向他们冲锋过来，号叫着，怒吼着，范森头脑中再也没法去想其他东西。

费拉斯·范森站着喘了口粗气，眼睛刺痛，却不是因为加尔人的毒烟，而是因为自己的鲜血，血正从额头的一道伤口里汩汩流出。敌人的第一次冲锋已经宣告失败——袭击者从简易路障上移开了几块石头，但范森和侍卫们也杀死了好几个敌军，他们流血的尸体正躺在加尔人路障那边发出阵阵恶臭，让袭击者也难以前行。然而，当尸体累积得足够高的时候——如果范森和他的战友能够活得足够久，让死尸堆得更多——入侵者就能从他们自己人的尸体上轻易爬过石墙。

“他们又要进攻了，队长。”大锤·碧玉的脸上满是伤口和泥巴，像是一层丑陋的面具一样，这让他看起来更加怪异，像是某个古老神话中跑出来的邪恶山精。“我能听见他们正在渐渐逼近这里。”

范森抹了一把脸，又重新举起自己的斧头。他其实更希望自己能有把短剑或者刺矛。斧头在敌人只有一臂之隔的时候非常管用，但它的重量却消耗了他更多的力气。芬德林人必定比他们看起来更强壮：因为两个侍卫仍然能轻松使用他们的斧头，而碧玉拿的是一对削尖的石棍，两手各一根。

“我准备好了，”范森又抹了把脸，拂去脸上的鲜血，“放马过来吧。”

“是条汉子，队长。”碧玉突然说，眼睛依然注视着路障外面的黑暗世界。“我过去错看你了，我必须承认这一点。你几乎变成了芬德林人，如果身高方面还略有瑕疵的话。我一点也不介意能和你死在一起。”

“我也是，守卫长。”范森只希望能有点酒喝。一个小时前，他们就已经喝完了皮囊里的最后一滴水，他的嘴唇早已干得如同赞德大陆的沙漠一样。“但至少也要多拉几个丑八怪垫背……”

碧玉的回答淹没在进攻的吼叫声中。只见一个瘦小、黝黑的身影一下跳到路障顶端，又迅速号叫着落到地面上。侍卫的斧头砍下，肠肚飞溅。敌军前赴后继，马上又有两三个身影涌上前去，其中一人把燃着的火把扔向大锤·碧玉的脸，迫使他不得不后退几步。范森用他手里的武器砍向那个扔火把的家伙，划破他类似皮革盔甲的东西，深入到皮肤里去，但依然无法判断这一斧头到底有没有砍中要害。很快，他和一个同伴就跟一个怪物扭打在一起，那怪物已经爬到了路障顶端，细看原来是头黑暗精灵，手里握着一把长长的尖刀，刺向范森锁甲下的前臂。几乎就要刺到他脸的时候，范森紧紧抓住了袭击者的胳膊。他使出浑身力气握紧双手，头顶的喧嚣中传来一声微弱的尖叫，那个黑暗精灵的手腕竟被他生生捏碎了。那怪物丢掉匕首，空着手胡乱挥舞，范森一把把它拉向自己，扭断它的脖子，把它丢到他们这边的路障里面去了。

范森隐约感觉有个大家伙正向他们靠近，挡住了火把的微光。碧玉还在弯腰用他的石棍抽打黑暗精灵的脚下。范森觉得它肯定瘸了，但他的注意力很快就被那个逼近的家伙全部占据，那是个艾廷。那怪物的吼叫声像是要震碎他的骨头。怪物正向碧玉逼近，范森赶忙用斧头砍向他的脑袋，但斧头却从他的石头脑袋上弹开了，几乎没有造成任何可见的伤口。艾廷继续无视他，用它那只无比巨大、熊掌似的爪子紧紧握着碧玉，把这个小个子举离地面，像是准备吃了他。范森想要抓住它沉重的胳膊，却被一把推开，甩向走廊的墙壁，轻松得像是孩子随手扔掉自己的玩具。他滑向地板，挣扎着想要起身去帮助碧玉，突然一道闪电和轰雷声将整个尸横遍野的走廊照得亮如白昼——最刺眼的光芒只持续了一秒钟，然后，一道尖利而痛苦的重击声响起，像是两只巨大的手掌在他耳边拍击，然后，费拉斯·范森就什么都不知道了。

一千个艺术家也无法描绘出如此恐怖的景象，马特·廷莱特蜷缩在门廊，这样想到。哪怕有一千个诗人，每一位都比自己杰出一千倍，也无法描绘出所有这一切。南境城堡正遭受袭击。集市广场周围的许多建筑都燃起了熊熊大火，但却没有人顾得上扑灭它们。廷莱特视野所及的地方就至少躺着十二具尸体，背后插着无数支箭。空气中满是烟味，但他仍然闻得出其他的味道，一种他并不熟悉的味道，像是腐烂的鱼肉一样甜美而令人恶心。这些都刺痛着他的双眼，他的喉咙和胸膛一阵阵疼痛。

无比巨大的黑色荆棘树干穿过水面、跨过高墙延伸而来，十来个穿着奇怪盔甲的怪物正继续从上面朝广场上射箭。其他侵略者已经顺着绳索爬下来，屠杀了十来个南境子民，达斯汀·克劳和他的侍卫花费了不少力气才把他们打退。广场上随处都能见到打斗，人类和怪物短兵相接，却安静得有些诡异——即使是伤残和垂危之人的尖叫声似乎也都静默了，好像空气中飘荡的浓烟奇迹般地将哭喊都消了声。

亨顿·托利也在集市广场奋力抗争，他穿了件带有红色野猪图案的黑色外套，即使隔了整个广场也清晰可见，他头盔上的黑色翎羽像是一阵轻烟随风飘荡。这位城堡的护卫者挥舞着利剑，踩着座下战马的马镫站得很高。在战斗的混乱中，还向胡乱围在周围的同伴发出阵阵嘶吼。他们已经击退了绝大多数的入侵者，将敌人逼退到那些荆棘树的暗影里，那暗影随着太阳从西城墙落下也在逐渐扩大，但却仍未能使加尔人完全撤退，越来越多的加尔人战士正从荆棘桥上的大道蜂拥而至。

城堡方向传来一阵微弱的呼喊，那里的人也在战斗，比如廷莱特，为远离战场而战斗。一个巨大的身影正骑着一匹战马，带领另一队士兵冲进广场。这些人穿着盔甲，身上是象征兰森德的红金配色。来人正是艾文·布罗纳，他尽管年岁已大、疾病缠身，仍然奋起反抗。圆圆的胸甲看起来有点像茶壶，一缕长髯飘散在胸前。老人挥舞着一对古老的双股剑，冲进亨顿·托利和精灵族的战斗圈，他的士兵紧随其后，迫使敌军分散撤退。几个南境人看到了，热烈欢呼起来。

但是，战局看起来仍然毫无希望。廷莱特知道他应该去战斗，但他没有任何武器，也从不知道如何去耍刀弄枪。无论如何，他是害怕了。

*我是个诗人！还是个胆小鬼——对战争一无所知！我当初就不该回来！*但伊兰·麦克里和廷莱特的母亲逃到内塔安全地带时，把一切都落下了，包括他给她们的钱财——马特·廷莱特无法舍弃的钱财。*但现在我就要为了几枚海星币丢掉自己的性命了。我为什么没有生在富贵之家……*

越来越多的暮光族人从那个巨大的黑色树干上涌下来，像是一群甲虫从腐朽的木块上倾巢而出，一时间，似乎完全压制住了那几百名南境士兵，但即使亨顿·托利有再多的过错，怯懦绝不在其中：他和几个手下抵挡住了大多数袭击者的进攻，而伯坎·胡德，王室总管大人，则将剩下的抵抗者组织起来，缓缓逼退广场对面的敌军。大家的盾牌高高举起，弹开了精灵族射来的箭矢。

“后退！”布罗纳微弱的声音从远处传来，“后退到拉文之门去！”

某些平民已经意识到发生了什么，奔跑在集市广场边缘的走廊之间，劝说所有藏在那里的同胞从市场路桥向内塔撤退，一定要赶在守卫封锁大门之前撤退。

*能行吗？*廷莱特的心脏像铅块一样沉重。*他们就这样放弃了整个外塔？*

然而，他很快意识到，如果不尽快转移的话，他也快要变成被放弃的那部分了。他这边的广场柱廊早已被遗弃的马车和其他垃圾挡住了，惊恐的居民在袭击开始时可丢下不少东西；廷莱特别无选择，只能两手抱着脑袋，尽可能快速地穿过开阔的鹅卵石广场中心，无时无刻不在担心下一秒就被呼啸而来的箭矢取走性命。

几支射偏的箭掠过他脚边的石子，但他很快就挤进桥上拥挤的人群里，猫着腰穿过一辆货车。某个傻瓜现在还想要把货车运回城去，几个士兵则尖声吼叫着，试图把咯吱作响的货车推下桥。躲在这一堆鼓鼓囊囊的东西后面，暂时安全一会儿，马特·廷莱特马上又加入到慌张的人群中，奋力挤过市场路桥，爬过小山，穿过大门，进到内塔。人群如此拥挤，以至于他几乎可以闻到其他人身上那种刺鼻而难闻的味道，那味道的名字叫作恐惧。

第二十五章
进入睡城

据说，被称为无梦人的精灵一族只在夜晚出城，他们专门盗取凡人的梦境，因为他们自己从不做梦。还有传言称，那些离世之时未得到三神祝福的凡人，在死后灵魂会被无梦人收作宠物，在集体狩猎时使用。

——引自《埃昂大陆和赞德大陆精灵种族专述》

当巴瑞克望到横跨影河的桥时，那团黑云已经覆盖了河面上的一大块天空，桥的出现意味着他们已经接近睡城了。刚开始，他并未意识到这些不规则的奇怪石头是桥，因为它们就像是被风吹雨淋、自然腐蚀而成的参差不齐的天然石块。但当他看到更多睡城的面貌时，他开始意识到，这就是无梦人的行为方式：他们最精心设计的建筑看起来都好像是荒谬诡异的意外，城市的任何地方都找不到一条笔直的线条。

影河自身好像也变得繁忙起来，他们看到不少大大小小的船只舰艇，或是由灰皮肤的无梦人驾驶，或是由类似他们这只船上的无头守卫者驾驶，但似乎全都悄无声息，犹如鬼魅。然而，毫无疑问，那些船上的人都注意到了巴瑞克和匹克：即使最谦卑的无梦人渔夫都瞪着阳光大陆的来客，好像他们活了这么久从未见过如此奇特而讨厌的生物。

“他们干吗那么看着我们？”巴瑞克耳语道，“好像满怀憎恨？”

匹克耸耸肩，然后拿起碗走向船边，为他的主人取来更多的水。“他们不喜欢我们，显而易见。”

“但你说有很多像我们这样的人在这儿做奴隶。”

“哦，是的，主人就养了很多。也不都是无目。还有一些像你我一样来自阳光大陆。”

“那为什么无梦人还盯着我们看？”

当时匹克正俯身向甲板上的帐篷下爬去，听到后却停下动作，“我敢肯定他们只是盯着我们的船看，因为它属于奎鲁斯。也许他们在好奇为什么没有看到他——他在睡城可是个名人。”

之后，补丁男的人就将他的注意力重新转向他垂死的主人，再也不回答任何问题了。

不久他们就抵达了第一处黑灯所在的地方。灯塔位于一座高耸大桥的顶端，好似一只巨大的坩埚正在漆黑的夜空中咕咕地冒着热气——比起类似烟雾的云团，它更像是某种更轻薄、更无形的东西，像是灰色天际的某个污点，浅浅地扩散开去。随着他们的船只渐渐靠近大桥，又渐渐驶离，它就如一道挥之不去的暗影，巴瑞克感到一阵冰冷的寒意揪住了他的心脏。

当睡城迷宫似的格局在他们周围渐渐展开的时候，阴暗也渐渐浓厚。他们穿过越来越多的黑灯，那些黑灯或是栖息在大桥顶端，或是从突兀的城墙炮台中泄漏光芒。世界变得越发黑暗，好像夜晚终于降临在雾影之地上。但这夜色却也诡异非常，只在黑灯照耀下的区域盘旋，而非平等地洒向大陆每一处：有很长一段时间，暮光仍然悬挂在他们头顶，灰色的天空在阴暗的黑灯之间闪现，竟然明亮有如月光。然而，不久之后，他们就没有了立足之地：暮光已经完全消失殆尽，隐藏在如墨般漆黑的城市大幕之后。

伴随着无尽黑暗而来的是无梦人一族，他们就好像是从一块断裂的朽木上倾巢而出的白蚁，尽管刚开始的时候，巴瑞克几乎无法分辨出任何东西，只看到些灰暗的身影沿着影河两岸的睡城街道来回移动，或是穿过头顶的大桥。那些身影灰暗且模糊，形同万千鬼魅。随着双眼渐渐习惯黑灯，他也能更清楚地审视这一族人。他们的皮肤颜色好像永远都是一样的，但无梦人自身和他在科尔坎原野见到的加尔人一样千差万别：其中一些几乎能轻而易举地装扮成人类而不被发现，而其他一些却身形诡异，令人反感，巴瑞克只能感谢诸神他们还穿着长袍。同时，他总还觉得每个无梦人都好像在盯着他看。

影河渐渐在这里变成一条略宽的运河，夹在石子街道之间，边缘完全被各种码头和建筑所覆盖。一些建筑极为高耸，巴瑞克几乎无法在黑灯的光芒中分辨出它们的顶端。他们渐渐向这座城市的深处滑去，守卫者仍然不知疲倦地摆动双桨，巴瑞克感觉他好像也正在被某种东西吞噬。

影河很快又形成一系列的次级水道。守卫者驶向第一条水道，然后又一条，好像清楚地知道这些水道都会通向哪里。运河的水道越来越窄，人烟也越来越稀少，最后，在这片黯淡的石头城中，除了他们自己的小船，巴瑞克再也看不到任何其他移动的身影。

他们终于抵达了一片寂静的大理石建筑群，在一片漆黑之中几乎令人无法辨认。巨型的柳树排列在运河的两岸，长长的枝条在微风中轻轻摆动，但除此之外，整个社区都有如墓地般毫无生气。守卫者划船的步调渐渐缓慢，最终把船停靠在一处码头，那码头向水面延伸出好几码，装潢华丽。巴瑞克蹲在船沿，惊奇地发现，他们的旅程居然就这样结束了。一大群深色的身影正从黑暗中向他们靠近，挤满整个码头，发出的声响却比猫还轻——大约有十来个无梦族的男人女人身着黑衣等候在那里。然后，最后一个身影从码头走了下来，其他人都在为她让路。抵达码头的末端时，她停下了脚步，双手前伸，好像在梦游一样。匹克已经把帐篷卷起来了。她往下盯着奎鲁斯看，奎鲁斯则躺在船底一动不动。巴瑞克原本以为，这个无梦族女子穿着某种蒙着头的斗篷，但很快意识到她没有头发，脑袋顶端覆盖着一层金属，像是甲虫的外壳。她身形纤细，婀娜多姿，容貌几乎跟人类没什么差别，只是脸色如死尸般苍白，而且裸露在外的肌肤大多都覆盖着一层骨质外壳。她那双无梦人的双眼看起来很奇怪，虽然巴瑞克无法百分百确定，但仍能感觉出她在哭泣。

她说话时，嗓音非常柔和，尽管那种语言本身非常尖利。她简短的话语有可能是甜美的祝福，也有可能是恶毒的诅咒，反正在巴瑞克听来毫无差别。

匹克抬头看着她，脸上有种诡异的满足感："我已经把他带回来了，夫人。"

她默默地站了一会儿，便转身沿着台阶往上走，她轻薄的黑色外套在脚踝处轻盈舞动，像一层流动的薄雾。其他几个无梦人在匹克的帮助下把奎鲁斯从船里举起来，抬着他走过码头，紧跟在那女子身后，然后拾级而上，走进一座宏伟、黑暗的建筑，巴瑞克刚刚才发现有这么一座建筑。

"快点进来，"匹克悄声说，"马上就到宵禁时间了——斯克里克人马上就会出动。"丢下这句令人摸不着头脑的警告之后，他很快跟随主人离开了码头。另一个仆人，他灰色的皮肤皱得像黄蜂的巢穴，把一根绳索系到守卫者的腰间，领着他穿过柳树，走向石头建筑的周围地区。巴瑞克低头看了看奎鲁斯原来躺着的地方，第一次发现，还有一条灰色的羊毛斗篷曾经垫在他的身下，毫无疑问，是匹克铺上去的，为了保护他的主人免受硬地板的折磨。巴瑞克拿起斗篷，有什么东西从里面掉了出来，咔嗒一声落在了小船的甲板上，吓得他马上四下里看了看，幸好这时的码头上除了他以外再无他人。掉下去的是一把短小的匕首，插在一副毫无装饰的黑色剑鞘里。巴瑞克从中抽出这把匕首，满意地发现它的刀刃像剃刀一样锋利，自从他跟泰恩·奥德里奇并肩作战抵御加尔人军队以来，他就再也没见过这种武器。巴瑞克重新把匕首塞进斗篷里，四下张望着，想要寻找一个能把这两样东西一起藏起来的地方。什么东西突然在他身后沙沙作响，他吓得跳起来，差点把手里的东西扔进河里。

“不要进去，咱希望，”斯科恩哑着嗓子叫道，把翅膀往身子里面裹了裹，“不进夜人的房子。”

“那我还能去哪里呢？至少在这里我才有可能知晓歪神大厅在哪里。没准还能吃到些正常的食物，没有那么多腿的食物。”

“如您所愿，”乌鸦跳起来，飞到微微摇晃的船尾上，背对着巴瑞克，“待在外面，我情愿。不是为咱准备的，那种讨人厌的迷宫一样的地方。”

和巴瑞克之前见到的睡城建筑类似，奎鲁斯家房子的复杂程度和贝类的内部构造不相上下，一系列大多没有窗户的走廊，石头围墙有时粗糙，有时光滑，但都很潮湿。灰色的石头上长满苔藓，某个角落里还有流水滴滴答答落在地板上，又从更低处的下水道中流走。但与此同时，苔藓也遍布在白色的大理石雕像上，那些雕像精美绝伦，令人赞叹。汩汩水流经过的走廊旁边铺着豪华的地毯，上面有微微起结却设计精美的各种图案，黑白相间的色彩对比强烈。他之所以能够看到所有这些东西，是因为有种小巧的、闪耀着珍珠般色泽的绿色半球体悬挂在墙面低矮的地方和一些走廊地板的周围，巴瑞克起初认为它们是某种荧石，但很快意识到它们其实只是某种蘑菇。

他很快在主厅赶上那队抬着奎鲁斯的仆从。这幢房子果然令人无比厌恶，寂静的氛围扰乱人心，漆黑的环境则使人心情压抑。如果不是沉睡者在他身上施展的法术，他可能会非常不安——这所房子里没有一样东西让他喜爱：只在这里待了一会儿，他就已经无比急切地想要逃出去了。但是，他对外面的城市也同样一无所知，更不必说他需要去的地方了。沉睡者曾经告诉他什么来着？

在事情变糟之前，只有一条路能带你通向暮光族人和盲国王的宫殿——你必须先找到歪路，那条道路会自动伸展在你面前让你跨过两个世界的围墙。但你必须先在睡城找到有他名字的那个大厅。

匹克从没听说过一个叫作歪神大厅的地方，但也许其他仆人会知道。他如此希冀着——巴瑞克无法想象，如果他打断那位石头脸夫人的沉痛哀悼，只为向她问个路，那会是怎样的情景。

如果放到从前，他可能早就开始绝望了，但是现在，他能感觉到曾经残废过的那只胳膊中所蕴含的新生力量，那种毫无痛感的健康运动方式。他想，**万事皆有可能。我正在书写传奇，像岛上先民安格林一样，没人能猜到结局究竟会是什么——即使这些夜不能寐的怪物也无法预知未来……**

“跟我来！”匹克早已从其他人那里走出来，拽着巴瑞克的胳膊，“我们要去仆人休息的地方。你在那儿就没那么显眼了。”

“没那么显眼？我以为他们早就习惯阳光大陆的人了。”

匹克拽着他在螺旋下降的走廊里飞奔：“这里的事情……有些奇怪。和我预料的不太一样。”

“房子的主人死了，你以为还能有什么，一场庆典？”

他们沿着楼梯盘旋而下，路过一座花园，里面长满了惨白的蕨类植物，几十株植物看起来本该长在河床上才对。除了那些蘑菇发出的绿光，整个房间似乎没有其他的色彩了。

“这里。”匹克说着，打开一扇沉重的木头门，催着巴瑞克进入一间巨大的低矮房间。空气中弥漫着一股耐人寻味的酸腐恶臭，但是，来到睡城之后，巴瑞克第一次发现某种类似正常光线的东西——一团红黄相间的火焰正熊熊燃烧着。火堆位于宽阔的石头堆中央，四周好似围绕着一条干涸的护城河。窝在这道石头沟渠中的生物，要么伏在木头上，要么栖在石头堆上，是十来只巨型黑色蜥蜴，每一只都足足有一头猎犬那么大。

“三神在上，你刚才说的好像是仆人休息室！”

匹克又拉了拉他的胳膊：“我们一起烤火而已。无梦人不喜欢太多的温暖和光线。看那边！”

在这个宽敞房间中的偏远角落，的确有大概十来个人类外形的身影坐在阴影里，紧紧挨在一起。跟他的向导一样，他们也都衣衫褴褛，穿着用各种布条做成的衣服。巴瑞克第一次意识到匹克并不是有意穿成那个样子的：很显然，人类仆人手中只有家用的破布，他们也只能用这些材料缝制自己的衣服。此刻，尽管房间仍然臭熏熏地散发着热气，但巴瑞克却突然感到不寒而栗，“我记得你说过奎鲁斯很珍视他的阳光大陆仆人。”

“他确实如此！其他无梦人甚至不屑拥有他们。”

巴瑞克转身面对补丁男：“你还跟我说我们种族在这里很常见。”

匹克看起来有些害怕：“在奎鲁斯的房子里，确实如此。”

“你骗我。”

“我……我只是没有告诉你全部的真相而已。我很害怕一个人回来。”他说话的声音越来越低，“求你了，别生我的气，朋友。”

巴瑞克只能死死盯着这个满眼惊惧的人。他想狠狠揍这个卑鄙的家伙一顿，最后却提醒自己，事情本来还可以更糟，而现在，他可能碰巧来到了整个睡城里唯一一所不用担心被谋杀的房子。

靠墙坐着的人群中有一个人移动了下："那个跟你在一起的是谁，贝克？"

巴瑞克抬了下眉毛："贝克？所以你连名字都是假的？"

"'匹克'是主人对我的称呼——那也是主人给我的名字。我并没有撒谎。"

"你带回来的人是谁？"角落里的人又问了一遍，"过来这边，我们好看得见你。"

那个显然叫作贝克的人向其他人走去。他们窃窃私语的时候，巴瑞克摇摇头，也跟了上去。其他阳光大陆的人坐在蓬松的稻草堆上，那稻草显然是他们特意堆在一起的，做成一个窝的模样。除了那个正跟贝克说话的人，其他人看起来都好像半睡半醒一样，他们的眼睛空洞无神，脸皮松弛；巴瑞克走近的时候，只有几个人毫无兴趣地抬头看了他几眼，其余人甚至连眼皮都没有抬一下。

"啊，现在水流变缓了，我看见了，"贝克旁边的一个长胡子的男人说道。他有一对长而稀疏的眉毛，正上上下下地打量着巴瑞克，"鸟儿飞得也更高了些。"

"这话是什么意思？"巴瑞克问道，也坐在了稻草上面。那个陌生人留着长而灰白的胡须，脸上的皱纹很深，简直像是有人用软木的小刀故意刻上去的一样。

"诸神洞察一切，"老人轻快地点点头，"他们看到的都将会变成现实。"

"芬拉过去曾是位神职人员，"贝克说，"他知道很多事情。"

"我知道得太多了，"芬拉说，"所以诸神才射了一支箭到我脑子里，把全部思想都烧成灰。因为我见过他们的计谋，还把那些故事唱给人们听。我警告过他们，但他们只是哈哈大笑，然后朝我扔石子和骨头。那么多石子和骨头！"

巴瑞克摇摇头。无怪乎贝克会骗他回来——有这么一个老疯子陪伴在身边，肯定不是什么愉快的事。他又看向其他的仆人——或者奴隶，如果要确切指出的话——在他们瞪大的双眼中看不到一丝理智。如果他们真像牛马一样被抚养长大，如贝克所讲，那么他们的抚养者做得很成功。他们就和畜棚里的任何一只奶牛一样平和，呆傻。

“马文在哪儿？”贝克问道。

芬拉摇摇头：“从地窖拿些瓶瓶罐罐出来。夫人整日以泪洗面，只有我能听得见。现在他们正在准备大餐。用泪水和浓烟将主人的灵魂送到另一个世界。”他转过身，用他那双异常明亮的眼睛盯着巴瑞克，“你曾经沉睡着穿过中间。他将会无眠地达到彼岸。”

巴瑞克将脑袋靠在背后的墙上，闭上双眼。他现在唯一想做的事就是休息，也许还能睡上几个小时，然后离开这个满是疯子的巢穴。这里没有任何能够帮助他的东西——贝克或者那个叫作芬拉的精神错乱的老家伙显然帮不上任何忙。

当他感觉到有什么东西在触碰他的脸时，他马上挣扎着从无尽的黑暗中醒过来——他的手，那只残过的手，抬起来猛地抓住什么。某个人——贝克，他意识到，是贝克——痛得哇哇直叫。

“别……别伤害我。”

“那你刚才干吗摸我？”

“我……我认识你。”

他睁开了双眼。贝克正蜷缩着倒在稻草堆上。老芬拉已经陷入沉睡。“你刚说什么？你当然认识我——我跟你一起来的。”

“我认识你……之前就认识。你叫什么名字？”

他眯起眼：“我为什么要告诉你？”

“我认识你！我之前见过你。我们……我感觉我们见过面。在……在从前……”

他猛然意识到自己仍然紧紧抓着贝克的手，力气丝毫没有松懈，那个人痛得龇牙咧嘴。他放开手：“从前？你是说你来到这里之前？”那倒很有可能，他想。说他在雾影线另一边的那个世界里默默无闻也不太可信。况且，即使现在承认了又有什么坏处？“我叫巴瑞克。巴瑞克·埃顿。你还认为你认识我吗？”

某种近乎感激的神情涌现在那人的面庞：“诸神保佑，是的！我想起来了！你是……你是王子！三神在上，是的，你就是王子！”

“别这么大声！是的，我的确是。”但感觉非常奇怪——他竟然没有多少欣喜的感觉。从前，虽然有无数悲伤难过的时候，但他从未怀疑过自己国王之子的身份。但现在，那好像已经变成另一个人的生活，某个他听说过却从未亲身体验的传说。

“你和你姐姐……”贝克兴奋地拍了下手掌，“你们还跟我说过话。你们问了我好多问题。自从第一次……”他的脸色慢慢沉了下去，“自从我第一次见到暮光族人。”

“随便你怎么说吧。”巴瑞克一点也不记得这个人。

“你真的不记得了吗？我的名字……”他停顿了下，眯起眼。显然他也很久没有召唤过这方面的记忆了，“我叫雷蒙·贝克。”

这名字对他毫无意义，但巴瑞克更喜欢现在这个样子：他不想要任何能让他记起过去的东西。他能记起很多贝克称之为“从前”的东西——无数的人名和面孔——但那些记忆无比遥远，异常空洞，没有一点感情基础，像是一块古老伤疤的痛觉一样在慢慢消散。即使是关于他姐姐的记忆，似乎应该比其他记忆更重要些，也好像变成了某种东西，因为储存过久而失去所有味道。但巴瑞克非常高兴能把那些东西都抛在脑后。

“那些怪物究竟是什么东西？”他突然问道，指着那群黑色的蜥蜴，它们此刻正蜷缩在自己的洞穴中央，围着火堆，像是地下世界中的科涅奥斯的奴仆。“它们为什么会在这儿？”

“萨拉曼德——火蜥蜴。他们是主人的宠物。他喜欢……曾经喜欢喂养他们。”

更甚于喂养你们，我敢打赌。巴瑞克想到，却并未说出来。

雷蒙·贝克还想问很多问题，比如一个王子为何会穿过雾影线来到这里，但巴瑞克不愿意跟他闲聊这些，贝克只好放弃；不久，屋子里就只能听见火焰的噼啪作响声和老芬拉轻微的打鼾声。

在梦中——必定是在梦中，他意识到，即使他不记得何时坠入梦境——蜥蜴的大眼睛和周围的火焰一样明亮。这个穿着黑色盔甲的动物没有坐在火焰旁边，而是坐在火焰里面，蜷伏在一根劈开的木头上面。木头正燃烧着，被深深的火焰染成黑色。

“你是谁，没带瓦片或净水就闯入此地？”它用某种像是音乐一般的声音询问。

“我是个王子，国王的儿子。”他告诉那个怪物。

“不，你是一只蚂蚁，另一只蚂蚁的儿子，”萨拉曼德慵懒地回答他，“某种昆虫。只有一点小力量能够在你的血管中游荡，虽然有这点天赋，但仍然只是昆虫而已。一会儿爬到这儿，一会儿爬到那儿，很快又死去。或许你还会看到我的回归。那将是某种荣誉，某种能够照亮你渺小一生，让它更有意义的荣誉。”

他想要诅咒这个残酷又傲慢的家伙，但蜥蜴的瞪视牢牢锁住他，他倍感无助，好像他真的成了它口中那个渺小卑微的爬虫。他的心脏一阵阵发冷：“你到底是什么？”

“我存在，一如既往，这就已足够。对我们种族来讲，叫什么名字并没有任何影响。我们知道我们自己是谁。只有你们一族，鼠目寸光，生命短暂，才为声名所累。但不管你们中的智者如何确信，你们都不能单凭给东西命名来命令它。”

“如果我们如此微不足道，那你为什么还跟我说话？”

“因为你对我来说很新奇。尽管现在的我已不必为他人等候，但这么久以来，我还是有些太清闲了。我很无聊，即使是地上爬的蚂蚁都能为我提供一点乐趣。”它的尾巴左右摇摆，鞭打出一些火星。火焰的劈啪声似乎正在变大——巴瑞克几乎快要听不见萨拉曼德的最后几个字了。

“我想杀死你，如果我能的话，”他告诉这个怪物。

它的笑声和它的说话声一样美妙，银铃般清脆，歌声般动听。“你能杀死黑暗吗？你能毁灭大地或者谋杀火焰吗？啊，你真能逗我开心……”

终于，火焰的声音大得像是有人在讲话一样——不，不止一个人。火焰同时在用几个声音讲话，鲜红色的火舌跳起，完全将黑色蜥蜴淹没。

“……当一个穷人试图进入梦乡，”其中一个声音说，“啵啵叭叭。”

“闭上你的嘴，芬拉。”贝克说。

“但他们为什么要那样做？”一个巴瑞克从未听过的声音说道，“他们又不伤人……”

巴瑞克睁开眼。雷蒙·贝克和老芬拉正在和第三个人说话，那人身形壮硕，发型奇特，像是被匆忙收割的稻草。

“你听错了，”贝克告诉新来的那个人。他看见巴瑞克已经坐起来了，就介绍那个人说，“这是马文。”

“我认识某个叫作马文的人，”大块头慢慢地说道，他的声音跟奎鲁斯的有一点像。“我只知道这些。那个人可能是我，但我记不清了。”

“确实，”贝克说，“你记性不好，耳朵也不是很灵光，所以你刚才肯定是听错了。”

新人转向巴瑞克，“我没有。被误解倒有可能。他们在谈论那些蜥蜴——主人的儿子和兄弟。他们在跟女主人讲话。‘那就丢掉好了，’女主人说，‘我受不了它们身上的味道，还有它们说话的样子。’然后男人们就去拿棍棒和矛了。”

“明白了吧？”贝克说，“马文是个笨蛋，他把所有事情都理解错了。女主人为什么要那么讲？蜥蜴又不会说话。”

有那么一秒，巴瑞克的确想起某只会说话的蜥蜴——那是个梦吗？——然后他脖子后面的寒毛都开始刺痛。“你听见他们说‘蜥蜴’了吗？”他问道。

马文耸起他那宽厚的，歪向一边的肩膀：“他们说的是‘哦哈萨咔林因桑发深'——意思是‘地窖里的动物’。”他环顾这间宽敞明亮的房子，皱皱眉，“这里就是地窖。”

“傻瓜。”巴瑞克一下子跳起来，他的心突然跳得很厉害，“他们不是在说那些肮脏的蜥蜴——他们说的是我们。”

“他们不会伤害我们的！”贝克脏兮兮的脸变得无比苍白，“主人多么爱我们啊！”

“即使是真的，你的主人也已经死了。”

“当我从树丛里出来的时候，他的眼睛在向我歌唱。”芬拉说。

“我毫不怀疑——但我也不在乎，”巴瑞克说，“帮我离开这儿，贝克。你们剩下的人要是愿意的话，就坐在这等死吧。”

“但我好累，”马文说，像是个生气的孩子，“我已经工作了一整天。我要睡觉。”

“累，确实，”芬拉胡乱抓着他长满胡须的下巴，“自从祖米奥斯被驱逐之后，白天渐渐长了……”

巴瑞克没有时间和精力再浪费下去了。他抓起雷蒙·贝克的衣领子，拖着他往前走。“那么晚安。恐怕你们要睡很长时间了。”

当贝克被巴瑞克拖着向门口走时，他看起来仍然很迷茫，好像还没搞明白正在发生的事情，但巴瑞克不想再向他解释了。他们走过的时候，巨大的黑蜥蜴纹丝不动，但巴瑞克突然想起某个东西火焰般的瞪视，他似乎在梦里见到过。

“你能杀死黑暗吗……”那东西曾经这样问他。

“怎么走？”他低声问贝克，当时他们正走在走廊里。贝克没有立刻回答，但巴瑞克却听到某种脚步声，好像有人正从过道里走下来。于是他一把抓住补丁男，拉向相反的方向。“船！”他小声在贝克耳边说，“带我去小船那里。”

雷蒙·贝克似乎终于意识到他们现在的处境。他挣脱巴瑞克的手，开始带着他穿过房子的地下走廊。他们穿过长长的大厅，两旁有一排排闭紧的门，每一扇门上都装饰着一个各不相同的符号。一声惊恐的刺耳尖叫声在他们身后回响，声音中带着恐惧和痛苦。贝克停住脚步，好像胸口突然被人捅了一刀。巴瑞克则用胳膊推着他继续往前走。

“那是你敬爱主人的家人开始在我们身后动手了，”他说，“快点！要不然接下来就轮到我们了。”

贝克一边默默抽泣，一边领着他穿过一道没有标记的门，进入一座木制的建筑。里面很黑，只有一排发光的蘑菇。有那么一刻，巴瑞克惊恐万分地发现，似乎有个人正站在前面的过道上等着他们。原来只是一只守卫者。那怪物被沉重的链条锁在一根柱子上，默默站着，看着他们从它身边走过，却没有丝毫想要阻止他们的动作。它大而无神的眼睛在蘑菇的微光下闪烁；肚子下方小巧饱满的嘴张了又闭。这怪物似乎正试图跟他们讲话。在巴瑞克看来，它很有可能就是最初划船将他们带到奎鲁斯房子里来的那只。

“这……这就是船屋了，”贝克告诉他，“但我不知道怎么打开通向河流的那道门。”

巴瑞克想起他丢在房子前面的斗篷和匕首。“那只船还停靠在那里吗？带我们来的那只？”

“主人的小艇？可能还在吧。”贝克显然已经吓坏了，但仍然努力思考着，“发生了这么多事情，他们很可能会把它留在那里，直到天亮。”

“那我们就去看看。我们能从这里过去吗？”

这一次，雷蒙·贝克终于没有把时间浪费在争吵上面。他领着巴瑞克走出船屋，进入房间外面更深重的黑暗，走到一片柳树丛中。柳树在黑灯照耀下沿岸生长。当他们沿着房子边缘向码头奔去的时候，巴瑞克感谢所有在这个时候保佑他们的神灵：幸好无梦人没有在房子上开窗户的习惯，他和贝克才有机会逃跑，赶在奎鲁斯的亲族猜出他们的动向之前逃出去。

不，还没有。就在巴瑞克刚刚找到斗篷和匕首的时候，他听到从房子那边传来了一些声响：不知怎的，无梦人已经发现了他们的行踪。他快步冲向码头，贝克也跑在他的正后方。那只黑色的小船正静静地漂荡在那里。

“诸神保佑，诸神保佑，诸神保佑……”巴瑞克小声祈祷着。他解开小船的绳索，把船桨架到架子上，尽可能地迅速并且不发出声音。一道微弱的绿光正在柳树空隙间上下摆动——很可能就是搜捕者手中的灯笼。很快又有两只灯笼加入进来。

“正是宵禁期间，”贝克声音微弱，“斯克里克人……”

“蠢货，如果你还要跟来的话，赶紧闭上嘴上来。”雷蒙·贝克还在犹豫时，巴瑞克已经将船驶离码头，这大大帮助了他下定决心，他趔趄着跳进小艇，使得它猛地向前一晃。巴瑞克一边奋力拉着他，不让他跌下船去，一边气愤地一掌拍在他脑袋上，

“快啊，你个傻瓜！”他低声嘘道。贝克在他脚下蜷成一团。巴瑞克将船桨伸进水里，小心翼翼地划起来。奎鲁斯家房子的巨大阴影，还有那群搜捕者手中闪烁的灯光，都渐渐被他们抛在了身后。

巴瑞克一刻不停地划行着，甚至没有丝毫变慢，直到他们跟随一系列运河分支到达足够远的地方。这里黑灯开始变暗，暮光又重

新照着他们。他靠着船桨喘着粗气，筋疲力尽，但仍然为他那只残疾手臂的新生力量惊叹不已。这时，他看到雷蒙·贝克正在默默哭泣。

“三神在上，嘿，你不会是因为离开那些人而难过吧，”他厉声说，“他们想杀了你！他们很可能已经这么对待你的朋友了。”他自己几乎没有一丝愧疚的感觉。他根本不可能把芬拉和迟钝的马文也及时从房间里救出来，他们可能都会被抓住，巴瑞克自己的任务也就无法完成。多么简单的选择。“贝克？哭什么？我们逃出来了。”

那人抬起头，他消瘦又肮脏的脸上布满泪痕：“你不明白吗？我们出来了，我们在外面，我害怕的是这个！”

巴瑞克摇头：“你的话毫无道理。”

“我怕的是宵禁。所有的无梦人现在都把自己关在房子里。”

“那更好。宵禁要持续多久？我们必须在他们能出门前找到歪神大厅……”

“笨蛋！”那人眼睛里又充满了泪水。“斯克里克人在外面——他们比无梦人还要可怕一千倍！”他伸出手抓住巴瑞克的胳膊，“你还不明白吗？就算我们还留在奎鲁斯的房子里，被他那些儿子乱棍打死，也好过让孤独者找到我们。”他盯着船外的水面，“我们会生不如死。”

第三部分

棺罩

PALL

第二十六章

生于贫寒

据说，加尔人分支中最强大的一支就要属元素一族了，尽管从未有凡人亲眼见到过。据西曼德、阮提斯以及其他人讲，他们数量很少，但像风一样不见踪影，掌握许多其他精灵族人所不能的伎俩……

——引自《埃昂大陆和赞德大陆精灵种族专述》

在抵达广堂宫的正门时，埃尼亚斯王子向她告别。“请您原谅我的匆忙告辞，”他跟布瑞奥妮说，“我在军部还有些要事，我们回来得比我想象中要晚。”

“当然。非常感谢您的陪伴，殿下。但愿我没有给您带来很多麻烦，或是对您有任何冒犯。”

王子的表情确实有些苦恼，但他还是勉力微笑，弯腰亲吻她的手背。“你是位非凡的女子，布瑞奥妮·埃顿。我虽然还不能确切地明白你给我们带来的是什么，但我能感觉得到，特希斯恐怕再也不是从前的特希斯了。”

哦，老天，她想。“我只希望尽全力帮助我的家族和我的子民。”

“我们都是如此，”王子说，“但是您的路线似乎比大部分人的都还要稀奇些。”他又笑了，这一次似乎更真诚些。“更稀奇，但也更有趣些。我还想跟您多聊聊这些，但……恐怕其他人要等不及了。我能有幸跟您共进晚餐吗？也许之后我们还能一起去花园散步，说说话。”

“非常愿意，王子殿下。”但布瑞奥妮真正想要的却是一段独处的时间——认真思考的时间。她弟弟真的还活着吗？还是她对那些芬德林人古老的鼓语消息做了太多的臆想？但如果是真的，那她还在这个异地他乡做什么？她应该站在他的身边，治理南境，或是跟谋反的托利抗争到底。达瓦特·丹-法尔说得不错：埃顿家族只有先表露他们自己的诚意，才能让那些子民对他们效忠。但她现在敢回去吗？手下没有一兵一卒，只因为这么一条奇怪的消息就贸然回国？

*当然不能——这种愚蠢的行径只会让自己身处险境。我必须耐心等待。*但只是等待的话，这确实很难。更何况，巴瑞克很有可能已经在南境等她回去。

*仅仅认为自己是个领袖还远远不够，*他父亲总这样说，*你得像个领袖一样思考谋划。你必须尊敬那些冒着生命危险为你效忠的人——平日里也都要尊敬他们。不只是想想，还要去做。*

这些记忆让她羞愧万分。她近来都没怎么想起伊芙——那个因为她几乎香消玉殒的朋友。她累极了，现在不想去她那儿。但一位真正的领袖是不会轻慢这样的牺牲的。

伊芙吉妮亚·艾德索斯因为要调养身体，终于有了一间属于自己的房间。房间位于宫殿南翼，虽然小巧，光线却很充足。布瑞奥妮猜测是埃尼亚斯下的命令，尽管她很怕欠那位王子太多人情，但仍然对他的帮助心存感激。

伊芙脸色苍白，黑眼圈很重。当布瑞奥妮弯腰亲吻她时，她连忙起身，手还在微微打战："非常感谢您能来看我，殿下。"

"你说什么呢，"她在床边坐下，把女孩冰冷的双手握在自己掌心，"快躺下。还需要些什么吗？你的女仆呢？"

"她去给我取些冰水了，"伊芙说，"有时候我冷得直打战，另外一些时候却又热得像是浑身着了火一样。她会轻轻擦拭我的额头，稍稍减轻些症状。"

"我很抱歉给你带来这些苦难。"

伊芙朝她虚弱地笑笑："又不是您的错，公主殿下。竟然有人想要谋害您。"她眼睛睁大了些，"抓到他了吗，那个凶手？"

当然，也可能是个女刺客，布瑞奥妮想到。

"没有。但我肯定他们很快就会找到那个恶徒，让他得到应有的惩罚。我只希望这一切都不曾发生在你身上。"布瑞奥妮不想过多谈起这件事，以免又让这个女孩感到难过，所以她转换话题，告诉伊芙她去见卡利坎人的奇妙旅程。布瑞奥妮讲完的时候，女孩的眼睛又睁得老大。

"竟然还有通向地下的隧道？谁能想到！就在我向您展示的那个地方？"

"是那个地方，"布瑞奥妮笑着说，"我开始相信那个关于衣衫褴褛的神使的古老传言了。"

"他们真的收到了南境城堡给您带来的消息？都说了些什么？"

布瑞奥妮突然感到，她可能说得有些多了，"我刚才说它是给我的消息，或许有些夸大其词了。事实上，几乎没有人能猜出那条消息的真正含义——我几乎无法回想起它所有的内容。关于古老世界什么的。那些人告诉我的跟围攻城堡的精灵族有关——那些怪物正向我的家园发起围攻。我几乎不敢想象发生了什么。"

"殿下在这种时候却不能和家人臣民待在一起，肯定极其痛苦！我也是这么跟那群笨女人说的。”

“什么女人？”

“哦，您知道的，盖拉公爵的女儿赛里斯，还有艾莉娜·赫拉亚——就是总围在安娜卡夫人身边的那群人。她们来看过我。”伊芙皱皱眉。她看起来被那次访问烦扰得不轻，“她们一直一直在谈论别人的闲话——什么这个女人好胖，必须有三个女仆帮忙才能把紧身衣拉紧啦，那个女人从来不摘帽子是因为她开始掉头发啦。好多让人心烦的事情。她们知道您是我的朋友，才没有说您坏话——至少她们没有直接说出来——但她们说，您能待在这样一个发达文明的地方，肯定非常开心，能离那些发生在南境的可怕事情远远的。她们还说，您当然要想尽办法留在这里，谁不知道埃尼亚斯王子对您青睐有加。”

布瑞奥妮意识到自己气得牙齿打战：“我用尽一切办法想要回到我的族人身边。”

“我知道，殿下，我都知道！”伊芙现在看起来真的有些担心，好像做错了什么事情似的。布瑞奥妮很想冲出女孩病房，跟安娜卡夫人和她手下的那群小妖精大干一架，但她极力忍住了，把话题转向一些轻松的事情。

伊芙吉妮亚的女仆提着一桶水回来了，气喘吁吁，低声抱怨，好像真的为自己要从那么远的地方提水回来感到难过。布瑞奥妮起身亲吻伊芙，跟她告别。她在楼梯上恰巧遇到王子的医生，那人瘦骨嶙峋，年纪有些大了，却精神饱满，还有一股潇洒的气质。他前来看望伊芙吉妮亚的病情。“啊，公主殿下，”他弯腰行礼，“我能打扰您几分钟吗？”

“什么事？她正在逐渐好转不是吗？”

“谁？哦，年轻的艾德索斯小姐，当然，当然，不用担心。不是她，我想要跟您说的是查文·优洛斯。我知道您是他的老主顾。

您知道他现在的去向吗？”

“自从离开南境之后，我就再也没有见过他或者听到他的任何消息了。”

“哦。好可惜。我给他送过几封信，却没有任何回音。”

“城堡正在被围攻。”她指出。

“啊，当然，当然。但船只还能靠岸——其他信件是能寄到的。我那边的一个老朋友，奥科罗斯·迪欧克蒂安，曾经寄过信给我，刚刚过去一个月而已。”

布瑞奥妮模糊记起，奥科罗斯是查文的一个同事，他还曾照顾过她发烧的弟弟，“很抱歉没能帮到你，先生。”

“我才是，很抱歉打扰您了，殿下。但愿查文一切都好，我很担心他。他非常可靠，过去我需要解答时，他的回应总是非常及时。”

布瑞奥妮回到自己的房间，对自身的命运十分沮丧，急切地想要做些什么，不小心猛地撞上了费沃尔。后者大叫一声，跳了起来，把正在看的一封信丢到了地板上。她宣布：“我想找费恩。”

费沃尔捡起掉落的信纸：“找他做什么？佐悉蒙的火焰，你吓了我一跳。”

“赶快去找他。我想跟他说话。”她瞪着那封信，“这是什么？又一个仰慕者？还是来自死亡的威胁？”

“不是什么值得让您烦扰的事情，殿下。”他把信塞进袖口，站起身来。他穿着一件漂亮的绿色紧身上衣，丝质面料，金色下摆，身上每一寸都像极了特希斯的贵族绅士。“我马上把他抓来。您吃饭了吗？盘子里还有些上好的鸡肉和黑面包。可能还剩下些葡萄……”

但布瑞奥妮已经开始来回踱步，不再理会他说的话了。

“是不是这个倒霉地方的每个人都认为我迫不及待地想要嫁

给王子啊？”她抱怨道。

费恩看向费沃尔：“你都跟她说什么了？”

“什么都没说！她一回来就这副气冲冲的样子。”

“行行好跟我说说，不要在那里窃窃私语。”终于，她停下脚步，面向费恩坐在椅子上。费恩正紧张地坐在小凳子上，那里显然是身材纤细的侍女们平常休息的地方。“人们都怎么想？”

“怎么想您，殿下？说真的，您的名字并不怎么在特希斯下层人的口中被提起，至少在您屈尊下榻的街道周围是这样的。南境当然被经常提起，但那是因为那里有战争和精灵族人。最新的消息是精灵族终于开始认真围攻了——他们正在破坏城墙——诸神保佑南境！”

“希望诸神能听见我们的祷告，是的。”布瑞奥妮做了个向三神祈祷的手势。“来自芬德林的消息也是这么说的——加尔人不再满足于坐着干等了。”她感到精神瞬间振作了些——如果这个消息是真的，那么巴瑞克可能真的已经回来了！

费恩点点头：“但总有些傻瓜——即使是现在，还有一些希安国人怀疑精灵族是不是真的回来了——他们认为全面开战的说法言过其实。”

布瑞奥妮皱起眉头：“真希望他们能亲眼看看我在冬日前夜看到的景象，我在南境城堡待的最后那一晚——亲耳听听那些士兵讲述的故事……”那一晚的回忆烦扰着她，但在发生的所有稀奇古怪的事情中，现在却只有一件小事占据着她的思绪。

今天的那个医生说查文是多么可靠及时。但那一晚，差不多十个晚上都没有现身的他姗姗来迟，却没有任何解释。他去哪里了？难道布罗纳对他忠诚度的怀疑竟是对的？为什么一个人会在发生如此惨烈的事情时消失，几天都不见踪影……

“请别在意，殿下，”费恩说道，“这些人都是傻瓜，我们都很清楚。因为您曾要求我们睁大双眼，竖起双耳，仔细留心身边的一切，所以我们才告诉您听到的这一切。”

“你呢？”布瑞奥妮转向费沃尔，问道，“你可花了不少时间在城堡周围和外面的世界——有时候接连几个小时我都看不到你的踪影。我只希望我那任性的秘书除了跟在那群漂亮的侍从后面以外，还做了些正事。”

费沃尔竟然还会脸红，她想，那还不算无药可救嘛。“我……我听说了很多事情，殿下，但就跟费恩说的一样，大部分都只是那群傻瓜的胡言乱语罢了……”

“请不要跟我解释，简单复述一下就可以了。那些大臣到底说什么了？”

“说……说您下定决心要让埃尼亚斯成为您的夫婿。这些还是比较……好听些的，”他翻了下眼皮，“真的，殿下，都是些胡言乱语……”

“继续。”

“一些人说您把心思放在了……更远大的目标上。”

“那是什么意思？”

“国王。”

布瑞奥妮从椅子上跳了起来，宽大的裙摆差点把矮桌上的碟子杯子扫到地上。“什么？他们疯了吗？埃南德国王？我能从国王那里得到些什么？”

“他们说，要想夺回您的王位，还有什么比……比委身国王更万无一失？请原谅，布瑞奥妮——殿下——我只是重复我听到的！”

“继……续。”她紧紧抓着自己裙子的下摆，几乎要毁掉这件天鹅绒华服。

“费沃尔说得没错，”费恩说，“您根本不必把心思放在这些流言蜚语上……”

她抬起手，阻止他讲下去："费沃尔，你继续说。"

费沃尔显然也为自己不得不传递这些流言而感到异常恼怒，"宫廷里的一些人说，您最开始打的是安娜卡夫人位子的主意，用您的青春美貌与贵族地位抓住国王的眼球。还有些更丑恶的流言，大多数您都已经听过了。比如，您和沙索准备窃取南境的王位。您的兄长肯德里克的死是……是您一手造成的。"他像个愤怒的孩子一样把手臂抱在胸前，"您干吗非得让我说这些？您应该知道，人们的流言蜚语会有多恶毒。"

布瑞奥妮重重跌坐在座位上："我真恨死他们了。国王？我还不如早点嫁给卢迪思·德拉卡瓦——至少他还是个诚实的恶棍！"

费恩·特奥多罗斯赶忙从凳子上站起来，跪在她脚边，虽然这动作有些吃力。"请您，殿下，我请求您，注意您的言辞！在这里，您的周围布满间谍和敌人。您都不知道您的话会被谁听去。"

"谋杀我亲爱的肯德里克哥哥？"她尽力不让眼泪流出来，"诸神！我多么希望我才是已经死了的那个！"

费恩·特奥多罗斯走后，费沃尔几乎变得和布瑞奥妮一样焦虑不安。他走向写字台，坐了好一会儿，盯着房间里的摆设发呆。然后很快又站起来，整理那些根本无须整理的东西。

布瑞奥妮则终于开始冷静下来，但也没有心情去看费沃尔·乌里安在狭小的起居室里忙这忙那。在埃尼亚斯、芬德林族的消息、伊芙的病情以及其他许许多多值得困扰的事情之间，她几乎没有时间再为自己的这点小情绪烦恼。她正考虑去外面的花园里走一走，好好享受一下这最后的晚间时光，这时，费沃尔突然走过来，坐在她对面。

"殿下，我能跟您说会儿话吗？我真的有要紧事要说。"他深吸一口气，"我想……我希望……我想您应该离开特希斯。"

“什么？为什么？”

他挺直双腿：“因为您正身处险境。因为曾经有人试图谋杀您，还发生过两次。因为这宫廷里的人都是些骗子和叛徒——您谁也无法信赖。”

“我信赖你。我信赖费恩。”

“您一个都不能信。”他站起身，开始在房间里来回踱步，捡起什么东西又放下，然后重新摆放那些他早已摆放过无数次的东西。“因为每个人都会被收买的。”

布瑞奥妮大吃一惊，“你是想跟我说费恩的什么事情吗？”

他转过身，脸色涨红，好像被激怒了一样，“不是！我想告诉您的是，这地方就是龙潭虎穴！这我清楚！我听见他们每天说的话——我看见过他们的所作所为！对于这个地方来讲，您太……太善良了，布瑞奥妮·埃顿。走吧。你在布伦没有亲戚了吗？去找他们。那是个小宫廷——我曾经去过那里。那里的人们不会这么……野心勃勃。”

她摇摇头，“你都在说什么啊，费沃尔？如果不是早就认识你的话，我还以为你得了什么疯病呢。布伦？我母亲那边的族人？我几乎没怎么见过他们……”

“那就去别的地方。”费沃尔又转向他，满脸焦虑，“这个地方太可怕了。”

他转身出门而去，把自己锁在一间狭小的房间里，比柜橱大不了多少，那是他睡觉的地方。他始终不肯解释困扰他的是什么，第二天似乎又因为太过尴尬，更加不愿再提起此事了。

契妮坦醒来时头晕眼花，情绪低落，胃也有些痛。自从她和那

个无名男人离开阿加米德，已经差不多过去五个夜晚了，她的生活重又恢复熟悉的痛苦轮回。

她的脚踝被一根短绳拴住了，那短绳缠绕在小船桅杆上的一根楔子上。她能站起来，也能伸展，想去船沿解手也行，只是姿势比较不雅一些。但如果她想从船上跳下去，那么最终只会无能为力地倒挂在离水面几寸高的地方，等着别人帮忙把她拽上去。既然鸽子已经不在了，抓到她的人再也不能用这个男孩子的生命威胁她。他只能确保她不会自杀，把她活着献给独裁者，不管她是否愿意。

另外，那个折磨她的人现在有同盟了。大火的幸存者很少，一艘船也没了。他们只能待在阿加米德，等待独裁者剩下的那些船只到来，因此抓到她的人被迫另做打算。他雇下一只渔船，还不得不收容这位一脸阴沉、名叫瓦拉斯的船长，以及他两个身型壮硕的儿子。他们三个由于长期在日光下暴晒，皮肤都被晒成了棕色，但不知道为什么总给人一种阴冷潮湿的印象，就好像他们都刚刚从潮水里的岩石下面爬出来一样。他们还享有某种共同的家族特征，有一只眉毛特别粗，而且似乎只会说粗俗的佩里卡尔语，抓到她的人能听得懂这种语言，但对于契妮坦来说，这种语言听起来总是好像在清喉咙要吐痰一样。在那个无名男人看向别处的时候，这三个人除了会斜睨她几眼，几乎对她毫无兴趣：实际上，她作为囚徒的事实好像一点都不会困扰他们。

因此，船沿着曲折的海岸线航行时，契妮坦没什么好做的，只能看海，等待……还有思考。瓦拉斯的儿子不久前随手丢给她一小块吃的，像是对待小猫小狗一样。她一边咬着那块食物，一边好奇，不知道在那个无名男人将她交给独裁者之前，她还有多少时间。他们几天前已经完全驶离阿加米德，但杰隆岬仍然在前方的未知之处。他们要去哪里？如果他们在追赶独裁者，那么，为什么苏列佩斯要去那么遥远的北方？攻下赫若索尔，他无疑会得到更多的好处，因为赫若索尔不仅有大量财富，还是经奥斯提安海通往北方之路上的要塞。这个世界上最强大的君主究竟为何要乘船前往北方，那片埃昂大陆中遍布森林的荒凉之地？

说到那件事，为什么一开始独裁者会如此大费周折地把契妮坦从她的家人身边抓来？简直毫无道理啊。为什么要选一个祭司的女儿做王室的王后？为什么除了诡异的宗教所指示的那些之外根本不动她什么？

并且，为什么那个北方国王奥林也对她充满兴趣？他是个好人，但为什么在那些工作在赫若索尔要塞的女孩子中间，单单挑选出来她？

等一下。契妮坦站起身，脑海中突然充满了许多兴奋的想法，但只走了两步，就被束缚她的绳索限制住了。她吞下沮丧，下定决心回到刚才的想法上面。独裁者因为某种她无法理解的原因选择了她。现在他正前往北方，在埃昂大陆北边的海岸线上。那个外国国王，被囚禁的人，也曾认为他从契妮坦身上想起了什么——某种相似性，他是这么说的吗？那里就是独裁者要去的地方——去那个外国国王奥林的国土？那里就是每个人要前往的地方吗？

虽然还是毫无头绪，在一望无际、没有任何特色的海面上，周围还都是她的敌人，但在那一刻，她觉得自己好像触摸到了某种真相。

因为无事可做，又几乎没有食物，契妮坦睡得很不舒服。晚上，她常常几个小时都蜷缩在那块薄薄的毛毯里，一边拼命抗拒对于独裁者会如何处置她的种种恐怖推测，一边等待睡神降临，给她带来短暂的解脱。清晨，她醒来之后很久都一直闭着眼睛，听着海鸟的鸣叫声，祈祷能够再次沉入梦乡，能够有哪怕那么短一段时间对现实视而不见。但这种事很少发生。经常发生的却是，在抓到她的人仍然酣睡时她会突然惊醒，甲板上只有瓦拉斯或者他的儿子们在站岗。

在连续观察了她的匿名囚禁者几天之后，契妮坦终于意识到，他是某种恪守惯例的怪物：他每天都在同一时刻醒来，那时，第一缕黄铜色的阳光正从东方射出。起床之后他会做一系列的伸展运动，一节节地做下去，就像是果园宫主塔的那只大钟一样可以预计，好像他本人也是由发条和齿轮做成的，而不是血肉之躯。然后，当契妮坦假装入睡，眯缝着眼偷偷打量他的时候，这个苍白而非同寻常的男人，这个掌握她命运的男人，会从斗篷下拿出一个黑色的小瓶子，拔出瓶塞，用某根类似缝衣针或者小细枝一样的东西蘸进小瓶里，然后舔一口针从瓶中带出来的液体。然后那个瓶子又会被小心翼翼地塞住，和针一起消失在他的斗篷下。之后他会吃些炸鱼，喝点水。每一个清晨，伸展运动和小瓶子都会出现，从未变过。

那个黑色的玻璃瓶中装的到底是什么东西？契妮坦一无所知。那看起来像是某种毒药，但怎么会有人自愿喝毒药？或许是某种强效的药物。虽然她没有一丝头绪，但这一惯例仍然值得深思——值得深思很长一段时间，并且仔细推敲。由于无事可做，她开始像吝啬鬼收集硬币一样收集各种想法。

契妮坦静静躺着，双眼紧闭，但凭借她对时间和气温变化异常的敏感，她能感觉得到清晨的第一缕阳光的温暖正温柔地抚摸着她冰冷的面颊。

她如何才能从抓到她的人手中逃走？而且，如果失败的话，她如何在那人把他献给独裁者之前了结自己的性命？即使像卢西恩那样恐怖的死法她也很欢迎——至少死得很快。那些独裁者的仆人会如何处置活着的她才是她真正恐惧的事情……

她的想法被小黑瓶盖上塞子的那声轻微的啪嗒声打断，继而意外响起的是那囚禁者说话的声音。

“我知道你醒着。你的呼吸和平时不一样。别装了。”

契妮坦睁开眼。他正盯着他看，那双眼睛异常明亮，像是藏着某种诡计一样闪闪发光。当他把瓶子塞进斗篷里时，瘦长结实的肌肉像蛇一样在他前臂的皮肤下收动。她早就知道了，他确实强壮得吓人，而且像猫一样敏捷。她怎么还会对逃离他身边抱有希望？

“你叫什么名字？”她重复那个也许问了一百遍的问题。他看着她，嘴角因为好笑或者鄙夷而微微翘起。

“沃，”他突然回答道，“意思是‘的’。但我不是任何东西‘的’。我是终点，而非起点。”

契妮坦被他这一小段话惊呆了，有那么一会儿，她不知道该说些什么。“我……我不明白。”她努力让自己的语调保持镇静，好像这个一向冷静的杀手突然泄露了什么有关于他自己的话是件无比平常的事情。“沃？”

“我父亲来自佩里卡尔，他的父亲是个男爵。姓氏是‘沃·乔万迪’，但我的父亲却让这个姓氏蒙羞。”他哈哈大笑。他有点不对劲，她想，有些奇怪和发热的症状。契妮坦几乎有些害怕他这么继续下去了。“所以他除掉了那个姓氏，奔赴战场。然后被独裁者所俘获，变成一名白猎犬。”

对契妮坦来讲，即使她大多数时间都待在蜂房神殿和隐宫，那个独裁者北方杀手军团的名字仍然足以让她的心脏漏跳一拍。所以,那就是为何一个埃昂大陆的人会把西斯语讲得如此标准的原因。“那……那你的母亲呢？”

“她是个妓女。”他无所谓地说到，但却第一次把目光从她身上移开，看着远处旭日东升的第一缕光芒洒在地平线上，像是一层燃烧的油脂。“所有的女人都是妓女，但至少她对此很诚实。他把她杀了。”

“什么？你父亲杀死了你母亲？”

他又把目光转向她，眼神中充满鄙夷：“她自找的，竟然动手打他。所以他把她的头打爆了。”

契妮坦不想跟他说话了。她只能举起双手拼命摇晃，好像要把这一切都从身边驱赶走。

“换作是我也会杀了她，”沃说，然后起身穿过轻轻摇摆的甲板，跟老渔夫瓦拉斯说话去了，瓦拉斯正卖力摇动着船柄。

契妮坦顶着猛烈、寒冷的晨风盘腿而坐。她尽可能地坐了很久，然后沿着横坐板爬到桅杆那里，把胃里仅存的一点东西都吐了出来。吐完之后，她躺下来，面颊贴着船栏那阴冷潮湿的木头。海岸线由于被一层浓雾笼罩，几乎无法分辨，因此船只行进着的寂静地方好像处于彼岸世界和现实世界的夹缝之中。

肯定有些东西发生了变化。那天之后的好些天里，沃变得异常多话，至少与他从前的样子相比。当船只沿着海岸线稳稳向北方前行的时候，他似乎养成了一个新习惯，在完成每天早晨的惯例后跟她说一会儿话。偶尔，他会谈起他到过的地方和见过的事物，或是他生命长河的某段历史碎片，但他再也没有谈起过他的双亲。契妮坦尽可能地聆听，虽然有时这很困难：对于这个叫沃的男人来说，似乎杀人和吃饭没什么分别。他的谈话中没有一丝友好，没有一点正常人的互动，似乎谈话仅仅是他舔完细针之后的某种强迫症，好像毒药瓶里潜藏的某种东西让他太过癫狂，无法保持冷静。但是，这种狂热无法持续很久，通常，他会在之后的时间里对她特别生气和厌恶，给她的食物更少，或者无缘无故地虐待她，好像是她有意骗他话似的。

“你为什么说全天下的女人都是妓女？”某个早晨她静静地问道，“不管独裁者跟你说我什么，我都不是那个样子。我还是个处女，本来是要训练成为一名神职人员的。独裁者把我从蜂房神殿里挑出来，扔进了隐宫。”

沃翻了下眼皮，那项掌控他行为举止的铁律似乎会在清晨的第一个小时里变得松动些，“妓女跟……交配没什么关系，”他说，好像那个词尝起来都很糟糕一样，“妓女会出卖自己，以换取他人的保护，或者食物，或者更值钱的东西。”他用某种冰冷的目光上下审视着契妮坦，“女人没有其他可以出卖的东西，只有她们自身，所以她们出卖自己。”

“你呢？你出卖什么？”

“哦，别怀疑，我也是个妓女，”他说着，又哈哈大笑起来。他显然不经常放声大笑——所以听起来会有些奇怪，像是生气一样。“大多数男人也都是，除了那些生在权贵之家的人，那些人是买主，我们剩下的这些人都是他们的荡妇或娈童。”

“所以你是独裁者的妓女咯，那个时候？”她在话语中尽可能地展露出满满的鄙夷，“你会把我交给他，供他折磨和杀戮，只为了赚取他的金币？”

他盯着自己的手看了好一阵子，沉默不语，然后把它们举到她面前，“看到了吗？我能在一次心跳的瞬间扭断你的脖子，或者把手指插进你的双眼，或者肋骨之间，杀了你。你却什么都做不了，只能束手以待。所以你属于我。但这里，我肠子里的某些东西是属于独裁者的。如果我不遵从他的命令，它会杀死我。非常痛苦。所以他拥有我。”沃站起身，随着船的摇摆而稍稍晃动了下身体，他低头看着她，神情茫然。他狂热的症状似乎已经再次开始消退。“跟大多数人一样，你把时间都浪费在解开事情的谜团上面了。”

“世界是个粪球，我们都是上面的蠕虫，大家互相残杀，”他背对着她，停顿了一下又说，“把其他人都吃掉的那个就是赢家——但他仍然是一坨大便上的最后一只蠕虫。”

第二十七章

蜉 蝣

一些学者认为元素一族根本完全属于另一物种，甚至比精灵族还要超脱于自然。

——引自《埃昂大陆和赞德大陆精灵种族专述》

很长一段时间里，费拉斯·范森都只能呆坐着，盯着几乎完全黑暗的世界，努力想弄明白究竟发生了什么。他极度虚弱，胃里直犯恶心，脑袋有某种单调乏味的钟鸣声嗡嗡作响。燧岩·蓝石英站在他身旁，嘴巴张张合合，显然在说话，但范森却什么都听不到。

聋了，他想，*我耳朵聋了*。然后他回忆起那声把他掀翻在地的雷霆之声。自从大深渊坑底的爆炸以后，他再也没有听过比这更响的爆裂声了。

他把那个噩梦一样的记忆从脑海中驱逐出去，再一次闭上双眼。眩晕感紧紧抓住他，他像是水流湍急处的一艘小船，不停地在旋转、旋转。这几天里，他第一次突然意识到自己是真的位于地下——在地表世界底下的一个深洞之中，他和太阳之间隔着无数石头，石头的重量难以想象。如果有人能拿一根巨型的棍子在洞顶戳一个孔就好了，他就能再次见到阳光，而不是迷失在地下……迷茫，困惑，阻碍重重……

“……再扔远点，”有人低语道，“……不知道……”

范森再一次睁开双眼。燧岩仍然在唠叨个不停，现在他听得见他说话了。尽管听起来这个小个子像是在百步开外似的，但仍然值得庆幸，这意味着他的听力又恢复了。

洞穴中还有其他的芬德林人，活着的芬德林人，范森一个都不认识，直到朱砂自己终于出现在他身边。朱砂穿着一身他从未见过的盔甲：小个子身上堆满了圆圆的盘子，所以他正透过一堆被遗弃的碗碟看着他。

“他怎么样了？”这个芬德林大师问燧岩。朱砂从哪里过来的？范森还能记得，他那时都不指望还能见到他了。同样，燧岩·蓝石英也在，这感觉好奇怪。

“我想，他是被那声爆炸声给震聋了。”燧岩的声音听起来仍然很模糊。

“我没聋，”范森嚷道，但似乎没有任何芬德林人听见他讲话。他又重复了一遍，试着讲得更大声些。这次好像终于奏效了，那两个人同时回过头来看着他。“我的听力正在逐渐恢复，”他解释道，“到底发生什么了？”

“是我的错，”燧岩说，他的脸因为担心皱成一团，“我在储藏大厅发现一些爆破甲虫——我们用它来爆破岩石——然后我就想，好吧，我没有其他武器，不过这东西似乎也能把加尔人吓跑，所以我就带了一个。当我到这儿的时候，他们正冲向你们，我就把甲壳虫点燃了，从后面冲上去，把它尽可能地扔远些。”他看起来很是懊恼，“我的胳膊好像没有从前那么强壮了……”

“你胡说什么啊！”朱砂说，“我和我的人可能永远无法及时赶到。但因为你，燧岩·蓝石英，精灵族才会变得头晕目眩，昏昏沉沉。等我们赶到的时候，他们都无法迅速撤退。你救了范森队长，甚至很可能救了整个神庙！”

燧岩看起来很是吃惊：“真的？”

范森突然记起最后那个时刻：“大锤·碧玉呢？他……”

“还活着，”朱砂向他保证，“和你一样有些耳鸣，但没有丝毫怨言——哦，不。是太虚弱了，根本没力气抱怨。我的几个手下正在给他包扎——他流了不少血，但总算活下来了。他是个真正的战士，足以让祖先们骄傲！”

范森还是无法摆脱那股压迫感，好像被压在几百万斤重的巨石下。他能动弹，但身体的每一个部分似乎都变了形，无比陌生，他的思维也很迟钝。“你刚才说……甲壳虫……里面都是爆破岩石的炸药。那东西是不是叫作蛇纹石或是枪粉——和我们用在大炮里的黑色粉末一样？还有吗？”

“有，还有很多，”燧岩说，“在储藏室里还有大概十二筒，可能还有破坏性更大的爆破粉。但我们这里没有大炮，也没有足够的空间发射……”

一个穿着铠甲的年轻芬德林人跑了过来：“朱砂大师，有一个敌人被爆破粉炸到了……是一个黑暗精灵！”

“什么，伙计？那就把它剁剁碎，我们一起吃了吧。”

“他还活着。”

很奇怪，范森认识这个俘虏。那个脏兮兮的小个子正恶狠狠地瞪着他，他就是试图用匕首刺他的那个，手腕被他捏碎了。确实，那个粗鄙的小怪物正抱着那只胳膊，看起来又红又肿，有些地方都成青紫色了。

“我们能跟他问问话吗？”范森问道。

朱砂耸耸肩，“我的手下一直在尝试。但他拒绝回答。我们也不知道他到底说哪种语言——他可能根本就不知道我们在说什么。”

“那就杀了他，”范森故意大声说道，“他毫无用处。把他脑袋砍了得了。”

“什么？”燧岩震惊了，甚至朱砂看起来都有些吃惊。

范森则在仔细观察那个囚徒：小个子没有退缩，甚至没有抬头看他们。“我没打算杀他。我只是好奇他是不是在假装听不懂我们讲话。我们必须想办法让他告诉我们他女主人的那些计划。只要是他知道的。”

燧岩看起来很是迟疑：“那是什么意思？严刑逼供吗？”

范森悲哀地笑笑：“要是我觉得那样就能拯救你的族人和我的地上同胞，我一定毫不犹豫地去做。但是，重刑之下犯人其实很难给出真正有价值的答复，特别是在我们不懂他的语言的时候。但如果你想到了别的法子，请务必告诉我。否则我也许会改变主意。”

朱砂大师下令让人把这个俘虏送回神庙，然后就去监管他布置的其他任务去了。他的部下不是被派去收集尸体或是救助伤员，就是被派去修补节日大厅里加尔人破坏的缺口去了。

范森揉着他受伤的脑袋。他现在只想躺下来睡个好觉。在燧岩用他的炸弹把他几乎炸聋之前，他就已经精疲力竭了。尽管趁着他毫无知觉的时候，他的伤口都已被仔细清洗和包扎过，但它们仍然会时不时地疼痛。他好想喝杯烈酒，然后在床上躺上至少一个小时，但不管怎样，他是这里的长官，所以那些都只能推后了。

“你刚才说你还有十二筒爆破甲虫，以及一些其他炸药。”范森跟燧岩说。

“我们神庙里确实有这些东西。在芬德林镇，我们还有更多。当我们必须赶工，没有时间用那种古老的、更合适的方法时，我们就用它来爆破岩石。”

在过去的一个多月里，关于那种古老的湿楔法和沙磨法，范森早已了解不少，远比他想要了解得多。“让我们好好跟朱砂谈谈这个，接下来，”他快速地说，“或许我们能备份厚礼。黑暗女士和她的手下下次还想要不请自来时，起码能够三思而后行。”

燧岩尽己所能地想让范森休息一下——队长仍然浑身挂彩并且听力还没有完全恢复——但他完全无法把这个大个子从战场上拖下来，因此他只得独自一人返回神庙。焕华共修会已经得到来自战场的消息，几乎所有人都想向燧岩打听最新的进展，其中一些人甚至认为他已经变成了英雄人物。换作其他时候，他可能会很享受众人的瞩目，但现在受到太多惊吓，太过疲倦，他什么都不想做，只想回到房间好好休息一下。无论多么短暂，他已经见识过加尔人的兵力，并且他也知道，地上还有好几千更多的兵力在围攻南境城堡。利用一只爆破甲虫爆炸引起的震慑，他是击倒了一小撮袭击者，但下一次就震慑不到谁了。黑暗精灵很可能也有他们自己的岩石爆破粉。

燧岩快要返回自己的房间时，突然想起了火石，早先扔到医生那里的那个捣蛋鬼。带着满身疲倦，他又重新向走廊走去，但当他来到查文的房间门口大声敲门时，却没人应答。他试着推了下门，既没锁，也没闩着，他直接就把门推开了。燧岩突然害怕了起来。

查文手脚摊开倒在地板上，好像被人敲了一记闷棍；却没有火石的踪影。有那么一个恐怖的时刻，燧岩以为医生已经死了，但当他跪在他身边的时候，他听见了查文低沉的呻吟声。燧岩找到一盆冷水和一条毛巾，把毛巾蘸了些水敷在医生宽阔苍白的额头上。

“醒醒！”他尽了最大努力想要摇醒查文，查文身型大概是他的两倍，“我儿子呢？火石在哪儿？”

查文抱怨一声，翻过身，最红终于挣扎着坐了起来，“什么？”

医生看向房间的周围，好像他从没见过一样，“火石？”

“是的，火石！我把他交给你看管。他现在在哪？发生什么事了？”

查文看起来很茫然：“发生什么？什么都没发生。你说火石？他之前在这里？”他慢慢摇着头，像是一匹疲倦的老马想要甩掉身上叮人的蚊虫，“不，等一下——他原来是在这儿，当然。但……但我想不起来发生过什么。他走了吗？”

燧岩恼怒得几乎想把手中的湿毛巾扔到他脸上。他迅速搜寻着这个狭小的房间，想要确定男孩没有藏在哪一个角落里。他找不到他，但在房间的某个角落，他发现一面小巧的镜子和一截用过的蜡烛正躺在地板上。他闻了下灯芯，蜡烛不久之前才刚刚熄灭。

“这是什么？”他向满脸疑惑的医生质问道，“你拿他变你那些镜子戏法了？是你把他吓跑了？”

查文看起来像是受到了冒犯，同时也充满焦虑：“说实话我想不起来了。但我从未伤害或者恐吓过一个小孩，燧岩——你应该知道的。”

燧岩想起来，上一次，胖医生想要尝试他那些镜子戏法的时候，男孩吓得哭了起来。“胡扯！他不见了，这就是我知道的一切。你一点都不知道他可能会在哪里吗？他走了多久？”

但是查文仍然满脸困惑——什么忙也帮不上。他只是从房间的一个角落看到另一个角落，揉着眼睛，好像这个黑屋子里的灯光太过明亮似的。

燧岩来来回回穿梭在大厅之间，突然，他想到了图书馆。火石仅仅去过那里一次就让他们两个惹上了大麻烦。这一次轮到什么地方了？

当终于找到男孩的时候，他大大松了口气。男孩正趴在一张古老的桌子上酣睡，像任何一个普通小孩那样睡得很香。他的头枕在一本极其珍贵的书上，这本书好像有几个世纪的历史，云母做成的书页上是浅浅的雕刻图案，似乎比羊皮纸还要更轻薄些。当燧岩托起男孩的头，把书从他脑袋下面拿出来的时候，他扫了眼书上的古体字。他读不懂——那些字太过古老和奇特了——但这些让他想起曾在秘境深处的墙壁上见过的那些涂鸦。这个男孩到底拿这本书做什么？他知道自己在做什么吗？火石有时候表现得好像十倍于他真实年纪般成熟，另外一些时候，却好像只是个普通小孩。

“醒醒，孩子。”他轻声细语地说。只要不用跟欧珀说他又把孩子弄丢了，他可以原谅他的任何错事。“起来，赶快。”

火石抬起头四下看看，然后闭上眼，好像又想睡了。他长大了，燧岩根本抱不动——现在，他长得比他的养父还要高了——因此燧岩只能继续推他的胳膊，直到男孩终于站起身，不情不愿地跟着他出了图书馆的大门，回到神庙他们一起住的房间里。这一次他们似乎特别幸运：范森显然正让镍师父和其他侍僧忙防守神庙的事。火石又进图书馆的事情显然没有被发现。

“孩子，你干吗非得进去？”他问道，“共修会的人不让你进去——你到底干什么了？查文的房间里发生过什么事情？”

火石睡眼惺忪地摇摇头。“不知道，”他安静地走了几步，突然开口说，“有时候……有时候我想我知道些什么。我确实知道——非常重要的事情！有时候……有时候我又不知道了。”令燧岩大吃一惊的是，男孩突然大哭起来，燧岩从没见他哭过，从来没有。“我就是不知道了，父亲！我想不通！”

燧岩用胳膊搂着火石，把这个怪小孩抱进怀里，他感到这个异族男孩因为痛苦而无助地颤抖，但他却无能为力。

他刚把火石安顿到床上，就听到有人敲门。燧岩倦得不行，他爬起来打开门，看到查文正睁大双眼站在漆黑的走廊里。

“你找到那个男孩了吗？”查文问。

“找到了。他没事，去图书馆了。我刚让他睡觉去。”他退后一步，招呼医生进门来。“快进来，我看还能不能找到些苔藓酿。你想起来发生什么事了吗？”

“想不起来，”查文说，“事实上，我来是给你带个口信。费拉斯·范森派人来说他们已经知道怎么跟那个被抓住的芬德林人交谈了。”

燧岩抬起眉头：“我才是芬德林人。那个凶残的怪物是个黑暗精灵。”

查文摆摆手：“当然，当然。抱歉。无论如何，你会来的吧？范森队长叫你过去。”

他摇摇头：“不了。我想跟我儿子待在一起。我总是因为各种事情离开他身边。而且，我在那儿也帮不上范森什么。如果他真的需要我，明天我会去找他。”他苦涩地笑了下，“当然，除非加尔人已经在那之前把我们都杀掉了。”

医生真的有些不知道该怎么接这个话茬：“当然。”

查文离开后，燧岩进到里面去看孩子了。火石睡着了，嘴巴微张，脸上表情很放松，他蓬松的头发似乎比香橼石英都还要亮。**那到底是什么意思？**燧岩纳闷，**他知道，又不知道？**

像往常一样，燧岩只得感叹这个他和欧珀带进他们生命中来的怪小孩，这个被掉包扔下的小男孩……这个会走动的谜团。

乌塔抓住年长女人的胳膊，想要把她拉回来，但她的努力却没有丝毫效果。她们一起跌倒了，滑进主街道的泥巴中。凯因慢腾腾

地过去想要帮助他们，但她们已经站稳了。

“别想要劝住我，修女。”天那么冷，乌塔又用力过猛，梅若兰娜觉得呼吸困难。荆棘桥尚未出现的时候，天气其实已经回暖了。但自从这项可怕的工程开始，整个南境沿岸都被笼罩在一片潮湿阴冷的雾气中，好像整个夏天一下子就过去了，他们直接跌入了十月甚至更晚的日子。

“凯因，帮帮我，”乌塔乞求道，“黑暗女士会杀了她的。”

“或许吧，”那个加尔人说，“但是，你看——我们都还活得好好的，在令人悲哀的迟暮之年，我母亲似乎已经丧失了一些嗜血欲。”

“你疯了吗，半人？”梅若兰娜说，“丧失嗜血欲！她此刻就在屠杀我的族人！我甚至都能听到他们的尖叫声！”

凯因耸耸肩：“我又没说她已经完全变成另外一个人了。”

梅若兰娜继续前行，步伐坚定，当乌塔修女试图阻挡她时，她拍开这位佐睿雅修女的手：“不！她会听我的。没人能拦住我。”

“如果斯诺特和他的侍卫同伴没有被派去围城，”凯因认真地说，“你甚至连前门都出不去。”

梅若兰娜只是冲那人露了下她的牙齿，那种表情出现在任何人脸上——除了她这样受人尊敬的贵妇——恐怕都会被叫作咆哮。

原本有一片码头和海港建筑朝向城堡那些被淹没的堤道，现在那儿已变成了噩梦般混乱的场景。各种不同身形和大小的怪物在浓雾中到处横冲直撞。荆棘桥上，树一般的巨大枝丫嘎吱作响着笼罩四周，就像教堂塌掉后残存的屋架。梅若兰娜的衬衫上已经溅了半身的泥巴，但即使是最奇形怪状的怪物从黑暗中涌现，她都没有丝毫退缩，仍像一位意志坚定的士兵一样向前行进，往那顶黑色与金色相交的帐篷走去，帐篷巍然矗立在营地的正中心。

*她很勇敢，*乌塔想，*这一点我无法否认。但她要找的那位却也*

并非凡人，不会被这样一位老妪的怒气吓倒。如果凯因说得不错，黑暗女士已经比我们想象的还要年长许多——她可是神之子嗣。甜美的佐睿雅女神在上，她的愤怒和复仇之心也同样超出我们的理解范围。

如果不是去年那些稀奇古怪的事，以及她自己见到的那些疯狂的事，乌塔肯定会认为加尔人口中的诸神、焰华以及不死子民都是些无稽之谈……但除此之外，再没有其他合理的答案能够解释那时候她的所见所闻和她周围的事物！对于乌塔·福恩斯多迪尔来讲，她自认是个受过良好教育的女子，除了她的信仰外，她也能够很好地区分古老传说中的重要事实和一些传奇本身的迷信和荒谬。但那段时间的认知却让她大为震惊，甚至倍感沮丧。

雅萨梅兹正站在她的帐篷外，像是一座梦魇之神的雕像，全身都藏在带尖刺的黑色盔甲之下，象牙白的长剑并未入鞘，明晃晃地挂在她的腰间。她正在注视着什么东西，由于荆棘高耸入云，乌塔无法分辨出具体是什么东西。即使梅若兰娜公爵夫人步履蹒跚地来到她面前，缓慢而又万分痛苦地屈身向她行礼，她都没有转身。一声细细的尖叫响起，很可能只是一阵吹过这座静穆雕像的风，但乌塔知道那并不是风。在一墙之隔的南境城堡里，精灵族正在屠杀数不尽的男人、女人，还有孩童。

“我再也无法容忍这种暴行了！”梅若兰娜说道。几分钟前还无比坚定的声音，现在却变得有些尖刻。绝不仅仅是因为恐惧，乌塔能够感觉得到：雅萨梅兹本身的一些气质就足以让任何人的嗓音发颤。“你们为什么要杀害我的族人？他们都对你做什么了？上一次与你们交战到现在已经过去两百年了——我们几乎要忘记你们一族的存在了！”

雅萨梅兹的脸慢慢转向她——一张面具般没有任何表情的脸，尽管骨骼形状不像人类，苍白之下却难掩那种奇异的美丽。“两百年？”精灵女子说，她的嗓音沙哑，却如音乐般动听，“只是白驹过隙。你只有和我一样，几个世纪都如云烟般从眼前飘过，你才有资格谈论时间，好像它真的有意义似的。你的族人曾经毁灭过我的族人，我现在只是原样奉还罢了。你可以等着看看结局，或者躲藏起来，但请不要浪费我的时间。”

“那么，杀了我吧，”梅若兰娜说。她嗓音中的尖刻消失得无影无踪。

“不，公爵夫人！”乌塔哭喊道，但她的双腿突然像发芽的灯芯草一样开始打战，丝毫也动不了。

“安静点，乌塔修女。”公爵夫人再次转身面向雅萨梅兹那片有棱角的暗影，“我无法眼睁睁地看着我的族人死去——我的侄子侄女和朋友们——但我也无法怯懦地逃开。如果你真如自己所说的那样理解苦难的含义，请结束我的苦难吧。”她弯下腰，“带走我的生命，你这个冷漠的怪物。酷刑并非真正的女士所为。”

雅萨梅兹看着梅若兰娜，某种近乎冷笑的神情出现在她的脸上。她们就像戏剧中的人物那样静静站着，站了很久。表面看来，她们一个是令人胆寒的征服者，一个是无助的受害者，抑或是一个刽子手和她的死刑囚徒——但乌塔意识到，所有的一切远非如此简单。

“你不应该跟我提起苦难，”雅萨梅兹最后说。她的嗓音仍然很粗，听起来很怪，却也更低，更柔和了。“永远不要。即使我把你所爱的人一个一个带过来，在你面前处决他们，你也不应该对我说那个词。”

“我不知道是什么……”梅若兰娜刚开始说。

“安静。”这两个字就像是火红的烙铁伸进冰水中一样嘶嘶作响，“你知道你和你那群该死的族人是如何对待我们的吗？搜捕，屠杀，毒害，像是对待害虫一样。那些侥幸活下来的都被驱赶到北方的冰冷大陆，被迫躲进暮光的屏障之内，像是孩子躲进毛毯里。是的，你们甚至从我们这里偷走了太阳！但是，最恶劣的是，你们竟把我们的种族推到毁灭的边缘，几乎夺走了我们最后一丝生存的希望。”那张苍白的面庞凑近了些，黑色眼眸的眼睛危险地眯了起来，“酷刑？如果我可以，我会一一折磨你们这群懦弱怕死的鼻涕虫，然后用火烧你们身上的肥肉，烧得你们吱吱响。焦黑的骨头堆将会成为你们唯一的墓碑。”

黑暗女子的仇恨像是从山上吹下来的冰冷寒风，乌塔不禁发出一声惊恐的低呼。

雅萨梅兹转向她，好像第一次注意到她：“你，你管自己叫作佐睿雅的仆人。除了她那些多愁善感的胡言乱语，你对这只小白鸽——那个真正的黎明之花又知道些什么？她的父亲和族人是如何折磨她，杀死她的爱人，然后把她交给凯旋的兄弟之一，好像堂堂黎明女神只是件战利品。这些你怎么可能知道。你怎么可能知道他们又是如何折磨她的儿子歪神，你们这群短命的小虫子口中的库比拉斯，直到他宁愿放弃自己的生命也要摆脱他们所在的这个世界？几千年来为了维护这个世界的和平，他受尽苦难，承受着你我难以想象的痛苦。你要知道——你们叫他神……但我叫他父亲。”她的脸，那张愤怒的面具，终于像是一具死尸的面容般松懈下来，“现在他快要死了。我的父亲，我的家人，我的族人都快要死了——你却跟我说什么苦难。”

乌塔的腿终于能动了，她跌落到梅若兰娜身边的泥土中。在这片静默之中，她再次听到雅萨梅兹的受害者在哭喊。声音穿过海湾传来，那一声声恐惧的挽歌，跟远处海鸟的鸣叫声截然不同。

黑暗女士背向她们：“凯因，赶走这些东西，这些……爬虫。我还有仗要打。告诉他们，他们的族人是如何偷走焰华、杀害我的家人的。在那之后，如果她们还想死的话，我会很乐意了结她们的。”

第二十八章
孤独者

在一本名为《西曼德之书》的著作中曾写到，元素一族的一支确实曾在很久之前加入过加尔人的军队，他们那时自称翡翠火焰。据西曼德讲，他们是精灵国王和王后的某种王家护卫队，像是赞德大陆独裁者的猎豹护卫一样。

——引自《埃昂大陆和赞德大陆精灵种族专述》

“宵禁……斯克里克人？我不明白。”巴瑞克抓起沉重的船桨又划起来。黑灯的诡异暗影铺展在河流两岸，像是一棵棵老树的巨大树冠，暗影在靠近河岸两边的地方很浓重，向他们头顶的高空伸展时却渐渐稀薄。“根本毫无道理，”他想大声跟雷蒙·贝克咆哮，却还是努力让自己保持低语，“为什么无梦人每天会在还不到睡觉的时候就把自己关起来，还长达几个小时？而且，如果每个人都在屋里的话，为什么他们会让这些叫作斯克里克的家伙警戒街道？他们在提防什么？”

贝克已经擦干了眼泪，但他看起来仍是一副随时都会再次大哭的样子；这个男人懦弱、松垮的脸庞让巴瑞克无比愤怒。“无梦人属于精灵族，”贝克平静地说，“除了我主人以外，都不是好人。

他们不相信任何人——甚至是他们自己的族人。至于宵禁，那是他们自己制定的法律，要求把他们自己锁起来，斯克里克人则保障这项法律的实施。我的主人奎鲁斯曾告诉过我，他的族人不得不把自己封闭起来，因为太多的不眠不休很容易让他们的心脏和思想生病。在宵禁法出台之前，很多人都曾因为身心过分受损，内分泌过于旺盛，而亲手屠杀了他们的家人和邻居。直到现在你还能见到那些房子的黑色废墟，房子早在几百年前就被付之一炬，连同住在里面的家族和他们所有的仆人，房子的梁木也就成了火葬的薪材，只因他们对生存失去了希望……”

巴瑞克对无梦人的亲属关系感到一阵不安。他曾多少次想让自己的家园燃起熊熊烈火？他曾多少次想让灾难降临，为了终结自己的苦难，丝毫不顾及可能被牵连到的其他人？

他尽可能安静地划着小船，但整座城市仍然像坟墓一样死寂；每一次水声似乎都必然会引起别人的注意。他们所在的狭窄水道到了尽头，他们别无选择，只得划进主干河道更宽阔的支流中。水面上还有三四艘船清晰可见，虽然很遥远，但巴瑞克仍然用力划动双桨，想方设法尽可能快地穿过这片宽广的水道，回到更狭窄的水道之中。

但是，如此快速的滑行却令人无比辛苦：这艘船有南境双人小舟的两倍大小。巴瑞克发现自己想起了无头守卫者之前所做的工作——他多么希望他们也带着这么一只恐怖的怪物，以免除自己这份腰酸背痛的苦力劳作。

巴瑞克很快发现，如果他能将小艇划向远离河道两边的地方，摆脱黑灯的笼罩，那么他的视野也会明亮许多，但弊端也显而易见：行驶在宽广水道的正中间，就像是行驶在他早已习惯的雾影之地的暮光之中，河岸却完全笼罩在一片如墨般的暗黑烟雾里。为了看清小船经过时岸边的景物，他必须与河岸靠得非常近，直到他们身处黑灯的半影中，他的眼睛也渐渐习惯了里层深色的暗影。但他完全不知道，反过来讲，他们是否也会被看得一清二楚，又是谁正在看着他们。

“我们需要找个地方躲起来，”他跟贝克说，“找个没人能发现的地方，直到我们想好下一步该怎么做。”

“没有这种地方，”贝克阴郁地说，“这里没有。整个睡城都没有。”

巴瑞克怒吼道：“你还知道什么？你连歪神大厅都不知道。你和公猪的乳头一样没用……”

就在那个时候，突然从黑暗之中掉下来什么东西，好像黑灯本身也能将它的一部分存在实体化，然后泼洒出来似的。雷蒙·贝克吓得趴在地上，脸颊紧紧挨着船底板，巴瑞克则很快辨认出了这团黑影和它掉进来的路线。

“没想到还能再见到你，鸟。”他说。

“咱也没料到能再见到你……至少不是活的。”小鸟弯下头整理自己胸口的羽毛，“所以，你们和那群友好的蓝眼睛家伙相处得如何？”

巴瑞克几乎要笑出声来：“你都看到啦，我们决定继续前行。问题是，住在这儿的贝克也不知道歪神大厅在什么地方。我们需要一个安全的去处，避开那些夜人。以及其他……你怎么叫他们的，贝克？斯克里克人？”

“安静！”补丁男惊恐地看向四周。“别在这儿说他们的名字！这儿离河岸这么近，会把他们招来的。”

斯科恩单腿站在船头，正从他的脚趾间挑什么东西出来，他晃动下身子，拍了几下翅膀，离巴瑞克更近了些。“或许咱能飞起来，帮你看些东西，”他满不在乎地说，“或许。”

巴瑞克一下子就注意到这是象征他们伙伴情谊的美好序曲。“好，真是太好了，斯科恩。谢谢你。”他看向河岸两边黑灯下的漆黑云团。“找一个不那么黑的地方——最好是一个小岛，没人用的，或者被荒废了的。”

黑色的小鸟拍拍翅膀，盘旋着飞上天，朝向最近的河岸笔直飞去，消失得无影无踪。

“我肚子好饿，”巴瑞克说道，“从水里捞的鱼会有毒吗？”

贝克摇摇头：“应该不会。但是船上应该还有食物。自从我们把主人抬回家后，恐怕还没人碰过这里。我们的捕猎之旅损失了那么多仆人，主人又伤得那么重，我们几乎没怎么吃过东西——应该还剩下不少肉干和干面包。”他身子探向前去，在最前面的板凳下面找到一个防水的大袋子。“是的，看！”

食物有股奇怪的发霉味道，但巴瑞克太累太饿了，也就顾不上这些了。他们分着吃了一把肉干和两片面包，那面包硬得像是做靴子的皮革，让巴瑞克回想起家乡棕色的杂粮长棍面包。

“您还真是巴瑞克王子啊！”雷蒙·贝克精神恢复了大半。“简直难以置信，我竟然又见到您了，殿下——还是在这样一个地方！”

“如你所言。我不记得我们第一次见面的情景了。”说实话，这跟这个衣衫褴褛的男人毫无关系。巴瑞克只是不太愿意回想那些事。他非常庆幸能够摆脱他去在那里的一切——他的过去，他的继承权，他的疼痛——他也一点不急着把它们拿回来。

贝克断断续续地告诉他，他们的大篷车是如何遭到加尔人的袭击，最后只剩下他一个幸存者，在讲述了他的故事之后，他又如何被召去王室议会，然后又是如何沿着塞特兰路被送回来的。这故事讲了很长一段时间——贝克来到雾影线这边已经太久了，他的记忆都有些混乱了，他在这里待的时间要比巴瑞克久——每回想起一个名字，对他而言充满成就感，但带给巴瑞克的却只有伤痛。

“然后您的姐姐告诉队长……他叫什么名字来着？高个子那个？”

“范森。”巴瑞克冷漠地说。尽管巴瑞克自己曾经咒骂过他那么多次，那个侍卫还是保护了他的性命，自己因而跌入了无尽的黑暗之中。这种可恶而又毫无意义的回忆还要进行到什么时候?

“是的，您的姐姐曾命令他带我回到大篷车遇袭的地方。但我们从未到达那里——或者只是我从未到达过。我在那个迷雾缭绕的夜晚醒过来，发现自己迷路了。我一遍又一遍地大声呼救，却没有人找到我。至少我再也没见过那些跟我一起旅行的人……”雷蒙·贝克止住话头，浑身颤抖，关于从那之后一直到被奎鲁斯带入睡城的经历，他再也没说过一个字。“主人的确对我很好，喂我吃的，从不打我，除非是我自找的。现在，他死了……”贝克的肩膀一阵颤抖，“但我并不认为您的姐姐，诸神保佑她——原谅我，大人，我应该说布瑞奥妮公主……我并不认为她是有心害我。她那时非常愤怒，但我知道她并不是在生我的气……”

“够了，你。别说了。”巴瑞克已经到达他忍耐的极限。

贝克陷入了沉默。巴瑞克蜷缩着，坐在那件伴随着奎鲁斯度过垂死之旅的长袍上，重新开始划动双桨，一边尽可能地使小船在寂静的黑水中央保持不动，一边等着乌鸦回来。河道很窄，岸边房屋高耸，依山崖凿刻而成，却几乎与那些粗糙的石头融为一体，只在水面上的崖壁上开出几个小巧的窗户，以及巨型的房门。也因此勉强分辨得出是些住处。

门，他想道，*这个城市里的门多得几乎数不过来。我要做的就是找到那扇对的门。*

斯科恩从晦暗的天空中飞下来，伸展翅膀，落在高高的船尾上。巴瑞克想，我们总是很容易忘记这只鸟有多大——它的翼展快有成年人伸开双臂那么宽了。乌鸦并没有马上开口说话，只是低头修整着他的羽毛。很显然，斯科恩想让别人主动去问他。

“有没有为我们找到些什么？一个好去处？”

“可能有。然而也可能没有。”

巴瑞克叹口气。也难怪他在这个世界上大多数时候都是独自一人，他也更喜欢这个样子。“那么请告诉我您的发现，”他说，语气异常夸张，“为了报答您的恩情，事后必有重谢。”

乌鸦满意了，拍拍翅膀站得更直了。“多亏了斯科恩找到的东西——一座远离大运河的岩石小岛，在河中央。有树啊什么的，而且只有废墟。咱看不到一点两腿生命的迹象。”

“很好，”巴瑞克说，“我非常感谢您。在哪个方位？”

“跟着咱。”乌鸦再次展翅高飞。

巴瑞克跟在那团缓慢飞行的影子后面划动双桨的时候，雷蒙·贝克突然说：“这里，不是所有的动物都会讲话。有时候即使它们会讲话，你也宁愿不听。”他像只湿淋淋的小狗一样抖了抖身体，似乎正被某种邪恶的记忆困扰，“尤其是当他们邀请你去他们的巢穴时。你应该知道，现实跟孩子手中童话书里的还是很不一样的。”

“我会尽力记住这点的。”

小岛跟斯科恩描绘的差不多，位于某条运河宽广的水道中央，距离黑灯也足够远。小岛遍布各种山石，体积很小，整个都沐浴在一片灰色的暮光之中。黑魆魆的松树之间曾经屹立着某座巨型建筑，占据了小岛的大部分土地，但现在却只有几道倒塌的墙壁，以及大概是一座高塔的环形遗迹，几乎没有剩下什么。

他们找不到海滩，曾经用作小岛码头的地方也空荡荡的，只有几块发白的码头墩，像是巨大的肋骨，让巴瑞克心神不定地想到那些无梦人以及他们的骨头山。他们把船系在最近的码头墩上，涉着一直漫到胸膛的水向乱石一片的岸边走去；贝克和巴瑞克踏上干燥陆地的时候都冷得直打战，赶紧爬进了松树丛里。

“我们得生火，”巴瑞克说，“不管是否有人会看见。”他站起来，带着贝克穿过茂密的丛林，直抵石头高塔的遗迹，“这里至少能挡住些火光，”他说，“至于火堆的烟雾就管不了啦。”

“用这些，”贝克说着，弯腰捡起掉落在地面上的枯树枝，“这种木材不错，烟雾比鲜枝条更少一些。”

巴瑞克点点头，这个男人也不是一点用处都没有啊。

一团小小的火焰烧起来了，巴瑞克终于可以坐下来暖暖手了。这时，他意识到斯科恩又不见了。他还没来得及多想，小鸟就又飞回来了，扑闪着翅膀从高处的枝丫之间飞下来，在缠在一起的树枝间跳来跳去直到落地。他嘴里叼着一团黑色的什么东西，郑重其事地丢在地上。

“我觉得你也许饿了，大概。”乌鸦说。

巴瑞克检查了一下，这具没有眼睛的尸体长得有点像大型的鼹鼠，但爪子更长，也更纤巧。“谢谢。”他说得真心实意：他都饿得胃疼了。除了和雷蒙·贝克分享过的那一点食物，他好像已经有好些天没有吃过东西了。

“我来料理它，”贝克说，“你有刀吗？”

尽管有些不情不愿，巴瑞克仍然拿出了奎鲁斯的那把短匕首。贝克查看了好一会儿，抬抬眉毛，但最后却什么都没说。这个曾经的商人弯腰料理食物，去皮、剔骨，巴瑞克则负责烧火，把内脏和毛皮问也不问地丢给斯科恩。乌鸦几口吞掉食物，然后跳到一块岩石上面，开始梳理自己的羽毛。

“那么你了解这座城市多少？”巴瑞克问道，他们的晚餐被串在一根松木条上，正在露天的火堆上烤着。食物香气扑鼻，让人心情欢畅，那是种麝香的味道，但却无比诱人。“我们现在在哪儿？这里大致是个什么形状？”

贝克皱起他那张脏兮兮的脸，陷入沉思：“说实话，我知道得不多。这次狩猎之旅之前，主人只带我出去过一次，是礼节性地去拜访蛛丝公爵。他带着几个人类仆人——只是为了在公爵面前炫耀一下，或者表面看来如此。”雷蒙·贝克的嘴角浮现一丝悲苦的微笑，“我们走了很远的路才进入市中心，一路上都是他给我指的路。让我想想看。”他捡起一根松树枝，开始在黑暗、潮湿的土地上面涂涂写写，“我想大概是这个样子。”他画出某种奇怪的螺旋形状，“卡扎余浩呜咦——也就是影河——那是他们对大运河的称呼，”他边说边指着某条主线，又画了好几条穿过它的线，“但还有其他几条水道与之相交，也能进入市中心。现在那形状就像是个半腔贝壳。作为他们神灵的象征，神灵埃瑞沃的神父曾在他们胸前佩戴过。”

“但我们现在是在哪里？”巴瑞克问。

雷蒙·贝克揉了揉脸，“我觉得奎鲁斯的房子一定是在这附近，”他边说边用木棍戳着那个螺旋形状最外层的中间部分，“主人住在市中心之外，与那些富有而显赫的大家族分隔开来，他一直都以此为傲。但我们这个地方大概是在这附近。”他又戳了下，在第二和第三条螺旋曲线上画了一个更大的标记，“我猜不出我们到底走了多远，但我知道这个部分有很多岛屿。”

巴瑞克皱了皱眉。他把肉从火上取下来，放在一块干净的岩石上切成两半。由于匕首太大，而肉太小，整个过程显得有些古怪。他把贝克的那份留在岩石上，用手抓起自己的那份大快朵颐。“我需要知道更多的信息。我有任务在身。”

“什么任务？”贝克问道。

但显然同类的陪伴，以及一顿热乎乎的大餐无法诱使巴瑞克跟别人分享他所有的秘密，更何况是一个陌生人。“没什么。我以前也说过，我想找某扇门，但除了它在歪神大厅之外，我什么也不知道。你能告诉我些什么吗？你要是不知道歪神大厅，那知道睡城有什么特别有名的大门吗？特别重要的门？有守卫看守的？”

“每件东西都有守卫，”贝克阴郁地说，“如果没有被斯克里克人看守着，那么肯定是在无梦人自己的房子里，锁得紧紧的。”

“你刚才提到，你主人曾经带你见过那个人——蛛网公爵，对吗？”

“是蛛丝。他老得不可思议。我主人曾说过，他是这座城市中最年长的人之一，只比大笑议会的成员年轻些。”

巴瑞克情不自禁地眨眨眼：“那是什么怪名字？”

“我不知道，大人。主人很讨厌他们。他曾经说过，应该有人去吸干他们身上的最后一滴汁水，然后我们大家就可以重新开始了。他还说，笑声应该有声音，但我不明白他是什么意思。”

巴瑞克开始对这些过往回忆有些不耐烦：“这个蛛丝——他住哪儿？我们能去找他吗？他能告知我们想知道的事情吗？”

雷蒙·贝克用一种绝望的恐惧眼神瞪着他：“公爵？不！我们不能去找他。他抬抬手指就能把我们都灭了！”

“但他住在哪儿？你能至少告诉我地址吗？”

“我不确定。应该是市中心附近的某个地方。我记得很清楚，因为我们在睡城市中心的路上看到过许许多多非常古老的房子，有些已经被焚毁了，有些坍塌了变成一堆废墟，有些则被浓重的黑光笼罩着，即使站在很近的距离都无法辨认。主人为我们指出许多东西的名字——那么多奇怪的名字！——千手花园、五红石，还有悲惨音乐图书馆——不，是悲哀音乐……”他深吸一口气，“那么多名字！苏马塔、背叛之门、初醒之地……”

“等一下，”巴瑞克的神情突然变得无比专注，“背叛之门？那是什么？”

“我……我不记得了……”

巴瑞克伸出左手，用力地抓着贝克的胳膊，直到他痛呼出声。巴瑞克意识到自己又伤到他了，松开了手。“很抱歉，”他说，“但我必须知道。再想想啊你！那是什么，那个背叛之门？”

“大人，别这样，那是……那是我看不见的黑暗地方之一。但主人说过……”贝克眯着眼睛，很显然是在非常努力地回想，与此同时还轻轻揉着巴瑞克抓过的地方，“他说那是一个洞。”

“一个洞？”巴瑞克强忍住再次抓向那个脏兮兮的矮小男人的冲动，这次只是轻轻摇晃了下他，“就这些？”

“我知道这听起来很奇怪，但他把它称之为洞……他怎么说的来着？一个诸神都无法……无法……”他的脸一下子亮起来，“诸神都无法关上的洞。”

巴瑞克的心脏怦怦直跳。他已经听够了歪神之路的描述，知道这个洞他绝对不能忽视。“告诉我怎么找到它。”

贝克脸上自得的表情瞬间被戳破：“什么？但是……殿下，那可是在睡城中心——在寂静之区，只有被召唤的人才能进去。如果没有蛛丝的召唤，即使是我的主人都不能踏足那里……”突然一声很大的破裂声把他吓得跳了起来，原来只是斯科恩在把一只蜗牛壳往石头上敲。

“主人非常聪明，”贝克说，“如果他自己都去不了那里，我们也去不了。你不了解这些生物，巴瑞克工了——他们根本没有灵魂，没有良心！他们会剥掉我们的皮，就为自己乐一乐，比我对待一只兔子还要不如！”

“我不会强迫你跟我一起去，但我绝不会让机会白白溜走。”巴瑞克在自己破旧的衣服上随意擦了擦手，开始整理出一块地方睡觉。“我必须去这个地方，贝克，我必须找到它，如果这个……这个诸神都无法关闭的洞就是我要寻找的地方。我还有任务在身，我跟你说过的。”他把手伸进衬衫里，摸摸那个装着镜子的口袋。“你自己想做什么都行。”

“但是，如果你离开我，我会被抓起来的！逃跑的仆人——还是一个阳光大陆的人！”男人的眼睛充满泪水，“他们肯定会严刑拷打我的！”

某种冷酷已经回归他的心脏：巴瑞克突然感到很疲倦，不想再听这个软弱的家伙哭泣了——他甚至感到自己在逐渐变硬，就像黏土渐渐被烧成砖块一样。他躺在两颗松树之间的空地上，把奎鲁斯带兜帽的大衣揉成一团枕在头下面。“我没办法替你做决定，生意人。除了照顾你之外，我还肩负着更多的责任。”

贝克在一臂之隔的地方小声抽泣，要入睡还真不是一件容易的事，但巴瑞克在无梦人的房子里就几乎没怎么休息——不应该说完全没有休息，至少他还记得那个有奇怪蜥蜴的梦。世界很快离他远去了。

在梦中他站在山顶，那地方全是古老的象牙色，古怪却又平淡无奇。他脚下的斜坡上已经聚集了一大群人，从上往下俯视，他们凝视的脸就像是一朵朵花圃中的奇异花卉。他马上认出了一些人——他的国王父亲，沙索，他的兄长肯德里克——但其他人的脸则很陌生。他辨认了一会，认出了费拉斯·范森的脸，但那却是一个老年人的脸，长着灰色的胡子，头发稀疏——一张根本不可能出现的范森的脸，因为侍卫队长早就在大深渊中跌入无尽黑暗，牺牲了。剩下的大多数都是陌生人，一些人穿着古式的服装，其他人则怪异而畸形，像是他在半神吉库因的奴隶牢房中见到的那些怪物一样：这个奇怪的集会与那个牢房的唯一相似之处就是他们的静默和关注。

巴瑞克试着开口讲话，问问他们到底想从他身上得到什么，但他的嘴却说不出一句话。他的脸渐渐麻木，虽然下巴和舌头的肌肉在抽动，但某种力量阻止了它们自由活动。他把手伸向嘴唇。令人恐惧的是，他感觉不到任何东西，那里只有一片皮肤，像是老旧的皮革一样僵硬。他的嘴巴消失了。

巴瑞克？是你吗？

有人在背后呼喊他，那个黑发女孩的声音如此熟悉，却又令人悲痛——契妮坦，那是她的名字——但他无论如何努力都没办法回答她。他很努力地想要转身面向她，却仍然无法动弹一丝一毫——他的身体已经变得和脸一样麻木和坚硬。

你为什么不跟我说话？她问道，**我能看见你！我好想跟你说说话！我做了什么让你生气的事吗？**

巴瑞克使劲全身力气，想要挪动他石头般的肌肉，用力到他开始头晕目眩，却仍然没有一丝效果。他可能只是个雕像。那些企盼的脸仍然凝视着他，但其中一些却开始变化，变得不耐烦，变得疑惑。他站着往下看，直到天空阴暗起来，开始下雨了。冰冷的雨滴打在他身上几乎毫无感觉，好像他的血肉之躯已经变成某种树皮一样厚重僵硬的东西。他听到契妮坦的声音再次响起，却变得越来越微弱模糊，直到最终什么也听不见。人群开始散去，一些人明显被他的无动于衷激怒了，一些人则只是很疑惑，直到最后只剩下他一个人站在光秃秃的山顶上，雨水落在身上，他却无法用手抹去。

“巴瑞克王子，如果你真的……啊！”雷蒙·贝克只是轻轻摇了下巴瑞克，却惊恐地发现奎鲁斯的匕首已经抵在了他的脖子上。

“什么事？”

贝克小心翼翼地吞了口口水：“您能……您能不杀我吗，殿下？”

巴瑞克撤回匕首，重新插进鞘里：“我睡了多久？”

贝克揉着喉咙说：“这里很难计算时间，但一刻钟的钟声不久前刚刚响过。很快宵禁就应该结束了，无梦人又会再次出现在运河之上。”年轻的商人脸色苍白，眼睛周围还带着浓浓的黑眼圈，好像一晚上都没有睡觉。“如果你真的想要找那个地方，我们现在就该出发了。”

“我们？你决定要跟我一起走了？”

贝克悲哀地点点头，“我还有选择的余地吗，殿下？不管怎样，他们都会杀了我。”他噘着嘴，却努力保持冷静，“长久以来，我第一次想到我的妻子和孩子……想到我可能再也见不到他们了……”

“够了。那些想法对我们一点好处都没有。”巴瑞克站起来，伸了下腰，“宵禁还会持续多久？”

贝克沮丧地耸耸肩，“我刚跟你说过，一刻钟的钟声刚响过。那表示四分之三的宵禁时间已经过去了。我已经不知道该如何计算时间了，巴瑞克王子。一个小时？两个小时？我们就剩下那么多时间。”

“那我们必须在那之前找到城市中心。那些斯克里克人呢？他们会在河上找我们的麻烦吗？”

“麻烦？”贝克大笑，声音空洞得像是腐朽的木头，“你不理解，大人。孤独者不是我们在赫迩明海上遇到的哨兵或长官。他们不会找我们的麻烦；他们会直接把你骨头里的骨髓冻成冰，他们会把你的心脏整个摘下来，一口吞下。如果你在水面上听见他们召唤你的声音，你会宁愿淹死也不想落在他们手上。”

“别打哑谜了——他们到底是什么人？”

“我不知道！即使是主人都很害怕他们。他曾告诉我说，他的族人一开始就不应该把他们带进睡城来。‘带进来’——那就是他用的词。我不知道无梦人是如何发现、豢养他们的。无梦人召唤他们时，像是在召唤赞德大陆的恶魔——即使无梦人自己在说起斯克里克人的时候也是轻声细语的。我曾听见奎鲁斯的一个儿子告诉他的兄弟说，他们像是飘在风中的白色碎布，但有着一副女人的嗓音。无梦人也把他们叫做‘空旷之眼’。我不知道那是什么意思。诸神保佑，千万别碰见他们。”他好像又要开始哭起来。

“别胡说八道。过来，看看你画的地图。”巴瑞克蹲在商人画的螺旋形状前，“你说过的，我们不能直接走大运河，特别是在宵禁马上就要结束的时候。你必须帮我找一条更狭窄的水道，能够通向市中心。”

“狭窄的水道——都笼罩在黑灯中，”贝克说，“有一些还有水闸的阻挡。你什么也看不见——我们什么也看不见，但对方肯定能看见我们……”

巴瑞克沮丧地大叫一声，“不管怎样，肯定有一条路能去那儿，即使我们必须从大运河水道的中间走……”

“像蜗牛壳，”斯科恩突然说，小鸟举着脑袋看过来，他刚刚才用嘴啄过一只那种东西，现在只剩下一堆破裂的黏糊糊的残骸。“咱看过，从天上。”

“是的。我们想要到市中心去，但贝克说，我们要是走狭窄水道的话，肯定会被发现。”

“咱能找到一条路，”斯科恩说，“小岛到小岛，黑暗到不了。”

“那赶快，”巴瑞克说，“赶快，我保证会给你抓一只又大又肥的兔子，你见过的最大最肥的兔子，整个儿都给你吃。”

小鸟歪着脑袋看着他，黑色的瞳孔中倒映着橘红色的火光。“成交，”他说着展开翅膀，“尽可能飞得高些，那么。”

回到小艇之前，巴瑞克停下脚步想要灭掉火堆，但在他把沙子泥土踢向火堆之前，他拿了一根松树枝，蘸了些松脂，举到火堆上点燃了它。

“太亮了！”贝克一看见就嚷道，“快熄灭它！”

“外面漆黑一片。我可不想手脚并用地在这该死的城市里摸黑前进。况且，如果无梦人不喜欢暮光，或许他们也会害怕真正的火光。”

“他们厌恶光明，但却并不畏惧它。而且，他们远远地就能发现我们。如果我们带着火把，还不如用最大的声音呼喊斯克里克人，直接叫他们来抓我们呢。”

巴瑞克瞪着他，努力想要让他从恐惧中找回一些理智。但最后，他还是将火把扔进了河里，当他们驶离小岛的时候，水面上只剩下一团烟雾在渐渐消散。

巴瑞克之前就不太喜欢这座阴暗的城市，随着他们渐渐深入睡城的中心地带，他越来越厌恶它。宵禁之后街道再次站满了人，这城市不再那么令人生畏了。但仍然很难让人想象这里曾经热闹过，甚至是正常过。水道有着高耸倾斜的两岸，歪牙般毫不整齐的码头，以及近在头顶上的桥梁。看起来就像在什么肠道里——似乎整座城市是一头庞大的冷血怪物，比如海星，正在慢慢地把他们吸进肚子里。再高大的房子看起来也又窄又隐秘，小小的窗子像是盲人迷茫的双眼。巴瑞克在公共场所也没看到多少人，至少以他的辨认能力来讲如此，只有锯齿状的桥梁，以及某些空旷而开阔的场所。那些地方不像是广场或者集市，仿佛是原地的建筑就那么凭空消失后留下来的，也没有再新建什么。但是，最糟糕的却是蔓延在这黑色的浓雾之上的，盘旋不去的死寂。虽然这座城市的居民叫作无梦人，但与永恒的清醒相反，巴瑞克和雷蒙·贝克路过的每一幢建筑都好像带有某种梦魇的特质。坚硬的壳体深处似乎蛰伏着某种恶意的种子，好像睡城根本不是一座城市，而是为不安的死者修建的亡陵。

他们刚刚从中部运河的岛屿守卫那里偷溜过来，小艇正行驶在一片开阔地带，前往另一个全是岩石和森林，笼罩在暮光之下的礁石小岛。这时，宵禁的最后一声钟声响起，巴瑞克感到这钟声不仅回荡在他的耳朵里，更是沉闷地敲响在他的骨髓深处。

“他们要出来了，”贝克说得很平静，但看得出他在努力保持冷静，“他们会看见我们的。”

“如果你再那样扭来扭去，上蹿下跳的话，当然会有人注意到我们。好好坐着。装作你本来就属于这里一样。”巴瑞克把自己的兜帽拉下来遮住脸，“如果你找不到什么东西遮挡脸的话，就赶紧躺下来。”

贝克找到一块打满补丁的帆布，把它裹在了身上：“我只是了解这类人。他们很残暴，这些无梦人——残暴得毫无道理！就好像那些喜欢把苍蝇腿从苍蝇身上扯下来的小男孩。”

“那我们只能确保他们抓住的不是我们的腿，不是吗？那只该死的乌鸦又跑到哪里去了……”

巴瑞克还在寻找斯科恩。这时，他们从一个地方下面穿过。那里有几座古老的桥梁从头顶跨过，每一座的高度都不一样，像是一束玫瑰中那些布满尖刺的枝条。桥梁两侧连接着一系列象牙色的、满是瓦片的塔楼，塔楼巍然屹立于暗影运河的两岸。突然，某座桥上移动的一抹灰色身影闯入巴瑞克的视野之内，好像那里正有人在向他挥舞手帕。他抬头望去，那个东西也在低头望着他。透过摇曳不定的黑灯，他根本看不清什么，但他能够感觉得到，那种瞪视像是一只冰冷的爪子正紧紧揪着他的心脏。

“你干什么呢？”贝克着急地小声说道，“你把船桨都弄掉了！”

巴瑞克听到同伴的说话声，一把将船桨拽了回来，但那声音好像是从遥远的岸边传来的。“哪儿……它去哪儿了？”他最后终于说道，让人几乎无法听清他在讲什么，“它还在那儿吗？”

“什么？你在说什么？”

“它的眼睛——红色的眼睛。我原以为它是活的，但……但它……不是……”他的嘴巴里像沙子、像尘土一样干，但他还是勉强吞咽了一下。“它看着我……”

“诸神保佑，”贝克呻吟一声，“是斯克里克人吗？哦，老天保佑。我不想见到它们……”他把脸埋进手掌，像是一个受到惊吓的孩子。

最终，巴瑞克渐渐平静下来，他鼓足勇气再次向上看去。那片纵横交错的桥梁地带正慢慢离他们远去,但在某个令人胆寒的时刻，他觉得他看见某个苍白的东西在最高的一座桥梁上扑闪一下，但当他眨眨眼再看过去的时候，它又不见了。他无法将那些糟糕的记忆从脑海中删去，尽管他甚至都说不出令他如此恐惧的究竟是什么东西。

像是风中的白色碎布……

整座城市似乎正陷入某种悄然无声的复苏中，近乎病态。巴瑞克看到奇形怪状的人群在黑灯的暗影中行进，但他们都包裹得严严实实，除了移动的身影外，什么也认不出来。他们大多数都是独自一人，沿着运河的两岸慢慢行走，或是偶尔穿过他们头顶极其高耸的桥梁。他们还往往随身携带一支黑灯火炬，因此好像有无数团小小的黑影在飘动。巴瑞克现在只想尽快逃离这个地方。这些无梦人怎么能如此违背自然规律？他们真的如此憎恨光明，还是有什么其他的原因？他突然很感激贝克能够说服他，没有带真正的火把来。

跟随着前方斯科恩缓慢飞行的身影，他们穿过影河最为宽广的河段，驶入一条狭窄的水道。水道弯弯曲曲，像是一条僵死的蜈蚣，在城市中一片似乎被人遗忘的地带扭曲爬行。尽管已经靠近睡城中心，这里却似乎完全空无人烟，超过一半的建筑都只剩废墟，其中一些已经变成一堆被熏黑的碎石头。船头的雷蒙·贝克忽然坐直了身子，面孔紧绷，神情专注而畏惧。“是这里，”他说，“主人带我们来过这儿——我记得那棵树。”他指着一棵长满树瘤的古老赤杨，那棵树长在一个布满岩石的小岛上。经过长时间的风吹雨淋，树干早已变形，树枝却还在向上生长，向运河的中心地带延伸，像是某个溺水的巨人伸出的手掌。“背叛之门应该就在这附近。”

“希望如此，”巴瑞克说着，眯眼打量。这片区域的黑灯比别处要少，只有一片墨色般的黑暗笼罩在运河一边的突出部分，但它们投射下的阴影，仍然让人无法辨认岸上的细节。一刻钟后，他坐直身体，指着某处说：“是那里吗？”

不管它过去是什么形状，那个石头建筑现在只不过是一片废墟，外围的建筑轮廓已经坍塌，残留的高墙之上长满枝丫和藤条。它看起来就好像是南境觐见厅外的陵园中的一座坟墓，只是这座坟墓大得足以装下一具巨人的尸体。

“我……我想就是这里了，”贝克说道，他的声音小得只算是耳语，“哦，老天保佑，我当时就不喜欢它，现在依然不喜欢——主人说过的关于诅咒的什么东西把我吓坏了。”

“你说什么？你之前好像跟我说过。”高山，废墟——在这片被夜色包围的雾影之地上，还有什么东西是没有被诅咒的？

“我想不起来了，”贝克眼睛睁得老大，瞪着前方，他的那双手举了起来，样子好像是在遮挡不存在的阳光，现在却抖个不停，“主人说过，这个地方是片禁地——所有这片土地上的族群，无论是无梦人还是逐梦人，都因为歪神对诸神做过的事情而遭受诅咒。”他用手抓抓脸，“我不记得其他事情了——我当时刚来这里不久。每样东西似乎都非常新奇……”

巴瑞克感到一股冰冷的蔑视耻辱席卷过他的身体。语言——语言！他们还有什么作用？“我要进去了，你想要留下也行。”

雷蒙·贝克茫然地看向四周：“不要，殿下！你看不出周围有多糟糕吗？我是不会进去的！”

“那是你的选择，”小船撞上腐烂的木质码头，停了下来，巴瑞克站起身，弄得小船一阵颠簸，贝克不得不抓紧船栏。斯科恩已经飞离了视线，但他肯定还能够看见小船，知道巴瑞克要去哪里。

贝克什么话也没说。码头微微摇晃，却还支撑得住。当巴瑞克小心翼翼地爬上去时，贝克突然站起来跟在他身后，整张脸因为痛苦和恐惧而扭成一团。

“拴好船，别让它漂走了。”巴瑞克有种不好的预感，他们可能突然想要离开这里。

巴瑞克走进树林，远离那个运河边杆子上的黑灯火炬，这才把这个建筑看得更清楚些。它比从运河上看上去还要庞大些，周围的陆地也比第一次看见的时候更宽广，更深厚。这地方无比古老，谁也看不出有多久了，浅色的墙壁上布满攀爬的藤条，还有好几处深些的划痕——刻下的字，或者某种神秘的咒语，笨拙得却好像是无知孩童的手笔。他们走过的台阶因为布满落叶和枝丫而变得异常柔软，像小鼓般发出咯吱咯吱的声音。巴瑞克穿过低矮的灌木丛向那片巨大的石头废墟走去，路边还有一些从墙壁上掉下来、摔成几块的巨大岩石。但是，听到贝克在他身后气喘吁吁地走路，时不时地小声抱怨着，仍然是件让人非常满足的事情。

突然，一个黑色的东西穿过树丛向他冲过来。

“快跑！”斯科恩尖叫着从他身边飞过，“跟上！”

巴瑞克一时没反应过来，小鸟飞走了，而他只是愣愣地站着，然后他看见一对苍白的怪物正从废墟方向朝他奔来，崎岖不平的土地震得人像是大风卷起的落叶。

“斯克里克人！”雷蒙·贝克嚷道，他转身想要朝小船奔去，却不小心摔了一跤，整张脸都跌入一片荆棘丛中。

怪物移动的步伐异常迅速，宽大的长袍像浓雾般翻滚飘动，他们的面孔隐藏在兜帽下，跳过或滑过障碍物的样子也异常敏捷，几乎没有碰着。他们瞬间飘过几百步的距离，巴瑞克才刚刚把雷蒙·贝克拽起来，第一只怪物就已经来到了他的眼前。来不及细想，他用奎鲁斯的匕首刺向那东西的脑袋，或者至少好像是脑袋所在的地方。

它退后一步，像一条被惊到的蛇一样发出嘶嘶的声音。巴瑞克却在那一瞬间瞥到一张脸——血红的双眼，尸体般惨白的皮肤上遍布暗红色的血管，像蜘蛛网一般。然后这个东西大笑起来。那笑声是某种单调的恐怖呼吸，但最令人恐惧的是，那个非人的声音竟然是女人的。

巴瑞克只觉双腿僵硬，如蜡烛般脆弱，好像每分钟都会支撑不住自己的重量而断裂开来。另一个苍白的东西也在此时飘至身边，想要绕到他身后去。巴瑞克后退一步，松开雷蒙·贝克，贝克踉跄几步，发出顺从的呜咽声。小船就在他们身后几十步的地方，但却好像有几十米那么远。翻腾的身影渐渐逼近，他们破碎的声音中隐含着饥饿与胜利的嘶哑赞歌。

斯克里克人在吟唱。

第二十九章
每一个仇恨的理由

精灵族仅存的一座城市位于埃昂大陆遥远的北部地区，甚至还在范特群岛的北方。西曼德叫它“库-纳-加尔”或是“精灵之家”，至于精灵族人自己是否使用的这两个名称，那就不得而知了。范特人叫它“艾尔莎蒙”，声称那是一座多塔的城市，塔楼的数量多得像是森林中的树木。

——引自《埃昂大陆和赞德大陆精灵种族专述》

太阳几乎已经沉入了地平线以下，广堂宫各处都点起了火烛。布瑞奥妮刚刚拜访过伊芙，正往回走。伊芙已经好多了，但还是很虚弱——那姑娘的手依然抖得厉害，除了一些清淡的肉汤之外，她几乎吃不下任何东西——这时，她在自己房间外的大厅碰见两个穿着盔甲，戴着希安国王室头饰的侍卫。侍卫那种紧张又期待的神情，让她有一瞬间觉得他们是来刺杀她的。但很快，她就放下心来，因为他们其中一个大声宣布，“布瑞奥妮·埃顿公主殿下，国王要召见您。”

“我很愿意跟你走，但请让我先换件衣服。”她说。

侍卫摇摇头。他的表情很是冷漠，让她在心底打了一个冷战。

“很抱歉，殿下，但恐怕不行。”

在被带往觐见厅的路上，她还在苦苦思索所有她被召见的可能的理由。是因为她跟卡利坎人混在一起吗？还是杰肯·克劳受伤的事情传到国王的耳朵里了？那倒是很容易否认——达瓦特聪明得很，不会给人留下任何把柄。

布瑞奥妮穿过这两个高个男人，走向觐见厅。她不禁疑惑，那些朝臣们的目光偷偷摸摸的，是否出卖了他们感受到的病态的迷恋。或许对每一位有名声的罪犯都是吧。

哦，甜美的佐睿雅女神，我又给自己招惹了什么麻烦？

埃南德国王和他的顾问大臣正在佩林教堂等着她，教堂的天花板很高，长度显然远大于宽度。国王坐在椅子上，身后就是宏伟的祭坛，头顶是巨大的天空之神佩林的大理石雕像。这位大神手里拿着他的大锤“裂电锤”，锤子顶部挨着地面，前面就是安娜卡夫人的座椅，这位国王的情妇也是布瑞奥妮现在最不想要见到的人之一。同样令人厌恶的还有杰肯·克劳的身影，他是托利家族在希安国宫廷的公使，至少她猜对了一点：其中一个恶棍可能已经发表过言论了。克劳朝她得意地笑笑，巨大的白色领子让他特别像某种丑陋的花朵。她用尽全身力气才忍住不走上前扇那张傲慢的粉红大脸，她克制住了自己，努力保持冷静。自从亨顿·托利在她自己的地盘惹得她大发雷霆、几欲疯狂之后，她已经学到了不少教训。

她在埃南德国王面前屈身行礼，眼睛看着面前的地板。“国王陛下，”她说，“承蒙召见，不甚惶恐。”

“来得却不够快，”安娜卡说，“国王已经在这里等你好长时间了。”

布瑞奥妮咬了下嘴唇，“非常抱歉，”她说，“我和伊芙吉妮亚·艾德索斯小姐在一起，您的使者刚刚才找到我。听到您的召见，我立马就赶过来了。”她抬起头看向国王，努力辨别他此时的心情，但埃南德脸上却像是戴了一张毫无表情的面具，让人捉摸不透。“请问有什么能为您效劳的吗？”

“你居然声称要为埃南德国王效劳？”安娜卡说，“那倒奇怪了，你的行为可没有一点这个意思。”

不管这里究竟要发生什么，很显然不是什么好事。如果由安娜卡夫人充当她的审问者，那么在布瑞奥妮对危险做出反应之前就被安插上罪名了。

“我们非常欢迎你来到我们的宫廷，”她看得很清楚，埃南德涨红着脸，好像来这里之前曾经喝过许多酒似的。“难道不是吗？难道我们不曾张开双臂，热情迎接奥林的女儿吗？”

“是的，的确如此，陛下，我感到无比荣幸……”

“我只希望你不要把那些阴谋诡计从你……深陷麻烦之中的家园带到我们这里来。”国王皱皱眉，但愤怒的同时也非常疑惑。布瑞奥妮感到一丝希望。也许这只是一场误会——她能够解释清楚的。她可以表现得万分悔悟和感激。她可以为自己的年幼无知和莽撞自负而道歉，讲出任何国王想要听到的话语，就像费沃尔表演一出年轻女子莽撞无知的独幕剧，然后她就可以回到自己的房间，美美地睡一觉……

她的眼角捕捉到一个移动的身影，是费沃尔。他正悄悄地穿过教堂，布瑞奥妮之前都没有听见他的脚步声。在这里还能看到一张熟悉的面孔，这让她大感安慰。

“你对她太过仁慈了，陛下，”安娜卡说。难道只有布瑞奥妮一个能感觉得到这个女人舌尖滴下的毒液吗？美丽还有什么益处——过分成熟的美丽虽然仍然是种美丽——如果这种美丽包裹着一个恶毒的灵魂？

求您了，仁慈的佐睿雅女神，布瑞奥妮祈祷，**帮我控制我的脾气。帮我压抑我的骄傲，因为那骄傲已经无数次地使我身处险境。**

“所以，如果这些都是真的，”埃南德突然开口讲到，“你为何要背叛我的好客，背叛我，布瑞奥妮·埃顿？为什么？普通的诡计我还能理解，但这个——你几乎一剑刺进了我的心脏！”他的声音中隐含着真切的痛苦。

背叛？布瑞奥妮猛然感到一股冰冷的恐惧淹没了她。她抬头望着埃南德，但国王却避开了她的眼睛。“陛下，我……”她发现她几乎无法组织言语，“我究竟做了什么？您能告诉我吗？我发誓我从没有……”

“你的罪名可多得很，姑娘。”安娜卡的裙衫缀满珍宝，装饰豪华，竖起的领子让她更像是赞德大陆上的兜帽蛇，“如果你只是个普通人，这其中的任何一项罪名都足以让你去牢房了。杰肯大人，告诉陛下她跟您说过的那些话。”

杰肯·克劳一只眼睛下面还残留一丝青紫的痕迹，他清清嗓子说道：“埃南德国王陛下，我作为官方公使来到您伟大的宫廷，才不过短短几天时间，我就被一帮暴徒摁在大街上，差点被打死。当我躺在地上，血流成河的时候，其中一个恶徒弯下腰对我说，‘这就是跟埃顿家族作对的下场’。”

“撒谎！”布瑞奥妮喊道，至少，部分是谎言。在得知克劳就是毒杀她侍女的凶手，而且曾试图想要害她自己之后，布瑞奥妮就让达瓦特雇了些小混混，让克劳自己也尝尝他种下的恶果，然后警告他，下次要是再想耍什么花招，下场只会更惨。谁也没提到过埃顿家族，他们真正服务的对象是谁？达瓦特肯定不会有丝毫暗示。

“我亲耳听见他们这样说的，”克劳说，想要在高贵的气质中尽可能多地表现一点凄惨，“我以为我马上就要死了。我以为那就是我在人世间听到的最后一句话。”

“你跟你家主子一样满嘴胡言乱语。”布瑞奥妮强迫自己深吸一口气，“如果这一暴行真是我在背后操控的话，我会傻到让他们喊出我自己的名字吗？”扫过克劳那张面团似的洋洋自得的脸一眼，就足以引发她内心深处的怒火，直到最终燃成熊熊烈焰。“如果我真要因为你家主人背叛我的家族而报复你的话，那么埃顿真会是你能听到的最后一个词，你这猪头，你肯定再也站不起来了！”埃南德和其他人都瞪大双眼看着她，布瑞奥妮能感觉得到。她咽了口唾沫。“对于这项指控，我完全是无辜的，埃南德国王陛下，您怎么会相信这么一个……一个暴发户的胡言乱语，还是针对您兄弟国王的女儿？”

国王眯起眼：“如果只有这么一项指控，一个证人，你可能说得很对，公主。但还有其他指控。”

“在任何指控面前，我都是无辜的，陛下。我发誓。请把您的证人带上来吧。”

“我早跟您说过了，埃南德？”安娜卡以一种胜利的口吻说道，“她可是很会装无辜的。但她私底下要却偷走您的儿子和您的王位！”

埃南德的王位？哦，诸神，那可是叛国罪。即使是公主都可能因为叛国罪而被处死，而且是最残忍的死法。她竭力组织语言发声辩驳：“我不知道您在说什么，安娜卡夫人——我敢在佩林大神和其他诸神面前发誓，我是无辜的！”

“你试图诱惑埃尼亚斯王子，姑娘。这里人尽皆知。你别有用心地接近他，扮演清纯少女，使出浑身解数要把他拐上床，听从你的指令！这些都还只是你阴谋诡计的开始！”

“那真是可怕的谎言！”布瑞奥妮喊道，“王子在哪儿？我要当面对质。我们的相处都是谨守礼道的——比你对我做过的那些事情要有礼得多！”

“你找不到他的，”安娜卡的话语中透着明显的满足，“他再也不用听你的花言巧语了。埃尼亚斯这个时候已经带着他的侍卫离开特希斯了。你在他身上施展的魔力再也无法生效了。”

布瑞奥妮努力压制她的怒火，除了国王和他的侍从的身影，整个房间似乎都陷入了一片黑暗之中。她微微颤抖着面向埃南德，“陛下，您的儿子没有做任何错事，我也没有。我们只是普通朋友——再无其他。我对他或者您都没有丝毫的不轨之心，除了为我的人民和国家寻求帮助……寻求同盟！”

埃南德看起来非常疑惑：“这……我听到的可不是这些。”

“从谁那里听到的？”布瑞奥妮质问道，“我没有丝毫不敬之意，埃南德陛下，但安娜卡夫人确实不喜欢我，这点很清楚，尽管我自己也不知道为什么……”但她刚说出口，就看到安娜卡和杰肯·克劳两人之间交换了一个开心的眼神，好像有什么阴谋似的，她才意识到国王的女伴对于这项控诉的兴趣非同一般。**她肯定已经跟托利家族做了什么交易**，布瑞奥妮想道，**这个贱人有自己的计划**。她终于意识到希安国所有的一切都是在针对她，那种蔓延在她心底的寒意即使是燃烧着的怒火也无法融化。“但……但这些都不足以进行裁决，”她终于说道，“把您的儿子找回来。亲自问问他。”

“我儿子还有整个王国要关心，”埃南德说，“但我之前也说过，我还有其他证人。费沃尔·乌里安，走上前来，告诉大家你所知道的。”

“费沃尔……”布瑞奥妮瞪大双眼，无比震惊，“这是什么意思？”

年轻的演员至少还有表现得很困扰的风度，或者演技。他迈步上前，跪在国王面前：“陛下，这……这对我而言非常困难。她是我们国王的女儿，我们一起旅行过很长时间，曾经是很好的朋友……”

“曾经？我现在也是你的朋友！你到底在说什么？”

“……但她的所作所为让我再也无法把这些话继续憋在心里

了。这些都是真的——她经常在我面前这样说。她只有一个想法，就是让埃尼亚斯王子爱上她，然后最终通过他获取整个希安国的王位。一开始她就把我牵扯进来，还让其他演员做她的间谍——我可以给您一一例举出来。然后她就向王子下手了。她利用每一个机会向他表达爱意，满嘴甜言蜜语做出各种承诺，一面诱惑他，一面又私底下坦白说她一点也不在乎他，她只想要希安国王位。"

布瑞奥妮目瞪口呆，差点跌倒。一个侍卫扶住她，把她拉回了原位。"亲爱的佐睿雅女神，费沃尔，你怎么能如此对我？你怎么能这样厚脸皮地说出这些恐怖的谎言……"但她仿佛现在才看见费沃尔身上穿的豪华服饰，以及那些她不曾给过他的珠宝，她之前从未多想，现在却终于意识到从踏进特希斯宫廷的第一步起，她就已经被人算计了。安娜卡找到一根柔软的芦苇，然后利用它达成自己的目的。"这都不是真的，埃南德国王陛下！"布瑞奥妮看向王位的方向说道，"都是……都是阴谋，虽然我不懂这背后有什么原因——但我是无辜的！问问埃尼亚斯！叫他回来！"

国王摇摇头："你找不到他的，姑娘，安娜卡夫人也讲过的。"

"但我为什么要做这些事情——我需要欺骗埃尼亚斯吗？您的儿子关心我！他自己这么跟我说的……"

"看到了？"安娜卡胜利在望，几乎要忍不住从她的椅子上站起来了，"她已经大致承认她的图谋了。"

"但我拒绝了他，即使他对我来讲代表着无上的荣耀！去问他！不要只因为一个背叛的仆人的只言片语就定我的罪，听听您自己的儿子是怎么说的！我的侍女和朋友都曾在这座城堡中被人下过毒——您还看不明白吗？这里有人想要置我于死地！"

"把话讲完，乌里安。"安娜卡打断她，大声说道，"告诉国王，这个满腹心机的怪物说她骗到埃尼亚斯跟自己结婚后会做什么。"

布瑞奥妮又想出言反驳，国王却抬手让她安静："让仆人说。"

费沃尔不敢面对布瑞奥妮的眼睛："她说……她说她会尽全力把埃尼亚斯推上王座，坐上他父亲的那个位置。"他叹了口气，好像讲出这么一个弥天大谎也是某种罪过，年轻的演员似乎对于自己的角色渐渐感到不安起来。

布瑞奥妮只能无助地摇头："一派胡言！"

"继续，"安娜卡命令道，"别害怕，把你曾经告诉我的都告诉国王。她是不是还说，如果必要的话，她会使用巫术让王子尽早继位？"

布瑞奥妮的两条腿几乎要软成一摊水。侍卫中的一个不得不抓住她，让她不至于瘫倒在教堂的地面上。巫术——用来害国王的性命？安娜卡不仅仅是要她被驱逐，她是想她死啊。"撒谎！"她说道，但声音听起来却很无力。

看起来即使费沃尔都很震惊，好像这种程度的背叛连他自己都不曾预料到："巫术？"

"告诉他！告诉国王！"安娜卡似乎准备狠狠摇晃他直到他最终说出这些话。

费沃尔咽了口唾沫："我……说实话，夫人……我……不记得了……"

"陛下，毫无疑问，他吓得不敢讲了。"安娜卡跟埃南德说，"不敢在这个女孩面前讲出来——害怕她会诅咒他。"国王的情妇坐回她的椅子上，但她看向费沃尔的神情表明，他的新主人显然对他的表现不甚满意。"但你可以看出来，我们发现的阴谋有多恐怖——您和您儿子都深陷危险之中！"

埃南德摇摇头，让他脸这么红的是酒精，还是其他什么东西？安娜卡难道还打算毒死国王不成？

"你被指控的这些罪状，布瑞奥妮·埃顿，"国王慢慢说道，"要不是你父亲是我的好友，我可能马上就会做出判决。"他停顿了一下，身旁的女人小声地发出沮丧的叹息。“但正是因为我们两个国家长期以来的兄弟情谊，我会把你当作我自己的子民一样，仔细考虑对你的判决。在我把整件事情都调查清楚之前，你不能离开你的房间半步。”他颤颤地吸了口气，“这件事情不管对你来讲，还是对我们来讲，都同样艰难，公主，但这些都是你自找的。”

“不！”布瑞奥妮愤怒地颤抖着，几乎无法控制自己。背叛的费沃尔，残忍的安娜卡，甚至那个猪头杰肯·克劳——他们小心翼翼的面具背后，一定都在狠狠嘲笑她！“您还想让杰隆再背叛我的家族一次吗，埃南德国王陛下？您瞎了吗？竟然看不到自己宫廷中的这些蝇营狗苟？”

好多人都被布瑞奥妮的话语惊得目瞪口呆，但国王看起来只是有些疑惑。“杰隆？什么意思？难道你已经忘记你身在谁的宫廷了吗？”

“是杰隆！海茨帕曾在那里把我的父王卖给了赫若索尔的篡权者，卢迪思·德拉卡瓦！现在，这个女人就来自那个地方，在情人的教导之下学会背叛，想要颠覆我们的王国——可能还要颠覆您的王国！您看不出来吗？来自杰隆的只有谎言和背叛！”

“你肯定神经错乱了，年轻人，”埃南德看起来苍老而疲倦，“杰隆也是我们的盟友，他们为这个世界带来很多东西。杰隆人很擅长编织，你也知道。”

布瑞奥妮瞪着他，现在，国王的思绪不仅缓慢，而且不可救药地开始混乱起来——没有必要再做无谓的争执了。她努力隐藏起脸上的悲伤——至少她不能让安娜卡那头母牛看出她在流眼泪。“您错怪我了。”她只说了这些，然后就转身走出了教堂，祈祷她的双腿还支撑得住。侍卫默默跟在她两边。很显然，她再也不能自由活动了。

在觐见厅的外面，国王的顾问大臣艾拉斯米亚斯·吉诺走近她。

“很抱歉，公主殿下，”他悄悄说道，“我之前没有意识到这些图谋和算计。”

“我也是。你认为我们两个之中谁会更吃惊一些呢？”她让侍卫在前方带路离开了。

乌塔修女连站都站不起来，尽管她脑海中的肆虐风暴强烈需要一些实际的排遣。她想立刻跑得远远的，跑得飞快，逃离这个不可能完成的任务，或者把东西一股脑咔嗒咔嗒扔在地上，直到所有的声响和噪音抹去她脑海中听到的一切。但那个南境的凡人是如何毁灭暮光族人王室成员的故事仍然在继续。

“不可能，”她眼含乞求地望着凯因，“你所做的一切都只是因为黑暗女士想要折磨我们。这故事如此恐怖——快承认这些都是谎言！”

“当然都是谎言，”梅若兰娜生气地说。她也许再也无法直视精灵的双眼。“邪恶的谎言。被这个……这个邪恶的低能儿讲出来，只为让我们恐惧，破坏我们的信仰。”

凯因摊开两手，做了一个看起来像是顺从或者放弃的手势。“信仰没那么容易被破坏，公爵夫人。我的女主人雅萨梅兹命令我告诉你事情的真相，我就这么做了。我只是欠了她一条命，再无其他，所以我可以向你们保证我不会为了她向你们撒谎，特别是在这件事情上，有关我们族人的最大的悲剧。”他的表情明显变得更冷漠，“现在我想起来，在某些方面，我确实不是你们的一员，尽管多年以来，我都假装如此。我的族人不会逃避真相。这也是我们得以在这个世界上生存的唯一理由……这个你们一族一手创造的世界。”

他转身走出房间。乌塔听到他轻盈的脚步声在楼梯间响起，然后整个房间就又重归寂静。

“你看到了？”梅若兰娜的声音中有一丝胜利的尖刻——狂热而尖刻，“他知道我们已经看穿他了。落荒而逃恰恰证明了他在撒谎！”

她们已经被关了好些天，乌塔已经没有任何力气或者念头再去争论什么。毕竟，如果梅若兰娜需要这些事情振奋她的精神，乌塔又算得了什么，凭什么可以从她身上剥夺这一切？但即便如此，她也无法完全保持沉默。

“虽然我一点都不想承认，但他所讲的大部分内容……呃，都跟我们这边的历史出奇地吻合……”她冒险进言。

“那是自然！”梅若兰娜正轻快地收拾着房间，虽然这里一点都不需要这么做。“你看不出来吗？这就是他们的聪明之处！他们的谎言编得合情合理——直到你仔细思考他们实际上在说些什么，才能找出他们的破绽。哦，不，难道这些怪物没有从他们的暗影国家走出来袭击我们吗！我们——远境国所有敬神的子民引诱他们出来，然后又背叛他们，甚至屠杀他们！你难道看不出来整件事情有多愚蠢吗，乌塔？真的，我都对你绝望了。我丈夫当年从塞特兰路的战场上回来，就曾经跟我说过这些疯话——囚徒当得太久了，竟然开始相信囚禁你的人跟你讲的话。”

乌塔张嘴想说些什么，却只能无奈地闭上。*要有耐心*，她告诉自己。*她是个好女人。她只是害怕了。我也很害怕。*因为如果凯因所说的都是谎言，就像是梅若兰娜狂热地相信的那样，那么加尔人就是彻头彻尾的疯子。但如果那些都是事实……

那么他们就完全有理由仇恨我们，乌塔想，*他们完全有理由把我们所有人都毁灭。*

⚜ ⚜ ⚜ ⚜ ⚜

在回房间的路上，布瑞奥妮体内燃烧的愤怒开始渐渐消散，好像有人猛地掀开煮沸的茶壶的盖子。没有时间愤怒了，她提醒自己：她的生命危在旦夕。在接下来的每一分钟里，他们都有可能立马把她关进牢房，或者发配到某个乡村别墅中囚禁起来。时间足够的话，安娜卡甚至可能说服那个昏庸的老国王相信那些有关巫术的胡言乱语。布瑞奥妮自己说的——一个国王女儿说的话——却对埃南德起不了任何作用。相反，他就像个大傻瓜一样坐在后面，被他的妓女情人操纵……

冷静，她告诫自己，**沙索曾经说过什么来着？即使是在防守，也要做好进攻。你不能仅仅是被动地做出反应。一个战士必须主动出击，即使只是计划下一步行动。**

所以下一步行动是什么？她还有什么法宝？达瓦特已经离开去忙自己的事去了。埃尼亚斯给的钱几乎都花光了。好吧，佐睿雅女神会给她更多，她告诉自己……但佐睿雅女神也需要一个恰当的机会。布瑞奥妮来到这座城市时，除了自由外一无所有，她很乐意以同样的状态离开。

很明显，从那些侍女尴尬的神情可以看出，她们已经听到消息了。这一点都不奇怪：流言蜚语在广堂宫总是传播得比较快。但是，看着她们努力决定该如何对待她的样子仍然让人难过。她们已经知道费沃尔的背叛了吗？她们之中还有多少人是安娜卡的间谍？

她所有的侍女中，只有阿格妮斯，那个乡村男爵高高瘦瘦的女儿，在她进门的时候还上前来迎接她。女孩仔细地看着布瑞奥妮。“您还好吗？”说得好像她真的关心问题的答案似的，“有什么能为您效劳的吗，公主殿下？”

布瑞奥妮一眼瞥过其他的年轻女人，她们早已转过身，假装自己正忙于各种毫无目的的任务。“是的，阿格妮斯小姐。你可以过来和我聊聊天，我要换身衣服。这身衣服我已经穿了一整天了。”

“荣幸之至，公主殿下。”

她们来到她的休息室，布瑞奥妮飞快地开始脱下她穿了一天的衣服。阿格妮斯帮助她脱下外衣，换上一件厚实点的正式睡袍。布瑞奥妮则暗自打量这个女孩。她只比布瑞奥妮小几岁，个子却和她差不多高。尽管她还要更瘦些，却跟布瑞奥妮一样有一头漂亮的长发——为整个人增色不少。

“你对于我今天下午发生的事情知道多少？”布瑞奥妮问道。

阿格妮斯脸红了。“我也不想知道的，公主殿下。我听说费沃尔大人去见国王陛下了，跟他说了很多关于您的谎言。”她摇摇头，“如果他们问的是我，我会告诉他们事情的真相——您是无辜的，您和埃尼亚斯王子殿下之间清清白白，只有纯洁的友谊。”她看起来像是被自己的话吓到了，“您想要我跟他们说这些话吗，公主殿下？如您所愿，我会替您说些好话的，但恐怕我的家族……”

“不，阿格妮斯。我不会那样要求你的，也不会那样要求你们当中的任何一个女孩。”

“其他女孩子都是胆小鬼，布瑞奥妮公主殿下。我恐怕她们无论如何都不会说出真相的。她们都很害怕安娜卡夫人。”她懊恼地笑笑，“我也很害怕安娜卡夫人。有人说她是个巫师——她给国王下了咒。”

布瑞奥妮皱眉：“嗯，如果你愿意帮我的话，我倒可以向她展示我自己的一点小魔法。”

阿格妮斯将布瑞奥妮长袍上的最后一根腰带系好，抬起头认真地看着她：“我愿意帮助您，公主殿下，以任何诸神允许的方式。我认为他们这样对您简直太恶劣了。”

“很好。我相信你，在不损害你宫廷名誉的前提下，我们就能解决这件事情。现在，听我说……”

生平第一次，布瑞奥妮送阿格妮斯出门，她和女孩一起走到门口，好让侍卫看到她身上的睡袍。*去他的端庄*，她想。*战士本就不应该端庄*。

“快去快回，”她大声对阿格妮斯说，以便所有人都能听见。侍卫们转身看见女孩匆忙走过的身影，可惜阿格妮斯不是那种能吸引男人目光的女孩。她带着一张便条要交给国王，纸上写满可怜兮兮的乞求与强调自己多么无辜的誓言，任谁身处布瑞奥妮的处境，都会写出那样的字句。但侍卫根本不屑盘问她这样的跑腿任务，更不用说认真阅读那封信了。

傻瓜，布瑞奥妮想，*很好，我想我应该庆幸他们如此看不起我*。

阿格妮斯离开后，布瑞奥妮翻了翻她带到特希斯宫廷来的那个小箱子，挑出些她想带走的东西，然后一起裹进一件旅行斗篷里。那件斗篷是她能找到的最不起眼的衣服了，一件样式简单的、没有任何刺绣花纹的、厚重的深色羊毛大衣，某个访客将它遗落在这里，却仍没来认领。

也许是王子的某件衣服，她想，*是的，我能够想象他穿着这件朴素大衣的样子，身后跟着他的那些侍卫*。这件衣服他肯定已经穿很久了。

阿格妮斯很快回来了，布瑞奥妮又让她出门一趟，这次是给伊芙吉妮亚·艾德索斯带一封信。布瑞奥妮想让她的朋友知道她这里的情况，所以写信告诉她自己所受到的不公正待遇，当然她完全没有透露下一步的计划。她已经得到教训，无法再轻易相信任何人，即使是伊芙也不行——实际上，她已经过分依赖年轻的阿格妮斯了，但总要有人帮忙处理这些杂事。

布瑞奥妮再次站到门口，确保侍卫能看见她的身影。“把信塞进门缝里就行，”她跟阿格妮斯说，“别吵醒她。”

阿格妮斯微笑着说：“我会小心的。”

因为没有被派去执行这些显然无比重要的任务，其他女士看起来都很有怨气，于是布瑞奥妮吩咐她们为她取些食物来。

“从普通储藏室里拿些面包和奶酪，”她告诉她们，“尽量拿多些。但别让任何人知道是我要的。再拿些干果。还有枸杞——都包在手帕里，或许他们那里有盛放的东西。还有什么呢？对了，我还想要些柑橘果酱。”

“您一定饿极了，公主殿下？”一个女孩问道。

“嗯，非常饿。毕竟，那个叛徒害我饿了一整晚。”

侍女们一个个目瞪口呆地出门去了，她们用手捂着嘴小声嘀咕着，直到走出门下了台阶仍然能听见她们的议论声。布瑞奥妮注意到其中一个侍卫不在自己的岗位上，而另一个侍卫，即使有两个年轻女人从他身边走过，都没有抬头看一眼。

面包、奶酪和其他东西被带了回来，布瑞奥妮把它们都拿到了休息室，那里没有外人能看得到，然后她打开包裹，把食物藏在了最里面。“你们可以回去睡觉了，”她跟那些女孩子说，“我还要等阿格妮斯。再说，我还不怎么困。”

因为没能看到布瑞奥妮更多的古怪行径，她们有少许失望——或者她们还以为至少可以看见布瑞奥妮吃掉她们带回来的所有食物——侍女们进入休息室，开始整理床铺。不一会儿，阿格妮斯就回来了。

“感谢诸神，”布瑞奥妮说，“我刚刚还在想你是不是出什么事了。”

“大厅里有不少人，我不确定您是否想让他们看见我，”阿格妮斯告诉她，“所以我等到他们都离开了才回来的，我有做错什么事吗？”

“仁慈的佐睿雅女神，你一点都没有做错！我为什么没有早点发现你呢？”她在女孩的脸颊上轻轻吻了一下，“还有一件事。把你的长裙给我。”

“我的长裙，公主殿下？”

“安静！别那么大声——其他人都还在休息室。我们必须赶快。拿着这件长袍，穿上它。”

值得称赞的是，年轻的阿格妮斯并没有把时间浪费在问问题上面。在布瑞奥妮的帮助之下，她脱掉自己的长裙，瑟瑟发抖地站着，布瑞奥妮赶紧把自己的睡袍披在她身上。

“快来帮我穿，”布瑞奥妮跟她说。

布瑞奥妮穿好她的衣服后，把阿格妮斯拥进怀里。“你尽可以挑选任何一件我的长裙穿在自己身上，这点不用我多说，”她说，“在大衣柜里有好几件漂亮的长裙。但我还想送你一件东西。拿着这个。有个傻瓜把这东西送给我，却没有得到他想要的，但他毕竟是送给我了，所以我现在把它送给你。”她拿出一枚昂贵的手镯——那手镯是尼可马科斯大人送给她的一件表达爱意的礼物——把它戴在了女孩的手腕上。

阿格妮斯的眼睛睁得老大，眼角流下了一滴眼泪：“您对我太好了，公主殿下！”

“不。你还有一项艰巨的任务，要完成它可不是件容易的事。当国王的侍卫来找我的时候，你必须说服他们——如果他们起疑的话，有可能是今天晚上，也有可能是明天的某个时候——你要说你什么都不知道。”她皱皱眉，“不行，那不管用——你是个聪明女孩，不可能看不出来我在干吗。你跟他们说是我强迫你不要说出去的。”

听到这里，阿格妮斯皱了皱眉摇头说：“我不会给您抹黑的，布瑞奥妮公主。交给我——我知道该怎么做。”

“诸神保佑你，阿格妮斯！听着，等我们走到房门口的时候，走到大门一半的地方，别再往前了——别把你的脸对着那些侍卫。”

接着，当她们打开房门的时候，布瑞奥妮大声说，“快点，女孩！你必须找到她，尽快赶回来。我要睡觉了！”

门口只有一个侍卫，如布瑞奥妮所愿，他只是直起身看了眼那两个熟悉的身影——穿长袍的女子最后一次送她的侍女出门——然后就又靠回墙上去了。

“公主殿下可把你累惨了，不是吗，小姐？”他说，布瑞奥妮抱着她的包裹正从那个侍卫身边匆匆跑过。

“哦，是啊，”她答道——用一种只有她自己能听得见的喃喃声，“真的。今天晚上快把我累疯了。”几秒钟之内她就已经跑进相邻的走廊中去了。

★　★　★

布瑞奥妮在马厩旁停留了好一会，回想着她和埃尼亚斯一起走过的路线，换上那件她做演员时穿的男孩子的衣服。感谢佐睿雅女神，感谢诸神，她选的这件外衣足够保暖：希安国虽然已经进入春季，晚上却依然寒冷。她也无比庆幸，今晚是集市之夜，宫殿的大门会开到很晚，进进出出的人群络绎不绝。她把阿格妮斯给她的衣裙埋在稻草堆里，离开马厩，穿过大门出城去了。

布瑞奥妮直接朝着演员们住的那家酒馆走去。特希斯有一片黑暗但却很活跃的城区，鲸马酒馆就位于那边的一条窄巷里，靠近河岸码头；酒馆标记是某种奇怪的海洋生物，嘴里伸出几根长长的尖牙。醉醺醺的男人从她身边踉跄走过，唱着歌，吵着架.一些人怀里还搂着女人，那些女人和他们一样喝得醉醺醺的，正在争论着什么。布瑞奥妮很高兴自己穿着件男人的衣裳，她暗自祈祷最好谁也别跟她搭话。即使她把自己当作男孩，而不是女孩，这地方对于她来讲也仍然不是什么好去处。

纳文·休尼正把头枕在酒馆大厅的桌子上睡觉，费恩·特奥多罗斯占据了他身旁更舒服的一个位子，虽然布瑞奥妮已经在他耳边报出自己的名字，费恩仍然过了好长时间才认出她。

他身子往后仰，好像要把她看得更清楚些，随后又探向前来，“小蒂姆……我是说公——”

布瑞奥妮赶紧把手捂在他嘴上，动作迅速，如果不是醉得厉害的话,他可能早就痛得喊出声了。“别说出来！所有人都在这里吗？”

“我相（想）……我是说，我想是的。大肚文早就爬床上去了。我确定我刚才还看见梅克维尔在跟当地的一个商人说话……”他瞪大眼睛看着她，好像不太确定自己是不是还在梦里，“你来这儿做什么？还穿成……这个样子？”

“这里不是说话的地方。把休尼弄醒，到你的房间来找我。”

“费沃尔？”特奥多罗斯脸色瞬间变得惨白。“真的假的？”

“真的假的？你以为我在撒谎吗？他真的背叛了我！”

“抱歉，殿下，我只是还没有……那是……被魔术师背叛，谁又想得到呢？”

“我们中的任何一个都想得到，如果我们还有理智的话。”纳文·休尼坐直了，身上直往下滴水，他之前一直把脑袋浸在一盆冷水里。“我们的费沃尔总是对那些好东西很有品位。我早就说过他迟早会为了某个有钱的男人或者女人离开我们的。好吧，现在他终于找到了。甚至都不用卖身给她。”

“休尼！”特奥多罗斯大吃一惊，“别在公主面前说这种话。”

布瑞奥妮翻翻眼球：“这些又不是新闻，费恩，仅仅因为我又变回了公主——其实变的只是一身衣服而已。”她苦涩地笑笑，“看！

我现在又穿回我的旧衣服了。”

胖胖的剧作家看起来很难过：“你现在打算做什么呢，殿下？”

“我还能做什么？不，是我们要做什么——我们要做的就是在今晚离开这里。费沃尔说你们是我的间谍——在希安国国王面前亲口说的。可能已经有士兵往我们这里赶了。”

休尼哼了一声：“那个狗娘养的！”

费恩眨眨眼：“国王的侍卫？”

“是的，你这大傻瓜，幸亏我还记得过来提醒你们。这样，至少你们还有机会逃跑。我们要一起动身前往南境。”

“但是，要怎么去？我们没有钱，没有食物……这个样子我们还怎么出得了大门？”

“那可不见得。”她从口袋里拿出一枚金币，那是埃尼亚斯借给她的最后一枚金币了——一枚金光闪闪的海豚币——然后把它扔给特奥多罗斯，后者虽然惊慌失措，却还是稳稳地接住了它。“拿着，采购些东西。我就在这里等，你们赶快召集其他人。他们没走远吧？”

费恩想四周看看。“大多数都没走远。艾斯蒂尔出门去了，高个子多文也出门了，不仅洗了澡，还刮了胡子。”他瞪着眼睛，“我猜他肯定有女人了！”

“我不关心这些，费恩，但我需要他们赶紧回来，尽快。”

“我，我要去拿一桶好酒来带在身边，”纳文·休尼大声宣布，“如果我要死了，诸神保佑，千万别让我没酒喝。”

费恩·特奥多罗斯也站起来。“诸神保佑大家，”他说，“想不到公主的生活总是不会乏味，时时刻刻充满危险。我生平第一次如此庆幸，我那血管中流淌的是农民的血。”

第三十章
来自阶梯底部的火光

索特林修士和学者克洛斯都无比坚信加尔人并非血肉之躯，而只是些拒不忏悔的凡人灵魂，那些凡人先于三神教堂的创立者生活在此。菲亚罗斯表示反对，认为这些精灵“虽然无恶不作，却显然是活生生的生物”。

——引自《埃昂大陆和赞德大陆精灵种族专述》

虽然在开阔的地方也仍然能感到危险，但人们还是再次聚集在了觐见厅前的小广场上，支起一个个小帐篷，挂着某些人从他们的地窖里发现的好东西，或者是清晨从无人看守的东坏樵湖捕来的漏网小鱼。跟其他人一样，马特·廷莱特也时时保持着警惕，一直恐惧地注意着上空。尽管暮光族荆棘大桥的巨大黑色树干仍然搭在城堡外墙墙头，巨大的阴影不断扩张，使得整个集市广场都陷入了一片黑暗，但幸好，精灵族人真的已经离开了外塔。

这不算是什么好消息，廷莱特恐惧地想：透过浓烟和薄雾，在城墙上仍然能看到他们的身影，在大陆上他们的营地周围四处游荡，似乎几天前的血腥屠杀从未发生过一样。

没有人会相信现在这一突如其来的和平景象，因为敌人的撤退毫无道理。这些怪物已经完全越过城堡的外墙，像是从寺庙壁画中跑出来的恶魔一样带来无数恐惧；尽管艾文·布罗纳、达斯汀·克劳、甚至亨顿·托利自己都已经英勇抵抗，尽心竭力，但精灵族确实在外塔击溃了人类的士兵。集市广场以及三神圣堂的大多数地方都已经被付之一炬——大门西南面的一些街区仍然冒着浓烟。内塔的街区现在一片混乱，无家可归的人们蜷缩在墙脚用破衣烂布搭成的小帐篷里，无人照料的伤员随处可见，就像有一场恐怖的大洪水刚刚席卷过拉文之门和觐见厅，裹挟着各种漂浮物而来，留下满地狼藉。廷莱特今早看到的景象足以变成他的梦魇，困扰他很多年——孩子们被火烧伤了，浑身乌黑，却没有人照料，只能无助地哭泣；一家子人生着病，都在挨饿，一群群聚集在门窗紧闭的房屋外，不时有人倒下。而近在眼前的温暖和救助竟遥不可及。

就在昨天，暮光族人造成如此多的破坏，给众人带来如此多的恐惧和灾难之后，突然停止了对内塔的攻击，好像得到了某个悄无声息的命令，开始有秩序地撤退。他们什么也没有带走，没有抓走俘虏，没有抢走黄金——三神圣堂虽然被摧毁了，却无人染指，亨顿·托利的手下已经把那里包围了起来，防止有人抢劫财物——然后消失在浓雾中，好像整场进攻都只不过是场残忍的噩梦。

但无论原因是什么，马特·廷莱特，以及其他一些南境的市民，现在都得到了一丝喘息的空间——他不想把宝贵的时间浪费在思考精灵族人和他们难以理解的动机上。他现在有一家人要供养了，某种意义上的家人：伊兰和她母亲跟帕佐尔的侄女一起待在神庙院子里，那里位于塔楼的西南部，相对安静，但食品室已经被洗劫一空了。周围都是女人，廷莱特理所当然地担起外出进城寻找食物的重任。他自己并不想去做这种采购的事情，但庙院的窄巷里已经挤满了难民，他担心派任何一个女人独自出门都会发生意外。他也很为他母亲担心，她总喜欢自以为是地夸夸其谈，很可能会在公众场合泄露她正在照顾的那个女孩的真实身份。

看来这就是他这段时日里的命运，他只有两个糟糕的选择，让自己的母亲出去寻找食物，或者自己去。最后他选了那个看起来危害最小的选项。

廷莱特的感觉很奇怪。他此时正穿过不安的人群，跨过无助的难民，面对受伤的人或者带着饥饿孩童的母亲的乞求也努力硬起心肠。士兵们几天前还在墙头对抗那些传说中的怪物，现在却不得不去阻止那些饥肠辘辘的南境民众之间的混战。在他眼前，就有两个男人为某家窗槛花箱里长的一根细瘦的西葫芦而在烂泥地里大打出手，有那么一会儿，他很想以眼前的现实为题材写一首诗——与寻常的题材多么不同——但马特·廷莱特要服侍的主人如此之多，他这些天几乎已经没有时间去思考，更何况是写诗了。但那仍然是个有趣的主意——有关人们为一棵蔬菜斗争的小诗。这显然比那些以年轻女子雪白的颈部为主题的宫廷爱情诗，更能表达他所处的这个时代。

廷莱特走在从集市广场返回的路上，风衣下只有一小块稍微有些发霉的面包卷，一小个洋葱，以及他此行最振奋人心的收获：一条几乎花光他所有积蓄的风干鳗鱼。他母亲做的炖鳗鱼是他童年中少有的幸福回忆之一。安娜梅西亚·廷莱特很少买鳗鱼，只有当渔船带回太多鳗鱼而且要价很低的时候才会如此，所以炖鳗鱼就成了他们家的一道大餐，每到此时，马特和他父亲都会早早坐到饭桌前，脸和手都洗得异常干净，流着口水，满怀期待地等待着。

我应该再想想办法从这个被洗劫一空的城市中寻找些马拉什胡椒豆荚来……他正苦苦思索着，突然发现自己面对面地撞上了奥科罗斯，那个王室医生刚刚从一家卖鸡肉的屠户院中走出来。

“哦！日安，大人。”廷莱特说完之后，自己先吃了一惊，心跳也开始加快。**他知道我认识他吗？我们曾经说过话吗，或者我只是在偷偷窥视人家？**

奥科罗斯看起来好像比诗人自己还要吃惊。很明显，他在长袍下藏着什么东西——什么活的东西。虽然这个小个子男人极力想要将他脖子周围的长袍扣紧，疾步穿过廷莱特，但一只明亮又绝望的眼睛和黄色的鸡喙突然从他脖子里冒了出来。是一只公鸡，而且从那匆匆一瞥来看很是漂亮，长着一顶鲜红的鸡冠和亮闪闪的黑色羽毛。

奥科罗斯几乎没有看向廷莱特，好像直视某人的双眼也会使人受伤似的。“好，好，”他说，“日安。”他迅速向城堡方向走去，几秒钟内就消失不见了，似乎携带一只公鸡也可能会成为某种颠覆王权的罪名。

也许他是害怕会被人抢走，廷莱特想，**这里的人可是会为了一小块肉就互相残杀的**。但整个相遇过程又显得很奇怪。城堡内部应该要比外塔的废墟中更有可能找到这些禽类吧——为什么这个医生看起来如此鬼鬼祟祟？

当他继续沿着内塔的山坡往回走的时候，突然有某个记忆在脑海中一闪而过，来不及捕捉——从某本书中读到的东西，他父亲的某本书中……

他有时会这样想，喜好读书可能是老父亲留给他的唯一一件礼物了，但这确实是件好事：源源不断的书籍，大多是柯尔恩 · 廷莱特从执教的那些家庭中借来的（也许是偷来的，马特 · 廷莱特突然想到）——有科莱蒙、菲尔萨斯和所有古典作家的著作，以及类似万德林 · 尤吉尼斯的诗歌这样的轻松读物，还有赫若索尔和希安国大师的各种剧作。正是万德林的诗歌让年幼的马特开始憧憬宫廷生活，被美丽的女士追捧的同时，还能有英明的绅士赏赐金币。奇怪的是，虽然他最终过上了那种生活，但却像是被诅咒了一样总是凄惨无比……

那个挑逗着他记忆的东西又突然回到了他的脑海中——是梅诺·斯特沃利斯的某句诗歌，两百年前的那个希安国大诗人：

然后她拎起只黑色的小公鸡／放在了石头上，拿起了她那把尖刀／捧出科涅奥斯爱喝的咸酒……

只有这些了——梅诺写的关于瓦伊斯的一首小诗，瓦伊斯曾经是克雷斯臭名昭著的巫师王后。诗里提到一只黑色的小公鸡，倒是和医生藏在身上的那只很像。仅仅是这样而已——但奥科罗斯跑这么远只为买一只鸡仍然是件怪事。宫廷养殖场中肯定找得到更好更肥的禽类，毫无疑问……

但也许没有那种颜色的鸡，廷莱特突然想到。同时，更多的诗句也涌现在他的脑海中：

血液总能分辨出高贵者／无论来自高山还是低谷／无论来自深林还是海角／血液将他们相连，因此他们／享有某种乞求意味的祭品／某种礼物，或者对抗入侵的恶魔……

撞见奥科罗斯时揪着他心脏的恐惧似乎在翻倍，马特·廷莱特有那么一会儿几乎无法正常行走，只能站在狭窄的街道中央。来往的人穿过他时总要愤怒地咒骂几句，但他却一句也没听进去。

所以是她泼洒公鸡的鲜血／向古老的大地之神祈祷，赐予她／能将她的敌人置于死地的致命力量……

那就是原因吗？奥科罗斯不辞劳苦从安全的宫殿来到危险从

生的外塔区域寻找一只颜色恰当的公鸡，只为了某种仪式？这一切跟布罗纳想要了解的那面镜子有关系吗？

马特·廷莱特脑海中充满了迷惑和可怕的猜想，浑身像是发烧般激动难耐，在这样的状态中，他穿过了狭窄而喧闹的内塔，匆忙赶了回去。

意料之中，他的母亲大发雷霆："你说你又要出去是什么意思？我需要生火的木头！你就像个漂亮的贵族老爷一样，只知道跑到我这里问我要炖鳗鱼，我煮饭煮得腰都要断了却没人管。你到底又要出门搞什么鬼？"

"非常感谢，母亲，也祝您日安。但我现在还没打算出去呢。"他低着头，这样就不至于在狭窄的楼梯间撞着脑袋。

伊兰正坐在她跟帕佐尔的侄女们共用的那张大床上做一点针线活。看见她一天天变得强健起来，他感到很开心，但他真希望她脸上一直显露的那种神情能永远消失。

"夫人，您一个人？"

她淡淡地一笑："正如你所见。女孩子们都在邻居家，花言巧语地想要骗来一块毛毯——如果你还有印象的话，她们母亲和你的那两张毛毯现在都铺在楼下的那张沙发上。"

他确实记得。那张沙发上蜷缩着两个年纪很大的女人，她们常常小声争论，就像是一副单人棺材里却住了两副坏脾气的骨架，这让他想起自己和帕佐尔一起挤在拥挤的王宫宿舍里睡觉的日子，他们那时也有很多不满和怨气。"我在集市见到奥科罗斯修士了。你知道这个人吗？"

伊兰奇怪地看了他一眼："什么意思？我知道他是亨顿的医生，有很多奇怪的想法……"

"什么想法？"

“我想是有关诸神的想法。他跟我们在一起的时候，我从未过多关注过他。他会滔滔不绝地谈论炼金术以及那些神谕什么的。他的某些言论在我看来完全是对神灵的亵渎……”她咬着嘴唇，“但亨顿从不在乎亵渎神灵。”

“他……你听说过他会巫术吗？”

伊兰摇摇头：“没有，但我也说了，我几乎不怎么了解他。他和亨顿经常会谈到很晚，甚至是在某些奇怪的时刻，好像奥科罗斯正在为他执行某项无比重要的任务，某项紧急的任务。亨顿有一次因为有人打扰他午睡就把那人打了个半死，却从未对奥科罗斯发过脾气。”

“他们都在谈论些什么？”

伊兰的表情变得有些难看，廷莱特突然意识到他在强迫她回想那些她不愿意再想起的记忆。“我……我不记得了，”她最后说，“他们在我面前从来不会说很久。亨顿会把他带进另一间屋子里。但我有一次听见医生说……什么来着，非常奇怪的东西！哦，对，他告诉亨顿：‘金象已经开始发生变化了——它现在讲的真相有所不同。’我不明白那是什么意思。”

廷莱特皱着眉，认真思索着。“有没有可能是‘镜像’而非‘金象’？”

伊兰耸耸肩。看到她眼中的黑暗情绪，他无比企盼能够为她再多分担些。“也许吧，”她安静地说，“我也听得不是很清楚。”

镜像已经开始发生变化，他思考着，**它现在讲的真相有所不同**。如果他们说的是布罗纳提到过的那面镜子，那么这话就能够解释得通了，虽然还是让人很烦扰。而且伊兰还提到了诸神。梅诺的诗中提到一个无情无义的王后，要向科涅奥斯贡献一只黑色的公鸡，以此来诅咒她的敌人。奥科罗斯是否也打算这样做？那可能就不是普通的献祭了，而是某种货真价实的巫术。

他必须把这些告诉艾文·布罗纳。然后，任务解除，马特·廷莱特就能回归家人那满是跳蚤的怀抱，好好享受一顿他应得的炖鳗鱼了。

布罗纳向那个长满雀斑的男孩招手的时候，那人正懒洋洋地靠在一块磨损的挂毯上，用一把闪闪发光的小刀修剪指甲——廷莱特觉得这人八成是伯爵自己从兰森德带来的某个亲戚。“给我取些美酒来，孩子。”他转向廷莱特，“很好。这里有些铜板，作为你告诉我这一消息的酬劳，诗人。现在你的任务是去找奥科罗斯——这个时候他很可能在药园里，特别是在这种伤员剧增、急需药材的特殊时期。无论他去哪儿，你都要跟着，但不要暴露自己。”

马特·廷莱特只是呆呆坐着，瞪大双眼，张大嘴巴。“什么？”他最后说，几乎无法说出那个词，“什么？”

“别那么直瞪瞪地看着我，你这内八字的蠢货，”布罗纳咆哮着说，“你听见我的话了。跟着他！看看他到底想要干什么！看看他会不会带你去找那面镜子！”

“你疯了吗？他是个巫师！他很可能会给人下咒，或者……或者想办法召唤恶魔！如果你这么想要跟踪他，自己去好了，要么叫那个长雀斑的孩子去。”

布罗纳缓缓站起身，斜着身子朝书桌前面靠过来，他那穿着紧身上衣的大肚子鼓胀胀的，几乎就要碰倒墨水瓶。“你难道忘了？我手里可是攥着你那些珍贵的小东西，而且只要我想，任何时候都可以把它们捏碎？”

廷莱特努力让自己表现得不那么害怕：“我不在乎。你打算怎么对付我，向亨顿·托利打报告？那正好，我可以告诉他你在监视他。你所有的珠宝都会出现在拍卖场里，和我的珠宝一起，布罗纳大人。然后他会把我们都杀死——但至少我还保有自己的灵魂。我是绝不会向恶魔低头的！”

布罗纳瞪着他看了很久，嘴巴在茂密的胡子里一张一合，他的胡子现在大都变成灰色了。终于，那片灰色的深沟弯曲成某种微笑的弧度。“你今天很有胆量嘛，廷莱特。很好——没人应该终其一生都胆小如鼠，即使是像你这样的废物。那么，我们接下来做什么呢？”布罗纳说着突然大步走上前来，速度远比廷莱特想象的要快很多，他紧紧揪着诗人的衣领，威胁着要勒死他。“如果我不能向托利告发你，那我能做的就只剩一件事了，亲手掐死你。”他脸上的笑容变得越发狰狞恐怖。

“不不不！不要！”廷莱特的脖子被勒得生疼。那位兰森德亲戚端着美酒回来，却停在门口，饶有兴趣地观望着这场景。

“如果你对我毫无用处了，诗人——甚至更糟，如果你敢威胁我——那么我就只能……”

“不……不会啊！”

“我愿意相信你，孩子。即使你对我构不成威胁，但你帮也不上忙，尤其在这种艰难的时候——如此危急的时候——你就更没有价值了。现在，如果你愿意帮我完成这项任务，那很好，蟹币和海星币还是会源源不断——能有点钱肯定让你很开心，嗯，尤其是这种日子，食物如此短缺，每样东西都如此昂贵——而且我也不用把你的脑袋拧下来了。”

“我做！我做！”

“很好。”布罗纳终于松开他的衣领，任他滑倒在地上。那个兰森德的年轻人优雅地移开几步，以便廷莱特能够跌倒在地上，好好躺着喘口气。

“但为什么是我？”他终于挣扎着站起身，一边揉着发痛的脖子一边问道，“我可是个诗人！”

“而且并不是个优秀的诗人。”布罗纳答道，“但我有得选吗？

难道让我亲自追着他满宫殿跑？或者叫我那傻侄子去？”他伸手指着那个年轻人，那人刚才又在修指甲了，举起的刀正对着廷莱特，呆立不动，像是一座雕像。“不，我需要某个被允许在宫殿行走，甚至众人很期待看到他的身影的人——某个看起来傻乎乎而无须防范，而且也没什么大用，不会引人怀疑的人。这人就是你。”

马特·廷莱特继续揉着他疼痛的脖子：“真是谢谢您的夸奖了，艾文伯爵。”

“现在有勇气去了吗，好了，现在就去找出他们的计划，你肯定能收获不少好东西——或许还能尝到我自己储藏的一罐美酒。那样如何？”

能够一醉方休，一两天都不用为任何事情而烦恼，这想法才是继续服侍布罗纳的最诱人的条件，当然，能捡回一条命仅次于此。他小心翼翼地鞠了个躬，颇有些担心自己的脑袋会这样掉下来，然后就离开了。

⚜ ⚜ ⚜ ⚜ ⚜

“您知道我是怎么想的吗，母亲？”凯因说话的语气就好像只是在继续一次被打断的对话，而非在长达一个小时甚至更久的沉默之后。

雅萨梅兹既没看他，也没有回答。

“我觉得您开始对阳光大陆的人生出些感情了。”

“如果你不是在自己找死的话，”她说，仍然没有抬头看他，“为何要说出这种无稽之谈？”

“因为我认为这是真的。”

“除了惹怒我，你就没有其他事可做了吗？这倒提醒了我——我为什么还没有杀了你？”

“或许因为您发现，您对自己的儿子毕竟还是有感情的。”他微笑着，几乎被这种自以为是逗乐了，“因为您和阳光大陆的人一样，有最基本的喜怒哀乐。也许经过了几个世纪的冷淡漠视和公开的轻蔑，您终于发现您想要做些正确的事。有这种可能吗，母亲？”

“没有。”

“啊。我也以为没有。但只是想想也还是很有趣的。”他刚刚还在来回踱步，现在却停了下来。“您知道最奇怪的是什么吗？在一副凡人的皮囊之下竟然活了这么久——至少像凡人一样生活——我发现，某种程度上，我也已经开始变成一个凡人了。比方说，某个时候我会很烦躁，但我们族人从未有过这种现象。如果我在某个地方待得太久，我能感觉得到自己仿佛正在慢慢死去。我会变得不耐烦，对什么都不满意——好像我的身体指挥着我的灵魂，而不是相反。”

“或许那就是你为什么会有这些愚蠢想法的原因。”雅萨梅兹说，“那并不是你的想法，而是你所占据的这具凡人伪装的胡思乱想。虽然这话题很有趣，但我还是宁愿享受我的安静时光。”

他看着雅萨梅兹。她仍然没有看向他。“您为什么会从阳光大陆人的城堡中撤退，母亲？这可全是您一人的想法，而且您已经即将平定城堡地下洞穴里的微弱反抗了。为什么要选择这样的时刻撤退？您确定您不是开始可怜这些凡人了？”

她的声音陷入了某种更为深沉的冰冷之中，有史以来第一次透露出了些什么：“别说傻话了。我自己的孩子竟然会把时间浪费在这上面，简直就是对我的冒犯。”

“所以您一点也不可怜他们。对您来讲，他们甚至比不上您脚下的尘土。”他点点头，“那么，为什么您会让我告诉他们加尼亚和他妹妹的故事？这样做的目的何在？如果不是您想让他们也感受到一些我们自己的痛苦……更确切地讲，是您的痛苦？”

“你在玩火，凯因。”

“如果我是农夫，想要杀死吃掉我庄稼的老鼠，我会在惩罚它们之前把它们放到一边，跟它们解释它们所犯的错误吗？”

“老鼠无法理解它们的罪行。”她终于把漆黑的眼瞳转向他，“如果你再说有关阳光大陆人的一个字，我就把你的心脏从胸膛里活生生地挖出来。”

他鞠了一躬：“如您所愿，母亲。我会去海边走走，然后好好回想一下我们今天有趣的谈话。”他站起身，向门口走去。雅萨梅兹情不自禁地注意到，无论他现在多么像一个凡人，或者假装多么像一个凡人，他身上的高贵气质丝毫没有消减，他的步伐仍然像他年轻时那样傲慢而平稳。她再次合上双眼。

凯因离开没多久，她就感到另一个人的存在——是艾希瓦，她的隐士长。雅萨梅兹知道，艾希瓦会安静地站上几个小时，等待她的差遣，但这么做没有丝毫意义：虽然豪猪女士以前会迷失在她自己漫长的回忆迷宫中忘记时间，但现在不会了。

“时间到了？”雅萨梅兹问道。

艾希瓦的脸上通常是像鸽子的胸脯一般柔软、温暖的灰色，现在却很显然成了蜡白色。“恐怕是这样，女主人。即使所有的隐士将他们的思想和吟唱结合在一起，他仍然脱离了我们的控制。”她犹豫地说，“我们认为……我认为……或许如果您……”

“我当然会去。”雅萨梅兹从椅子上站起身，思绪比她身上厚重的黑色铠甲都要沉，她第一次感受到年岁的重荷——她的漫长生命的负担。“我必须去道别。”

隐士们有他们自己的洞穴。洞穴靠近城市东部，位于群山之巅，群山脚下一条狭长的海滩延伸开来，空旷无人，阵风习习。寂静与独处就是他们神庙的围墙，也正是由于这两个原因，他们挑选了这处好地方：当雅萨梅兹跟随艾希瓦沿着石头小径拾阶而上的时候，耳边只能听见阵阵的风声和远处海鸟的鸣叫。有那么一会儿，她甚至觉得一切都很平静。

艾希瓦的兄弟姐妹——虽然不太容易区分他们的性别——都聚集在这处黑暗的洞穴中。雅萨梅兹在星月全无的夜晚站在山巅，她的眼睛看得清清楚楚，如同一只捕猎的猫头鹰一样。但此时此刻，即使雅萨梅兹也只能看见他们黑色兜帽下闪烁着微光的双眼，此外就是重重黑暗。有几个最年轻的隐士生于暮光出现之后，从未完全见过太阳的光芒，在炽热的阳光下甚至无法存活。

雅萨梅兹加入他们的圈子中。艾希瓦在她旁边坐下。没有人开口讲话，也没有这个必要。

只有神灵和异能者，才能踏足梦之大陆这片遥远的地方，雅萨梅兹感到自己又变成了那种熟悉的模样。她在自己身体之外游历的时候就会改变形态，不管是在现实大陆，还是在这里。在现实大陆她会变成某种空气般没有实体的东西，但在这里却不止如此——她变成某种凶猛的东西，长着利爪和尖牙，眼睛锐利，皮毛顺滑。她的到来给隐士们增添了不少勇气，他们飘在她身后，没有实体，像是一群萤火虫。他们体内不像她一样燃烧着焰华，在没有保护的情况下，他们飞行的距离很有限。

但艾希瓦确实也道出了实情——那位神灵的气息比之前还要微弱，弱得像是一只老鼠行走在新生的草丛中一样。更糟糕的是，雅萨梅兹还能感觉到有其他人的存在，不是迷失的神灵，而是些更为卑贱的东西，当年她父亲驱逐他们的时候，他们和他们的主人一起离开了，这群饥肠辘辘的东西嗅到了梦之大陆微风中的那丝变化，感觉到时代不同了，他们可以回到一个已经不知道如何抵挡他们的世界了。

此时此刻，就有这么一只东西坐在大路中央等候着他们。隐士们焦虑地飞到空中，来回盘旋，但雅萨梅兹却大步走上前，在它面前站定。它很老了，她能从它身上的改变看出来，它现在的外形对她来讲太过陌生，她的眼睛和脑袋一时都很不适应。

“你离家太远了，孩子，”它对这仍然行走在这世上的、最古老的生物之一说道，“你在寻找什么？”

“你知道我在找什么，老蜘蛛，”她说，“你也知道我时间紧迫。让我过去。”

“你对你的邻居太无礼了！”它说着，低声在笑。

“你不是我们的邻居。”

“啊，很快就是了。你也知道，他生命垂危。等他离开了，谁还能阻止我和我的族人回来？”

“闭嘴。我不想听你说那些恶毒的话语。让我过去，不然我就杀了你。”

那东西活动了一下身子，冒个泡，又定住不动了：“你没有这个实力。只有某种最古老的力量才能做得到。”

“也许吧。但我即使杀不死你，也很可能让你身受重伤，让你到那时甚至没有精力跨过那条边界。”

那东西瞪着他，或者好像是这样。说实话，雅萨梅兹根本看出它的眼睛在哪儿。最后，它爬到一边。“我今天不想和你斗，孩子。但那天总会到来。发明家总会离世。到时候还会有谁保护你？”

“我倒也想问问你呢。”但她已经在这里浪费了太多时间，她匆忙走过，隐士们跟在她身后，像是一团微小的火焰。

雅萨梅兹灵巧地穿过各种地方，飞速前进着，耳畔是呼啸的风声，仿佛迷路孩童的哭喊声一般，她的速度如此之快，甚至连天空都跟不上她的脚步。最后，她停在一处山脚下，面前是一扇门。孤零零的一块长方形，顶上长满杂草，像一本竖着立起来的书。她爬上山坡，伏在门前，耳朵竖在头顶，梦形态里的尾巴卷在她身边。

隐士在空中盘旋，忧心忡忡。

“在门这边已经听不见他的声音了，女士。”他们告诉她。

“我知道。但他并没有离开。如果他离开的话，我会知道的。”她发出一声呼唤，没有回应。在接下来的一片静默中，她能感到有风穿过那道门，从那个冰冷死寂的地方吹过来。“帮我一下，”她对跟随她而来的隐士群说，“把你们的声音借给我。”

于是隐士们对着一片虚无吟唱起来，唱了很久。最后，就在雅萨梅兹超凡的耐心即将被消磨殆尽的时候，她感到了一丝颤动，几乎就要超出她的听力范围，一声微弱的、低沉的喃喃声，好像溪流中少女之花垂死的呼吸声。

“……是……”

“是你吗，发明家？还是你吗？”

“是我……但我……开始变得虚无……”

她想说些安慰的话，或者全盘否认，但她们一族的血脉不允许她这样歪曲事实、颠倒黑白。“是。您正在走向死亡。”

“我……已经等了很久。但那些几乎……和我一样等了很久的……还没有做好准备。他们最终……会想开的……”

“我们是您的孩子，不会让他们得逞的。”

“你……你没有那种力量。”他的声音渐渐微弱，渺茫而寂静，像是远处山巅之上的一滴雨声。“他们已经等了很久，沉睡着的……以及醒着的……”

“告诉我，我们在畏惧谁。告诉我，我会和他们斗争到底！”

“那并不是解决的办法，女儿……你无法以那种方式……击溃那种力量……”

“是谁？告诉我？”

“我不能。我……被束缚住了。我的一切力量……都用在封锁那道门上了……”现在，她听出了那种无尽的疲倦，以及对死亡的渴望，因为只有死亡才能终结这所有苦难。“所以我被束缚了……为了保守秘密……”

他的声音趋于宁静——有那么一会儿，她以为一切都结束了，永远结束了。然后她又感觉到什么东西，像是夜风中的一片羽毛。“神谕中提到某种浆果……红白相间。应该是这样吧，肯定是的。”

说完，他沉默了。“父亲？”她试着喊大声一点，“父亲？”

“记住神谕是怎么说的，”平静的声音渐渐消散，归于虚无，“记住在日出……和日落之间……每处光明……”

“都值得为之付出生命。”她补充完整，但他已经离开了。

当她终于恢复精神，回到那个会呼吸、会感受的雅萨梅兹，那个亲身体验了她族人千年溃败中每一个苦难时刻的雅萨梅兹，她站起身，离开了山洞。没有一个隐士跟着她，即使是艾希瓦，她最信任的顾问也没有。死亡占据了她的眼睛和心灵，此时没有一个活着的生命能够与之同行，他们也都明白。

马特·廷莱特从没有想到他会这样度过这个夜晚。

他拿出带在身边的那块面包，把最后一小块掰碎，泡在杯中的红酒里。面包片！明明可以吃到炖鳗鱼的！但是，他仍然很庆幸他能找到红酒，也不用对那个把红酒放下的人抱有一丝歉意。他此时正藏在教堂阳台上，从晚钟时开始，到现在几乎是午夜。他眼睛紧紧盯着那扇通往亨顿·托利房间的门，医生的徒弟告诉他，那就是奥科罗斯·迪欧克蒂安最后去的地方。那人在托利的房间待了这么久，在干什么？更重要的是，他什么时候才能从那里出来，回自己的房间去，也好让廷莱特自己可以回去睡觉？艾文·布罗纳肯定不会要求他跟着奥科罗斯去他自己的卧室……

然后，他先是听到了门被打开的咔嗒声，随之看到了一道移动的身影。廷莱特矮了矮身子，只露出两只眼睛在阳台栏杆上，即使以他距那里的距离，一块石头扔过来都不一定会被砸到，而且他还正好隐藏在小教堂突出部分的阴影中。

诸神似乎听到了他的祈祷，奥科罗斯修士从门里走了出来。尽管穿着一件宽大的长袍，但他纤细的体格和那个光头仍然能被人立刻认出来。但出乎廷莱特意料的是，他并不是一个人：医生后面还跟着三个魁梧的男人，他们穿着厚实的毛领外套，上面印着托利家族的银白野猪和长矛，还有一个穿着黑色兜帽斗篷的人走在他身边。穿斗篷的那人步伐高贵优雅，很容易能猜出来是谁。廷莱特的心怦怦直跳。奥科罗斯和亨顿·托利，一起要去什么地方——他只能跟上前去。

他隐约有种不祥的预感。

廷莱特原以为他们要前往医生的房间，但当奥科罗斯带领着这队人走出宫殿的侧门，祈祷他们还会留在室内的愿望算是彻底破灭了。廷莱特尽可能地跟在比较远的地方，跟着他们出门的时候还在门卫那里逗留了一会，闲谈之中特意指出，自己是因为失眠才想要去外面散散步，希望夜晚凉爽的空气能够带来好梦。

夜晚的空气确实凉爽，他这样想着，匆忙穿过侧花园，试图通过追踪他们手中那些从宫殿带来的火把，赶上他的猎物。事实上，天气可真够冷的。他只穿了件薄薄的衬衫和一件羊毛外套——没戴帽子，没戴手套，甚至连一只防止摔倒的火把都没有。该死的布罗纳，以及他那邪恶的欺负人的行径！

廷莱特穿过泥泞的主干道，那里通向兵工厂，又穿过门卫把守的军营，他又发现了他们的踪影，开始远远地跟着他们。其中一名侍卫拿着一个用布包成的大包裹，另一个侍卫则小心翼翼地拿着一个小一些的包裹——会有可能是那只小公鸡吗？但他们为什么会在晚上的这个时候带着一只公鸡出门，要不是他们要把它用在某种巫术的仪式上？夜晚的空气本就已经让廷莱特感到血液都变冷了，这想法立马让他觉得，自己的血液冷得都快凝固了。

不一会儿，那群人离开了通往王宫大厅的主干道，走到一条蜿蜒小径上，那条小路紧挨着王室成员的礼堂，诗人的血液更冷了。托利和奥科罗斯正在前往墓地。

他鼓足所有的勇气继续跟上前去。廷莱特对墓地有很深的恐惧感，长满杂草的庙院就是最令人恐惧的墓地之一，那里的雕像古老而怪异。墓地更像是躁动不安的亡灵所处的监狱。只有他对艾文·布罗纳的恐惧才使得他继续前行——有恐惧，还有一点好奇。奥科罗斯到底想要做什么？他想要唤醒神灵吗？在这样一片荒凉的地方，在这样一个鬼神出没的时刻？又是为了什么呢？

男人们在埃顿家族墓穴的门外停下脚步，廷莱特则在拼命压制自己恐惧的呼喊声。亨顿·托利脖子上挂了把钥匙，墓穴的门打开之后，四个人走下了台阶，地面留下一个侍卫站在外面放哨。火把的光芒随着他们消失在地下的身影而渐渐微弱，但门廊处仍然留有一丝闪烁的光亮。廷莱特非常庆幸，自己此时不用和他们一起待在那个死人房子里，看着墙上的影子张牙舞爪，上蹿下跳。

那个放哨的侍卫开始时还笔直地站在墓地门前，一脸警惕，过了一会儿，身子就有些歪歪斜斜，最后他终于身子后仰，靠在了墓室外面的雕像上，手中的长矛竖在墙边。廷莱特（他本人从未想到过自己有一天会这么勇敢）决定抓住这个靠近些的好时机，也许还能听见一些里面的谈话声呢。那肯定会从布罗纳那里额外赢得不少海星币——甚至有可能得到一两枚银色的王后硬币！

他有意避开从墓室门里泻出的半圆形火炬光芒，小心移步至神庙的墙根下。廷莱特只能够看到哨兵的后背，那人懒散的姿态为他增添了些许勇气，他继续往前爬，直到离门口只有几步远的地方。他蹲在一座墓碑后面，那墓碑就隐藏在爬满庙院外墙的常青藤中。

“……但方法不对，”墓室中有人说道，那声音虽然单薄，却清晰可辨——廷莱特猜想这人就是奥科罗斯。“在这里献祭不管用，必须是在那里。”

“你是要磨光我的耐心吗？”另一个声音说——廷莱特也非常熟悉的一个声音。突然，他那愚蠢的自信顷刻间消失殆尽。一个诗人在午夜时分上这儿来做什么，扮演间谍玩吗？如果亨顿·托利抓住他，他会被活生生剥掉一层皮！马特·廷莱特唯恐发出声音惊动哨兵，才没有立马转身，火速回到宫殿里去。他颤抖得厉害，勉强保持平衡蹲在他那个地方。“无聊透顶，”托利继续说道，“我现在心情可不太好，水蛭。我建议你做些能让我感兴趣的事情。”

“我……我尽力，大人。”奥科罗斯的声音里透着明显的焦虑。“只是……我们必须……我必须非常非常小心。这些力量可都非常强大！”

“的确，但此时此刻，我才是你面前最强大的力量。去吧。按照你认为合适的方法，完成祭祀——完成它。我们必须找到神石所在，否则我们根本无法让这力量为我们所用。如果我们赌输了，奥科罗斯，受罪的一定不止我一个人，我向你保证……”

“大人饶命，饶命！您看，我只是按照您的吩咐……”

“我只看见你在戳个不停，蠢货。我赏给你的金银财宝不可计数，只为了看着你对着一片镜像戳个没完？你倒是有点进展啊！让它发生啊！”

“当然，大人。但不是那么……那么容易……”

之后，即使是医生的声音都变得更为轻柔，廷莱特靠近了些，想要听得更清楚。一声尖叫突然划破黑暗，如此迅速，如此恐怖，几乎不像是出自人类的咽喉之中，那尖叫很快停下来，变成一阵咳嗽声，持续了心脏跳动的一两个间隔，之后完全消失，只能听得见男人走过石头阶梯的摩擦声和脚步声，他们从墓室仓皇逃出。

第一个逃出墓室的是一个侍卫，那人刚跑到最上面的台阶上就跪倒在地，开始呕吐。第二个人跑过他，一只手捂着嘴，另一只手挥舞着火炬。第一个人爬起来，仍然吐着唾沫，开始跟在他后面穿过庙院。这两个身影奔跑在墓碑之间，形成某种蜿蜒曲折的诡异路线。

亨顿·托利戴着兜帽的高挑身影出现在墓室的门口，手上提着那个大布包。“快回宫殿去，”他跟哨兵说，那人正目瞪口呆地站在原地。

“但是……大人……”

“闭嘴，傻瓜，赶紧走。跟着那个拿着火炬的蠢货。我们决不能在这儿被抓住。想解释也解释不清楚的。”

“但……医生……”

“如果你再要我开口，我会撕碎你的喉咙，让你永远都保持安静。快走！”

很快，他们的身影都消失在黑暗之中，只留下廷莱特一个人待在阴暗的墓地中，瞪着双眼，浑身颤抖。通往墓室的门仍然敞开着，还有光亮在那里闪烁。

马特·廷莱特不想走下这些台阶——没有一个正常人会这么做。但之前到底发生了什么事？为什么火把仍然在洞口燃烧着，里面却没有一丝声响？至少，他应该走上前去捡起火把——他可不想又摸黑穿过墓地往回走。

廷莱特事后从没想清楚自己当时为什么会那么做。不可能是因为勇气：诗人自己就承认他并不是个勇敢的人。也不是因为普通的好奇——那时候不可能有哪种好奇能盖过恐惧——虽然看起来很像是这个原因。唯一能自己解释得通的是，不管怎样，他**不得不去弄清楚**。在那个时候，在那个漆黑的庙院中，他能感觉到，没有什么比好奇那里曾发生过什么事更令人恐惧了。

他的脚踏上第一层台阶，停下来仔细聆听。他脚下门廊处的火光已经微弱得只剩下一抹淡黄色。马特·廷莱特小心翼翼的，蹑手蹑脚地走下黑暗的台阶，一直到最底层。他能看到两边的壁龛，像是黑色的蜂房，火把正静静躺在石头地面。他只需要那个东西，真的，他突然决定了——好奇心害死猫。燃烧着的火把只有几步之遥，他能够爬过去，紧挨着地面，这样就不用看到石棺顶层的那些空洞的石头人脸……

他看见了奥科罗斯，当时他的手指正要握紧火把。他只能看到医生的侧面，他后背挨着地面躺着，两脚伸开，左臂大张着，手里依然攥着一张羊皮纸。他的眼睛大得不可思议，嘴巴张开，默默尖叫着。这人的面孔如此恐怖，廷莱特感到他的心脏都快要跳出胸膛了。但最令人害怕的还是他的右臂——或者，更准确地讲，他不再拥有的右臂：一截短小的、发着光的骨头还连在奥科罗斯的肩膀上，像是一只折断的长笛，血肉被剥蚀干净，一直延续到他的脖子，里面的红色肌肉翻了出来。他的右肩除了一些经脉和少许血肉，几乎无所剩，像是绳索截断之后露出的光秃秃的亚麻线头。

最糟糕的是，整个惨状之中竟然没有一丝血液的迹象——没有一滴鲜血，好像撕裂他上肢的什么东西已经一并吸干了他的血肉。

廷莱特仍然手脚并用趴在地上，几乎把胃里的东西吐了个干净，突然，某种冰冷而尖锐的东西抵在他的脖子上。

“看啊，”一个声音在墓室的墙壁之间回响，“我回来取一张羊皮纸，居然发现了一个间谍。站起来，让我好好看一看你。先把你下巴上的脏东西擦干净，乖孩子。”

廷莱特爬起来，尽可能缓慢地转过身。那个冰冷而尖锐的东西也跟着从他的脖子一路向上，压过他的耳朵，紧紧贴着皮肤，然后粗鲁地划过他的脸颊，停在他的眼睛下面。他只能用尽全力让自己不要当场哭出来。

光线的奇异变化中，剑刃似乎也隐了形：好像亨顿·托利威胁他俘虏的只是一道阴影。护国公大人看起来有些狂热，眼睛明亮，皮肤上闪烁着汗水的光芒。

“啊，原来是我可爱的诗人！”托利咧嘴一笑，但笑意转瞬即逝。“那么，你真正的主人究竟是谁？是布瑞奥妮公主吗，远在特希斯却仍然操纵着她的傀儡？还是某个近处的人——或许是艾文·布罗纳？”片刻间，那把剑似乎威胁着要刺向更高一点的地方。“这些都无关紧要。你现在是我的了，年轻的廷莱特。因为，如你所见，今晚我丧失了最重要的一个部下，但还有很多任务没有完成——哦，很多很多。我需要一个能读会写的人，你知道的。”他指向仅剩下一只胳膊的奥科罗斯·迪欧克蒂安。“当然，我无法保证这项工作没有任何危险——但是比起拒绝我的危险，还是要小很多。不是吗，诗人？”

廷莱特只能非常小心地点点头，那把剑离他的眼睛实在太近了。他感到麻木，无助，像是一只被困的苍蝇正看着蜘蛛一步步走进猎网的中心。

“从奥科罗斯那里拿回羊皮纸，”托利吩咐道，“对，把它捡起来。现在，跟在我后面。幸运的诗人！你今晚会睡在我的脚边——从今往后的每个夜晚都是如此。哦，你会看见不少东西，也能学到不少！”他大笑着；笑声和他那微笑的面容一样糟糕。“在我手下，很快，你就再也不会搞错你那个空洞但又病态般甜蜜的真相的概念了。”

第三十一章
一小段绳索

发明家库比拉斯，在三神和诸神之战的许多传奇中都很少出现，却似乎在加尔人故事中占据了比较重要的位置。一些加尔人传奇中甚至暗示他曾经最终战胜了三兄弟——克洛斯称之为“西斯邪说”。加尔人传奇中，他们称库比拉斯为歪神，基本上算是个悲剧人物。

——引自《埃昂大陆和赞德大陆精灵种族专述》

巴瑞克只用了一秒钟就抽出了匕首，第一个斯克里克人很快欺身而上。它从黑灯中窜出，好像乘着风，伸展着双臂，褴褛的浅色长袍迎风鼓起。他用匕首刺向那人，刀刃划破衣服，那衣服比一块腐烂的裹尸布结实不了多少。他一遍又一遍地刺向它，它吟唱那首曲子声音变低了，但奇怪的吟唱仍在继续。他无法伤它分毫——他的剑没有碰到任何类似身体的东西。这些孤独者难道没有实体，只是些翻滚的长袍吗？他们是鬼魂吗？

他害怕得不敢仔细往下想。斯克里克人最起码应当是某种真实存在的生物，不管是以什么形式——他理应能够砍伤、烧伤他们。但事实是，他的匕首无法刺伤他们，而且他手中也没有火。

一次又一次，这东西向他席卷而来，又飘忽而去，那首富有韵律的曲子围绕一个微弱的音调形成某种对位法——他突然想到，第二个斯克里克人去哪里了？巴瑞克原地转个圈，另一个波浪起伏的身影从后面向他袭击而来。他忽然听到沙索的声音在他脑海中回响，清晰得好像老人此时就站在他身边一样：**别让它们在原地逮到你！要不停移动！**

他跳着避开这次新的袭击，尽全力不让自己被两个敌人夹击在中间，第一个斯克里克人突然伸出了一条马鞭，虽然它本身也不过是由类似浓雾和蜘蛛网的非实体组成的。它把鞭子挥向巴瑞克，巴瑞克跳着避开了，但鞭子仍然扫到他的小腿肚，激起一阵冰冷的痛楚。

这时，两个斯克里克人开始绕圈子，似乎想要把他再包围起来。恐惧揪着他的心，每时每刻这种恐惧的力量都在变强大：第二个怪物也生出了那种奇怪的鞭子，他们又吟唱了起来，这一次却充满了胜利的欢快曲调。这些东西到底是由什么做成的？为什么他除了它们的眼睛外什么也看不到？那双眼睛就好像是印在他们苍白面孔上的两个血点。他们绝不可能只是空气——但他们究竟是什么？

他的问题好像得到了回答，其中一个斯克里克人冲向他，某个瞬间，它的兜帽被掀开，露出一张梦魇般的脸，面色苍白无血，红色的眼睛周围却布满鲜红的瘀痕，嘴巴像是一孔深洞——这张类似女子的脸上没有丝毫人性或是善意，像是令人尖叫的面具。

那个恐怖瞬间造成的影响几乎是致命的：巴瑞克愣愣地站着，另一个怪物却用鞭子扫到了他后背的正中央。疼痛席卷而来，迅猛如闪电，激得他跪倒在地。他的匕首扔在了一边，不知道具体丢在什么地方——他只感觉得到背后的痛楚。当他绝望地试图集中力量站起来的时候，第一个斯克里克人却飘向他，高高举起手中的武器。巴瑞克并没有后退到另一个怪物所在的方向，而是上前一步，伸手抓住他的袭击者，貌似是他的腿应该在的地方。但那里却空无一物，或者说几乎是空无一物——他能感觉得到破布，潮湿的手感，以及某种类似冰条般咯吱作响又易碎的抵抗的力量。冰冷通过巴瑞克的胳膊迅速蔓延开来，不一会儿，他就感觉到那冰冷爬上他的心房，冻结了他的心脏；他能做的只有拔出他的手臂，甩向另一边。当他握紧了手中的匕首时，那两只东西又向他席卷而来，尖声唱着某种兴奋的曲调，他们的吟唱中夹杂着快速的咔嗒声和连音符，好像是某种语言。

巴瑞克大叫着，声音里充满厌恶和恐惧，匕首一遍遍地挥出，强迫那两个斯克里克人后退一点，让他能够有时间爬起来，但他的双腿软得厉害，几乎支撑不住他的身体。他摇摇晃晃地站起来，大口地喘着粗气，甚至不能将匕首保持在水平的方向。情况如此无望，但他已经下定决心要尽可能死得高贵优雅些。

然后，那两只怪物渐渐向他逼近，眼睛眯成两个血红的针孔，用非人的声音尖声歌唱，带着某种冰冷的喜悦之情，突然，某个黑色的东西破空而来，扑向后方离得最近的那个斯克里克人。有那么一瞬间，巴瑞克还以为前来帮忙的是斯科恩，但很快那个被袭击的怪物站起身，发出一阵诡异的呼呼声，既像痛苦又像惊奇，巴瑞克看到那团黑色的波浪正在舔舐那东西的长袍——竟是黑色的火焰。

第二个斯克里克人吃惊地定在原地，好像他们并不习惯被反抗。巴瑞克跳上前，用两只手抓住那东西。那东西虽然看起来弱不禁风，但抵抗他的力量却惊人的强大，但不等它挣脱，巴瑞克就将它狠狠逼退，一直退到它那个呼呼直叫的摇摆着身体的同伴旁边。不一会，黑暗的火焰燃着了它的衣袖，向着兜帽的方向烧起来。

第一个斯克里克人现在已经整个陷入黑色的火焰之中，唱不出一个音符，它的喉咙发出一种不和谐的几乎无法分辨的尖叫声。它身上传来的那阵冰冷的浪潮令人太过疼痛，巴瑞克几乎无法靠前，因此，他转向第二个斯克里克人，费力地走向那片严寒，一遍遍地挥舞着匕首，直到他能感受到出击之下衣服的破裂声，大片布料从它身上跌落，缠绕在他的匕首上。现在他的对手也被黑色的火焰所覆盖，它那讲不出任何语言的喉咙里发出一阵尖叫，声音越来越大，透着某种恐惧，直到它突然丧失了形状，在他眼前散落。就在那一瞬间，巴瑞克抓住了几条黑色的卷须，丝滑黏稠，就好像融化的牛油一样。然后那团黑色流向地面，消失了，他手里只剩下空空的腐烂的长袍，支离破碎，像尘土一样从他的指缝间溜走。

他转过身的时候，正好看见另一个斯克里克人在一团摇曳跳动的黑色阴霾中扑打跳动，然后随着“砰”的巨大一声，冰冷的火焰四溅，发出嘶嘶的声音，它跌倒在地，消散了，什么都没有留下，一堆闷烧着的衣物也渐渐在最后的黑影闪烁中消失不见了。地上是一支燃尽的火把，除了手柄那截烧焦的短木，本身已经整个都烧光了。

巴瑞克瞪着眼睛，看了好久，不太确定刚刚究竟发生了什么，他头晕眼花，疼痛难忍。然后雷蒙·贝克从树丛的阴影中走向他，满脸羞愧。

“我……我找过来一盏黑灯，扔向了它们。”

巴瑞克呼出一口气，重重地跌坐在地：“是啊，做得好。”

那个时刻，他满脑子想的都是蜷成一团，好好睡一觉，但是，他们刚刚将两个城市的守卫烧走，不可能会没有人注意到。事实上，他意识到，很可能不久之后就会有一大批那种恶心的东西向他们袭来。巴瑞克嘟囔了一声，又重新挣扎着站了起来，领着贝克向那堆巨大的石头城墙走去，迎接不知道是什么东西的未来。

他们小心翼翼地穿过荒无人烟、胡乱堆积成的废墟，沿着城墙一直走，直到发现一座拱形的门廊。大门竖立在地面，木材腐朽，金属的部分大多生锈：但已经没有什么能阻止他们的进入了。

令巴瑞克大感意外的是，大门之后的庭院空旷无人，全是疯长的杂草，像是一处庄园别墅的草坪，尽管已经有很长时间没有放养的动物啃噬过这片绿色了——杂草的高度几乎过膝，其中还夹杂着野生的灌木，缠绕着黑色的藤蔓，像是人类皮肤下分布的血管。庭院尽头远远立着一堵墙，墙上有另一处拱门，另一座坍塌的大门。

“我先走，看看这里究竟有什么，”巴瑞克说道。

他踏上草坪，只走出短短几步，就有个东西抓住了他的脚踝。巴瑞克暗咒一声，将自己的脚猛地提起，但当他落下脚时，又有东西抓住了他的脚。草地在他周围缠绕，叶尖刺向空中，像是蛇类闪电般伸缩的舌头。长长的枝干卷住他，然后继续缠绕，顺着他的腿往上爬。

“后退！”他向贝克喊道，“这草地——是活的！”

他拼命地砍着杂草的茎条，但从它们的损伤效果来看，奎鲁斯的匕首好像是羊皮纸做成的。一些草已经长到他的手掌处，似乎正试图从他手中夺走武器。他能听见贝克正在身后朝他大声叫嚷着什么，但却无法分辨那人究竟在说什么。

缠绕在他腿上的那些草开始拽着他往下拉，像是干燥的动物皮毛一样伸缩有弹性。巴瑞克知道，如果它们把他拉向草地，他很可能就再也站不起来了。他仍然在挥舞着手中的匕首，但仍然没有什么效果——几根茎条被劈开了，但他每砍一根，就有两根、甚至更多根抓住他。

在这最为绝望的时刻，他突然想到一个主意。

巴瑞克脱下那件他私自占用的灰色大衣，展开来铺在面前的草地上，然后扑上去，落下的时候稍一转身，后背就落在了大衣中间。他能感到衣服下的杂草像是无数伸开的手指一样在蠕动，但那些茎条却无法穿过厚实的羊毛碰到他。他身上的重量使得羊毛大衣紧紧压着草地。在这片刻的保护中，他开始砍去那些禁锢着双脚的杂草。

这让人累得喘不过气来，直到双脚最终摆脱束缚。他躺着喘了好一会儿粗气，像是一个遭遇海难的水手，他的大衣就是这汹涌澎湃的绿色海洋中的那一叶扁舟。巴瑞克又聚集了一点力量之后，他就开始像一个毛毛虫一样在草地上蠕动起来。大衣跟着他一起移动，确保厚实的大衣隔在他和那些食人的草丛之间。到达另一边时，他爬起来朝拱门里飞快地扫视了一眼，确保没有其他什么东西在那里等着他之后转过身，将大衣揉成一团扔回给贝克。贝克学会了这办法，比巴瑞克穿过草丛花费的时间还要短。

最后他们一起来到了门廊下，肩并着肩，打量着下一个庭院。那里充满了低沉的迷雾，巴瑞克细细查看的时候，发现迷雾之下是一摊浅浅的水池，水池占据着整个庭院，就像是杂草充斥着上一个庭院一样。

“您不会想要尝试走过去吧？是吗，殿下？”贝克问道。

巴瑞克摇摇头：“我不知道我们还能做些什么。但你不必跟来——我跟你说过的。”

贝克长叹一声：“你说什么？回去？在帮你杀了两个孤独者之后？”

“啊，对啊。那想法很聪明，”巴瑞克说着把外套扔在双肩之上。“用他们自己的黑灯火把烧死他们。”

“一点也不‘聪明’，先生。我抓起什么东西就跑去了。黑灯只是我看到的第一样东西。”

有那么一瞬间，巴瑞克几乎对这个男人产生了某种温暖的感情，甚至于类似亲友之间的感情，但那却是某种他无法承担的弱点。他转过身，仔细查看面前的水池。

迷雾懒洋洋地在水面上盘旋，现在他能很清楚地看到，一排古老而又破碎的石头隐藏在迷雾中，刚刚露出水面，一直通向远端的另一个拱门。很显然，这些就是踏脚石，但同样明显的是，巴瑞克认为，即使有这些踏脚石，穿过庭院也仍然没有看上去那么简单。他踏上第一块石头，焦虑地等待着，不知道会发生些什么。然而什么事都没有发生，他又踏向另一块石头，手中紧紧抓着那把匕首，眼睛则密切注视着四周，看似浅显清澈的水面其实极具欺骗性，可能不知什么时候就从哪里冒出一只可怕的怪物向他袭击而来。然而没有任何危险发生，所以巴瑞克又往前踏出一步，雷蒙·贝克小心翼翼地跟在他身后。

不知不觉巴瑞克已走完一半的路程，不论之前这个水池中曾栖息着什么怪物，他都希望它们现在已经离开了。然而，他突然感到下半身一阵虚弱感，就好比他的双腿是两袋粮食，然后有什么东西在上面咬出一个洞。往下看的时候，他发现浮在水池上的那层薄雾开始在他的脚踝和小腿部分变得浓厚，缕缕浓雾的移动方式似乎与他感觉到的空气流动并无关系。当他瞪着脚下，那种虚弱感也越发强烈的时候，他似乎在迷雾中看到了某种奇形怪状的怪物，脸形诡异，张牙舞爪。浓雾接触他身体的地方变得越来越寒冷，他又迈出一步，但双腿已然软弱无力。他摇晃了下身体，差点跌进水里。巴瑞克回头绝望地看了一眼贝克，那人似乎也正承受着同样的攻击，左右摇晃着身体。

“疼……”贝克大声抱怨，“冷……”

“小心别摔倒！”巴瑞克自己也在奋力维持身体平衡；他很清楚，如果跌进水里，可能就再也爬不上来了，那张迷雾中的脸会把他所有的力气都吸走。

就是它了——他们在吸取我们的力量，和水蛭一样……

皮肤上那一小块冰冷逐渐向四周蔓延，身上的衣服似乎根本无力抵御那种吸食热量的袭击，好像某种狂热的寒性怪物从他身上爬过——但它们被阻隔在外，正努力攻向他的身体内部……

体内更温暖，他模糊地想到，**我们都是体内更温暖。它们想要**

温暖……

这个主意很疯狂，但他知道留给他反抗的时间不多了。巴瑞克举起左手，徒手向奎鲁斯的那把匕首抓去。他几乎无法感觉刀刃的锋利，好像把左臂伸向了一团雪花，但掌心很快有鲜血涌出，开始顺着手腕流下来。巴瑞克伸开手臂，挣扎着保持身体直立，让鲜血滴进水里。

迷雾旋转的速度迅速加快，鲜血滴落的水面很快变成了粉红色，迷雾就在那四周翻滚，重新开始在水面上聚集，然后迷雾本身也开始染上一点粉红色，就像低矮的云层折射出的破晓曙光。

“快走！”巴瑞克叫道，但声音如此微弱，他自己都无法确定贝克有没有听见。他让更多的鲜血滴下，趔趄着走向下一块平坦的石头。迷雾在血水周围又盘旋了一阵，才向他移动而来。巴瑞克不得不甩出更多的鲜血，但掌心的血流速度已经开始变慢。他又在身上划了另一道口子，让血滴在水里。现在，即使是之前缠绕在雷蒙·贝克腿边的迷雾也开始变得稀薄，其中一些向着巴瑞克鲜血染红的地方漂去。贝克向前迈出一步，那样子好像是半个身子都陷入了泥泞之中，但第二步就轻松很多了；不一会儿，两人都步履蹒跚地走过踏脚石，向着庭院对面的安全地带走去。

终于，两人跌跌撞撞地倒在拱门下，浑身颤抖着大口喘气。巴瑞克刚才在他的胳膊上又划出了三道血口，整个上臂和手肘以下的手掌部分几乎全都是一道道红色，只剩下几点干净的地方，看起来像是黑暗森林里张开的可怕眼睛。

贝克终于呼吸顺畅了些，从他破碎的袖口上撕下几块布条，开始为巴瑞克包扎伤口。贝克制作的绷带虽然不是最干净的，却足够发挥止血的效果。

巴瑞克不快地盯着下一个庭院看。这个庭院看起来似乎比其他几个更加无害：几块平凡无奇的石头在另一端形成几层台阶，通向另一扇看似质朴的紧闭的大门——但他知道绝非如此。“你认为，这次等待我们的又是什么，”他苦涩地问道，“一窝毒蛇？”

“不管是什么，殿下，您都能打败它们。”雷蒙·贝克声音中的某种腔调使得巴瑞克回头看了他一眼。他看到的是崇拜吗？居然会有人崇拜臭名昭著的残疾巴瑞克·埃顿？还是一整天的恐惧景象已经把这人的脑袋变得不正常了？

“我一点都不想打败它们。”巴瑞克能够看到，斯科恩远离着那些邪恶的草丛和吸人鲜血的迷雾，正在他们头顶的高空盘旋。不管怎样，至少他们之中还有一个能保持理智。“我希望有人能拿着破城锤把所有的邪魔鬼怪都打倒。现在这些事情烦死了。”

雷蒙·贝克摇摇头：“我们必须往前走。更多的斯克里克人会前来为它们的姐妹报仇雪恨，这次我们就不能用同样的方法把它们吓跑了。”

“姐妹？”这想法让他感到恶心，“难道它们真的是女人？”

“并非人类女子，”贝克严肃地说，“或许是某种雌性恶魔。”

“那么，就如你所说，继续向前吧。”巴瑞克知道前方要发生的事情都无可避免：他们当然无法后退，就像他无法穿越时空去弥补那些早已犯下的错误。他挣扎着站起身，痛得叫了出来。那些咬人的迷雾造成的麻木感已经消退，现在他能清晰地感受到身上的疼痛。如果让南境的子民看到现在的他，这个满身苦难的王子，又会做何感想呢？

我站在此地，他告诉自己，**徒有王子之名，没有一个臣民，没有一个侍卫，没有一个家人，没有一个朋友。**

斯科恩从空中飞下来，扑闪着翅膀落在拱门另一端的石头台阶上。乌鸦在几步之遥的地方前后踱着步，巴瑞克有点期待会有什么东西从石头中间突然冒出来，掐死这只黑色的小鸟，但什么都没有发生，要么是潜伏的危险一点也不关心乌鸦这种生物，要么就是那险恶的东西太狡猾了。

“现在开心了？”斯科恩说道，“觉得惊奇而难以理解，咱。”

“闭上你那张蜗牛一样的小嘴，鸟。我不得不来到这个邪恶的城市，现在又不得不做这件事。但又没人逼着你跟我们一起。”

“哦，是，把咱扔出去，当然。咱什么都没做，只是警告过你。得到这种待遇。”

“看吧，别跟个烦人的老太婆似的总是斥责我，如果你看到什么东西，那就都告诉我。下一个庭院里有什么？”

乌鸦看着他，“没有庭院。”

“真的？那么那扇门的另一边有什么？”

斯科恩斜眼看去，越过庭院有扇古老的木质大门，门上除了正中间一块生锈的圆形金属突起——或许是个把手，没有任何记号。

“另一边？根本没有另一边。”

“你在说些什么？”巴瑞克拼命克制自己的脾气，“一旦我们穿过庭院，打开那扇门，另一边肯定会有什么东西——某个建筑？另一个庭院？如此之类？”

“什么都没有——我跟你说过了！”乌鸦烦躁地抖动着身上的羽毛，“甚至没有门。另一边就是外围的城墙。然后是树啊什么的。和前面一样。再没有别的了。”

不停的询问之下得到的答案，那个听起来似乎令人无法理解的答案，其实就是事情的真相：据斯科恩讲，它已经在这块土地上来回飞了好几遍，那面墙上的门之后什么都没有，从外面根本看不出有门存在的迹象。一切都只是个复杂精密的诡计。巴瑞克躺在拱门下，被打击到了，但雷蒙·贝克突然拽了拽他的手臂。

“起来，殿下。别绝望。我们马上就要到达终点了。”那人的破衣烂衫现在几乎和巴瑞克身上的衣服一样破旧，一样肮脏，他自己的衣服已经穿了好几个月。巴瑞克突然想知道他在别人眼里是什么样子——他闻起来是什么味道。

徒有王子之名，他又想到这句，开始哈哈大笑起来。他现在的身体显然无法承受这些，好一会儿，他都只能坐着，弯着腰，连呼吸都十分困难。

“殿下，你受伤了吗？”贝克又碰了碰他，“还是生病了？”

巴瑞克摇了摇头。“帮我站起来，”他最后说，仍然在试图平复自己的呼吸。他自己也不知道为什么就大笑起来。“你说得对。我们马上就到终点了。”只是，他对终点的理解似乎与贝克的不同。

巴瑞克一站起来就不再停留——再这么等下去又有什么用？——从拱门中走了出去，开始穿越空旷庭院中的那些破碎的石头。他尽全力让自己抬起头，勇敢地大步向前走，尽管他也知道，任何时候都可能会有什么东西从地下冒出来或者从空中降落。但令巴瑞克感到吃惊的是（他的惊奇也有些疲倦了），没有向他伸来的手，也没有从阴影中跳出来的怪物。他和贝克都小心翼翼地向前走着，但都平安无事地穿过了石头庭院。最后，他们站在台阶上，看着那扇灰色的大门，以及门上的金属把手。

斯科恩跳到巴瑞克的肩膀上，紧张地用爪子抓着，巴瑞克不舒服地扭了扭肩。他伸出手触碰大门，期待着会有什么事情突然发生，阻止他——一声噪音，一个突然的移动，一个痛苦的伤口——但什么都没有发生。他的手指紧紧抓住那只粗糙的生锈金属把手，但当他往外拉的时候，大门纹丝不动，就好像整扇大门都已经变成了城墙的一部分。

巴瑞克两只手都覆在门把手上，用力往外拉，尽力忽视他那只缠着绷带的手掌传来的疼痛，但大门仍然像一座大山一样一动不动。他把脚抵在最上层的台阶上，身子后仰，借用双腿和双手的力量，但仍然无功而返，他好像正在把整个绿色的地表抬到肩上去一样。雷蒙·贝克也将手臂缠上巴瑞克的腰，把自己的重量和力气加了进去，但大门仍然和之前没有任何差别。

“没想过推一下那扇大门吗，而不是一个劲地拉？”斯科恩建议道。

巴瑞克恶狠狠地瞪了他一眼，然后重新站到门前，开始用尽全力推门。大门仍然没有移动分毫。“满意了？”他问那只小鸟，然后转身背靠着门，滑倒在地，坐在了门槛上，回头看着这片阴沉沉的陷入暮光之中的庭院，这里没有黑灯的照耀。

“你推门的时候用够力气了吗？”斯科恩问道。

巴瑞克对它怒目而视：“你自己动手试试就不会这么问了。”

斯科恩动动喉咙，发出恶心的声响：“但我没有手，不是吗？”

乌鸦的话语戳到了他的记忆。没有手。巴瑞克把头抵在门上——这扇门就和花岗岩的悬崖一样坚固——然后闭上了双眼，但脑海里的想法却依然难以捕捉。他如此疲倦，仿佛整个世界都已倾斜，倒塌在他周围。他重新睁开双眼，只觉得此生从未如此疲倦过……

“手”，他突然说，“跟手有关。”

“什么？”雷蒙·贝克看向他，但商人的眼神麻木而绝望。巴瑞克几乎肯定地感觉到，此刻正有一对斯克里克人穿过那个长满草丛的庭院，然后是有水池的庭院……

“听着，”巴瑞克说，“沉睡者曾告诉我一些关于这个地方的事情——歪神大厅，如果真的就是这里。他们说过，凡人的双手是无法打开大门的。”

贝克似乎没有听见他说的话：“我们得做些什么，殿下。更多的孤独者很快就会来到这里！”

巴瑞克放声大笑，笑声尖利而绝望。光知道有什么用，即使那些都是事实真相？他们都是凡人，甚至连斯科恩也是。如果说推开门需要的是“非人之手”，那乌鸦或许早就能用它的鸟嘴把门弄开了。巴瑞克对这想法嗤之以鼻。或许他们得向斯克里克人求助……

“等等。非人之手，他们说过。”他把手伸进衬衫，拿出基尔的镜子，然后将绳索从脖子上解下来。有一瞬间，他手中感受到了镜子充实的力量。他有种奇怪的感觉，好像他手中的这面镜子是件活物一样，但他没有时间多想——他刚刚想到的主意跟镜子没什么关系，但跟它上面系着的纤细绳索非常有关系。

雷蒙·贝克正无精打采地坐在最后一层台阶上，听到后疲倦地看向他，“那是什么？”

“什么都别说。”巴瑞克靠近些，把绳索缠绕在门把手上，两只手抓着那只放镜子的小袋子的两边。然后用力往外拉。什么也没有发生。

斯科恩扑闪着翅膀飞到空中，在巴瑞克的脑袋周围盘旋着。

“那些灰东西。我看到河边有许多，正向这边过来。”小鸟大声宣布，“很快，像……”

巴瑞克的手指开始感到一阵刺痛。不一会，一道光亮闪现在绳子上，很微弱，只有在门廊这种黑暗的阴影中才能看得见。来不及多想，他扭动双手，一只手覆盖在另一只上，用力往外拉。随着一声低沉的隆隆声和几不可闻的尖叫声，像是铰链正在从几个世纪的尘封中挣脱出来，大门终于打开了。巴瑞克不得不后退几步，好让厚重的大门缓缓从他身边转过，雷蒙·贝克一半身子从台阶上跌下，落在庭院的石头从中，才避开了这道门。斯科恩拍打着翅膀，在门缝前盘旋，突然他在空中旋转起来，然后消失在门框背后的黑暗中，事发突然，好像是一阵大风刮过突然把它卷进去一样。

“嘿，小鸟！”巴瑞克把手伸向门后的那片空无，但就在他的手指即将探进去的时候他又收回了手。那里不仅仅是阴影，好像它本身就是一片虚无，像是那片吞没范森队长的黑色深渊。

他感到有一阵风吹过，拉扯着他的头发，他的衣服……雷蒙·贝克只来得及告诉他，“殿下，恐怕……”然后所有的一切似乎都天翻地覆，他们两人都从这世界中跌落。巴瑞克无法尖叫，无法哭泣，也无法思考，无法做出任何事情，只能在黑暗中坠落，那片冰冷的虚无似乎无穷无尽……

只有虚无，没有声音，也没有光，没有方向，甚至没有意义。时间本身已经将这片虚无遗弃，如果这里曾经还有过时间的足迹的话。他等待着，等待着，等了足足一千年去呼吸，然后又等了一千年，心才开始跳动。他还活着，但他没有活着。他身处虚无，直至永远。

不知过了多久。他已经将所有过往遗忘。他的名字很早之前就被遗忘——他的记忆也是如此——所有的目的都已消失殆尽。他在虚无中飘荡，像是河流中一片枯死的树叶，没有自由意志，也不担心什么，更不会有什么企图心，一切自然而然。就他所知，虚无本身也会像瀑布那样汹涌奔腾，但由于他本身就在其中，属于它的一部分，他感觉不到任何动静。他就是荒凉沙滩上的一粒沙土，遥远星空中的一颗冰冷死寂的星星。他甚至无法再进行思考。他是……他是……

巴瑞克？巴瑞克，你在哪儿？

这声音落入他的脑海中，精致复杂，令人惊奇。当然，它们对于他来讲毫无意义——只是一团出现又消失的噪音，就像是一个精心准备的诡计之于一片树叶、一块卵石，一点渐渐熄灭的火星。但是，它的感觉仍然撩动着他，震颤着他。那是什么意思？

巴瑞克，你去哪里了？你为什么不跟我说话？你为什么留下我一个人？

他想起了一些事，或者说是感觉到，一粒智慧的颗粒在他眼前跳舞，一道光亮……一抹火光。光亮终于照出了虚无的形状，与此同时，也给了他方向感，向上还是向下，向后，向前……光亮来自一个娇小而纤细的身形，那人长着一双漆黑的眼睛和一头更深颜色的头发——那头发的颜色几乎和虚无本身一样黑暗，只除了那一束光亮，那抹火光在无尽的虚无中吸引了他的注意力。那是个女孩。

巴瑞克？我需要你。你去哪里了？

然后一切又重新回到他的脑海中，虽然还只是些混乱的碎片，所以，这个黑头发的女孩可能是他的姐姐，也可能是他的未婚妻。**契妮坦？**他用尽力量回应着她，**契妮坦！**

我好孤独，她哭着说，**你为什么再也不来看我了？你为什么丢下我一个人？**

我在这里！虽然他好像就站在她身边，但却无法让她听见自己的声音。好像有一扇厚重扭曲的窗户将他们阻隔，她就站在那遥远的另一端。**我在这里！契妮坦！**这片虚无中只剩下他们两人，但他们却触碰不到对方，无法交谈……

为什么？她哭喊道，**为什么抛下我？**

赞美先祖。另一个声音，另一个思想，突然闯入了这片虚无。**我千方百计地搜寻你。原以为你早已迷失在大虚无中……**

契妮坦很显然和巴瑞克一样无法听到或者看见这人的存在。她的声音变得微弱。**哦，巴瑞克，为什么……**

过来，新加入的声音说——一个男人的声音。他之前听到过。**我能帮助你，孩子，但你必须先要独自跨过这道深渊。现在已经很晚了——你必须直接穿过一段黑暗的时间……**然后他看到了一个苍白的巨大身影，长着四条腿，头部是一团杂乱的纤细枝条，像是一棵小树。

不，他突然意识到，那是鹿角：在这无尽黑暗之中，站在他面前的是一只巨大的白色牡鹿，像一颗遥远的星星一样燃烧着冰冷的光亮，使得他能够勉强看清远处的契妮坦。

跟着我，它说。连这句话本身似乎也散发着一抹独属于它自己的淡紫色光芒。**跟着我——还是你已经爱上了这片虚无？**然后某种东西牢牢抓住他，一道白光把他从这片虚无中举起，拉着他离开了那个黑头发的女孩。

不！他奋力抵抗，却最终没有战胜它。**契妮坦，不，我在这里！我在这里！**

但她仍然没能听见他，他也无法战胜那个新的力量。不一会儿，她就飘然而去，退回到更深的混沌中，好像沉入一个布满泥泞的池塘之中；他见到她的最后一眼，就是那无尽黑暗中的一束闪烁的火光。巴瑞克感到好像心脏都从他胸膛中被分离了出来，他把心留在了这片虚无中。

现在他开始在冷、热以及闪烁的光亮中轮回，那光使他疼痛恶心，但却不能完全驱散这片黑暗。他在坠落，他在飞翔，他在……他无法分辨。光亮闪烁得更加迅速，热的脉动也更加频繁。很快声音也是如此——短暂的没有言语的嘶嘶声，呜咽呻吟声，然后是吼叫声，好像整个生命和运动的世界都在他体内冲撞，如同海洋的波浪，然后又同样迅速地消退。

我想要回去……但那个将他从黑发女孩身边拉开的人却不再跟他讲话，或者至少巴瑞克无法再听见他的声音。

契妮坦，对不起……

光亮和声音突然迸发，一股感官的洪流冲击着他的思想，像是河水漫过堤岸。他无法再进行思考，只能被动地接收。笼罩在他身边的是一片疯狂。

无数张群山般巨大的面孔——群山似的面孔吐出无数崩落的岩石——膨胀的暴雨云似的面孔中又射出道道闪电。如同暴风雨的男人，以及火柱般的女人。无数暗影骑着高头大马，挺拔的树木在马蹄下被践踏。大地本身被翻转，撕裂，生出崭新的山谷和群山，天空闪烁着白色的光，噼里啪啦飞溅出无数跌落的星星。当所有这一切都猛地向他袭来的时候，巴瑞克只能呜咽着退缩。

这是场诸神之间的战争，一场巨人和野兽之间的战争，有史以来最疯狂、最奇特的战争。战士在互相厮杀的同时能变成各种动物，变成旋转的风，或者一团火焰，他们身后是一座奇怪城市的城墙，那些水晶塔高高耸立，塔身上都是钉子，就像褶皱的刺猬皮一样，似乎在浑身颤抖着步步逼近，连天空本身也在压迫着它们。有一会儿，这座城市似乎比任何一座山都要高耸，但下一刻，在那里战斗的生灵们就使它显得无比渺小，不论是围困的还是被围困的。

战争已经打响。成千上万的鸟儿从空中俯冲而下，袭向一名似乎是水做成的女子，那女子逐渐变大，直到变成一座比那些黑塔更高的喷泉。刺眼的光束照亮了一整支骷髅士兵的军队，又随着光亮的熄灭消失不见。无数石头像是被风吹起的落叶一样打着旋儿飞舞，一条闪电做成的蛇从一座高山上掰下山峰部分，将之推下山去，使得城堡的一片城墙因此坍塌。但很快这个巨洞又被一群金属制成的昆虫填补，金属昆虫的每一个关节缝隙都喷着蒸汽。

视野正中央，有三个巨大身影盯着山下城堡的大门，即使在最耀眼的亮光照射下，除了那双冰冷的，闪烁着星星般光芒的眼睛，他们的样子也不甚清晰。其中一个手中握着一把巨大的锤子，由某种深灰色的金属锻造而成，另两个则拿着长矛，其中一支有两个叉尖，像湖泊一般碧绿，另一支则像陆地的洞穴一样幽黑。

巴瑞克知道这三个人，尽管承认这一点，即使是向他自己承认，都让他无比恐惧。

中间那个身影举起锤子向前掷出。巨锤看上去就像一群明亮幻象聚成的风暴向前飞行，撞在巨大城堡的城墙上。幻象们开始不断变化，热烈而耀眼，它们聚在一起的光亮更是强烈，巴瑞克几乎无法辨认出正在发生什么。有那么一个瞬间他以为，那座城市虽然无比宏伟浩大，也必然会被轻易烧毁，像是在汹涌澎湃的暴风烈火下的干燥森林。然而，一道更明亮的光束开始燃烧，像是冉冉升起的太阳，袭击者都纷纷后退，离开城墙。

只有两个身形从被围困的城市中走上前，但这两人却驱开了袭击者。即使在强大的金色光芒照耀下，一道炽烈的球形琥珀色光芒和另一道冰冷蓝白色光仍然清晰可见。在这两个宏伟的光圈之中，巴瑞克能够看见两个身影正骄傲地高高坐在他们的坐骑上，各自配着一把长剑；很难分辨出这光芒究竟是来自这两个人本身，还是来自他们手中的长剑，抑或是他们身上穿的铠甲，但面对两人耀眼的光芒，围城的军队都开始向各四面八方退散开。

巴瑞克耳边的吼叫声变得更强烈，以至于他的头骨隆隆作响，好像有一场暴风雨在他头脑中轰鸣。由于那道炽烈的光芒，他几乎无法看清任何东西。山上的三人乘着他们的坐骑向前冲，顺着山坡俯冲而下，那些战马猛如野兽，马蹄几乎没有触碰到地面。他们举起手中的武器，似乎连头顶的天空都炸裂开来，带来无尽的黑暗将他们淹没。

突然，一切都突然消失不见了——那些火一样的女人，空气一样的男人，爆发着熊熊怒火的美丽身影，所有的斗争，所有的争斗者，都在一瞬间消失，结束。只有城堡本身留了下来，那些闪耀的苍白塔楼摇摇欲坠，像是冬季暴风雨过后残存的树木，枝叶破损，落在四周，在泥泞的灰烬中闪现着点点光亮，好像冶炼厂地板上的那些消熔的金块留下的一滴滴金斑。

巴瑞克刚刚领略到这片废墟上曾经发生的战争那狂暴的美感，但就当他盯着眼前的废墟时，他发现自己身上的每根神经都在哀悼已经消逝的那一切。

接着，毫无预兆的，他突然向下跌落。当他向着城堡跌落的时候，城堡的废墟也在发生变化：曾经那些耀眼的金色、淡淡的蓝绿色或者奶油般的白色现在都变成了扭曲着的黑色，那些曾经半透明的幻象都变成了完全的阴影。那座无比伟岸的城堡，现在也变成了一片布满尘土的被人遗弃的蜘蛛网，那蛛网也曾经闪闪发光，泛着雨水的光泽挂在那里。美已然逝去，但也以某种奇怪的方式留存了下来。

这里怎么说都是同一片地方，但前后又截然不同。巴瑞克就这样掉了进去，如同被一阵风吹向井底。

很快巴瑞克就意识到他正脸朝下躺在地板上，地板由黑色的石头精心镶嵌而成，很平整，被仔细打磨过。他听到某种东西掠过水面时的奇怪声音，离这里越来越近，然后，轻柔的脚步声随之响起。

他睁开双眼，眼前是一片噩梦般的场景。一张张怪物的面孔向他压下来，滴溜溜转个不停的、傻里傻气的双眼，长着翻滚的傻瓜一样呆滞的双眼，咧开长着獠牙的大嘴。只有他们的脑袋的形状勉强能看出是人类。但那也是最糟糕的部分。

“啊，”他身边的一个声音说——一个冰冷陌生的声音，“很好，亲爱的。你们抓到一个入侵者。”

第三十二章
秘密与躲避

《西曼德之书》中提到的另一支精灵族部落是魔术师族，似乎也就是众多人类传奇中所提及的签订协议的加尔人。只有西曼德和其他少数学者声称他们了解这个部落，但由于西曼德在他的大作被人广为传颂之前就已逝世，他的消息来源便成了未知数，因此他的结论也就不足为信。

——引自《埃昂大陆和赞德大陆精灵种族专述》

“说真的，这一点也不稀奇，”锑说道，警告他的听众，“俘虏所讲的语言很像是《长石语法》中的古语。你们可能不知道，但这本《语法》写在完美的云母纸上，每一页都由单独的水晶石雕刻而成，书中还包括亘古时代的传说，难以在其他地方找到……”

范森清清嗓子，打断了那个富有激情的年轻侍僧的演说：“很好，锑，但我们需要知道这个家伙现在在说什么。”

锑的脸立刻变红了，即使是在芬德林人如此热爱的昏暗灯光下，范森都能看得出来。“很抱歉……”

“继续，孩子，”朱砂鼓励说，“跟这个俘虏说说话，如果你能够做到的话。”

年轻侍僧转向那个浑身颤抖、怒气沉沉的黑暗精灵，后者很明显以为自己被带到休息室是要忍受各种折磨的。两个芬德林守卫站在这个激动的小胡子怪物身后，随时准备应对一切麻烦，但范森丝毫没有担心。他亲眼见过无数审问，这一个却表现出了错误的信号，那种狂暴的勇气很快就会崩溃。

“问他为什么要跑到我们家门口来袭击我们。”范森说道。

锑发出一串模糊不清的有着深沉喉音的声音。其他一些芬德林人看起来好像听到某种熟悉的铃声，都被逗乐了，但对范森而言那只是无尽的噪音。这个长着粗糙胡子的黑暗精灵抬头看着侍僧，但却没有回答，脸上每一处肮脏的线条都写满憎恶。

“问他为什么跟随黑暗女士。”他想了好一会儿才想起基尔曾告诉过他的名字，“问他为什么黑暗精灵一族会追随雅萨梅兹。”

这一次锑的问题使得黑暗精灵满脸惊奇地瞪着他们。过了一会儿，他说了些什么——很简短，虽然显得很不情愿，但仍然说出了些东西。

锑轻轻嗓子：“他说……豪猪女士，我想是这个名字没错……说她会镇压你们。说她会向阳光大陆的人进行报复。我翻译得应该没错。”

范森压抑着自己的微笑。动员口号——对于那些真的不知道为何而战的俘虏，你也只能从他们口中听到这些。“我到房间后面去，锑，”他嘱咐侍僧说，“你和朱砂继续问他问题，诸如黑暗精灵为何会拿起武器对抗自己的兄弟——对抗芬德林一族。”

范森做了个沮丧的手势，然后就离开了。朱砂走上前来，开始问各种问题，锑认真做翻译。范森注意到，朱砂会不时地辨认出某个外来单词的意思，再重复它。范森不禁对大师的智慧大为钦佩。

如此一来，他就强调了他们之间的血脉联系——黑暗精灵，看见了没，他现在几乎在说着你们的语言！

范森静静地站在房间后部，朱砂则继续提问，不停地灌输芬德林族是黑暗精灵的近亲，比他们效忠的加尔人领袖还要亲近，但俘虏仍然没有说出任何东西。

啊，如果我们制造出哪怕一丁点的同情或者羞耻心……范森想到，“问问他的名字。”

锑看起来惊讶极了，但仍然问出了问题。黑暗精灵则很羞耻，但仍然嘟囔出了答案。

“‘克鲁尤’，他说——我认为，那在古语中是‘褐煤’的意思。”

“很好，”范森仍然很小声地说着话，以便不要将黑暗精灵的注意力引到自己身上。“问问这位煤大人，为什么他的豪猪女士想要我们的城堡。如果她得到了城堡，又想拿它做什么？为什么她要浪费如此多的黑暗精灵的性命占领这座城堡？”

锑翻译完之后，黑暗精灵瞪着他，很明显此时的心情无以言表。最后，他开始小声说着，话语持续了一段时间。年轻的侍僧不得不靠近他才听得清。听完后他直起了身。

“他说，黑暗女士很生气。加尔人国王不让她屠杀我们这个邪恶的种族——他称我们为‘阳光大陆居民’之类的——强迫她签订了某种协议。黑暗女士尽全力遵守那份协议，但最后失败了。她……我不太明白他用到的那个词……她的亲戚，或者朋友，之类的——好像有点像我们语言中的‘族人’……被杀了，因此她现在认为协议已经被破坏了。她把这些归罪于精灵国王，但同样为她的族人而感到愤怒，”锑休息了一下，“他好像只知道这些了——毕竟他只是地下军队的一个小长官……”

范森的心脏突然开始剧烈跳动：“佩林的锤子，简直难以置信。协议？他说协议？”

锑耸耸肩：“协议，条约，协定——这些词并不完全一样……”

“安静！不，很抱歉，但现在什么都不要说，锑。”范森用尽全力去回忆。是了，他想起来了，一切都很契合。“问他是否知道女士亲族的名字——那个被杀的人，那人的死终结了协议。”

年轻的侍僧对范森的激烈情绪感到很惊讶，但还是转过身，将问题翻给黑暗精灵，后者现在看来不那么害怕，反倒更加疑惑了。“他想知道你是否会杀了他，”听到男人的回答后锑说道，“他说他记得那个亲族的名字叫防风灯。”

“我就知道！”范森猛地将自己的手掌拍在了石头桌上，惊得那个俘虏都跳了起来。“告诉他不会，锑——不，我们不会杀他。事实上，他马上就会被释放，然后领着我去见他的女主人。是的，我要去找她谈谈。我会告诉她有关防风灯的真相和那个协议。因为我当时就在现场。”

侍僧有些迟疑地将费拉斯·范森的话翻译给俘虏听。小房间内陡然安静了下来。范森看向周围，朱砂，锑，孔雀石·紫铜，甚至是这个黑暗精灵——他们都盯着他，好像他已经完全丧失理智一样。

⚜ ⚜ ⚜ ⚜ ⚜

查文的床没有睡过的痕迹。事实上，整个房间都没有任何迹象表明医生曾经待在这里。

“他不在这儿，”火石用他那严肃尖利的嗓音说。

“我知道他不在这儿，”燧岩生气地说，“我们好几天都没有看到他了——自从那次让他负责照看你，却让你跑掉了之后。但我很想跟他谈谈。他有没有跟你说过他想去什么地方？”

“他不在这儿，”火石重复道。

“你这是逼我发疯啊，孩子。”燧岩领着他走出了房间。

“范森队长不在这里，”朱砂说道，“他在为一次旅行做准备，并且很有可能会为此牺牲自己的性命，我不太明白他这么做的原因，因为无论如何，他此行的成功率都微乎其微。”他叹了口气，“我希望你能给我们带来些好消息。”

“恐怕让你失望了，”燧岩告诉他，“我在神庙的任何地方都找不到查文的踪影。”

朱砂皱皱眉：“确实很奇怪，让人担忧。他时刻处于亨顿·托利的死亡威胁之下，为什么还要跑到陆地上的城堡里去，或者进入芬德林镇？”

“让我们一起祈祷他不是自己跑到什么地方然后跌下去了，”孔雀石·紫铜说，“这里很多地方都漆黑一片，尤其是五拱门之后——我们可能连他的尸体都找不到。”

镍师父则大发雷霆：“我早就说过会引来大麻烦的——一个陌生人，甚至不属于我们自己的部落，在神庙地上和地下四处游荡，不管我们愿不愿意！燧岩·蓝石英的孩子自己找到秘境的路就已经够糟糕了。如果这个……地上人，这个巫师，也如法炮制呢？他又会给我们带来什么厄运？”

“查文为什么会想要进入秘境？”燧岩质问说。

“为什么不想？”镍气愤非常，几乎难以自制，“最近好像所有人都认为他们在我们的圣地有重要事情！地上人、孩子，甚至是精灵族！”

“精灵族？”燧岩看向朱砂和碧玉，满脸困惑，“那是什么意思？我从未听人说过。”

“碧玉和他的侍卫曾经阻止了几个人，他们试图从神庙地表向下挖隧道，”孔雀石·紫铜说，“但那无法证明任何事情——精灵族很可能只是想挖一条秘密通道突袭我们，在打败我们之后，他们就可以在芬德林镇的大门出现，那里已经算是到达城堡城墙内部了，然后给城堡的抵抗者一个惊喜。”

“你在自欺欺人，”镍说，“他们在寻找深渊中的力量，”他瞪着燧岩，好像整个蓝石英一家都是这场邪恶预谋的共犯，“寻找掌控秘境的方法。”

“为什么？为什么精灵族想要这种东西？那究竟意味着什么？”燧岩看着镍愤怒的面容，突然注意到有恐惧一闪而过，好像小孩子撒了个明显的谎话然后被当场抓住。“等等。有什么事情正在发生，我却毫不知情。是什么？”

“告诉他，要么我来说，”朱砂说道，“燧岩早已赢得了我们的信任。”

“但是大师！”镍看起来心急如焚，“很快所有人都会知道这个秘密……”

“公会授予我这项权力，由我来做裁决，兄弟。而且，或许保密的期限已经结束了。”老师叹口气，跌回到他的椅子上，“但是，仍然希望大地长老能够原谅我，希望这个秘密能传给下一代。”

燧岩看着那一张张脸，“我不太明白。谁能跟我解释一下吗？”

镍尽管年纪比较小，却有张很老成的脸，现在，他看起来就像刚吃了一种最酸的萝卜，而且还吃了不止一根：“这……这不是第一次……加尔人想要进入秘境了。他们去过很多次。”

燧岩只能瞪大双眼：“什么？”

“我说过了，”镍生气地说，“焕华共修会有记录以来，他们就一直会到秘境去。长老和公会的人都知道，并且或多或少默认这件事情——具体说来就复杂多了。但是这事儿突然就终止了，自从他们上一次来秘境，已经过去了很长时间。两百年或者更久。”

燧岩摇摇头：“我还是不太明白。他们在秘境里干什么？”

“我们也不知道，”朱砂说，“有个古老的传说，几个侍僧偷偷潜入秘境，想要观察精灵族人到底在干什么——或者说是加尔人，精灵族人如此称呼他们自己——但故事结尾这几个人却都疯了。精灵族很少来这里——最多可能一个世纪一次——而且总是很少一部分人来，这很可能就是他们会得到允许的原因。这项传统非常古老，七百年前石匠公会成立的时候就已经有了。他们通常会从风暴石最长的道路过来，通过石灰岩门，那里通往大陆。他们只待几天时间，从来不会盗窃任何珍宝，损坏任何东西或者伤害任何人。很长一段时间里，我们的祖先都不曾干涉过，或者至少故事中是这样讲的。然后，在冷灰沼泽之战后，加尔人就不再来了。”

“但如果他们有一条路能通向这里，为什么这次不直接使用呢？”燧岩问道。

“因为自从与精灵族的第二次战争后，我们就封死了石灰岩门，”镍师父说着，还愤怒地哼了一声，“他们自己证明他们不可信任。那就是为什么他们会从地表挖洞的原因，也能解释他们为何如此努力想要到我们神圣的秘境去！”

燧岩揉揉眉心，好像要把他刚刚听到的内容揉成一种更加理智的形状。“即使那些都是事实，也无法解释为何会如此，镍。难道就没人知道他们在这里都做了些什么，或者一开始他们为何会得到允许到秘境中去吗？”

朱砂点点头：“说实话，好像加尔人过去曾经帮忙修建过秘境——不，很抱歉，镍，我并不是想要亵渎神灵。我是想说他们曾经帮忙修建深渊里的隧道和大厅，并不是秘境本身。”

“千沟万壑做主！”燧岩感觉自己好像被一块落石击中，这块石头带着他远离了那些他早已熟知的事物，“所以我现在才知道这些？我是芬德林镇里唯一不知道这件事的人吗？”

“这些对我而言，也很新奇，”紫铜说，“我不知道该说什么。”

“对我们大家，甚至对我来讲，都很新奇，”朱砂说，“红玉髓宗主和盖岩宗主在派我来这里之前才告诉我这些。只有宗主他们自己和被公会内部高层选中的少数几个人知道这些事情。对镍来讲也是一样的。”

“没错，会长生命垂危的时候告诉了我这些。‘这是年轻人的时代’，他说，‘我太老了，没法再保守这些秘密了’。”镍师父怒气冲冲地说，“我当然得到过比这更加慷慨的礼物。”

“就像老话所说的，‘我们不能因为祖父的斧头在大厅中显得好看就私自占有它’。”朱砂告诉他，“我们身上承载着所有人的信任，无论年长年幼。我们必须做出最正确的决定。”

“那我们必须向湿热石之神祈祷，希望你们的范森队长没有真的失去理智，”镍师父说，“除了羊入虎口之外，希望他还能有些其他收获。否则，我们可能要再组织一次进攻，或者两次，但最终我们会被打败，秘境就落入他人之手了。”

“不仅仅是秘境，”孔雀石·紫铜说，“如果我们失败了，芬德林镇会陷落，我们头顶的城堡也会落入他人之手。”

“我们要做什么，父亲？”

男孩这样称呼他的时候，燧岩仍然感觉很奇怪，好像这孩子正在某个神迹剧中扮演一个孝顺儿子的角色。“查文的失踪把我吓坏了，我想要找到他，”燧岩解释道，“但我不会再犯同样的错误了，不会再把你一个人丢下。大地长老在上，我想念你的母亲了！”

火石用那双平静的眼睛回望着他说：“我也很想她。”

“或许我应该把你送回到芬德林镇你母亲的身边。这样也能为你省去许多麻烦——至少省去了很多关于神庙的麻烦。”

“不要！”男孩头一次表现出焦躁不安，“不要把我送走，父亲。我在这里还有任务。我必须待在这里。”

“说什么胡话，孩子？你必须待在这里做什么？”火石那坚定的语气让燧岩感到很不安，“你不能再去图书馆捣蛋了，听到没？也不能再去秘境做什么奇怪的远行。事实上，共修会才刚刚原谅你和我。”

“我必须待在神庙里，”男孩倔强地说，“虽然不知道原因，但我必须这样做。”

“好吧，我们稍后再谈这件事情，”燧岩说，“现在你跟着我。必须牢牢跟在我身边，听懂了吗？”

事实上，燧岩自己也很高兴有男孩的陪伴。对于医生，他越发担心了，也越来越确定，他不可能只是闲逛到什么地方去了。他要么是被加尔人抓走了——这想法很吓人，要么是又得了那种镜子疯狂症，然后可能会发生什么更糟糕的事情。燧岩不打算搜寻那些非常危险的地方，经过去年的疯狂之后，芬德林镇下的每一寸土地都不再安全了。如果不是自从加尔人停止袭击以来好些天都平安无事，他也不敢带着男孩走出神庙。即使如此，他还是在腰带上别了一个石头镐和一把手斧，拿的珊瑚灯也比平常多得多。

父神保佑，他想，保佑男孩一切平安，如果真的发生什么事情，也保佑我不要被欧珀责罚。

他很想念他的妻子。自从他在铁石英老人手下做学徒，跟着一起去遥远的塞特兰路游历以来还从未和她分离过这么久。这种想念与他们新婚时的想念截然不同，那时跟她分别，就好像身上受了伤，他一靠近她就忍不住抚摸她、挑逗她、亲吻她，无法做这些事情的时候对他来讲就是种折磨；现在，他很想念她，就像是想念从自己身上剥离的一部分。没有她，现在的他是不完整的。

啊，老婆，我想你想得发疯！一见到你我就要告诉你我有多想你，而不是只会犯傻。我等不及想要把那些积攒的拥抱还给你。我好想听见你的声音，即使是你在骂我傻瓜。即使被你嘲笑，在我心中，也好过受到公会的表扬。

“她是个好女人，你的母亲。”他大声说道。

火石点点头：“虽然她不是我的生母，但她确实是个好女人。”

“你还记得你的生母吗？”燧岩问道。

火石继续往前走，但燧岩注意到男孩的沉默和之前不同。这种沉默代表他正在思考。

“我生母已经去世了。”他最后说，语调平静得像是切开的石板。“她为了救我而死。”

除了那句突如其来的令人惊讶的补充，压抑的火石再也想不起其他事情了。过了一会儿，考虑到他们距离神庙已经很远了，现在安静要比无意义的谈话更重要，燧岩于是抛开了这个话题。

他们一起搜寻了瀑布阶梯一侧的黑暗区域，最远到达了盐池以下那片平原的隧道，然后就停下来休息，吃了些燧岩带在身上的蘑菇和一些熏鼹鼠。吃完后他们都感觉有些口渴，于是往阶梯上面走了走，那里倾斜的山洞中有一处天然的出水口，芬德林人把这叫作“父神之井”。盐池的水是从海湾处渗透而来，因此水表总与海平面持平。与盐池不同，父神之井则充满了新鲜又甜美的井水，由米德兰山的雨水渗透而成。事实上，正是由于这些出水口，巨大岩石上的生活才成为可能，不论是芬德林人还是大人物，都会从地表向地下蓄水层中挖井取水。

火石蹲在池边，用双手舀水喝，脸上是他惯有的专注神情，好像正在经历某种从未经历过的事情。燧岩望着眼前的一切，心中不禁感慨，生命中最简单的东西有时竟也如此复杂。这里，有干净的水源，几百腕尺以外的地表却是布伦湾的盐水池，米德兰山的石灰石将两者区分开，如果这些发生变化的话——比如，也许仅仅因为发生了一次地震，南边大陆就经常发生地震，但在燧岩的记忆中，这里却从未发生过——那么其他一切都会随之变化：河湾会突然发起洪水，淹没一切低于盐池的地方，淹死神庙中的所有侍僧以及其他人。更深处的甜美泉水即使再多，人们也喝不到了。

然而，有大自然中这些微妙维持的平衡，生命依然在此延续，几百年来都是如此，几乎从未发生变化。燧岩曾经在蓝石英家族谱系的帮助之下，将自己的血脉追溯了近十代人；一些更富有更有权势的家族，更是声称他们能追溯的先祖有一百代之多。

但下一代人还能如此夸耀吗？或者，加尔人成功摧毁他们的古老家乡之后，他们是否只能从某个破旧的洞穴遗迹中追溯芬德林人的历史？现在的芬德林人是否会被迫搬去野外那些未经开凿雕饰过的洞穴中居住，如同一些奇怪的哲人曾经声称那是他们的祖先住过的地方一样？

燧岩突然意识到，火石已经喝完水，站在他眼前，用那双平静的大眼睛瞪着他，把他吓了一跳。“你听见了吗？”他问道，“我想我听到了某个人的呻吟声。”

“会是查文吗？”

男孩摇摇头：“这里太大，太深。”

“那么，很可能只是大地的声音。很抱歉，孩子。我刚才在想一些关于水和石头的事情——像我这样上了年纪的老人，经常会这样胡思乱想。”

“这是壳石，”男孩手里举着一块浅色的不规则岩石，很严肃地告诉他说，“一种里面有贝壳的石灰石。”

燧岩哈哈大笑，然后站起身，“我很高心你终于注意到这些了。好孩子。”

在瀑布阶梯周围的大厅中没有发现任何查文的踪迹，或者任何反常的迹象，燧岩和火石决定重新往神庙走，他们穿过五拱门的门廊，进入一片错综复杂的隧道网，直通地下的迷宫。当然，他不会接近任何靠近秘境的地方——他最不想做的事情，恐怕就是冒险将这个容易失踪的孩子带进令人头晕眼花的深渊——但如果查文真是在神庙下的深渊中失踪的，秘境似乎就是最应该去搜寻的地方。迷宫当然会更令人迷惑，但如果医生如果真去了那么远的地方，燧岩恐怕就需要共修会成员的帮助，好好搜寻一下那里了：他还没有忘记在那个黑夜般的地方他自己曾有过如何糟糕的经历。

大约一个小时之后，燧岩站在两个隧道的岔口，认为是时候放弃搜寻返回神庙了，如果他们还想赶上晚餐时间的话。然后他突然注意到，一直跟在他身后的火石不见了。

他急忙在隧道中往回跑，恐惧充斥他的内心。“火石！”他大声呼喊，“孩子！你在哪儿？”燧岩一边搜寻他之前穿过的每一个十字隧道，一边暗暗咒骂自己：欧珀曾经说过他的那些话，即使是最不留情面的话，都无比正确——他就是个彻头彻尾的蠢材。把男孩带回到他曾经消失过的地方，这里他曾遭受过无尽苦难，恐怕只有父神知道那些可怕的经历究竟是什么！

当他搜寻着好像是第六还是七个十字隧道的时候，他发现自己来到了一条倾斜的长廊，里面有好几个转弯处。来回跑了一段时间后，燧岩开始感觉自己已经在这个洞里浪费了太多时间。他正打算转身回到主厅去，这时，走廊突然在他面前打开了一扇门。这地方更为宽敞，尽头则是一条巨大的缝隙，有一个芬德林人的胳膊那么宽，自己身高的三四倍那么高，他只往里看了一眼，就注意到一个浅头发的身影正躺在不远处的阴影中。

“父神保佑我们大家！”他哭喊着，几步奔到火石的身边，俯下身来。让他感到万分欣慰的是，男孩还有呼吸。当燧岩把他从地面上拉起来一点，手忙脚乱地想要把他拥进怀中的时候，他还微微动了下身子。

“哦，可怜的孩子，我都做了些什么？”燧岩说道，男孩在他臂弯里动了动身子，刚开始只是轻微的动作，后来幅度却越来越大。不一会，燧岩感到他脖子上有潮湿和温暖的感觉，赶紧俯下身绝望地搜寻那处流血的伤口……但从男孩脸上流下来,又滴到他身上的,却并非鲜血，而是其他一些东西。火石正满脸泪痕地哭泣着。

“孩子？”燧岩问道，“孩子，怎么了？你不舒服吗？能听见我说话吗？”

“要死了……”他说，“要死了……”

“你才没有！别胡说八道——你会引起父神注意的！”他再次把男孩拉近自己，“别引诱他们——他们每天都要往箱子里装足够多的灵魂。”

火石抽泣着说：“但我感觉……哦，燧岩爸爸，好疼！”

“别害怕，孩子。我会保护你。”

“不，不是我。是……”男孩在燧岩的臂弯里奋力挣扎，他几乎要抱不住他了。“在那儿。我能感觉得到。那儿！”他指着走廊尽头的那条裂缝。“要死了！”他边说边大声呻吟，好像得了某种令人痛苦万分的疾病。

燧岩温柔地把男孩放在地上，向裂缝爬近，让灯笼中微弱的光束照进缝隙中。“你在说什么？有东西在那里吗？”

“某个东西……某个我不……”火石摇摇头。他的面孔苍白，在灯光的照耀下，燧岩能够看到他满脸汗珠。“它吓坏我了。好难受。哦，拜托，爸爸，我要死了……”

“你不会死。”一阵寒意爬上了燧岩的后背和脖颈。很久之前，在埃顿家族的墓前，男孩就曾有过同样的症状，那还是发生在他消失在秘境之前的事情。“那就是个洞，孩子，或者是两块巨大的岩石碰到一起时产生的一个裂缝。为什么你会被吓到？”

火石只能摇摇脑袋，他的表情很忧郁，又有些困惑：“不知道。”

燧岩走上前，往裂缝中看去，但是，在那片浅浅的黄绿色灯光的照耀下，除了石头，他什么也没看到。裂缝比他并排伸开的手掌宽不了多少。“好像很普通啊……”他说着，突然意识到这条裂缝好像的确很熟悉。但怎么可能？只不过是两块巨大的岩石，以及它们之间的狭窄缝隙……

“那个味道，”他突然说道。虽然很微弱，但既然他已经注意到了这点，那种气味就像是锤头敲打在水晶石上的声音一样明显。“我曾经闻到过……”

那片记忆猛然觉醒，像是一拳有力的重击——秘境中黑暗宏伟的洞穴，那片闪烁着金属光泽的湖水，和那个闪闪发光的男人……

“湿热石之神啊，”他暗自咒骂一声，丝毫没有意识到他竟然在孩子面前说出这样一个恶劣的诅咒。“就是那里……那种气味……在洞穴里。水银池里。深渊之海！”他想起来了，那时他还疑惑空气都跑到哪里去了，因为水银的蒸汽是有毒的，但他和男孩——以及，可以推测，很多年前的众多侍僧——都从深渊之海中穿过，却都活了下来。而且，他也想到了这点：水银本身是没有气味的。

他再次靠近缝隙，用力嗅着。他还能闻出另一种气味——某种海洋的气味，必定是从陆地表层飘荡下来的空气——但还是那种他认为和银色水池一致的气味最为引人注意。他本来可以问问朱砂那是什么的。

“跟我来，”他对男孩说，“我们往上走，返回神庙。”

火石竭尽全力想站起来，但他太过虚弱了，几乎无法站立。他个子太高，没办法爬到燧岩的背上，但燧岩发现，如果让男孩靠着他走的话，他们就能够缓慢但平稳地前进了。虽然，他们肯定会错过晚餐了。如果在平时，这肯定会让他非常遗憾，但男孩带给他的惊骇，加上深渊之海的奇怪味道，燧岩已经失去了一大半的食欲。

这让他再次想起南境地下这个小世界的种种奇怪之处——这世界不仅比居住在地表的大人物所能想象到的还要宏伟，还要复杂，而且显然，也超出了燧岩和其他芬德林人的意料。如果深渊之海在地表要开一个出水口的话，那么，出口必然会在南境城堡的城墙之内的某个地方。这并没有什么稀奇——米德兰山的石灰石中充满了小孔，还有很多裂缝，使得空气能够在芬德林镇和各个深渊中自由流动，否则，也不会有如此多的人把家安在这里——但由于某种他甚至不敢猜测的原因，知道闪光之人和这世界表层只隔着空气，燧岩只感到心烦意乱，头痛欲裂。

★ ★ ★

穿过五拱门之后，火石似乎恢复了不少力气：当他们走在瀑布台阶的时候，他已经能够不靠人支撑，独自走上去了，尽管仍然会不时地喘不上气，需要经常停下来休息。

“很抱歉，父亲，”某次休息时，火石说，“我……我曾经以为自己快要死了。但那感觉也很像某个爱我的人离开了我——好像你或者欧珀妈妈离开了。”

“别在意，儿子。喝点热汤，你就会感觉好很多。无论如何都不要感到一点羞愧——某些地下走廊本身就非常奇怪，每个人都知道这点。”

当两人沿着小路，穿过装饰性质的蘑菇花园，靠近神庙的时候，他们看到一个庞大的身影正站在两条路的交叉口上，低头看着一串白色菌类构成的网状物，那东西依附在一种神圣鹤嘴锄形状的支架上生长。当他们走近的时候，燧岩觉得自己好像已经认出那个站着的人是谁了。

“查文？是你吗？查文！”他急忙跑上前去，“赞美父神，你回来了！”

医生转过身，脸色温和，正微微笑着。“是的，是我，”说话的口气好像他只是出门散个步，刚刚回来而已。

“你究竟去哪儿了？”

查文的视线越过他，看向火石站着的地方，他正站在小道中间，男孩似乎一点也不急着靠近。“你好，小孩。嗯，我去哪儿了？”他点点头，好像这问题无比深奥，需要人仔细思考后慎重作答，仓促不得，“去了五拱门之外的走廊。就是这样。”

“我们刚刚从那里回来。怎么没碰上你？你回来很长时间了吗？”

那表情仍然很温和，还有点惊讶。“我……你知道，我记得不太清楚。我正钻研某个想法……某个……想法……我曾经。”他皱了下眉头，那样子好像刚刚想起自己还有一项任务没有完成。“对了，我还有些事情要再想想，我只是……随便走走。”

燧岩正要刨根问底，下定决心问出个自己更加满意的答案，有一个侍僧突然出现在道路的尽头，挥动着双臂，显然激动异常。

“蓝石英，是你吗？赶快过来！有人入侵了。”

“入侵？”燧岩感到恐惧正在他心中慢慢扩大。这表明范森已经失败了吗？和平的日子还有可能到来吗？

“是的，”侍僧回答道，“恐怖万分。到处都是女人！”

“什么？女人？你在说什么？”

“来自芬德林镇的女人。大师的妻子，还有其他人，她们刚到。成千上万！神庙可不是为了这些女人修建的！”

燧岩放心了，哈哈大笑：“是的，你们兄弟即将体验到这种感觉了，可怜的僧侣们！”他转向火石：“那意味着我们的欧珀也回来了。快来，孩子。”

他们跟随焦虑的侍僧往回走，查文落后几步，跟在他们后面，好像仍然愉快地沉浸在他的思想中。

火石靠近燧岩，“他没说实话，”男孩小声说，他的嗓音并没有表现出好恶，只是简单陈述事实。“并非全部。他隐藏了一些重要的事情没有跟我们说。”

“我也有同感，”燧岩低声回答。正前方，成群的侍僧挤在神庙前方的柱廊里，像是一群躲避猫的老鼠。“同样的感觉。我很不喜欢。”

⚜ ⚜ ⚜ ⚜ ⚜

所以我又穿回铠甲了，费拉斯·范森这样这样想着，疲倦中有几分自得其乐，此时，他正在调整芬德林人为他准备的铠甲，一件由精细得惊人的条纹链条制成的衬衫，非常轻盈，而且几乎不需要内衬。*啊，好吧，幸亏我还没有习惯自由自在*。

“和您之前要求的一样，我打包了一些食物，队长，”锑说，“一些面包和奶酪，还有几颗洋葱。哦，我们真是幸运——看！”侍僧抓出一个打开的袋子，“老人之耳！”

在那一瞬间，范森的胃袋似乎都威胁着要爬出喉咙，从他的嘴巴里跳出来。然后他意识到，尽管锑口袋里的东西长得确实很像肉质的皱缩起来的耳朵，但实际上却是某种菌类，黑乎乎，潮湿又有些发霉。但它们闻起来仍然很奇怪，范森发现他还是很难找到享用它们的热情。“是的。很棒。”

“我还是认为这不是个好主意，队长，”朱砂跟他说，“至少应该派十二个人跟着你。碧玉随时待命。”

“是啊，队长，带上我吧。”大锤·碧玉的光头一片青紫，布满各种伤口，好像由大理石雕刻而成。“让我杀几个草地舞者。对，我一点也不介意再多杀几个。”

“这就是为什么这个任务不适合你的原因，”范森说道，“我不想在我不愿战斗的时候，浪费我们最好的战士。他们这里更需要你。”

“但我们需要你留在这里，范森，”孔雀石·紫铜说道，“这是最重要的真相。”

“你们必须要信任我，绅士们——我的方法能发挥更大的作用。你们想我留在这里等待抵抗下一次袭击，还是主动出击确保再没有任何袭击？”

朱砂摇摇头：“你这是强词夺理——此事并非只有两种可能的结果。你可能在什么协议都没有达成之前就被杀了。那样，我们就既没有组织抵抗的人，也没有缔结和平的人了。”

“那真不是个振奋人心的想法，大师，但我必须赌一把。我是唯一能够这么做的人，你们必须相信我。如果我身边带着太多人手，那么我不仅会减少你们抵抗的兵力，也有可能让敌人误以为我的任务是一次偷袭。我唯一的希望就是去跟他们的领袖谈一谈，面对面地谈。”他看向锑，“我很赞赏俘虏身上的绳索，兄弟——我们当然要把他拴牢些——但我更希望绳子能系在脚踝上，而不是腰上。如果他想要逃跑，我希望能一把拉住他的脚。”他严肃地看着黑暗精灵，尽管他听不懂范森的话，但很显然能理解话里的语气。长胡子的小个子男人害怕地缩了缩身子，露出满口突出的黄牙。

对于告别，他们没有再多做拖延：范森知道朱砂和其他人都不赞同他的做法，而且对于带上锑这个受人喜爱的小伙子，他也感到很内疚。其他的芬德林侍僧很可能也会做翻译，但他更信任年轻的锑，愿意让他在这种危急关头帮他保持头脑清醒。尽管他对其他人表现出信心十足的模样，但他自己知道，能够不犯一点错误地达成他的目标，是件概率极低的事情。

那个黑暗精灵似乎还在担心他的逮捕者会突然背信弃义，他步履蹒跚地拖着一截绳子走在前面，领着他们向着节日大厅走去，回到加尔人突破的地方。朱砂的手下几乎已经把加尔人挖的通道全部填补完毕，岩石的堆积非常专业，想要穿过去几乎是件不可能的事情。范森有些吃惊——他忘记精灵族毁坏的地方已经被修复了。如此一来，他们如何去见加尔人？不能从路上走了，这一点确定无疑：如果那些透露到芬德林镇再到神庙的令人费解的消息都是真的，地上的围攻已经演变成全面入侵，他和锑恐怕永远没法活着从路上到达加尔人阵营了。

搬开这里的石头恐怕要花费几个小时的时间——花费的时间足够芬德林人改善其他地方的防御工事，而非拆掉再重新修建。费拉斯·范森背靠着墙，突然感到疲惫万分，一时说不出话来。指挥官？将军？对于一个简单的侍卫队长来说似乎都不够合格。

黑暗精灵上上下下地打量着修复的工事，然后看着范森，用他那种粗粝、吞吞吐吐的语言说了些什么。

“他说……我认为他说有另一条路可以从这里到达他们的营地。”锑告诉范森。

“另一条路？加尔人有另一条路通往我们的洞穴？”他瞪着这个长胡子的小个子男人，“为什么这个投降的人会告诉我们这样一个大秘密？”

“他害怕如果我们就这样返回的话，其他的族人会对他失去耐心，一刀砍了他。他说那个没头发的——碧玉，很明显——曾经……做过些手势。”锑拼命克制自己的笑容，“明确表示他会很乐意拧断他的脖子……或者更糟。”

“我打赌他会这么做。”范森点点头，“很好，告诉他我们愿意让他带路。”

“他有一个要求。他请求您千万不要告诉豪猪女士，是他告诉您这样一条您原先不知道的路。他说那可能意味着他玩完了，下场比没头发的那人能够想象的还要恐怖得多。”

第三十三章
牢笼中的孩子

阮提斯声称他本人曾经亲自与精灵族说过话，还说加尔人王后之所以被称为第一花，是因为她是整个种族的母亲。阮提斯甚至暗示她的名字，萨奎丽，来自于加尔人语，意思就是“无尽的孕育”，但加尔人语法的缺席，使得其他人很难证明他的观点正确与否。

——引自《埃昂大陆和赞德大陆精灵种族专述》

不是皮尼蒙·瓦什不喜欢小孩。他自己常年豢养着十来个小孩当作奴隶，满足自己最私密的需要。都是男孩，当然 他发现女孩子总是不知满足，不合时宜。但他的住宅里也有年轻的女奴。没有人有证据证明他讨厌孩子。因此，真正让他惊慌失措的是，这些小孩根本不应该出现在这里，一切都毫无道理可言。

更不用说他现在还得为了群小孩辛苦劳作。处理独裁者本人的各种需求当然另当别论，不论他是突然想吃某种稀奇的食物，还是想听某种异域风格的音乐，或者想要体验某种古老的、几乎已经被人遗忘的审问的乐趣，这些都是瓦什的分内工作；在这一任独裁者之前，他也为其他的独裁者服务过。事实上，他也为自己能够预见这些需求，并且总是能够至少初步满足这些需求而倍感自豪。但苏列佩斯真的不同凡响，即使是他的祖父帕拉克，那个爱好广泛、总能冒出各种奇思妙想的人，在他面前，也显得像是某座伟大神庙中最年长最呆滞的祭司一样刻板。

“带一对士兵到岸上去，”独裁者这样吩咐，那时他们刚从奥姆斯登陆。奥姆斯位于布伦，是沼泽湿地海洛宾邦国南部的一座城市，当时他们正和当地人交换一些新鲜的食物和淡水，作为船上的补给。“到城墙外围远一些的地方去——我可不想把时间都浪费在和这群人打架上。如果我把我的手下放进城去，他们很有可能就失去控制，在这里多待好些天。因此，带上你的人到郊外，给我带些孩子回来。要活的。一百个应该够了……”

然后就没有任何进一步的解释了，当然，也没有任何指导：这位独裁者几乎从不解释或者指导手下。

从他们的家乡抓一百个小孩。把他们带上船。提供他们住处和食物——让他们能够活下来，大致维持健康。但有人能告诉我原因吗？没有，当然没有。别多嘴问问题，瓦什。你可是独裁者手下任职时间最长，最受信任的顾问，但你并不值得以礼相待，只要按吩咐做就是了。他苦涩地告诉自己。

首席大臣又一次在船舱的那块地方走了走，之前捆好的板条已经被钉成了箱子的形状，以便囚禁那些年幼的囚徒。十二个小孩被囚禁在这条船上，其他小孩则分别放在另外几艘船上。为他们提供食物并不是件难事，瓦什一边想着，一边查看那一张张苍白的面孔，他们要么无比困惑，要么闷闷不乐，要么纯粹是被吓坏了。但让他们能够活下来——他应该怎么做？已经有好几个孩子在流鼻涕，咳嗽了。船舱里的牢笼，对于十二个半裸的孩子来讲并不是一个十分温暖的地方，如果突然来了一阵流感，感染了所有的小孩，把他们都弄死了，独裁者本人能够理解吗？显然不能。

不，下一个就是我自己的脑袋了，瓦什悲观地想着，瞪着一个哭鼻子的男孩，他多么希望能够穿过那些竖条，一脚踢在那孩子身上，让他马上停止哭泣。**即使我足够幸运，想方设法让这些孩子活了下来，完成了他所计划的任何疯狂的事，那下一个计划呢？皮尼蒙，下一个呢？**

独裁者奇思妙想的航行还在继续上演。他们在赫若索尔起航的时候只有一艘大船，但后来，很多来自西斯海军的舰队追上了他们，加入了这次航行，所有的舰队上都载满了士兵。当舰队绕过布伦，穿过康纳德海峡时，他们在赫迩明海东部无人沿岸的一处浅湾中靠岸。这举动带给皮尼蒙·瓦什的惊讶，丝毫不亚于那条抓捕一百个小孩的命令。他越发深信，他的主人是在故意向他隐瞒这次奇怪冒险的最重要部分。

更加奇怪的是，独裁者手下骁勇的一队白猎犬士兵和他们的战马随之坐船登上了岸。他们从西部登岸，进入一片森林，直到独裁者命令船长起锚都没有回来。舰队仍然距离南境——那个明显的目的地，还有无数海里，因此，瓦什根本猜不出留在那里的白猎犬究竟需要完成什么样的任务。

“让我们都坦诚相待吧，奥林，”苏列佩斯说，“像是有学之士以及兄弟国王那样坦诚，那样就好。”他们再一次行驶在海面上，乘风破浪向着目的地驶去，独裁者本人的心情也变得十分愉快。他站的地方距离栏杆太近——同倒霉的北方国王也相隔不远——以至于连瓦什都能感到他的猎豹保镖的那种焦虑感，他们那种专心致志、捕猎般的瞪视，丝毫无愧于他们的名号。“那些神职人员，圣书中所讲述的有关诸神的故事，其实大多是胡言乱语，”他继续讲道，“是讲给孩子们听的童话故事。”

“或许你们的神灵确实如此，”奥林僵硬地说，“但那并不意味着我也要如此轻易地抛弃我们教堂的智慧……”

“这么说来，你对《三神之书》中讲的一切都深信不疑了？诸如女子变成蜥蜴来拒绝神灵的求爱？诸如福乐斯·龙彼得曾经喝干了整个海洋的水？”

“我们不应评论诸神的意图，也不该对他们的能力妄加评判。”

“啊，是的。这一点我也很赞同，奥林国王。”独裁者微微一笑，“你不觉得这个话题很有趣吗？让我再说一些更具体的事情。你的家族有某种看不见的……残缺。某个污点，事实上。我想你知道我说的是什么。”

奥林显然非常愤怒，但他努力使自己的声音保持平稳：“污点？埃顿家族没有污点。先生，您有权处置我的生命，但那并不意味着您有权力侮辱我的家人和我的血统。在我们来到远境王国以前，我们就是康纳德的国王。我们在成为国王之前就已经是部落首领。”

独裁者看起来像是被逗乐了：“没有污点，真的？性格上或者身体上都没有？很好，那么，我再跟你说些我所听到的传闻。如果我讲完了你还认为我是胡说八道——好吧，我发誓，我会道歉的。那将会很有趣，不是吗，瓦什？”

首席大臣一点也不知道苏列佩斯究竟想让他说些什么，但他的主人显然正在等着他的回答。“非常有趣。神佑者。但同样令人吃惊的是，这件事不太可能发生。”

“但先让我告诉你一点关于我自己旅程的故事，奥林。或许会给你以启迪，让你明白我的意思。你也会感兴趣的，瓦什大人。整个赞德大陆再没有人听到过这样的故事，除了潘西斯尔。”

政敌的名字就像是一块烧红的木炭落在了瓦什的衣领上，但他竭尽全力面带微笑，看起来充满喜悦。至少那位最高祭司现在身在别处；否则，这种羞辱感只会更加折磨人。“无论我的陛下想要分享何种智慧，我都很乐意洗耳恭听。”

“你当然乐意，”苏列佩斯似乎也很开心：那张狭长的脸上始终保持着一种伪善而又欢畅的笑容，他那双非同一般的眼睛也似乎比平常更加生动。

“你当然乐意。自从很小的时候开始，我就知道我和一般的小孩不一样。并不是因为我是一位独裁者的儿子，毕竟和我一起长大的其他十来个孩子也同样享有这种可以炫耀的资本。而是因为，自从孩童时代开始，我就能够看到和听到其他孩子看不到、听不到的东西。后来我才明白，在所有的兄弟之中，只有我能够感受到诸神的存在。真的，虽然每一位独裁者都声称能够听到诸神的教导，但我知道即使是我的父亲帕纳德也只是在说些空洞的套话而已。

“只有我是不同的。

“这件事本身就非常奇怪！我和其他王室子孙都是大地之神的孩子——却只有我能够感受到诸神的存在！更奇怪的是，除了这项小小的天赋之外，我再也没有其他的力量了。诸神没有赐予我比一般凡人更强大的力量，或者更长寿的生命，或者其他任何事情！很显然，我的父亲，以及他的其他继承人也是如此。西斯国的独裁者竟然也只是个普通人！他的血脉也只是普通人的血脉。我们被谆谆教导的东西都是谎言，但只有我有勇气承认这一切。”

瓦什从没有听到过如此多的亵渎神灵的话语——而且都是出自独裁者本人之口！这意味着什么？他又该如何应对？尽管他大多数时候都对宗教无动于衷，除非宗教已经成为西斯宫廷礼仪范围内的热门话题。但瓦什仍然会情不自禁地畏缩，害怕不知道在什么时候，伟大的神灵自己就会用他那火焰般的光线把他们都劈倒在地。很显然，独裁者本人的疯狂行径已经遭到审判了！

“因此我决定开始做进一步的研究，”苏列佩斯继续说道，“有关诸神血脉以及我自己的家族史的研究。

“刚开始的时候，我翻遍了果园宫所有图书馆里的藏书。我发现，在我的先祖横扫这片沙漠、坐北称王之前，西斯城处于其他家族的统治之下，那些家族声称他们和其他一些神灵有着血缘关系。我追溯的历史越久，越能发现这些先祖都被描绘成某种类似神灵的形象。这到底是因为相对于我们这些现代人来讲，他们比我们更接近神灵先祖，所以他们血脉中的神圣血统比我们更加浓厚？还是因为这些故事经过岁月的流逝而愈加富有传奇色彩？如果这些自称是阿戈尔或者赛加尔的后裔的古老君主，也不过同宫殿中和我一起长大的那些无聊家伙一样平凡——或者和我的父亲一样平凡，又会怎样？帕纳德可能的确很骁勇，也很狡猾，但据我长期观察，对于宗教和哲学方面的事情，他也没有任何过人的智慧或者任何超人的兴趣。

“一些神职人员因此认为他们和我意气相投，这显然是误解我了——对于那些神秘的知识本身，对于那种荒诞的、缺乏规束的研究，我其实并不感兴趣。凡人的一生太过短暂。我脑海中其实只有一个想法。不知道真相，我就没有工具；没有工具，我就无法把这世界塑造成我所偏爱的样子。

“无论如何，图书馆里的神职人员开始跟我讲起一些他们曾经听说过，却从未阅读过的书籍——这也是我第一次意识到，这世上还有果园宫图书馆都不曾拥有的书籍，那些书籍甚至不是用我们一族的语言书写而成的，其中一些甚至还没有被翻译成西斯语！你不是很好奇为什么我的赫若索尔语讲得那么好吗，奥林国王？现在你知道答案了。我之前就学过，所以我才能顺畅地阅读那些北方古老学者的著作，关于诸神和他们所作所为的著作。菲亚罗斯，孔发思·闵丹，阮提斯 · 卡里布里亚——特别是阮提斯——我读过他们所有人的著作，而且还搜寻过南部大陆的一些禁书。最后我在伊斯特附近的一座神庙中找到一本《天界战争年鉴》，我的第七代曾祖在伊斯特摧毁了我们大陆上的最后一座精灵城。”

“你们大陆上也曾有过加尔人？”这么久以来，这是奥林第一次开口说话，瓦什感觉他的嗓音好像在说，他对此感兴趣完全是身不由己。

“曾经，没错。我的先祖接管了他们。”苏列佩斯哈哈大笑，“猎鹰国王可不像你们北方统治者那么多愁善感——我们可不会非要等到一场大瘟疫毁灭了半个国家之后，才下决心驱除那些精灵害虫。

“我的寻找真相之旅引领我在年轻时候就去过很多地方。我曾经在哈伊兹的蛇形墓穴中挖出过圆筒形状的书册，那些墓穴就像是被遗弃的野猫粪便点缀在平原之上。我和高牙在荒野火堆旁边做过交易，高牙食人肉，也有传言说他们能够改变外形——他们会在月圆之夜变成土狼。他们告诉我洪荒时期的故事，还给我看他们的石头雕塑，自从诸神行走在这世界上起，他们就带着这些东西了。也是从他们那里，我知道了‘扎法里斯的诅咒’的秘密，诅咒是针对凡人的，当众神之父发现自己的孩子竟然背叛他时，他向凡人降下了惩罚。

“我甚至还洗劫过我自己亲族的安息之地，比沙克的猛禽之巢，坐落于高沃克山的山巅，是我那些沙漠国王先祖安息的地方，他们木乃伊一样的尸体安息在用奴隶的骨头制成的巢穴中，那些没有血肉的脸都朝向东方，因为那里是‘重生太阳’升起的地方。每当月亮爬上山顶，高牙的号叫声就会从下方的沙漠峡谷中传来。我为了寻找有关神灵的秘密，从我先祖那双紧握的死人手中撬出一些石牌来。我自己的守卫都吓得跑下山去了。

“但我发现的一切都不过再次验证了我已经知道的事实。诸神可能确实曾经存在过，但他们的力量却早已消失，没有凡人能够掌握，甚至是西斯国的独裁者都不能。我们一族就自称传承自神圣的努沙什，他本身就是太阳之神，可我自己却无法在没有灯火的情况下照亮一间漆黑的房间，或者在没有打火石的情况下点亮一盏灯。

“但是，我追随古学者的道路一路探究下去，这道路如此黑暗，如此恐怖，即使图书馆的神职人员都开始回避我，我终于明白我们一族的情况并不适用于其他种族。据我所知，某些家族自从最古老的时代开始，确实一直在传承诸神的血脉，通过帕里克一族，或者精灵族——也就是你们所知道的加尔人。”

“我不想再听您讲这个故事了，”奥林打断了他，“我很累，生病了，我恳求您能允许我回到我自己的房间去。”

“你尽可以恳求我，”这位独裁者说着，语气中有一丝恼怒，“但这对你毫无益处。你必须听完这个故事，即使我必须拿绳子捆住你，再塞住你的嘴，才能获得你的合作。因为我很乐意告诉你这些，而且，我才是独裁者。”他的神情又转化成某种微笑，“不，或许不用那么麻烦。如果你不愿意听下去，我会把某个被囚的小孩带上来，然后在你——南境的奥林面前，拧断他的脖子。你觉得怎么样？”

“我诅咒你。我会听你讲完。”北方国王的生硬话语如此平静，瓦什几乎无法从大海的潮涨潮落声中听清楚他的讲话。

“哦，你要做的可不止这些，奥林·埃顿。”独裁者说，“你看，在你体内就流淌着那种血脉——那种继承了神灵力量的血脉。对你来讲，那不过是一种诅咒，毫无意义，但对我来讲却非比寻常。再过几天，当仲夏日的最后一声钟声敲响的时候，我会亲自提取它。”

⚜ ⚜ ⚜ ⚜ ⚜

特希斯城门打开前那最后几个小时的黑暗时光无比糟糕。布瑞奥妮蜷缩在剧团马车的木板上，想要睡一会儿，但尽管她已经无比疲倦，睡眠仍然没有降临。费沃尔的背叛，安娜卡夫人的残忍，以及埃南德国王那错误的、不公正的、愚蠢的判决，仍然无法离开她的脑海，敌人口中说出的那些话还在她的耳边嗡嗡回响，像是一群蚊子。

现在我又变成一个逃犯了，这段时间我究竟都在做什么？一事无成——不，比一事无成更糟糕。另一座城市向我关上了大门，我已经完全失去了从希安国给南境带来任何援助的希望。她想。

费恩·特奥多罗斯安静地爬上马车，“打扰了，”当他意识到她还没有睡的时候，说道，“我只是在寻找我的钢笔。扎卡斯咬你了吗，公主？看起来满脑子深沉的想法。”

对于这种无意的冒犯，她皱了下眉头。那位神使同时是预言和疯狂的保护神，因此这两个中的任何一种发作都可以被称为“扎卡斯之咬”。“我很烦躁，睡不着。我把一切都毁了。”

剧作家在她身边坐下来，“啊，这些话我自己说过多少次呢？”他哈哈大笑，“我想，恐怕没有我应当说的那么多——直到很久之后，我都很少有机会看出我究竟做错了什么。你能马上发现你的错误，已经很好了，但不要被那些东西牵着鼻子走。”

“我想要立马睡一觉，但就是闭不上眼睛。如果他们就在大门那里等着我们，我们又该怎么办？”

“等着我们？不太可能。等你……倒有可能。这也是为什么你还待在马车里的原因。”

“但也许某些人会想起你。吉诺大人就是个很聪明的人，他虽然曾经说过对发生在我身上的事感到抱歉，但那并不会妨碍他履行他的职责。他肯定会悬赏这些名字的。”

“那么，我们就换个名字好了。”费恩说，“现在，好好休息吧，公主。”

费恩爬下马车，他身上的重量和那些细碎的步伐使得整个马车都跳动起来，左右摇摆，最后只留她一个人独自回想她的那些失败经历。

★ ★ ★

当城市大门再次被吊起的时候，梅克维尔剧团成员已经不那么像是一队巡回演员了。他们的面具和彩带，以及其他一些当作队列旗帜的宣传物品都被收了起来，演员们自己也换上了规规矩矩的旅行服。但是，出于某种原因，他们仍然吸引了某个侍卫的注意力，布瑞奥妮开始感到紧张。城堡里还有人记得这群演员吗？

“你们刚才说要去哪里？”男人盘问着费恩，这可能已经是第三次或者第四次了，“我从未听说过那里。”

“神使芬尼斯之井，在布伦。”费恩尽可能平静地回答他。

“这些人都是朝圣者？”

“三神在上！”裴德·梅克维尔清醒的时候也没什么耐心，“这简直蛮横无理！”

“闭嘴，裴德。”特奥多罗斯警告他。

“你不知道芬尼斯之井？”纳文·休尼向前一步，挡在梅克维尔前面。“啊，真可惜，那个地方可真是一绝。”休尼向来以他的笔头而非表演而闻名，但在这里，他很自然地融入当时的场景，开始即兴发挥。“年轻的芬尼斯是一个磨坊主的女儿，你知道的，一位贞洁而纯朴的姑娘。他的父亲是个没有信仰的人——那时，布伦和康纳德的大部分民众还都是异教徒，对待圣三兄弟与其他神灵没有任何区别。”休尼换上了一副虔诚信徒的面孔——当时布瑞奥妮正从马车木板的裂缝中向外偷看，有那么一瞬间，即使是布瑞奥妮自己也开始相信他有着无比狂热的信仰。“那时她常常外出布道，宣扬三神的神圣箴言，指责自己的父亲跟一个放荡女人住在一起，却没有在教堂举行婚礼，这在当时是不合时宜的。她的父亲对此感到羞愧万分。”休尼继续说道，他抓着侍卫的手肘，身体前倾，离那侍卫很近，使得后者不停地往后退。“因此他和他那个放荡的女人就趁着芬尼斯睡觉的时候抓住了她，把她丢在了石磨的两块石头之间，但石头并没有开始转动，你看，石磨都不愿意伤害她。然后他们又在晚上把她拽到了一口井旁边，将她扔了进去，想要淹死她，但在第二天早上……”

“你在胡说些什么？”侍卫抽回自己的手臂。

“我在告诉你神使芬尼斯的故事，”休尼耐心地说，“那天早上，城里的女人来到井边打水，但是看到芬尼斯从水中升起来，像是某个神灵一样闪闪发光，并且告诉他们三兄弟的真相，六重路，以及驯养动物的礼仪法典……”

“够了，兄弟！”侍卫呻吟出声，正当侍卫似乎要放他们离开的时候，布瑞奥妮感到马车跳动了一下，听到门被人打开了。她赶紧扑倒在地板上，拉起一块毛毯盖在脖子上。

“这又是谁？”开门的是另一个守城门的侍卫，他爬上马车，站在她身旁。布瑞奥妮悲叹一声，却没有睁开眼。“为什么会有个女孩子在这儿？”他质问道，“让我看看你。”

布瑞奥妮感到他粗糙的手掌伸向毛毯，一把拽开。她把手举起来护着自己的肚子，那个布袋正塞在她布满线头的衣裙下。

“求您，先生，求您！”费恩急忙道，“那是我的妻子。我们正准备带她去神使之井，保佑我们的孩子能够平安降生。我们之前的孩子都没能活下来……”

“对，”休尼在他身后补充道，“我妹夫已经为此受了不少苦。他老婆，那个可怜的堕落女人，肯定是出了什么问题——我们认为她是生病了。上一胎的时候，从她身上流出一种有毒的黑色液体，还散发一股烂鱼的味道……”

尽管很害怕，但当那个侍卫匆忙跳下马车的时候，布瑞奥妮都忍不住要哈哈大笑了。

当城门最终消失在他们的视野之外，布瑞奥妮爬出马车，坐在车前的台阶上，马车此时正在王室大陆上颠簸前行，一旁的伊斯特河水在清晨的阳光中闪烁着微微的金光。

“驯养动物的礼仪？”她问道，“烂鱼……”

休尼用一种充满优越感的目光看向她：“我在大斯戴尔就认识一个无论何时都闻起来像腐烂鱼肉的女人。她也有追求者的，相信我。”

“更不用说那群她走到哪儿跟到哪儿的野猫，”费恩哈哈大笑着说，“干得不错，公主。看来你还没有忘记我们教给你的那些东西。”他紧紧扣住自己那硕大的肚子，“‘哦，我可怜的孩子！哦，我好可怜！’令人无比信服。”

布瑞奥妮也忍不住哈哈大笑，这么久以来还是第一次：“一群流氓，你们都是。”

“即便如此，演员还是要比大多数贵族诚实得多。”休尼说道。

布瑞奥妮脸上没有了笑容：“除了费沃尔。”

休尼的面容也变得严肃起来：“是的，除了他。”

★ ★ ★

那天晚上，他们一路来到了多罗斯艾克，一座修建有城墙的小镇，位于河畔的山脚之下。那晚天气很冷，风也大。当布瑞奥妮蜷缩在她的斗篷里，看着艾斯蒂尔·梅克维尔照料着煮饭的大锅，她突然意识到，几个月以来的第一次，她感到……自由。不，自由并不准确，而是待在广堂宫时每天承受的压力，以及其他人怀疑或者期待的重担，似乎终于消失了。对于发生在她生命中的以及发生在她所爱的人身上的一切，她仍然会感到忧心忡忡，甚至非常恐惧，但在这里，万里星空之下，周围的人对她没有任何企图，不会强求她什么，她自然而然地对一切多生出些希望来。

“要我帮忙吗，艾斯蒂尔？”她问道。

女人怀疑地看着她：“为什么突然想帮忙了，公主？”

“因为我想。因为我不想干坐着，看着其他人干活。这种日子我已经过够了。”

裴德·梅克维尔的妹妹哼了一声：“有那么糟吗？”她指着几根胡萝卜和一颗长出胡须的洋葱说：“乐意做就做呗。那边还有一把刀。帮我把它们切一下。”

布瑞奥妮在腿上铺了一块手帕，开始切这些蔬菜。“你为什么会待在这里，艾斯蒂尔？”

女人甚至没有抬头看她：“这算什么问题？我还能在哪儿？”

“我是说你为什么跟其他演员一起巡回演出？你是个漂亮的女人。当然会有男人……喜欢你。他们之中就没谁开口向你求婚吗？”

那种不信任的目光又回来了。“事实上，还真有，但不关你的事……”她的脸色突然变得有些苍白，“原谅我，殿下，我忘记了……”

“求求你，艾斯蒂尔，忘记所有那些吧。我们曾经……我们曾经几乎是朋友了。我们不能像那时候一样吗？”

艾斯蒂尔·梅克维尔嗤之以鼻：“说起来容易。你差点杀了我，女士。你只要跟某些人说上一句话，我可能就会被吊在塔楼上，只等着刽子手来，或者在城镇广场上挨鞭子。”她摇摇头，再次担心起来，“当然，我并不是说你会那样做。你是个好女孩……一位优雅的公主，我是说……”

看来要和这个女人有一场正常的对话是不太可能了。布瑞奥妮彻底放弃了，开始专心切胡萝卜。

★ ★ ★

日子一天天过去，布瑞奥妮开始渐渐习惯在路上的生活节奏。演员们手中有她的最后一笔钱，所以没必要急着演出，但他们仍然忙于准备各种布景、道具和服装，费恩、休尼和梅克维尔已经准备好重回远境王国后他们要演出哪些剧目。让每个人都大感惊讶的是，皮尔尼，那个曾经在舞台上扮演过布瑞奥妮丈夫的年轻人，爱上了某个旅馆主人的女儿——当然不是背信弃义的贝多亚斯，而是鲸马酒馆的主人——并且已经决定留在特希斯和她成婚，帮忙照顾岳父的生意。皮尔尼的离去以及漂亮的费沃尔·乌里安的背叛之后，布瑞奥妮发现自己经常被叫去扮演一些女孩和年轻人的角色。她感觉很有趣，甚至很享受，但现在她不断提醒自己，表演只是一件临时的消遣，比起当初他们去特希斯的时候，此时此刻世界跟她的联系要更紧密。

一个明显的证据就是那些他们从小镇居民或者其他旅客口中得知的各种消息。那次南行的旅行中，人们往往会谈论一些关于南境国的事情，一些关于南境精灵战争和王权更迭，以及独裁者围攻赫若索尔的谣言。现在虽然他们仍然在谈论独裁者，但谣言已经变得更加吓人，也更加使人困惑。一些人说他已经将赫若索尔夷为平地，正在向希安国进军，布瑞奥妮认为这个传言纯属胡说八道，但她的心中仍然充满恐惧。如果那样一个怪物想要攻陷她的那个弹丸小国该怎么办？这一切都是真的吗？难道她眼前的境况竟然比她担心的还要吓人？当然，其他的谣言如果没有更加令人害怕的话，至少同样令人心惊胆战：如果赫若索尔真的沦陷了，她的父亲又会在哪儿？甚至还活着吗？

布瑞奥妮对于表演再也找不到曾经的乐趣，也就不足为奇了。

休尼和裴德·梅克维尔自打从小镇回来之后，看起来就非常沮丧。

“国王的士兵也到过那里了，”梅克维尔边说，边用一种微苦的麦芽酒漱口，想要洗去口中沾染的路上的尘土。“我们不要单独去，大家三三两两结伴。”

布瑞奥妮感到她的心在下沉。并不是说她特别想要去那座小镇——无论如何，那里又会有什么？一间普通的旅馆房间，她不得不整日遮着面孔的地方？或者是几个集市摊子，要是她还有些闲钱的话，可以买一些小饰品，但实际上却身无分文——真正令她感到忧心的是，国王埃南德竟然会如此严肃并且迅速地追捕她。更糟糕的是，如果她被捕了，费恩和其他演员会因为她的缘故遭受很多苦难。

一道狭长的影子落在她身上。“你看起来很悲伤，公主。”说话的是多文·比奇，剧团里个子最高的成员，所以尽管他是个无比真诚、温柔的人，却每次都注定要演一些食人魔或者食人巨人之类的角色。布瑞奥妮一点不想因自己的恐惧麻烦他或者其他人——毕竟大家对现状都已经了解得很清楚了。

“没什么。你为什么不跟裴德或者其他人一起进城去？”

他耸了耸他那瘦弱的肩膀：“如果真有人在寻找梅克维尔剧团的人，比起其他演员，他们更容易想起我。”

她吃惊地举起手捂住自己的嘴：“哦，多文，非常抱歉！我甚至都没有想到这一点。是我把你困在这儿了，不得不偷偷摸摸地隐藏在营地里，就像我把自己困住一样。”

他苦涩地笑笑：“都差不多，真的。不论我走到哪里，人们都会盯着我看，我已经厌倦那些目光了。我待在这里就很开心。”他用那只有着惊人长度的胳膊指着他们周围的营地：“这里没人会大惊小怪。”

“那真是个微小的愿望，多文。”

“哦，我还有更大的愿望。我梦想着有一天我能有一个属于我自己的牧场……和一个好女人一起生活……”他突然脸红了，看向别处。“还有孩子，当然……”

“比奇！”裴德·梅克维尔喊道，“你闲逛什么呢？还有一堆东西等着你去修补呢！”

他翻翻眼睛，使得布瑞奥妮大笑出声：“来了，裴德。”

“我早就想问你，”她说，“你为什么会这么擅长做针线活？”

“在成为演员之前，我本来是学着做一名修士的，那时和其他一些修士住在昂·伊爱力斯的教堂，那里当然没有女人，我们所有人都得干活。一些人发现自己有烹饪的天赋，一些人没有这种天赋，却自认为有。”他说着，大笑了几声，“至于我，我发现自己确实在针线活方面比较擅长。”

“我希望我也能这样说。我父亲曾经说我缝东西的时候就像是一个女人拿着笤帚要弄死一群蜘蛛——戳啊，戳啊，戳啊的……”这会儿，布瑞奥妮也大笑起来，虽然想到奥林还是让人难过，“诸神，我好想他！”

“他肯定还活着，你也说过。你们很快就会见面的。”比奇慢慢点点头，“相信我。我总会有某种预感，而且通常都很准……”

“你很快将预感到你会失去在这个世界的工作，然后不得不乞讨为生，”裴德·梅克维尔大声说道，“赶快去干活，你这个踩高跷的白鹳！”

“我们教堂里也有个家伙和他很像，”比奇站起身的时候偷偷跟布瑞奥妮说，“某个晚上，我们趁他睡觉的时候偷偷把一桶水浇在他身上，然后发誓说是他自己尿床了。”

她哈哈大笑，高个子男人也准备离开了，但他突然又转过身，脸上是某种恍惚的奇怪神情。

“别忘了，公主，”他告诉她，“你很快会再见到他。提前想好要说些什么吧。”

⚜ ⚜ ⚜ ⚜ ⚜

契妮坦终于知道了抓到她的人的姓氏，当然是在很偶然的情况下。她还得知了一些别的事情，她只希望能够好好利用这些。

自从她梦到巴瑞克在山顶转身而去，至少已经过去了五天，虽然后来她又再次梦到了那个红头发的男孩，但他从来不回应她，每一次都好像距离她更加遥远。而她本身处境的无望也在渐渐消磨她的决心。她每天会坐上好几个小时，看着遥远的海岸线慢慢向后退去，费尽心思想要想出一些逃跑的计划。虽然有时会有其他船只在他们附近驶过，但她知道，即使她向他们呼喊求救，也不会有人会帮助她；即使他们真的会来救他，也打不过那个恶魔沃，所以她只能紧紧闭上嘴巴。她已经害得可怜的鸽子丢掉了手指——为什么还要再让一个无辜的渔民丢掉性命？

在得知沃的姓氏的那天晚上，她躺着思考了好一阵子才睡着。在午夜过后的稀薄而寒冷的凌晨，突然有啪啪的脚步声将她吵醒；从那脚步声可以判断在甲板上徘徊的人是沃。她躺在甲板上安静地听着，那人来来回回以一种模式在踱着步，以她自己躺着的位置来看，那里很可能是在船的正中间。在海浪连续拍打小船的啪啪声中，她正好奇那不时响起的喃喃低语声是怎么回事，然后突然意识到，那是他在用西斯语跟自己说话。

这样一个有着钢铁般意志的男人竟然也会自言自语，这想法挺惊悚的：因为它预示着某种疯狂和失控。虽然沃经常恐吓她，但契妮坦知道，如果他一直保持正常的理智的话，她至少可以活到他将她亲手交给独裁者的时候。但苏列佩斯在他体内放了什么东西，如果那东西对他伤害很大，或者如果他每天喝下的毒药也会在某种程度上伤害他的神智，那么任何事情都有可能发生。因此，听着他在甲板周围徘徊，躺在黑暗中的契妮坦止不住浑身颤抖。

他似乎在和某个人对话，或者至少假装有某个人正在听他讲话。大多数时候他似乎都在不停地抱怨着什么，对于契妮坦来讲毫无意义——某个女人看他的眼中充满嘲弄，某个男人自认为超人一等，另一个男人则在幻想自己聪明绝顶。所有人都想错了，似乎，或者至少在她捕获者狂热的脑海中是这样的，现在他正在将这些解释给某个幻想中的审判员听。

“剥了他们的皮，对，每个人都要。”他嘶嘶的声音中充满胜利者的喜悦，却也如此令人胆寒，契妮坦竭力克制自己不要哭出声来，“剥了他们的皮，挖出他们的眼睛，让他们只能在来世的尘埃中哭出血泪。这就是他们嘲笑戴克纳斯·沃的下场……”

过了一会儿，他在不远的地方停下脚步。契妮坦冒险悄悄睁开眼睛偷看，但却无法辨认他究竟在做什么：沃的脑袋后仰，好像他刚刚饮下一杯美酒，但这动作却只持续了很短的时间。

是毒药，她意识到。不管那个黑色的小瓶子里装着什么。她原以为他只在早上喝，没想到他晚上也会喝。他一直是这样做的吗？还是他新近养成的习惯？

戴克纳斯·沃喝完之后，踉跄了一下，几乎跌倒，这才是最为奇特的事情：沃平日里总是一副危险又优雅的姿态，所以她从未见过他这个样子。他在甲板上坐了下来，背靠着桅杆，下巴懒散地搁在胸前，然后陷入沉静，好像立刻就进入了深沉的睡眠。

知道他的姓氏对于契妮坦来讲毫无用处，听见他愤怒地跟自己说话也只能加深她原本以来的恐惧感——他好像真的在变疯。但真正在她脑海中打转的却是，他的身体居然会在喝下那种毒药之后如此迅速地变得消沉。

这确实值得好好思考一下。

第三十四章
原石之子

伊尼尔，精灵族的国王，据说是个盲人。一些人说在诸神之战时期，他跟随白焰祖米奥斯一起作战时，被佩林的锤子放出的一道火焰闪电击中，因此伤到了眼睛。还有人说他付出双眼的代价，其实是为了获得允许去读那本《忏悔之书》。

——引自《埃昂大陆和赞德大陆精灵种族专述》

一个身穿浅色长袍的身影从惑人的阴影中走出来。三只怪物一样的东西立马蜂拥至他周围，好像猎人身边的猎犬，但这些伏着身子、猴子一样的怪物同猎犬可没有丝毫相似之处。

巴瑞克直起身，摆出一个防卫的姿势，但这个陌生人却只是站在那里看着他，脸上的神情似乎还带着一些好笑。巴瑞克第一眼看上去的时候还以为新来的是个人类，但此时他又不那么确定了：陌生人的耳朵有种奇怪的形状，位于头颅特别靠下的地方，头顶没有头发，他的脸形也很不一般，颧骨很高，下巴很长，鼻子只是一块浅浅突起的肉块，开着两条窄窄的裂缝。

“你是什么……”巴瑞克犹豫地问道，“你是谁？我在哪里？”

“我叫哈萨尔，是这里的仆人。你在先民之屋，当然。”陌生人说道——他的双唇甚至还在颤动——但那声音却好像直接回响在巴瑞克的头脑中。“这里不是你的目的地吗？”

“我……我想是的。国王。国王让我来这里……”

“果然如此。”陌生人伸出一双冰冷而干燥的手，类似蜥蜴的爪子，扶着巴瑞克站起身。那三只怪物雀跃地在他周围转了几圈，就又奔出门去跑到蓝光点亮的大厅，与他们相隔一段距离，蹲下来静静等着。巴瑞克第一次有机会打量四周，他所在的这间房间，装饰繁复，却有些昏暗，周围有许多带条纹的柱子，数量之多，绝不仅仅是建筑本身所需。他们脚下的地板则是由朴实无华的黑色石头铺成，其中某个巨大的圆形材质散发出珍珠般的光彩，也是这间宽敞房间里唯一的照明。

“我还在……”巴瑞克甩甩脑袋，“我肯定还在……雾影线之后？”

那个没长头发的人点点头，似乎也在被迫认真思考这个问题。“你仍然在我们族人的大陆之上，是的，当然——这是族人最伟大的建筑。”

“国王。国王在这儿吗？我要给他……”他犹豫了。谁知道暮光族人之间会有什么阴谋诡计？“我要亲自跟他说。”

“果然如此。”哈萨尔又说了一遍。他也许还微笑了一下——像是一条蛇的信子一闪而过。“但国王正在休息。请跟我来。”

那群奇怪的小怪物跑来他们脚边嬉戏，跟随他们一起离开这间有着发光地板的房间，之后又踏上一条高地走廊，走廊里除了一些微弱的绿松石的光亮，一片黑暗。巴瑞克筋疲力尽，快要喘不上气了。他突然意识到，他终于到达了他的目的地——库 - 纳 - 加尔，正如防风灯基尔称呼的那样。那位黑暗女士强加他到身上的强烈欲望，随着时间流逝已经变成了一种迟钝的经常性隐痛，现在也得到了满足。他终于做到了！

但我究竟做了些什么？需求最终得到满足的时候，不安却在膨胀。**在这里又会发生些什么？**

这个地方的每一处景象对于巴瑞克来讲都万分稀奇。这里的建筑结构似乎没有特定的形状，每个直角都被另一个难以言状的形状所掩盖；即使是走廊的大小也在这一个与下一个之间微妙转换。巴瑞克不明白为何会如此。

光线也很奇怪。有时他们会突然步入完全的黑暗，但之后他们脚下地板中心的石块又会开始闪烁光亮。其他地方大多是点着蜡烛的，但火焰并非都是普通的黄白色：其中一些闪耀着淡蓝甚至是绿色，使得这片长廊显现出某种海底洞穴的水中景象。

巴瑞克开始注意到，他去的每一个地方似乎都环绕着某种寂静的喧闹声——并不全是围绕在哈萨尔脚边嬉闹的那群怪物发出的呼吸声，而是某种叹息声，耳语声，浅浅吟唱的声音，甚至是轻轻吹奏某种隐形乐器的声音，好像有一群幽灵一样的宫人，此刻正飘浮在他们头顶，无论他们去哪里都紧随其后。巴瑞克不禁回想起他孩童时代听到的某个古老的孤儿日童话，凯勒爵士用一个口袋将世间所有的声音都装了进去，他骑马的时候有些声音还会从袋子里漏出来，几乎让他抓狂。

只有他回来了，并且讲述这个故事……巴瑞克想到。**那就是故事的结尾。**

那个有关孤独逃亡的著名童话突然让他想起了一些别的事情。“等一下，”他说，“他们在哪儿？跟我一起来的那几个……”

纤瘦的向导停下脚步，看向他的眼神温和却表示不赞同：“不，你是独自一个人。”

“我是说那些跟我一起穿过歪神大门的人。从睡城来的。一个叫作……叫作贝克——还有一只黑色的小鸟。”有那么一会儿，他差点忘记商人的名字：睡城的最后那段时光似乎距离他无比遥远，不论是在空间上，还是在时间上。

“恐怕我无法帮助你，”没头发的人说，“你必须亲自去问原石之子。”

“问谁？”

那种不赞同变成更明显了：“国王。”

他们继续走在空荡荡的大厅之间，巴瑞克发现自己很难跟上向导那极具欺骗性的快速步伐，但暗自决定不去抱怨。

这可能是他生命中最奇特的一段时间，他后来回想到——第一次来到库-纳-加尔，最后一次用他曾经那双眼，以他曾经的观察和思考方式，看待这里。这个地方的形状与他经历过的任何地方都不相同：建筑明显井然有序，条理分明，但却是以某种他之前从未遇到过的逻辑方式，房间中的墙壁会毫无缘由地弯向内侧或者戛然而止，台阶通向头顶的天花板，然后又在房间的另一边慢慢落下，好像它们被修建的原因只是因为某个人希望能一直走到房顶上面去。一些门打开之后，另一边却很明显空无一物，或者只有闪烁的微光，其他一些门则孤零零地竖立在房间的正中间，周围没有一砖一瓦，好像与任何地方都不相连接。即使是建筑的材料对于巴瑞克来讲都很古怪：很多地方都是沉重的黑色石块中夹杂着活生生的树木，好像是从墙壁实体中生长出来，然后再扎下根，生出枝丫。建筑者好像还会将墙壁的任意一部分替换为某种带彩色条纹的材质，这些材质与宝石类似，散发着某种耀眼的光芒，又像玻璃般透明，花岗岩石板一样坚硬，能够清楚地让人看到外面是否有什么东西，却又不能清晰到让他分辨出那团模糊的形状或者阴影究竟是什么。并且，他们所到之处似乎都杳无人迹。

“为什么这里一个人都没有？”他询问哈萨尔。

“先民之屋的这片领域独属于国王和王后，”仆人回答道，向那群迷路的跟随者严肃地看了一眼，直到它们又小跑着回到他身边，

“国王自己的仆人很少，而王后……在其他地方。”

“其他地方？”

哈萨尔又开始向前走去：“快跟上。我们还有很远的路要走。”

他们穿过无数空旷的大厅和房间，从一个走廊走向另一个走廊。所有地方都精心装饰过，某些在他看来很是普通，另一些却几乎难以理解，但不论是最简单质朴，还是最繁复精致的装饰，巴瑞克都能从中发现某种相似之处，所有的一切背后似乎隐藏着某种统一的风格，令他难以忽视。因为这些和他从前知道的东西是如此不同，好像猫也会为自己做衣裳，或是蛇也开始编排某种复杂的舞蹈。椅子，桌子，柜子，圣骨箱——无论这些东西多么质朴或是精美，他们都有某种明显的相同点，某种共同的微妙感，令人烦扰，捉摸不透。从远处看，黑暗处的小块地毯，打磨光滑的地板，或是墙上的挂毯，似乎都是很熟悉的东西，但当他走近细看，它们那些细密繁复的设计却让他头晕目眩，让他不舒服地想起那片守卫着歪神大厅的鲜活的草地。尽管一些房间在高处开着窗户，能够看到窗外的暮光天空，一些则没有窗户；尽管一些房间中点着大约一千支蜡烛而另外一些则根本没有任何蜡烛或者灯光，房间内的光线却几乎完全一致——那种无声的、水波一般的、不稳定的光芒。巴瑞克想到，行进在库 - 纳 - 加尔中，有种正在游泳的感觉。

不，之后他又改变了主意，像是在梦游，睁着双眼在梦游的感觉。

但是，当他第一次走在先民之屋中，脑海中闪过的所有稀奇古怪的想法中，最令他感到诡异的是，他，巴瑞克 · 埃顿，居然会感觉他好像是经历了一生的流放，才终于回到了这里，有种回家的感觉。

终于，当他开始感到要累得跌倒的时候，他的向导把他领进一间狭小的黑暗房间，比起其他房间，这一间好像更适合人类的居住习惯，这是某种休息室，屋内摆放着几把打磨光亮的木质座椅，式样简单（虽然不可否认仍然很有异域特色）。墙壁上填满了蜂房似的壁龛。每一个小空间内部好像都摆放着一座塑像，用某种闪亮的石头或是金属制成，但巴瑞克从他们的形状上看不出任何相似之处；他想，它们看起来像是随意制作而成的，比如雕刻某件更为精致的物品时剩余了些边角料，于是就被人怜惜地从锻造地板上收集起来，陈列在这里。

哈萨尔指着一张床——一件简单木质框架的家具：“你可以休息了。国王会在合适的时候再召见你。我很快会为你准备些食物和水。”

还没等巴瑞克问出更多的问题，他的向导就转身离开了房间，他的那支队伍也雀跃嬉闹着跟他离开了。

换作其他时间，他一定会好好探索一下这间房间，如此温馨却带着某种怪异，但此时他再也没有力气继续站着了。他伸展四肢，舒服地躺到了柔软的床上，像是一个浑身发抖的人爬进盛满热水的浴缸，不一会儿就沉沉地睡去了。

醒来之后，巴瑞克起初只是静静躺着，努力回想自己身在何处。他的梦境一直很熨帖，甜美而又平静，像是远方响起的歌声。他翻个身坐起来，突然意识到这个房间里并不是只有他一个人。

一个男人坐在不远处的高背椅上——至少他看起来像是人类男子，但实际上肯定不是，巴瑞克想到，尤其是在这种地方。陌生人长着一头柔软的白色长发，眼睛处覆盖的那块布条使得他的头发顺从地贴在他的头上。他身上没有佩戴任何其他标志，没有王冠或者权杖，胸前也没有那种国家徽章——事实上，他身上的那件灰色长袍和雷蒙·贝克的补丁装一样破旧——但他的姿态以及庄重的气质已经告诉了巴瑞克他的身份。

你休息好了吗? 盲国王的话语响起在巴瑞克的脑海中，音色醇美，犹如飞溅在水池中的清泉。**这里，哈萨尔已经为你准备好了食物。**

巴瑞克早就闻到了面包发出的诱人香气，立马爬下了床。小桌上的盘子里摆满了众多鲜美的食材——一个圆形面包，一罐蜂蜜，圆滚滚的紫色葡萄，以及其他一些他不认识的小巧水果，外加一长条浅色的奶酪。他立马开始狼吞虎咽——吃过树根以及酸涩的浆果之后，每件食物尝起来似乎都极为美味——但他猛然间想起这些食物是否应当同他人一起享用。

我不需要，巴瑞克刚有这个想法国王就回答了他。**这些天我几乎不怎么吃东西——那就像是把一整棵松树树干扔到几枚快要熄灭的木炭上，希望它能重新燃烧起来一样。**国王轻轻笑出声，巴瑞克能够真切地用耳朵听到，像是微风伴着雪花吹过的冬天。然后他们没有再说话，直到巴瑞克将那块奶酪的外皮都啃干净，用最后一片面包将盘子擦得一干二净。

那么，我是伊尼尔·迪纳特·森-钦，欢迎来到先民之屋，巴瑞克·埃顿。

巴瑞克突然意识到，他还未向这位令人印象深刻的奇怪大人物鞠躬行礼，或者做出任何一种致意的礼节，他刚才只顾着填饱自己的肚子了。巴瑞克将粗糙的手指随意在衣服上擦了擦，屈膝行礼，“非常感谢。我在梦里见过您，陛下。”

那些对我来讲只是虚名。我自己的子民所用的称呼对你来讲又不太合适。你还是叫我伊尼尔吧。

“我……我不能。”确实如此。那就好像是直接称呼他自己父亲的姓名一样，还是当着他的面。

国王又微笑了一下，似乎有些好笑。**我想，那你就称呼我“大人”吧，和哈萨尔一样。你现在已经吃饱睡足。但还缺一样，我们的招待才算圆满。**

“什么意思？”

如果你走到另一间房间，你会在那里发现热水和浴缸。不需要多么强大的观察力，就能看出你已经很久没有沐浴过了。国王举起自己纤细的手指，做了个手势。去吧。我在这里等着你。我还很疲倦，正好休息一下，我们还有很多话要说。

巴瑞克在远处的墙壁上发现一扇门，正要走过去打开它，忽然想起了一件事。

“诸神在上，我差点忘了！”他犹豫了一下，不知道在这个地方提起诸神会不会也是种冒犯，但国王好像并没有注意到这点。“我给您带来件东西，大人，一份来自防风灯基尔的礼物——某件非常重要的东西！”

伊尼尔再次举起手。我知道。你很快会完成这项任务，人类之子——但不是现在。我们已经等了这么久，再多等一个小时也不算什么。去吧，去洗净路上的风尘。

门外的房间跟巴瑞克之前见过的任何一间都不同，里面热气腾腾，没有窗户，墙上镶嵌的一块琥珀石正发出阵阵光芒。黑色地砖正中央摆放着一个石头浴缸，里面盛满热水，他用手指试探，那温度真是热得极为舒适。他飞快脱下自己那些老旧的褴褛衣物，他自己都记不清楚上次洗澡是什么时候了，他几乎是跳进了浴缸。

当他终于从浴缸中爬出来的时候，即使是他的骨头和血液都似乎焕发出新生的暖意。然后他惊讶地发现自己的那些破烂衣服不见了，取而代之的是另外一些长袍。这是什么时候发生的事？巴瑞克确定他洗澡的时候没有人进出这个房间。他拿起新衣服，前后查看了下才穿在身上——长裤，丝质的浅色长衫，柔软皮革的鞋子，都是极为美丽却简单的衣物。

当他走出浴室的时候，他突然意识到，如果一个陌生人都能得到如此精美的衣物，那么国王自己身上的破旧长袍就显得更加难以理解了。

伊尼尔仍然等候在之前的位置，他的下巴搁在胸膛，好像正在沉睡。毫无疑问，这只是这个地方奇怪光线的某个戏法，但巴瑞克觉得他看到国王的头顶上摇曳着一抹淡紫色的光，像狐火一样微弱。

巴瑞克走进来的时候，伊尼尔微微动了下身子，那光芒就消失了，如果它真的存在过的话。

现在，跟我来。国王告诉巴瑞克，那张盲人的面孔看向他。**是时候踏上那条狭窄小道了，如同我的族人所讲的那样。**

伊尼尔从他座位上站起身。他比巴瑞克想象的还要高一些，比大多数人都高。巴瑞克后来才意识到，他原本自然的优雅必定是被年龄或是疲倦压制了，因为他起身的时候摇晃了一下身体，不得不伸出手，扶住椅背才能稳住自己的身形。

不知怎么，伊尼尔好像知道巴瑞克正在盯着他看，而且知道他在想什么。**是的，我很疲倦。我原以为我就要在虚空中失去你了，我花费了不少力气才帮助你找到来这里的路——我的力量已经不太能承受那种损耗了。但那些事情现在都无关紧要。我们已经等了这么久。现在我们必须去死亡观察室。**

巴瑞克走在国王身边的时候终于能看到城堡中的其他居民了。虽然在黑暗的、宛如梦境的大厅中几乎无法明确分辨出任何东西——某些身影移动得太快，或者是能被人看见的只有几秒钟时间，之后又重新隐没在黑暗中，他见到的那些浮光掠影反而比他看到的影子更加令人迷惑——但很显然，这座城堡是有人居住的。

"你们族人中有多少人住在这里，陛下？"他问道。

伊尼尔回答之前放慢了步伐。他举起一只手，将拇指和其他手指并拢，好像正在抓着什么微小的东西。**这里居住的人数比从前少很多，大多数人都跟着雅萨梅兹离开了。只有几个服侍我以及维护库-纳-加尔的人，其他的，像是深渊图书馆的看管人，也从未离**

开过——也不能离开。还有类似的一些人——你看到的哈萨尔的儿子们……

“儿子？”巴瑞克几乎好长时间内都无法理解盲国王的意思。然后他想到了那些跟在仆人脚边雀跃嬉戏的古怪的小怪物。“那些东西？”

第一天赋并不总是产生有益的变化。国王说，却什么都没有解释。但不管是什么天赋，所有孩子都应该被孕育。他又做了另一个手势，伴着某种放弃的叹息。算起来，只有不到两千个族人住在这许许多多的房间之中……

巴瑞克的注意力被走廊高处窗户外的景象所吸引——他第一次清晰地见到大厅外的景象。库-纳-加尔在可见的范围内蜿蜒伸展，无数塔楼由闪光的黑色石块砌成，呈现出的不同阴影向着地平线的方向不断延伸，直至边角都隐没在一片浓雾中。尖塔本身也有着上百种不同的形状和高度，但似乎仍然围绕着同一种理念修建，简单的形状重复着，直到最终汇聚在一起，变成某种放射状，呈现一种黑色和深灰混合而成的昏暗颜色。

“只有一两千人……住在这里？”巴瑞克震惊了——单单特希斯或者赫若索尔的人口就可能一百倍于此。

大多数人都上战场去了。伊尼尔告诉他，更准确地讲，是与你的族人交战。我怀疑他们可能都不会回来了。雅萨梅兹的痛苦太过久远，太过深沉……

那个名字，以及关于那个黑衣女人的恐怖惊人的记忆，让巴瑞克突然停住了脚步，开始在衬衫里摸索。“我有……”他说着，试图把它拿出来。“镜子……”

伊尼尔伸出一只纤细的手。我知道。我能感觉得到它，像是一块燃烧着的烙印。这就是我们正准备做的事情——用它恢复焰华的热量。但现在先不要给我。

无数想法在巴瑞克的脑海中翻滚蒸腾，不时有新想法覆盖先前的想法，让他没有机会仔细审视它们。“我们为什么……你为什么…”他停下来，满脸困惑：有那么一瞬间，他忘记自己是谁——甚至忘记他是什么。“为什么加尔人会和南境开战？”

因为你的家族毁灭了我的家族。国王的回答中并没有显现出任何明显的恶意。**虽然也可以说是我的家族自己毁灭了自己。现在，安静些，孩子。我们已经到达了前厅。**

巴瑞克还没来得及弄明白褴褛国王刚才所讲的话，就发现自己已经踏出了光线昏暗但也正常的走廊，来到了一间由粗糙石块雕刻而成的房间，天花板和地板之间有许多长条的浅色岩石制成的装饰带，像是一层蜘蛛网——虽然他们还身处于这座伟大的宫殿的内部。他问道，“这是哪里？”

国王抬起手。**现在不要问问题，人类之子。我必须先走一步，独自处理这些仪式——仪式主持者尤其不太喜欢人类。无论如何，你还没有做好准备目睹这些事情——以你现在的眼睛和思想还不行。待在这里，我会回来找你。**

国王沿着墙壁走进一片漆黑之中，然后就离开了。巴瑞克上前几步，仔细查看伊尼尔刚刚消失的那个地方。这里有 扇门吗？好像除了阴影什么都没有啊。

他在这间石头房间里等待着，等了很久很久，聆听着这里到处都能听见的安静而空洞的声音。国王刚才称呼他为杀人犯，或者至少称呼他的家族为杀人犯，但对待巴瑞克的态度却仍然像对待一个备受欢迎的客人。为什么？还有那面镜子，他不远万里，经过艰难险阻带来的镜子——为什么国王不直接把它拿走呢？如果人类是伊尼尔的敌人，为什么在基尔牺牲性命换取了这份礼物后，他仍然会继续相信巴瑞克？

疑惑和无聊最终战胜了耐心。巴瑞克回到国王消失的地方站着，细细聆听，但听不见任何声音：如果这里是一道开阔的门廊，那么另一端除了寂静外再无其他。他伸出胳膊，不一会儿就感觉到了严寒，但并没有碰到任何阻挡，因此他大步向前，踏进那片冰冷的阴影中。

有那么一瞬——只有一瞬——他好像再次踏进了歪神大厅的门廊，他有些害怕自己做了什么致命的傻事。之后光线渐渐温暖起来，变成了某种旋转的灰色，他认出了一道白色的身影，衣衫褴褛，衣摆飞扬，周围环绕着一群阴影，像是一个人正在被一群愤怒的小鸟围攻。白色身影是伊尼尔，他两只手都在空中举起，嘴巴张开，好像正在求救，或是……或是吟唱。黑色的身影迅速移动着，横冲直撞。巴瑞克刚刚捕捉到某种哭泣的、仿佛另一世界的音符，就意识到一些飞起的阴影已经离开了国王身边，正朝着他所在的方向移动。他心如擂鼓，急忙再次后退到那片冰冷的黑暗中，回到空无一人的石头房间；直到回到这里，他才感到自己浑身都在颤抖，满身都是黏腻的汗水。

你必须要向赞-桑-西斯行礼，伊尼尔回来后告诉他。即使已经注意到巴瑞克的闯入，他也没有提起此事。**他比我还要年长，至少在某种程度上，而且他对焰华的忠诚是毋庸置疑的**。国王伸出一只冰冷的手搭在巴瑞克的肩膀，引导他走向一扇黑色的大门。

远在另一端的房间似乎很不一样，并不是各种灰色的混杂，而是一种带着阴影的延伸，唯一的光源是在房间另一端——一盏黄绿色的灯。被国王领着向前走的时候，巴瑞克突然吃惊地意识到那道光来自一个深色长袍身影的兜帽下，那人就像是一座雕像一样等在那里。之后，兜帽被掀开，巴瑞克在那一瞬间瞥见一张轮廓明显的银色面容——**一张面具**，巴瑞克想，**必然是戴着某种面具**——绿色的光芒从他的鼻孔，眼睛，和嘴巴中倾泻出来。那人向着他们的方向举着胳膊，好像正在同他们打招呼。一个绿色的六角星在它的袖口上绽放出光芒。

这位是赞-桑-西斯。伊尼尔介绍，显而易见。

巴瑞克尽可能地浅浅鞠了一躬，再次看向那道诡异而病态的光束也不觉得有什么了。

有人在说话，或者至少巴瑞克认为他听到了低语声，不是任何一种语言，而是某种嘶嘶声和安静的冒泡声。之后，那个闪光的、戴兜帽的人似乎把自己折叠了起来，然后消失不见了。他们周围的墙壁也消失不见，国王领着他再次向前，进入另一个地方，那里的墙壁、地板和天花板都被某种微弱的、一直在移动的彩色光点所覆盖，因此整片黑暗也好像是笼罩在一千支微小蜡烛的照耀中。

尽管这些灯光在这间狭小低矮的房间内显得无比炫目，巴瑞克的注意力还是很快被房间中心的人物所吸引，那是一个女人，躺在一张椭圆形的床上，似乎已经睡着了。她面容苍白，一动不动，巴瑞克一开始还以为她是一座雕像。但是，当国王领着他靠近的时候，他能感到自己的心渐渐变得沉重和冰冷。她一定是死了，这个满头黑发，长着诡异面容，骨瘦嶙峋的女人。因为自己终究还是来得太迟了。这身影只是一具尸体，一具美丽而严肃的王后的尸体，静静地躺在那里供人瞻仰。

"非常抱歉，陛下……"他从皮袋子中拿出那面镜子，把它递给了盲国王。

她还活着。国王的思想就像是飘落的雪花一样轻柔。他修长的手指抓紧了镜子，举在自己的面前，好像正用他那双被布条覆盖的盲眼仔细查看。他轻轻皱了皱眉头。

有什么不对，有什么遗失了。

巴瑞克的心脏迅速变冷。"大人？"

国王叹一口气。**是我要的太多，人类之子，即使是发明家自己**

都已生命垂危。但是，没关系。这个世界的时间最终还是取决于我们所拥有的一切，不论他曾赐予我们怎样的本质。除了冒险一试，我们别无选择，只希望这个瑕疵还不算太严重。

盲国王朝着镜子呼出一口气，将它轻轻放在王后的胸前。

过了一段时间，似乎什么事都没有发生。房间里变化无常的灯光仍然在静静闪烁，但连空气似乎都紧张起来，像是屏住的呼吸。然后，王后的面容似乎因为痛苦而扭曲了一下，她猛地张开嘴吸入一口空气，她那双眼睛——那双黑色的眼睛，惊人的幽黑深沉——也猛地张开，她的目光从巴瑞克看向伊尼尔，之后就专注地凝视着伊尼尔。像是一个溺水者在永远沉没之前游上水面呼吸最后一口氧气一样，她似乎又要陷入沉睡。那双眼睛扑闪着，又再次紧紧闭上；那双手，似乎要移动至胸前触摸一下镜子，却也再次无力垂下。

巴瑞克感觉自己好像要哭出来了，但是，这痛苦太过冰冷，太过坚硬，眼泪最终还是没能落下。为什么他或者其他人会认为结局一定会有所不同？

国王垂下头，静静地屈膝跪在王后身边，很长时间都再无其他动作。之后，他伸出一只手，颤巍巍地，将那面镜子从她胸前拿起，似乎想要仔细查看一番，但是，令人无比震惊的是，那面先是基尔、后是巴瑞克不远万里带来的镜子，竟被狠狠地丢了出去。伴随着镜子在房间里破碎的咔嗒声，整个墙壁都爆发出一阵响动，巴瑞克头一次意识到，那些爬满墙壁和天花板的闪烁磷光，原来是一群发光的甲壳虫，它们的每一双翅膀都像是一摊油脂一样闪烁着七彩光芒。

她只能再多活几个小时，或许几天，因为镜子中先祖的力量还不足以唤醒她，那就只剩下这一种办法了。跟我来，人类之子。我必须告诉你许多真实而又恐怖的事情，那时你必须做出抉择，你的整个族人都从未做过的抉择。

我们不知道的是，诸神究竟一直生活在这里，还是从其他地方迁移至此。伊尼尔的思想来得很缓慢，好像要花费很多力气。

两个人已经回到先前巴瑞克休息过的地方。巴瑞克突然意识到，在城堡众多的房间之中，这间简陋的小房间就是国王本人的休息室。

他们自己说他们一直存在。伊尼尔停下来，喝了一杯水——一件看似普通却很奇怪的事情。**那时我们都还未出生，所以无法辩驳他们所说的话……**

“诸神说他们一直都存在？”巴瑞克不太确定自己是否完全听懂了伊尼尔的话。

他们是这样告诉我们先祖的。具体来讲，那是歪神，我们一脉的先父，这样告诉焰华的第一代传人的，尽管歪神本人都未必确信自己的话。他出生在这里，当然，在诸神的战争期间。

出生在这里？国王的话究竟是什么意思，巴瑞克不太确定。在镜子之约失败之后，为何国王仍然会花费如此大的力气告诉他这一切——在巴瑞克自己失败之后？

但不论他们出生自哪里，又来自何方，在初代先祖到达此地的时候，诸神已经在这里了。

“初代先祖——是指你们的先祖吗？”

也是你们的，孩子。因为很久之前，我们都属于同一个种族——初代先祖。但其中一部分族人拥有“第一天赋”——“变幻”，我们这样称呼它。那部分族人就是我们一族的先祖，我们继承了自然的技艺，我们的血脉允许我们变幻出不同的形状，衍生出不同的生存和存在方式。而剩下的初代先祖——也就是你们一族的先祖——则无法改变他们的骨骼和肌肤。因此时光飞逝，两个部落开始出现分歧，直至最终决裂，分成我们一族和你们一族，在很多情况下，甚至都不记得他们曾经同属一脉。但我们仍然曾经，或者现在也是，

同属一脉——那也就是我们，特别是我的家族，为何长得与你们一族如此相像的原因。我们也发生了变化，但大多是内在的变化，我们的外在仍然保留了我们最原始的样子。

巴瑞克觉得他听懂了，至少能够点头了——但自己国家的三神教堂肯定会斥责所有这些都是亵渎神灵的异端邪说！

请原谅，我不得不将所有这些都通过思想的翅膀传递给你，因为比起你们一族的讲话方式，这种方式能让我更轻松些。他叹了口气。直到月亮王和苍白的女儿一起逃到他的家中，开始了神战，我们两个种族的分歧已经不仅仅是第一天赋了。我的族人大都生活在北方，月亮王的城堡周围，结果，当月亮王和他的亲族被雷神族人围攻的时候，我们站在了月亮王和白焰这边……

“月亮王，苍白女儿……我……我不太明白这些人是谁，陛下……”巴瑞克说。

不是人——是神。你应该知道他们的，只是名字不太一样。那就称呼他们为科尔斯和佐睿雅吧，佐睿雅的父亲佩林就是雷电之神，佩林愤怒地围攻了这对爱侣所在的月光城堡。因此科尔斯向他的兄弟姐妹——祖米奥斯和祖丽雅求助，后者很快前来助阵。我的族人与他们并肩作战，甚至是我们那些住得很远的先祖，也都来到这里帮助他们。

过了很长时间，直到伊尼尔坐着整理自己思绪的时候，巴瑞克还是不太明白他听到的这些。“等等，大人。你们的先祖来到……这里？”

是的，这个地方比我的族人还要古老，你所在的这座城堡，或者说是我们城堡地下以及之后的城堡，都曾经是月亮之神，科尔斯·银光，自己的领土。下次你再看到这些墙壁，这些傲然挺立的高塔，不要去看那些我们后来修建的黑色石块，试着寻找它们之下的月光石的光芒。仔细看就能找到。

巴瑞克只能瞪大眼睛看向四周。这个奇怪的城堡——真的就是永冻荒原，所有故事中的那个黑暗要塞？

即使是你们最无知的族人也知道那场战争的结局如何，尽管他们不知道为何会如此。科尔斯被杀，他的兄弟姐妹也从此消失在这世上。他的妻子——佩林的女儿，佐睿雅——逃走了，四处游荡，最终被佩林的兄弟科涅奥斯——这世界的黑暗主宰——所找到。他把她带回了自己的家，使她成了自己的妻子——不论她是否愿意。

但她在战争期间还留下了一个孩子，当然——聪明的库比拉斯，月亮王的儿子——虽然他总是被人嘲笑，遭人虐待，但随着他日益长大，他制作东西的天赋也变得无法掩盖，佩林和其他赞德诸神就把库比拉斯带了回去，让他的才能为他们所用。他也的确为他们制作出许多神奇的东西……

“比如大地之星，科涅奥斯的长矛，”巴瑞克说，想起了斯科恩讲的故事。

没错，那件武器既是歪神的荣耀，也是他的煞星，但我们还没有说到那里，焰华的悲剧——甚至现在还笼罩在我们身上——就源自这诸神之战的废墟之中。歪神最终从他的囚禁者手中逃走。他游历世界，将很多知识传授给你我的族人，在有关制作东西的技艺方面，他学到的东西超过任何人类或者神灵。也就是在这段岁月中，他学会了如何通往虚无之路。

巴瑞克点点头，想起了乌鸦的另一个奇怪的故事：“他曾祖母的道路。”

是的。之后他来到了这里，这片月光城堡的遗址，和我们的族人居住了一段时间。在这段时间里，他与我们的一位先祖，少女苏牧相爱。那个时代里，这个世界上的诸神和凡人还可以共同生存，甚至一起孕育子孙。但是，与他的大多数族人都不一样，歪神——库比拉斯——并没有仅仅将一些传说留给他的子孙后代当作遗产。

苏牧有三个孩子，两女一男，他们所有人出生的时候都拥有某种天赋，我们称之为焰华。当库比拉斯继续前行，去完成他伟大而又悲剧的命运时，众人发现他的后代和部落中的其他人都不尽相同——生命似乎在他们身上留下更深的印记。其中一个孩子就是雅萨梅兹，你们见到的那个强大的黑暗女士，自从那个时代起一直存活至今，几乎享有和神灵一样的生命长度。她的兄长和姐姐，阿亚恩和亚苏德拉，则以另一种方式使用他们的天赋，虽然一开始，他们并不知道自己身上有任何天赋。尽管他们只活了短短数百年，并没有比我们家族的大多数人活得更长久，但他们的天赋却并没有随他们而去，而是传给了他们的子孙。

苏牧拥有我们一族中最高贵的血脉，因此她的长男和长女，按照当时以及现在的传统结婚了，这样才能保证我们血统的纯正和强大。这两个人，阿亚恩和亚苏德拉，也将焰华传给了自己的子孙，而焰华赐予的那项天赋就是，当阿亚恩和亚苏德拉去世，他们的子孙统治这一族的时候，身上仍会保有他们父母的本质——并非他们的精神或者血脉，而是他们生存的本质以及他们的所有记忆。然后这些孩子还会有他们自己的孩子，也就是阿亚恩和亚苏德拉的孙子孙女，等到他们结婚的那天，他们也会继承他们父母以及祖父母的智慧和思想。因此，以这种方式，我们族人的每一代国王和王后都会将他们自己的本质传递给下一代。我们自己就是一座活着的深渊图书馆，因此我们才拥有我们需要的一切，帮助我们的子孙抵御大溃败的痛苦。我们称之为大溃败，是因为我们加尔人数量太少，无法与我们曾经的人类手足争夺这个世界的统治权，因此我们明白，我们一族的命运就是逐渐消亡，最终被你们一族所取代——尽管，再一次地，我将许多复杂的事情描述得过于简单了。

我们马上就要讲到那些最艰难的真相了。

焰华一直在雅萨梅兹身上延续，因为她从未与谁分享过它。她从未与自己的族人相爱过，因此从未消减过这项天赋的力量。一些人说这是因为她是个自私的女人。另外一些人则持相反观点，认为这是一种牺牲——他们说她之所以会忍耐如此漫长的一生，是因为她要照看她兄长和姐姐的血脉后代。但不论真相如何，雅萨梅兹就是雅萨梅兹。

我们这一脉从父母身上接受焰华，也必须将它传给我们自己的后人，这条路要比旁人走得更加艰辛。一方面，焰华的每一次传递，先祖记忆的每一次传承，都需要耗费很大力量。我们自己身上没有这种力量——代价太大，不是我们单个人能够承受的。我们要获得这种力量，只能去一个地方。去找歪神自己——或者更准确地讲，去找他最后残留在这世上的存在。

这位神灵最后的足迹停留在你们族人称之为南境城堡的地下，那里曾经是进入大地之神科涅奥斯府邸的一道大门。诸神曾在这世界行走，那里是那个可怕时代残留的最后一处真正的遗迹。

你们大多数族人都不知道这点，但某些居住在城堡地下深渊的人知道。他们称呼他为“闪光之人”。

“我没……我不知道，大人。”

但你们家族城堡的黑暗精灵应该知道。他们世世代代保护以及供奉着它，却并非所有人都知道它到底是什么。

“黑暗精灵？”

他挥挥手。我想，你们叫他们“芬德林人”。但是无所谓，因为我们已经讲到所有事情的症结所在。

很多年以来，你们称之为南境的地方一直被人类所占领——许多军阀和小贵族曾经依照其他国王的命令统治过那里。虽然我们，族人的统治家族，无法公开出现在那里，但我们知道其他方式可以到达闪光之人那里，获取我们需要的力量，使得焰华能够在我们的血脉中延续。我妹妹萨奎丽曾经在希安帝国时期去那里朝圣。我们祖父母去的时候，则是赫若索尔统治人类大陆的时期。但之后就是大瘟疫的时代，人类将我们驱逐出了他们的土地——那片土地也曾经属于我们，但我们却被当作外来者，当作恐惧与仇恨的对象——我们最沉痛的损失就是那片你们称之为南境的地方，歪神在深渊等候着我们到来的地方。我们为了那条通往那里的道路浴血奋战过，但最终失败了，很大程度是因为你们的先祖安格林，之后我们被迫撤退到这片北方大陆，这片人类鲜少踏足的地方。

因此，当我和萨奎丽日渐衰老的时候，我们却不能将焰华传递给我们的儿女。一百年过去了，我们的处境更加绝望。雅萨梅兹，我们一脉的先祖，建议我们向人类发起战争，夺回城堡，我却担心我们最终会战败，事情也会变得更糟。我的妻子则赞同我们这位女性先祖的观点。很长一段时间里，我的家人就在争吵中度过，直到库-纳-加尔中的所有人都被卷入其中。最终，瞒着他们母亲和我，我的儿子加尼亚和他的妹妹萨娜苏偷偷向南境出发了，仅仅带着一小队家族护卫和侍从。

结果，他们被抓了，被带到凯里克面前，凯里克是安格林的继承人，当时远境王国的统治者。你的先祖凯里克见到萨娜苏，我美丽的萨娜苏……伊尼尔停了下来，尽管他的面容没有发生任何变化，但在巴瑞克脑海中，他平和冷静思想的这次中断，带给了巴瑞克巨大的震惊，就好像国王自己已经流下眼泪……

他想要占有她，他终于继续，一个凡人竟然觊觎一个本该成为她整个族人的永恒王后的人！他占有了她，就像野狼占有优雅的小鹿，丝毫不在意被摧毁的美丽，只管他自己的欲望得到满足……

这一次的停顿更加强烈。在某种无望的梦境中，巴瑞克看到国王苍白的面容变得比从前更加坚硬。

他占有了她。加尼亚，她的兄长，她的未婚夫——我的儿子——为她而战，但凯里克·埃顿有很多手下。加尼亚……被杀了。萨娜苏被占有。焰华无法传承给我的子女。我们一族的灭亡即将到来。

萨娜苏王后！巴瑞克想起肖像墙上她的画像，他很熟悉那张脸，一双诡异而迷茫的双眼，火焰般的头发，苍白的皮肤。但她……嫁给了南境的国王！她真的曾经是加尔人吗？

那个恐怖的日子过后，雅萨梅兹和其他人当然立即向人类宣战，甚至曾经一度重新占领了歪神毁掉最后诸神的地方，但凯里克带走了我的女儿萨娜苏，撤退到人类遥远的领地，直到他找到足够多的同盟才卷土重来。当我们重新拥有城堡时，我和萨奎丽竭尽所能加强我们内在焰华的力量，但我们知道，没有继承人，我们只是将那个不可避免的结局推后而已。最终，人类战胜了我们，再次将我们驱逐，屠杀了我们无数族人，以至于我们用我们仅存的力量创造了"天幔"，一道暮光的屏障，以吓退那些跟随我们进入这片土地的人类。我们之后就一直生活在此地。

现在王后和我自己都已垂垂老矣。我借给她许多力量，我们等着看……他举起那面镜子的碎片……那个叫作"镜子之约"的赌博将如何失去作用。但那些力量显然不够。她不会再醒来了。除非我将自己仅存的那点力量都给她。除非我付出自己的生命。

巴瑞克站起来，无比震惊："你要付出你自己的生命？但那也无济于事啊。"

在其他情况下可能如此，但焰华的运作方式无比复杂和微妙。有一个办法也许能避开我们那个无法避免的结局——至少能够再拖延一段时间。也许雅萨梅兹把你送到这里来，也是抱有这样的想法。除了嘲笑我，我早该想到她还有其他的目的。

"我……我不明白，陛下。"

你当然不明白——你怎么会明白？你的族人一直都在隐瞒真实的历史。但是，你年轻时候，必定曾经怀疑过，或是感觉到，有什么……不对劲……

巴瑞克开始感到一阵寒冷，好像某种发热的症状正在侵扰着他："不对劲？你是在说我吗？"

你，你的父亲，以及任何一个曾经携带焰华遗产的人，焰华在人类血脉中燃烧时所引发的那种痛苦和疑惑的遗产。是的，我的孩子，我是在说你。你是我女儿萨娜苏的后人，那血脉在你体内强势地延续。某种程度上，你是我的外孙。

巴瑞克瞪着他。他的心怦怦直跳，甚至让他感到一丝眩晕："我是……一个暮光族人？"

不，你还不是……或者不仅仅是。你血脉中有我们最高贵的血统，但直到此时此刻，它带给你的都只是苦难。然而现在，你可能是我们古老一族最后的希望所在——只要你做出一个伟大的牺牲，只要你允许我将焰华直接传递给你。

巴瑞克无法理解。他瞪大双眼。国王平静的面容和一小时之前没有任何不同，那时他还没有说出这些话，还没有让这个世界都天翻地覆。"你……你想要将焰华传给……给我？"

为了让王后再活久一点，我需要借给她我最后的力量。如果我能将焰华传递给你——有可能会失败——那个遗产最后就会存活下来。但即使你能活下来，巴瑞克·埃顿，你和过去将没有丝毫相似之处。

"但是如果你那样做了，你……你又会发生什么事情？"

长久以来，微笑第一次出现在伊尼尔脸上——他的唇角勾起一个浅浅的、疲倦的弧度。哦，孩子，我当然会死。

第三十五章
圆环，棍棒，短刀

在冷灰沼泽的大战中被杀的精灵一族都被埋在一个普通的坟墓中。尽管当地居民特意回避此处，声称那里常常有复仇的加尔人鬼魂出没，我还是无法指出那个坟墓的确切位置，大致范围是在一片鲜花丛生的美丽草原之上。

——引自《埃昂大陆和赞德大陆精灵种族专述》

他们不得不在尤吉尼昂的近郊停下脚步，因为王室大路被封锁了，这座城市的教堂正在举行一场葬礼。很显然，是一位有钱人辞世了：一辆四匹马拉着的马车上载着一口黑色棺布的棺材，送葬的人群如此庞大，布瑞奥妮也从马车上爬了下来，和其他演员一起站在路边观望。

“究竟是谁死了？”布瑞奥妮向队列末端的一位送葬者打听道，那个女人手里还拿着一根长长的柳树枝。

“我们的好男爵，法弗洛斯大人。”女人告诉她，“他并非英年早逝——他已经有六十多岁了——但他的长子被独裁者的食人魔害死了，他身后只留下一个病弱的妻子和年幼的继承人，但愿三神兄弟保佑他。”她又做了个向三神祈祷的手势。

那女人转身离去的时候，布瑞奥妮发现自己正在做同样的手势。

“我从未听说过这个人，”当他们安静地站在那里看着送葬的人群走过时，她对费恩·特奥多罗斯说，“但是从这些送葬者脸上的痛苦表情来看，他一定是个好人。”

“要么如此，要么他们悲伤的原因是因为，在如此动荡的时代，他们因为陌生的事失去了熟悉的人。”费恩耸耸肩，“但是，我仍然希望你是对的。我在队伍里并没有看到许多鲱鱼哭丧人。”

“鲱鱼哭丧人？”这个词在布瑞奥妮脑海中产生的画面使得她哈哈大笑，“诸神在上，这究竟是什么东西？”

“指那些走在送葬队伍中，为一两个铜蟹币号啕大哭的人，或者队伍里为了一个银鲱鱼币被雇去帮忙的人。这人可能确实很受人爱戴，他的家人因此不需要雇佣鲱鱼哭丧人。”

他们看着队伍的末端缓缓移动，孩子们手中举着蜡烛，货车上载着各种为教堂准备的面包、美酒和鱼干，尸体将会停留在教堂供人瞻仰，那些神职人员则会夜以继日地为他祈祷，确保死者能尽早升入天国。当最后一个送葬人走过，最后一个兴致勃勃的旁观者也尾随着缓慢的队伍离去的时候，布瑞奥妮和费恩重新爬上马车。多文·比奇拽着马匹的缰绳，马车重新向城门的方向前进，梅克维尔剧团其余的人紧随其后。

在向城门侍卫贡献了一小笔但足够的硬币之后，他们最终进入了尤吉尼昂的大门。他们跟随着送葬的队伍，看着它在崎岖的主干大道上前进，最终进入城镇中心的教堂。

“从眼前的迹象来看，他的确是个有钱人，”费恩说，那时，他们终于能第一次看到整个送葬队伍从他们眼前的马路走过。“但我没有听到一点关于葬礼游戏的消息，即使是不那么重要的人死后通常也会有葬礼游戏的。可能是因为大家都在担心北方发生的事情。”

“还有南方，”布瑞奥妮悲哀地说，“可怜的赫若索尔。”马车的颠簸使她不得不远离窗子，坐在了车板上。她的父亲此刻身在何处？还活着吗？还是别人的囚徒吗？如果赫若索尔陷落了，独裁者会愿意为他支付赎金吗？如果她或者巴瑞克能进入南境的国库，会起什么作用吗？

她的双胞胎弟弟真的回到南境了吗？在这个有生以来最黑暗的春天里，只有这件事能让布瑞奥妮感到开心一点。

“你的表情很严肃，公主，”费恩说，“好像你认识那个被抬去神庙的可怜人一样。”

“我只是……一切都如此不确定。所有的一切。回到南境之后我又能做些什么？如果精灵族已经占领了城堡我该怎么办？”

费恩将目光从窗外移开：“那样的话，事情真的同我们离开时很不一样了。你无法在思想上超越加尔人，女士，因为他们同人类一点都不像。请原谅，我相信只有这件事是真的——毕竟，除此之外，我对他们一无所知。”

“为什么？你……你曾经写过关于他们的剧本吗？”她努力想让话题轻松一点，但却无法克制自己满满的悲伤和痛苦。“有关他们那些迷惑人的精灵魔法，或者他们如何运用魔法绑架甚至杀害无辜的村民？”

费恩抬了下眉毛：“我当然在我的剧本中写过暮光族的角色，用了很多不同的方式。如果我描绘有误的话，我怀疑我也只是把他们描写得比实际上更神秘更吓人，而不是说成兜售魔法戒指的小贩，用以取悦那些头脑简单的少女们。事实上，作为一个剧作家，我了解他们的方式非常奇怪而且不同寻常——我研究他们。”

“什么意思？”

“就是字面上的意思，殿下。没有丝毫不敬，但或许您应该休息一下，不要说话。您看起来似乎有些身体不适。”

她闭上眼睛，努力平息胸中燃烧的怒火，但好像并没有完全成功。“很抱歉，费恩。别走。我有理由愤怒，听完我讲之后，你也会和我一样愤怒的。除了我那些惨遭蹂躏的无辜子民，我的弟弟——我自己的双胞胎弟弟——生死不知，下落不明，全是因为这群怪物。他们还夺走了某个……”她犹豫了，不知道该不该讲，之后又不知道该如何描述范森，“某个朋友。和我弟弟一样，他也再也没有从科尔坎原野中返回。所以我一点也不想听见这些加尔人的好话。”

“不要害怕——我说过我研究过他们，殿下，并不是说我已经变成了他们的同党。布罗纳大人派我去寻找所有有关‘和平者’的事情，是的，他们如此委婉地称呼他们为和平者。而且，这项工作得到的酬劳也不少——比我至今所写的任何一个剧本都要多，不管这部剧中有没有精灵族。”

她情不自禁地笑了一下：“那么，告诉我，费恩。关于他们你知道多少？”

“我知道我其实并不了解他们，布瑞奥妮公主。我还知道他们对南境城堡怀有某种极大的兴趣，但不知道为何会如此。”

“因为它挡了他们的路，不是吗？安格林，我们一脉的先祖，被赐予这座城堡，那里也就成为抵抗暮光族南下的第一要塞。我们也自此一直保有这一神圣的使命。”

“那他们这次首先进攻的地方是哪里，殿下？”

她想起了可怜的雷蒙·贝克。“在通往塞特兰路的某条路上。他们摧毁了一个商人的大篷车。”

“如果那就是他们开始的地方，为什么他们要从那里往东再行进一百里格进攻南境城堡？他们本可以往西去塞特兰路，一个更加弱小的目标，或者如果他们想要战利品，也可以一路南下去埃斯特河谷，那里的小镇到处都是富得流油的商人，而且还远离埃南德国王的保护范围。那座山谷的最北端距离特希斯的距离，是他们夺走那辆大篷车的地方与南境城堡距离的两倍。”

“你想要说什么，费恩？”

“他们的所作所为只可能有两种可能的解释。他们针对我们是想要报复，简单而纯粹的理由，或者他们能从征服南境城堡中得到其他好处——并非整个国家，而是城堡本身。他们在通往你们家族要塞的路上摧毁了遇见的一切，但留下了达勒之诺镇，柯特维尔和银边，这几座城镇依然完好无损。”

“为什么？”布瑞奥妮发出一声悲叹：她不想再听更多的秘密了。事实上，她最亲近的人身上已经有太多的未解之谜，她背负着这些秘密拼命想要活下去。“为什么他们会对我们如此仇恨？”

他耸耸肩：“我不知道，殿下。”

“那就找出答案。从现在起，这是给你的任务。”

胖胖的剧作家看起来很是惊讶：“公主……”

“如果我的父亲无法返回——佐睿雅保佑他会回来，但如果他不能——我必须寻求所有的帮助。我必须了解我父亲以及我哥哥花费很多年才学到的东西。很明显，加尔人将会是我需要了解的事情之一。我知道的人当中，只有你对他们了解最多，费恩。你是我的子民吗？”

“布瑞奥妮公主，当然，我尊敬您和您的家族……”

“你是我的子民吗？”

他眨了眨眼，又眨了眨眼，有些吃惊于她的强势。“我当然是，殿下。我是个忠诚的南境子民，而您是国王的女儿。”

“很好，除非发生任何变化，我还是摄政公主。记住，费恩，我把你当作我的朋友，但是鱼与熊掌不能兼得。我再也不能做回‘蒂姆’了。我永远都不会是区区一个演员，即使是此刻，我藏身于你们中间。我的子民需要我，我会竭尽所能地为他们服务……以及领导他们。”

他的微笑很浅：“当然，殿下。我很荣幸能够成为您的王室……我们应该怎么称呼它？历史学家？”

“你会成为一名王室历史学家，特奥多罗斯，这点确定无疑。”她很满意地看到他畏缩了一下，并不是她不喜欢这个圆滚滚的男人，而是因为她需要他了解，现在事情是如何进行的。“是否还会有其他人，则取决于你完成工作的好坏程度。”

马车突然停了下来，布瑞奥妮听到很多声音同时响起。她很担心，用手轻拍她的短刀，她之前一直将它藏在衣服袖口的布袋里。很长时间过去了，他们仍然停在原地没有动；最后，艾斯蒂尔·梅克维尔将她的脑袋探进了马车。

“我们为什么停下？”费恩问道。

“裴德和休尼正在和城镇长官以及两三个坏小子说话，”她说，“好像在过去短短十天之内，国王的侍卫就曾经两次来到这里，盘问某些旅客……”她担心地看了一眼布瑞奥妮，“……因此城镇长官会拦住所有过往的陌生人，询问他们的职业，去过的地方之类的事情。”

“需要我出去帮忙吗？”费恩问道。

“如果你想的话，但我认为我哥能应付这些。但是，他们很可能会要求查看马车内部。如果他们真的要查看这里，我们应该怎么回答？”

“让他们看，当然。”布瑞奥妮说，“费恩，把你的短刀给我，这样我就不用拿自己的了。”

艾斯蒂尔和剧作家都睁大眼睛看着她。

“哦，别这样看我！我不会和城镇长官打起来的！我只是准备再次割掉我的头发。”她拿起一绺头发放在手中，细细端详，神情有些悲伤。“我的头发好不容易看起来和以前一样了。但是这种虚荣心没有任何益处。我以前就扮过男孩，这次也一样可以。”

等到一个红着脸的男人将头探进马车时，布瑞奥妮已经换上了皮尔尼的一件破旧的牧羊人戏装，蹲在费恩·特奥多罗斯脚下的地板上，认真修补剧作家鞋子的某根鞋带。

“你是谁？”长官对费恩说，“为什么你会坐在马车上，你们的老板却要走路？”

“我也正想问你呢，你是谁，先生？”

“我是庞塔，国王手下的城镇长官——你可以随便找个人问问。”他斜眼打量了布瑞奥妮一会儿，然后又四处查看了一下拥挤的车厢内部，马车上到处堆放着许多戏服，还有好些木质道具，每个空隙都悬挂着各种帽子。“演员……”

“某种演员，”费恩飞快答道，“但如果我的朋友告诉你他是老板，那他肯定在撒谎——很有可能已经喝醉了。”他严肃地看了艾斯蒂尔·梅克维尔一眼，防止她说出任何为她哥哥辩护的愤怒话语。“可怜的人。他曾经拥有这个剧团，但很久以前就把它输光了。我买下整个剧团的时候，没有把他踢出去，对他来讲已经够幸运了。”

“那你究竟是谁？”长官问道。

“我嘛，塞姆巴拉神使的修士多罗斯，愿意为您效劳。”

“你是个神职人员？和女人一起旅行？”

费恩有一瞬间不知所措，但他马上意识到长官指的是艾斯蒂尔·梅克维尔，而不是布瑞奥妮。“哦，她啊。她是个厨子，兼裁缝。您就不必为她那无人问津的美德而担心了，先生。我们共修会可是一群虔诚而可怜的信徒——如果你不相信的话，可以问问那个长胡子的家伙，我们叫他纳文，他会告诉你很多关于昂·帕塔的可怕的殉道事迹，她是如何被那些克雷斯的野蛮人一遍又一遍的强暴的。他每次讲述这个故事，自己都会哭成泪人，他对这个以及诸神给予我们的其他教训可都研究颇深。”

那个长官现在看起来完全被搞糊涂了：“但……这些戏服是做什么的？你们怎么可能又是神职人员又是演员？”

“我们不是演员，不是真的演员。”费恩说，“我们实际上是在前往北方蓝色海岸的朝圣途中，但我们的职责之一就是为那些未受洗的人演出剧目，根据神使们的人生和《三神之书》编些敬神的剧目。这样，那些没受过教育的人就能理解某些对他们来讲原本太过微妙的东西。你想看扎卡斯的剥皮术吗？他的尖叫声非常悦耳，然后诸神派来一群长翅膀的使者把他救走了。”

但长官已经告辞了。艾斯蒂尔·梅克维尔带着他离开马车，在走下马车那些窄小的陡阶之前，还停下来回头瞪了费恩一眼。

“这些都是你编的吗？”他们离开之后，布瑞奥妮小声询问道，“我从来没有听说过这些胡言乱语！”

“那么，如同那些神使一样，我说的都是诸神的语言，”费恩洋洋自得地说，“因为如你所见，他已经离开了，我们也安全了。现在，我们需要找一处今晚落脚的地方，然后看看这座城镇有什么可供娱乐的地方。”

“他们正在为那个男爵哀悼呢。”布瑞奥妮指出。

“那就更有理由庆祝了，你长大些就会明白，庆祝我们剩下的人仍然活着。”

但并不是每一次，他们都能成功地让当地长官相信他们是一群前往蓝色海岸的朝圣者。在某些大一些的城镇，他们有时会拿出那些变戏法的工具，让休尼和费恩耍弄他们团里的圆环和棍棒，挣几枚铜币，而其他人则负责搜集一些当地的传言以及大事件的新闻。休尼在清醒的时候动作还是很敏捷的，胖费恩则是真人不露相，他能同时抛接好几个火把和匕首，却不会受一点伤。

“你究竟是从哪里学到这些的？”布瑞奥妮问他。

“我并不总是您现在看见的这个样子，殿下，”她的王室历史学家轻蔑地说，“我很小的时候就在道上行走了。我能用诚实的手段，以及……不那么诚实的手段养活自己。我大多数的抛接戏法都是跟我第一个主人学的，克雷斯人宾古娄——是我见过的耍得最好的人。人们在看过他的表演之后会直接去教堂，无比确信诸神已经在他们眼前上演了奇迹……”

无论他们在哪里停留，埃斯特河谷的每一座城镇都能得到两条消息：一条是希安国士兵仍然没有放弃寻找他们，另一条则是北方正发生一些奇怪的事情。他们询问的大多数人，特别是频繁出入那里的商人和宗教修行者，都说远境王国好像正被某种黑暗所笼罩——并不仅仅是指天气，虽然所有人都能感觉到天气比往常的这个时候要更阴沉多云，也是指黑暗的心境。马路上空空荡荡，来往旅行的人说，往年扮演重要角色的集市和市场上都没多少人，如果它们还能顺利举行的话。城市居民都很不愿意外出，而以往那些很喜欢到处游历的村民为了更安全些，也都迁移到城镇居住，或者至少也会集体生活在城墙下的暗影中。

与此同时，即使是最近才去过那里的人，比如他们在多岁斯卡里达北部遇见的那个修补匠人，都无法具体指出那里正在发生什么事。人人都知道暮光族已经从那迷雾笼罩的北方出动了，就像他们两百年前做过的那样，在南下前往南境城堡的途中还摧毁了烛台镇和其他几座城镇。但那场布瑞奥妮离家之前就已经开始的围攻，之后却似乎进行得颇为漫不经心，而且不同寻常。精灵族在城墙外驻扎了好几个月，双方却似乎一直维持着某种和平局面，雾影之地居民和人类之间似乎没有发生任何争斗。

但最近，局势却开始发生变化，修补匠人这样告诉他们，或者他曾遇见来自更北方的其他旅客，他也是从他们那里打听到的消息。

过去几十天内的某个时候，围攻又重新开始了，这次是真的围攻，他们得到的消息全都无比惊悚骇人，几乎令人难以置信——巨大的树样生物摧毁了南境城堡的城墙，外塔陷入一片火海，恶魔一样的怪物屠杀了许多抵抗者，奸淫掳掠无恶不作。

“现在一切应该已经结束了，诸神保佑，”那个男人虔诚地说，做了个向三神祈祷的手势，“也许那里已经一片狼藉。”

布瑞奥妮听到这些话，难过极了，一整天都几乎没再开口说话。

“那些只是旅客的谣言，殿下，”费恩安慰她说，“别往心里去。听听历史学家是怎么讲的，他们可是真正研究过这些传言的——目击者的讲述总是容易夸大实际情况，更不用说那些经过不在场的人讹传后的消息了，只会显得更恐怖。”

“即便如此，我就能安心了吗？”她说，“只有一半的臣民被杀？只有一半的家园被烧？”

费恩和其他人都竭尽所能地安慰她，但那天晚上以及之后的好些天里，布瑞奥妮脸上都没有一丝笑容。

如果巴瑞克真的回来了呢？她想了一遍又一遍。**经过所有这一切之后，我是不是已经永远失去他了？精灵族会杀死他吗？**好几个小时过去了，她仍然辗转反侧，难以入眠，心身都备受折磨。**如果是真的，我一定会亲手杀死这群丧尽天良的畜生。**

“现在我们有个问题。”费恩趁着大家吃着炖羊肉的时候宣布说。炖羊肉是艾斯蒂尔掌的勺，为了弥补那分量少得可怜的羊肉，她特意撒了许多干胡椒，那还是他们在上个集市采购的。因此，尽管这点菜不太够填饱肚子，但至少吃过之后能让人胃里足够暖和。

“没错，”裴德·梅克维尔说，“我妹妹把所有的钱都花在调料上了，所以我们现在又身无分文了。”

“你这傻瓜，”艾斯蒂尔回应说，“你在喝酒上花的钱，可比我在胡椒和肉桂上花的多多了。”

“那是因为美酒是心灵的食物，”纳文·休尼辩驳道，“如果一位艺术家的心灵忍饥挨饿，就算头脑清醒，他也肯定会变得无比虚弱，无法运用他的才华。”

费恩挥挥手：“够了，够了。如果我们省着点用，布瑞奥妮公主的钱足够我们回家。所以，收起你们那些吹毛求疵的毛病，裴德——还有你，纳文。”

“省着点用可不是说要我们一路都喝水。”休尼气哼哼地说。

“问题是，我们今天遇见的那个农夫所讲的话，”费恩决定忽视他，继续说道，“你们也听见了。他们说希安国侍卫正驻扎在拉洋卓斯的城墙外。现在，大家都说说他们在那里想做什么？”

“和当地的羊群交朋友？”休尼说道。

费恩看了他一眼：“你的嘴是你最大的财富，老朋友——甚至比你的钱包都值钱。所以我建议它赶紧闭上。现在，如果你们都已经不再向空中释放无知的火焰，就集中些注意力。士兵们正在搜捕布瑞奥妮公主，显而易见还有我们。我们迄今为止都很幸运，躲过了一切搜捕，但在尤吉尼昂和其他几个地方的时候我们差点被人发现。”他摇了摇头。“恐怕，我们不会一直都这么走运。那些可是埃南德训练有素的士兵，不是我们欺骗过的那群当地的傻瓜和榆木脑袋——我怀疑，我们可能无法说服他们我们是去朝圣。”

布瑞奥妮说：“那就只有一个办法了。我必须离开你们。他们搜捕的对象是我。”

“别说得好像自己是悲剧故事的女主角似的。”费恩说，“请认真考虑一下您的现状，公主，如果您相信自己不是个傻瓜的话。”

那一瞬间，布瑞奥妮气得头发都要竖起来了——说话随便亲密是一回事，被一个平民称作傻瓜就是另一回事了！——但之后她又想到自己是如何被那群阿谀奉承的人哄得团团转的，她再也不想被人骗了。**如果连我的朋友都不能告诉我他们的真实想法，那我宁愿没有这些朋友。除非他们不是我的朋友，而是我的仆人。**

“我为什么不能离开你们，费恩？”她说，“是因为我逃走了，才触犯了国王的法律——我明确违反了他的命令。而且，我敢肯定安娜卡夫人最近又在他耳边说了我好些坏话。现在，我可能已经是希安帝国灭亡的头号罪人了……”

“你当然是他们最感兴趣的人，女士，”费恩说，“但不要有哪怕一秒钟认为他们不想搜捕我们。你以为我们为什么要让多文收起他那条蚱蜢一样的大长腿，把他塞进你的马车里？因为他是我们当中最容易被辨认的一个。即使你不和我们在一起了，布瑞奥妮公主，他们也不会放过我们。我们可能被抓，然后……被劝说……说出我们知道的有关你行踪的一切消息。我怀疑我们之中所有人都不可能重获自由了。”

突然袭来的悲哀将她淹没，她只能用双手捂着脸：“仁慈的佐睿雅！我非常抱歉——我没有权利要求你们这样付出……”

“想要改变一切，已经太迟了，”休尼说，“所以别在我们身上浪费眼泪了。好吧，或许可以为梅克维尔掉几滴眼泪，毕竟他还想过要在特希斯过些快活日子，追在漂亮男孩后边什么的，但被我们否决了。”

“我才不会回应这种滑稽的指控，”裴德·梅克维尔说，“另外声明一下，我对男孩子感兴趣完全是有正当理由的，毕竟他们是我唯一能确认的还没有被你身上的梅毒侵扰过的人……”

费恩翻翻眼球，其他人则哄堂大笑：“诸神，你们真是一群粗鲁的汉子。难道你们都忘了远境王国的女主人也跟我们一起吗？”

“太迟了，你现在才在为她担心，我亲爱的费恩，”梅克维尔说，“她早就能和我们一起痛骂出声了。你听见她那天晚上怎么骂休尼的吗？”

“而且毫无缘由，”剧作家说道，“我只不过在一片漆黑中绊了她一下而已……”

“够了！”费恩说，“你们打打闹闹，无非就是不想谈起我们眼前的事情。王室大路已经不再安全，国王的手下还在拉洋卓斯城外等着我们，而且即使我们能够设法从他们眼皮子底下溜过去，距离希安国边境也还有好几天的路程。”

“所以，你的意见呢，费恩？”布瑞奥妮问道，“听起来，你好像都已经计划好了。”

“看吧，不仅她的礼仪好过你们剩下所有人，”大块头男人说道，“而且她也比你们聪明多了。我恐怕也很少有人超不过你们。”他瞪着休尼和梅克维尔，补充道：“无论如何，从这里往北走上几英里，公路上有一条向东的岔路。看起来不过是农夫所走的羊肠小径——刚开始的几英里也确实如此，但之后小路就会并入另一条宽敞的大路——虽然没有我们走过的道路宽敞，但也是条合适的马路，不是小道——再穿过森林边缘，另一端就是索特里修道院。所以我们只需要在森林中度过一个晚上，第二天就能在修道院中享受可口的食物，温暖的炭火了。”

“是要穿过黑河森林的边缘？”多文·比奇问道，这也是高个子男人第一次加入讨论。

“是的，”剧作家说，“当然。”

“我之前从不知道它会向西延伸这么远，我们只要花费一天或者少一点的时间就能到达那里，”他狭长的面容上却写满忧愁，“那可不是什么好地方，费恩。充满……糟糕的东西。”

“他在说什么？”裴德·梅克维尔问道，“什么糟糕东西？野狼？黑熊？”

但多文只是摇摇头，不再说话。

“我们只会在那里待一个晚上，”费恩说，“我们足足有十几个人，手里还有武器和火把。我们还有食物，所以不用另外搜寻。我们会待在一起，大家都会没事的——非常安全。来吧，难道你们真想去国王的士兵那里碰运气？”

有几个人还试图从比奇那里问出他恐惧的原因，但高个子男人什么都不肯说。最终，因为没有更好的计划，他们都同意了费恩的建议。

第二天早晨，太阳还没有升高，他们已经来到了公路的分岔口，与他们同行的还有几个旅客，大多是当地人，所以当梅克维尔剧团一行人离开大路走向通往森林的那条崎岖小路时，他们都面露惊讶之色，充满好奇。

几天以来，他们都行进在越发宽阔的乡村大道，但突然一切都变了。王室大路的宽敞大道本来意味着它经过的地方大都很开阔，即使是不那么开阔的地方，公路本身足够宽，两旁树木的间隔也比较大，很少会阻挡阳光的射入。但当他们进入费恩所讲的那条小路，橡树和千金榆突然在路边勾肩搭背地生长起来，好像一群好奇的村民在观望这些闯入他们地盘的陌生人。旅程中大多数时候都相伴而行的太阳，也似乎消失了很长时间。平日里农夫在路上招呼其他行人的声音，或者是在高地呼唤走失的牛羊群的声音，现在都渐渐听不到了。除了马车轮子骨碌碌的滚动声，风吹过树梢的声音，以及偶尔几声颤巍巍的鸟鸣声，演员们所走的新路线上一片寂静。

此外，现实本身也和费恩所讲的有很大出入：他们离开主干道的时候，这条小路确实看上去像是农夫所走的小路，但在某些不确定的地方，却更像是动物踏出的小路，而非人类，因此马车经常会被卡住，需要很多人一起用力，才能使它重新转动起来。于是，他们才刚刚到达森林外围，那个被遮挡着的太阳就已经退回到西方的地平线以下，整个世界都笼罩在一片阴影中。

“我不喜欢这里，”布瑞奥妮跟多文·比奇说，后者正走在她身边。由于糟糕的路况，路上也没有其他旅客，她和大个子都下了马车，同其他人一起步行，并且随时准备将马车从下一个沟渠中解救出来。

这个地方让她回忆起某些她几乎已经遗忘的东西，沙索死后，以及埃菲尔·丹-莫赞的房子被焚毁之后，她度过的那段迷茫的日子。那些分布不均的光线使得树木本身都好像在跟着她移动一样，那些阴影移动的方式，都让人感到诡异，甚至某种恶意。也正因为此，她拿出莉丝娅送给她的护身符，几个小时前就戴着它了。

多文耸耸肩，他的脸色看起来比布瑞奥妮还要阴沉：“我也不太喜欢，但费恩说得没错。我们还有其他选择吗？”

“为什么你说……这里有糟糕的东西？”她问道。

“我不知道，至高无上的公主。我小时候听到过一些传闻。”她拼命压抑的笑声让他有些受伤，“我也有小时候，你应该明白。”

“不是那些，”她说，“而是，是……是……你居然叫我至‘高’无上的。我是说，看看你的个子！”

他皱了下眉，但并不是完全不开心：“好吧，我想是有很多种‘高’。”

“你出生在这附近吗？我原以为你出生在南境。”

他摇摇头：“我出生的地方更靠近银边。但我家门前经常有人从那个国家前往法斯特福德的集市，过了那条河就是。我父亲过去常为他们的马钉马掌，如果他们骑着马的话。”

“那你当时为什么会来南境？”

“爸妈染上了热病，都死了。我去投奔我叔叔，但他是个奇怪的人。经常会听到一些别人听不到的声音。还说我身上有问题——我那时已经开始长个了。说实话，诸神带走我父母的原因……我不太记得了，但他说那是我的错。”

“真恐怖！”

多文又耸了下肩：“他才是那个不对劲的人。他的脑子，你明白了？诸神带给他许多噩梦，即使是在白天。但我必须逃跑，否则我会忍不住杀了他。我跟着一群赶牛的人来到南境，我喜欢那里。那里的人们不会那么大惊小怪地盯着我看。”他脸一红，然后抬起脸问，“我能问您个问题吗，殿下？”

“当然。”

“我知道我们要去南境。但是，我们到达那里之后，您准备做些什么？如果托利还霸占着王位，如果精灵族还在那里守着，我们还能做些什么？”

“我不知道。”她告诉他，事实也正是如此。

天黑之前，他们停下来，开始搭帐篷。演员们吃饭的时候发出了不小的动静，很是喧闹，好像所有人都刻意避免去听夜晚森林里的各种声音，更不寻常的是，他们都没有熬夜到很晚。布瑞奥妮挤在多文和费恩·特奥多罗斯两个大块头之间，感到无比温暖和安心，她紧紧地将斗篷裹在自己身上，莉丝娅的护身符也贴在胸前。

有好几次，当她在梦境的河流中漂浮的时候，她似乎听见了半神的声音，某种微弱的恳求声，好像银色林地的莉丝娅正在被拉向另一个方向。当她终于看见她的时候：那个老妇人正独自站在贫瘠的山顶向她挥手。刚开始的时候，布瑞奥妮以为半神正试图吸引她的注意力，但她很快意识到莉丝娅真正想告诉她的是“离开！离开！”

她猛地惊醒，浑身颤抖，在这接近全黑的午夜，只有远处微弱的营火灰烬提醒她身在何处。她的眼睛一片湿润，但她却想不起来，梦中究竟是什么事情让她如此伤心。

那时，正午过后很久了，太阳本应在最高点，阳光也本应最明亮的时候，世界突然变得昏暗起来。某种迷信的恐慌迅速在队伍中蔓延，直到纳文 · 休尼指出那个其余人早该意识到的事实。

“是暴风雨，”他说，“乌云遮住了太阳。”

尽管他们周围的树木都很茂密，森林却似乎并不是一个躲避强烈暴风雨的理想场所。梅克维尔剧团以及他们那位“王室”雇主都竭尽所能地向前奔去，希望早点到达修道院，或者至少在真正的黑暗降临之前能够抵达一片干燥的高地。脚下的道路在此处也逐渐变宽，衍生出许多纵横交错的丛林小路，布瑞奥妮几个小时以来头一次感到充满希望，他们必定已经非常接近人类居住的地方了！

最先发现丛林中那些面孔的人是费恩 · 特奥多罗斯，当时他正大汗淋漓地跑在她身边。

“嘘！”他小声说，“布瑞奥妮——殿下。别回头，悄悄看一下我的左边。你有没有看见什么奇怪的东西？”

起初，在那些杂乱而无意义的树叶光线中，她什么都没有发现——由于天色阴沉，越发难以分辨出哪些是光线，哪些是叶面——然后，她发现某团闪烁的电光，好像比周围更明亮些，之后又分解成一抹橘色的皮毛和一只明亮的黑色眼睛，很快消失不见。

“甜美的佐睿雅女神，那是什么？”她小声说，“我看见……好像是一只狐狸。但又好像有一个人那么高。”

“我不知道，好像还不止一个。”费恩说道，腔调中惯有的轻松已经消失不见，他的声音紧绷着，带着恐惧。他走上前，小心翼翼地看着正前方，在休尼的耳边低低地讲着话，然后又小跑几步去和裴德 · 梅克维尔说话。

正当布瑞奥妮望着他的时候，她在昏暗摇摆的光线中又发现了另一个移动的身影，这一次是在小路较远的地方，在他们前方、偏向一侧的位置。然后另一张奇怪的野兽般的面容出现在一棵树之后，很快又离开，尽管只有一瞬间，但她发誓她看到它直直地跳起来，消失在空中。布瑞奥妮被吓坏了，踉跄几步，差点跌倒。精灵？还是那些曾经袭击她家园的暮光军队的先锋？

突然，一群野兽般的男人从道路两旁的树丛背后跳了出来，发出魔鬼一样的尖叫声。

“冲我来，冲我来！”裴德·梅克维尔怒吼一声。布瑞奥妮看到他抓起自己的妹妹，一把将她推到身后，以便马车能挡住她的后背。梅克维尔手中拿着一把短刀，但却不太好使，那把刀平常不过是用来切切水果或者锯开某块稍硬些的羊肉的。但他仍然将它高高举起，仿佛手中拿的是凯勒的叹息剑，有那么一刻，布瑞奥妮几乎要爱上这个男人。

“一起上！”费恩·特奥多罗斯大喊。他已经打开了马车的大门，正把他们所有的武器往外扔，许多武器其实也不过是些舞台道具。野兽人们刚才还站在树丛中，现在已经开始缓缓向他们逼近。

“放下武器！”那群东西中的第一个大喊道，声音洪亮而愤怒。“放下武器，否则立刻杀死你们。”当布瑞奥妮看到他只是戴着半个面具，而非真的魔法生物，不禁大大松了口气。几个面具男手中拿着弓，其余人则挥舞着长矛、斧头，甚至是长剑。

“一群强盗。”纳文·休尼厌恶地说。

那个首领走向他，狐狸脸上挂着狰狞的笑容：“小心你的舌头。我们可都是老实人，但没工作的老实人会变成什么样？如果老实人的土地都被贵族老爷抢走了，法律不管，只能靠他们自己，又会怎样？”

“难道是我们的过错？”休尼开口道，但那个强盗首领用手背狠狠地扇了他一巴掌，一下把剧作家打倒在地上。休尼站起身，两只手捂着自己的鼻子，不停咒骂，鲜血却不停从手指缝隙中流下来。多文·比奇赶紧拦住他。

“博尔，霍布金，科尔——你们几个看着他们，”强盗首领说。“其他人，看看他们都有什么。尤其要好好搜一下那辆马车。好了，行动起来吧，弟兄们！”说着话的同时，他的眼睛则不停地扫向剧团的成员，最后目光落在布瑞奥妮身上时，眼睛眯了起来。“等等。”他冷静地说，但他的手下已经开始吵吵嚷嚷地干起活来，没人听见他说话。他走向布瑞奥妮，她正站在费恩·特奥多罗斯的身边。“看看我发现了什么？年轻又漂亮……却假装自己是个男孩子？”他弯下腰，呼吸灼热，嘴里的牙已经掉了大半，使得他比实际上显得老成，上颌的两个鼻孔在狐狸面具下方突出来。眼前的一切布瑞奥妮已经看够了，她从小腹间抽出自己的短刀，但那个男人却显然过了很长一段刀口舔血的日子：对于她刺出的刀没有感到丝毫惊讶。他一把抓住她的手腕，狠狠地扭动了一下。令她羞愧的是，疼痛使她立刻丢掉了那把短刀。

如果那强盗识货的话，其实那把伊斯特短刀的价值就很可能超过演员们的所有家当，但他显然更喜欢自己眼前的这件战利品，她已经吸引了他全部的注意力。“女孩，你有种独特的魅力，”他说着，又将布瑞奥妮拉近了些，“你真的骗过了这群乡巴佬吗？他们真的以为你是个男孩子？那你应该很高兴地知道，洛普里德可不是那么好骗的。你现在属于一个真正的男人了。”

“放开她……”费恩愤怒地喊道，但强盗首领一巴掌就将剧作家重重拍在地上，他挣扎着想要爬起来的时候，洛普里德又一脚将他踢开。

布瑞奥妮狠狠瞪着那个强盗首领，突然在他身上认出某样东西。他是野兽，强盗，混混，但也是他们这群人中最强壮最聪明的那个：如果这个世界继续以最近这段时间的疯狂方式发展下去，更多像他这样的人会从阴影中走出来，他们中的一些人甚至能够创建他们自己的王国。

这就是真相，这就是我们王室一脉以及任何其他王室背后的丑陋真相。有能力的人才能获得权力，再将它传给他们的子孙。她想到。

好好玩弄了一番胖费恩之后，洛普里德重新将布瑞奥妮拽到自己面前。强盗首领伸出一双脏兮兮的手，想要抚摸她宽松衬衫下的胸部时突然痛呼出声，踉跄着后退几步，那把他从布瑞奥妮手中夺走的短刀，此刻正颤巍巍地插在他自己的大腿上。

“混蛋！”满脸血污的费恩大骂道，挣扎着跪坐起来。“我本来是刺向你的睾丸的！”

剩下的强盗听到首领的呼喊，都跑了过来，站在周围，瞪大眼睛看着他踉跄着走向剧作家。“睾丸？我先把你的睾丸卸下来再说，如果你还有这玩意儿的话，你这肥猪太监。”他挥了下手，两个强盗赶紧上前，将他一把扔到地上，用他们自己身体的重量将他牢牢钉在原地，不一会儿就制伏了他。洛普里德从腿上一把拔出那把短刀，眼含轻蔑地摇了摇头。

“满身肥肉。哈！你不是个会打架的人，很显然。”他弯下腰，“让我亲自教教你怎么用刀割下男人的……”

“不要！”布瑞奥妮尖叫，“你想对我做什么都可以！不要伤害他！”

强盗哈哈大笑：“我当然可以想做什么就做什么，真的。但现在我要切了这个人，就像切下一块带骨头的牛肉……”

空气中一阵嗡嗡作响，洛普里德停顿了一下，然后缓缓直起身，举起手伸到眼前，想要摘下面具，但却发现做不到：一支箭，羽毛还在颤动，正射中他眼睛上面的眉毛，死死钉在他的头骨上。

“我……”他刚说了一个字，身体就像一棵被砍倒的树一样向后栽去。

“都抓起来！”有人大喊一声。十几个顶盔带甲的人从树后面哗啦一声窜到大路上。箭雨的嗡嗡声从每个方向响起，像是一群疯狂的黄蜂。将费恩压在地上的一个强盗猛地在布瑞奥妮眼前跳起来，但不到一秒又再次跌倒在地，三根羽毛箭正颤巍巍地插在他的胸前和腹部。

越来越多的箭雨在她眼前噼啪作响。男人们像受惊的孩子一样高声尖叫。有一个强盗死死地抱着一棵树，好像是拽着他的母亲；当他最终掉到地上的时候，那棵树都被鲜血染红了一大片。

布瑞奥妮趴在地上，拼命用胳膊护着自己的头。

希安国士兵将最后一个强盗的尸体拖到一起。“都在这里了，队长，”其中一个士兵讲到，“能找到的最完整的部分。”

“其他人呢？”

“一个死了。其他人只是有些小伤。”

布瑞奥妮立刻爬起来。一个死了？艾斯蒂尔·梅克维尔跪在地上，大声抽泣着。布瑞奥妮急忙向她奔去，但却被一个士兵抓着胳膊拉了回来。

艾斯蒂尔从高个男人的尸体上转过头，愤怒地盯着布瑞奥妮。“都是你的错——你的错！如果不是你，这一切都不会发生，可怜的多文也不会死！”

“多文？多文死了？但……我没有……”布瑞奥妮说不出一句话。即使是被侍卫圈禁起来的队伍里的其他成员，艾斯蒂尔的哥哥，纳文·休尼，甚至是费恩，都好像正责备地看着她。

士兵们穿着希安国颜色的衣服，但布瑞奥妮从来没有见过那个标记——一只凶猛的红色猎犬。他们的队长走上前来，严肃地上下打量着她。他的胡子很长，却精心修饰过；一支明亮的白色羽毛装饰着他的高顶头盔。布瑞奥妮认为，连他的表情都好像在炫耀自己的优雅。“你就是南境的布瑞奥妮·埃顿公主，最近在我们希安国宫廷做客的人？”

没有必要再抵赖了——她已经受够了伤害。“是的，我是。你们会如何处置我的朋友？”

“那就不是你要考虑的事情了，女士，”他说着，严肃地摇了摇头，“我们已经寻找了你好多天。现在请跟我来，不要惹任何麻烦。你一直在处于通缉之中，现在，你被捕了。”

第三十六章
猎豪猪

第二次人类之战中幸存的精灵族人逃到北方后，在他们身后召唤出——那种魔法自诸神时代后就没再出现过——一层阴云迷雾的大幕，人类称之为雾影线。所有试图踏进这片大陆的凡人，如果他们还能活下来的话，都会陷入至少丧失理智的危险中。仅有的几个从那里返回的人类声称，整个北方大陆现在都已经笼罩在一片阴影之中。

——引自《埃昂大陆和赞德大陆精灵种族专述》

我似乎命中注定总会以某个奇怪的二人小组的形式出现在某个奇怪的地方，费拉斯·范森这样想，当时他们正跋涉在某条蜿蜒小道上，锑称之为黄铜环路。先是跟王位继承人和一个没有脸的加尔人士兵穿过雾影线，现在又跟两个矮人族穿过地下的深渊。第一次的时候我活了下来……如果仅仅……但即使是现在，对于曾经发生的事情，他仍然处于哑然无知的状态：为什么他从雾影线之后的一道门廊处跌落，然后竟然会出现在南境城堡之下芬德林人自己的大厅中？

没有答案，当然。也许诸神在其中插了一手，但他甚至无法确认这一点。这几年的疯狂经历中，只有一件事越发清楚：似乎连诸神都无法掌控他们自己的命运。

锑和那个叫作褐煤的肮脏小怪物正在大声争论。侍僧个子要比他的对手高出一头——他是范森见过长得最高的芬德林人，他的头顶能抵到范森的肋骨底端——但却没有那只黑暗精灵强悍：小个子像一只被逼到墙角的野猫一样低声咆哮。看到这两个人靠得如此近，也是件很奇妙的事情，两人有相似之处，也有不同，好像一个是野生的小马，脾气暴躁，而且个子矮小，另一个则是牧场的马驹，漂亮又冷静。

“你们在吵什么？”范森问道。

锑怒目而视：“都是陷阱或者诡计。他想要把我们带到旧采石场路的荼法袋里去，但我昨天才去过那里。那里根本就没有路！我们把它叫作‘袋’是有原因的——如果要出去，你只能从进去的地方原路返回。”

范森看着褐煤，褐煤就像一只刚被挖出来的獾一样瞪着眼睛。“如果那里没有路的话，他有没有说他为什么想去那里？”

“他说有路。他还说我就是个没长眼睛的傻瓜，因为我非要认为没有。”锑握紧自己的拳头。如果范森长着褐煤那样的身材，恐怕已经非常紧张了。

“那我们就看看他怎么带路吧。如果是陷阱，把我们直接带到死胡同里，这本身就非常奇怪。而且我敢保证，他一定知道，如果真的是陷阱的话，第一个死的人准是他。”范森向着阴沉脸的黑暗精灵挥了挥斧头，“但再提醒它一下总没错。”

褐煤领着他们一直走到旧采石场路的尽头，直到他们将所有可能通行的十字通道都抛在身后。走廊明显在向下倾斜；然后，他们又默默地跋涉了一段路程，来到了一个分岔路口。

锑指着最右边那条分叉隧道说：“这里就是荼法袋。”

“旧采石场路从这条路通向哪里？”范森问道，指着另一条岔路。

“这条路又会渐渐向上倾斜，在芬德林镇的另一边，重新与黄铜环路相连接，也属于风暴石路之一。”

“那为什么会有人在这里修建一条死胡同？”

“那里也曾是旧采石场路的一部分，但由于挖掘太辛苦——那时还没有爆破粉，他们就选用了这条路，”他说着，指着左手边的岔路，“这里石头更松些。”

尽管锑满脸不信任，范森仍然让褐煤领着他们两人走下那条隧道。隧道蜿蜒曲折，有的地方地势极低，范森不得不蹲下身形以一种奇怪的蹲伏姿势向前行进。终于，他们来到了一个比较宽敞的地方。锑手中提了盏珊瑚灯，在它浅金色灯光的照耀下，范森能够看到侍僧的总结似乎很准确：走廊尽头确实只有一些废弃的边角料和一堆碎石子。没有出去的路。

锑摇着头，脸上带着某种冷峻的满足神情，但褐煤仍然走上前去，弯下腰，朝边角料前堆积的碎石子下面伸出手，一边抱怨一边举起手中的石头；令范森感到惊讶的是，除了几块单独的岩石哗啦啦滚落之外，其余的石头则以一整块石板的形态竖立了起来。范森赶忙走上前，发现某种胶泥的掩盖下居然有一块黑暗精灵们常用的圆形盾牌，周围还掩饰着其他石子，因此如果不是仔细查看的话，除了一堆毫无用处的石子堆外几乎什么都无法发现。

“佩林的锤子！”他喊道，“一个秘密通道！”

褐煤抬眼看着他们，几乎掉光牙的嘴巴咧出一个胜利的微笑，然后两腿一弯，伸到盾牌掩盖下的洞口中去了。他拽了拽脚踝处的绳子，直到他和锑兄弟之间的绳子紧绷起来，又将剩下的绳子扔进洞里，这才顺着绳索滑进洞里。黑暗精灵消失之后，锑和范森愣愣地站了好一会儿，瞪大双眼，眼睁睁看着松懈的绳子再次变得紧绷。

“大地长老在上，”锑突然吃惊地喊道，“他居然一个人就下去了！”一把将包袱顺着洞口边缘扔下去，自己也很快跟着滑了下去。此时，范森却犹豫了，他不太喜欢进到自己看不见也不知道底细的地方去。

“锑师父？”他趴在洞口喊道，“你在吗？你还好吗？”

“下来吧，范森队长。”侍僧的声音从下面传上来，好像距离地面只有很短一段距离，“你跳吧。很容易降落，而且这里……还有支撑的东西，你肯定能找得见。太神奇了！”

范森先前还很犹豫，但芬德林人的声音让他安了心。他将包裹扔下洞，转过身，用两只手臂护着脸，自己也滑了下去。

他的盔甲衬衫并不沉重，但仍然使得他的降落比其他人更笨拙一些：范森滑着，绊倒，继续滑，然后终于转过身，他的两只脚刚刚抬起，就重重地一屁股跌在一堆坚硬的石头上。

“雷神在上！”他咒骂一句，边起身边呻吟，“你还说降落很容易？”

“看，”锑说，“这一切难道还不值得你摔一跤吗？”

范森不得不承认的确如此——如果他是一个芬德林人的话。伪装洞口之下的长廊继续向下倾斜延伸，经过一堆矿渣之下的几个倾斜的台阶之后，变得豁然开朗起来。在珊瑚闪烁的金色光芒之下，一个巨大的山洞逐渐显现在眼前，洞顶上覆盖着各种奇怪的圆形枕头形状，每一个都几乎和范森自己一样巨大，所以他和两个更小一些的家伙就好像站在一片静止不动的云层中央一样。房间中央有一片湖水，独自散发着诡异的珍珠白光。昏暗的光线之下，湖水像水晶石一样平静无澜。范森向水下望去，没有任何珊瑚灯能照亮它的底部，他突然明白为何芬德林族会相信他们的创造神是降临在这样一片湖水中。

“是不是很壮观？”锑问道，“谁能猜到荼法袋的另一边竟会有如此宏伟的地方？我几乎都要原谅这个怪物和他的族人了，虽然他们想要杀死我们，但他们毕竟带我们来到了这里。当年我们先祖第一次探索秘境的时候，肯定也和现在差不多！”

范森不太确定那究竟是什么意思：“这里当然很美丽，但我们还要继续前进。”

“当然，当然。”侍僧又跟褐煤说了几句，得到答复，再转过身告诉范森，脸上带着痛苦的傻笑：“他说他为了自己的性命，不得不向我展示这里，他也感到很愧疚。他希望我们一族和加尔人都不要发现这些洞穴，好让他的族人能够占领这里。这样说来，至少证明，他确实和我们芬德林人是近亲。”

两个小个子带着范森穿过地下湖的边缘，地下湖几乎和地上南境城堡中的环礁湖一样庞大。无论他从何处向下张望，都无法看到湖底，但从某一两个角度上，在最深的阴影处，他觉得自己看到某样东西在移动，尽管他告诉自己（实际上也非常希望）那只是他和同伴手中的光线作祟。

褐煤领着他们穿过湖水洞穴，从另一端走出来，几条古老的排水沟侵蚀出某种狭窄的山谷，角度更加陡峭。顺着洞顶低矮的峡谷向前行进，他们竭尽全力不去触碰那些脆弱的水晶石，它们像是悬挂在墙壁上的锥形雪花，轻轻一碰就会消融。有一颗巨大饱满的水晶石从岩石一侧生长出来，像是一棵小树，树干又分出许多更为精致纤细的半透明石头小枝，锑不小心碰碎了，伤心得直掉眼泪。黑暗精灵褐煤静静地看着闷闷不乐的侍僧，脏兮兮的脸上闪烁着某种无法解读的怪相。

这小队人在这座奇怪的洞穴中越走越深，范森眼前的事物简直超出他的想象——有些洞穴悬挂着许多分叉的结构，像是某种怪物或者牡鹿的角，其他一些则满是许多白垩质的柱子，有从头顶往下长的，也有从地面往上长的，好像两块涂满蜂蜜的面包被人紧紧压在一起，之后又慢慢拉开后的样子。但美丽的地方也往往伴随着无穷危险，旅行者沿着狭窄的小径小心往前走，或者穿过纤细的小桥，无尽虚空的黑暗深渊在他们脚下张着大嘴。

谁能猜到地下也会潜伏有如此完整的世界？范森想，那时他们正穿过一片湖水，许多没有眼睛的白蟹和小鱼一听到他们走近的脚步声就飞速逃离。在某些更庞大的洞穴中，聚集着数量惊人的蝙蝠——有一次他们不小心踏进了这样一间蝙蝠宿舍，被惊扰的蝙蝠在洞穴里乱飞，一边惊声尖叫，差不多一个小时之后，整个房间才重新回归平静，这群小怪物确实数量众多。但更多时候，范森都必须跟着他的向导穿过狭小的空间，不得不用手肘和膝盖爬行，或者肚子贴着地面，像一条扭曲的蛇一样通过窄小的洞口，所以很快，他全身都沾满了泥土和沙砾。

终于，他们停在了一个缺口面前，这条缝隙如此狭窄，范森相信即使是他的小伙伴都未必能穿过去。他放下自己的包裹，蹲在一边，上下打量着洞口，它比他手肘到指尖的距离也宽不了多少！

“我肯定爬不过这么小的洞口。”他说。

黑暗精灵似乎听明白了，他用那种喉音说了好些话。“他说你必须穿过去，”锑翻译，“这是最后一条狭窄的通道。”他皱着眉，仔细听着。“虽然他说这就是他们不从这里进攻的原因。太窄了，对于那些……”他停了一下，“他叫他们狄平——我想他应该指的是我们叫作艾廷的巨人。他们无法穿过这条隧道，隧道又太长，没办法开拓——某人肯定听说过这种工程。”

范森压抑着自己的颤抖：“那些都不重要。我爬不过去。”

“他说，那你只能走回去了，”锑翻译说，“没有其他的路能接近黑暗女士。”

但范森知道，能和她谈判的人只有他自己——南境城堡所有活着的生命，不论是大个子还是小个子，住在地上的还是地下的，被屠杀殆尽之前，有可能结束这一切的也只有他了。“好吧，”他最后说，“我会尽力试一试。你能帮我拿着我的盔甲和武器吗？”

锑想了一会：“如果还要带着剩下的食物和水，恐怕不行。我比你瘦小不了多少——镍说我的饭量抵得过两三个共修会会友了。”

听到侍僧讲的这个不怎么好笑的笑话，范森也只能尽力挤出一个微笑来：“那只能丢下我的盔甲了——但我会把斧头带在身边开路。那么，我们要怎么爬过去？”范森问道，“要我断后吗？”

“不行。如果真像你之前所讲的那样，你如此迫切地需要这次会见的话，我一点也不想卡在一个距离芬德林镇遥远的地方回不去，也不能把你推出去。如果真出什么事情的话，必须有人能回去寻求帮助。肯定也不能让我那个亲族走在最前面，我不相信他，如果你卡住了，那我们就只能眼睁睁地看着他逃走了。不行，恐怕你必须走在最前面了，范森队长。我们的小朋友跟在你后面，我最后。”

费拉斯·范森脱掉自己的铠甲以及底衫——脱下衣服的瞬间，他就感到自己打了个冷战，几乎连牙齿都在颤抖。他看向黑暗精灵，后者正眯着眼睛，饶有兴趣地看着眼前的通道。“别让他扯我后腿。”他嘱咐锑。

“别担心，队长。”侍僧答道，严肃地点了点头，收紧了套着俘虏的绳索，“如果他敢有任何不应该出现的小动作，我就把他的大腿撕下来。”

“嗯，很好，但不要杀死他。”范森说，“我们在那边也还会用到他。我应该先伸头还是先伸脚啊？”

“取决于你是想爬行在光明中，还是黑暗中。”锑指着那盏系在范森额头上的盐池灯。“你还是先伸头吧，队长。你的肩膀应该是最宽的部分。如果你想要让自己矮一些，记得要耸起肩膀。别担心——我会跟在你后面的。”

范森深吸一口气，然后再吸几口，但他也知道不能再耽搁下去了。他爬向洞口。他要怎么把自己塞进这么狭小的空间?

“如果你想成功的话，举起一只胳膊，放低另一只胳膊，”侍僧建议道，“这样你就能多些选择和活动空间了，也能让你自己更窄一点。”

范森将自己的斧头推进隧道，紧接着自己也钻了进去。无比惊奇的是，他居然成功地将自己的肩膀和躯干伸进了第一个窄洞。那之后，隧道稍微宽敞了一些，虽然他还是无法将自己的胳膊从头上放下来，他用手肘轻轻推着自己的斧头，像一条蛇一样向前蠕动着。

而且是一条缓慢的、笨拙的、受到惊吓的蛇，他忍不住这样想到。

范森身上的每一个毛孔似乎都发出厌恶的呼喊，抗议以这样一种方式继续强迫自己钻得更深些。即使是他呼吸到的那种温暖而潮湿的空气，都开始变得稀薄与贫乏。与他随意猜想的不同，隧道与一般的动物巢穴不同，并非一条笔直畅通的通道——这条隧道是偶然形成的，取自石块破裂之后石板之间剩余的空间。他开始联想到地震，地球像一只沉睡的巨人一样耸耸肩膀的时候。如果现在发生那样的事情，即使是最微小的颤动，他都会如同一粒掉在石磨里的小麦一样被碾得粉碎。

有一次，由于胸口周围的隧道太过狭窄，肺部几乎无法呼吸，给他带来了一阵深深的恐惧感，他不得不与其奋力抗争，锑在后面跟他说话，他只能模糊听个大概。虽然肯定是在鼓励他，但他自己的身体，以及身后的黑暗精灵阻绝了绝大部分的声音，侍僧的声音听起来就像是小声的呢喃。

也许他不是在鼓励我，范森突然想到，*也许他想起来什么事情，之前忘记告诉我的事情——比如前面有个洞或者某个地方更加狭窄……或者小心毒蛇以及毒蜘蛛……*

范森卡在一个狭窄的转弯处，他拼命想要解放自己，脑袋却砰砰地磕在隧道的墙壁上，疼痛难忍。他感觉到头上有一道湿润的东西流过，猜想那大概是他自己的鲜血。不一会儿，他的灯闪了一下，完全熄灭了，将他彻底留在一片漆黑的世界中。

他的心脏加速跳动，似乎很长一段时间也无法找回自己的节奏。他开始透不过气——困在一片黑暗中然后慢慢被闷死！没有空气！

“不！”他朝自己怒吼，却连完整的单词都讲不出，只能喘息或者吞咽几下。但是，仍然能听到自己的声音。还有空气。那种使得他的心怦怦直跳，感觉整个头骨都被某只怪物捏在手里的惊骇，其实不过是他的……恐惧。

黑暗究竟算得了什么，无论如何？他问自己，**你只能爬，一次前进一英寸，范森。你是一只蠕虫。蠕虫还会害怕黑暗吗？**

这想法虽然诡异，却令人安心。不一会儿，他的心脏又开始缓缓跳动。他突然能像神灵看待自己一样看着自己——而且还是某位很有幽默感的神灵：范森就是一只不合时宜的小爬虫，陷在一条向下延伸的隧道里，又像是一颗干燥的豌豆卡在一根芦苇秆里——当他们还是孩子的时候，同自己的兄弟姐妹嬉戏，他就曾经往那种芦苇里面吹过气。现在，他的周围都是泥土，但也像摇篮一样拥抱着他。除了往前爬，他别无选择。如果卡在某个狭窄的地方，他也只能不停地扭动身体，直到最终从那里解脱。

向前。只能向前。他告诉自己。**其他事情都毫无意义。**

恐怕连诸神都在哈哈大笑！

费拉斯·范森满身是汗，浑身颤抖，眼睛上还沾着泥土，刺痛难忍，每一个关节都在发抖，但他终于从那道长长的缝隙中爬了出来！这里是一处矮小的山洞，同之前的隧道相比，简直就像是南境宏伟的神庙一样宽敞明亮，空气新鲜。褐煤跟在他身后也爬了出来，后面跟着锑，后者紧紧地攥着黑暗精灵的绳子，就像是孩子紧紧拉着放风筝的线。他们吃了点东西，休息了一会，谁都没有说话，等到范森的膝盖能够不打战地站起来时，他们就再次出发了。

剩下的路程中，他们只遇见几处狭窄的洞口，跟之前那条冗长而闭塞的隧道相比简直不值一提；最后，大概过了一两个小时，经过一道平稳向上的坡道之后，他们终于来到一处走廊，这座走廊明显出自能够思考的种族之手，几处天然石块制成的柱子支撑着整个房顶，一连串狭长、低矮的房间给人一种蜂房或是花园迷宫的感觉。范森正在感叹究竟是谁修建出这样的建筑，突然，几支箭羽击碎了他们头顶的石块。范森和锑立马俯下身子寻找躲避之处，侍僧猛地一拉黑暗精灵的绳子，那个可怜的小怪物就立刻跌了个四脚朝天。

袭击者很快找准了距离，不停有箭羽射在他们周围的岩石上。一片破裂的石块砸在了范森的脸上。黑暗精灵褐煤蹲在锑身边，突然用他那种喉音开始尖叫，对着看不见身形的敌人喊话。

“告诉我他在说什么！”范森急忙说道。

“我听不太明白。”锑仔细聆听，其他人也向他们喊话，做出回应。褐煤再次向他们喊出几声，腔调中隐含着某种诡异的绝望感。“我们的黑暗精灵说我们不是来打仗的，只是想和黑暗女士谈一谈，”他小声告诉范森，“但其他人——他们也是黑暗精灵——说了些关于他脚边绳子的话。我认为他们不相信他——他们认为是我们在强迫他为我们撒谎。”

“剪断绳子。”

“什么？”

“你听见我说的了。剪断绳子，解开绳子，你想用哪种办法都可以。但要放他回他们那里，这样他们就能相信我们是在讲真话了。”

“请原谅，队长，但你疯了吗？到时候他们想要杀我们，我们又拿什么阻止他们？”

“你还不明白吗，兄弟？我们根本没法抵抗他们。他们有弓箭，我们没有，此时此刻，他们也许还正在寻求增援。放黑暗精灵走吧。”

锑摇摇头，但仍然按照范森的命令去做了。褐煤意识到侍僧正在做什么时，睁大了双眼。绳子断开了，他开始一英寸一英寸地慢慢逃离他的捕获者。

“让他告诉他的同伴，我们是来和平谈判的。”

锑翻译完这句话时，黑暗精灵已经跑到几步开外的地方了，然后一边走向他的同伴，一边高举自己的双手。阴影中突然射出一支箭，但幸好没有射中。褐煤死死地盯着那支箭射出的地方，再也没有一支箭射出。

“我们现在只能等了。”范森说。

“我们现在只能祈祷了。”锑纠正道。

费拉斯·范森正在暗自向好几位不同的神灵祈祷，褐煤回来了，带着一队同伴，所有人都穿着皮革铠甲，脸上几乎都挂着同样怀疑的眼神。尽管锑满心忧虑，范森还是上交了他的斧头——被派去拿斧头的黑暗精灵，看起来就像一个普通人类蹒跚在一头肉牛边上一样。黑暗精灵用之前绑着褐煤的绳子捆住了范森和锑的手腕。之后，他们的前俘虏说了些什么，话音尖利而短促。范森不需要翻译就能明白，但锑还是翻译出来了，话语中带着某种筋疲力尽的妥协。

“他说‘前进。’”

他们顺利地行走了一段距离，路上，不时有黑暗精灵斜眼打量他们，还有其他一些奇怪的生物从各个方向的黑暗之处冒出来，直到他们身后跟了一大群生物。范森开始感觉自己像是一队宗教队伍的首领，但又不禁回想起，某些队伍中，放在最前面货车上的往往是用于献祭的牲畜。

最后，他们终于抵达了一处宏伟的高顶房间，像是某个圆顶神庙的内部。一条狭窄小路在洞穴外蜿蜒延伸，又渐渐变得开阔，某些地方直接连着几道走廊。一队正常身高的士兵正等候在那里，长着异域的面孔，一脸严肃，眼睛锐利，穿着一身黑色的铠甲。范森原本以为他们已经达到了目的地，但侍卫们闪在一边，露出了身后岩石上坐着的那个巨大的盔甲身影。范森差点将他认作半神吉库因，心都被恐惧揪得紧紧的，但黑暗精灵们推着他向前几步，他才看清，这个新人物，虽然身形高大，但还是要比那个将他们囚禁在大深渊矿井中的怪物瘦小一些，和人类也没有那么相似。它身上的皮肤粗糙，长满鳞片，像是一只蜥蜴，脸上额头很高，与人类特征相近却更粗糙一些，好像创造神制作得太过匆忙似的。

即使是坐着，那人也能向下俯视他们。范森走上前去，那双锐利惊人却微小的眼睛，正一眨不眨地盯着他。

“锑，”范森小声说道，“让褐煤告诉这个怪物，我们想和黑暗女士和平谈判……”

“你们可能不需要褐煤大师了，”巨人说道，声音听起来像是一块石头划过另一块石头，“你也看到了，我会讲你们的语言。雅萨梅兹女士希望她手下的将军能够对我们的敌人非常了解。”他笑了，声音就像是锤子敲在石板上。他站起身，比他手下最高的侍卫都要高出许多。“我是第一深渊的锤脚，艾廷人的军队首领。你们就是那群刺客。”

“不是！”范森退回了一步，“我们是来和谈的……”

“她凭什么要与你们和谈？几天之内我们就能横扫你们的军队，不管是地上，还是地下，你很清楚这点。你们走投无路了，便想要来这里刺杀我们的首领。别担心！你们会达成心愿的……只要你们先把我杀了。”

“什么？”范森又退后了一步，“你还没明白吗？我们是来和谈的！”

“拿着，捡起你的武器，”锤脚说，“把斧头给他。我不拿任何武器。”其中一只黑暗精灵拖着芬德林斧头艰难地走上前，范森接过了斧头，有点可怜这个小怪物，拖着这么一件沉重的东西走了这么远，但却没有举起斧头。

“我不会跟你打。”他告诉巨人。

“打啊，你们阳光大陆的人不会都是胆小鬼吧，是吗？”锤脚的话语隆隆直响，他弯下腰，直到那张巨大的、像是破碎皮革的脸和范森的脸处于同一高度。“我甚至让你先攻击。你还害怕什么？在库·吉拉的时候，你们的先祖可没有这么犹豫，他们用几桶滚烫的沥青杀死了我的祖父。难道他们后人血管里流淌的都是水吗？”

从孩提时代，甚至是成为战士之后的很长时间，范森的冷静和制怒都常被误以为是胆怯。只有他的队长多纳尔·穆里能够辨认出他心中燃烧的火焰，知道费拉斯·范森为了避免无意义的争斗几乎能容忍任何挑衅，如果别无选择的话，他也能像是逼到角落的动物一样奋力战斗。但听到锤脚的嘲讽，以及那些听懂巨人所讲的加尔人尖利的嘲笑声，范森仍然能感到一阵火辣辣的羞耻感袭遍全身。

“带我去见黑暗女士。”范森重复了一遍。

“打倒我再说，”锤脚说，“是不是因为你没带盔甲？”艾廷人脱下自己巨大的胸甲，扔在洞穴地面，发出神庙铜锣一样的声音，“来啊，阳光大陆人，来送死啊——还是你根本没有荣誉感？”

“队长！”是锑的声音，恐惧已经达到了极限。

费拉斯·范森体内的每一个细胞都叫嚣着拿起斧头，用红色的瀑布——或者不论巨人的鲜血是什么颜色，抹去那张巨大的充满恶意的脸上的嘲笑。他举起武器，用手掂量着。锤脚伸开自己巨大的双臂，显示自己不会抵抗任何袭击。

范森将斧头丢在洞穴地面上：“我不会跟你打。如果你不愿意带我去见你的女主人，那就杀了我好了。我只要求你们让芬德林侍僧回去。你们的褐煤会告诉你们，他完全是出自忠诚的信仰才会来这里做翻译。”

“我才不会和阳光大陆的人做交易……”锤脚咆哮着说，举起自己树桩似的拳头砸向范森的脑袋。

“不要杀他，深渊挖掘者，”一个新的声音说，冰冷如一月的阵风，“还不到时候。”

“父神保佑。”锑小声说。

“雅萨梅兹女士！”锤脚的声音里充满了惊讶。

范森转过身，看到一小队人正从旋转阶梯上走下来，进入洞穴。领头的那人，虽然范森之前从未见过，却立刻认出了那人的身份。雅萨梅兹比范森自己还要高些，穿着黑色金属的盔甲。一把白色的长剑，没有入鞘，像是备用的匕首一样随意插在腰间，似乎正散发着某种微弱的光芒。但最吸引他的还是她的面容，既像是仪式面具一样冷酷，又像是坟墓棺盖上的雕塑一样坚硬。一开始，范森没有从那张脸上看出任何鲜活的表情，只除了那双眼睛，闪着火焰似的明亮眼睛。之后，火焰般凝视的双眼微微眯起，薄薄的唇勾起一抹阴沉的微笑，范森这才看出来，这的确是一张脸，但却是一张没有丝毫善意或者怜悯的脸。

“今天访客很多，”她说，“却都是些不速之客。”她走近了些。即使闭上眼睛，范森仍然能感到她在走近，像是冬天渐渐逼近的暴风雪。站在他身边的锑发出某种声音，很可能是在抽泣。“我想，你希望说服我，我们应该联合起来对抗共同的敌人。”

范森眨眨眼。她是在说亨顿·托利吗？“我……我没有……”直视她的双眼是件非常困难的事，但将视线从她身上转移开，也同样非常困难。他感觉自己就像是一只烛火上的飞蛾，被火光毫无救药地吸引，却也知道稍一触碰就会被烧成灰烬。“我不明白您的意思，女士。”

“啊，这世界显然比我想象中要更奇怪些，”她说，“有一队代表团来到这里，告诉我说，人类已经知道西斯国的独裁者很快就会带着舰队和士兵登陆海湾。”

范森瞪大双眼，第一次意识到陪伴在雅萨梅兹女士身边的不仅仅是身穿铠甲的侍卫：她身边还有三个没长头发，手臂修长的家伙，看起来倍受惊吓、恐惧万分。

“水鸥人！”范森完全惊呆了，“你们来自南境城堡？”他问，但没头发的人只是将目光转向别处，好像他说的话很令人羞愧似的。范森又看向黑暗女士，“西斯国的独裁者是这两片大陆上最强大的男人。他为什么要来这里？”范森看向周围。即使此刻正处于无限危险之中，他仍然不住感叹，他曾经了解的那个世界是如何彻底的分崩离析，变成现在这样——精灵族战士，巨人，芬德林人……现在，赞德大陆的怪物们显然也要加入这场疯狂的佐悉蒙狂欢节。“他拥有世界上最强大的军队，”他大声说道，不仅对着雅萨梅兹的支持者，也是对着黑暗女士本人，“即使可怕的豪猪女士都无法击败他。如果没有援助的话……”

“愚蠢。”她厉声说，听来就像是牧牛人抽了一下皮鞭，“你难道认为，仅仅因为我的族人将承受两支人类队伍的夹击，我就会乞求和平？”她扫视整个房间，好像在恐吓他的手下不要出声。但显然，从他们茫然的脸和低垂的眼睛可以看出，几乎没有人胆敢考虑这个想法。“我宁愿死在希瑟海岸的沙土中，也不会再跟这群背信弃义的凡人签订任何合约！”她转向巨人艾廷，“这场谈话毫无意义，锤脚。继续你刚才的游戏。杀了他，或快或慢，都随你选择。”

锑恐惧地哭出声，但范森上前一步，面向她，大声喊道，“等等！”那一瞬间，十二个加尔人已经拉开了手中的弓箭，瞄准了他。范森停下脚步，意识到可能没等他把想说的话说完，他就轻易被杀了。“您之前说到合约，雅萨梅兹女士。我知道另一个合约——镜子之约！”

她看向他，脸上的表情深不可测："我为什么要在乎它？它早已终止——原石之子的策略已经失败了。没有任何事情，即使南方的高手正带着他所有的战士赶到这里……也不能阻止我烧掉这座背叛的屋舍，烧成灰烬。"

"但镜子之约还没有终止！"

可能只是暗影与火光闪烁的把戏，有一瞬间，费拉斯·范森觉得自己看到黑暗女士变大了，墙上的剪影逐渐生长，长出黑蓟一样的刺。"你怎么敢这样跟我说话！"她厉声说道，范森能感到那些愤怒的话语猛烈敲击着他的头部，迫使他跪了下去，双手紧紧地扣着头盖骨，几乎要痛哭出来。"我父亲死了！发明家库比拉斯死了！你无法想象他所承担的监禁、孤独和痛苦，他一直维护着这个世界的和平，几百年来一直如此……但如今，他死了。你以为我还会再同你们这些人谈判吗——这群毁灭我家族的人？就让那个凡人独裁者来找我吧！他会发现，等待他的只有毁灭。以我父亲和记忆的名义，以你们凡人从我们这里偷走的记忆的名义，这里没有人能够幸存，诸神会在流放中继续沉睡，直到永远！"

但是，当她转身离去的时候，范森强拉着自己站起身，朝她走去。他的头还在阵阵抽痛，鲜血从鼻子里流下来，滴进嘴里，他只觉得很咸。

"杀了我，如果这是您所希望的，雅萨梅兹女士，"他大喊道，"但请先听我说！我认识防风灯基尔。我们一起在雾影线后的大陆上旅行。他曾经……他曾经是我的朋友。"

她转过身，朝着他所在的方向，紧走了两步，手握在白色长剑的剑柄上。"基尔已经死了。"话语像冰雹一样落下来，"而且他也不会和凡人交朋友。那不可能。"

"对于他的死，我比您想象的要难过得多。在大深渊，陪在他身边度过最后几个小时的人就是我，即使我们不是朋友，我们也肯定算是盟友。”

凝视他的双眼满含鄙夷。“我很怀疑。但那还有关系吗，小个子？他让我失望了。基尔死了，你也马上就会去见他了。”

“您可能错怪他了，女士。我认为，即使基尔已经死了，但仍然有可能完成了他的任务。如果他做到了，很可能是因为您送给加尔人国王的一份礼物——一份叫作巴瑞克·埃顿的礼物，南境的王子。”

她的手紧紧地握在长剑剑柄的周围。范森意识到，她很可能会一剑削掉他的脖子。他低下头，无论发生什么，都坦然接受。“基尔没有让您失望，女士。即使他死了，也是遵从您的命令。合约还有可能继续。”

他等着那把剑砍下来，但却没有。

“告诉我所有关于防风灯基尔的事情，”她最后说，“你可以活到你讲完，至少能活那么久。”

第三十七章
骨白色圆月之下

加尔人的《忏悔之书》并非是他们仅有的书面记录，据说他们从很早的时候起就保存有一本神使集，名叫《丧骨神谕》，这两本书都是《虚空火焰之书》的一部分，它非常恢宏，可能是一个传奇，也可能是一首史歌，但没有任何学者能确切指出它究竟是什么，即使是西曼德也不行。

——引自《埃昂大陆和赞德大陆精灵种族专述》

布瑞奥妮止不住赞叹希安国营地的宏伟。她原以为会见到一群等在马背上的人，也许数量像是那群驻扎在王室公路边上的士兵一样多。但是，等到布瑞奥妮和抓她的人冒雨骑行了大约一个小时，抵达马路边时，他们看到一片泥泞的草地上面驻扎着满满的帐篷——几百顶帐篷，她能确定，整个军事营地，挤满了步兵、骑兵以及他们的侍从。他们纷纷转身看着他，即使最严肃的脸上都写满了好奇，她的胃开始紧缩，他们会砍掉她的头吗？肯定不会——绝不会仅仅因为逃跑就被砍头！但她无法挥去脑海中安娜卡夫人那双冰冷的眼睛。布瑞奥妮很早以前就懂得，如果你是国王的女儿，有些人即使从未见过你也会对你心怀怨恨。

*记住，你在他们眼中并不真实，*他的父亲曾经常这样说，*你是一面镜子，人们，尤其是你的子民，希望在镜子中看到他们希望看到的一切。如果他们高兴，他们会以为你也散发着快乐的光芒。如果他们悲伤，他们会将你看成那个迫害者。如果他们体内藏着一只魔鬼，他们会将你当作摧毁的目标。*

如果诸神只能在睡梦中与人类接触，就像莉丝娅所讲的那样，那么，他们在播种真相的同时是否也会洒下谎言？某个邪恶之神是否特意派遣安娜卡和希安国国王和她作对？

*听听我都在想什么！*她斥责自己，*难道有如此多的士兵前来捉拿我回特希斯还不够我满足吗？现在又因为诸神都和我作对而沾沾自喜。真是个愚蠢、傲慢的女人！*

但不论发生什么事，她都不会让他们如愿见到一个埃顿人哭泣着乞求宽恕。即使她要走向刽子手的时候，都不会。

当他们接近阵营中心的一处大帐篷时，侍卫队长下了马，以某种沉默而粗鲁，却又十分高效的方式帮她离开马鞍。现在，她能更清楚地看到他外衣上的那枚标记，那个红色猎犬，骨瘦如柴，肋骨根根分明，像是女士的发梳。一阵寒战拂过她的肌肤。

队长拉着她穿过帐篷外的哨兵。一走进帐篷，他就紧紧抓了下她的胳膊让她停下，她疼得退缩了一下。房间中央站着几个士兵，全都穿着盔甲，正弯腰站在一个铺满地图的床前。似乎没有人注意到有人来访。

“打扰了，殿下……”队长终于说道，显然不太愿意跟其他人分享他带来的好消息，分享殿下的嘉奖。“我找到她了——那个北方公主——把她俘虏了。”

那群穿着盔甲的男人中个子最高的一个转过身来，瞪大双眼。是埃尼亚斯，希安国国王之子。“布瑞奥妮……公主！”接着又立刻看向侍卫队长，“你刚才说你干什么了？利纳斯，你刚才说——

把她俘虏了？”

“按照您的吩咐，殿下，我找到她，将她捉来了。”但队长的声音，之前还无比骄傲确定，现在却也有些犹豫，“你看，我把她带回来了……带她回来给您……”

埃尼亚斯怒目而视，直直走向他。“蠢货！我什么时候说过‘把她俘虏来’？我说的是找到她。”他向布瑞奥妮伸出双手，但之后，令她万分惊讶的是，他竟然跪在了她身前。“我乞求您的原谅，公主，恳求您。我把我自己的士兵搞糊涂了，不是其他人的错，都是我的错。”他又转向那个带她进来的男人，“你真该庆幸你还没有给她戴上镣铐，利纳斯队长，否则我只能赏你一顿鞭子了。这是一位尊贵的女士，我们之前对待她已经非常恶劣了。”

“我……我非常抱歉，公主，”队长结结巴巴地说，“我不知道……我错怪您了……”

她虽然不太喜欢这个男人，但也不希望他挨一顿鞭子，或者至少不必那么严厉。“当然，我原谅你了。”

“退下吧，告诉其他人停止搜索。”他一直看着那个被责骂的侍卫队长慌忙走出帐篷，然后看向其他士兵，那些人颇有兴趣地看着眼前的场景。“海克斯大人，你和其他人现在可以离开了。我希望单独和公主说些话。”他想了想，又说，“不，留下。我不想再玷污这个可怜女子的名誉了——她已经在我家人手中受尽了折磨和非常不公正的待遇。”

那个英俊的年轻贵族欠了欠身，“如您所愿，殿下。”之后就退到帐篷角落的小凳子上坐下。布瑞奥妮感觉她好像正漂浮在某个梦境中，上一秒还在考虑会不会被砍头，下一秒王子就跪在她面前，亲吻她的掌心。

“我请求您，”埃尼亚斯说，“我并不认为您能原谅我的家人，或者希望从未发生过这样的事情——不论如何，我的家人都不值得被原谅——但我必须再次向您道歉。我们从桥下区回来不久，我就被支走了。直到我发现出了什么事情，回到特希斯，您已经离开了。”他斜着眼睛看了她一眼，“很奇怪，但我敢发誓您身上穿的是我那件旧旅行袍。但请别在意。”

王子继续解释他是如何得知真相的，那时他正带领手下军队向国王大道南方行进，前往边界，突然有信使赶上他，是艾拉斯米亚斯·吉诺派来的。布瑞奥妮发现自己非常希望能感谢吉诺，他的好心——或者至少是对埃尼亚斯的忠诚——之前明显被她低估了。

“当我读到那封信，即使已经是午夜时分，我都下令我的教会猎犬队拔营出发，即刻赶回了特希斯。”埃尼亚斯说。

“教会猎犬队？”

“你周围都是。他们是独属于我自己的骑兵军团。”王子话语中透漏出的骄傲不只一点，“我亲自挑选每一个成员。你还记得我曾经问你关于沙索和他教学的事情吗？教会猎犬队就是在模仿图安马队。不要被利纳斯和他愚蠢的错误所误导——他们都是希安国精锐，无论是在行进中，还是战场上，都训练得高效而迅速。我很抱歉，你们的第一次见面如此糟糕。”

布瑞奥妮摇摇头：“也不是很糟糕。他们从强盗手中救了我们……”她回忆起多文·比奇惨无血色的脸，以及半睁开的失焦的双眼，“我们大多数……”那种幸免于难的喜悦也随之被冷静和沉重所取代，“您能将我的同伴，那些演员带来吗？他们还不知道我发生了什么事情。他们可能会以为我已经被砍头了，或者被拖回了特希斯。”她停下来，面带疑惑，“我们要回特希斯吗？如果我不是您的囚徒，您又会如何处置我，埃尼亚斯王子？”

他看起来吃了一惊：“您永远不会是我的囚徒，公主。永远不会。甚至想都不要想这样恐怖的事情。当然，您想去哪里都可以……虽然，是的，我祈求您，如果您愿意跟我回特希斯去。我们可以澄清那些针对您的无礼冒犯和毫无根据的控诉，恢复您的名声。我起码能为您做这些事。”

“但是你的继母，安娜卡，仇恨我……”

埃尼亚斯的表情一瞬间变得坚硬凝重：“她不是我的继母。凭诸神的荣耀，我的父亲会很快结束这段不体面的关系。”

布瑞奥妮怀疑事情不会如此简单。“但是，”她说，“仍然有两个亲近我的人被毒死了，有人试图谋杀我。”

“但是您会和我待在一起，”埃尼亚斯说，“我会私下派人保护您。”

能有埃尼亚斯这样善良、强大、能干的人负责她的安全，这主意对她来讲相当诱人——布瑞奥妮已经独自一人行进了很长时间。她的父亲离开了，她的两个兄弟离开了，能休息一下真是令人安慰的事情……“不必，”她最后说，“非常感谢，殿下，但我不想回特希斯。”

他竭力保持微笑：“也好。但是，无论您选择何种庇护，公主，我都希望您能让我护送您安全到达那里。您在我父亲宫廷承受了如此刻薄的待遇，我至少欠您这样的好意。”

“那就带我回到演员身边——您的队长知道他们在哪里。然后告诉我自从我们上次交谈之后您的所见所闻，”布瑞奥妮说，“但我想，无论我听到什么，我还是会想要同一件事——回到南境。我的子民正迫切需要我。”

“如果那是您的选择，”埃尼亚斯严肃地说，“即使黑色祖米奥斯的军团挡在路上，我也会带您回到那里。”

“请您不要再说起诸神，特别是那些愤怒的神灵，”布瑞奥妮突然警告道，“我们身边已经有太多了。”

⚜ ⚜ ⚜ ⚜ ⚜

事情就那么突然发生了。

许多天过去了，囚禁契妮坦的那艘渔船仍然行驶在海面上，沿着希安国海岸线进入地势更低的布伦，驶进一条海峡，那条海峡将布伦从康纳德和它周围许多更小一些的岩石岛屿中区分出来。作为一位之前大部分时光都在蜂房神殿或者王室隐宫里度过的年轻女子，契妮坦本不应该知道这么多，但她发现，在戴克纳斯·沃喝下那瓶药剂或者其他什么东西之后的早间时光中，他现在时常会回答一些问题。显然，他那钢铁一般的自控力正在悄然流逝，但契妮坦仍然竭尽所能控制自己不要太过频繁地和他说话，以免这种不太正常的知识源泉会突然干涸。

契妮坦几天前就已经知道，除了清晨，每天晚上沃也会喝下那种药剂：在午后的那段时间，他会变得越发焦躁不安，直到入夜后喝下药剂的那一小段时间里，他才得以平静。她不太明白这一切都意味着什么，但她仍然很感激，幸亏他关注的目光越发松懈，她才有时间思考，以及用铁栏杆锯开绳索。

很长一段时间里，沿途而过的海岸线上，她只能看到石头海岬和危险丛生的悬崖，脚下海波汹涌，犹如乞讨者不停敲打一扇紧闭的大门。但今天，当沃在甲板上踱步，老瓦拉斯收起船柄，他的儿子们像石头一样坐在他脚边的时候，渔船驶过群山的最后一片壁垒，眼前的岩石突然消失不见，出现了一大片平整的湿地，点缀着无数巨大的圆形石块，像是巨人孩子掉落的玩具。这片潮滩之外，陆地渐渐升高，进入了长满草木的山岭，白色树皮的树木丛点缀其间；之后，一座森林隐约可见，犹如一片巨型的绿色地毯铺在远处山岭的腰间。

今晚，她下定决心，如果有事情发生，必定是在今晚。渔船已经在这片海域行驶了好几天，很快，海岸线又将恢复成岩石悬崖，那时，即使是游泳健将都不免会摔在那些石头上，溺死在海里。必须是在今晚。

保持清醒不是件难事，但保持不动却很困难。契妮坦强迫自己努力闭上双眼，克制自己睁眼的欲望，不去确认她之前才看过的依然明亮的月色。

沃正在自言自语，这是一个好兆头。当她终于有胆量看他一眼时，发现他正一边踱步一边用指甲挠着自己的手臂和脖子，不时揉揉自己的肚子，好像正在犯胃病。

“……醒醒。”他说，之后用喉音说出一连串西斯语诅咒，若是一年前的契妮坦听了，肯定会面红耳赤，头晕眼花。“被骗了！”他怒吼道，“根本没在睡觉。他们两个！他们知道了！竟这样对我！”

他终于停止了踱步，契妮坦尽可能一动不动地躺着，努力不去呼吸。眼睛冒险睁开一条缝。沃正背对着她，舔着那根他平常用来蘸取药剂的针。令人惊讶的是，他之后再次将针蘸入瓶内，举到自己的嘴里。

一天之内舔了三次药剂！对她来讲，这是好消息还是坏消息？她想了一阵，认定这一定是好消息。她越来越觉得难以等待下去了，但诸神厚待她：过了很短一段时间，沃就弯腰坐在了甲板上。

她半睁着双眼，警惕地观察四周，直到月亮落到主帆之后。契妮坦长长吸了一口气，再慢慢呼出。她爬起来，拧断最后几丝绳索，向斜靠在桅杆上的暗影爬去。

“**阿卡**，”她默默出声，西斯语中的意思是主人，“**沃阿卡，你能听见我说话吗？**”她伸出手，小心翼翼地摇了摇他。他的头垂下来，嘴巴微微张开，好像正准备说些什么。她吃了一惊，警惕地退了回去。但他的眼睛仍然紧闭着，没有任何声音发出来。

她又轻轻地推了推他，悄悄将手伸进他的外套里，仔细搜索着，找到他的钱包，拿了出来。钱包比她想象中要有分量，用浸过油的皮革制成。她胡乱将几块自己存下来的硬面包放进去，然后发现抓到她的人翻了个身，喃喃几句，立马顿住身形，满心恐惧。等到他终于再次恢复平静，她迅速将钱包系在之前当作腰带的绳索上，她身上穿着的侍女衣裙，是从赫若索尔出来时就穿在身上的，现在已经破烂不堪。她的心脏怦怦直跳。她真的敢做这些吗？

她当然敢。她别无选择。既然现在鸽子已经离开了，她不欠任何人。如果她逃跑的时候被打死了——嗯，还是要好过未来可能受到的折磨，如果她真被带到独裁者面前。这一点契妮坦确信无疑。

她又伸向沃的外套，找出那个小瓶子，小心翼翼地用食指和拇指将它捏出来。有一瞬间，她犹豫了。如果喝下这瓶药剂的人是她自己，那么所有的问题都不复存在——至少是困扰着活人的所有问题。小玻璃瓶中的黑色阴影呼唤着她，喝下就会陷入沉睡，永远不会再醒来——多么诱人……但那个叫作巴瑞克的年轻男人——她的梦中好友的记忆，又将她拖回了现实。他真的不理她了吗？还是他出了什么事情——他需要她的帮助吗？如果她结束自己的性命，她就永远不会知道。

下定决心，契妮坦拔出玻璃瓶塞，对着她之前曾经照顾很久的努沙什圣蜂做了祷告，接着将瓶里的东西一股脑倒进沃的嘴里。

由于药剂十分黏稠，不像水一样泼洒得出，而是像石榴糖浆一样极为缓慢地流出来，她几乎无法完成这项任务：它才开始滴落，沃就开始挣扎。但她仍然坚持将至少一小勺药剂灌进了他的喉咙里，之后他才醒了过来，挣脱她，咳嗽，干呕。他一把将她手中的瓶子敲飞，瓶子掉到甲板上，但契妮坦不在乎。她给他灌下的剂量一定超出正常剂量好几十倍——那肯定足够杀死他了。

她当然不会干等着看结果。瓦拉斯和他笨拙、粗鲁的儿子还在船上，其他两个睡觉的时候，男孩中的哥哥正看管着船桨。有一瞬间，连那个迟钝的傻瓜都已经注意到了这边的挣扎。她迅速奔向低矮的栏杆，向着陆地的一侧翻了过去。当冰冷海水的第一波震颤过去之后，她浮出水面，开始竭尽全力向着远处黑暗的海岸游起来。游出一段距离之后，她回头望向那艘渔船，看到有一道黑影走向船边，跳入月光照耀下的海面。她的心跳到了嗓子眼。是沃来追她了吗？那一嘴的药剂还没有杀死他？

也许他绊了一跤，跌进了海里，她一边告诉自己，一边飞快向岸边游去。**也许他已经淹死了**。

游出渔船还不到扔出一块石头的距离，契妮坦已经筋疲力尽，浑身寒冷——有时，似乎海水本身也在将她推离海岸，似乎埃菲亚尔，那位邪恶的海洋之神，都在竭力击败她。

我不会失败……她想，尽管她自己也不确定，她抵抗的对象究竟是谁，这是件难以思考出结果的事情。**死亡？诸神？戴克纳斯·沃？我不会失败！**

她继续奋力抗争着，不停挣扎，不停拍击着浪花，她知道，他们肯定能从船上看到她，但渔船并没有追来。这是否意味着沃已经死了？或者他们确信她已经没救了？

那些无关紧要。除了眼下能做的事情之外，她也没有其他的办法了。

海水刺痛了她的双眼，威胁着灌满她的嘴巴。月亮悬挂在头顶，犹如一只巨大的眼睛，在海面上洒下无数碎光，她的脑袋则一次次陷入海水，又一次次冒出来。双腿像石头一样沉重，拼命往下拽着她，无论她使出多大的劲儿踢打，似乎都无法逃脱海洋的掌控。现在，疲倦又再次向她袭来，不久之前，血管和肺部的疲倦还像火焰一样燃烧着，现在却开始演变成别的东西——刺骨的寒冷，一英寸一英寸地爬遍全身，最终她无法感知自己的四肢，不知道上浮还是下沉，活着还是溺死，悬挂在她头顶的究竟是月亮本身，还是镜子一样深水中的倒影……

契妮坦的脚触到了沙子和滑溜溜的岩石，然后又感觉不到了。几个更加有力的跃进之后，海岸再次位于她的脚下，这一次不会再变化了。她的脚碰到了地面，海水只到她的脖子……然后是胸膛……然后是腰部。

当契妮坦再也感觉不到海水时，她跌落在海滩上潮湿的石头上，跟随头顶的月亮一起陷入了黑暗。

契妮坦颤抖着再次醒来的时候，一轮骨白色的月亮正悬在头顶。她看不到沃的身影，也看不到渔船，但暴露在广阔的沙滩上还是让她感觉有些糟糕，海风很强劲，也很寒冷。她尽可能挤干那条浸满了海水的湿裙子，然后慢慢朝着山岭的方向前进，赤裸的双脚冰凉，几乎感觉不到脚下坚硬的石子。

走到山岭的半山腰时，她发现自己陷入了一片高高的草的海洋，在风中一会儿倒向这边，一会儿倒向那边，像一群焦虑的孩子一样发出低语声。契妮坦太累了，再也走不动了。她双膝着地，爬行了一会儿，在精疲力竭、似梦似幻中思考着，她正在挖掘通往安全的隧道，她最终会到达一处地方，那里没有人能发现她。最终，她跌入这片深沉的草地，喃喃自语着，直到她再也无法感受到风的温度，世界终于再一次离她而去。

“我希望你没有剪掉长发，公主，”埃尼亚斯边说边帮布瑞奥妮将铠甲衫从头顶套进去，“尽管，说实话，你这样男子气概的外貌和你现在的装扮更贴切一些。”

“人们总是会在逃命途中做些奇怪的事情。”

王子脸红了："当然，公主，我不是说……"

布瑞奥妮换了一个话题："这件很轻——比我想象中要轻很多。"说实话，比起她在宫廷穿过的那些正式的衣裙，以及裙子下不得不穿的胸衣、浆过的笔挺衣领以及一层又一层的衬裙，这件铠甲衫穿起来并没有什么不适，而且下面还有舒服的底衫，虽然长度几乎及膝，但是两边都有开衩，很方便骑马。

"没错。"王子很高兴她能注意到这点。布瑞奥妮不禁想，这也是他最令人喜欢的品质之一，每当她表现出对武器和铠甲之类的事情感兴趣——或者至少比一般女子更感兴趣一些，他就会很开心。"我跟你说过，这是模仿图安和米罕的东西，你的老师沙索推荐过的沙漠骑兵，他们行进速度非常快。移动缓慢的骑士再也无法随心所欲地征战了。如果说，在我祖父的年代，长弓还不能轻易将敌人射下马，那么现在，枪支则更不可能射中远去的敌军。只要距离足够远，即使是步枪的子弹也能被最坚硬的铠甲所阻挡。但是铠甲本身使得马上的骑兵更容易疲劳，行动笨拙，而当骑兵跌落下马后，铠甲更会引发致命的危险……"他又脸红了，"抱歉，我又说个不停了。我帮你穿外套吧。"她伸展开手臂，埃尼亚斯和他的侍童则帮忙把大衣套进去，之后，当年轻的侍童开始系两边的带子时，埃尼亚斯则走开了些，也许是为了避嫌。

"好了，"王子说，"你现在也变成一名合格的教会猎犬了！"

布瑞奥妮哈哈大笑，"深感荣幸，虽然仅仅是表面上的。但我们真的有必要这么着急吗？"

"南境距离这里还很遥远，公主，而且北方动荡不安，充满艰难险阻。精灵军队的到来，使得不少不法之徒有了可乘之机。利纳斯队长和他的手下杀死的那群强盗绝不仅仅是个例，还有许许多多人对我的父王或者整个希安国心怀不满，即使在我们国内也有不少这样的恶徒。"

“但他们肯定不敢袭击这样一支庞大的军队！”

“毫无疑问，你说得没错。但那并不代表不会有人用弓箭瞄准我们，或者暗中用火枪冲我们开火。”他拿出一顶头盔，脖子处缀着细链制成的盖帘，“所以，你也必须要戴上这个，公主。”

“我至少可以等到我们离开帐篷以后再戴它吧？”

他终于笑了。布瑞奥妮不得不承认，埃尼亚斯确实是个非常好看的人，轮廓分明，下巴强健。“当然，女士。但直到我们到达南境之后你才能脱下来。不，那时候也不能。”

王子命令他的手下为北上的旅途做准备，自己带着几个私人护卫和布瑞奥妮一起骑马去找那些演员，演员们仍然处于希安国士兵令人不安的关押中。

“我们再一次被从某种最令人不快的命运中拯救，谢谢您，公主。”费恩·特奥多罗斯说。

“如果不是因为我，你们也不被这样的命运所伤，”她答道，“我会尽我所能地补偿大家。其他人过得如何？”

“你也能猜到，”费恩告诉她，“当然是在哀悼多文·比奇。我们都很喜欢他，但我想义斯蒂尔对他的喜爱可能超出我们大多数人的预料。”

布瑞奥妮哀叹：“可怜的多文。他总是对我非常友善。如果我再次登上王位，我一定要修建一座戏院，专门以他的名字命名。”

“您很仁慈，但我恐怕暂时不会跟大家提起这件事，毕竟现在哀痛的气氛还很浓烈。”费恩摇摇头，“当我看见您被带走时，公主，我简直无法形容内心的绝望——现在您竟完好地站在我面前！您的冒险中肯定有某种传奇色彩，我忍不住这样想，而且怀疑我只听过您冒险经历的一半。”

“特奥多罗斯可能会把你捧上天，”她身后响起一个声音，“但你永远不要指望我会赞美你。”

布瑞奥妮转过身，发现艾斯蒂尔·梅克维尔正瞪着她，眼睛通红，披头散发。

“艾斯蒂尔，我很抱歉……”

“你很抱歉？”那个女人好像整个人都陷入悲痛中，却又神经紧绷，摆出动物跳跃攻击前的架势，“真的？那你回来之后怎么不要求立刻去祭拜多文？”

“我原打算……”

“当然，”艾斯蒂尔紧紧抓着布瑞奥妮的手臂，感觉像是在发起进攻，“那么，来吧。来看看他。”

“艾斯蒂尔……”费恩·特奥多罗斯警告她。

“不，我会去。”布瑞奥妮告诉他，“我当然会去。”

她任凭这个女人拽着她穿过公路，重新回到他们曾经遭遇伏击的森林周围。那个高个子男人的尸体正静静躺在地上，脸上和胸前覆盖着一件鲜艳的戏装长袍，那是他之前扮演沃洛斯神穿过的戏装。

“这里，”艾斯蒂尔说，“这就是我们丢下他的地方。”她一把扯开戏袍，露出多文狭长的脸，鱼肚一样苍白的脸色。她已经将他的眼睛阖上，用布条捆紧了他的下巴。尽管人们总是说一些安慰人的话，但善良的高个子一点也不像熟睡的样子。他现在看起来只是一件物品，破旧而无用。

*就像是可怜的肯德里克，前一秒，鲜血还涨红了他的面颊，后一秒，就只剩下地板上干涸的血迹。当生命离我们而去的时候，我们一无所有。我们的身体什么都不是。*她想。

“你哭过吗？”艾斯蒂尔质问道，“你为多文掉过一滴眼泪吗？你很有胆量，不管是不是公主。是你把这一切强加到他身上的，如果您能亲自洒几滴眼泪，那众神也会‘赞扬’你。”她指着高个子毫无血色的脸。“看看他！看！这就是他留给我的全部！他说等我们攒够钱就娶我的！现在他……他只是……”她晃了晃身子，跌坐在地，号啕大哭，“科涅奥斯让你平……平安回来，却把他带走了，我可怜的多……多……多文……”

布瑞奥妮弯下腰想去抚摸她的肩膀，却被艾斯蒂尔一手推开。“别碰我！其他人可以对你阿谀奉承，但我要说，这一切都是你的错！你根本不关心我们的死活。”

“艾斯蒂尔，”费恩匆忙赶到布瑞奥妮的身边，说道，“你在犯傻。公主和这一切没有关系……”

“她和这一切都很有关系，”艾斯蒂尔·梅克维尔打断他，“但没有一个人敢对她说一个字，因为她是该死的王族！我在乎什么？我的爱人死了——我连最后的机会都失去了！最后的……”她再次向前扑倒，扑在死者的胸膛上放声大哭。“多文……”

“走吧，公主，”费恩说，“我们没有人责怪你。”

但布瑞奥妮不得不注意到，其余人没有一个来欢迎她的回归——纳文·休尼、裴德·梅克维尔，还有其他人都站得远远地看向这里，好像突然有一道咒语将她变成了另外一种东西，某种令人心生恐惧的东西。

“我会确保他在拉洋卓斯风光大葬的。”她告诉费恩。布瑞奥妮看向埃尼亚斯王子和他的手下站着的地方，王子特意站在远处，好让她能和她的朋友们好好团聚一下，就像他想象中一样——她自己之前也是这样想的。“我至少能够为他做这些。”

“再说一遍，不要为此苛责自己，公主。最近，哪里的道路都不太平，我们又常年行走在路上。不管你是否跟随我们一同旅行，这件事都有可能发生。”

“但你们确实是跟我一起旅行的，费恩，而且之前我也没有征求过你们的意见。没有我，多文很可能会留在那里——很可能和艾斯蒂尔一起经营一家农场。”

“然后染上瘟疫，或者被他自己养的牛撞死。我不确定自己是否拥有对诸神的信仰，但命运却是另一回事。”费恩摇摇头，“死亡会找到我们，公主——我的、您的、艾斯蒂尔·梅克维尔的——不管我们如何躲藏，只是多文的死亡先找到了他，仅此而已。”

她沉默了很久。她所有曾经失去的，她所有未曾成功过的，都重重压在她身上让她几乎要喘不过气来。

“谢——谢谢你，”她最后终于说，“你是个好人，费恩·特奥多罗斯，我很后悔把你们中的任何一个卷进我自己的麻烦里。”

这时反而轮到剧作家沉默了，这种沉默似乎是费恩正在认真思考的结果，而非情感意义上的沉默。“在您离开我们之前，跟我散一会儿步吧，布瑞奥妮公主。”他最后说道。

两人穿过公路往回走，直到埃尼亚斯和他的士兵听不到他们的谈话，虽然还能看得见他们，而且距离悲愤的艾斯蒂尔·梅克维尔也足够远，布瑞奥妮又能畅快地呼吸了。

“如果你有任何请求，都请告诉我，”布瑞奥妮说，“亲爱的费恩，这个世界上，只有少数几个人像你一样对我无比仁慈，没有任何恶意。”她还记得当初她对他是何等专横无礼——她几乎不敢想象她曾经是如何利用自己的地位威胁他的。“你会成为我的历史学家，我之前已经讲过了，但我希望你也能成为我的朋友。”

自从她遇见他以来，费恩好像第一次无言以对，但很快，单纯感情之外的其他东西使他再次陷入沉默。最终，他摇了摇头，好像要甩去某些纠缠人的烦恼。“我有些话必须跟您讲，公主。”

“你让我疑惑了，特奥多罗斯大师。我们不正在说话吗？”

“我是说开诚布公的谈话。真正的开诚布公。”他咽了下口水。“为了您的子民，你已经承受了足够多的苦难，经历了无数艰难险阻，殿下。现在听我说。那些您曾经当作朋友和同盟的人——好吧，他们中的一些并非朋友。完全徒有虚名。”

很久之前的某一天，还在南境的时候，达瓦特曾经跟他说过同样的话，感觉简直就像是发生在另一个世界的事。“你是什么意思？我并不想嘲弄你，但我想不出，还有谁没有背叛过我的家族——托利家，杰隆的海茨帕，埃南德国王……”

“不，我是指更亲近您的人。”他语气中惯有的那种逗人发笑的愤世嫉俗已经消失不见。“您知道我曾经长期在艾文·布罗纳手下做事，同时以学者和间谍的身份。”

“我知道。将来有一天，我也许还会请教你，在这种时局下，你还能胜任哪些任务。布罗纳自己就说过我太过轻信于人，我需要找到我自己的间谍和线人，但我必须坦白，我对这一游戏知之甚少……”

特奥多罗斯已经抬起了手臂，之后才想到最好不要对一个公主表现出不耐烦。“请原谅，殿下，但我谈论的就是布罗纳本人。”

过了一会儿，她才理解了他的话。“布罗纳？你是说艾文·布罗纳是个叛国者？”

费恩的圆脸上满是痛苦的神色：“这对您来讲恐怕很难接受，公主。布罗纳大人对我非常公正，没有过任何恶意，殿下，他也没有对我表露过任何对您不够忠诚的话语……但他曾经将我独自留在他的休息室内，因为他手下另一个来自南路的间谍突然出现，身上还带着箭伤……”

“鲁尔。他的名字叫鲁尔，”布瑞奥妮说，“仁慈的佐睿雅女神，我还记得那晚的情景，我当时也在布罗纳的房间里。”

“而我就在隔壁的房间，那是伯爵处理公务的地方。”费恩向四周扫视几眼，确保没有人能听到他们的谈话。“我……我是个非常好奇的人，这对您来讲可能并不是什么新闻。多面之神佐悉蒙在上，这可不是我的错——我是个作家！我之前还从未有机会独自接触布罗纳大人的任何东西，而且……好吧，我承认，我趁机偷看了他的一些文件。其中一些文件我不大看得懂——各种我不知道的地方的地图，许多花名册——还有一些只是来自夏土、赫若索尔、杰隆以及其他地方的日常行为报告，显然出自他手下的众多间谍之手。但在他书桌上最底下的一叠文件中，我发现了一份盖着埃顿纹饰的牛皮纸，上面没有封条，还能打开。”

“你知道，你当初本来就不应该去碰触这些东西，”布瑞奥妮说，“如果有人发现你私自阅读它，你可能早就被处死了。”她的话语听起来好像很轻松，但实际上，她之所以这样讲完全是因为她在推脱搪塞，她一点也不想听到他接下来的话。

“我之前也讲过了，公主，我是个作家，所有人都应该知道，那只是愚人的另一个名字。我踏进走廊仔细倾听，以防任何人突然接近那里，然后打开了封皮。里面是一系列的人名——我认出来那些是布罗纳大人所信任的一些特工——他们，在特定的时间，听到特定的信号之后，就会囚禁甚至刺杀王室家族的成员。袋子里还有一些计划书，写明事后如何巩固权力，稳定民众的情绪。整个计划都是由布罗纳自己所写。我认得出他的字迹，就像熟悉我自己的字迹一样。”

“什么……”她无法相信她听到的内容，“你是想说布罗纳预谋刺杀我们？”

费恩·特奥多罗斯看起来无比痛苦：“也许是我搞错了，殿下。那很可能是另一份报告——布罗纳发现、甚至提前阻止了的某个阴谋，那份报告可能只是他手中的一份留存。或者其他完全不同的事情。我不能仅仅凭借我看到的那些，就判定伯爵有罪，判处他死刑，这样我的良心也会不安。但我发誓，我告诉您的都是真话，公主。他手里有一份名单，看起来非常像是叛国和刺杀的计划书——一份篡夺南境王位的计划书。我希望事情并非如此，但这就是我所看到的。”

路旁边的空地突然晃动了起来，好像走在一艘船的甲板上。有那么一瞬间，布瑞奥妮甚至担心它会从她脚底旋转着离开，然后，她也会跟着消失。“为什么……为什么现在告诉我，费恩？”

“因为您很快就会离开我们，”他说，“我们无法赶上王子士兵的行进速度，而且说实话，我们也不想赶上。我们不是战士，但你面前还有战争，诸神知道。”费恩低下头，好像突然无法直视她的双眼。“而且……因为您也对我很友善，公主。我喜欢您。就像您之前所讲的那样，我也想将您当作我的朋友——并不仅仅是因为和王族成员亲近所带来的那种好处。之前我还能说服我自己，是我自己搞错了，那不关我的事。现在……好吧，我非常了解您，布瑞奥妮·埃顿。公主。那就是真相。”

“我……我必须好好想一想。”自从她的双胞胎弟弟离他而去，她一直都感到很孤独，但现在，情况更糟了。世界本身已经非常危险，令人迷惑了，现在则证明它完全没有任何理智可言。“我必须好好想一想。请让我静一静。”

费恩鞠躬行礼，离开了。当埃尼亚斯王子感到有什么不对劲，前来和她说话时，也被她赶走了。一个异乡人的陪伴此时无法给她带来任何安慰。不管怎样，现在还不是时候。或许永远不会了。

第三十八章
征服大军

某些凡人，据说，在他们的血管中仍然残存着加尔人的血液，特别是在南方大陆上充满传奇色彩的赞德山脉附近，以及曾经居住在遥远北方的范特人和其他人群中。至于究竟有多少人保留着这一污点，它又会给凡人带来怎样的影响，我无法找到任何相关学术资料。

——引自《埃昂大陆和赞德大陆精灵种族专述》

奥林·埃顿站在栏杆附近，有绳索系在某个侍卫身上，还有另外两个侍卫贴身看守。独裁者可能不会关心一个绝望的死囚会做出什么事，但皮尼蒙·瓦什关心，因此他最终下令要给这个北方国王的身上绑上绳索，一刻也不能松懈。至少，这样能够避免奥林跳下海去，毁掉瓦什主人原先的任何计划。为什么苏列佩斯一点也不关心这些，瓦什并不了解，虽然独裁者本人总是表现出一副绝不犯错的样子。目前为止，也的确没有什么事情能够证明神佑者犯了错，但瓦什长期以来的经验告诉他，如果真有什么事情出了错，也只会被认为是他的错，而不是独裁者的错。

“您看起来不太好，陛下。”瓦什说。

“我感觉不太好，”这个北方人的脸色比平常看起来还要苍白，眼下也有黑眼圈，“最近睡眠状态不太好。经常做噩梦。”

“我很难过。”瓦什心里却想着，独裁者强迫他做了件多么奇怪的事。船上的每一个人都知道这个男人必死无疑，但独裁者仍然期望他们不仅能够以礼对待奥林，而且还要表现得好像没有任何不平常的事发生过一样。“您能来甲板上走走，是件非常好的事。据说，海上的空气对许多精神上的疾病尤其有好处。”

“恐怕对我的病没什么作用。”奥林摇摇头，“我离家越近，症状就会越明显。”

瓦什不知道该说些什么——自从听过他们之间的对话之后，他就已经搞不清楚奥林国王和他的主人究竟谁才是那个彻头彻尾的疯子。他抬头看见某个岩石海岬之上有座城堡。塔楼上旗帜飘扬，但距离太远，除了能看出它的颜色是红色和金色之外什么都认不出来。“你知道那个地方是哪里吗？”

“知道——兰森德。某个相处最久最信任的朋友的家就在那里。”奥林脸上带着微笑，却掺杂了许多痛苦的神色——瓦什能够看出这个男人正试图掩盖某种尖利的痛楚，却无法辨认出那痛苦究竟来自身体，还是某段回忆。“那人叫作布岁纳。在很多方面，他都曾经是我的首席大臣，就像你是独裁者的首席大臣一样。”

而且，我敢打赌，你对待他肯定比苏列佩斯对待我要好得多，苏列佩斯对待我简直比对待一只有用的宠物强不了多少。瓦什被自己的怨恨吓了一跳。“啊。您希望自己一个人待一会儿吗？”

“不，您的陪伴使我很开心，瓦什大人。事实上，我一直都希望我们能有一点时间像这样聊聊天……就我们两个。”

瓦什脖子上的皮肤都刺痛起来：“什么意思？”

“仅仅是指，我相信你我之间共同的兴趣爱好，要比你一眼能看到的多得多。”

难道这个傻瓜认为他会说服皮尼蒙·瓦什背叛西斯国的独裁者？即使他不畏惧他的主人——诸神知道苏列佩斯有多么令他恐惧——瓦什也不会背叛他的国家。他的家族世代都在服侍西斯王国！“我肯定我们之间还有许多有趣的话题要讨论，陛下，但是我想不到我们之间会有任何的共同爱好。遗憾的是，我刚刚想起来，今天早上我还有些杂事需要处理，所以我们只能等以后再聊了。”

“不要这么武断，”瓦什转身离去的时候，奥林开口说道，“我们没有人能够知晓全部的事实真相。凡人居住的世界确实非常奇妙——这既是我最大的安慰，也是我最大的恐惧。”

瓦什再一次见到这个北方人的时候，奥林被带到船头，与苏列佩斯待在一起，很多神职人员都在吟唱，将两海贝独裁者的鲜血倒入船两侧的海水里，净化海浪，宣布这片海域已经为西斯国所有。尽管苏列佩斯前臂上还绑着绷带，但看起来精神饱满。当奥林和他的看守爬上前甲板后，两个人的对比就越发明显。

“瓦什告诉我你身体不太好，”独裁者说，“如果是因为大海的原因，你大可放宽心——你也能猜到，不过一两个小时的时间，我们就要抛锚了。”

奥林没有回答，也没有去看潘西斯尔和他手下的神职人员为这片水域祈福的壮观景象，他转过身，看向大船的其余部分。所有人都在为登陆做准备，水手和士兵在甲板上来来往往，军人们抬出武器准备上岸，起锚机发出卡拉卡拉的声音。船还没有接近陆地的时候就开始准备上岸是件很不平常的事情，甚至可以说很危险：瓦什能够看出苏列佩斯有多么迫不及待。

海湾中，围在他们身后的是剩余的舰队，独裁者带到北方大陆来的舰队几乎一半以上都聚集在这里，因此，船帆上的那些金色猎鹰看起来就好像是一群阴影掠过水面。赫若索尔坚实外墙的倒塌也不过只花了几天时间。这片小小的南境城堡又能抵抗西斯大军多久呢?

北方人无疑也在思考同样的问题。“你带来的军队令人印象深刻，”奥林说道，转过身面向独裁者，“它令我回想起许多过去的事。你也算是博览群书了，苏列佩斯。想必你也听说过三百年前曾经游荡在这片土地上的格雷军团了？”

独裁者伸开点缀着金色的手指，似乎正惊讶于他们在阳光下闪现的光芒。“我听说过这些雇佣兵，当然，”他说，“我的国家绝不会允许这样的事情发生。在西斯，强盗都会被钉在削尖的柱子上示众。我的子民知道我能保护他们。”

“哦，我也相信，”奥林说，“但看着你的舰队和它带来的那支强大军队，我想起了格雷军团的那些日子，特别是那个著名的军阀达弗斯，人称‘曼蒂斯’”。

独裁者似乎被逗乐了，“曼蒂斯？我从没听说过这个人。”

“我想，那是因为你研究那段历史的时间，比起研究我家族的近代史，要粗糙许多。”

“起这样一个名字，他真是个神职人员？”

“他为整个雇佣军出资，但那并不能使他成为一名真正的神职人员。他也不是因为善行赢得这样的称号。事实上，有人说在埃昂大陆上从没有见过比他更可恨的强盗头子……但也有人反对这一观点。”

苏列佩斯哈哈大笑，好像真的很开心：“哦，很好，奥林！没有见过更可恨的，直到今天为止，这才是你想说的。”

北方人耸耸肩：“你真认为我会这样粗鲁地对待一个如此好客

的主人？”

“继续说下去。你勾起了我的兴趣。”

“你会了解到，在与暮光族人进行第一次战争的动乱时期，格雷军团就发源于这里，北方大陆。他们在冷灰沼泽之战后常年游荡在此——起初只是一群无处可去的士兵，无论哪个领主，只要出得起钱，就能雇佣他们作战，但最终为了利益，他们成为劫匪和强盗。他们之中最邪恶的那个——也是最强大的——是某个希安国贵族之子，达弗斯·易基。由于这些抢劫而来的收入，也或许是由于他那身黑色长袍，他得了个‘黑袍曼蒂斯’的称号。在那些动荡不安的日子里，达弗斯为了各种原因发起战争，劫掠许多城市，但一个伟大的军阀就像是骑在一头凶狠的熊身上——每个人都畏惧他，除了那只熊，他必须时刻牢记喂饱这只野兽。曼蒂斯不得不继续他的劫掠，即使当时很多加尔人撤退后引发的战争已经结束。越来越多的北方城镇被洗劫一空，饥肠辘辘的幸存者无处可去，只能跟随那些劫掠者，因此曼蒂斯的军队越来越壮大。最终，他占领了整个布伦和希安国的大多数领土。他的手下也洗劫了我的国家，在南境和西境围游荡，烧杀抢掠，直到百姓怨声载道，大声疾呼，希望从这一恐惧中被拯救出来。这也使得他们臣服于我的先祖，安格林国王的孙女，莉莉·埃顿。”

“啊，是的，”独裁者说道，“那个统治一整个国家的女人！我听说过她的大名。”

“她也的确名副其实。她的丈夫死于一场与曼蒂斯强盗的战斗中，她的儿子也一同死去。莉莉被留下来独自统治整个国家，许多民众都被强盗吓怕了，希望她能够主动退位，让战场上的某个骑士荣升为一国之君。但莉莉的勇敢丝毫不亚于她宫廷中的任何一个战士——安格林的血液在她身上流淌，有力而灼热。她不同意被抛在一边。

“曼蒂斯对南境觊觎已久，并不仅仅是因为年轻的女王。这里土地肥沃，城堡坚不可摧。由于她既没有丈夫，也没有儿子，达弗斯向莉莉女王提出联姻的请求。曼蒂斯富有强壮，而且还提出，如果女王嫁给他，他手下的大军都会听候远境王国的派遣。远境宫廷中的许多人都劝说她接受这份联姻。除此之外，还有其他的希望吗？

“但是，莉莉回信给达弗斯·易基，黑袍曼蒂斯——那个号称几十万嗜血大军的首领——信上写道，‘莉莉女王遗憾地表示，她恐怕难以接收您的这份好意。因为她正忙于绞杀那群在她的土地上到处乱窜的老鼠。’那也正是她准备要做的事情。”奥林抬眼看向他，“你听累了吗，苏列佩斯？”

“一点没有！你让我很愉快，这非常难得。”独裁者弯腰看向这个异国国王，棱角鲜明的脸上，鼻子修长，眼睛一眨不眨，异常明亮。瓦什想，苏列佩斯此时比任何时候都更像一只人形猎鹰。“请继续。”

“莉莉知道格雷军团不劫掠就无法存活——他们每到一处地方，都只留下无尽毁灭——因此，她派人传令给所有的民众撤退，不仅仅包括曼蒂斯直接经过的地方，还包括所有相关区域，即使是那些他似乎不会洗劫到的地方。她命令民众带走一切可以带走的东西，毁掉所有不能带走的。如果他们能到达南境，她许诺，她会负责保护他们的安全。之后，她派出了她手下的大军，那些士兵身上穿着的坚硬铠甲仍然保留着与暮光族人战斗过的痕迹。她让士兵不断袭击骚扰曼蒂斯的大军，却从不直接与他们对抗。”

“如此一来，雇佣军踏上远境王国的土地之时，就会发现眼前的道路一片荒芜，杳无人迹，甚至还有烧焦的痕迹——没有贵族供他们索要赎金，没有金银财宝供他们劫掠，也没有任何食物供他们享用。他们继续向前的时候，远境人会不时从什么地方突然冒出来，打斗几下，又像阴影一样消失不见，虽然并没有几个曼蒂斯士兵被杀害，但敌方袭击的不可预测反而使他们更加恐惧。有时，远境人会割破某个雇佣兵的喉咙，那人可能正躺在十几个雇佣兵中间睡得正香，因此当其他人发现他的尸体，就会立刻明白死去的有可能是他们中的任何一个。莉莉女王的突击队杀死曼蒂斯手下士兵的方式有一百多种：悄无声息或者大张旗鼓地破坏桥梁、往雇佣军的饮水或者食物中下毒，抑或仅仅是向他们睡觉的帐篷里扔火把。达弗斯手下的哨兵被杀者无数，最后被选中放哨的士兵都坚持要求三四个人一起行动，使得哨所周围的大片土地几乎无人看守。

“最终，当他的手下狂躁不安地开始向任何阴影进攻时，曼蒂斯达弗斯赌上所有一切，直接向南境城堡发动快速袭击。当时海湾沿岸建有许多简陋的房屋，修建者原本也是为了逃避达弗斯的袭击来到此地，却因为城堡过于拥挤而无法进入。雇佣军大举进攻之时，这些难民只得再次逃开，或是躲进深洞，或是躲进海岬上树木丛生的高地。由于厌倦伏击，达弗斯和他的手下是直接从主干道进入，然后他们开始闻到一丝烟火味，看到第一簇火苗——整个海岸的小镇都被付之一炬。雇佣军互相对视着，充满恐惧。南边境的子民宁愿将他们的城镇一一焚毁，也不会割让任何一寸土地给侵略者。谁能战胜得了这种疯狂？

“终于，曼蒂斯的手下看到了海湾对面的南境城堡，同时心里也明白，要攻陷这样一处牢固的据点，恐怕要花费一年或者更多的时间——恐怕整整一年都要忍饥挨饿，因为他们周围的土地已经变得无法居住，他们的存货也已经空空如也。即使达弗斯最忠诚的副官，那些曾经在他手下渐渐富有，跟着他从强盗变成商业巨贾的人，也开始拒绝听从他的命令。他们已经开始丧失战斗的意志。许多士兵当场就扔掉了武器，偷偷逃走，只因为他们看到了南境的不可攻克。

“但是莉莉其实只在城堡内保留了很少一些兵力。她手下的大多数士兵都已经坐船进入兰森德沿岸，开始南下。因此，正当曼蒂斯手下的军队一片混乱，大概四分之一以上的士兵都在逃跑，剩下的则忙于各种内斗时，南境的军队降临在他们面前。

“南境人数虽然比不过敌军，但他们吃得饱，义愤填膺，为自己的家园而战。困在海滩上的雇佣军只坚持抵抗了一小段时间，南境的兵力就将他们拦腰截断。一侧的雇佣军被逼入海湾冰冷的波涛中，要么投降，要么被杀。而另一侧的雇佣兵则拼命追随之前逃跑的同伴，但大多数都在攀爬悬崖的时候被发现。女王的弓箭手将他们一一射下，就像打落低矮枝头的小鸟，他们的尸体纷纷从南境山峦的一侧滚落，数量之大，以至于几百年间，我们都称呼荒乱的草堆为‘曼蒂斯堆’，虽然那时已经很少有人知道这个词的出处了。

“曼蒂斯自己，达弗斯·易基，也死在了布伦湾。他当时正试图通过水路进入城堡内，浑身上下插了十几支箭。

“你看，远境王国已经被希安国、赫若索尔、克雷斯以及格雷军团的雇佣兵入侵过。我们还被加尔人入侵过三次，曾经两次将他们重创之后驱逐出去，这一次我们也一样会将他们赶走。而你，苏列佩斯，尽管权势滔天、信心满满，也很快会成为我们国家历史长河中的一个名字——又一个失败的入侵者，又一个傲慢多过理智的人。”

尽管只有瓦什、独裁者本人、潘西斯尔能听懂奥林所讲的语言，但当北方国王讲完他的故事，他的语调足以震慑许多围绕在独裁者身边的西斯人，他们看向独裁者的眼神满怀某种不好的预感，如果不是恐惧的话。这个外国人竟然敢侮辱神佑者！

苏列佩斯一开始并没有说话，但终于，一丝微笑慢慢展露在那张棱角分明的脸上。

“很好，”他说，“非常好，奥林。一个发人深省的故事！虽然我认为，你本来可以更信任你的听众，即使你不说最后那一段话，他们也能够听出你的含义——蛋糕上也许抹了太多蜂蜜，如果你能理解我的意思。但这仍然是个非常好的故事。”他点点头，好像突然想出了一个新主意，“而且你的建议非常好。显然，如果我所有的舰队和士兵一起进入海湾，暴露在加尔人早已谋划好的诡计之下，这并不是件明智的事。”他弯下身，好像在分享一个秘密。“所以，不久之后，我们会派一小队士兵先行登陆，从陆地接近南境城堡，而舰队则继续从海上进发。你认为怎么样，奥林国王？这既然是你的提议，你是否能够陪我一起上岸呢？这可能是你仅有的机会，亲自感受你脚下家乡的这片土地——或者至少，能够在蓝天之下踏足这片土地。”他哈哈大笑起来，之后叫出这支旗舰的船长，“准备登陆！”

独裁者从前甲板大步走下去，他的仆人则像一群蚂蚁紧紧跟随在他身边。当然，皮尼蒙·瓦什也不得不跟在神佑者身后——提早登陆对他来讲可是新命令，他要准备的事还有很多。当他回头看的时候，奥林·埃顿仍然站在之前的地方，周围跟着守卫，脸色苍白而疲倦，瓦什无法辨认出任何表情。

如果他曾经表示能够彻底地坦诚相待的话，皮尼蒙·瓦什不得不承认，奥林·埃顿让他很不安。他只见过两种类型的君主，当然，他服侍过的所有独裁者们不是这一种就是另一种——要么对自己的缺点视而不见，要么被自己的缺点所征服。某些最为凶悍的君主，例如现任独裁者的祖父，帕拉克，就属于后一种。帕拉克·比沙克-西斯六世能从每一声低语中听出阴谋，或者从每一个低沉的视线中看出谋逆。瓦什本人差点死在帕拉克的宫廷中，只能通过推荐——当然是以最不易察觉的方式——其他人选转移独裁者的注意力，才能幸免于难。但是，皮尼蒙·瓦什在最后那几年噩梦般的岁月中，也被两次逮捕入狱，其中一次甚至写好了遗嘱（但这并不意味着如果他被处决了，帕拉克会遵守这一遗嘱：独裁者宣布叛国罪的一个重要诱因就是，叛徒的家产最终总是被收入王室的口袋）。

现任独裁者很明显是另一种类型，那种相信自己完美无瑕的君主。事实上，年轻君主的运气也确实好得惊人，即使瓦什也开始相信苏列佩斯的成功是上天注定的。

但这个北方人，奥林·埃顿，跟首席大臣接触过的任何一位统治者都不一样：实际上，他那种谨慎措辞，对周围发生的一切都静静观察的神情，使得皮尼蒙·瓦什想起了他的父亲。提伯尼斯·瓦什曾经是果园宫的首席总管，他是第一个真正从那个位置退下来的人——之前这个位子上的人要么在工作中死去，要么直接被心怀不满的独裁者处决。即使皮尼蒙已经成年，甚至已经升到首席大臣的位置——王室成员之外的人所能达到的最高官职，面对他的父亲，他仍然会感到胆战心惊，好像那个老人仍然能够看穿那些震撼其他人的把戏，能够看穿华美长袍下那个浑身颤抖的男孩。

“他已经死去十多年了，”瓦什的弟弟曾经说过，“但我们仍然会不时回过头查看他凝视的身影。”

提伯尼斯·瓦什并非残暴或者特别冷酷的人，他只是缄默而谨慎，行动之前会先征询，开口之前则会先思考。在这方面，那位奥林·埃顿和他很相似。两个人都不会不假思索地脱口说出什么话，都能听到以及看到其他人忽视的东西。如果两人之间还有任何差别的话，那么肯定是他们给观察者留下的印象有所不同：皮尼蒙·瓦什的父亲像是神庙花园中的一座神像，端坐在忙碌而充满背叛的西斯宫廷的混乱之上。而奥林国王则笼罩在某种伟大而隐秘的苦痛中，因此尘世的任何事情，无论多么宏伟壮观或是令人恐惧，在他眼里都非常琐碎。但是，除了失败者的预兆，北方国王身上还有其他一些东西令皮尼蒙非常、非常不舒服。因此，此时此刻，当舰队将他们放在一处小湾的岩石海岸上，奥林站在他身边时，瓦什能感到那个微妙的过错方并不是这个俘虏，而是他自己。

“我们不会等太久，”瓦什说，“太阳下山之前，我们就会开始行动。”

奥林似乎对时间早晚不感兴趣：北方人甚至没有看他，只是注视着那些准备登陆的士兵，一些人正从船上往陆地搬运瓶瓶罐罐和大箱子，一些人则在装配之前拆开存放在船上的货车，或者为马匹和牛群套上挽具，方便拉货车。“你现在终于想跟我谈了吗？”他最终说道，仍然看着其他地方，没有看瓦什一眼。

“谈什么？”这个男人真的绝望了吗，还是变傻了？“看，神佑者来了。你和他谈吧，奥林国王。”

一百步外的海滩上，独裁者正从镀金的船上走下来，踩着由十来个奴隶弯曲着脊背充当的踏板，走向辇车顶端的王位，奴隶们抬着辇车，走上海滩。辇车表面覆盖着一层金叶子，在春日的阳光下闪耀着明亮的光芒，确实好像太阳神座下的金色马车。

一群士兵等在阳光下，军队的指挥官们很快让他们收回了注意力。等到他们开始行进的时候，提供补给的车辆会随时跟在他们身后。

当辇车停在瓦什身边的时候，瓦什已经双膝跪地等了很久。“啊，你在这里。”独裁者呼唤他，“我还没见过你趴在沙滩上的样子。起来吧。”

瓦什听从吩咐，很快站起身，虽然必须费尽力气克制自己不要因为关节的疼痛而呻吟出声。他来到这里，这样一片荒凉而野蛮的土地，暴露在只有诸神才知道的那些寒冷以及毒雾中，本身就是件非常疯狂的事情。他本可以待在西斯国，趁独裁者不在国内的时候监管整个王国，从猎鹰王座上下达公正明智的判决，与他的年纪和多年服侍的经验也很相符……“我生来就是效忠您的，神佑者。”当他最终站起身时，他说道。

“你当然是。”苏列佩斯穿着全身的战斗盔甲，正上下打量着候命的士兵——几千个骁勇的士兵，以及几乎同等数量的后备力量。等他们到达奥林的南境城堡后，舰队上还会有同样数量的兵力。瓦什知道，北方民众无法理解独裁者的力量究竟有多大，他的帝国又有多么庞大，更不用说如何抵挡这种力量：神佑者如果需要的话，能够轻易召集十倍于此的兵力，同时还有多余的兵力围困赫若索尔，以及守卫西斯国土，使他的家乡固若金汤。

独裁者自己当然也很清楚这点：他脸上挂着那种豪爽而愉悦的表情，好像某个人正看着自己真心喜爱的东西逐渐成形。“奥林在哪儿？”他问道，“啊，那里。我们已经达成一致，你可以同我一起，所以快过来，坐在我脚边。这是你的国家——我敢肯定，你能告诉我不少当地的特色和稀奇的风俗。”

奥林苦涩地看着辇车上的苏列佩斯：“是的，我们这里有很多稀奇的风俗。说到这些，我可以走路吗？在船上待太久，我发现自己非常缺乏锻炼。”

“随你喜欢，但你需要讲大声些，好让坐在高处的我能够听见——某种暗喻，不是吗？警告人不要太过远离自己的臣民！”苏列佩斯哈哈大笑，声音尖利，使得许多抬辇车的人都颤抖起来，所以辇车也随之摇晃了下。瓦什的心脏都跳到了嗓子眼。独裁者似乎在此时此刻变得更加狂野，难以琢磨。

锣鼓和号角响了起来，发出惊天动地的声响。大军开始出发，士兵身上的盔甲在午后的阳光中闪闪发光，整个队伍就像是一层泛光的波浪，在海滩上翻滚，延伸到目力所及的远方大陆。瓦什同奥林以及他身边的守卫，潘西斯尔和其他祭司，以及十来个其他朝臣和官员一起等待着，竭尽全力想挤进独裁者抬高的辇车下的阴影中。

“我认为，我们之前提到的有关精灵的话题还没有讲完。”当他们抵达沿海公路，各种军衔的男人以及动物都开始向西南方的南境城堡行进的时候，独裁者开口说道，“我们说到你们家族不同寻常的遗产，对吗，奥林？”

北方人从海滩上攀爬了一小段距离，正大口喘着气，他的脸色也从死一样的惨白转变为愤怒的红色。他没有说话。

“所以，那么，”苏列佩斯说，“精灵族——或是帕里克，我们在西斯国的称呼——在很久之前就被赶出了我们大陆，即使是南边的高山峻岭以及幽深丛林也不例外。但是，精灵族早先曾在我们的土地上四处游荡，有时会和诸神结合，有时也会和凡人结合，有时这些结合会诞生后代。因此，即使诸神已经离开这个世界，精灵族也被驱赶出去，某些凡人的血脉中仍然留有天神的血统，有时几代人都无法显现，无法察觉。但诸神的血统是件非常强大、非常强大的东西，它总会以某种形式被人再次知晓。

“在我的研究中，我了解到你们北方的帕里克，也就是加尔人，从未被完全驱逐出大陆，事实上，他们仍然掌握着最北方的部分领土。但更为重要的是，我知道他们曾经同埃昂的某个王室家族共享血脉，而且更为有趣的是，做出此事的加尔人自称他们的直系先祖是哈比里神……你们叫作库比拉斯，对吗？是的，‘发明家’库比拉斯。你可以想象，当我得知居住在北方的凡人中竟然流淌着哈比里的血液，我的兴趣会有多么浓厚。你知道我说的是哪个家族，奥林——对吗？”

北方人紧紧地握住自己的拳头：“难道嘲弄埃顿家族的诅咒——诸神在我们身上施展的那个残忍的把戏——让您如此兴奋？”

“啊，我亲爱的奥林，这样想你就想错了！”独裁者得意地笑起来。瓦什从未见到他的君主处于如此诡异的心境中，像是一个喜怒无常的孩子。“那根本不是诅咒，而是某种难以想象的丰厚礼物！”

“你还是在嘲笑我！”奥林说话的语气使得独裁者的猎豹护卫都拔出了剑鞘中的短剑，瓦什则很高兴地看到他们并不打算在如此密集的人群中使用火枪。火枪的巨大声音会使他万分紧张，他曾经亲眼看见一名低级官员的头被炸飞，只是因为猎豹护卫在行进中发生了一些小小的事故。“我是你的俘虏，苏列佩斯——这还不够吗？你还非得嘲弄我吗？干脆杀死我，结束这一切。”

对于独裁者对待奥林的玩笑般的态度，瓦什已经习惯了。独裁者经常戏弄北方国王，也很享受他的抵抗，如果那些抵抗来自他自己的臣民，恐怕他们早就被折磨死了，但他依然惊讶于苏列佩斯此次回应里的疯狂。

“它绝对是一种礼物，奥林，只是你还不了解它。”

“这种礼物，如你所说，差点使我的妻子死在生产中。它使我将自己的年幼的儿子扔下楼梯，落下终生的残疾。迫使我每年的许多夜晚，都不得不躲避着我自己的家人，以防我再次伤害他们。在它的掌控之下，我曾经对着月亮大声号叫，同你们西斯国的狼人一样！那个诅咒流淌在我自己的血脉中，也继续流淌在我孩子的血脉中——如果诸神继续憎恨我们，还会有一天像毒药一样爬进我孙子的血脉中——现在，你将我拖回家乡的时候，我体内的那种天赋又开始觉醒。诸神在上，就像是我体内燃烧着一团火！我宁愿还是卢迪思·德拉卡瓦的俘虏，至少我在赫若索尔的时候还是自由的，希望诸神诅咒你！自由！现在我又感觉到它了，燃烧在我的心里，我的四肢里，我的头脑里！”

瓦什尽力使自己不要转身逃跑。还有谁胆敢这样对大陆上活着的活神说话，还能活着不死？但同以往一样，独裁者似乎根本没有听到奥林所讲的内容。

“你当然能感觉得到它，”苏列佩斯说，“但那并不意味着它就是诅咒。你的血液能够感受到命运的召唤！你体内流淌着天神的灵液，你却总想成为一个平凡人，奥林·埃顿。我，正好相反，并不是像你一样的傻瓜。”

“什么意思？”北方国王质问道，“你说过你的家族中没有这种诅咒，你和你的先祖与其他人并没有任何不同。”

“血脉上没有任何不同，没错。但在某一方面，我和其他人一点也不像，奥林。我能看到你们其他人看不见的东西。我现在看到的是——你的家族给了你某种和诸神谈判的筹码,但你却不了解它。你从没有使用过这种权力……但我会。”

“你在胡说八道些什么？你自己都说你没有这种血脉了。”

“你会不再拥有的，当它在仲夏之夜被从你体内吸出来的时候。”独裁者说道，咧嘴大笑。“但它会帮助我战胜诸神——事实上，你的血液会使我变成一个神！”

奥林国王陷入沉默，步伐也开始减慢，直到某个侍卫不得不拉着他的胳膊，强迫他走得更快些。而另一方面，独裁者则很享受这次对话：他棱角分明的脸异常鲜活，眼睛闪烁着光芒，像是他昂贵盔甲上的金色镀层。那年的早些时候，当瓦什不得不告诉独裁者，他们无法制作出纯金的盔甲，盔甲的重量会使任何一个君主残疾，瓦什几乎要疯掉。但自从那时起，他就明白一个道理，现在奥林也开始懂得的道理——你无法和神佑者苏列佩斯讲道理，你只能每天早晨祈祷上苍，保佑他能让你多活一天。

“哎呀，奥林，不要看起来这么生气嘛！”独裁者说，“很早之前我就告诉过你，如果不得不结束我们之间的交往，我会感到非常遗憾的——我真心享受我们之间的谈话——但我更需要你死去，而不是活着。”

“如果你是想听到我乞求你……”奥林轻轻说道。

“根本不是！实话告诉你，那样我会非常失望。”独裁者伸出手里的杯子，跪在他脚边的奴隶立刻用一个金色的大口水壶将它填满。“喝点酒。你今天又不会死，为何不好好享受这美好的午后时光。看，阳光是多么明亮强大！”

奥林摇摇头：“请你原谅，我不想与你共饮。”

独裁者翻了下眼球：“如你所愿。但如果你什么时候改变了主意，一定要跟我说。我还有很多故事想告诉你。我刚才说到哪里了？”他皱皱眉，假装在思考，那种玩笑般的姿态使得瓦什从心底泛起一阵恶寒。是真的吗？天神的力量真能传递给苏列佩斯——一个已经拥有陆地上最强大力量的疯子？

“啊，是的，”独裁者说，“我在说你的天赋。”

奥林轻轻答应了一声，好像一声疼痛的轻叹。

“当然，你一定知道，你的天赋如何而来——一个叫作萨娜苏的加尔女人被你的先祖凯里克·埃顿捕获，他们结合后生下的孩子变成了你的先祖。哦，我研究过你的家族，奥林。拥有天赋最强大力量的是那些表现出焰华特征的子孙，火焰般颜色的头发有时也被称为歪神之红——或者在我的语言中被称为哈比里的标记。我怀疑这一天赋流淌在所有凯里克后人的血脉中，即使是那些没有表现出任何外在特征的人……”

“胡言乱语，”奥林愤怒地说，“我的长子和女儿从没有被这种诅咒侵扰过。”

独裁者露出孩童般愉悦的笑容：“那你的祖父，安格林三世呢？人人都知道他会突然奇怪地犯病，梦中能预知未来，有一次几乎赤手空拳打死两个仆人，虽然大家都知道他是个温柔的人。”

“你真的研究过……下大功夫研究过我的家族。”

“你的家族在某个圈子里非常引人关注，奥林·埃顿，”独裁者俯下身，“你肯定知道，即使你的祖父安格林三世表现出如此多……血统的迹象……他却并不是红头发的埃顿人，不是吗？他有着一头浅黄色的头发，同你古老的北方先人一样，你的女儿和长子也是这种发色。”

“你在戏弄我吗？我的女儿没有任何遭受诅咒的迹象。”奥林紧张地说。

“那无关紧要——我对她一点兴趣都没有。”独裁者告诉他，“我已经得到我想要的了，感谢卢迪思，那就是你……或者更准确地讲，是你的血液。两个大陆上最年长最值得信赖的说书人都同意一件事，我自己大陆上的炼金术士和奇术师曾经亲自进行过秘密实验——并且活下来描述它们——也持相同观点，那就是只有哈比里的鲜血——你们族人的库比拉斯——能打开通往沉睡诸神的通道。为什么这么重要？因为如果这条通道被打开，哈比里曾经放逐过的沉睡诸神就会重新醒来，得到解放。”

“你疯了，”奥林说，“即使这些疯狂的举动都实现，你为什么要这么做？如果没有他们的存在我们也能活这么久，你为什么要将他们放出来？你认为你,加上你所有的军队,能抵抗得了他们吗？三神在上，兄弟，即使是流淌在我的血管中的那些已经稀释过的最微薄的血液，都将我的生活搅得天翻地覆！在那个时代，他们曾经推山倒海，翻云覆雨！为什么，你这样一个热爱权力的人，会想要释放出如此令人畏惧的对手？”

“啊，所以你还不是那么单纯嘛，”独裁者赞赏地说，“你至少问了，**如果它是真的，会怎么样**？是的，当然，如果释放所有的天神，我肯定就是个傻瓜。但如果只是一个天神呢？更重要的是，如果我有办法控制并且命令那位天神呢？难道那种力量不会变成我的吗？那就好比我能掌控古老的西斯闪妮精灵，可以为我实现各种愿望——但力量却强大几千倍！天神能力范围内的所有力量都将为我所用。”

“这就是你计划做的事情？”奥林瞪着他，“一个已经拥有如此多财富和权力的人居然还渴望拥有更多的财富和权力，真是滑稽……”

“不，不仅如此。这是因为我是我，而其他人，即使是像我一样的君主，都仅仅是……牛马。因为当死神赛加尔怯懦地挥舞着镰刀想要将我带走时，我，苏列佩斯，不会交出我所拥有的一切。如果被毒蛇咬一口，或者柱子上滚落的一截石头就能眨眼间结束一切，征服世界又有何用？”

“每个人都会死，”奥林说，语气中已经隐含轻蔑，“你如此畏惧死亡吗？”

独裁者摇摇头，“恐怕你还没有理解，奥林，但我希望你血液中的魔法能产生奇迹。如果一个人满足于他所得到的，他是怎样的人？根本不是人，仅仅是一头野蛮的畜生而已。你之前问我，一个已经征服世界的人还渴望什么？享受他所拥有的，之后，当他无法享有的时候，将一切都撕碎，重新建立一切。”苏列佩斯弯腰的幅度很大，瓦什几乎都担心他会从辇车上摔下来，“北方小国王，只有努沙什知道还有多少其他人在争夺这个位置。为了获得王位，我不知道杀了多少兄弟姐妹，难道只是为了在几年之后将王位传给其他人吗？”

外面传来喊叫声，辇车也降了下来。

“所以，我们靠近你的故乡了，奥林。说实话，你看起来真的不太好——似乎你说对了，离家很近确实让你不舒服。”独裁者大笑几声，“但是，那是另一个你需要感谢我的原因。我可以保证，很快，你就再也不必忍受这种不适了。”

“神佑者，为什么我们停下来了？”瓦什问道。他认为，一定是奥林的族人从埋伏的树林中冲出来了。

“距离海岸公路从森林中延伸出来的地方，已经只有很短一段距离了，”独裁者说，“我们先前曾派出侦察员，确认我们露营的位置。很有可能，我们必须先驱逐加尔人，那些人已经围困我们好友奥林的城堡好几个月了。他们虽然数量少，但诡计多端。然而，苏列佩斯也有他自己的诡计！”他哈哈大笑，像是年轻的男孩骑在一匹飞奔的骏马上一样兴奋。

“但为什么要来这里？”奥林问道，“如果你相信杀死我就能实现你那些疯狂的梦想，为什么千里迢迢来到这里？只是为了惩罚那些关心我的家人和臣民吗？嘲弄他们的无助？”

“嘲弄他们？”独裁者似乎演戏演上瘾了，那一刻，他假装自己受到了侮辱，“我们是来拯救他们的！当加尔人被赶跑，我的事情处理完，你的继承者可以随意处置这片土地。”

“你来到这里就是为了拯救我的子民？一派胡言。”

独裁者一如既往地没有感到任何冒犯：“那只是部分真相，我得承认。我们会来到这里是因为这里就是诸神被放逐的地方。这里，你们一族修建的城堡之下，掩埋着通往赛加尔——你们北方人称作科涅奥斯——宫殿的大门。就在这里，哈比里与他战斗，击败了他，将他永远地赶下世界的舞台。仪式必须在这里进行。”

“啊，”奥林说，“和我料想的一样，跟其他事无关，只与你那个疯狂的计划有关。”

独裁者看着他的神色几乎带着悲痛：“我并不贪婪，奥林，无论你怎么想。当我掌控了诸神的力量，我不需要再为这座城堡或是那座城堡而浪费口舌。我会重新修建赞德山天神宫殿！”

奥林和瓦什只能瞪大双眼，表示震惊和恐惧，尽管首席大臣肯定在竭尽全力掩饰自己的感情。

大军一动不动地站在沿海公路中央，已经过去约一个小时了。奥林陷入沉默，独裁者似乎对喝酒更感兴趣，搂着一个年轻的女仆正跟她窃窃私语。瓦什利用这段时间检查他的记录——当他们进入扎营的地方时，他会无比繁忙——这时，独裁者手下的一个将军走上前来，希望觐见独裁者。经过一段比轻声细语高不了多少的简短对话，独裁者挥手让他离开。他沉默了一会儿，接着开始哈哈大笑。

“发生什么事了，神佑者？”瓦什问道，“一切都顺利吗？”

“十分顺利。”独裁者回答，“甚至比我计划的要容易得多。”他挥舞了下点缀着金子的手指，辇车又开始缓慢前进，抬着辇车的奴隶起步走的时候不由得小声呻吟。“你马上就能看见。”

过了一会儿，瓦什才明白他主人的含义。他们转过一道拐弯，奴隶们站起身，拉开帘子，瓦什有那么一会儿惊慌失措，很怕就此暴露在危险之中，但之后他才明白他们为何会这样做。

布伦湾的海岸上，南境的大陆城市空无人烟。大多数建筑都被付之一炬，或者仍然冒着烟，飘舞的烟雾和火焰赋予这片场景唯一的生动气息。视野之内，没有一个活人，河湾对岸的城堡看起来也空空荡荡，虽然瓦什丝毫不怀疑，奥林手下的很多人都潜伏在那里，磨刀霍霍，准备砍下西斯人的头颅。

“看到了？”独裁者的话语中充满胜利的口吻，“海岸线是我们的了——加尔人已经离开了。他们一点也不希望被我的军队从海湾夹击。他们已经放弃闪光之人的所有权了！”

瓦什则被身边的声音分散了注意力，显然独裁者本人并没有注意到。苏列佩斯正凝视着眼前的景象，脸上露出显而易见的满意神情，好像这里不是奥林长久以来陷落的家园，而是他自己的家乡。

皮尼蒙·瓦什之后才意识到，那声音是奥林国王的祈祷声，他正盯着河湾对面安静的城堡祈祷。

第三十九章
时间之河的又一道转弯

一些人声称加尔人是不死的，另一些则认为他们只是比凡人享有更长时间的寿命。但哪种说法才是真的，或者说精灵族死去后又会发生什么，没有人能说得清。

——引自《埃昂大陆和赞德大陆精灵种族专述》，
费恩·特奥多罗斯为兰森德伯爵艾文·布罗纳大人所准备

有生以来，巴瑞克·埃顿一直在祈祷，那些令他与众不同的特质：他残疾的胳膊，夜间的恐惧，暴风雨般无法解释的悲痛，所有来自父亲疯病的恐怖遗产，都能证明是有意义的——证明那些关于他的真相并不仅仅是一段搞砸了的、毫无意义的生命。现在他的祈祷应验了，却也令他恐惧。

我没能拯救王后。如果我把国王的焰华也搞砸了呢？如果它不想认我呢？

他站在国王休息室的阳台上。一场大雨刚刚降临城堡；无数塔楼和倾斜的屋顶像凸起的墓碑，挤在同一座墓园内，闪烁着十几种不同阴影的潮湿黑色。自从他来到库-纳-加尔，天空总是带着水汽，在迷雾、细雨和暴雨之间来回转换，好像这座古老的据点是一只行驶在暴风雨中的船只。

但是，这座城堡的某些东西仍然能让人感到平静，不仅仅是它的辽阔无人：迷宫似的大厅似乎永无尽头，拥有墓园似的宁静氛围，不同之处在于，这座墓园中的幽灵已经死去太长时间，无法再为害人间了。他知道那些潜伏在阴影中的东西本应使他感到惧怕，但是，在这间充满神秘陌生人的神之宅邸，他有回家的感觉。事实上，他似乎并不怎么怀念过去的生活——他在阳光大陆的家、他的姐姐、那个在梦中出现过的黑发女孩，这是一件非常奇怪的事。他们现在好像都距离他非常遥远。还有什么值得他回去吗？

巴瑞克终于对潮湿屋顶闪烁的微光，以及他自己的胡思乱想感到不耐烦。他离开了房间，走下一段铺着细碎白石子的陡峭楼梯，进入一片隐蔽的柱廊，旁边则是湿淋淋的空旷花园。奇形怪状的植物看上去就像褪了色，叶子近乎灰色，花朵也很苍白，那些粉红和黄色似乎只有从近处才能分辨得出，就好像雨水将大多数的颜色都过滤掉了一样。从这里看过去，城堡的许多塔楼就不太像是墓园的石头了，更像是自然界里繁复多变的、抽象而重复的形状——人类贵族曾经使用那些梁柱、横栏、波浪形花饰标记家族姓名，但那些形状重复出现在此处，便成了各种永无尽头的图案，类似蛇的鳞片。这些基本形状的丰富多样能够同时平息和迷惑双眼，在这里行走了一段时间之后，巴瑞克发现自己的思想开始变疲倦了。

*你为什么要给我选择的机会，伊尼尔？*他想。*我从来都做不好选择……*

角落处有树叶被风吹起又落下，窸窣作响，好像是在回应他。国王依然穿着那件破旧的长袍，踏进柱廊，来到巴瑞克面前，好像直接从空气中走出来一样。

*我再也无法忍受那些仪式主持者的哭泣声了，*伊尼尔告诉他，他的思想飞进巴瑞克的脑海，就像是树叶落入小径，*所以我带着我*

的妹妹——我的爱人——离开了死亡观察室。不论你最后做出何种选择，巴瑞克·埃顿，如果我想要延续她的生命，我就要很快将我的力量传递给她。我能感觉到发明家最终还是失败了。我自己的力量也在流失。很快，镜子的天赋将会失效，萨奎丽也会离开，那样，无论我们再做什么，都无济于事了。

跟我来。

巴瑞克默默地陪伴在高个国王的身边，一同走出潮湿的花园，回到有回音的大厅。他们走路的时候，几个伊尼尔的仆人从阴影中冒出来喃喃低语，那些怪物长着不同的怪异身形，跟在他们后面，相隔一段距离，以示尊敬。巴瑞克想到自己不过是个局外人，他们才真正属于这里，所以那些陌生面孔的窥视让他很不自在。

“我不知道该怎么做，”他最后说，“我不知道会发生些什么事。”

假使你做了，也只是从中选择了某样东西，而不是想要什么就有什么。伊尼尔停下来，转身看着他，来，孩子。我给你看样东西。他伸手去够覆盖着他双眼的布条，小心翼翼地用他纤细的手指触碰着。随着我年龄的增长以及我们一族困境的越发严峻，我在脑海中很远很远的地方搜寻，搜寻一切可以拯救我们的力量。我几乎每时每刻都与我的先祖，与焰华和深渊图书馆生活在一起，同时也在我的思想中四处游历，光是那些地方的名字都会让你很费解。我尽可能地深入其中，也因此忽视了眼前发生的事情。一百年过去了，我才注意到我的妻子，我的爱人妹妹，生命垂危。他解开眼罩后面的绳结，让布条随意滑落。他的瞳孔和牛奶一样白。最终我在真相中失去了双眼。这么久以来，除了在记忆中，我再也没见过爱人的脸庞。我也永远无法看见你的脸，孩子，只能看到你在其他人脑海中的形象。一切都为了知道未来会发生什么。一切都为了不再犯下任何错误。

“我不……我不明白。”

我们的某位神使曾经告诉我：雨水落下，露水升腾。迷雾在中间。中间即所有。我就把这句话当作对你的回答吧，人类之子。不要太过思虑过去，也不要过于担心未来。这两者之间才是真正重要的——才是所有。

伊尼尔又将眼罩系上，向前走去。巴瑞克连忙跟在他身后，之后则默默陪伴在国王身边许久，静静思考。

“如果我不想让你这样做，你还会做吗？”他最后问道，“你会强迫我吗？”

我不明白。是指我是否能强迫你接收焰华？

“是的，如果我不想要，你还能将焰华传递给我吗？”

多么奇怪的问题。伊尼尔看起来很疲倦：相比巴瑞克刚刚到来时，他的行动速度要迟缓许多。我无法想象这种事情——我为什么要那么做？

“因为只有这样做你的族人才能生存！这不就是个很好的理由吗？”

即使你接收了焰华，巴瑞克·埃顿，那也并不意味着我的族人就会存活下去——只有他们的学识能延续。

“但你能强迫我吗？”

伊尼尔摇摇头。它……我不……很抱歉，孩子，但你们人类的语言无法传达我想要表达的意思。焰华是我们最大的财富，歪神留给我们，使我们区别于其他种族的最大财富。那些传递它的人值得用一生等待，我们也只有在父母垂死之际才能获得。之后，当我们拥有它，我们会耗尽余生将之传给我们自己的继承人，我们身体的子孙后代。强迫你接收它——我无法用语言解释，但对于我来讲，那是不可能的事。要么你接收它，我们就知道将会发生什么事，要么你不接受，我的族人最终会走向终点，即使是没有焰华的终点。

大溃败终将归于沉睡。他停顿了下。我们已经来到萨奎丽等待的大厅。

巨大的黑色大门敞开着，国王穿过大门，巴瑞克紧随其后，但跟在他们身后的怪物却没有踏过门槛。大厅中点燃着许多盏灯，但真正给巴瑞克留下深刻印象的却并不是那些蜡烛或灯具，而是那些徘徊在雕刻而成的横梁之间的黑暗——无数黑暗和镜子。

大厅的每一侧都延伸甚广，巴瑞克差点还以为自己不知不觉走到了一个梦境中。墙上挂满了大小各异数量无穷的椭圆玻璃，每一块都带有不同样式的边框，就像一面面镜子一样，而每一面镜子中，光与影都相伴相生，反射出不同的镜像，巴瑞克觉得自己看到了很多奇妙的窗户，虽然密集地排列在一起，却能看到上千种不同地方的风景。他既迷惑，又震撼——但还有一些其他感觉。“我……我来过这里。”

伊尼尔摇摇头，但没有立刻回答。当他终于做出回应，声音却比平常更加虚弱。你不可能来过这里，孩子。没有凡人……

“那我就是梦到过这里。但我确定我见过这些——这些镜子，灯光……”他皱皱眉，“但应该有不同的形状，在大厅尽头……大厅尽头……”

所有的一切都非常震撼，直到此时，他都没有注意到大厅尽头的身影。当他和国王渐渐向她靠近的时候，似乎是穿过了一层炎炎夏日般的闪光层，虽然大厅本身非常凉爽，甚至有风吹过。当他们距离足够近的时候，巴瑞克看到王后已经被放置在两个石头座椅的其中一个之上，她像尸体般瘫坐在那儿；另一个王座上则空无一人。国王将她如此摆放，似乎散发出某种死亡气息，既诡异，又无礼。他感到胸中有一种冲动，想要冲上去将她放正，将她摆放成一种合适的姿态，以映衬她那无与伦比却又孤立无援的优雅。

“她为什么……陛下？”

伊尼尔已经停下步伐，屈膝跪下。起初巴瑞克认为他是在做某种象征崇敬和悼念的宗教仪式，但之后他才意识到是国王快要无法呼吸了。巴瑞克赶忙上前，想要帮助他站起来，但却做不到，国王太过瘦骨嶙峋，那种虚弱太过强大。最终，巴瑞克只能蹲在一旁，双手围在他身边，在触摸到破旧长袍下那些真实的肌肉和骨骼时，还惊讶了好久。国王虽然有着怪异的高贵气质，但却仍然是肉体凡胎，并且正濒临死亡。

整个世界、雾影之地，甚至是挂满镜子的大厅都从巴瑞克的脑海中退散，消失不见。现在，只剩下国王和他自己，以及他的选择。“同意，”他说，“我决定了，我的答案是同意。”

国王的呼吸渐渐平复。*但是，你必须非常确定。*伊尼尔最终告诉他。*这样的事从未有过先例——接收焰华可能会杀死你。如果它真的选择了你，你就再也无法将它取出来，直到你死去。你会成为活着的纪念馆，终日被我所有的国王祖先侵扰，直至生命的最后一刻。*

现在则轮到巴瑞克挣扎着呼吸了。“我理解，”他最终说道，“我确定。”

伊尼尔悲哀地摇摇头。*不，我的孩子，你不理解。即使是现在的我也不能全然理解歪神所赐予我们的礼物，即使我已经伴随着它生活了一辈子。*国王爬起来，但当巴瑞克也想要站起身时，伊尼尔摇摇头，示意他继续坐在地板上。*但这就是命中注定，也必须如此——萨奎丽，我，你，以及那些将你我家族捆绑在一起的那一系列愚蠢的选择和古怪的意外。*

“我要做些什么？”巴瑞克心中充满恐惧，却并不是惧怕焰华将要带给他的苦痛，而是惧怕他会令伊尼尔失望，惧怕他还不够强壮到接收他被赋予的东西。

*什么都不需要。*接着，一道不同寻常的光束笼罩在房间内，类

似夜晚中最后一道紫色光芒。之后，巴瑞克才意识到那道光芒并非他想象中那么宽广，而是来自非常近的地方——光芒环绕在伊尼尔头部，类似于山间的迷雾。高个国王俯下身，将巴瑞克的脑袋捧在手中，用冰凉而干燥的唇轻轻碰触年轻人的额头，也就是眼睛以上的中间位置。有一会儿，巴瑞克以为那些温柔的光束已经悄悄渗入他的体内，因为他周围的一切——伊尼尔，满是灰尘的镜子，天花板上雕刻而成的梁柱，像是树枝上挂满了树叶和浆果的梁柱——都染上了同样的紫色光芒。

“什么？”他眨眨眼。钟声响起——肯定是钟声，因为声音如此响亮低沉！“我怎么……”钟声再次响起——但不可能是钟声，他突然意识到，因为它是没有声音的。但是，他仍然能感到那钟声直接震颤着他的骨髓。

睡吧，孩子。伊尼尔说，仍然举着他的头。**已经开始了**……

然后，巴瑞克就什么也听不到了，只有自己思想的缓慢声音，以及他心脏巨大而强烈的跳动声，像是冰水冲刷过山脉，然后是冰冻的火焰一般的痛楚，头颅随着每一声回响而震颤，敲击……敲击……敲击……

最终，疲于挣扎，一道永恒的痛苦刺穿身体，巴瑞克沉入一片黑暗和寂静中。

一个没长头发的人形怪物正低头看着他，闪烁的烛火投下阵阵阴影，浮现在他的脸上。不，并不是只有一个，有很多，很多，似乎都有些透明。

有东西正在跟他低声说话，不出声的话语在他的脑海中撩动。**哈萨尔如此忠诚却从未被给予完全的信任，石阵族在大溃败中丢失了太多**……

这时，脑海中的声音完全消散，眼前的人影也合成了一个——

是国王的仆人，哈萨尔。很长时间，晕晕沉沉之中，巴瑞克都不太清醒。发生什么事了？他在哪里？

“仍然在镜厅。”哈萨尔回答他，虽然巴瑞克并没有问出口。他能看到仆人的嘴巴张合，耳边能听到哈萨尔小心翼翼不受影响的声音，但他也能在脑海中听到这个声音，那里的声音似乎有微小的差别。“原石沉睡。第一花之女想要见你。”

那个没有声音的低语再次回响在他脑海中。**成功了，她活了，但我们没有果实，我们日益老去的时候将种子播撒在空中。**那并不只是他头脑中的声音，而是……一个主意，像青草向太阳生长般安静。巴瑞克试着站起来。他为什么会躺在地上？为什么他的脑袋像是一个塞满碎石快要溢出来的口袋？而且这些思想——**语言、主意、声音、气味**——在他脑海中像火中破裂的松节一样咔咔直响？他举起双手抱着头，试图阻止他的头颅裂开。不一会儿，喧嚣平息了，尽管他仍然感觉自己的头被塞得满满的，令人厌烦，周围的世界好像也被幽灵所侵扰，眼前的一切都好像覆上了一层模糊的毛玻璃。

“跟我来，”哈萨尔说，“第一花之女……”

萨奎丽，妹妹，妻子，孙女，后代……那个没有声音的话语在脑海中低语。

“……正在等你。”

在窖厅。十字大厅。长满荆棘的树干下，在初日，当族人还很年轻……

巴瑞克的脑袋感觉就像是嗡嗡作响的蜂窝——他只能竭尽全力不要抬手拍去这些蜂拥而至的思想。“但国王……伊尼尔在哪儿？”

“原石之子在辞别厅。”哈萨尔大声说道。

……**已经传递给变化之舞的心**。他的思想说。

“来，”哈萨尔大声说，“她会带你去见他。”

巴瑞克不再说话：他只能尽力跟上哈萨尔走廊上的脚步，而他脑海中那些新思想则像尘埃碎片一样在暴风雨中旋转——无数姓名、时刻、像是记忆的发光物体，但他却不记得自己曾经有过这样的记忆，因此也无法辨认出来。伴随着这些令人困惑而痛苦的意识碎片，还有其他东西：大厅中的每一样陈设——椅子，墙上的镜子，地板上的漩涡状设计样式——似乎都在发着光，某种真实的光芒，与他以往经历过的任何事情都不同。头顶那根古旧的黑色横梁木开始变出带刺的冬青树叶和弯曲的藤蔓来，即使是他小时候最熟悉的物件，也从来没有像这些一样让他觉得是自己的一部分。每一样东西都有不容忽视的质地和形状；每一样东西都有自己的故事。像是库-纳-加尔中的任何其他东西一样，大厅本身就是一个故事，一个关于暮光族人的伟大故事。

然后，他看到了她，穿着一件微微闪光的白色长袍正等着他。

她的无数影像瞬间像海潮一般将巴瑞克淹没，冲击着他所有的理智，无数他从未见过的记忆将他淹没——红色树叶的森林，平滑的肩膀，象牙般苍白，她笔直的身影坐在灰色的马匹上，片片雪花飘落在她的斗篷上。

萨奎丽。风之姐妹。最后的直系后人。亲爱的冤家。失去又得到。暮光族人的王后……

无数记忆蜂拥而至，直到巴瑞克完全失去了自我，但同时，某种更为强大、更为纯洁的东西敲击着他，好像一道最明亮的光束刺穿他的双眼，又好像一支银色的箭射穿他的心脏。

他晃动身体。他无法支撑。他跪在她面前，痛哭失声。

萨奎丽是他见过的最为美丽的事物，如此强大而精致，甚至看她一眼都能伤害他：上一秒，她似乎还是由薄纱、蛛网和干燥树枝所制成，像是一百多年前孩子手中的玩偶，古老而又柔弱，似乎轻轻一碰就会裂成碎片，下一秒她就变成坚硬而散发光芒的石头雕像。

而且她的眼睛——她的眼睛，如此幽黑而深邃！巴瑞克无法直视那双眼睛，那双眼睛使他头痛欲裂，像是在无底的深渊中不停下坠，下坠。

王后看着他，她的面容像戴着面具一样毫无表情，一个戴着面具的陌生人，同时也比世上的大多数人更令他感到熟悉。她嘴角的一丝微小弧度似乎表明她在微笑，但她的眼睛和他脑海中无法解释的记忆告诉他，她没有。

“所以这就是我女儿萨娜苏宝贵血液的产物？”她大声说道，似乎无法忍受直接接触他的思想。她的声音没有一丝温度。“这个笑话，这个陌生的迷乱的东西，就是我最后的日子里能够得到的全部？”

他知道他应该感到愤怒，但他根本没有力气愤怒。仅仅是站在她眼前就是件异常吃力的事。是她的缘故还是因为将色彩、声音、热度填满他脑海的焰华？“我是诸神的产物。”他只能说出这样的话。

“诸神！”萨奎丽发出一声短小的惊呼，可能是在大笑，也可能是在哭泣，但她的面容没有丝毫变化。“他们赐予我们的哪样东西不是带着尖锐的刀刃？即使是歪神最伟大的礼物也是一种折磨。”

连阴影也都开始退散，好像被这恐怖的渎神言论吓到了。巴瑞克心里的一部分却明白，她会说出这样的话，都是因为她所经历过的那些无尽的苦难，他无法理解的苦难。“很抱歉……如果我的存在令您感到厌恶的话，女士。我没有想要来这里，我也没有想要流淌在我血管中的那种血液。不论我的祖先对您做了什么，他们都没有问过我的意见。”

她瞪着他看了很长时间，眼睛幽黑而锐利，他几乎无法承受这种瞪视。“够了，”她说，“说得够多了。我还有个死去的丈夫要悼念。”

王后从高台上轻盈地走下来，好像乘在微风中，翻滚的长袍几乎没有接触地面。巴瑞克跟着她返回到大厅中央，两边的镜子反射出无数精灵王后和人类王子走向门廊的身影。其中一些身影甚至回过头来看着他。一些脸和他没有丝毫相似之处，但是那些和他最为相像的脸上挂着的表情才最令他感到困扰。

他们一起走进镜厅大门之后的那个巨大房间，发现里面早已挤满了一百种不同形状的精灵族人，以及在巴瑞克眼里完全陌生的幽灵，但不知为何，他能认出他们所有人——**红帽子，隧道敲击者，和树木一样高的巨人**——甚至知道他们等候的这座大厅叫作冬宴厅。王后穿过人群，巴瑞克紧随其后，那些哭泣的女人和长着动物眼睛的小个子男人，长着翅膀的暗影以及其他像是脸未雕刻完的石像，都拥挤地站在队伍中，直到所有人挤满整座走廊，延伸到巴瑞克视线之外的地方，像是一条流淌着神秘事物的河流。

他跟随在萨奎丽身后，穿过许多不知名的走廊迷宫，但各种名称和想法似乎都在他们身上浮现，像是平静湖面的倒影——**悲伤吹笛手的安息，惨淡的日光，游禽卸下防备的地方**。最终他们走出城堡，来到广阔的天空之下，穿过一座石头花园，各种不同形状的石头像是陷入不安的睡眠一样扭曲着，雨水拍打着他的脸颊，淋湿了他的头发。这种触动古老而又熟悉，片刻之间，所有其他的想法都离他而去，他又是独自一人，变成了那个曾经的巴瑞克，还没有穿过雾影线，还没有遇到逐梦人，还没有伊尼尔的吻。

我的未来又会如何？他不再像从前那样畏惧了，但仍然忍不住悼念他所失去的。**我永远不是从前那个我了。**

花园的另一边——**甲壳虫的清醒花园**，他的思想告诉他，**雨水仆人曾在这里举着鸟类国王，告诉他世界会如何终结**——他们进入一个巨大房间，一片漆黑，只有地板上点着一小圈烛火，除了这些蜡烛之外再没有其他东西，烛火中央平坦的石头上躺着一具尸体。

王后停下脚步，注视着她丈夫的尸体。眼罩已经被摘去，伊尼尔的眼睛仿佛沉睡般紧闭。巴瑞克上前几步，慢慢跪下来，似乎再也无法承受现实的重量。

原石之子，跳跃的牡鹿，智慧的清醒者……一连串的低语声，好像一群鸽子的哨音。**叛徒——不，歪神自己**……

看着我，另一个声音说，远远地叹息一声。**如此渺小。迷失在现实中！**

巴瑞克吃了一惊，看向周围。“伊尼尔？”那个声音属于国王，巴瑞克非常确定。**不要离开我！**他的思想追寻着国王的思想。其他的记忆、声音、幽灵、数不清的形状以及理解的碎片却再次将他淹没，在他想要询问之时又都消失得一干二净，无论伊尼尔刚才触碰他的是什么，都再次消失了。

“老傻瓜，”王后盯着国王苍白严肃的脸，轻轻说道，“漂亮的目盲老傻瓜。”

风语者的葬礼像是一条涨潮的洪流在巴瑞克的感官中流过，河流中挤满各种东西却又转瞬间变得无法辨认。在那间黑暗的、充斥着各种呢喃的房间内，无数身影聚集在国王尸体周围，哭泣、吟唱，有时发出的动作和声音，巴瑞克完全无法用人类的感情解释，之后，他们又都散去。某些悼念的手势像是戏剧或者神庙仪式般精致复杂，似乎能持续好几个小时，其他一些则不过是在伊尼尔沉默的身体上简单舞动下翅膀。巴瑞克听到有人说祷告词，他能听懂每一个字，却仍然对他毫无意义。其他一些悼念者站在国王尸体身边，重复着某种单调而陌生的声音，像是打开了巴瑞克脑海中的一本书，像是孤儿日之夜的吟游诗人所讲的传奇故事，从日落一直延续到黎明。

然后，他们也来了。

老鼠，一千只或者更多，好像一张活的天鹅绒地毯般席卷过伊尼尔的尸体然后又离去；哭泣的暗影；长着余烬一样红色眼睛的男人；还有一位由笤帚和蛛网制成的漂亮女孩在为死去的国王歌唱，歌声就像稻草在风中轻轻拂动——所有人都来告别。随着时间的流逝，随着风雨声敲击着屋顶，随着死亡房间内的灯火闪烁，巴瑞克开始明白了一些事情，并不是那件房间里正在传达着怎样的感情和思想，而是成为这些人中的一员意味着什么。他所看见的并不仅仅是队伍中的个人，以及他们说了什么，或者做了什么，以表达他们的哀思。而是时间长河中的形状和声音的集合，每一个都是独立的个体，但又与其他个体相互连接，好像字母组成单词，或者单词汇成历史。时间本身只是媒介，而且不知怎么——这只是灵光一闪的顿悟，类似河流中的小鱼，正想要捉住它，它却眨眼消失不见——不知怎么，加尔人的生活时间和方式不同于巴瑞克之类的凡人。他们都在其中，也在其外。他们悼念，但他们也会说，*这就是悼念的意义，它也理应如此。这就是舞蹈，这就是舞步*。多做或少做都只是将它脱离了时间，像是将鱼儿剥离河水，鱼会死，河水也不再美丽。其他一切都不会改变。

烛火最终摇曳着完全熄灭。新的蜡烛被点燃，这本身就是舞蹈的另一个篇章，河流的另一道转弯。巴瑞克让所有一切都在他身上流淌，穿过。有时，他发现在某个人说话或者歌唱或者展现他安静的悼念之前，他就能知晓他们是谁，他们带来的是什么。其他一些时候，他则完全陷入陌生之中，像是他还是孩子的时候，曾经听到风吹过烟囱，吹过他家屋檐下的瓦片，令他感到震撼的是那种表现出的意义，他知道他永远不会理解的意义，以及凡人的永恒的沮丧，人类如此渺小，永远无法对抗夜晚漠不关心的宏伟壮观。

他最终从黑暗中清醒过来时，四周的歌声和阴影已经渐渐消散。巨大的房间内空无一人。国王的尸体也消失不见。只剩下王后一个人。

“哪里……他去哪里……”

萨奎丽仍然同一座长着她外貌的雕像一样一动不动，凝视着空荡荡的烛台。“他的躯壳……已经回归。至于伊尼尔的真相……他已经选择用他最后的力量来唤醒我，现在他和他的先祖一样永远地消失了。”

巴瑞克只能站着，无法理解。

“所以我们距离一切的终结又近了一步。”她说着转过身看向他，尽管她似乎根本没在看他，好像自言自语，“你在其中又扮演什么角色，人类之子？你的书上又写着什么？也许你命中注定要保留着我们的鲜活记忆，因此，当我们所有人都消失不见，世上仍然还残留着一丝晦暗惑人的记忆烦扰胜利者。我们会烦扰到你吗？你知道你曾经毁灭了什么吗？”

如此强烈，如此明亮——像火一样！一道声音在他体内小声道，但巴瑞克因太过愤怒而无法注意到。

“我什么都没有毁灭，”他告诉她，“无论我的祖父辈做过什么，都跟我无关——事实上，它带给我的只有诅咒！我并没有想要来这里——我是被你们的……豪猪女士，雅萨梅兹派来的。”他那些微小的疑惑突然消失不见，好像有人抹去一层灰尘，露出古老闪光的内在，“不，我确实想要来这里，至少部分如此。因为基尔想要我来。因为国王在呼唤我，要求我……怂恿我。但我从来没想过要出生，我从来没要求过燃烧着加尔人血液的生命。它几乎令我发疯！”

王后完美无瑕、蛋壳般精致的脸上的神情没有丝毫变化，但她沉默了一会儿。

“她确实选择了你，不是吗——我亲爱的，我的爱人，我的祖先？”萨奎丽移动脚步靠近了他一些，举起一只手，抚摸着他的脸。“她看到了什么？”虽然她并没有比巴瑞克高出多少，而且像芦苇一样纤细，但巴瑞克光是为了不在她的碰触下退缩就已经耗尽了全身力气。她的手指摸上他的眉毛，像是她丈夫的亲吻，冰凉而干燥。“难道雅萨梅兹只是想要嘲弄他？她从不关心我的丈夫——至少没有我的关心多。她认为，作为族人的保护者，他太过松懈，他更重视那些正确的行为，而非必需的行为。”

但那是一样的，一个声音回响在巴瑞克的脑海。王后猛地将手指从他脸上抽离，好像被火灼伤一样。“这是什么把戏？”她的手再次像一条摆尾的蛇一样伸出来，却惊人谨慎地拂过他的双眼，牢牢按在他额头中央。“什么把戏……”

片刻过后，她踉跄着倒退几步，他第一次看她表现出如此有失优雅的举动。她瞪大双睛，“不。这不可能！”

这片古老的地方刚举行过陈旧的仪式，如此明显的惊讶令巴瑞克吓了一跳。“什么？你为什么会那样看着我？”

“他……他在你体内！我能感受到他，却无法触碰他！”此刻居住在巴瑞克体内的某样东西却并没有被她的惊慌失措所打动，甚至觉得有些好笑。“他说他想要将焰华传给我。”

“不！”她几乎尖叫起来，尽管他之后才意识到，那声音稍微区别于她平常克制的音调，透露着某种震惊。“你是个凡人。你是那群怪物的后代，那群怪物曾经掠夺我们……谋杀我们！”

我们都是所有善与恶的子孙。

伊尼尔？是你吗？巴瑞克竭尽全力抓住那一丝思想，但它又消失不见。他意识到王后正直直站在他眼前，她的眼睛炯炯有神，让人无法直视。她抓着他的胳膊，那种力道大得惊人。

“你感觉怎么样？他在那里吗，我的哥哥……我的丈夫？他在你体内说话了吗？那些先人呢，你也能感觉到他们吗？”

“我……我不知道……”然后，巴瑞克感觉到它从深渊中浮现，有那么一刻，他觉得四肢、舌头，甚至整个头都不属于自己，**我们在这里，所有人都在**。思想和嘴巴在说话，但巴瑞克却并不是掌控者，这并不是我们所期盼的，许多人都很疑惑……许多人迷失了。焰华从未这样传递过。非常不同……之后那个异族的存在消失了，巴瑞克重新掌控了他的身体——但所有都改变了，他知道。一切都不同了，一切终将不同。

王后继续盯着他，但思绪似乎飘向了更远的地方。接着，她弯下身，跌落在地板上，白色长袍轻轻飞舞。房间内各个角落和隐蔽之处的阴影重新汇合，那些一直默默等候、一动不动的仆人都赶了过来。他们围绕着她，接着抬起她，将她带走了。

巴瑞克只能站着，看着他们离去，只剩下他和那些现在居住在他血液和思想中的无法理解的陌生人。

附录

人物

A'lat 阿拉特：赞德的一位祭司

Anamesiya Tinwright 安娜梅西亚·廷莱特：马特·廷莱特的母亲

Ash Nitre 灰·硝石：芬德林人，负责掌管枪粉

Avidel 艾维德：瑟隆的学徒

Ayann 阿亚恩：雅萨梅兹的兄弟，亚苏德拉的丈夫

Ayyam 艾亚姆：加尔人，凯因（吉尔）的祖先

Azurite Copper 石青·紫铜：也叫作风暴石，著名的芬德林宗主

Bingulou the Kracian 克雷斯人宾古娄：费恩的第一位老师

Bone 博尔：强盗

Brennas 布伦纳斯：神使，据说他的头被砍之后仍然活了三年

Chalk 白垩岩：卡利坎人，负责鼓石的神职人员

Col 科尔：强盗

Davos 达弗斯：即达弗斯·易基，又叫曼蒂斯达弗斯，著名的雇佣兵，格林军团的首领

Dolomite 白云石：卡利坎人，桥下区的宗主

Dumin Hauyuz 杜明·郝予兹：独裁者远征南境国时的军事执政官

Erinna e'Herayas 艾莉娜·赫拉亚：特希斯的侍臣

Ettin 艾廷：加尔人中的巨人族

Favoros 法弗洛斯：希安男爵，尤吉尼昂的领主

Feldspar 长石：亡故的芬德林守卫

Finlae 芬拉：塞特兰的教士，奎鲁斯家里的奴隶

Finneth 菲妮斯：休尼作品中布伦的神谕者

Golya 高牙：食人肉者

Hayyids 哈伊兹：西斯大陆上的古老种族

Helkis, Lord 海克斯勋爵：埃尼亚斯王子的副手

Hobkin 霍布金：强盗

Iola 伊欧拉：希安帝国时期和三宠之战时期统治希安、托罗斯、佩里卡尔的女王

Iron Quartz 铁·石英：燧岩早年的一位师父

Ivgenia e'Doursos 伊芙吉妮亚·艾德索斯：特尔严子爵的小女儿

Jenkin Crowel 杰肯·克劳：南境国驻特希斯的使者

Kallikans 卡利坎：希安国人对芬德林人的称呼

Kofas of Mindan 孔发思·闵丹：优洛斯哲学家

Kreas, King 克瑞斯国王：神话人物

Linas 利纳斯：埃尼亚斯麾下教会猎犬队的队长

Little Pewter 小白镴：芬德林僧侣

Lope the Red 洛普里德：强盗首领

Lukos 卢克斯：瑟隆的父亲，盆瓦匠

Makers of Tears 制泪者：雅萨梅兹手下著名的战斗军团

Malachite Copper 孔雀石·紫铜：芬德林领袖

Malamenas Kimir 马拉迈纳斯·基米尔：阿加米德的药剂师

Marwin 马文：奎鲁斯的另一个奴隶

Massilios Goldenhair 马西里奥斯·金发：一位传奇英雄

Melarkh 梅拉科赫：居尔国的英雄国王

Meno Strivoli 梅诺·斯特里沃利斯：希安国的诗圣

Miller's Daughter, The 米勒之女：《乡村教士小传》中的角色

Niccol Opanour 尼克尔·欧帕诺尔：杰隆国海茨帕国王的门厅传令官

Nikomakos, Lord 尼可马科斯勋爵：一位希安国伯爵之子

Numannyn 努曼宁：战栗平原时期的加尔国王，被称为谨慎者

Parak 帕拉克：西斯国曾经的独裁者，苏列佩斯的祖父

Pariki 帕里克：西斯人对加尔人的称呼

Phayallos 菲亚罗斯：哲学家和炼金术师

Phimon 费蒙：特希斯的大主教

Pig Iron 生铁：芬德林守卫

Pouta 帕塔：神使，很有可能是费恩·特奥多罗斯编造出来的人物

Puntar 庞塔：城镇长官

Qu'arus 奎鲁斯：无梦人

Rhantys of Kalebria 阮提斯·卡里布里亚：《背弃誓言之痛》的作者

Risto 利斯托：奥马兰斯侯爵，希安贵族，司令官

Rope-Men 绳族：居住在雾影线后面乞丐岛上的一个部族

Sand Leekstone 沙 · 葱石：欧珀的父亲

Sembla 塞姆巴拉：神使，很有可能是费恩 · 特奥多罗斯编造出来的人物

Seris 赛里斯：盖拉公爵之女，特希斯弄臣

Shanni 闪妮：西斯的一种精灵，能够帮人实现愿望

Silkins 丝精：雾影大陆上的生物，乌鸦斯科恩说它们“既不说话也不去集市”

Sledge Jasper 大锤 · 碧玉：芬德林镇的看守队长

Sleepers 沉睡者：无梦人的叛徒，亦称逐梦人

Snout 斯诺特：一名加尔守卫者

Summu 苏牧：雅萨梅兹的母亲，库比拉斯的新娘

Talia 泰丽雅：布瑞奥妮在特希斯时的年轻侍女

Theron 瑟隆：朝圣者的领队

Tibunis Vash 提伯尼斯 · 瓦什：皮尼蒙 · 瓦什的父亲

Tine Fay 尖刺仙：非常矮小的加尔人

Vais 瓦伊斯：传说中的“克雷斯的巫师王后”

Vaspis the Dark 暗王瓦斯皮斯：西斯的一个独裁者

Vilas 瓦拉斯：佩里卡尔的渔民

Vo Jovandil 沃 · 乔万迪：戴克纳斯 · 沃的姓氏

Volos Longbeard 福乐斯 · 龙彼得：一位神

Warders of the Guild 公会看守：芬德林镇的守卫

Yasudra 亚苏德拉：雅萨梅兹的双胞胎姐姐

诸神

PERIN 佩林：天空之神，闪电之主。即西斯人所称的阿戈尔，加尔人所称的云中漫步者、天空之主、雷电之神，屋顶族人所称的天空之手、尖峰之主，水鸥人所称的皮亚林。

ERIVOR 埃瑞沃：水神。赞德南部称其为埃舍瓦特，西斯人所称的埃菲亚尔，水鸥人所称的艾格耶瓦尔，加尔人所称的海洋之神。

KERNIOS 科涅奥斯：冥界之神。即西斯人所称的赛加尔，加尔人所称的黑土神，屋顶族人所称的卡利斯诺沃斯。

佩林、埃瑞沃、科涅奥斯：亦合称为圣三神、三圣、兄弟神、三兄弟神等。

ANNON 安农：半神，科涅奥斯之子，被吉库因所杀。

AZINOR 阿兹诺尔：祖米奥斯和祖丽雅的子嗣之一。

DEVONA 德瓦娜：森林女神。又名为竖琴神德瓦娜。

BARUMBANOGATIR 巴拉姆巴诺加迪尔：半神，斯弗洛思之子。

BIRIN 比林：夜雾之神，佩林的子嗣之一，在诸神之战中被杀。

ERILO 埃瑞罗：保佑丰收的神。加尔人称其为丰收神。

HILIOMETES 希里欧米蒂斯：西斯的伟大英雄。有时与梅拉科赫混称。

HONNOS 霍诺斯：保佑旅人的神。西斯人所称的于纳斯，加尔人所称的赤鹿。

IMMON 伊蒙：科涅奥斯的守门人。西斯人称之为耶蒙，南境的芬德林人称之为黑诺什拉、千眼之神尤里吉贾格。

KHORS 科尔斯：第一位月神。西斯人称之为宵释，加尔人所称的银光神。

KUPILAS 库比拉斯：工匠之神，医术、制造与锻造之神。加尔人称之为歪神，西斯异教徒所称的哈比里，水鸥人所称的乔伊阿普斯。

LISIYA MELANA OF THE SILVER GLADE 银色林地的莉丝娅·麦兰娜：女半神，比尔吉亚和沃洛斯的九个女儿之一。

MADI ONYENA 玛蒂·翁依那：祖米奥斯、科尔斯、祖丽雅之母。西斯人称之为尤吉尼，南方大陆其他地区称之为阿穆迪·奥纳珍娜，加尔人的鸟母和微风之神。

MADI SURAZEM 玛蒂·苏拉泽姆：圣三神之母。西斯人所称的舒萨耶姆，加尔人所称的源雾之神。

MESIYA 梅希雅：月光女神，科涅奥斯的第一任妻子。西斯人所称之内尼兹。

SIVEDA 希薇妲：夜之女神，月亮少女，白星之神。

STRIVOS 斯特里沃斯：风之神。加尔人有时亦称其为无形神。

SVA 斯瓦：圣三神的祖母。加尔人称之为虚空之母，西斯人称之为兹哈。

SVEROS 斯弗洛思：圣三神之父。加尔人所称的暮光之神，西斯人所称的扎法里斯。

UVIS WHITE-HAND 白手尤维斯：被科涅奥斯所伤。

VOLIOS 沃洛斯：战神，又名为无可量力的沃洛斯、长胡子沃洛斯。西斯人所称的奥克胡斯；加尔人的公牛神。

YIRRUD 伊鲁德：神灵，拉德和翁依那伊之子。

ZMEOS 祖米奥斯：角蛇，最终恶敌。西斯人称之为努沙什，加尔人所称的白焰神，其佩剑亦名为白焰。西斯异教认为，祖米奥斯劫夺佐睿雅女神并与之成婚，由而开启了诸神之战。该说法与我们所信之教义不同，正统教义认为，劫夺佐睿雅的是祖米奥斯的兄弟科尔斯。

ZO 佐：圣三神的祖父。加尔人称之为光之神，西斯人所称的特索。

ZORIA 佐睿雅：佩林之女，库比拉斯之母，科涅奥斯的第二任妻子。西斯人称之为苏娅，暮光神子民和加尔人称之为苍白之女、鸽子、黎明之花，或杏花馨香。

ZOSIM 佐悉蒙：诗人、盗贼与酒鬼之神，作为火神时名为萨拉曼德罗斯。西斯人所称的肖申姆，暮光神子民称之为骗术师。

ZURIYAL 祖丽雅：无情之神，祖米奥斯与科尔斯的姐妹。西斯人称之为苏黎伽丽，加尔人的判决之神。

苏拉泽姆与翁依那子女之间的战争：史称诸神之战，亦名为诸神的纷争、翁依那之争。

一周的天数

在埃昂的历法中，每个月有三个十天，每十天被称为一个“十夜”，因此，我们日历中的 **8** 月 **21** 日可能并不是 **Oktamene**（八月）的第三个第一日。详情参照后续“月份”的解释。

第一日 **Firstday** 太阳日 **Sunsday** 月日 **Moonsday**

天日 **Skyday** 风日 **Windsday** 石日 **Stonesday**

火日 **Fireday** 水日 **Watersday** 诸神日 **Godsday**

最后日 **Lastday**

月份

埃昂的每个月有三十天，划分为三个十日，一年有五个闰日——即孤儿日；每年的第一日也称元日或新年日，因此月份与月份的对应可能会有一些差异，南境的 **Trimene**（三月）的第一日可能并不是我们日历上的 **3** 月 **1** 日。

Eimene：一月	**Dimene**：二月	**Trimene**：三月
Tetramene：四月	**Pentamene**：五月	**Hexamene**：六月
Heptamene：七月	**Oktamene**：八月	**Ennamene**：九月
Dekamene：十月	**Endekamene**：十一月	**Dodekamene**：十二月

图书在版编目(CIP)数据

雾影升腾 / (美) 威廉姆斯著 ; 李天奇, 李晓霞译
. -- 重庆 : 西南师范大学出版社, 2016.4
书名原文: Shadowrise
ISBN 978-7-5621-7770-8

Ⅰ. ①雾… Ⅱ. ①威… ②李… ③李… Ⅲ. ①科学幻想小说－美国－现代 Ⅳ. ①I712.45

中国版本图书馆CIP数据核字(2016)第042225号

雾影Ⅲ:雾影升腾

SHADOWRISE

[美] 泰德 · 威廉姆斯 著　李天奇 李晓霞 译

出 品 人:米加德
总 策 划:卢 旭 彦吴桐 沈丽凝
责任编辑:易晓艳 沈琳彦
特约编辑:王绍政
装帧设计:谷亚楠 朱海英
出版发行:西南师范大学出版社
重庆市北碚区天生路1号 邮编:400715
http://www.xscbs.com
市场营销部电话:023-68868624
印 刷:重庆荟文印务有限公司
字 数:515千字
开 本:890mm × 1240mm 1/32
印 张:21.625
版 次:2017年1月第1版
印 次:2017年1月第1次
著作权合同登记:2015年第324号
书 号:ISBN 978-7-5621-7770-8

定 价:76.00元 (全两册)

读者 Readers 回函表
WIPUB BOOKS

姓名：________ 性别：____ 年龄：____ 职业：______ 教育程度：______

邮寄地址：__________________________ 邮编：________

E-mail：______________ 电话：______________

您所购买的书籍名称：《雾影Ⅲ：雾影升腾》

您对本书的评价：

书名：□满意 □一般 □不满意 | 故事情节：□满意 □一般 □不满意

翻译：□满意 □一般 □不满意 | 书籍设计：□满意 □一般 □不满意

纸张：□满意 □一般 □不满意 | 印刷质量：□满意 □一般 □不满意

价格：□便宜 □正好 □贵了 | 整体感觉：□满意 □一般 □不满意

您的阅读渠道（多选）：□书店 □网上书店 □图书馆借阅 □超市/便利店 □朋友借阅 □找电子版 □其他 ________

您是如何得知一本新书的呢（多选）：□别人介绍 □逛书店偶然看到 □网络信息 □杂志与报纸新闻 □广播节目 □电视节目 □其他 ________

购买新书时您会注意以下哪些地方？

□封面设计 □书名 □出版社 □封面、封底文字 □腰封文字 □前言后记 □名家推荐 □目录

您喜欢的书籍类型：

□文学-奇幻小说 □文学-侦探/推理小说 □文学-情感小说 □文学-散文随笔 □文学-历史小说 □文学-青春励志小说 □文学-传记 □经管 □艺术 □旅游 □历史 □军事 □教育/心理 □成功/励志 □生活 □科技 □其他________

请列出3本您最近想买的书：________、________、________

请您提出宝贵建议：______________________________

★感谢您购买本书，请将本表填好后，扫描或拍照后发电子邮件至wipub_sh@126.com和xscbsr@sina.com，您的意见对我们很珍贵。祝您阅读愉快！

图书翻译者征集

为进一步提高我们引进版图书的译文质量，也为翻译爱好者搭建一个展示自己的舞台，现向全国诚征外文书籍的翻译者。如果您对此感兴趣，也具备翻译外文书籍的能力，就请赶快联系我们吧！

您是否有过图书翻译的经验：□有（译作举例：________________）
□没有

您擅长的语种：□英语　□法语　□日语　□德语
□韩语　□西班牙语　□其他________________

您希望翻译的书籍类型：□文学　□生活　□心理　□其他____________

请将上述问题填写好、扫描或拍照后，发电子邮件至wipub_sh@126.com和xscbsr@sina.com，同时请将您的译者应征简历添加至邮件附件，简历中请着重说明您的外语水平等。

期待您的参与！

西南师范大学出版社
上海万墨轩图书有限公司

The German Fantasy Prize

The Quill Award

The British Fantasy Award